Lobo oscuro

Christine Feehan

Lobo oscuro

TITANIA

ARGENTINA — CHILE — COLOMBIA — ESPAÑA
ESTADOS UNIDOS — MÉXICO — PERÚ — URUGUAY — VENEZUELA

Título original: *Dark Wolf*
Editor original: Berkley Books, The Berkley Publishing Group, Penguin Group
(USA) Inc., New York
Traducción: Montserrat Batista Pegueroles

1.ª edición Enero 2015

ISBN: 978-84-92916-80-1
E-ISBN: 978-84-9944-802-2
Depósito legal: B-24.873-2014

Fotocomposición: Montserrat Gómez Lao
Impreso por: Romanyà-Valls, S.A. – Verdaguer, 1 – 08786 Capellades (Barcelona)

Impreso en España – *Printed in Spain*

Para mi Skyler, con mucho amor.

Agradecimientos

Muchas gracias a mi hermana Anita Toste, que siempre responde a mis llamadas y se divierte tanto conmigo escribiendo hechizos mágicos.

Gracias a mi maravillosa hija Cecilia, que también me ayudó con los hechizos mágicos; la rima no es mi fuerte, ¡y sólo se rió de mí un poquito! Desde luego lo pasamos bien.

Tengo que brindar un saludo especial a C.L. Wilson y Sheila English, que tuvieron la cortesía de incluirme en nuestras sesiones intensivas de escritura. *Molamos*, ¿verdad?

Como siempre, gracias a Brian Feehan y Domini Stottsberry. Ambos trabajaron muchas horas ayudándome en todo: tormentas de ideas, investigación y revisiones. No hay palabras para expresar el agradecimiento y el amor que les tengo. ¡Muchas gracias a todos!

LOS CARPATIANOS

Clave
━━ Compañero/a eterno/a   ── Hermanos
─✦ Gemelos
╤ Niños adoptados   ╤ Descendencia

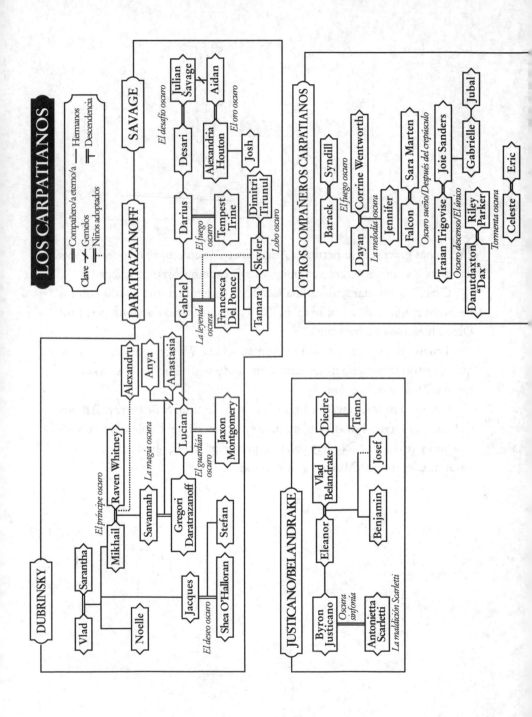

DUBRINSKY

SAVAGE

DARATRAZANOFF

OTROS COMPAÑEROS CARPATIANOS

JUSTICANO/BELANDRAKE

Vlad — Sarantha
Noelle
Mikhail — Raven Whitney   *El príncipe oscuro*
Savannah   *La magia oscura*
Gregori Daratrazanoff
Jacques
Stefan
Shea O'Halloran   *El deseo oscuro*
Alexandru
Anya
Anastasia
Lucian   *El guardián oscuro*
Jaxon Montgomery

Gabriel   *La leyenda oscura*
Francesca Del Ponce
Tamara
Skyler   *Lobo oscuro*
Dimitri Tirunul
Darius   *El fuego oscuro*
Tempest Trine
Josh
Alexandria Houton   *El oro oscuro*
Desari   *El desafío oscuro*
Julian Savage
Aidan

Barack — Syndill
Dayan — Corrine Wentworth   *El fuego oscuro*
La melodía oscura
Jennifer
Falcon — Sara Marten
Traian Trigovise   *Oscuro sueño/Después del crepúsculo*
Joie Sanders
Danutdaxton "Dax"   *Oscuro descenso/El único*
Riley Parker   *Tormenta oscura*
Gabrielle
Jubal
Celeste
Eric

Vlad Belandrake
Diedre
Tienn
Eleanor
Josef
Benjamin
Byron Justicano   *Oscura sinfonía*
Antonietta Scarletti   *La maldición Scarletti*

10

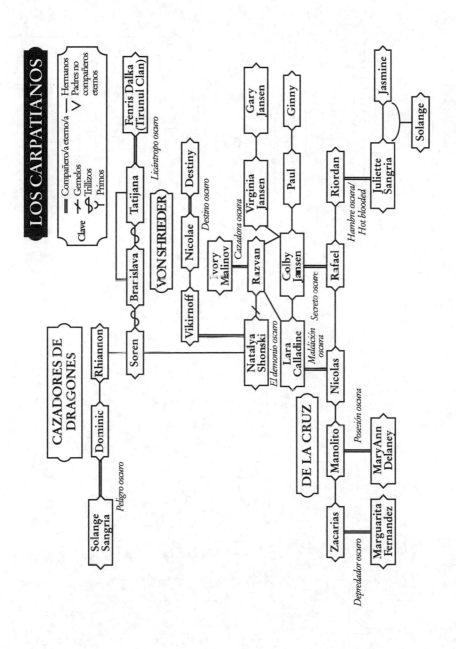

LOS CARPATIANOS

Clave
= Compañero/a eterno/a — Hermanos
⚡ Gemelos — Padres no
≫ Trillizos ∨ compañeros eternos
Υ Primos

CAZADORES DE DRAGONES

VON SHRIEDER

DE LA CRUZ

Fenris Dalka (Tirunul Clan)
Licántropo oscuro

Tatijana
Brarislava
Soren
Rhiannon
Dominic
Solange Sangria
Peligro oscuro

Destiny
Nicolae
Vikirnoff
Destino oscuro

Ivory Malinov
Razvan
Natalya Shonski
El demonio oscuro
Lara Calladine
Maldición oscura

Gary Jansen
Virginia Jansen
Cazadora oscura

Ginny
Paul
Colby Jansen
Secreto oscuro

Jasmine
Solange
Juliette Sangria
Riordan
Hambre oscura/Hot blooded

Rafael
Nicolas
Posesión oscura
Manolito
MaryAnn Delaney
Zacarias
Depredador oscuro
Marguarita Fernandez

11

Capítulo 1

Skyler Daratrazanoff se arrebujó con el largo chal negro procurando que éste le tapara el pelo y no se le viera mucho la cara. El corazón le latía con tanta fuerza que temía que alguien cercano pudiera oírlo. Todo dependía de conseguir que el funcionario la creyera. Josef había falsificado la documentación, y él era el mejor. Podía piratear cualquier ordenador, proporcionar información u obtenerla. Ella no dudó ni por un instante que los documentos que había creado estarían en orden y superarían un examen minucioso, pero aún tenía que hacer que el funcionario la creyera.

El edificio de hojalata estaba oxidado y daba la impresión de que se caería a pedazos en cualquier momento. Un hombre salió a su encuentro con expresión seria en tanto que el ataúd era empujado por delante de ella para situarlo a la sombra del edificio. Por suerte el sol se estaba poniendo y las sombras que se proyectaban a su alrededor contribuían a hacer que fuera más difícil distinguirla con claridad.

—¿Documentación? —dijo el hombre con voz amable.

El nombre que se leía en su placa lo identificaba como a Erno Varga.

Skyler volvió la mirada al pequeño avión que la había traído al aeropuerto y a continuación le entregó los papeles al funcionario asegurándose de bajar la mirada y adoptar un gesto lloroso. Había tomado la precaución de utilizar gotas para tener los ojos rojos y lacrimosos, por si acaso no lograba representar bien su papel.

Varga examinó su documentación y levantó la vista varias veces para mirarla con ojos avispados e incrédulos.

—Eres muy joven para traer a casa el cuerpo de tu hermano tú sola. ¿No viaja nadie más contigo?

Negó con la cabeza e intentó adoptar una expresión aún más trágica.

—Mi padre ha muerto, y ahora mi hermano. —Ahogó un sollozo que fue digno de un Óscar, sin duda—. No hay nadie más para traerlo a casa con nuestra madre.

El funcionario la miró otra vez y examinó los papeles con detenimiento.

—¿Murió de un corazón roto?

Había un tono escéptico en su voz.

Skyler estuvo a punto de atragantarse.

—*Cuando te ponga las manos encima, Josef, vas a morir de algo más que de un corazón roto.*

Utilizó su conexión telepática con Josef para hacerle saber que se había metido en un buen lío.

—*Una tragedia terrible.*

Como siempre, Josef se mostró contumaz. Su tono sonaba divertido. Por grave que fuera una situación, no tenía reparos en ser malicioso.

Skyler logró mantener la compostura y asintió seria mirando a Varga.

—Se consumió cuando su chica lo abandonó. Se negó a comer. —No le quedó más remedio que seguir el hilo, aunque ello implicara tener que retorcerse los dedos con fuerza para evitar que el funcionario la viera temblar—. Es una tragedia terrible. Nada podía salvarle.

De acuerdo, incluso a ella le pareció un argumento flojísimo. Pero ¿un corazón roto? Sólo a Josef se le ocurriría algo tan dramático e increíble. ¿De qué otra forma podía explicar que había muerto porque le habían roto el corazón? En cuanto abrieran el ataúd iba a haber otra causa de la muerte, eso seguro.

Notó la risa de Josef.

—*Tú te ríes, claro. Estás a salvo en el ataúd, el hermano trágicamente fallecido, mientras yo miento como una bellaca a este hombre que podría meterme en la cárcel para el resto de mi vida.*

Sabía que Josef no permitiría que eso ocurriera. De ser necesario daría un «empujoncito» al funcionario para que la creyera. Pero ahora mismo él se estaba divirtiendo demasiado escuchando lo violenta que estaba… y Skyler supuso que se lo merecía. Le estaba haciendo hacer algo sumamente peligroso y si salía mal él acarrearía con la culpa más que ella. Probablemente su padre lo mataría en cuanto lo viera.

—*Lo hará de todos modos* —dijo Josef—. *Me despedazará.*

—*Debería preocuparte que no sea yo la que te despedace* —amenazó ella.

—¿Cuántos años tienes? —El funcionario observó el pasaporte y los documentos con atención y luego la miró a la cara—. ¿Pilotabas tú ese avión?

Ella alzó el mentón para parecer mayor y mucho más severa. Sabía que parecía joven, pero no así sus ojos. Si el hombre la miraba directamente a los ojos, creería lo que decían esos documentos falsos. Y eran unas falsificaciones magníficas. Josef poseía muchos talentos, aunque estaba claro que inventarse historias no era uno de ellos.

—Soy mucho mayor de lo que aparento —contestó Skyler.

En parte era cierto. Se sentía mayor, y eso debería servir de algo. Había pasado por más cosas que la mayoría de las mujeres… vale, está bien, por más que la mayoría de las adolescentes.

—¿Veinticinco? —preguntó el hombre con escepticismo.

Josef había insistido en que tuviera veinticinco si iba a pilotar ese avión. Pilotar aviones le había resultado fácil y era algo que le gustaba especialmente, de manera que su padre adoptivo, Gabriel, le había permitido aprender.

—Tengo que abrir el ataúd —añadió el oficial mientras la observaba con atención.

Skyler consiguió emitir un pequeño sollozo, se tapó la boca y asintió levemente con la cabeza.

—Lo siento. Sí, claro. Dijeron que lo haría. Ya me esperaba que lo hiciera —asintió, pero irguió los hombros y la espalda con valentía.

El hombre la miró con expresión mucho más afable.

—No es necesario que mires. Quédate ahí.

Con un gesto de la cabeza, señaló una esquina del edificio a tan sólo unos cuantos pasos de distancia.

Skyler sintió un poco de pena por aquel hombre. Conociendo a Josef, sabía que éste iba a montar algún espectáculo.

—*No te atrevas a pifiarla asustándole* —le advirtió—. *Lo digo en serio, Josef.*

—*No eres nada divertida. Siempre puedo quitarle los recuerdos. ¿No sería delicioso hacer una imitación del conde Drácula? He visto la película un millón de veces. Tengo el gesto y el acento perfectamente interiorizados.*

Parecía demasiado entusiasmado. Le hizo falta mucha disciplina para mantener la risa alejada de su mente donde él podía leerla. Y no dudó ni un instante que Josef podía hacer una perfecta imitación de Drácula.

—*Resiste el impulso. No hemos salido del bosque y no podemos permitirnos correr riesgos. Estamos en territorio carpatiano. O al menos lo bastante cerca para que pudiera haber alguien en los alrededores que percibiera la utilización de energía. Reprímete, Josef.*

Él soltó un suspiro.

—*Sea cual sea el resultado, tu padre me va a matar. Y va a ser una muerte lenta y dolorosa. Debería poder divertirme un poco.*

Eso se acercaba mucho a la verdad. Gabriel los iba a matar a todos, pero si su plan funcionaba, bien valdría la pena.

Brindó una pequeña sonrisa de agradecimiento a Varga y se alejó del ataúd. Se quedó junto a la puerta abierta, con los brazos en torno a la cintura para estar más cómoda, y se mantuvo muy quieta mirando la creciente oscuridad del exterior. Su plan tenía que funcionar.

—*Compórtate, Josef, o si no verás. Gabriel está en Londres y yo estoy aquí.*

Skyler nunca había sido blanco de la ira de Gabriel, pero él y su tío Lucian eran cazadores de vampiros legendarios. El pueblo carpatiano, sumamente poderoso, susurraba sus nombres con sobrecogimiento.

—*Tienes razón.* —La risa burbujeaba en la voz de Josef—. *¡Qué lamentable desperdicio de un buen ataúd!*

Ahora había indignación en su tono.

Skyler no sabía si iba a comportarse o no. Con Josef era imposible. Él iba a su propio ritmo. Elevó una plegaria silenciosa y confió en que todo saliera bien.

En aquellos momentos Francesca y Gabriel seguramente ya estarían despiertos y no tardarían en prepararse para volar a los montes Cárpatos. Ellos creían que estaba en otro continente, a salvo con su amiga y colega humana Maria, empleando sus vacaciones en ayudar a los granjeros de Sudamérica a construir casas e instalar riegos. Nunca les había mentido hasta entonces. Y le dolía hacerlo ahora, pero no había alternativa.

Sabía que a sus padres los habían convocado a la gran reunión entre licántropos y carpatianos para discutir una alianza entre las dos especies. Habían llamado a casi todos los carpatianos para que volvieran a su patria. Gabriel y Francesca se habían alegrado mucho al recibir su llamada desde la universidad para pedirles que la dejaran ir con Maria. No querían ni que se acercara a los montes Cárpatos.

Ella no pensaba corresponder con mentiras y traición a su extraordinaria bondad y al amor que le habían dado desde el momento en que la habían acogido en su hogar... ni pensaba en nada ni nadie salvo en Dimitri. Dimitri Tirunul era su milagro inesperado. Un hombre que superaba a cualquiera con el que hubiera soñado. Ella era humana. Él era carpatiano, casi inmortal. Ella tenía diecinueve años. Él era un antiguo, tenía siglos. Ella albergaba la otra mitad de su alma, la luz de su oscuridad. Sin ella, él no sobreviviría. Ella era su compañera eterna, su salvadora. No obstante, sabía que también era cierto todo lo contrario: Dimitri era el único que la salvaría.

Él supo que era su compañera eterna cuando sólo era una niña, y le había dado tiempo. Espacio. Amor incondicional. Nunca le exigió nada. Nunca le contó lo difícil que le resultaba el hecho de que, siendo ella su salvación, le fuera inalcanzable. Siempre había estado con ella cuando lo necesitaba, en mitad de la noche, cuando su violento pasado se acercaba demasiado y no podía dormir, cuando las pesadillas la perseguían hasta el punto de no poder respirar. Él estaba allí, en su mente, manteniendo a raya todos esos recuerdos terroríficos. Dimitri. Su Dimitri.

Dimitri estaba entre la espada y la pared con las dos especies. Los licántropos lo habían capturado y tenían intención de matarlo. Nadie había ido a rescatarlo. Se había pasado siglos persiguiendo a los no muertos para mantener a salvo a su pueblo, así como a los humanos. Había sobrevivido con honor cuando otros habían optado por renunciar a sus almas. Sin embargo, no hubo grupo de rescate. Ni cazadores que corrieran a salvarlo. Estaba malherido. Y todo esto es lo que sintió antes de que Dimitri interrumpiera la comunicación con ella para protegerla de su dolor... o de su muerte.

Dimitri era estoico con respecto a la vida o la muerte. Era un cazador carpatiano y llevaba siglos protegiendo a los inocentes de los vampiros. El linaje de Skyler era complicado pero, a todas luces, era humana. Los licántropos nunca se esperarían que una adolescente humana preparara una operación de rescate para un carpatiano. Tenía a su favor el elemento sorpresa. Y contaba también con buenos amigos de confianza y con sus muy poderosas aunque no probadas habilidades.

Skyler tenía fe en sí misma. Conocía todos sus puntos fuertes y todas sus debilidades. Al igual que Josef, era sumamente inteligente y casi siempre la subestimaban. Creía que los licántropos la subestimarían... contaba con ello.

Por lo visto nadie empezaría una guerra por un cazador carpatiano, pero Skyler sabía que su padre iría tras ella, y que si alguien le tocaba un solo pelo de la cabeza, al mundo licántropo le esperaría una pesadilla que no podía ni concebir. No sólo iría a buscarla Gabriel, sino también su tío Lucian. Estaba convencida de que su padre biológico, Razvan, y la compañera eterna de éste, Ivory, se sumarían a la búsqueda. Ellos también eran sumamente letales. Resultaba gratificante saber que si la herían o mataban, sería vengada. Nadie, ni siquiera Mikhail Dubrinsky, el príncipe del pueblo carpatiano, podría evitar una guerra si los licántropos le hacían daño.

Alzó la barbilla. Dimitri nunca la abandonaría al peligro. Correría a su lado en cuanto supiera que había problemas; ya lo había hecho, en más de una ocasión, sólo para disipar las pesadillas cuando había tenido demasiadas seguidas. Era lo mínimo que podía hacer por él.

Contuvo el aliento y se volvió a mirar al funcionario que abría el ataúd con cautela. El féretro crujió de manera inquietante. De manera espantosa. Como en las películas. El sonido le provocó un escalofrío que le recorrió la espalda. La tapa se alzó lentamente y, maldito fuera Josef de todas formas, dio la impresión de que se estaba levantando sola. Varga retrocedió un paso y levantó una mano en actitud defensiva.

La tapa se detuvo y reinó el silencio. Nada se movía. Skyler oía el fuerte tictac de un reloj. Varga tosió con nerviosismo. La miró. Skyler se tapó la boca con la mano y bajó la mirada.

—¡*Josef! ¡Compórtate!*

Ella estaba entre la risa y el llanto debido a la tensión nerviosa.

Varga, con la frente perlada de visibles gotas de sudor, se acercó de nuevo al ataúd y miró dentro. Carraspeó.

—La verdad es que, para ser un hombre que se dejó morir de hambre, tiene un aspecto muy robusto.

—*Lo menos que podías haber hecho si querías que se creyera tu ridícula historia era adoptar un aspecto demacrado* —lo regañó ella.

Skyler se llevó un pañuelo a la boca.

—Los de la funeraria hicieron muy buen trabajo. Les pedí expresamente que se aseguraran de que tuviera buen aspecto para nuestra madre.

Varga apretó los labios y examinó el cuerpo. Estaba receloso, pero Skyler no sabía exactamente de qué. No había duda de que en el ataúd había un cadáver. ¿Acaso la creía sospechosa de transportar drogas? ¿Armas? De ser así, la cosa no pintaba bien para lo que ella tenía planeado. Tenía que parecer una adolescente ingenua y quizás un poco cabeza hueca.

La joven contuvo el aliento, alargó la mano hacia la tapa del ataúd y la bajó lentamente.

—¿Va a venir alguien a buscarte? —le preguntó Varga mientras cerraba bien el féretro, y echó un vistazo a su reloj—. No puedo quedarme. Tu avión fue el último.

—El amigo de mi hermano quedó en pasar a recogernos con una camioneta. Llegará en cualquier momento —le aseguró Skyler con seriedad—. Muchas gracias por toda su ayuda.

—Puedes esperar aquí —le dijo Varga con voz cariñosa—. Yo volveré dentro de un par de horas y cerraré con llave. —Paseó la mirada por el ruinoso edificio. No era más que cuatro paredes de metal, casi todas oxidadas, algunas hasta tenían agujeros—. No es que haya mucho que guardar bajo llave. —Volvió a mirar el reloj—. Esperaría contigo, pero tengo que ir a otro trabajo.

Ella le brindó una sonrisa lánguida.

—No pasa nada. En serio. Llegará en cualquier momento.

Varga la miró una última vez y salió del precario edificio dejándola allí sola con el ataúd cerrado. Skyler aguardó hasta que vio cómo se alejaba su automóvil y los faros desaparecían por completo carretera abajo. Miró en derredor con cautela. Parecía que estaba sola.

—Ya puedes dejar de hacerte el muerto, Josef —dijo Skyler en un tono que rebosaba sarcasmo. Golpeó la tapa del ataúd con el puño—. ¿Murió de un corazón roto? ¿En serio? ¿No se te ocurrió otra cosa? ¿Cualquier cosa más… digamos… realista?

La tapa del ataúd se abrió con la misma serie de crujidos siniestros propios de una película de terror que Josef había utilizado cuando la había abierto Varga. Se hizo el silencio. A Skyler seguía palpitándole el corazón. Se asomó al ataúd y dirigió una mirada fulminante al joven que yacía como si estuviera muerto, con los brazos cruzados sobre el pecho y los ojos cerrados. Tenía la piel pálida como la porcelana y su cabello con las puntas teñidas de azul y peinadas hacia arriba contrastaban crudamente contra el fondo blanco.

—Para ser un hombre que se dejó morir de hambre, tienes un aspecto muy robusto —dijo Skyler con sarcasmo, imitando al funcionario—. Podrías haberlo echado todo a perder con tu absurda historia.

Josef abrió los ojos de golpe, con aire teatral. Dio un falso acento a su voz mientras se incorporaba poco a poco.

—Me vendrían muy bien unas gotas de sangre, querida.

Ella le dio en la cabeza con la documentación.

—El funcionario de aduanas no se creyó que tuviera veinticinco años.

Josef le dirigió una sonrisa engreída.

—No los tienes. Apenas tienes diecinueve, y cuando Gabriel y Lucian descubran lo que hemos hecho, los dos vamos a tener más problemas de los que hemos conocido jamás. —Hizo una pausa y la sonrisa se desvaneció de su boca—. Y yo he tenido muchos problemas.

—No tenemos alternativa —declaró Skyler.

—No te engañes, Sky, siempre hay una alternativa. Y no es a ti a quien van a matar. Yo voy a ser su principal objetivo. Cuando Gabriel y Lucian vengan a buscarte, que lo harán —afirmó Josef—, te encontrarán. Si tienen reputación es por algo. Si hacemos esto de verdad, todos los cazadores carpatianos saldrán a buscarnos.

Su padre, Gabriel, era sumamente poderoso, un legendario cazador carpatiano. Su tío Lucian, el hermano gemelo de Gabriel, había contribuido a crear esa leyenda entre el pueblo carpatiano, y cuando descubrieran que había desaparecido, por supuesto que saldrían a buscarla.

—¿Y no se trata de eso? —replicó Skyler encogiéndose levemente de hombros—. Cuando se despierten y se den cuenta de que nos hemos ido, ya les llevaremos una buena ventaja. Tendríamos que poder encontrar a Dimitri.

—¿Te das cuenta —dijo Josef mientras salía flotando del ataúd— que esto podía muy bien provocar un incidente internacional? O lo que es peor, una guerra. Una guerra total.

—Tú accediste a ayudarme —repuso Skyler—. ¿Has cambiado de opinión?

—No. Eres mi mejor amiga, Sky. Seguramente Dimitri me desprecia y querría verme muerto, pero es tu compañero eterno y ha sido arrojado a los lobos, literalmente. —Josef le dirigió una sonrisa, satisfecho con su juego de palabras—. Voy a ayudarte, por supuesto. Te ayudé a trazar este plan, ¿no? Y saldrá bien.

—Dimitri no te desprecia; en realidad, se alegra de que seas mi amigo. Hemos hablado de ello. Él no es así. —Skyler le hizo una mueca—. Sabes muy bien que él sabe que te considero un hermano. Te defendería con su vida.

Josef la miró con una sonrisa burlona.

—Perdóname si yo lo desprecio un poquito. Es guapo, inteligente, un antiguo cazador y tu compañero eterno. Destruyó todos mis sueños y fantasías sobre ti. Ni siquiera me atrevo a seguir esa línea de pensamiento o él lo sabría.

Skyler puso los ojos en blanco.

—Sí, ya. Aunque sé que no piensas en mí de ese modo, Josef. Puedes ocultar muchas cosas, pero eso no. No hay ninguna fantasía ni sueños destruidos. Tu compañera eterna no ha nacido aún o… —le sonrió con picardía— probablemente sea una de las hijas de Gregori.

Josef soltó un gemido y se dio una palmada en la frente.

—Te maldigo eternamente por pronunciar esas palabras, por arrojar esa idea al universo. No lo pienses siquiera, ni mucho menos lo digas en voz alta. ¿Te imaginas a Gregori Daratrazanoff como suegro? Caray, Skyler, me quieres matar de verdad.

Ella se rió.

—Lo tendrías bien merecido, Josef. ¡Sobre todo después de poner en esos documentos que moriste porque te rompieron el corazón!

—Podría pasar. Ya sabes que soy un romántico. Dimitri cree que soy un niño pequeño, igual que todos los demás, y probablemente sea mejor así porque de lo contrario me verían como a un rival.

—Te tomas muchas molestias para que todos piensen que eres un crío —señaló Skyler con una sonrisita—. Te gusta que te subestimen. Eres un genio, Josef, y no dejas que ninguno de ellos vea tu verdadero yo. Los provocas a propósito.

La sonrisa de Josef se fue ensanchando hasta que su rostro adquirió una expresión absolutamente maliciosa. Se sopló las puntas de los dedos.

—Eso es muy cierto. No lo niego. —Su sonrisa se desvaneció—. Pero esto es muy diferente a las bromas que les gasto. Esto es muy gordo, Skyler. Sólo quiero que entiendas lo que está en juego.

—Pues claro que sé lo que está en juego.

—Tu familia es una de las más poderosas de nuestro pueblo. —Frunció el ceño—. Lo cual me recuerda... ¿por qué nunca te refieres a Gregori como a tu tío? Es hermano de Lucian y Gabriel, de modo que, técnicamente, es tu tío.

—Supongo que no lo pienso. No lo conozco. Nosotros estamos en Londres y él aquí en los montes Cárpatos, y nunca ha demostrado un gran interés por mí.

—Es un Daratrazanoff, Sky, le interesas, créeme. Si desapareces, tu familia va a salir en tu busca y estarán en pie de guerra. Toda tu familia, especialmente Gabriel.

—¿Le tienes miedo a mi padre? —preguntó Skyler.

—Tengo noticias que darte, cielo: todo el mundo le tiene miedo a tu padre, y si no, deberían tenérselo, sobre todo en lo que a ti se refiere. ¿No te has fijado en lo protector que es contigo? Tu tío Lucian es igual, si no peor, y si alguien se mete con uno de ellos o con alguno de sus seres queridos, responderá ante ambos.

Skyler se mordió el labio.

—Siento haberte puesto en esta situación, Josef. No puedo volver atrás. Tengo que encontrar a Dimitri. Sé que puedo hacerlo. Este plan es perfecto. Y ambos sabíamos que Gabriel y Lucian vendrían detrás de mí, contábamos con ello. A partir de aquí puedo seguir sola, de verdad, puedo hacerlo.

Josef rompió a reír.

—Ahora sí que has perdido la cabeza. Si dejo que hagas esto sola, entonces me matan de verdad. No, estamos aquí y tenemos que llevar esto a cabo. Creo que eres la única que podría conseguirlo. Pero, Skyler, si te metes en problemas, esto provocará una guerra de verdad. Si alguien te hace daño o te capturan, Lucian y Gabriel no van a echarse atrás. Les dará igual lo que diga el príncipe. Irán a buscarte y nadie se interpondrá en su camino. Será mejor que lo tengas presente si vas a meterte en esto.

Tienes que ser consciente de las consecuencias y estar dispuesta a afrontarlas.

Skyler apretó los labios. Prácticamente no había pensado en otra cosa desde que ella y Josef habían trazado el plan.

—Dimitri es un buen hombre. Podría haberme reclamado, habérseme llevado de mi casa y de la única estabilidad que he conocido. No podría haberme resistido a él, la atracción de los compañeros eternos es demasiado fuerte. Pero no lo hizo, Josef, y no le importó el terrible precio que tuviera que pagar por ello. No insistió en reclamarme ni en que nos uniéramos. No le tenía miedo a Gabriel. Nunca le tuvo miedo a Gabriel.

Josef hizo un gesto hacia el ataúd y la tapa se cerró con un crujido.

—Ya lo sé —admitió en voz baja.

—Sabía que yo no estaba preparada, que necesitaba tiempo para encontrarme a mí misma y superar… todo lo de mi pasado.

Skyler agachó la cabeza de manera que su abundante cabellera sedosa le tapó la cara.

—No, Sky —dijo Josef—. Somos amigos íntimos. Lo que te ocurrió no fue culpa tuya, y no deberías avergonzarte.

—No me avergüenzo. Bueno, al menos no como tú piensas. Creo que Dimitri es un gran hombre y merece una compañera eterna que pueda estar a su altura en todo. Yo aún no soy esa mujer. Quiero estar con él, siento esa necesidad casi con la misma fuerza que él. Crece en mi interior cada día.

—¿Crees que va a reprocharte el pasado? —preguntó Josef.

Skyler lo negó con la cabeza.

—No, a menudo está tan cerca que me habla por la noche cuando no puedo dormir. Hablamos mucho por las noches. Me encanta su voz. Es muy dulce conmigo, nunca se muestra exigente. Sé que para él es difícil. Siento cómo se debate, aunque al principio me lo ocultó. No puedes estar en la cabeza de alguien sin acabar viéndolo todo. La oscuridad amenazaba continuamente con tragárselo y sin embargo nunca me dijo nada, nunca intentó meterme prisa. Y desde luego no me condenaba por ser demasiado joven… y tener demasiado miedo. Dimitri no me juzga.

—Nadie te juzga, cielo —señaló Josef—. Tú eres la más dura contigo misma. Me encantó especialmente la fase en la que te teñías el pelo constantemente. Tardaste un poco en encontrarte a ti misma y sentirte cómoda con quien eres en realidad.

Skyler enarcó las cejas de golpe. Miró fijamente el pelo negro de Josef, peinado hacia arriba y con las puntas azules.

Su sonrisa era contagiosa y ponía al descubierto dos muescas iguales cerca de su boca.

—Éste soy yo. Lo averigüé hace mucho tiempo. Me gusta mi pelo con puntas azules.

—Porque nadie imaginará lo inteligente que eres. Están demasiado ocupados mirándote el pelo y los *piercings* que te pones de vez en cuando sólo para fastidiarlos a todos —lo acusó, y se rió en voz baja—. Te quiero, Josef, lo sabes, ¿verdad?

—Sí. Por eso estoy aquí, Sky. Yo no tengo a tanta gente que se preocupe por mí. Si tú dices que me necesitas, vendré.

Apartó la mirada de ella.

Skyler le puso la mano en el brazo.

—Hay mucha gente que se preocupa por ti, Josef, lo que pasa es que no dejas que se te acerquen. Si le dieras una oportunidad a Dimitri, sería un buen amigo tuyo. Sé que lo sería. He hablado con él de ti muchas veces.

—Creía que no lo habías visto desde que fuiste a los montes Cárpatos.

—Consideró que era mejor que nos mantuviéramos alejados. Yo sabía que le resultaría demasiado difícil si estaba físicamente cerca de él, pero iba y venía de Londres cuando necesitaba oír mi voz.

—¿Gabriel lo sabía? —preguntó Josef.

—Seguramente. No me lo preguntó, pero me fijé en que cuando Dimitri estaba cerca, Gabriel permanecía aún más cerca, y cuando él no estaba conmigo lo estaba Francesca. Tío Lucian y tía Jaxon venían de vez en cuando. Son personas ocupadas, de modo que supe que era porque tenían miedo de que Dimitri acudiera a reclamarme.

—Pero no lo hizo.

—Por supuesto que no. Es un hombre de honor. No soy lo bastante mayor en la cultura carpatiana, lo cual es curioso porque en la cultura humana podría casarme sin problemas. Nadie lo cuestionaría.

—¿Quieres que te reclame? —le preguntó Josef con curiosidad.

Skyler se encogió de hombros.

—A veces. Sueño con él. Nunca pienso en otros hombres, ni siquiera los miro. Siempre es Dimitri. Él me llama y ni siquiera es consciente de ello. Cuando hablamos, de mente a mente, veo cosas. Lo solo que está. Lo oscuro que es su mundo. Lo difícil que resulta resistirse a la constante atracción de la oscuridad. Soporta muchas cosas por mí. Muchas cosas por todos nosotros. Cuando caza, ahora le cuesta más. Cada vez que tiene que matar. Veo todo eso y los terribles sacrificios que hace por mí.

—Él no querría que vieras todas esas cosas, Sky —comentó Josef con dulzura—. Lo sabes, ¿verdad? Los machos carpatianos, sobre todo los cazadores, son como la piedra, unos completos guerreros, y si pensara que no te estaba protegiendo de esa sombra insidiosa se disgustaría mucho.

Skyler sonrió a Josef.

—No puedo evitar ver lo que veo, Josef. No soy exactamente como los demás. ¿Qué clase de mezcla soy? Vidente. Maga. Carpatiana en parte. Hija de la tierra. Cazadora de dragones. Veo cosas que se supone que no tendría que ver. Siento cosas que no debería sentir. Sé que casi me arrebataron a Dimitri. Lo sentí. Lo llamé. Entoné los cánticos de sanación que había oído cantar a Francesca. Encendí velas y lloré durante días cuando el estaba tan lejos que no podía alcanzarlo.

Lo miró a los ojos, dejando que viera su dolor. No había duda de que casi todo el mundo subestimaba a Josef, pero ella veía su genialidad y valoraba su íntima amistad. Podía hablar con él, contarle cualquier cosa, y él nunca traicionaba su confianza.

—Le necesito —admitió sencillamente—. Y tengo que encontrarle.

Josef le puso el brazo en los hombros.

—Bueno, hermanita, pues eso es exactamente lo que vamos a hacer. Paul debería llegar en cualquier momento. Me envió un mensaje y dijo que ya lo tenía todo preparado.

—¿Borró su rastro? ¿No te contó que una vez Nicolás tomó su sangre? Si lo hizo, puede localizar a Paul.

—Cualquiera de ellos puede localizarnos, cariño, y estarán pisándonos los talones en cuanto se den cuenta de que has desaparecido.

—Eso ya lo sé. Sólo digo que no puede pasar hasta que estemos listos. —Skyler miró otra vez el reloj—. Llega tarde.

—Su tapadera es perfecta —le aseguró Josef—. Vino volando con la familia De La Cruz y les dijo que íbamos a explorar las montañas por el lado ucraniano. Vamos a acampar durante un par de semanas. Ellos estuvieron encantados de librarse de nosotros, por supuesto, y nadie va a cuestionar que queramos hacer algo juntos. Durante los dos últimos años hemos hablado de ello sin parar. Ésta sería nuestra oportunidad perfecta para reunirnos, de modo que se tragaron la historia sin problemas.

Skyler soltó un leve resoplido.

—¡Pues claro que no les importa que os vayáis juntos de acampada a tierras inexploradas! ¿Recuerdas cuando quise ir a una de vuestras excursiones? Casi se hundió el mundo.

Josef se rió y apoyó perezosamente la cadera contra el ataúd.

—Gabriel se convirtió en el gran lobo malvado sólo con sugerirlo y casi se nos comió a Paul y a mí para cenar. Me sorprendió que te permitiera ir a la universidad. Ibas muy por delante de tu grupo de edad en el instituto.

Skyler se encogió de hombros.

—Durante el primer año volvía a casa por las noches. Lo necesitaba. Eso no tuvo nada que ver con Gabriel y Francesca. No sé qué habría hecho sin ellos. Los necesité mucho en esa primera época. Y la verdad es que me ayudaron muchísimo. —Las lágrimas brillaron en sus ojos—. Detesto corresponder a su amor y bondad con mentiras, pero no me dejaron elección.

—¿Intentaste hablar con ellos de Dimitri? —preguntó Josef.

Skyler asintió con la cabeza.

—Sabía que algo iba mal, que Dimitri estaba preocupado la última vez que hablamos. Hace unas semanas se marchó de pronto a los montes Cárpatos y luego luchó una batalla terrible. Noté que se me escapaba. Estaba tan lejos que a duras penas podía alcanzarlo. Cuando lo conseguí, estaba casi muerto. Podía notar cómo se desvanecía su fuerza vital. —Levantó la mirada hacia Josef—. ¿Recuerdas aquella noche? Te llamé para que vinieras a ayudarme.

—Estabas en la biblioteca de la universidad y por suerte había venido a visitarte, por lo que no estaba muy lejos —repuso Josef—, pero no me contaste lo que ocurrió. Sólo que Dimitri te necesitaba. Estabas hecha polvo.

El recuerdo de aquella noche la afectó. Dimitri había resultado herido de gravedad. Mortalmente herido. Ella se encontraba lejos de él, estudiando en la biblioteca de la universidad. ¡Qué trivial!, y la distancia debilitaba su conexión. Skyler había intentado entrar en contacto con él, consciente de que tenía problemas, y fue a su hermano a quien encontró. Cuando alcanzó a Dimitri, éste se había quedado frío, frío como el hielo. Skyler se estremeció, pues aún sentía aquel frío en los huesos. A veces pensaba que no se lo quitaría nunca de encima.

—Su hermano estaba allí, luchando por él, siguiendo su luz que se desvanecía e intentando traerle de vuelta. Yo llamé a Dimitri y le supliqué que no me dejara. Aunque me encontraba muy lejos intenté ayudar a su hermano a que lo trajera de vuelta al reino de los vivos. Sencillamente no podía dejarlo ir.

Se atrapó el labio inferior entre los dientes y se lo mordió con fuerza. Hasta en aquellos momentos se le rompía el alma. Se llevó la mano al corazón y apretó la palma con fuerza contra el dolor.

—No puedo perderlo, Josef. Él siempre ha estado ahí para mí, desde que lo he necesitado y de cualquier modo en que lo haya necesitado. Ahora es mi turno. No voy a fallarle. Voy a encontrarle y voy a ayudarle a escapar.

—Antes, cuando se estaba muriendo, pudiste llegar a él —se aventuró a comentar Josef con cautela, plenamente consciente de que estaba atravesando un campo de minas—. ¿Por qué piensas que ahora no puedes?

—Sé lo que estás insinuando, Josef —replicó ella con brusquedad—, y no es cierto. Dimitri está vivo. Sé que está vivo.

Josef asintió.

—Muy bien, Sky, pero eso no responde a mi pregunta. Quizá sería mejor que averiguáramos por qué no puedes llegar a él cuando ambos siempre habéis sido capaces de comunicaros telepáticamente. Tú eres sumamente poderosa. Más que algunos carpatianos. Muchos de nosotros no podemos cubrir las distancias que has podido cubrir tú. Así pues, ¿qué es distinto ahora?

Skyler lo miró con el ceño fruncido. Josef era increíblemente brillante y aunque no quisiera oír lo que decía, tenía que escucharlo. Él tenía razón. Había sido capaz de salvar grandes distancias para conectar con Dimitri, y conectarlo a él con ella. Cuando Dimitri tuvo problemas, ella lo había sabido, como también supo que había luchado en una batalla con una manada de lobos renegados y se había llevado la peor parte para darle a su hermano la oportunidad de destruir a un peligroso cruce de vampiro y lobo.

Ella había sentido el dolor de Dimitri, un dolor tan atroz que apenas la dejaba respirar. Había estado a punto de caerse al suelo allí mismo, en la biblioteca de la universidad, con aquel arrebato de dolor que no era suyo. Había seguido aquel rastro hasta él sin equivocarse pese a que su luz se apagaba. Tras años de hablar telepáticamente, la conexión entre ellos se había fortalecido y encontró a Dimitri aunque la fuerza vital de éste se estaba consumiendo, viajando a otro reino. Josef tenía razón: Si pudo hacer eso ¿por qué no podía encontrarlo ahora? No tenía sentido… y debería habérsele ocurrido pensarlo.

—Estás demasiado unida al problema —le dijo, y demostró estar tan sintonizado con ella que prácticamente podía leerle el pensamiento.

—No me gusta cuando no pienso con claridad —repuso Skyler—. Él necesita que esté al cien por cien en esto.

—Creo que eso se llama amor, Sky, por mucho que no quiera admitir que pudieras querer a alguien que no sea yo.

Josef le guiñó un ojo.

—Algo va muy mal, Josef. Lo sé. ¿Cómo pude encontrarle cuando ya estaba técnicamente muerto y ahora no?

—Quizás esté inconsciente —aventuró.

Ella lo negó con la cabeza.

—Ya lo pensé. Aun así podría encontrarle. Sé que podría. Tiene que ver con nuestra conexión. Es muy fuerte. Puedo seguirle a cualquier parte. Podía alcanzarlo cuando estaba bajo tierra, rejuveneciendo en ella.

—Imposible, Sky. Nadie puede hacer eso. Detenemos el corazón y los pulmones y no podemos movernos. Es nuestro momento más vulnerable. ¿Cómo podría estar consciente?

—No lo sé, pero cada vez que lo busco, de día o de noche, él siempre está allí para mí. Siempre. No recuerdo ni una sola vez que no pudiera encontrarle. La Madre Tierra siempre me cantaba, con una vibración que podía sentir, y sabía dónde estaba él.

—¿Les contaste a Gabriel y Francesca que podías hacer eso? ¿Podrías hacerlo con ellos? ¿O conmigo?

Skyler se puso a andar de un lado para otro y miró el reloj una vez más con impaciencia.

—No se me ocurrió contarle a nadie el cómo del asunto. Pero no, nunca intenté despertar a nadie más. Últimamente Gabriel y Francesca no disponen de mucho tiempo para estar a solas los dos, por lo que no consideré despertarles. Recurrir a Dimitri parecía lo más natural. Sabía que me necesitaba tanto como yo a él.

—Todo este tiempo creía que tenías miedo de mantener una relación con él —dijo Josef.

La sonrisa de Skyler fue triste.

—Nunca tuve miedo de relacionarme con él. ¿Cómo iba a tenerlo? Nuestra relación es maravillosa. Me trata como si fuera la mujer más maravillosa y deseable del mundo. Es inteligente, podemos pasarnos horas hablando de cualquier cosa. Es bueno y dulce. Es todo lo que una mujer podría desear en una pareja.

—Detecto un pero.

—No estoy segura de poder ser la compañera eterna que merece de verdad. La relación emocional e intelectual se me da estupendamente, pero no tengo ni idea de si puedo llegar a ser lo que él necesita físicamente. Es una cuestión totalmente distinta.

Josef meneó la cabeza.

—No te obsesiones con eso, Skyler. Ocurrirá cuando se suponga que tiene que ocurrir. Dimitri nunca deseará a otra mujer. Jamás. Te dará todo el tiempo que necesites.

—Lo sé. De verdad. Dimitri no me presionaría y nunca lo ha hecho. No es él quien está preocupado. Lo que pasa es que me pongo nerviosa al pensarlo. Quiero ser la mejor compañera eterna posible para él, pero mi cabeza aún no puede pasar a una relación física.

Miró de nuevo el reloj.

—Será mejor que Paul llegue pronto. ¿Estás seguro de que se marchó sin que nadie sospechara nada?

—Sí, está de camino. Sólo se retrasa unos minutos. Dijiste que Dimitri estaba vivo. Si lo está, lo encontraremos.

Skyler soltó aire lentamente.

—No me gusta nada todo esto. Odio el hecho de que el príncipe lo haya abandonado, junto con todos los demás.

Josef la rodeó con el brazo y la estrechó. La sonrisa se desvaneció.

—Lo encontraremos. Lo haremos.

Skyler permaneció abrazada a él un momento, tras el cual asintió con la cabeza, irguió los hombros y se apartó.

—La única explicación que se me ocurre para no poder conectar con él no me gusta nada.

—¿Cuál es? —preguntó Josef.

—Me está bloqueando. —Había dolor en su voz—. Tiene que ser eso. No hay ninguna otra explicación que tenga sentido.

Capítulo 2

Paul Jansen rodeó a Skyler entre sus brazos y la abrazó con fuerza. Era más alto de lo que ella recordaba, con un torso y unos hombros anchos. Había ganado peso y parecía más un hombre que un chico. Trabajaba duro en el rancho familiar y eso se notaba en sus brazos fornidos, musculosos e intensamente bronceados y en su seguridad. Aparentaba más de los veinte años que tenía; le pesaba la responsabilidad.

Skyler le devolvió un abrazo igual de fuerte.

—Gracias por venir. No te lo habría pedido si no estuviera tan desesperada.

Paul extendió los brazos sin soltarla y la observó detenidamente con una pequeña sonrisa de afecto en el rostro.

—No me lo perdería por nada del mundo. Hace mucho tiempo hicimos un pacto, los tres. Si alguno de nosotros estaba en apuros acudiríamos corriendo. Me alegro de que me llamaras.

Josef le estrechó los antebrazos con el saludo tradicional carpatiano entre guerreros, lo cual chocó un poco a Skyler. Josef no tenía nada de tradicional y siempre la sorprendía cuando empleaba alguno de los rituales antiguos.

—Me alegro de verte, hermano. Ha pasado mucho tiempo. No dejan que te escapes del trabajo muy a menudo, ¿verdad? —dijo Josef.

Paul lo abrazó al más tradicional estilo humano.

—Cuido de mis hermanas, sobre todo de Ginny. Los hermanos De La Cruz y sus compañeras eternas tienen enemigos y durante el día hay que dirigir el rancho y cuidar de Ginny.

—Tú siempre trabajaste demasiado duro —comentó Josef, que le devolvió el abrazo—. Me alegro de verte. Chatear por internet no es suficiente. ¿Cómo está tu hermana? Está creciendo muy deprisa.

—Ginny es asombrosa con los caballos, como siempre lo ha sido Colby. Además es muy guapa, lo cual implica que tenga que vigilar a todos los peones del rancho y asegurarme de que no tengan ninguna ocurrencia.

Paul sonrió ampliamente, pero no había regocijo en sus ojos.

Skyler tuvo que sonreír. La mayoría de los cazadores carpatianos eran duros como el hierro e incluso más, pero Colby, la hermana de Paul, había entrado en una de las familias más duras de todas. Era la compañera eterna de Rafael De La Cruz. Había cinco hermanos y a todos ellos se les consideraba sumamente letales, algunos de los depredadores más temidos del planeta. Estaba claro que Paul ya había aprendido mucho de ellos. Skyler no tenía ninguna duda de que también había aprendido a defenderse. Combatía contra los vampiros y realizaba el trabajo de un hombre en el rancho, dirigiendo las cosas mientras los carpatianos dormían durante el día.

—Josef, carga tu ataúd en la camioneta, por favor —le dijo Skyler—. Hay que ponerse en marcha. Tenemos que estar de camino por si acaso viene alguien a buscarnos.

Paul echó un vistazo al ornamentado ataúd y estalló en carcajadas.

—¡Fíjate en eso! Te has estado divirtiendo, ¿verdad, Josef?

Skyler puso los ojos en blanco.

—No lo animes. No tienes ni idea. De hecho, puso en los documentos oficiales que la causa de la muerte había sido un corazón roto. ¿Te lo puedes creer?

Pau se rió aún más.

—No esperaría menos de él. —Le alborotó el pelo a Skyler—. Te has vuelto guapísima. ¿Quién lo diría?

Josef lo miró con el ceño fruncido.

—La ves casi cada día en FaceTime o Skype. Tiene el mismo aspecto de siempre. En cambio, tú te has dejado crecer el pelo. Hasta empiezas a parecerte a los hermanos De La Cruz. ¿Estás loco?

Paul se encogió de hombros y con el pulgar empujó hacia atrás el sombrero vaquero que llevaba.

—Todo el mundo les tiene un poco de miedo a los hermanos De La

Cruz. No me importa en absoluto estar relacionado con ellos. Eso me convierte automáticamente en un cabrón.

Skyler se sorprendió riendo, y relajándose, por primera vez desde hacía días. Se le había olvidado la cómoda camaradería que compartía con Paul y Josef cuando estaban juntos de esa forma. Los quería a ambos y sabía que ellos la correspondían. Puede que los dos le tomaran el pelo sobre Dimitri, pero le tenían un gran respeto. Querían encontrarle tanto como ella.

A Josef le preocupaba que Skyler no supiera las consecuencias de sus acciones, pero era perfectamente consciente de ello. ¿Cómo no iba a serlo? Estaba mintiendo a la gente que quería. Y sabía, sin sombra de duda, que la familia De La Cruz protegería a Paul igual que Gabriel y Lucian la protegerían a ella. Los hermanos De La Cruz habían estado mucho tiempo lejos de los montes Cárpatos y dictaban sus propias leyes. Eran leales al príncipe pero, al mismo tiempo, era el mayor, Zacarías, el que gobernaba las acciones de todos. Él nunca permitiría, bajo ningún concepto, que un miembro de su familia estuviera en peligro sin acudir en su ayuda.

Skyler había pensado mucho en lo que estaba haciendo. Paul era importante para ella y él lo sabía. Habían discutido abiertamente lo que harían los hermanos De La Cruz si el plan fracasaba y se metían en problemas. La familia De La Cruz era la que más tenía que perder. Si los licántropos se salían con la suya en la cumbre que pronto tendría lugar en los montes Cárpatos, darían caza a MaryAnn y a Manolito De La Cruz y los matarían, igual que harían con Dimitri. Los consideraban los temidos *Sange rau*, literalmente mala sangre, una mezcla de licántropo y carpatiano.

Se quedó mirando a Josef mientras éste metía flotando el ataúd en la parte trasera de la camioneta. Era asombrosamente hábil moviendo objetos. Ella podía hacerlo, pero no con tanta facilidad como él. Josef había atravesado una fase difícil, pero sin duda la había superado y utilizaba sus dones de carpatiano con gran destreza y sin problemas. Se le consideraba un niño a ojos de los machos carpatianos de siglos de edad. A los jóvenes carpatianos no se les tenía por adultos hasta que no alcanzaban su quincuagésimo año.

Los carpatianos apenas estaban empezando a comprender la genialidad de Josef con la tecnología, especialmente con los ordenadores. Poco había que no pudiera hacer, nada que no pudiera piratear y ningún programa que no pudiera diseñar. Skyler estaba casi segura de que aún no reconocían la enormidad de sus habilidades y lo que eso significaba para su pueblo. Los carpatianos eran intelectuales, pero sabía que Josef era un verdadero genio que iba kilómetros por delante de la mayoría de la gente de cualquier especie.

Paul y Josef eran intrusos en su propio mundo, igual que lo era ella en menor grado. Ella vivía con unos padres carpatianos que la trataban con cariño, pero no era carpatiana. Paul también estaba rodeado de carpatianos, pero tenía que vivir en un mundo humano, aunque ya no encajara en él. Había visto vampiros, incluso lo había poseído uno de ellos. Y luego estaba Josef. Su mirada se posó en él. Extravagante. Un rebelde. Sí, era ambas cosas, pero también era leal, brillante y una persona con la que siempre se podía contar.

Skyler siempre había sentido mucha pena por él. No podía negar que lo quería, y Dimitri lo sabía, por supuesto. Él lo sabía todo sobre ella. Hacía tiempo que había abierto su mente a su compañero eterno. Al principio había permitido que Dimitri entrara en su mente con la vaga idea de que, después de su horrible niñez, vería que nunca podría ser lo que él quería que fuera. Él se había mostrado entonces igual que ahora. Categórico. Implacable. Seguro. Cariñoso.

Era un hombre al que casi era imposible resistirse. Bueno. Está bien. Su resistencia a la idea de ser su compañera eterna se había desvanecido por completo. Sólo necesitaba un poco de tiempo para ir adquiriendo confianza en sí misma y que, llegado el momento, fuera capaz de ser una compañera completa para él.

Skyler se mordió el labio con fuerza e hizo una mueca al sentir el dolor. Aún no había llegado a ese punto, no en la parte física, pero eso no importaba, ni llegaría a importar si él no sobrevivía.

El suave codazo que Josef le dio en broma le hizo dar un salto. Su amigo soltó un quejido.

—Ya está otra vez en las nubes. Últimamente le ha dado por hacerlo, Paul. Estás hablando con ella y parece una persona normal, pero luego pone esa cara de boba sensiblera y esa mirada empalagosa y se va a alguna otra parte. Creo que antes de hacer nada más tenemos que llevarla a que la vea un médico y rápido.

—¡Tú sí que vas a necesitar un médico!

Skyler respondió con una rápida patada en la espinilla de Josef y, cuando él dio media vuelta para huir, se le subió a la espalda de un salto y fingió darle puñetazos en las costillas.

—¡Socorro, ayudadme, se ha vuelto loca!

Josef giraba en círculos para quitársela de encima, pero la sujetaba bien.

—Vamos, tontos. No podemos estar seguros de que alguien no haya averiguado ya que Skyler no está donde dijo que estaría —advirtió Paul—. Lo único que tienen que hacer Francesca o Gabriel es intentar ponerse en contacto con ella.

Josef dejó de dar vueltas como un loco y dobló las rodillas para dejar a Skyler en el suelo. Echó un vistazo en derredor con repentina desconfianza.

—No creo que vayan a encontrarnos tan rápido, hermano —dijo Paul.

—No. Francesca y Gabriel no —repuso Josef, que se puso delante de Skyler y con un brazo la situó detrás de él—, pero algo sí lo ha hecho.

—Puedo ayudar —terció Skyler entre dientes—. Soy muy hábil en toda clase de defensa.

Atisbó por detrás de Josef. Se había encontrado y enfrentado con toda clase de monstruos que la aterrorizaban, pero no tenía intención de demostrar miedo delante de ninguno de sus dos amigos, y menos aún cuando éstos estaban arriesgando la vida por su plan más bien desesperado de recuperar a Dimitri de manos de sus captores.

Paul se acercó por el otro lado.

—Cierra el pico, lunática, y déjanos ver qué se nos viene encima.

—El ataúd ya está en la camioneta, ¿queréis que intentemos marcharnos en ella? —sugirió Skyler esperanzada.

—Yo preferiría enfrentarme a ellos al aire libre —respondió Paul—. ¿Josef?

Josef alzó la mano con los dedos extendidos.

—Son cinco. Matones. Vieron cerrar el establecimiento al tipo de aduanas y quieren venir a ver lo que podría haberse dejado. Dos de ellos van muy colocados. Todos han estado bebiendo. No son vampiros.

Skyler agarró a Josef del brazo.

—Pues marchémonos. Cinco humanos con cuchillos y cadenas y tal vez armas aun pueden retrasarnos. Salgamos de aquí.

—No creo que tengan intención de dejar que cojamos la camioneta, Sky —replicó Josef—. Tienen los ojos puestos en nuestro vehículo.

Skyler suspiró. Josef y Paul tenían ganas de pelea. Ambos tenían energía contenida así como furia reprimida contra su príncipe y los demás cazadores. Y para ser totalmente sincera, ella también. Estaba enojada. Furiosa. Dimitri merecía mucha más lealtad de la que su gente le estaba demostrando. Los habían dejado a los tres al margen por ser demasiado jóvenes para contar con ellos cuando la persona que era su otra mitad estaba en peligro. Eso no estaba bien. Ella era la compañera eterna de Dimitri y, como mínimo, deberían tenerla informada en todo momento, no apartarla como a una niña incapaz de entenderlo.

Respiró profundamente, consciente de que el único de ellos que tenía aspecto de poder manejárselas era Paul. A Josef no lo tendrían en cuenta. Era alto y desgarbado, pero no había desarrollado la musculatura exterior que podría impresionar a un grupo de matones como los que hacen posturas. Por supuesto, a quien todos deberían temer era a Josef, pero él tenía el aspecto del informático que era.

Skyler escuchó las tonterías que se decían y suspiró levemente. A veces el mundo parecía ser igual allá adonde iba. Londres, Sudamérica, Estados Unidos, incluso su querida Rumanía tenía los mismos individuos que preferían robar antes que ganarse las cosas.

—*Eres demasiado blanda, Sky* —le dijo Josef—. *Te matarían por esas botas tan elegantes que llevas.*

Lo peor era que probablemente Josef tuviera razón. Él podía leerle el pensamiento. Ella también podía, si quería, cosa que no hizo. A veces sólo quería fingir que la mayoría de las personas eran buenas de verdad, como Gabriel y Francesca, y no los monstruos que había conocido de pequeña. El hecho de vivir en un mundo en el que sabía que existían los vampiros y monstruos no le hacía ningún bien a su fantasía.

Lo primero que percibió fue el olor de los cinco hombres que se les acercaban. Sin duda dos de ellos iban drogados. La peste a alcohol era fuerte, lo cual no era buena señal. Su experiencia con el alcohol no era la mejor. Estaba muy claro que los hombres que iban bebidos tenían incrementado el sentido de la bravuconería y debilitado el buen juicio. Lo más probable era que esos cinco se creyeran capaces de cualquier cosa.

Los observó mientras se acercaban y se fijó en que los dos más rezagados estaban a todas luces borrachos. No podían caminar en línea recta, pero uno de ellos tenía una pistola. Vio que acariciaba el cañón y a ella le pareció el más peligroso. Mantuvo la mirada clavada en él.

—¡Vaya, mira lo que hemos encontrado! —exclamó el autoproclamado líder. Señaló a Skyler y dobló el dedo meñique—. Ven aquí.

Josef les sonrió enseñando deliberadamente sus dientes más largos y afilados.

—Lo mejor será que os marchéis mientras tengáis oportunidad.

—Nadie está hablando contigo —replicó el líder con brusquedad—. Acércate —añadió con la mano en el cuchillo.

—No va a ir a ninguna parte —dijo Josef, cuyos ojos adoptaron un brillo rojizo—. Os estoy advirtiendo por última vez, aunque tengo un poco de hambre. Acabo de despertarme, pero todos vosotros apestáis a alcohol y soy contrario a beber hasta ese punto.

—Mira ese cacharro, Gustoff. —El tipo que estaba a la derecha del líder señaló la camioneta—. Y un ataúd genial. Yo quiero eso.

—Ése es mi dormitorio —terció Josef—. Y no te he invitado.

Gustoff ya se había hartado de tratar con Josef. Sacó el cuchillo e inmediatamente los demás hicieron lo mismo. Skyler no estaba tan preocupada por los cuchillos como por la pistola que empuñaba el borracho. La apuntó directamente a Josef. Ella se concentró en el objeto. La pistola pareció adquirir vida propia. La sonrisa de satisfacción del rostro del borracho se desvaneció lentamente cuando el arma empezó a volverse contra él. Por mucho que intentaba girar la mano, el arma siguió dando la vuelta hasta que lo apuntó a él.

—¡Gustoff! —exclamó.

Gustoff echó un vistazo por encima del hombro.

—Deja de hacer el tonto.

—No hago el tonto —insistió el borracho. Le temblaba la mano. Intentó abrirla pero tenía la palma firmemente cerrada en torno a la pistola y el dedo pegado al gatillo—. Va a dispararme. Haz algo.

Gustoff puso mala cara.

—Petr, ayuda a ese idiota.

Petr entró rápidamente en acción y agarró la pistola. No pudo moverla, ni tampoco pudo sacar la mano del borracho de ella.

Alarmado, Gustoff se volvió hacia Josef con el cuchillo al frente y la hoja hacia arriba.

—Eh, a mí no me mires, eso es cosa suya —dijo Josef señalando a Skyler—. Tiene una vena malvada. Yo soy el bueno. —Mientras hablaba, los botones de la camisa de Gustoff empezaron a saltar. Los vaqueros se le abrieron por las costuras.

Paul se rió con desprecio.

—Muy bueno, Josef.

—¡A por ellos! —gritó Gustoff, furioso.

Los demás se precipitaron hacia ellos empuñando los cuchillos. Uno de ellos hacía girar una pesada cadena metálica. Skyler se situó detrás de Paul y Josef y extendió su concentración para abarcar las otras armas. En esta ocasión cambió la temperatura de modo que mientras esos idiotas borrachos las empuñaban, los cuchillos y la cadena empezaron primero a calentarse y luego a quemar.

Paul bajó la mano con fuerza contra la muñeca del que iba a por él, le agarró la mano que sostenía el cuchillo y se la giró hacia arriba y a un lado al tiempo que avanzaba. El hombre cayó con fuerza y un audible crujido indicó una muñeca rota. Entonces apartó el cuchillo de un puntapié y al hombre le propinó una patada en la cabeza.

Dos de ellos se precipitaron contra Josef. Éste se desvaneció y los dos tipos se quedaron mirándose el uno al otro. Uno de los dos iba haciendo girar la cadena, pero ahora los eslabones metálicos tenían un tono rojizo que resplandecía en la noche, una extraña veta de fuego que giraba sobre su cabeza. De pronto la cadena recibió un tirón desde atrás y con la misma rapidez se enroscó en el cuerpo del hombre. Éste gritó cuando los eslabones al rojo le tocaron la piel.

El que quedaba giró rápidamente sobre sus talones, intentando encontrar a Josef, casi histérico de miedo. El metal de su cuchillo empezó a resplandecer a medida que iba aumentando de temperatura. Abrió la mano de golpe y el cuchillo cayó al suelo.

Paul fue a por él de inmediato y le propinó un puñetazo en la boca que lo lanzó hacia atrás. Remató su ventaja con una patada frontal al estómago con sus botas de puntera de acero.

Josef apareció de la nada justo delante de Gustoff. El líder le lanzó una cuchillada, pero Josef lo agarró por la muñeca con un apretón mortal y lo hizo girar de modo que le atrapó el cuello con el brazo. Era inmensamente fuerte, resultaba imposible desprenderse de su agarre. Inclinó la cabeza hacia el palpitante pulso de su presa.

—Llevo tiempo sin comer —susurró—. Y necesito sangre para sobrevivir. Qué mala suerte que aparecieras y no hicieras caso de mi advertencia.

Clavó profundamente los dientes en aquel pulso retumbante, dejando que Gustoff sintiera un dolor ardiente. El miedo había regado la sangre de adrenalina, lo que contribuyó a anular el amargo y desagradable sabor del alcohol. Gustoff gritaba y gritaba, horrorizado ante el vampiro que le consumía la fuerza vital.

Su banda de matones se quedó paralizada, sólo miraban con absoluto terror.

—*Eres siempre tan bueno haciendo teatro* —dijo Skyler—. *Les estás dando todo un espectáculo.*

Josef ya tenía los ojos completamente rojos, relucían como dos ascuas gemelas en la oscuridad. Mejoró el aspecto de Gustoff, dejándolo más pálido con cada minuto que pasaba. Dio la impresión de que su cuerpo empezaba a convulsionarse. Entonces lo dejó caer al suelo. Dos finos hilos de sangre le bajaban de la boca hasta el mentón.

Skyler puso los ojos en blanco.

—*No puedo seguir apuntándole con esta pistola eternamente.*

Josef volvió bruscamente la cabeza hacia el borracho que sostenía la pistola. Posó la mirada en él.

—Pareces sabroso.

—No lo soy. No lo soy.

El borracho meneaba la cabeza e intentó retroceder tambaleándose.

Josef agitó la mano y el borracho no pudo moverse. Entonces fue flotando hasta él sin prisas, moviendo las manos como si nadara.

—*¡Oh, cielo santo! ¿Tienes que hacer eso?* —preguntó Skyler.

Paul se dobló en dos de la risa. Cuando uno de los hombres que estaba en el suelo se movió, le propinó otra patada, pero ni siquiera eso impidió que se divirtiera con las payasadas de Josef.

—*Sí, palomita mía. Tengo que hacerlo. ¿Qué tiene de divertido ser carpatiano si en realidad no puedes darle un susto de muerte a alguien?*

—*Josef, tienes una vena malvada.*

Josef alcanzó al borracho. Le tendió la mano para que le diera el arma. El borracho extendió el brazo y, para su sorpresa, el arma cayó en la palma de Josef.

—Gracias —le dijo con una ligera inclinación formal. Retiró las balas y acto seguido estrujó el arma con el puño.

Paul se deslizó en el asiento del conductor.

—Vamos, Skyler, salgamos de aquí.

Ella ocupó el pequeño asiento plegable de la parte de atrás. Josef era alto y necesitaría espacio para estirar las piernas. Paul puso en marcha la camioneta y condujo rodeando a los cinco hombres, sacó la cabeza por la ventanilla y llamó a Josef.

—Venga, hombre, vámonos.

Josef le dijo que se fuera con un gesto de la mano y se volvió a recoger las armas. Las fue destruyendo una a una. A continuación agitó la mano hacia los hombres y sus ropas desaparecieron, con lo que quedaron desnudos en el suelo.

—Resulta un poco difícil robar y matar cuando estás con el culo al aire, ¿no es verdad? Os estaré vigilando. No me hagáis tener que volver.

Se elevó por los aires, riéndose, y salió disparado tras la furgoneta.

Aún se reía cuando se materializó en el asiento del acompañante.

Skyler le dio un cachete en la cabeza desde atrás.

—Les quitaste la ropa, ¿verdad? —dijo para beneficio de Paul que, si bien era cada vez más hábil con la comunicación telepática, no podía fundir su mente y leer pensamientos como ella podía hacer con Josef, aunque estaba aprendiendo muy deprisa.

Paul rió disimuladamente y levantó la mano para chocar los cinco con Josef.

—Oh, sí, me gustaría ver cómo se escabullen de vuelta a casa en pelotas.

Ambos estallaron en carcajadas.

Skyler puso los ojos en blanco e intentó con todas sus fuerzas no reírse con ellos.

—Eres imposible, Josef. Esos hombres van a tener que llegar a su barrio en cueros.

Se tapó la boca con la mano, pero se le escapó la risa de todos modos.

Cruzó la mirada con Paul por el espejo retrovisor y Josef se volvió en el asiento con los ojos centelleantes de regocijo. Los tres se echaron a reír.

Skyler había olvidado cómo era estar con ellos. En la universidad había hecho nuevas amistades, pero siempre fue cautelosa con ellas… tenía que serlo. En casa, Gabriel y Francesca eran unos padres cariñosos y maravillosos. Su hermana pequeña, Tamara, era la niña más adorable del mundo y no podía imaginarse la vida sin ella, pero no podía ser sincera con ellos sobre su relación con Dimitri.

Ella no era carpatiana y no podía esperar a tener cincuenta años para estar con su compañero eterno. Ella era humana. Sin Dimitri, tal vez no hubiera superado muchas de las largas noches en las que se despertaba empapada en sudor y con los recuerdos de los hombres manoseándola, haciéndole daño, golpeándola y utilizándola. Ella era una niña, pero eso no les había importado.

Había aprendido a mantener sus gritos silenciosos, internos, y cuando tenía pesadillas hacía lo mismo. Dimitri siempre la oía. Siempre. Acudía a ella en la oscuridad de la noche, en sus peores momentos, rodeándola de un amor incondicional. Nunca le pedía nada. Nunca reivindicaba sus derechos o le echaba en cara que sufría porque ella no era capaz de ser su compañera eterna por completo.

Y sí, sufría. Con el paso de los años, Skyler se hizo más hábil a la hora de acceder a su mente y a sus recuerdos. Vio claramente la terrible oscuridad agazapada como un monstruo, susurrando tentadoramente, intentando destruirle.

—*Dimitri. Querido. Tengo tanto miedo por ti. Te tengo cerca de mí, finjo que estoy segura de que estás vivo, miento a mis más íntimos y queridos amigos, pero en realidad a duras penas puedo respirar. Siento tan cercano el terror de estar sin ti... tan real.*

Esperó allí en la oscuridad, agradecida por el asiento trasero de la camioneta, agradecida de que Paul y Josef estuvieran peleando por la música y la creyeran dormida. Ella mantuvo los ojos cerrados y la respiración acompasada, pero el corazón le latía con demasiada fuerza, le palpitaba demasiado rápido y seguro que Josef, al menos, podía detectarlo. De ser así, fue lo bastante educado para no poner en evidencia su fingimiento.

El silencio se prolongó. No hubo respuesta. Aun en sus peores momentos, una vez incluso durante una batalla con un vampiro, Dimitri siempre le había mandado unas palabras de consuelo si ella lo buscaba, por breves que fueran. El silencio era frío y solitario y le resultaba sumamente aterrador. Había vivido demasiado tiempo en una pesadilla sin forma de escapar hasta que Francesca la había encontrado. Pero aun así, siempre había pasado las noches atrapada en aquellos primeros años, que se repetían una y otra vez hasta que creyó que se volvería loca.

Francesca había hecho todo lo que se le había ocurrido para ayudarla a aliviar las pesadillas, incluido darle sangre carpatiana. Se turnaba con Gabriel junto a su cama cuando las pesadillas eran tan malas que sólo hacía que gritar y no reconocía a nadie. Llamaron a sanadores. Nada funcionaba... hasta que llegó Dimitri. Sólo Dimitri se interponía entre ella y su pasado. Ahora ese escudo había desaparecido y, por mucho que lo intentara, no podía llegar hasta él.

El terror se apoderó de ella. El dolor. La desesperación. Era imposible seguir adelante si Dimitri no estaba en el mundo. Su caballero. Su otra mitad. Tomó aire y volvió a intentar llegar a él vertiendo todo lo que sentía, todo lo que era, en su urgente plegaria.

—*Amor mío. Si crees que me proteges de algo terrible, no puede ser peor que pensar que estás muerto. Te necesito. Necesito tu contacto. Aunque sólo sea por un momento. Sin ti no puedo respirar. Necesito saber que estás vivo y que hay esperanza para nosotros.*

El arrebato de dolor fue absolutamente atroz. El cuerpo se le puso rígido. Se convulsionó. Los pulmones se le vaciaron con un largo grito que cesó bruscamente cuando se quedó sin reservas de aire. No podía pensar, el dolor convertía en fuego todas sus terminaciones nerviosas. Se desgarró la piel con las uñas intentando calmar el ardor.

Apenas fue consciente de que la camioneta se detuvo, de que Josef la levantó del asiento trasero, la sacó del vehículo y la tendió sobre la hierba. Paul le sujetó las manos para evitar que se arrancara la piel.

—Respira —le ordenó Paul—. Vamos, Skyler, respira ya. Toma aire.

Ella se lo había buscado, y si lo pasaba así de mal estando tan lejos de él, ¿cómo debía de ser para Dimitri? Se obligó a llenar los pulmones de aire. No había forma de apartar el dolor. Su conexión con Dimitri era demasiado intensa.

Miró a Josef. Él era carpatiano y era fuerte cuando quería. Skyler sabía que estaba pidiendo, suplicando ayuda con la mirada.

—Paul —dijo Josef en voz baja—, ha encontrado a Dimitri y la cosa es grave. Tengo que ayudarla. Eso quiere decir que tendrás que protegernos; cuando haya terminado vuelve a meternos en la camioneta y dame sangre.

Paul asintió.

—Yo me encargo, tú ayúdala.

Josef no perdió el tiempo.

—Soy todo tuyo, Skyler, toma mi fuerza y energía libremente. Dondequiera que esté, ayúdale.

Skyler no se atrevía a respirar e intentar vencer de nuevo aquel dolor que le nublaba la mente. Necesitaba prácticamente todo lo que tenía para seguir consciente mientras seguía el hilo hacia Dimitri. Si Josef no hubiera estado con ella, hubiese sido imposible. Dimitri se hallaba a mucha distancia. Los licántropos que lo habían atrapado se las habían arreglado para sacarlo rápidamente del país. No dejaron ningún rastro; Josef había conseguido la información para ella.

Ella sabía que el dolor que estaba sintiendo no era nada en comparación con lo que estaba pasando Dimitri. Cuando estableció contacto para hacerle saber que estaba vivo, la protegió intentando bloquear tanto dolor como podía y rompiendo la fusión de sus mentes para evitar que ella lo sintiera.

Skyler hizo uso de toda la fuerza y disciplina que poseía. De niña la habían forjado en los fuegos del infierno. Y esos mismos fuegos la habían pulido de joven. Era una Cazadora de dragones. Una hija de la Madre Tierra. Era una poderosa vidente por derecho propio. Se negó a perder el hilo que la conducía a su compañero eterno. No iba a durar mucho sometido a esa clase de tortura… porque lo estaban torturando. Así que concentró su mente en una única cosa: permanecer con Dimitri, seguir aquel débil rastro hacia él.

El canal telepático era irregular, se desvanecía, era muy débil, pero Skyler pudo seguirlo, seguir aquellas huellas psíquicas que le eran tan conocidas. El dolor surcó su cuerpo hasta que todas sus terminaciones nerviosas ardieron inflamadas. Era tan insoportable que tuvo que volver la cabeza para vomitar.

Tiró de las manos para decirle a Josef en silencio que tenía el control y que la dejara ir. En cuanto lo hizo, apretó los dedos contra el suelo. Esa simple acción le dio más fuerza. Más decidida que nunca, buscó otra vez el rastro mortecino que la llevara hasta Dimitri.

Vio el camino en colores, como siempre, unas largas vetas plateadas como un cometa, sólo que esta vez dichas vetas tenían los bordes de color rojo sangre. Dimitri le había dicho en una ocasión que no conocía a nadie más que pudiera ver un canal psíquico del modo en que lo veía ella. Un frío cortante se introdujo en su mente. Su cuerpo temblaba continuamente. Recurrió a Josef, a toda esa maravillosa y fuerte energía física que poseía y que tan libre y generosamente le entregaba.

—Csitri. *Pequeña. No puedes estar aquí.*

Skyler casi estalló en sollozos. Las lágrimas se le amontonaron en la garganta hasta formar un nudo que amenazó con ahogarla. La voz que tanto quería sonó ronca y castigada.

—*No hay ningún otro lugar para mí. Sólo estás tú. No te muevas y deja que te examine.*

Le costó un gran esfuerzo hablarle; estando tan cerca de él, el dolor resultaba abrumador.

—*No quiero esto para ti.*

Eso Skyler ya lo sabía. La protegería de cualquier mal si pudiera. Pero lo más peligroso para ella sería perderlo, y eso no iba a ocurrir. Inspiró profundamente con los puños apretados contra el suelo a modo de ancla y envió su espíritu al interior del deteriorado cuerpo de Dimitri.

A Dimitri lo estaban atacando desde tantas direcciones que era difícil encontrar un punto de partida. Unas vetas plateadas largas y delgadas se iban introduciendo en su cuerpo como gusanos mortíferos, por lo que en un primer momento pensó que eran balas trazadoras. ¿Le habían disparado numerosas veces con balas de plata? Siguió el camino de una de aquellas líneas hasta el origen.

El corazón le dio un vuelco en el pecho. Por primera vez titubeó. Ganchos. Dimitri tenía ganchos de plata en el cuerpo, unos grandes y terribles garfios que le inyectaban su veneno mortal. La plata se abría paso hasta las venas y los músculos, se extendía por sus huesos y se colaba en todos los órganos, siempre buscando su corazón. La lenta extensión de la plata por todo el cuerpo era mortal para el licántropo que llevaba en la sangre.

Entonces eligió la línea más cercana al corazón de Dimitri. La plata parecía estar en estado líquido y unas gotas diminutas se propagaban por su cuerpo. Los hilos eran tan pequeños que parecían venas. Probó acercando su espíritu al extremo. El rastro de plata se encogió. Ella no se atrevió a fundirlo porque podía recorrer el cuerpo de Dimitri aún más deprisa. Había muchos ganchos. El problema parecía imposible.

Dejó de lado la preocupación y lo que casi era pánico, pues las emociones que afloraban eran intensas y desagradables. Estaba pensando como una carpatiana, pero ¿y su otro aspecto? Razvan era su padre, y él tenía sangre de mago. Su padre era el mago más poderoso que se había conocido jamás. Seguro que ella también tenía sangre de mago. Ése fue precisamente el motivo por el que su abuelo la había rechazado y la había vendido a otro hombre. Creía que ella no tenía la sangre carpatiana que él necesitaba para ser inmortal. Era posible que pudiera utilizar ese otro aspecto que con frecuencia pasaba por alto porque no quería recordarlo como parte de su herencia.

Pequeños hilos de plata, de mortífero resplandor,
Pido a la tierra que robe vuestro vigor,
Tal como fuisteis creados, os desharé.
Apeló a vuestros hacedores y a vuestro color me enfrentaré.

Skyler avanzó para acercarse más a los hilos de plata al tiempo que se concentraba en el extremo y ensanchaba su espíritu, expandiendo su luz blanca para tocar la fina punta.

Que aquello que fue creado, ahora se vuelva mío,
Cloro, azufre, arsénico y antimonio, yo os combino.
Cloro que mantiene el color verde y dorado,
Me enfrento a tu energía y ahora yo mando.

Apeló a las cosas de la tierra. Ella era hija de la tierra, estaba ligada a sus propiedades. La Madre Tierra siempre había acudido en su ayuda cuando la había necesitado. En aquellos momentos sintió esa conexión y recurrió a ella.

Azufre, oh, sulfuro, que con tu don la vida puedes dar,
Inhalo tu esencia y de tu don te voy a despojar.
Antimonio, dulce metal, tu brillo me voy a llevar,
Y tejo una barrera que nadie puede deshilar.

Era la nieta del mago más poderoso que había conocido el mundo y, tanto si le gustaba como si no, su sangre corría por sus venas. En aquel instante, en aquel momento de crisis terrible, utilizó con agradecimiento todos los dones que se le habían concedido.

Arsénico, dulce arsénico tan gris y letal,
Apeló a tu poder para expulsar el veneno mortal.

Plata toco, plata enredo,
Libero la plata y la devuelvo a su venero.

Para su asombro, la vena plateada empezó a retroceder.

—*Me sale por los poros.*

Dimitri soltó un grito ahogado, desesperado por reprimir el dolor, por bloquearlo para que Skyler no pudiera sentir el ardor mientras la plata parecía devorarle el cuerpo entero, recorrerle la piel como una llamarada y gotear luego hasta el suelo a sus pies.

Ella siguió la fina línea de plata hasta el origen. Los ganchos que los licántropos habían colocado en el cuerpo de Dimitri eran en realidad unos tubos de gotas plateadas. Las gotas diminutas en la punta del gancho insertado acababan calentándose con la temperatura corporal y se convertían en un líquido que goteaba por el cuerpo y empezaba a extenderse para alcanzar el corazón. Hacían falta miles de aquellas gotas para formar el entramado de venas mortíferas. Era una forma muy desagradable de morir para cualquiera.

Se concentró en el gancho, buscando en su mente una manera de detener el flujo de plata venenosa que se introducía en el cuerpo de Dimitri.

Ganchos de plata, curvos y afilados,
Veneno para el corazón, en la carne insertados,
Fuego y azufre helado, ahora os invoco.
Salid y calentad este maldito foco.

Skyler se centró del todo en las puntas de los ganchos, decidida a cerrar el extremo abierto y ahuecado para impedir que aquella horrible plata continuara envenenando el cuerpo de Dimitri.

Toma lo que está abierto y ciérralo, déjalo sellado,
Para que no más veneno pueda hallar lo que se ha destapado.
Toma lo que es líquido y dale forma y tamaño,
Séllalo todo, para que no pueda hacer más daño.

Entonces supo que no podría sostener el puente tendido entre ellos durante mucho tiempo. Era imposible extraer toda la plata que se extendía por su cuerpo con el tiempo del que disponía antes de desplomarse. Había elegido las hebras más largas, las más amenazadoras, y las había hecho retroceder hacia el origen para luego sacarlas por los poros de Dimitri. Uno a uno, fue extrayendo aquellos hilos finos y mortíferos con toda la rapidez de la que fue capaz.

—*Skyler. Vuelve. ¡Tienes que volver ahora mismo! ¡Dimitri, mándanosla de vuelta! Está perdida. Está demasiado lejos y se ha forzado demasiado.*

Ella oyó la llamada como desde una gran distancia. Reconoció a Josef, y su voz estaba llena de miedo.

—*Sívamet.*

El tono de voz de Dimitri era suave y tierno. Inundado de amor. La rodeó con su calidez cuando ella tenía mucho frío. Un frío gélido.

—*Tienes que volver. Ahora mismo,* csitri, *no puedo perderte. Cuando tengas fuerzas suficientes, vuelve y termina lo que has empezado.*

Skyler había eliminado una gran cantidad de plata, al menos la mitad, pero eso no había aminorado el dolor que sufría Dimitri. La idea de abandonarlo cuando la necesitaba le resultaba absolutamente aborrecible. Se dijo que sólo le quitaría un hilo más… sólo uno más.

Notó que el espíritu de Dimitri rozaba el suyo y que luego la empujaba. El impulso la alejó de su cuerpo y la devolvió a aquel canal psíquico frío como el hielo. El camino estaba tan roto y desgarrado que se sintió muy confusa. Miró en derredor con cierta impotencia, sin entender qué le estaba ocurriendo.

Juro que si no vuelves, Sky, voy a estrangularte.

Josef parecía desesperado. Ella se sentía sola y perdida en aquella fría corriente. Intentó alcanzar su voz conocida y utilizarla de guía.

Se encontró de nuevo en su propio cuerpo, con tanto frío que no podía dejar de temblar. Josef estaba inclinado sobre ella, mascullando de furia, apretando la muñeca contra su boca al tiempo que la fulminaba con la mirada. Tenía la piel más pálida que nunca, casi blanca por completo. Si hubiera podido levantar la mano hasta su rostro hubiese podido recorrer todas las arrugas de miedo grabadas en él. Intentó apartar la cabeza de la muñeca de Josef, pero él la sujetó firmemente contra su boca y le acarició la garganta para obligarla a tragar.

Paul le apartó el pelo de la cara con suavidad. Skyler tenía el cabello mojado, como si acabara de salir de la ducha. No podía dejar de temblar, aunque estaba tapada con el abrigo de Paul. La sangre carpatiana que Josef introdujo en su cuerpo estaba caliente y empezó a descongelárselo tras aquel frío horrible. Josef se cerró la herida de la muñeca y se dejó caer junto a Skyler allí en la hierba. Deslizó los brazos en torno a ella para intentar darle calor con su cuerpo.

Paul también se tendió junto a ella y utilizó su cuerpo para darle calor.

—Mírame, Skyler —le ordenó Paul. También había miedo en su voz—. ¿Estás de vuelta con nosotros?

—Está en algún lugar de Rusia —logró decir. Tenía la voz ronca y parecía lejana—. En el bosque. Es peor de lo que jamás imaginé.

Capítulo 3

Skyler se despertó presa del pánico, respirando con dificultad, con el corazón palpitante y con la reminiscencia de su pesadilla llenándola de horror. ¿Cómo podía haber soñado una forma tan desagradable y brutal de matar a otro ser humano? ¿Qué le pasaba para tener una imaginación tan viva y repugnante?

Le costó un esfuerzo tremendo incorporarse. Le dolía tanto la cabeza que parecía a punto de estallarle y se sentía mareada, tan débil que temió volver a quedar inconsciente. Respiró profundamente y miró a su alrededor. Se encontraba en una habitación que no conocía. Era muy pulcra; unos edredones tradicionales cubrían la cama, apilados sobre ella. Paul estaba tumbado en el suelo a unos pasos de distancia y dormía profundamente. Parecía agotado.

Ella estaba tan sumamente cansada que tenía la sensación de ser como una capa fina y estirada. Quería acurrucarse en posición fetal bajo las cálidas mantas y volver a dormirse. Pero esa pesadilla... Dimitri. La plata abriéndose paso por su cuerpo...

Skyler no podía respirar. Todo el aire de la habitación había desaparecido. *Dimitri.* No lo había soñado. Los licántropos lo estaban matando lentamente con plata. Los ganchos que le desgarraban el cuerpo ya eran terribles, pero la plata que avanzaba serpenteante por su interior era una verdadera agonía. Y ella no lo había parado. Le había fallado. Le había fallado por completo. Se tapó la cara con las manos y rompió a llorar.

—Skyler.

Paul se incorporó al instante.

La rodeó con el brazo mientras ella se balanceaba con el rostro oculto contra el hombro de su amigo.

—No lo paré —sollozó—. No tuve tiempo suficiente.

Paul no dijo ni una palabra, se limitó a abrazarla y a dejar que llorara mientras la mecía, le daba palmaditas en la espalda y le acariciaba el pelo.

Fue el agotamiento más que otra cosa lo que detuvo sus lágrimas. Llegó un punto en el que no podía llorar más. No podía hacer más que aferrarse a Paul.

—Lo dejé allí —susurró, y levantó la cabeza para mirar a Paul mientras hacía la confesión—. Está sufriendo mucho, y yo lo dejé allí.

Paul frunció el ceño.

—Anoche Josef no pudo decir nada en absoluto. Le di sangre e inmediatamente intentó traerte de vuelta. No dijo por qué, pero supuse que seguías intentando curar a Dimitri.

—Lo están envenenando y no pude sacarle todo el veneno.

Soltó un grito ahogado y dejó escapar otro sollozo.

—No tuviste alternativa —le aseguró Paul—. Si te hubieras quedado más tiempo no podríamos haberte traído de vuelta. Estarías muerta, o vagando por el mundo espiritual, ¿y dónde estaría Dimitri entonces? Nadie más puede encontrarle. Al menos así, cuando estés lo bastante fuerte, puedes volver y ayudarlo.

—Y mientras tanto está sufriendo horriblemente. Ese dolor es peor de lo que puedas llegar a imaginar —dijo Skyler—. Al menos cuando estaba allí él sabía que había alguien cuidando de él, alguien que se preocupaba tanto como para ir a buscarlo. Pero el dolor...

Se le fue apagando la voz con otro sollozo que la ahogó.

—Durante el día estará sumido en un sueño carpatiano y no podrá sentir nada —le recordó Paul.

Skyler lo negó con la cabeza.

—Su sangre de licántropo lo mantendrá despierto casi todo el tiempo. Dudo que con ese dolor sea capaz de dormir nada. —La cabeza estaba a punto de estallarle otra vez y se apretó las sienes con las manos—. ¿Josef se encuentra bien? ¿Y tú? Debes de haber tenido que darle sangre un par de veces.

—Estaba mal —admitió Paul—. No podía mover ni un músculo. Creo que agotaste toda la energía que ambos teníais, pero sabía que si le daba sangre lo ayudaría —explicó mostrándole la muñeca donde se había cortado la vena y apretado la herida contra la boca de Josef.

Paul era humano y no se curaba como los carpatianos. Era una fea laceración, en carne viva. Skyler le tomó la mano con suavidad y le dio la vuelta para examinar el corte limpio que le había hecho el cuchillo.

—No intentes curarme, Sky —le advirtió Paul—. Estoy sano. Puedo curarme solo. Tú necesitas conservar la energía para ponerte bien.

Vaciló, pues sin duda tenía miedo de disgustarla aún más.

—¿Qué? —preguntó ella, que se apartó y tomó aire a grandes bocanadas—. Estoy bien, de verdad. Sólo me siento débil y me duele la cabeza.

Y culpable. Terriblemente culpable. Con más miedo del que se pudiera describir. No había forma de expresar a Paul ni a nadie el sufrimiento interminable en el que se hallaba sumido Dimitri. Ella experimentaba en parte dicho dolor, pero él había intentado bloquearlo casi todo para que no lo sintiera. No podía ni imaginarse cuánto peor era para él.

—Anoche Josef no pudo contarme nada. ¿Qué está pasando exactamente con Dimitri? ¿Qué le han hecho? ¿Cómo pueden retener a alguien tan poderoso prisionero? No le encuentro sentido.

—Lo tienen envuelto con cadenas de plata —explicó ella—. Lo sé porque le queman la piel igual que a nosotros el ácido. Lo están torturando. Tiene unos ganchos de plata en el cuerpo, en el pecho, las costillas, las caderas y los muslos, hasta en los hombros y pantorrillas. Los ganchos desprenden unas diminutas gotas de plata que caen en su interior cuando la temperatura de su cuerpo las calienta, una a una. Es una muerte lenta, un martirio.

Paul meneó la cabeza.

—Un carpatiano debería ser capaz de zafarse de cualquier cantidad de plata si de verdad lo envenena.

—Dimitri es a la vez licántropo y carpatiano. Su sangre de licántropo reacciona a la plata y no puede liberarse. La plata se abre camino a través de su cuerpo hasta que le perfora el corazón. Una vez que entre en el corazón, lo matará. —Se obligó a mirar a Paul, con las pestañas húmedas y la garganta que amenazaba con cerrársele—. Es una muerte horrible y brutal.

Paul apoyó la mano sobre la suya.

—No vamos a dejar que eso ocurra. Josef cree que puede llevarnos a los dos al otro lado de la montaña. En cuanto se despierte y se alimente abandonaremos la camioneta y el ataúd. No podemos tomarnos el tiempo de conducir y atravesar todas las fronteras de cada país. Josef puede recorrer mucho territorio volando con nosotros toda la noche.

—¿Con los dos? ¿Puede hacer eso? Uno tal vez, pero ¿dos?

Paul se encogió de hombros.

—Eso dice él y yo tengo que creerle. Josef se despertará en cualquier momento. Creo que está envejeciendo a un ritmo más acelerado porque no lo mantienen alejado de la sociedad como hacen con la mayoría de niños carpatianos. Él está en la sociedad humana, aprende tecnología moderna y probablemente se la roba a cualquiera con el que entra en contacto, pero aun así, él lo entiende todo. Tiene que crecer más deprisa. En años humanos ya no es un adolescente y se le trata como a un hombre.

Skyler volvió a frotarse las sienes. No tenía fuerzas para curarse el dolor de cabeza.

—Creí que con la sangre que Josef me dio anoche me curaría más deprisa. No es que no tenga ya un poco de sangre carpatiana en el cuerpo.

—Él ya dijo que no te curarías. Dijo que te llevara a un lugar seguro y que durmieras tanto como fuera posible. Dijo que la curación psíquica requiere más tiempo que una mera curación del cuerpo, y te alejaste mucho. —Paul inspiró profundamente. Parecía alterado—. Francamente, pensé que no ibas a conseguirlo, Sky. Sé que volverás con Dimitri e intentarás librarlo de la plata otra vez…

—Tengo que encontrar una forma de hacerlo. No durará hasta que lo encontremos. Se está muriendo, Paul. No soporto dejarlo sufriendo para poder curarme, pero sé que tienes razón. Tal y como estoy no puedo llegar a él ni hacerle ningún bien. Él está allí aguantando y ahora sabe que puedo encontrarle, eso debería darle esperanzas. Sabe que volveré.

—Te traeré algo de comer. Hay un restaurante al otro lado de la calle.

—Quizás una sopa —dijo Skyler a regañadientes. No creía que pudiera aguantar la comida, su estómago se rebeló sólo con pensarlo—. Ya sabes que soy vegetariana.

Sus padres le habían hecho dos intercambios de sangre, por si se daba una emergencia. Hacían falta tres para transformarla por completo e introducirla del todo en el mundo carpatiano. Desde entonces no había podido ni mirar la carne. A veces le costaba obligarse a comer fruta o verdura.

—No te preocupes.

—Y llama antes de entrar, por favor. Voy a darme una ducha rápida.

El cuarto de baño parecía estar a una buena distancia, al menos a diez pasos enteros. Hasta ese punto temblaba.

Paul apartó la mirada de ella para dirigirla a la puerta del baño como si pudiera leerle el pensamiento. Él nunca hablaba sobre sus habilidades psíquicas, pero poseía sangre de jaguar y algo debía de tener. En realidad no podía leer el pensamiento, lo habría dicho. Lo que ocurría era que la conocía muy bien.

—Puedo llevarte dentro. Y quizá ponerte una silla en la ducha.

—Ya puedo yo —le aseguró—. No voy a hacer ninguna estupidez.

Si era necesario llegaría al dichoso baño a gatas. Paul no iba a llevarla ni mucho menos. Ya tenía cierta sensación de ser una carga para Paul y Josef. Ambos habían tenido que cuidar de ella la noche anterior. No solamente le había fallado a Dimitri, sino que los había puesto en peligro a ambos, sobre todo a Josef.

Paul se levantó de la cama.

—Confío en ti, Sky. Josef me daría una paliza de muerte si te ocurriera algo.

Eso la hizo reír, no pudo evitarlo. En aquel momento ni siquiera importó que tuviera la cabeza a punto de estallar. Había algo muy hermoso en su amistad, la de Paul, Josef y ella, que la hacía feliz.

—Los chicos sois tan violentos… —comentó con un parpadeo para contener un nuevo torrente de lágrimas.

Era afortunada al tenerlos como amigos.

—Las chicas sois tan sensibleras… —replicó él, y se inclinó para darle un beso en la cabeza—. No te pongas sentimental conmigo. ¿Te imaginas lo que pasaría si Josef entra y te encuentra llorando? Joder, me hará picadillo.

Skyler hizo una mueca y le dio un leve empujón porque se le revolvió el estómago con la sola mención de la carne.

—¡Uf! Vete antes de que te vomite encima.

—Ya lo hiciste —señaló Paul.

—No lo hice —negó ella con firmeza, aunque no estaba segura de si era cierto—. Aparté la cara cuidadosa y educadamente.

Le dirigió un leve resoplido de desprecio sólo para enfatizar que debía de recordar mal la secuencia de acontecimientos.

—Entonces, ¿por qué tuve que pasarme medio día en la lavandería?
—preguntó él con una sonrisa de satisfacción.

Sabía que ahora le estaba tomando el pelo. Aquella habitación pequeña no era de un hotel. Se dio cuenta de que era una residencia privada que alquilaba habitaciones. Ningún hotel era tan acogedor ni tenía esos edredones minuciosamente elaborados, obviamente a mano. Allí no habría lavandería.

—Vete, chico malo —le dijo—. Si no me ducho pronto, Josef aparecerá antes de que salga.

—Cierra con llave —sugirió Paul mientras se acercaba a la puerta.

Skyler se rió otra vez.

—Tú prueba a cerrarle la puerta.

—Si las puertas y ventanas están cerradas con llave no puede entrar, al menos sin una invitación —declaró Paul.

—¿En serio? —Skyler arqueó una ceja—. Estamos hablando de Josef. Como bien sabes, es muy hábil forzando cerraduras. Ambos habéis estudiado lo suficiente para ser unos buenos delincuentes.

Paul se llevó la mano al corazón.

—¡Ay! ¡Qué mujer más hiriente!

Salió a toda prisa por la puerta riéndose y la cerró tan rápido que la almohada que lanzó no le dio a él sino a la puerta.

Skyler se quedó sentada un largo momento y la sonrisa se desvaneció de su rostro. Paul había dejado que llorara, algo que estaba claro que necesitaba hacer. Él había hecho todo lo posible para asegurarle que dejar a Dimitri había sido su única alternativa. Ahora tenía que sanar para poder volver con su compañero eterno. ¿De cuánto tiempo disponía? Dudaba que fuera mucho. Una noche. Tal vez dos.

Fue tambaleándose al cuarto de baño, consternada por su debilidad. Quizás hubiera sido una buena idea poner una silla en la ducha, pero tenía un poco de orgullo. Paul le había dado sangre a Josef dos veces. La había llevado a la camioneta y probablemente había hecho lo mismo por Josef después de que éste se desplomara una segunda vez a su lado. Luego había conducido el resto de la noche para buscar un lugar en el que pudieran quedarse durante el día. Tenía que estar exhausto.

La sensación del agua caliente sobre la piel era agradable y la reanimó un poco. Le alivió la tensión del cuello y los hombros lo suficiente para evitar que la cabeza le estallara en mil pedazos. Tuvo que dejar de lavarse el pelo en dos ocasiones y quedarse muy quieta para no vomitar. Las dos veces se sujetó la cabeza con las manos, presionando con fuerza con las palmas en las sienes.

—¡Eh! ¡Sky! ¿Estás ahí dentro? —preguntó Josef.

—¡No! —le gritó—. No estoy.

—Sí, lo que yo pensaba. Te dejaste el cerebro en algún lugar de la zona fría.

Terminó de aclararse el pelo tranquilamente, apoyada en la pared de la ducha. Josef no iba a ser tan agradable como Paul respecto a lo ocurrido. Tendría suerte si no la sacudía hasta que le traquetearan los dientes. Ya podía sentir su furia, y la oyó claramente en su voz.

—Deja de esquivarme —dijo con brusquedad—. No querrás que entre a buscarte.

—Por Dios, Josef, acabas de llegar. Dame un minuto. Voy un poco lenta.

—No me sorprende.

Skyler suspiró. No iba a seguir intercambiando gritos a través de la puerta del cuarto de baño. Comprendía su furia. Se debía al miedo que sentía por ella. Evidentemente ella sentiría lo mismo si los papeles se invirtieran. Pero… ella era la compañera eterna de Dimitri. Viéndolo de esa manera, sintiendo su dolor, dudó si habría muchos otros compañeros, ya fueran hombres o mujeres, que hubieran permanecido completamente racionales en la misma situación. Aun así, Josef merecía que lo escuchara.

Se vistió con cuidado, se cepilló los dientes y salió del baño secándose el pelo con una toalla. Josef estaba de espaldas a ella, pero giró sobre sus talones en cuanto ella salió. Se le veía flaco y cansado, con la tez aún muy pálida, aunque estaba segura de que ya se habría alimentado. Se le veía muy tenso.

—Anoche estuviste a punto de morir.

Hizo una afirmación. Una acusación.

Skyler arrojó la toalla a un lado, caminó hacia él, le rodeó el cuello con los brazos y se inclinó para abrazarlo.

—Lo sé. Lo siento mucho —dijo sinceramente—. Casi te llevé conmigo.

Josef permaneció muy rígido y al cabo de un momento levantó los brazos y la abrazó con tanta fuerza que Skyler tuvo miedo de que fuera a romperla por la mitad.

—No me preocupo por mí, tonta —dijo Josef—, pero no puedo perderte. Dimitri no puede perderte. Garbriel y Francesca no pueden perderte. No puedes arriesgarte de esa manera. Si vas a viajar más de mil kilómetros e intentar una sanación, sabes que tienes un límite de tiempo. Lo sabes. No sé cómo conseguí hacerte volver.

Skyler se separó de él para mirarlo.

—Me apartó de un puntapié.

Josef parpadeó. La tensión lo fue abandonando lenta y paulatinamente.

—¿Ah, sí?

—Sí. Y no te alegres tanto.

—Gracias a Dios que ese hombre puede mangonearte, porque nadie más parece capaz de hacerlo.

—No necesito que me mangoneen —observó ella—. Lo siento de verdad, Josef. La próxima vez tendré más cuidado. Ahora ya sabemos a lo que nos enfrentamos.

Josef inspiró profundamente y asintió con la cabeza.

—Capto atisbos en tu mente, Skyler. Eres una tipa dura.

Skyler hizo una mueca.

—Yo no me llamaría tipa dura delante de mis padres o de alguien como digamos… el príncipe. Ellos no apreciarían la jerga moderna.

Josef sonrió por primera vez. Más bien fue una risita de suficiencia, pero Skyler lo aceptó. Al menos volvía a recuperar su sentido del humor.

—Necesitan relajarse y modernizarse un poco, sobre todo Gregori. Sigue viviendo en los tiempos del hombre de las cavernas.

—No tenemos que frecuentarlo mucho —observó Skyler—. Piensa en el pobre Paul, viviendo con la familia De La Cruz, y en particular el hermano mayor. No lo conozco pero he oído los rumores.

Josef se estremeció.

—Éstoy evitando completamente a la familia de Paul. Es la única cosa inteligente y segura que se puede hacer. Cuando esto termine, voy a esfumarme durante uno o dos siglos.

Unos golpecitos en la puerta anunciaron la llegada de Paul. Josef hizo un movimiento con la mano y la puerta se abrió. Skyler vio que fuera caía la noche con rapidez. Estaba nublado y las nubes se deslizaban por el cielo, pero no llovía.

Paul le dejó la sopa en la pequeña mesa.

—Vamos, Sky, come. Yo me he zampado un sándwich mientras esperaba tu pedido.

Le estaba diciendo en clave que se había comido un sándwich de carne y no quería que ella lo oliera y tuviera náuseas.

—Gracias, Paul. Te lo agradezco.

Miró el cuenco de sopa y meneó la cabeza porque su estómago ya se estaba rebelando.

—No es el enemigo —le dijo Josef—. Esto es sustento, precisamente lo que necesitas para recuperar fuerzas y poder sanar a Dimitri.

Skyler no se atrevió a inspirar hondo, pero asintió con la cabeza. Josef tenía razón. Tenía que ponerse fuerte enseguida y para ello era necesario comer. Se pasó la lengua por el labio inferior y se encontró con que tenía la piel muy seca. Pese a la ducha caliente aún estaba temblando, incapaz de mantener la temperatura de su cuerpo.

—Por mucho que la mires no va a desaparecer del plato —dijo Josef—. Queremos ponernos en marcha. Tenemos que recorrer mucho territorio y cuanto antes encontremos a Dimitri antes estará a salvo.

Skyler se acercó a la mesa y al cuenco de sopa humeante con cautela. El aroma, en lugar de despertarle más el hambre, le provocó más náuseas que nunca. Se tapó la boca con la mano y tomó asiento con cuidado en la silla colocada frente al cuenco de sopa. ¿Quién hubiera dicho que costaría tanto tomar unas cuantas cucharadas de sopa de verduras?

—Skyler. —Josef empleó su tono de voz más severo—. Estás perdiendo tiempo.

Ella se volvió rápidamente y le lanzó una mirada fulminante.

—¿No crees que ya lo sé? No me estás ayudando, Josef.

El simple hecho de moverse con tanta rapidez hizo que sintiera la cabeza a punto de estallar. Intentó contener la bilis en su estómago revuelto.

El estímulo mental era débil, pero el corazón le dio un vuelco y empezó a palpitar con expectación. Alargó la mano e inmediatamente sintió que el dolor estallaba en su cabeza. Paul hizo un sonido de angustia.

—Estás sangrando, Skyler.

Corrió al cuarto de baño a por un paño húmedo.

—*Deja que Josef te ayude, querida. Yo no puedo, y necesitamos que estés fuerte.*

Skyler cerró los ojos y las lágrimas le escocieron bajo los párpados. Dimitri había encontrado la manera de llegar a ella a pesar del sufrimiento que padecía. Ella no podía facilitarle las cosas tendiendo un puente hasta él. Sus habilidades psíquicas habían quedado mermadas tras la noche que pasó intentando sanarlo. Se sintió rodeada por su calor, su perdurable amor y su espíritu indomable.

Dimitri no se rendía… por ella. Estaba sufriendo un tormento infernal por la oportunidad de volver con ella. Skyler se abrigó con él, consciente de su necesidad de ayudarla y de lo afligido que debía de sentirse al no poder hacerlo.

—*Te quiero, Dimitri. No abandones. Estaré ahí en cuanto pueda.*

Dimitri sufría tanto dolor que no se daba cuenta de que ella lo decía literalmente. Sabía que volvería para sanarlo y no intentó ahondar más en su mente. Skyler sintió una oleada de dolor horrible y luego él desapareció. No recordaba haber salido disparada de la silla y haber alzado los brazos hacia el cielo tras aquel débil rastro psíquico, pero sí oyó su propio grito de pena cuando su voz se desvaneció.

El dolor la dejó sin aliento, pero al mismo tiempo la tranquilizó. Tenía que calmarse y curarse enseguida. Paul le metió un paño húmedo en las manos temblorosas con el que se limpió con cuidado la sangre que le salía de la nariz.

—Lamento haberte contestado mal, Josef —dijo—. Tendría que haberme limitado a pedirte ayuda.

—Y yo debería habértela ofrecido —contestó Josef, y la rodeó con el brazo—. Lo sacaremos de allí, Sky. Lo haremos. No me puedo creer que con todo el dolor que sufre haya conseguido llegar a ti aunque sólo sea por un momento. Te hago bromas sobre él, pero sabes que lo considero un hermano. Pocos machos carpatianos tolerarían una relación como la nuestra, la de nosotros tres, pero Dimitri la anima.

Skyler lo abrazó agradecida.

—Sabe que os quiero a los dos.

—¿Cómo quieres hacer esto?

—Haz que me lo coma y ya está. Y luego, si tienes fuerzas suficientes, vuelve a darme un poco de sangre. Acelerará el proceso de curación, pero no quiero experimentar nada.

—De acuerdo.

Skyler parpadeó y se encontró sentada a la mesa con un cuenco de sopa vacío delante. Su estómago protestó un poco, pero la sopa le resultó revitalizadora. O tal vez fue la sangre carpatiana que también le dio Josef.

—Gracias.

Seguía teniendo frío y tenían una larga noche por delante. A Skyler no le hacía demasiada ilusión cruzar el cielo nocturno a toda velocidad.

—Voy a transformarme en dragón. He estado practicando desde que encontraron a Tatijana y Branislava. Mi dragón puede llevaros a los dos en el lomo cómodamente —anunció Josef.

—Aún no ha dejado de temblar. Por más mantas que le he puesto encima se ha pasado el día muerta de frío —dijo Paul.

Skyler echó un vistazo al suelo, allí donde Paul había estado durmiendo. Por primera vez se dio cuenta de que no había mantas, de que todas estaban en la cama que había ocupado ella.

Josef hizo lo que hacían todos los carpatianos: confeccionar la ropa sin más. Ella se puso el chaleco de piel y luego el abrigo largo también de piel. Llegaba hasta el suelo y tenía capucha. También le dio unas botas forradas de piel y unos guantes.

—Estás muy elegante, Sky —comentó Paul riéndose—. Pronto nos enteraremos de que Josef va a dedicarse al diseño de moda.

Josef se encogió de hombros.

—Yo siempre tengo buen aspecto He considerado dedicarme a ello.

Tanto su expresión como su voz denotaron seriedad.

Skyler le dio un puñetazo en el brazo.

—Lo harías sólo para perfeccionar tus poderes, ¿verdad?

Josef le dirigió una sonrisita burlona.

—Por supuesto. ¿Qué tiene de divertido amoldarse?

Skyler siguió a los dos hombres que salieron fuera.

—¿No te das cuenta de que el karma te va a pasar factura? Es probable que de verdad seas el compañero eterno de una de las hijas de Gregori.

—O de ambas —terció Paul—. Como inconformista que eres, podrías ser el primer carpatiano en tener dos compañeras eternas. Gemelas. No está mal, Josef.

—Ja. Ja. Ja. Vosotros dos queréis verme muerto, ¿no es verdad? Gregorí me cortaría la cabeza y otras partes muy preciadas de mi anatomía y se las echaría de comer a los lobos.

—Poco a poco. Se las daría de comer a los lobos poco a poco y pondría tu cabeza a su lado para que lo vieras todo.

—¡Uf! Eso es asqueroso —soltó Skyler haciendo una mueca.

El abrigo de piel la estaba ayudando a controlar el continuo temblor. Incluso parecía que se le estaba calmando el dolor de cabeza.

—Por eso nos quieres tanto —señaló Paul.

—¿Cuánto crees que tardaremos en llegar allí? —preguntó Skyler.

—No vuelo tan rápido como un avión, pero creo que puedo llegar a los alrededores del bosque ruso al amanecer —respondió Josef.

Skyler se sorprendió.

—Pensé que nos llevaría un par de noches.

—Yo también —dijo Paul.

—Sentí el dolor de Dimitri a través de ti, Sky —explicó Josef—. Tengo una sensación de urgencia, y eso significa que tenemos que llegar tan rápido como podamos. Yo voy a intentarlo. Sinceramente, no sé si estoy lo bastante fuerte. Lo único que podemos hacer es probarlo. Tú tendrás que descansar todo lo que puedas, Skyler. Duerme si puedes. Paul no dejará que salgas disparada, pero te necesitamos en plena forma lo antes posible.

Ella asintió con la cabeza.

—Gracias, Josef. Sé que no va a ser una noche fácil para ti.

—Estamos juntos en esto —dijo Paul—. Dimitri también es nuestro amigo, Sky. Queremos hacerlo. No vamos a buscarlo solamente por ti. Ahora, más que nunca, tenemos que llegar hasta él. Si está sufriendo tal y como decís los dos, puede que seamos su única posibilidad.

A Skyler le entraron náuseas sólo con pensar en la plata venenosa abriéndose paso lenta y atormentadoramente por el cuerpo de Dimitri.

—Aguanta, amor mío —le susurró a la noche—. Vengo a por ti tan rápido como puedo.

Josef se alejó un poco y echó un vistazo rápido para asegurarse de que estuvieran solos. Paul había encontrado el lugar perfecto para pasar la noche. La casita se hallaba escondida en el bosque, un poco separada de la carretera. Una viuda alquilaba una habitación a los viajeros para ganarse un dinero extra. No había vecinos cercanos y eso proporcionó a Josef la intimidad que necesitaba para adoptar la forma de un dragón.

Extendió el ala y Paul ayudó a Skyler a subir a lomos del animal. Había conseguido una silla de montar doble para que el viaje nocturno fuera más cómodo. Skyler se deslizó en la silla y colocó los pies en los estribos mientras que Paul se encaramó detrás de ella e hizo lo mismo. La rodeó con los brazos.

—Si necesitas dormir —le dijo Paul—. Apóyate en mí.

—Gracias —repuso Skyler—. Estoy segura de que aceptaré tu oferta.

Ella había viajado por el aire muchas veces con los carpatianos. Gabriel la llevaba volando continuamente, utilizando varias formas. Siempre lo había disfrutado. Ése fue el principio de su pasión por volar y de la necesidad de sacarse la licencia de piloto. Volar se había convertido casi en una obsesión, pero Josef era joven para ser un carpatiano, e inexperto en comparación con los antiguos. Skyler no estaba segura de que poseyera la fuerza requerida para mantener la forma de dragón durante todo el tiempo que necesitaban, además de mantenerlos a salvo a Paul y a ella.

—*Si te cansas, Josef, no te fuerces. Podemos encontrar un sitio para descansar.*

—*No te preocupes, Sky. Te di un sermón sobre forzar demasiado tu resistencia. No voy a cometer el mismo error y darte ocasión de que me digas: «Ya te lo dije».*

El alegre regocijo de la voz de Josef la hizo sonreír en tanto que el dragón daba un par de sacudidas y agitaba las alas mientras se sostenía en dos patas. Skyler se agarró con fuerza mientras el animal empezaba a avanzar por el suelo dando saltos cada vez más altos. Entonces batió sus grandes alas y se esforzó para despegarse del suelo. Cuando al fin se elevaron por los aires, Paul lanzó una exclamación y Skyler soltó el aliento que había estado conteniendo.

—*No ha sido muy elegante que digamos* —comentó Josef—, *pero lo hemos conseguido. Creo que vosotros dos necesitáis perder un poco de peso.*

—¡Eh! *Ahora sí que me siento ofendida.* —Skyler adoptó su tono más altanero y brusco—. *La culpa es de Paul.*

Josef soltó un resoplido.

Para sorpresa de Skyler, Paul le clavó los dedos en la caja torácica y le hizo dar un chillido.

—*Te creías a salvo, ¿verdad? Josef me ha conectado a esto de la telepatía. Funciona bastante bien.*

—Deberíamos haberlo hecho hace mucho tiempo.

—Bueno, mi familia y yo podemos hablar, por supuesto —admitió Paul—. Es extraño que no pensáramos en ello. Sólo es sangre.

Skyler se echó a reír.

—¿No es curioso cómo ambos decimos «sólo es sangre»? Nosotros somos humanos y en nuestra cultura eso es todo un tabú, pero está claro que llevamos demasiado tiempo tratando a los carpatianos. Lo cierto es que esta mañana le pedí a Josef que me diera sangre, ¿verdad?

—Sí, lo hiciste, pero te vino bien.

Paul la sujetó con más firmeza cuando el dragón agitó las alas con fuerza para elevarlos por encima del pico de una montaña.

—¿Tienes frío? Quizá Josef hubiera tenido que proporcionarte ropa de más abrigo a ti también.

—Tengo la chaqueta. Si me entra demasiado frío le diré que se detenga y se lo pediré entonces.

Skyler supo de inmediato que Paul no había pedido ropa de abrigo expresamente. Si notaba que el dragón se estaba cansando, tenía pensado pedirle a Josef que bajara a tierra con el pretexto de que tenía frío.

—Eres un buen amigo, Paul —dijo Skyler—. ¿Has mirado bien este dragón? Es el dragón más guay que he visto nunca.

Incluyó a Josef en el comentario.

El dragón era negro, pero todas sus escamas tenían la punta de un azul intenso, igual que el pelo de Josef. El cuerpo del dragón era bastante grande, la cola larga y con púas. Todas las púas tenían la punta azul.

—Hasta tu dragón tiene estilo —comentó Paul.

—Tu dragón es absolutamente impresionante —añadió Skyler con admiración.

—Es genial, ¿verdad? —Josef parecía satisfecho.

—Totalmente —coincidió Skyler.

—Deberías ver mi lechuza —dijo Josef—. Las plumas quedan súper guay con la punta azul. A veces también le pongo unas plumas azules de punta en la cabeza.

Skyler miró la cabeza en forma de cuña. Por descontado, unas púas con la punta azul sobresalían de la cabeza del dragón. Riendo, le dio unas palmaditas en el cuello al animal.

—¡Eres tan maravilloso, Josef! Me encanta todo de ti.

Josef tenía un aire muy divertido. En las peores situaciones, como aquélla, aún era capaz de hacerla reír.

—¿*Habéis pensado cómo vamos a encontrar a Dimitri?* —preguntó Paul—. *Me imagino que estará retenido en un lugar aislado rodeado de unos cuantos licántropos muy duros que, por cierto, serán una manada de cazadores. Digo yo.*

—*Tuvieron que llevarle a algún lugar donde crean que tienen el control* —dijo Josef—. *Los carpatianos no deben de estar demasiado cerca o no estarían utilizando ese bosque para retenerle. Podría pedir ayuda.*

Skyler negó con la cabeza, aunque como estaba sentada a lomos del dragón, Josef no vio el movimiento.

—*No estoy segura de que pudiera. Me bloqueó, y quizás haya bloqueado también a todos los demás, pero nuestra conexión es... diferente, más fuerte. Ninguno de los dos sabe por qué, pero parece ser que juntos somos capaces de abarcar distancias que otros no pueden.*

—*Así pues, ¿vas a ponerte a caminar por el bosque sin más, como Caperucita Roja?* —preguntó Paul.

Skyler ladeó la cabeza contra el hombro de Paul para verle la cara.

—*Eso es exactamente lo que voy a hacer.*

—*La verdad es que voy a darle una capa roja con capucha* —terció Josef—. *Queremos que el gran lobo malo la vea con facilidad.*

Paul se quedó callado un momento y a juzgar por su ceño fruncido estaba claro que no le gustaba la idea.

—*¿Y si la matan? Estás corriendo un riesgo enorme con su vida, Josef. Puede que parezca divertido darle una capa roja y una capucha y mandarla a recorrer el bosque sola, pero no será tan divertido si aparece muerta.*

—*Los licántropos no matan humanos* —dijo Skyler—. *Lo investigamos detenidamente* —continuó—. *Sólo lo hacen los renegados, y los licántropos los tratan igual que los carpatianos tratan a los vampiros. A Dimitri no se lo llevaron los renegados. Lo tienen los licántropos.*

—*¿Cómo va a saberlo nadie? ¿Acaso llevaban camisetas proclamando la diferencia?* —Soltó Paul rebosando sarcasmo.

Se hizo un breve silencio.

—*Nunca consideré que pudieran ser los miembros de una manada de lobos renegados los que se lo llevaron* —dijo Josef—. *Todo el mundo supuso que fue un equipo especial de licántropos de élite, tipo comando, porque* dos de ellos desaparecieron al mismo tiempo que Dimitri, pero Paul tiene razón, Sky. Nadie lo sabe con seguridad. Quizá tengamos que reconsiderar nuestro plan.

—Si fueran renegados —sostuvo Skyler—, lo habrían matado en el acto. No tendrían ningún motivo para sacarlo del país y mantenerlo vivo sólo para torturarlo. Los renegados matan y se comen a su presa. Son hombres lobo que ansían carne cruda y sangre fresca.

—¿Estás dispuesta a apostar tu vida en ello? —le preguntó Paul.

No era su vida lo que le preocupaba. Era la de Dimitri. Era evidente que si no lo encontraban a tiempo, y aunque ella pudiera impedir que hasta la última de las balas trazadoras de plata se abrieran paso por su cuerpo, los licántropos acabarían hallando otra forma de matarlo. Tenían que encontrarlo. Tenía que encontrarlo.

—Sí, Paul. Voy a recorrer el bosque y a rezar para que me encuentre un licántropo. Ése es el plan. Me alejaré de nuestro campamento y me perderé. Tú y yo formamos parte de un grupo de alumnos que estudian a los lobos en estado salvaje. Los documentos están en perfecto orden, la página está en Internet y parece sumamente legal, y cuando me encuentren, la esperanza es que me devuelvan al campamento, no que se me coman para cenar.

—Siempre supe que estabas un poco loca, Sky —dijo Paul—. Podrían matarte.

Skyler reconoció que podría ser que la mataran, pero la vida que iba a tener no valdría mucho si Dimitri no formaba parte de ella. Quizá no fuera carpatiana, pero era su compañera eterna, tanto si la había reclamado como si no. Sabía que sus emociones no eran el enamoramiento de una jovencita, ni las fantasías románticas por las que sabía que sus amistades de la universidad creían que se dejaba llevar. Dimitri era un hombre especial. Nunca iba a encontrar a otro hombre como él, uno totalmente centrado en ella. Era la única mujer a la que miraría jamás. Ella era su mundo. Su otra mitad. Resultaba imposible explicar a nadie aquella sensación. Ninguno de sus amigos de la universidad sería capaz de concebir esa clase de devoción.

Lo que Paul aún no entendía, y tal vez Josef tampoco, pues era demasiado joven, era que ella estaba igualmente comprometida con Dimitri. Atravesaría el fuego para llegar a él, por lo que una excursión por lo profundo del bosque, aunque pudiera ser aterradora, no la detendría.

Daba igual quien la encontrara. Y había rezado mucho para que fuera el cazador de élite del que Josef había oído hablar a todo el mundo, Zev, quien acudiera a rescatarla. Daba la impresión de ser un licántropo decente que sin duda podía protegerla de cualquier otra persona o cosa que la amenazara.

—*Ésta es la realidad de la situación, Paul* —dijo Skyler—: *Podría ser que me mataran. Si no lo encuentro, Dimitri morirá. No le queda mucho tiempo. Aunque los carpatianos hayan emprendido una misión de rescate para buscarle, no llegarán a tiempo. No saben lo de los ganchos de plata.*

Se le revolvió el estómago otra vez de forma inesperada.

—*Le pusieron ganchos en el cuerpo y lo colgaron de los árboles como un pedazo de carne.*

No pudo evitar que las lágrimas y el horror endurecieran su voz. No se molestó en intentarlo.

Paul la estrechó entre sus brazos y le acarició el hombro con la barbilla.

—*Lo encontraremos, hermanita, y cuando lo hagamos, lo sacaremos de allí.*

El viento le arrancó las lágrimas del rostro. Se encogió en la calidez de las pieles, agradecida por tener dos amigos que la querían tanto como para arriesgarlo todo por su compañero eterno. Notó que Paul empezaba a temblar detrás de ella.

—*Quizá deberíamos buscar un sitio para que Josef descienda y te dé una ropa de más abrigo.*

—*Todavía no. Aún vuela con fuerza y estamos recorriendo kilómetros con rapidez. Cuando se canse, tendré la ropa de abrigo. Duérmete. Hablar de esta forma seguramente no sea lo que más te conviene.*

Skyler no había pensado en eso. Estaba tan acostumbrada a comunicarse telepáticamente que no había considerado que consumía energía psíquica al hacerlo, aun teniendo tan cerca a su interlocutor.

Ella no le respondió. Estaba cansada. Paul no dejaría que se cayera. Cerró los ojos y consiguió quedarse dormida.

Capítulo *4*

Skyler, ¿qué estás haciendo? Puedo sentirte cerca de mí.

El dolor de la voz de Dimitri la desgarró. Al menos se hallaba en el buen camino si la sentía tan cerca. El bosque era muy oscuro, los árboles grandes y viejos. Casi los oía susurrarse unos a otros.

Skyler siguió las huellas psíquicas que conducían directamente a su compañero eterno. De nuevo, el camino que se extendía era fino y gélido, pero no muy largo. La recorrió una oleada de triunfo. No tendría que tender un puente que salvara una tremenda distancia para sanarlo.

—*Se supone que tienes que estar sanando.*

El dolor la dejó sin aliento cuando conectó del todo con él. Había pensado que estaba preparada porque, al fin y al cabo, ya sabía qué encontraría, pero lo cierto era que no había forma de recordar el dolor martirizante con tanta claridad hasta que entrabas en contacto con él. Skyler dejó que ardiera en su interior en un esfuerzo para aclimatarse a él.

Josef estaba totalmente exhausto. Habían llegado al bosque en una sola noche de vuelo, pero eso había mermado seriamente su energía. Paul le había dado una cantidad tremenda de sangre, cosa que a su vez lo había debilitado a él. Tendría que tener cuidado y no alargar esta sesión de sanación tanto como la última, pero no podía estar tan cerca de Dimitri sin intentar alejar de su corazón los hilos de plata más amenazadores. Ella había dormido durante la mayor parte del camino y se sentía con más energía sólo porque Dimitri se encontraba en algún lugar de los alrededores.

—*Esta vez tendré más cuidado, Dimitri* —le prometió—. *Tengo que hacer esto. Sabes que no tengo alternativa.*

El tiempo que había estado durmiendo había soñado con que la plata venenosa penetraba en el corazón de Dimitri. Sus hermosos ojos azules se habían vuelto fríos como el hielo y la miraban fijamente sin vida. Acusadoramente.

—Llegas demasiado tarde. ¿Por qué has llegado tarde? —le había preguntado él.

—*Era un sueño, sívamet. Una pesadilla, nada más. Tú me aliviaste el dolor.*

—*Entre compañeros eternos no puede haber mentiras* —dijo Skyler citando al propio Dimitri—. *Sería imposible aliviar tu dolor. Los hilos de plata aún permanecen en tu cuerpo ardiendo tan intensamente como los que te he quitado.*

—*Quizá sea así, pero lo siento menos. Tu amor me mantuvo a salvo de la* Moarta de argint, *la muerte por plata.*

—*¿Es así como llaman a esta tortura?*

—*Absuelve de toda responsabilidad al consejo de los licántropos. Ellos no me mataron. Básicamente, me mato yo mismo al mover el cuerpo sin parar para intentar escapar al dolor, con lo que la plata penetra aún más. Pueden presentarse ante Mikhail con la conciencia limpia.*

Eso la enfureció. ¿Cómo podía el consejo de los licántropos sentenciar a Dimitri a una muerte tan tortuosa y luego asistir a una reunión con los carpatianos para discutir una alianza con ellos?

—*Voy a extraer más hilos, Dimitri, pero no voy a poder sacarlos todos. Voy a ir a por los que están más cerca de tu corazón.*

No aguardó a que él le respondiera. Entró en su cuerpo como un espíritu puro. Los ganchos que había manipulado seguían cerrados. No había goteado más plata en su cuerpo, pero los que quedaban sí que habían progresado. Ahora Skyler ya sabía qué hacer. Recurrió a su herencia de mago y utilizó de nuevo sus habilidades para expulsar la plata del cuerpo de Dimitri.

Plata, plata, de mortal brillo argentado,
Invoco el poder de la tierra para que aplaque tu perjuicio aciago.
Tal como fuiste creada y formada en el interior,
Yo te ordeno, plata, que asciendas y salgas al exterior.

Hebras de plata que se enroscan y causan daño lacerante,
Yo os libero de vuestro hechizo serpenteante.
Te pido, plata, que mi llamada atiendas,
Retoma el camino por el que desciendas.

Escúchame, plata, atiende a lo que te mando,
Retírate y no sigas martirizando.

En esta ocasión añadió un nuevo elemento para aliviar el dolor de la quemazón que sentía por él. La noche anterior se había agotado tanto que lo había dejado allí, sin más. Había regresado a su cuerpo inconsciente, pero había tenido mucho tiempo para pensar en cómo sufría él.

Coridalis, valeriana, reina de los prados, os he reunido,
Enmascarad el dolor inflingido.

La plata reaccionó con la misma renuencia, casi como si estuviera viva, retrocediendo, alejándose de su corazón, y las diminutas gotas plateadas le quemaban la piel al atravesar los poros para caer al suelo bajo él.

Skyler se sintió embargada de entusiasmo. La plata respondía a sus órdenes. La veía moverse apartándose de su corazón mientras que el otro extremo atravesaba sus poros y caía al suelo en forma de pequeñas gotas letales. Sin embargo, la plata quemaba a Dimitri allí donde lo tocaba, tanto por dentro como por fuera. Pero esta vez no lo dejaría hasta estar segura de que había sanado todas las heridas que pudiera haber en su cuerpo y que ella pudiera alcanzar antes de que se le agotaran las fuerzas.

Aloe, dulce aloe de verde fulgor,
Apelo a tu esencia, busco lo que se oculta en el interior.
Aquello pegajoso y lleno de bálsamo curativo,
Quiero que tu esencia sane lo que ha ardido.
Kathalai, tu apelativo de antaño,
Invoco tu poder para que te lleves el daño.

Los elementos se estaban retirando a sus órdenes y las hierbas apaciguaban el dolor. Skyler consiguió sacar tres hilos más antes de que la dominara el agotamiento. Aún quedaban varios más que salían de las pantorrillas y los muslos y otros dos de los ganchos que tenía en las caderas, pero la plata de dichos garfios no había avanzado tan cerca de su corazón como los que ya había sacado.

—*¿Puedes soportar este dolor un poco más? Te lo quitaría si pudiera.*

—*Me has mantenido vivo,* csitri, *y el simple hecho de que nuestras mentes se toquen me ha hecho más fuerte. ¿Dónde estás? Éste lugar es peligroso.*

—*Los que te retienen, ¿son lobos renegados?*

—*No. Licántropos. Es imposible que comprendas el peligro que representan. No vacilarán en enfrentarse a cualquier grupo de rescate carpatiano. Debes transmitir este mensaje a quienquiera que viaje contigo. Mi hermano. Cualquiera de los otros guerreros que estén contigo.*

Skyler tuvo que alejarse de él, regresar por el canal psíquico. Necesitaba descansar.

—*Soy humana, no carpatiana, y no me acompaña ningún grupo de rescate.*

Se hizo el silencio. Skyler se encontró de nuevo en su propio cuerpo, tendida en la hamaca que Paul había colgado para ella entre dos árboles. El viento se movía suavemente entre las ramas y las balanceaba. Le encantaba el sonido de la brisa al rozar las hojas y sentirla en la cara. Tenía un frío gélido, pero tenía el abrigo de piel echado encima. De un modo u otro, aun en su débil estado, Paul se las había arreglado para cuidar de ella.

—*Skyler.* —Pese al pánico que había en su voz, el tono de Dimitri fue autoritario. Sólo había empleado aquel tono con ella en un par de ocasiones—. *¿Has venido a buscarme sola? ¿Josef está contigo?*

Skyler ya sabía que llegaría aquel momento. Había tenido la esperanza de que fuera mucho después. Apretó los labios y asintió con la cabeza aunque él no pudiera ver el gesto.

—*Tenemos un buen plan. Cuando te liberemos, ninguno de ellos podrá hacernos daño* —dijo con un tono de absoluta confianza.

Ella creía que podían rescatarlo, de lo contrario no hubiera hecho venir a Josef y a Paul. Hubiera venido, pero sin ellos.

—*Sólo es cuestión de mantener cerrados esos garfios, sacarte la plata del cuerpo y luego seremos libres para volver a casa* —añadió—. *Ya sabes que los licántropos no pueden vencerte.*

—*Skyler, quiero que des media vuelta y salgas de aquí. Lo digo en serio. No te lo estoy pidiendo.*

—*Aunque me lo pidieras, eso no iba a ocurrir, Dimitri. Voy a venir a buscarte. No soy la niña que todo el mundo cree que soy, y tú lo sabes mejor que nadie. Eres mío y esos licántropos no son nadie para intentar matarte.*

A pesar del dolor y el agotamiento, Dimitri no pudo evitar que le hiciera gracia la furia con la que Skyler despotricó de los licántropos. Era única. Especial. Su propio milagro personal. Mucha gente la subestimaba. A él le encantaba el fuego que tenía en su interior. Le encantaba todo de ella.

Estaba orgulloso de su valentía y tenacidad, pese a que la quería fuera de peligro. No quería ni que se acercara a los licántropos. No se fiaba de lo que pudieran hacer los lobos si descubrían que tenía intención de liberarlo. De todos modos... ¿cómo no iba a sentirse eufórico y abrumado por su amor, por el hecho de que se hubiera enfrentado a semejantes peligros para acudir en su busca?

Él era un macho carpatiano, un antiguo cazador, y su primer instinto, su obligación, era proteger a su mujer. Skyler era su otra mitad, y el hecho de saber que la había puesto en peligro le resultaba mucho peor que el dolor aparentemente interminable que había soportado.

—*Debes marcharte. No puedo ponerte en peligro y sobrevivir a esto.*

El momento de silencio que siguió hizo que se le atrancara el corazón. ¿Acaso Skyler había pasado demasiado tiempo intentando evitar que la plata lo envenenara? ¿Estaría inconsciente? Aunque creía que ella se encontraba mucho más cerca, la distancia seguía siendo complicada. Tuvo que utilizar mucha energía para salvar el vacío, y lo hizo dos veces para sanarlo.

Era perfectamente consciente de que él no podía sacar esa plata envenenada de su cuerpo de la manera en que lo había hecho ella. Skyler había sido meticulosa, y lo que es más, le había aliviado las terribles quemaduras que la plata le había provocado.

—*No puedes sobrevivir a esto sin mí y lo sabes.*

Lo embargó el alivio. Skyler estaba débil. Él sentía que su nivel de energía estaba muy bajo, pero ni por asomo se acercaba al estado al que había llegado la última vez.

—*Te agradezco que estés retirando la plata de mi cuerpo. En cuanto esté fuera, puedo escapar por mí mismo. No puedes acercarte más.*

Skyler emitió un leve sonido con su mente, como un bufido molesto.

—*No puedes librarte de las cadenas que te sujetan. Si pudieras, mi amor, lo habrías hecho hace semanas.*

Dimitri empezaba a sentirse un poco desesperado. Skyler no podía quedarse allí. Si tenía problemas él no podría hacer nada para ayudarla. Tenía razón en cuanto a lo de las cadenas que ceñían su cuerpo. De no ser por la conexión extraordinariamente fuerte que existía entre los dos, él no podría haber llegado a ella. Había intentado llegar a su hermano, Fen, pero en vano.

—*Desgraciadamente, ahora mismo yo soy lo único que tienes, Dimitri. Nosotros tres. Josef y Paul harán lo que haga falta para ayudarme a liberarte.*

Dimitri quería a los amigos de Skyler. Había llegado a conocerlos a través de ella y del cariño que les tenía. Ambos eran como hermanos para ella, eran familia, pero eran chicos, no hombres, al menos no en el sentido de guerreros con experiencia en combate. No tenían ni idea de a qué se estaban enfrentando, ¿y cómo demonios iban a poder proteger a Skyler de una manada de licántropos?

Inspiró profundamente para intentar no moverse. El ardor que sentía retorciéndose por todo su ser lo incendiaba. A duras penas podía obligar a su cuerpo a permanecer bajo control en lugar de moverse continuamente en un esfuerzo por aliviar el interminable sufrimiento resuelto a destruirlo. Tuvo que admitir que era una tortura medieval digna de un castigo maquiavélico.

—*Skyler, te quiero más que a la vida misma.* —Le dijo la cruda verdad en voz baja y tono imperioso. La coacción no serviría de nada con ella, pero podía usar su voz más cariñosamente persuasiva—. *Mi hermano, Fen, vendrá. Ya está de camino.* —Hablaba con una seguridad absoluta. Sabía que Fen iría a buscarlo—. *Necesito saber que estás a salvo. Lo necesito más que nada. Quédate donde estás y sigue sacándome la plata del cuerpo. Eso dará a mi hermano el tiempo que necesita para encontrarme. Puedes llegar a él y saber cuánto tardará en venir.*

Skyler se tomó un tiempo para meditarlo mientras el miedo por él le aceleraba el corazón. Dejó escapar un leve suspiro.

—*La idea es entrar y salir sin que nadie sepa que estamos aquí. Si me pongo en contacto con tu hermano, no tendrá más remedio que hacérselo saber a mi padre. Gabriel vendrá. Y con él vendrá Lucian. Quizás otros. Podría estallar una guerra precisamente cuando Mikhail intenta hacer las paces con esos cretinos.*

Sabía que Skyler tenía razón. Su familia vendría y se armaría un buen lío. O peor aún, si la familia De La Cruz averiguaba que Paul estaba con ella, vendrían también y nada detendría a Zacarías si alguien le tocaba un pelo a su sobrino.

Skyler no iba a echarse atrás. Dominó la desesperación. Allí, encadenado por la plata, colgando de un árbol, y con unos ganchos en el cuerpo que lo envenenaban lentamente, no podía hacer nada. *Moarta de argint*. Si atacaban a Skyler él no podría salvarla.

¿Cómo podía detenerla? No quería que cayera en manos de los licántropos. Se sintió embargado por la desesperación cuando ni en sus peores momentos había considerado, ni por un instante, en ayudar a que la plata le recorriera el cuerpo más rápido. Sabía que podía hacer que terminara el dolor, pero nunca dejaría sola a Skyler, no mientras hubiera una posibilidad. Pero para salvarle la vida...

—*¡No te atrevas a pensar siquiera en dejarme!* —Un tono de pura furia crispó su voz, ya temblorosa de miedo—. *Si optas por marcharte, iré detrás. Y tampoco voy a mostrarme comprensiva al respecto, Dimitri. Tú y yo tenemos un pacto que hicimos hace mucho tiempo cuando todo el mundo quería decidir nuestro destino. Decidimos juntos. Tú. Yo. Juntos.*

—*No puedo ni pensar que estás en peligro.*

—*Es porque estás sufriendo...*

—*Da igual el sufrimiento. Da igual la plata. Da igual la muerte. Tú no tienes ni idea de lo que me mueve. No puedo tolerar que estés en peligro.*

La voz de Skyler cambió por completo. El miedo y la furia desaparecieron. Adquirió un tono musical. Suave. Un terciopelo rojo que rozó todas las terminaciones nerviosas inflamadas con un tacto calmante.

—*Amor mío, nadie, ni siquiera un antiguo tan valiente y fuerte como tú podría aguantar la falta de sustento. Necesitas alimentarte. Llevas encadenado más de dos semanas y has sufrido dolores que nadie más podría haber soportado. Esta combinación volvería loco a cualquiera.*

A veces Dimitri había tenido la sensación de estar loco. Su mente vagaba. Antes de que viniera Skyler, algunas veces no había podido pensar con claridad, pero…

—*Tienes que confiar en mí. Soy tu compañera eterna y te llevo en el corazón. Eres la otra mitad de mi alma. Confía en mí para hacer esto bien.*

La triste verdad era que Skyler estaba en lo cierto. Los días y las noches se sucedían. Lo habían dejado a la intemperie y en ocasiones se hallaba indefenso, atrapado en la parálisis carpatiana y, sin embargo, incapaz de dormir. El sol que caía a plomo por entre los árboles prácticamente lo cegaba y le quemaba la piel hasta que le salían ampollas, pero, por suerte, el espeso manto de hojas y su sangre de licántropo le evitaron la muerte que la mayoría de carpatianos temían.

La quemazón de la plata era incesante, tenía las entrañas en llamas y la misma sensación que si le hubieran escaldado y chamuscado interminablemente la piel y los huesos. Sintió el azote del hambre hasta que no supo qué era peor, si la necesidad de sangre o el continuo dolor de su cuerpo. Todo eso importaba muy poco ahora que sabía que Skyler corría peligro.

—*Dimitri. Esto que sientes por mí… Es lo mismo que siento yo por ti. Estamos hechos el uno para el otro y no puedo marcharme y dejarte solo de esta manera. Me rompería el corazón. Prefiero arriesgarlo todo en la posibilidad de rescatarte que saber que estás sufriendo y que yo no hice nada.*

—*Llama a Fen. Vendrá y así sabré que estás a salvo.*

Dimitri notó el suspiro de Skyler. Estaba exhausta. Los límites de su mente habían abarcado mucho. Temblaba de frío. Él no veía dónde estaba, pero sentía todo aquello.

—*Amor mío, ambos sabemos que no llegará a tiempo. La plata estaba a tan sólo unos centímetros de tu corazón. Y aún tengo miedo de descansar por si algo sale mal. Déjame hacerlo. Por ti. Por nosotros. Déjame hacerlo, Dimitri. Puedo hacerlo.*

Era imposible decirle que no. Dimitri supo que estaba librando una batalla perdida. Ambos necesitaban conservar las fuerzas.

—*Cuéntame tu plan, sívamet.*

Sintió que el amor de Skyler lo envolvía. Trató de mantener el cuerpo tan quieto como fuera posible, pero la plata se retorcía atravesándolo, quemándole todas las terminaciones nerviosas hasta que creyó que se volvería loco. Antes, sumido en la oscuridad durante los días y las noches interminables, había tenido ganas de terminar con todo, pero la mera idea de lo que eso le haría a su compañera eterna lo empujaba a seguir intentando permanecer inmóvil para evitar que el veneno le alcanzara el corazón. Ahora, con su amada y su valentía, se sentía animado. ¿Cómo no iba a permanecer con vida cuando tenía a una mujer como Skyler luchando por él?

Dimitri sintió que ella vacilaba y se sorprendió frunciendo el ceño. Skyler no era una mujer dócil, y él adoraba este aspecto de ella, pero lo que más quería era que estuviera a salvo. Se le contrajo dolorosamente el corazón. Iba a hacer algo que sabía que él nunca aprobaría.

—*Josef nos ha proporcionado la mejor documentación posible, tres estudiantes que llevan a cabo una investigación sobre los lobos en estado salvaje. Utilizó tu organización y todos parecemos muy legales. Ahora mismo los chicos están levantando el campamento. Debería pasar cualquier inspección.*

—*Eso no me dice nada.*

—*Te dice que lo hemos planeado minuciosamente. No queremos una guerra, sólo queremos que vuelvas con nosotros sano y salvo. Mañana saldré a caminar por el bosque y me perderé. Soy humana. Alguien me encontrará. Uno de los licántropos. Me habré torcido el tobillo, Josef es muy bueno en estas cosas. El licántropo me acompañará de vuelta al campamento aunque sólo sea para verificar mi historia. Le colocaré un dispositivo de localización. Eso nos llevará directos a ti.*

Dimitri cerró los ojos. Parecía muy sencillo. A veces los mejores planes eran los más simples, pero Skyler estaría en lo profundo del bosque, lejos de la civilización, allí donde habitaban tanto los licántropos como los verdaderos lobos. No todos los hombres eran buenos, ya fueran licántropos o humanos. Y precisamente ella debería saberlo mejor que nadie.

Dimitri guardó silencio, consciente de que lo sabía. Skyler tenía pesadillas con frecuencia. Estaba arriesgando la vida, junto con la tranquilidad de espíritu que tanto le había costado conseguir, y debía de estar aterrorizada, pero lo estaba haciendo por él. Se sintió humilde al pensarlo.

—*Tú harías lo mismo por mí.*

Él era un guerrero antiguo, ella era joven y vulnerable. Podía sentir lo agotada que estaba entonces. La sanación era difícil bajo cualquier circunstancia. Dada la distancia y el hecho de que la noche anterior se hubiera quedado sin gota de energía, le sorprendió que aún pudiera seguir funcionando. No tenía sentido discutir con ella.

—Si algo sale mal y te metes en líos, júrame que llamarás a Gabriel.

Dimitri claudicó, pero el corazón le palpitaba y la plata se retorció por su cuerpo con la misma rapidez. Notaba el ardor que se abría paso hacia la caja torácica.

—No te preocupes, mi amor, gritaré a voz en cuello.

Skyler tranquilizó a su compañero eterno con sinceridad en su voz.

—Te quiero, y esto ni siquiera empieza a describir lo que siento por ti.

Dimitri decidió que no se habían inventado las palabras que pudieran llegar a expresar el absorbente amor que sentía por Skyler.

—Por favor, mantente a salvo, Dimitri. Quédate muy quieto. Yo estoy contigo —le susurró, y las lágrimas le escocieron en los ojos cuando la conexión entre los dos finalizó de repente.

Skyler no soportaba dejar ir aquel hilo entre los dos. Dimitri estaba muy solo y en muy malas condiciones, mucho peor de lo que podría haberse imaginado jamás. Su Dimitri era tan fuerte, tan poderoso, que no parecía posible que pudiera estar prisionero, que pudiera ser torturado y que su vida se acercara al final.

Entonces notó las lágrimas en la cara. No podía moverse de tan agotada que estaba, pero mientras miraba el dosel que formaban las hojas en lo alto, las ramas que se balanceaban y bailaban al son de la música del viento, se dio cuenta de lo afortunada que era. Dimitri estaba vivo. Estaba tan cerca que podía alcanzarlo y él podía conectar con ella. Juntos encontrarían la manera.

—Sky, voy a darte unos minutos —dijo Josef— y luego tendrás que intentar comer algo. Tenemos mucho trabajo por delante y tienes que estar en forma.

Ella asintió, satisfecha con permanecer tendida en la hamaca y escuchar los sonidos del bosque. El continuo zumbido de los insectos le resultaba familiar y, sin embargo, no lo era en absoluto. Se oía el aleteo de los pájaros que revoloteaban de un árbol a otro. Las marmotas correteaban y los ratones se infiltraban en la vegetación del suelo. El bosque estaba lleno de vida.

Volvió la cabeza para mirar a Paul, que establecía una zona de seguridad. Había depredadores en el bosque y, aunque Josef estaba con ellos, era necesario prepararse por si acaso. Skyler siguió echada en la hamaca, pensando en su última línea de defensa si todo saliera mal. Si los descubrían y los licántropos los atacaban, dependía de ella procurar un refugio para todos. Dimitri estaría débil. Si no había tiempo para darle sangre y sanarlo, tendrían la tarea de buscar un lugar seguro que pudieran defender mientras él se escondía para recuperarse.

Paul se acercó a ella con una botella de agua en la mano.

—Toma. ¿Puedes incorporarte? —Ya le había pasado el brazo por la espalda para ayudarla—. Bebe. Casi hemos terminado el campamento. Josef lo tiene todo en orden. Hasta nuestros hallazgos resistirán un examen minucioso. No puedo imaginarme que los licántropos no se traguen nuestra tapadera.

—Josef dijo que el plan más sencillo era el mejor, y creo que tiene razón —admitió Skyler. Tuvo que apoyarse en Paul para incorporarse lo bastante y poder beber el agua—. Estoy tan cansada que lo único que quiero hacer es dormir. —Levantó la mirada hacia él y frunció el ceño—. Dimitri no puede esconderse ni alejarse del sol. La última vez la distancia era tan grande que no podía ver nada en torno a él y ni siquiera intuir lo que le estaba ocurriendo. El dolor era atroz, pero esta vez...

Se le fue apagando la voz.

—Es fuerte —dijo Paul para tranquilizarla—. Sobrevivirá.

—Sé la suerte que tengo de que me quiera. El hecho de saber que, aun cuando ha estado sometido a tortura todo este tiempo, no se movió ni se retorció deliberadamente para dejar que la plata le atravesara el corazón y permaneció vivo sólo por mí, es una sensación asombrosa. No sé si yo hubiera podido soportar ese tormento tanto tiempo como él.

Skyler tomó otro trago largo y lento. El agua le sentó bien a su garganta reseca. Hacía más de dos semanas que Dimitri no se alimentaba. ¿Qué le provocaría eso? Skyler buscó a Josef con la mirada. Estaba ocupado con la fogata. Siempre le había obsesionado el fuego.

—Si Dimitri no se ha alimentado, Josef, ¿qué le puede pasar?

Josef se volvió lentamente y las llamas de la hoguera proyectaron unas sombras inquietantes.

—Eso no es bueno, Sky. Estará hambriento. Lo mejor será que, cuando lo rescatemos, yo le dé mi sangre primero, no tú.

A Skyler no le gustó cómo sonaba eso. En ocasiones Josef podía ser todo un adulto y parecía muy serio... y preocupado.

—¿Puedes levantarte, Skyler? —le preguntó Paul—. Tenemos una silla para ti y el fuego da calor.

—No lo sé.

Eso era mentira. Si intentaba ponerse en pie se caería de bruces.

Paul la tomó en brazos sin preguntar, la llevó hacia el fuego y la colocó en una silla que había delante.

—Josef, recuerda el chocolate y los malvaviscos —añadió.

—Parece divertido —dijo Skyler.

Josef se acercó por detrás de ella, le rodeó los hombros con los brazos y apoyó el mentón en lo alto de su cabeza.

—¿Crees que mañana estarás preparada para esto? ¿O deberíamos esperar otro día para que puedas recuperarte?

Él era renuente a esperar, Skyler lo notó en su voz. Sabía que, cuanto más tiempo esperaran, más disminuían las posibilidades de que su plan tuviera éxito. Si un licántropo descubría su campamento antes de que ella se «perdiera», su estratagema no funcionaría. Dudaba que pudiera acercarse lo suficiente para poder colocar un dispositivo de rastreo sin que se dieran cuenta si no estaba herida y necesitaba ayuda. Tendrían que encontrar otra forma de localizar a Dimitri y llegar a su prisión. Sabía que en aquel momento podía localizarlo porque el rastro psíquico se hacía más fuerte, pero eso requeriría un tiempo y una energía de los que estaba claro que no disponían. Y luego estaba Dimitri. A él podía ocurrirle cualquier cosa... y ninguna buena.

—Estaré lista —dijo. Tomó la taza de chocolate caliente más para satisfacer a sus dos amigos que porque creyera que fuera a bebérsela—. Lo que necesito es dejar que la Madre Tierra me sane. ¿Puedes abrir el suelo aquí para que me estire dentro?

—No puedes dormir en el suelo, cielo —respondió Josef—. No puedo cubrirte y serías vulnerable a cualquier ataque. Aún no eres carpatiana, loca.

Skyler se sorprendió riendo.

—Me refiero a sólo unas cuantas capas, loco. No tengo intención de dormir ahí. La población de insectos, sin ir más lejos, ya me lo impediría.

—Gusanos —añadió Paul—. Entran y salen de nuestros cuerpos, arrastrándose...

—Y los gusanos entran, los gusanos salen...

Josef citó una vieja canción que los niños se habían cantado unos a otros en los patios de recreo de todo el mundo.

—Calla —le ordenó Skyler. El simple hecho de estar en compañía de sus dos mejores amigos hacía que se sintiera más alegre. Más segura. Más sensata—. Al fin y al cabo voy a dormir sobre la tierra y no quiero pensar en gusanos ni otros bichos arrastrándose por encima de mí.

Necesitaba sentir su conexión con la Madre Tierrra si quería que su plan infalible tuviera alguna posibilidad de éxito. No quería hablar de ello todavía, al menos hasta que estuviera segura de que podía hacerlo. Todo dependía de lo que aprendiera allí, en el suelo de aquel bosque antiguo.

Josef le dio un beso en la cabeza.

—A veces eres como una niñita tiquismiquis, Sky, en serio. Decir «tierra» no es una cochinada. La dijiste con tanto asco... Como una chica.

—Soy una chica, bobo —señaló Skyler. Bajó la mirada al chocolate de la taza. Su estómago se rebeló de nuevo. Iba a necesitar ayuda de Josef otra vez—. Y a ninguna chica le gusta la idea de dormir en el suelo con insectos. Al fin y al cabo soy humana.

—No eres exactamente humana —dijo Josef, y la soltó—. Más bien eres como una pequeña alienígena flipante. A propósito, se me olvidó decírtelo, lo cierto es que he llegado muy lejos en esa base de datos de videntes humanas que Dominic encontró en Sudamérica. He superado las encriptaciones y he averiguado el código que utilizaban para cada persona introducida. Estoy cerca de piratearlo todo. Si lo hago, puedo dar los nombres a Mikhail y esas mujeres pueden ser protegidas de la sociedad humana que intenta matarnos a nosotros, a los vampiros y a todos los que los cazan.

A Skyler se le revolvió el estómago. Se le había hecho un nudo horrible. Bajó la vista y la taza estaba vacía.

—Gracias, Josef.

—¿Por el chocolate o por el cumplido de «pequeña alienígena flipante»?

Paul soltó un resoplido.

—¿Eso es lo que era? ¿Un cumplido? Nunca vas a conseguir nada con las mujeres, Josef, si no mejoras el lenguaje con ellas.

—No voy a malgastar mi estilo con mi hermana aquí presente. —Josef le dio un golpecito en el pie con el suyo—. Me las apaño muy bien con las mujeres.

Paul meneó la cabeza.

—Fui tu compinche en la última fiestecilla a la que fuimos juntos y estoy casi seguro de que quedaste eliminado en cuanto empezaste a hablar. —Le guiñó un ojo a Skyler—. Todas pensaban que era muy mono hasta que abrió la boca y empezó a soltar una especie de teoría numérica.

—¡Oh, Josef! —exclamó Skyler tapándose la sonrisa con la mano—. ¿Eso hiciste? No me digas que sí.

Josef le quitó de la mano la taza vacía y dirigió una mirada fulminante a Paul.

—La chica era guapísima, ya sabes, no era rubia, delgaducha y clonada como la mayoría. Me refiero a que tenía una figura de verdad, el cabello oscuro y reluciente y, cuando sonrió, el corazón me explotó o algo parecido y se llevó consigo mi cerebro. Cuando tengo un cortocircuito, recurro a los números de mi cabeza.

—Ve en números —comentó Paul—, ¿te lo puedes creer?

Josef le puso otra taza en la mano. Skyler reconoció el aroma de sopa de verduras. El nudo en el estómago se le hizo aún más fuerte. Cerró los ojos y deseó quitárselo de encima de una vez. Otra cuestión era si aguantaría la comida o no. Sabía que, antes de dormir, Josef le daría más de su sangre sanadora. No podía convertirse sin un verdadero intercambio de sangre, pero eso no implicaba que no fuera a sentir sus efectos.

Cuando abrió los ojos agradeció que no sólo la sopa hubiera desaparecido, sino también la taza. Paul le había vuelto a dar la botella de agua mientras ella se concentraba en retener la comida en el estómago.

—Josef es asombroso —comentó, y lo decía en serio—. Y tú también, Paul. No podría ser más afortunada. Gracias a los dos por venir conmigo.

—No te pongas en plan nena con nosotros —la reprendió Josef—. Cuando queramos darnos cuenta estaremos sollozando en torno al fuego, nos sorprenderá algún licántropo y pensará que lo mejor es sacrificarnos para que no suframos más.

—Muy bien, abre un trozo de tierra para mí… que llegue hasta allí donde el suelo es rico en minerales.

Josef echó un vistazo al suelo del bosque.

—En cualquier sitio debería ir bien. Ésta es una tierra antigua y se ha estado regenerando durante miles de años.

Quitó la vegetación y la capa superficial del suelo para exponer la riqueza oculta debajo. Paul volvió a coger en brazos a Skyler y la depositó con cuidado en la abertura de unos sesenta centímetros de profundidad. Ella le devolvió la botella de agua y centró toda su atención en el suelo.

Se quedó allí tumbada, sin importarle que la tierra se le metiera en el pelo. Josef se podía ocupar de eso sin problemas. Lo único que importaba era su conexión con la Madre Tierra.

Gran Madre Tierra, que a todos nos creaste,
Escucha mi llamada.
Ayúdame, magna madre, muéstrame el camino que debo recorrer,
Me pongo en tus brazos, oye el latido de mi corazón,
Escucha mi llamada.

Lo primero que percibió fueron los sonidos. El grave y retumbante redoble de un tambor. Continuo. Provenía del centro mismo de la tierra y se extendía por ella para dar vida a las plantas y árboles, a toda la flora y fauna. Luego vino el goteo del agua, muy leve al principio, pero cuando escuchó, el sonido fue poderoso, el flujo de la sangre de la tierra que se expandía como arterias y venas para nutrir.

Magna madre, soy creación tuya,
Te pido el bálsamo curativo,
Necesito de ti y de tus dones,
Mi cuerpo está cansado y fatigado.

Nunca había tenido aquella sensación de no dar más de sí, y tenía miedo de que si preguntaba a Paul y a Josef, le dijeran que podían ver por dónde se consumía o los agujeros que se abrían en su piel. Supo que sin la sangre de Josef no conseguiría las fuerzas necesarias para ayudar a Dimitri a liberarse de tan terrible arma.

Ayúdame, Madre, vierte tu energía curativa para darme fuerzas.
Mi necesidad es grande. Escúchame. Mírame. Sé parte de mí. Envuél-
veme en el calor de tus brazos.

La rica tierra salía a borbotones en torno a su cuerpo y lo cubrió con una fina capa, pero casi hasta el cuello. Skyler debería de haber sentido claustrofobia pero, en cambio, se sentía abrigada y a salvo. Oyó un grito ahogado de Paul como desde una gran distancia, pero su mente estaba conectada al continuo retumbo del corazón de la tierra. El suyo también latía al compás de aquel fuerte ritmo. Notó los brotes nuevos, las largas y retorcidas enredaderas que salían de la tierra por debajo y junto a ella para enroscarse en su cuerpo formando una colcha de agreste verdor.

Tenía la sensación de estar en la mismísima cuna de la vida, sostenida por sus tiernos brazos. El fino vello de las raíces que se alargaban hacia ella le rozaba las piernas y los brazos. Unos pequeños brotes verdes se le iban acercando, se acurrucaban cerca de su cuerpo y empezaron a entretejerse unos con otros para formar un fino manto que la cubría.

Te necesito, magna madre, mi alma gemela se quema,
Cuelga de unos ganchos cuyas puntas vierten veneno de plata en su
* cuerpo.*
Hilos de plata se abren camino hacia su corazón.

Su vida se escurre entre mis dedos como finos granos de arena.
Escúchame, magna madre, aporta tu energía curativa,
Dame tu fortaleza, escucha mi llamada, cúrame, Madre.

Ya notaba que las fuerzas la inundaban de nuevo. Las pequeñas grietas que sentía que fragmentaban su mente se cerraron poco a poco y el continuo martilleo de su cabeza se desvaneció. Sentía las piernas y los brazos más fuertes que nunca. El caos de su mente se apaciguó y se encontró calmada y decidida.

Dime, magna madre,
Aquéllos de estirpe de licántropos que nacieron de este lugar,
¿De qué se crearon?
¿Cómo pueden ser sometidos?

Muéstrame su camino,
Revélame sus debilidades,
Enséñame la manera de mermarlos.
Dame el poder de liberar lo que retienen.

Tenía que sentir a los licántropos cuando se acercaran. Eran cazadores de manada y desprendían muy poca energía o ninguna. De algún modo u otro eran capaces de contenerla, de manera que ni siquiera los carpatianos podían notar su presencia antes de un ataque. Ella necesitaría saber dónde estaba hasta el último de los lobos, por qué estaban allí y cuál sería su plan de acción.

La Madre Tierra había visto cómo todo tenía lugar en su superficie. Habían transcurrido siglos y la especie de los licántropos se había puesto el manto de la civilización pero, al igual que los carpatianos, ante todo eran depredadores. Eran lobos. Cazaban en manada en lugar de ser cazadores solitarios como los carpatianos. Por norma general las manadas tenían una pareja alfa y utilizaban los ataques de eficacia probada que habían funcionado durante siglos.

Habían evolucionado, se habían hecho fuertes, rápidos, muy letales, y eran inteligentes. Se habían integrado en la sociedad humana y adoptado un aspecto civilizado, pero en el fondo siempre eran licántropos. Seguían cazando de la misma forma con la que habían tenido tanto éxito mucho tiempo atrás.

Skyler absorbió la información grabada en el mismísimo suelo por los licántropos que habían utilizado aquel bosque durante muchos años. Se tomó su tiempo, agradecida por ser una hija de la tierra, agradecida de que la ofrenda fuera tan detallada. Era importante aprender sobre los licántropos como cazadores en manada para así concebir la mejor manera de eludirlos… o de vencerlos.

Cuando estuvo segura de cómo se dirigía el funcionamiento interno de la manada, dio las gracias y a continuación pidió ayuda con Dimitri. Su debilidad la azotaba. Su hambre. Estaba hambriento, y ningún carpatiano podía pasar días o semanas sin meterse bajo tierra.

Magna madre, mi amado es tu creación,
Es tu hijo, un hijo de la Madre Tierra.
Tú lo has juzgado, lo conoces. Conoces su valía.

Sálvale, Madre,
Muestra tu poder sanador,
Ayúdame en su sanación,
Utilízame, manifiesta tu poder a través de mí.

Skyler no se había dado cuenta de lo sumamente agitada que estaba después de conectar con tanta frecuencia con Dimitri y ver que, pese a lo que había hecho para ayudarle, su sufrimiento continuaba. Poco podía hacer ella con las cadenas de plata que lo ataban con firmeza desde el cuello hasta los tobillos, y menos desde una distancia tan grande. Apenas se había permitido admitir la existencia de aquellas funestas cadenas.

Sabía que lo que retenía a Dimitri eran las fuertes ligaduras que ceñían su cuerpo, como una momia con vendaje de plata. Él no podía ponerse en contacto con los suyos para pedir ayuda. No podía liberarse ni combatir a sus enemigos. Por eso, tenía que hallar la mejor manera de extraer la plata y asegurarse de curarle las quemaduras al menos lo bastante como para que pudiera viajar con rapidez.

Ella no quería iniciar una guerra, la verdad. Sería mucho mejor si pudiera rescatar a Dimitri sin que la detectaran.

Si el plan funcionaba, reuniría la información que la Madre Tierra le había proporcionado sobre los licántropos, sus puntos fuertes, sus debilidades y costumbres, su naturaleza y las características que les eran únicas, y utilizaría todas esas cosas contra ellos.

Su último mecanismo de seguridad dependía de ella. Si resultaban heridos o Dimitri estaba demasiado débil, necesitaban esa última zona segura. Tendría que recurrir hasta al último ápice de su sangre de mago, de su conexión con la Madre Tierra y de su estirpe de Cazadores de dragones para crear un hechizo de protección tan potente que permitiera entrar a cualquier humano o carpatiano, pero dejara fuera a todos los licántropos. Si lo conseguía, contarían con un lugar al que huir, un lugar que defender si los licántropos los atacaban. Si no, sin duda alguna morirían todos.

Capítulo 5

El dolor era incesante, ralentizaba el tiempo de forma que cada segundo se alargaba interminablemente. Dimitri a duras penas podía respirar, soltaba el aliento en bocanadas irregulares y temblorosas, señal de que estaba casi al límite de su resistencia. Su cuerpo no dejaba de estremecerse por voluntad propia. Por mucho que lo intentara, no podía detener aquel reflejo automático, muy parecido al de un animal solo y acorralado. Su mente era un caos y el entrecortado palpitar de su corazón le atronaba los oídos.

El hambre lo azotaba con cada lento segundo que transcurría. Era consciente de todas y cada una de las criaturas con sangre en las venas que se le aproximaban. Oía aquel latido pulsátil que sonaba en lo más profundo de sus venas como un tambor que lo llamaba. Ni siquiera el atroz y crispante dolor podía parar la necesidad que se alzaba como un tsunami irrecusable.

Tenía los dientes alargados y afilados. Necesitó de hasta el último atisbo de disciplina que poseía para no intentar librarse de las cadenas de plata que rodeaban su cuerpo. Incluso con los ganchos clavados podría haber conseguido una presa, pero las cadenas se lo impedían.

Olió a los licántropos que se aproximaban mucho antes de oírlos venir. En su debilidad, pensó que los inmensos dones de una sangre mezclada —la *Sange rau* temida por los licántropos— disminuirían, no se fortalecerían, pero todos sus sentidos aumentaron y se intensificaron hasta que pudo notar incluso los insectos que se arrastraban por el suelo y por los troncos de los árboles.

En alguna ocasión creyó que podía ver y oír las plantas creciendo en torno a él. Hacía unos pocos minutos, la hierba que lo rodeaba se encontraba a unos cuantos pasos de distancia de donde colgaba él, pero ahora cubría el suelo bajo sus pies como un manto espeso. Daba la impresión de que los macizos de flores brotaban de golpe, los tallos y pétalos se formaban en cuestión de minutos. Fijó la mirada en el suelo y se sorprendió al ver que los helechos se abrían paso por entre la tierra en una docena de lugares en derredor.

—No pareces tan duro ahí colgado —se mofó Gunnolf mientras se le acercaba.

No se dignó a responder, ¿qué sentido tenía? Gunnolf quería provocarle alguna reacción y él no estaba dispuesto a darle la satisfacción. Eso no aliviaría su dolor y tampoco podía acercarse a él para tomar su sangre, de modo que, en realidad, retirarse en sí mismo era mucho mejor.

—No puede decirse que tus amigos hayan venido corriendo a salvarte —continuó diciendo Gunnolf al tiempo que, distraídamente, le iba dando patadas en la pierna a Dimitri. Se rió cuando su cuerpo se balanceó y los ganchos se clavaron más profundamente, rasgando su carne—. Deben de haberse dado cuenta del monstruo sucio y asqueroso que eres y han dejado que te matemos. De todos modos, tampoco eran muy buenos peleando.

Dimitri permaneció en silencio, con la mirada clavada en el suelo. Vio que la tierra se levantaba en algunos lugares en torno a los helechos y el misterio lo fascinó. Por debajo de él había sitios en los que la hierba había crecido tanto que sus briznas le rozaban las piernas. La hierba le rodeaba el tobillo y se deslizaba por debajo del raído dobladillo de sus pantalones. La notó recorriéndole la piel hasta que encontró el punto exacto en el que el cazador licántropo le había golpeado. Unas gotitas de algo fresco y húmedo cayeron de la hoja a su magulladura. El dolor desapareció de inmediato.

—Reconozco que has durado más tiempo que ningún otro condenado a morir por plata. —En esta ocasión había un atisbo de temor en la voz de Gunnolf—. Nadie ha durado más de tres días. Dicen que es imposible permanecer quieto, lo que hace que la plata llegue más rápido a tu corazón. Si quieres poner fin al sufrimiento, baila un poquito más.

Agarró a Dimitri por los hombros, lo sacudió con fuerza y volvió a reírse cuando la sangre manó nuevamente de cada una de las heridas de los ganchos que lo tenían prisionero.

—¡Gunnolf! ¿Qué estás haciendo? —lo reprendió Zev con brusquedad.

Gunnolf se puso serio al instante. Se inclinó para acercarse al oído de Dimitri.

—Muérete ya, monstruo, para que yo pueda salir de aquí.

Lo soltó y se apartó del cuerpo suspendido.

Zev lo alejó de Dimitri de un empujón.

—No tienes ningún derecho a ponerle las manos encima. El hombre está sufriendo. ¿No te basta con eso? Si no fueras un miembro de mi manada, pensaría que te has vuelto renegado y disfrutas con el sufrimiento ajeno.

—Es *Sange rau*, un monstruo sin comparación. —Gunnolf escupió en el suelo para mostrar su desprecio—. Mataría a todos los hombres, mujeres y niños que tenemos sin detenerse a volver la vista atrás.

—Él no es un vampiro como lo eran los otros —sostuvo Zev.

Su tono de voz se había vuelto pensativo. Dimitri alzó la mirada de repente y vio que Zev estaba mirando al suelo. Sus toscos rasgos se mantuvieron inexpresivos, pero sus ojos penetrantes veían demasiado. A Dimitri le dio un vuelco el corazón cuando Zev avanzó deslizándose, con un movimiento suave y fluido que a Gunnolf le resultaba casi imposible seguir, pero que para Dimitri era muy fácil.

Allí, en el suelo, bajo su cuerpo que se mecía, prácticamente enterradas en la espesa mata de hierba, los helechos y las flores, había unas reveladoras gotas de plata relucientes que llamaban la atención. La suela de la bota de Zev se deslizó sobre la plata y la aplastó más contra el suelo. Cuando levantó la bota al dar el paso, la hierba creció como si nunca la hubiera pisado. Las gotas de plata se hallaban completamente ocultas a la vista.

Zev miró a Dimitri.

—Será mejor que te vayas de aquí, Gunnolf. Me has desafiado demasiadas veces y se me está agotando la paciencia. La próxima vez será mejor que vengas preparado para derrotarme en combate.

Gunnolf soltó un gruñido y enseñó los dientes, pero dio media vuelta con brusquedad y se marchó con paso resuelto. Zev suspiró y negó con la cabeza.

—Ése y yo vamos a enzarzarnos en un futuro próximo, y será un combate a muerte.

—Él no jugará limpio —predijo Dimitri—. En realidad, dudo que se te enfrente cara a cara. Intentará matarte cuando estés de espaldas y no haya nadie que vea su traición.

—Lo lamento de verdad —dijo Zev—. Envié un mensaje al consejo para intentar que retiraran la sentencia, pero no ha habido respuesta. No puedo ir contra mi gente, pero te ayudaré en todo.

—Has sido muy amable al traerme agua —repuso Dimitri.

—Nunca ha habido nadie capaz de extraer la plata de su cuerpo —comentó Zev mirando al suelo bajo Dimitri.

Zev retiró la hierba y los helechos con la punta de la bota. No quedaba ni rastro de plata. Frunció el ceño y escarbó en el suelo.

—Ha desaparecido.

Dimitri no dijo nada. Notaba las briznas de hierba que se abrían paso sinuosamente por su tobillo y se le deslizaban por la pantorrilla hacia el punto de entrada donde los garfios se le enganchaban en el músculo. Aquellas diminutas gotas de bálsamo caían sobre la carne viva de sus heridas. La hierba parecía aplicar aquel gel calmante en las lesiones con un masaje y luego empezó a ascender hacia los cortes que tenía en los muslos.

Skyler. Su mujer. Su compañera eterna. ¿Quién hubiera imaginado que pudiera haber tanto poder encerrado en aquel cuerpecito que tenía? Estaba hecha de puro acero. Él no dudaba que la joven habría hecho algún pacto con la Madre Tierra y que aquella forma de sanación era cosa suya. Sanar y ocultar las pruebas.

Zev se acercó más.

—No puedo liberarte, pero puedo ayudarte. No hay ninguna ley que diga que no puedo proporcionarte nutrientes. Deja que te dé sangre.

A Dimitri le dio un vuelco el corazón, que empezó a palpitarle. Nunca había considerado que un licántropo hiciera semejante oferta. La tentación resultaba abrumadora. Notó que se le formaba saliva en la boca. Tenía los dientes afilados, terribles.

—Estoy débil. Tanto que no me fío de mí mismo. No estoy seguro de que pudiera parar.

Se obligó a decir la verdad por respeto, porque no quería correr ningún riesgo. Hubiera dejado seco a Gunnolf, pero Zev poseía integridad y estaba claro que la sentencia del consejo le había resultado sorprendente.

—Estás envuelto en cadenas —señaló Zev—. Puedo controlar lo que ingieres.

Dimitri levantó la cabeza y miró a su alrededor. El bosque era tupido, poblado de árboles y maleza, pero percibía y oía la fuerza vital de otros licántropos cerca de allí. Notaba unas miradas posadas en ellos.

—Cuanto más me ayudes, más sospechoso te vuelves a ojos de los demás. Ése al que llamas Gunnolf está envenenando las mentes de todos contra ti. Ayudándome, contribuyes a su causa.

—¿Cuál es su causa? —preguntó Zev—. ¿Por qué es tan importante que mueras antes de que el consejo alcance una conclusión? No tiene sentido. Ahora mismo los miembros clave de nuestro consejo están reunidos con tu príncipe y su gente para resolver el tema de la *Sange rau*: la mala sangre, y del *Hän ku pesäk kaikak* o *Paznizii de tóate*: Guardián de todos. ¿No es más lógico ver el resultado antes de sentenciarte a muerte?

Dimitri intentó sonreír y expuso sus colmillos alargados.

—Yo soy el sentenciado a muerte, está claro que para mí tiene mucho sentido.

—Veo que conservas el sentido del humor.

—Lo intento.

La hierba calmante ya le había llegado a los muslos y avanzaba por ambas piernas en busca de las terribles y ardientes heridas en un esfuerzo por aliviar el dolor.

El hambre se le intensificó al máximo. Podía contar cada uno de los latidos del pulso fuerte y regular de Zev. Un extraño rugido en su cabeza consumía su mente con la urgencia de alimentarse. Veía en rojo, como si una banda de este color le cubriera la vista.

—Quizá tendrías que retroceder, poner una distancia prudencial entre nosotros —continuó diciendo Dimitri.

Su voz se había convertido en algo más parecido a un gruñido que a una verdadera vocalización.

Zev se acercó más, impertérrito, y se hizo un corte en la muñeca rasgándosela con los dientes. La levantó con cuidado de evitar las cadenas de plata que ceñían el cuerpo de Dimitri y dejó que la sangre vivificante goteara en su boca.

La sangre se dirigió a todas las células hambrientas, a todos los órganos debilitados, recorrió los muchos caminos chamuscados que había tomado la plata, para revitalizar y rejuvenecer. Dimitri intentó ser educado, intentó mantener el control de la conciencia. Zev arriesgaba la vida al darle sangre. Su manada podía volverse contra él en cualquier momento. Él estaba seguro de que Gunnolf tenía sus propias prioridades. Quería más poder y Zev se interponía en su camino. Aquel acto de bondad bien podía suponer la perdición de Zev.

Sin embargo, Dimitri no podía parar. Lo único que tenía que hacer era pasar la lengua por la herida de la muñeca de Zev para cerrar el corte, pero el hambre era tan intensa, tan atroz, como un monstruo que se adueñaba de él, que no podía hacer su voluntad.

—*Tienes que detenerme.*

Arrojó las palabras de su mente hacia un canal cualquiera con la esperanza de que Zev las recibiera. Ya habían utilizado la comunicación telepática con anterioridad, durante la caza de una manada de lobos renegados, aunque el canal no se había tendido entre ellos dos. La comunicación telepática se volvía más fácil una vez establecida, pero normalmente había un camino de sangre entre un carpatiano y aquél con el que quería comunicarse. Se le cayó el alma a los pies. Él nunca le había dado sangre a Zev.

Éste apartó la muñeca de su boca e hizo una mueca cuando sus dientes fuertes salieron de golpe de su piel. Dimitri cerró los ojos e intentó respirar profundamente, desesperado por más, pero agradecido por lo que le habían dado.

—Te he oído. ¿Cómo es posible?

Dimitri negó con la cabeza. Incluso aquel leve movimiento hizo que ésta empezara a darle vueltas. Se había ido sintiendo cada vez más mareado debido al dolor y a la falta de sustento.

—No tengo ni idea. Quizá fuera la desesperación por mi parte.

Zev se envolvió la muñeca con una tira de tela y se la sujetó con un fuerte nudo.

—Permanece con vida, al menos hasta que tenga noticias del consejo personalmente. Como he dicho antes, nada de esto tiene sentido y el consejo se basa en la lógica. —Miró en la dirección por la que se había marchado Gunnolf—. No me gusta nada esta maquinación.

Dimitri enarcó una ceja. Unas minúsculas gotas de sangre motearon su frente mientras se esforzaba por permanecer muy quieto. La hierba continuó subiéndole por los muslos hasta las caderas, se enroscó en los ganchos y soltó las gotitas de bálsamo sobre las heridas de esa parte. No obstante, la plata que tenía en el cuerpo quemaba incesantemente, como una violenta hoguera, lo que en ocasiones hacía que se olvidara incluso del mecanismo básico de la respiración.

—Somos demasiados —dijo Zev en voz muy baja—. Este bosque es un puesto avanzado, está reservado para los lobos en estado salvaje y básicamente se utiliza para las reuniones más delicadas y para acampar en privado cuando uno ya no puede soportar ni un minuto más la civilización. Aquí no tenemos manadas grandes. No hay mujeres ni niños. Esto es el campamento base de un ejército.

Dimitri se quedó inmóvil por dentro. Skyler no tenía ni idea del tamaño del campamento o de los problemas en los que se metería. Así que mantuvo un gesto totalmente inexpresivo. Era fundamental que nadie supiera que ella estaba en el bosque. Podría encontrarse a unos cuantos kilómetros de distancia, pero para los licántropos eso se consideraría estar demasiado cerca.

Zev le caía bien. Incluso le merecía respeto. Pero no confiaría a nadie la vida de Skyler.

—Quizá vuestro consejo se haya decidido por la traición y planee atacar al príncipe.

—Eso sería un suicidio y tú lo sabes. Acudieron a la reunión de buena fe.

Dimitri suspiró. Empezaba a costarle hablar. Estaba saliendo el sol, que se filtraba a través del dosel que formaban los árboles. Aquella hora del día era soportable, pero señalaba la proximidad del infierno.

—Supongo que mi sentencia, después de haber dado su palabra de que no me matarían, también fue una muestra de su buena fe.

Zev puso mala cara. Se frotó el caballete de la nariz y dejó escapar un leve suspiro.

—Creo que el mundo entero se ha vuelto loco.

—Precisamente por eso sabes que el único que es probable que venga a buscarme es mi hermano. Traerá consigo a su compañera eterna y algunos amigos, pero seguramente no contará con la aprobación del príncipe.

Zev se puso tenso.

—Fen. Fenris Dalka es tu hermano. Él también es *Sange rau*. Debió de haber sido carpatiano antes que licántropo.

—Un guerrero antiguo, y no es *Sange rau*. Él es *Hän ku pesäk kaikak*. Sus habilidades siempre han sido motivo de leyendas. —Dimitri intentó esbozar una sonrisa pero lo que le salió fue más bien una mueca—. Ya lo has visto en acción. Esto no va a hacerle ninguna gracia.

—Resultó herido de gravedad —anunció Zev—. No quiero quitarte la esperanza. Algo te ha mantenido vivo, pero cuando abandoné los montes Cárpatos, estaba prácticamente muerto. —Meneó la cabeza—. Lo siento, pero hay pocas posibilidades de que sobreviviera a esas heridas.

Dimitri cerró los ojos y dejó que el aire recorriera sus pulmones. Resultaba muy difícil mantener el cuerpo inmóvil cuando la plata insistía en abrirse camino serpenteando por sus piernas, por sus muslos, por encima de las caderas y por su abdomen, donde convertía sus entrañas en una bola de fuego que lo consumía desde el interior.

—Conociste a Tatijana.

Fue una afirmación.

—Por supuesto. ¿Qué tiene que ver ella con esto?

Esta vez Dimitri sí que logró esbozar una sonrisa. Abrió los ojos y miró fijamente a Zev.

—Todo. Él va a venir. No será hoy. Ni será esta noche, pero será pronto, y cuando venga, todos estos licántropos apiñados en este bosque esperando su oportunidad no van a ser suficientes. Yo voy a seguir vivo, no importa lo mucho que Gunnolf me quiera muerto.

Zev soltó una maldición entre dientes y se volvió para alejarse.

—Y, Zev —añadió Dimitri con voz ronca y transida de dolor—, no vendrá solo.

Sembró la idea en la cabeza del cazador de élite a propósito. Era demasiado tarde para evitar que Skyler llevara a cabo la primera parte de su plan y quería que Zev estuviera en el bosque, buscando al enemigo, y no que la encontrara algún otro licántropo.

Dimitri se quedó mirando a Zev mientras éste se alejaba. Se quedó muy quieto, dejando pasar el tiempo, concentrándose en la hierba que se movía por su cadera para extenderse por su barriga ardiente. «*Skyler*». Utilizó las fuerzas que le quedaban para llegar hasta ella. En cuanto sintió la respuesta, aquel torrente instantáneo de amor que afluyó a su mente y llenó hasta el último recoveco oscuro marcado por tantas muertes y siglos vacíos, sus esperanzas se reavivaron.

—*Eres un verdadero milagro. ¿Cómo lograste que la Madre Tierra accediera a ayudarme?*

—*Eres su hijo. Quería ayudar. Yo sólo añadí unos cuantos toques para ayudarla a ella. Voy a ponerme con los hilos que se dirigen a tu corazón desde la cadera. Cuando haya descansado lo suficiente, me pondré en camino y espero encontrar a un licántropo. Paul está reconociendo el terreno en busca de algún rastro. Se le da muy bien. Nosotros estamos dejando huellas por todas partes, seguimos a la manada salvaje de lobos y grabamos todos los sonidos, además de colocar cámaras. La tapadera es muy sólida.*

El mero sonido de su voz hizo que a Dimitri le diera un vuelco el corazón. Skyler era indomable. Él conocía sus debilidades humanas y, a pesar de todo, ella no se desviaba del camino que se había marcado.

—*Skyler. Sívamet. Me he enterado por medio de uno de los mejores hombres que hay aquí de que este lugar da refugio a un ejército de licántropos. Estaba preocupado, naturalmente. Me lo quité de encima diciéndole que vendría Fen. Él sabía que Fen estaba herido y pensaba que podía estar incluso muerto, pero saldrá a buscar algún indicio de que un grupo de rescate viene a por mí. No esperará encontrarte a ti.*

Skyler escudriñó los recuerdos de Dimitri. Envió otra oleada de calidez a su mente. Con ella le mandó fuerzas.

—*Te dio su sangre.*

—*Sí. Necesito mucha más para intentar sanarme y recuperar las fuerzas por completo, pero puedo aguantar hasta que llegue Fen. Tú deberías recoger los bártulos y marcharte. Creo que se están preparando para la guerra.*

Skyler se estiró por la vía telepática que la conducía a él. Dimitri sintió la aproximación de su espíritu sanador. Era una luz blanca. Amor puro e incondicional. Ella entró en él con facilidad, a sabiendas de lo que iba a encontrarse. Ahora estaba más fuerte. Josef le había vuelto a dar sangre, sin duda. Le resultaba imposible sentirse celoso de otro macho que la ayudara, sólo podía estar agradecido.

En cuanto ella se puso manos a la obra, Dimitri percibió la diferencia. Parecía poderosa. Maga. Se había reconciliado con esa parte de sí misma y ahora la agradecía. Se servía de su herencia, de su linaje, cuando antes había intentado olvidar que estaba emparentada con Xavier, el odiado y temido criminal que había estado a punto de acabar con la raza carpatiana él solo.

Apelo a mi sangre.
Desciendo de mago y dragón, ya no lo oculto.
A ti recurro, Madre, muéstrame la información de luz codificada.
Muéstrame el pasado, pues vivo en el presente.
Déjame ver el futuro mientras me ayudas a ver el ahora.

Comprendo tus palabras,
Oigo tus pensamientos,
Siento tu corazón,
Conozco tu propósito.
No puedes esconderte.
Soy maga y cazadora de dragones a la vez.

La plata la obedeció tal como había hecho en las dos ocasiones anteriores, pero esta vez fue mucho más deprisa, como si ahora reconociera a un maestro de elementos y minerales. Skyler terminó con las trazadoras de plata, se las extrajo del vientre que le ardía mandándolas de vuelta a los ganchos de sus caderas. Los cerró y fue hacia abajo siguiendo la fina y mortífera plata hasta sus muslos, forzándola a salir de tal modo que él notó cómo le quemaba los poros, le bajaba por la pierna y se desprendía de su cuerpo para caer al suelo.

A ti recurro, Madre, absorbe lo que es mortal,
Ayúdame en este momento de sanación,
Apelo a la consuelda, al sínfito,
Utilizo tu poder para sedar, para calmar el ardor,

Apelo a ti, Madre, para que ayudes en la sanación del daño interno,
Busca el camino por el que ha venido este veneno,
Cauterízalo y ciérralo,
Para que lo que está abierto y causa dolor no pueda volver a abrirse.

Dimitri percibió que la joven se estaba cansando. Seguía habiendo una gran distancia entre los dos. Skyler había utilizado la telepatía demasiadas veces como para no notar los efectos.

—*Tienes que parar.*

—*Ya casi he terminado. Sólo me quedan los ganchos de las pantorrillas. Si logro detener el flujo de plata por completo, te dará alivio durante el día. Vendré a buscarte por la noche.*

Emprendió la tarea de retirar los últimos dos hilos serpentinos de plata en dirección a sus pantorrillas. No vaciló ni una sola vez, aunque él sentía que la luz blanca se iba desvaneciendo a causa del tiempo prolongado y la energía agotada. Skyler volvió a cerciorarse de que las puntas de los ganchos quedaran cerradas para que no entrara más plata en su cuerpo.

Una vez más apelo a vosotros, aloe y consuelda,
Buscad y emplead vuestro bálsamo sanador para detener este dolor
    atroz,
Buscad dentro de su carne dónde están las quemaduras profundas y
    abiertas,

Buscad el daño que se ha hecho en el interior,
Utilizad vuestros dones para reparar células y piel.

El alivio fue casi instantáneo. Dimitri se había estado retorciendo de dolor durante tanto tiempo que por unos instantes casi no se dio cuenta de que el tormento se había atenuado hasta alcanzar un nivel muy tolerable. De hecho, podía ignorarlo por completo. Las cadenas exteriores eran otra cuestión, pero comparadas con esa plata que se movía por su cuerpo formando sus propias venas y arterias, el daño en su piel parecía mínimo.

Madre, apelo a ti para que tomes en tus brazos,
Aquello que no está haciendo daño.
Enfréntate al veneno. Cómetelo, bébetelo,
Transfórmalo en algo de la tierra.

Que se vea el verde de la magna madre,
Y sirva para ocultar lo que pueda hacer daño.
Que florezca su belleza, mostrando todos los colores del corazón,
Que su belleza nos resguarde y nos proteja de todo mal.

Entonces no dejó cabos sueltos, no iba a hacerlo cuando estaba plenamente consciente como en aquel momento. Por primera vez, Dimitri se sintió genuinamente esperanzado. Mientras ningún otro licántropo se percatara de que los ganchos ya no inyectaban gotas de fluido plateado en su cuerpo, tendría la oportunidad de recuperar las fuerzas. Fen vendría.

—*Tienes que abandonar este lugar. El hecho de que los licántropos estén preparándose para la batalla lo cambia todo.*

Ella ya se estaba desvaneciendo.

—*Me da igual para lo que se preparen.*

—*Pues envía a Josef. Él puede entrar desapercibido y liberarme.*

—*No puede. Su energía avisaría de inmediato a los licántropos y armaría un revuelo. Paul y yo somos humanos. No nos considerarán una amenaza.*

Skyler lo oyó maldecir en su idioma antiguo y se encontró de nuevo en la hamaca. Los pájaros cantaban escandalosamente, llamándose unos a otros al tiempo que revoloteaban de rama en rama. El bosque cobraba vida mientras los primeros rayos de sol de la mañana caían a través del manto de hojas. La naturaleza era muy hermosa, y ahora que sabía que Dimitri permanecería vivo el tiempo suficiente para poder sacarlo del campamento enemigo, pudo disfrutar de verdad del lugar en el que se encontraba.

No quería discutir más con él. Era un macho dominante, como la mayoría de hombres carpatianos, y no lo culpaba por preocuparse por ella. Ella también se preocupaba. Sabía, porque a menudo fundía su mente con la de Dimitri, que para sus hembras la seguridad y la salud estaban por encima de todo lo demás. La especie se hallaba muy cerca de la extinción. Las mujeres eran demasiado importantes como para arriesgarlas. También estaba el hecho de que sólo una única mujer podía ser su compañera eterna. Si ésta moría, o el macho carpatiano no lograba encontrar a su compañera eterna, el guerrero no tenía más remedio que ir al encuentro del alba u optar por renunciar a su alma.

Skyler no se había lanzado impetuosamente al rescate sin pensarlo con detenimiento. No era una persona impulsiva. Su vida anterior la había vuelto muy cauta. Dimitri estaba gravemente herido y se sentía indefenso, eso lo comprendía. Ella era humana y vulnerable a sus ojos, y comprendía eso también.

—*Csitri, no te estoy reprendiendo en absoluto. Me has salvado la vida.*

Me has dado esperanza y me has rodeado de amor. No puedo soportar la idea de que te hieran o hagan daño.

—*Dimitri, ahora mismo soy tu mejor oportunidad de escapar. Cuanto más tiempo permanezcas aquí, más probable es que algo salga mal. No estoy dispuesta a correr ese riesgo. De ninguna manera. Si lo que dices es cierto y se están preparando para una guerra, necesitan que estés muerto. Y sólo para que conste, sé que te resulta difícil pensar que me hieran o hagan daño. ¿Puedes imaginarte cómo es para mí saber que estás herido? ¿Saber que te han torturado? ¿Que la primera noche que por fin te encontré no fuera capaz de quitarte toda la plata? ¿Ni de detener la horrible quemazón?*

Se enjugó las lágrimas que le caían por la cara. No había podido mantener la conexión el tiempo suficiente, pero eso no lo hacía más fácil de soportar.

—*¿Por qué los hombres siempre creen que sufren más cuando su pareja está en peligro? Las mujeres queremos tanto como ellos, sufrimos lo mismo. No estás solo en esto, Dimitri.*

No pudo evitar un tono crispado en su voz.

Hubo una leve ráfaga de regocijo y luego Dimitri vertió amor en su mente. Resultaba imposible seguir enfadada con él cuando fundía tan profundamente su mente con la suya.

—*Reconozco mi error, päläfertiilam, mi compañera eterna. No tenía ni idea de que tuviera por pareja a una guerrera tan feroz. Tú asegúrate de estar protegida. Confío en que Josef y Paul velarán por ti mientras haces esto.*

Skyler se sintió embargada de alivio.

—*Prometo tener cuidado, amor mío. Si tengo algún problema, lo sabrás. Y lo sabrá el mundo. Enviaré a buscar a Gabriel de inmediato. Ahora descansa.*

—*Una cosa más, Skyler. Estoy en un árbol, colgado de unas cadenas de plata. No puedo soltarme. Tendrás que encontrar la forma de quitar la cadena además de los ganchos.*

—*Estoy preparada.*

Aún no tenía ni idea de lo que iba a hacer para liberarlo.

Dimitri se rió mentalmente en voz baja, como si supiera que ella se esforzaba por solucionar aquel aspecto de su huida. Su risa la envolvió en su amor y luego la conexión entre los dos se fue desvaneciendo poco a poco, como si estuviera agotado.

Skyler inspiró profundamente y soltó el aire. Tal vez tuviera miedo de adentrarse en el bosque en busca de un licántropo pero, aun así, estaba deseando hacerlo. Eso la llevaría un paso más cerca de liberar a Dimitri. Se incorporó con cautela, pues se sentía desmayada y mareada.

Josef desvió la mirada de inmediato de su conversación con Paul.

—¿Te encuentras bien?

Ella dijo que no con la cabeza.

—Necesitaré tu ayuda otra vez.

—Vas a acabar teniendo más sangre carpatiana que Josef —comentó Paul con una sonrisita burlona—. Deberías ver las armas que me ha conseguido.

Skyler puso los ojos en blanco.

—Hombres. No podías esperar a contarme lo de tus geniales armas, ¿verdad?

—Estuve a punto de acercarme a la hamaca y tirarte de ella —bromeó.

Ella cerró los ojos y dejó que Josef le diera sangre, agradecida de que fuera tan hábil de hacer que no se enterara cuando consentía en recibir su ayuda. Tomó la botella de agua que le tendió Paul y bebió, más para asegurarse de que no le quedara ningún regusto en la boca que porque tuviera sed.

—¿No crees que los licántropos percibirán la sangre carpatiana en su interior, Josef? —preguntó Paul, preocupado de repente.

—No se dan cuenta de que somos carpatianos hasta que utilizamos nuestra energía para manipular los elementos —contestó Josef—. Leí los correos electrónicos entre Gregori y Gabriel.

Skyler lo miró con el ceño fruncido.

—¿Pirateaste el correo electrónico de mi padre?

Josef se encogió de hombros, sin mostrar ningún remordimiento.

—Me lo puso fácil. Le dije que necesitaba una contraseña mucho mejor, pero no me escuchó. Nunca me escuchan. También pirateé el del príncipe. —Levantó la mano para hacerla callar cuando ella abrió la boca para darle un sermón sobre la intimidad—. Y mejor aún, conseguí encontrar y piratear a dos de los miembros del consejo de licántropos.

Skyler la cerró. Por alguna razón, el hecho de piratear el correo electrónico de los licántropos no le parecía ni con mucho tan malo como piratear el de su padre o el príncipe.

—¿Averiguaste algo sobre lo que está ocurriendo? —le preguntó Paul.

—Sólo que por lo visto quieren solucionar las cosas con los carpatianos. Los quieren como aliados. Lógicamente están aterrorizados de los que ellos denominan los *Sange rau*, pero están seguros de poder convencer a Mikhail del peligro.

Skyler frunció el ceño y meneó la cabeza de nuevo.

—Josef, Dimitri dice que lo tienen retenido en un campamento de guerra. Los licántropos se están preparando para la batalla. Tiene que ser con Mikhail. ¿Alguno de los correos mencionaba a Dimitri?

—No, lo cual me pareció un poco raro.

Un pequeño zorro entró trotando en su campamento y se detuvo bruscamente, como si la presencia de los tres lo confundiera. Era una criatura hermosa, con un pelaje denso y reluciente. Sacudió la cola, lanzó un aullido indignado y volvió sobre sus pasos para adentrarse en la maleza.

Skyler se rió en voz baja.

—La vida continúa, pase lo que pase, ¿no es verdad?

—Ese zorro se ha molestado un poco con nosotros —comentó Paul.

—Por un momento pensé que era Gabriel y casi se me para el corazón —dijo Josef—. He pensado mucho sobre dónde quiero que esparzáis mis cenizas cuando me mate —añadió.

Paul y Skyler miraron la expresión apenada de Josef, que se llevó la mano al corazón con gesto teatral, y ambos rompieron a reír al mismo tiempo.

—No va a matarte, Josef —dijo Skyler en tono tranquilizador—. Sólo te hará... ya sabes... lo que hace Gabriel.

—Va a matarte —le aseguró Paul—. Muerto. Seguro. Pero primero te hará sufrir.

—No te alegres tanto, hermano —dijo Josef—. A ti también te va a matar.

Paul se encogió de hombros.

—Mejor él que Zacarías. Yo tengo a cinco de los carpatianos más locos que se conocen que van a estar ansiosos por estrangularme; tú sólo tienes un par.

—Vamos a entrar y a salir sin que nadie se entere —afirmó Skyler—. De ese modo no van a matar a nadie.

—Sky, yo voy a estar bajo tierra cuando deambules por el bosque —dijo Josef, y la risa de su voz dejó paso a la preocupación—. Serás muy vulnerable. Paul tampoco podrá estar cerca de ti, de modo que tendrás que asegurarte de que haya una línea de visión clara entre Paul y tú en todo momento. Él es tu única protección hasta la puesta de sol.

—Sinceramente, no creo que los licántropos vayan a preocuparse de que rescate a Dimitri. Nuestros documentos están en orden. Hemos levantado el campamento a la perfección para que sea un entorno de trabajo, y ellos deben de conocer la organización de Dimitri para salvar a los lobos. Ha creado reservas por todo el mundo. Claro que no tienen ni idea de que se trata del mismo Dimitri que han envuelto en plata.

—En este bosque hay otras cosas por las que preocuparse aparte de los licántropos —observó Josef—. Aquí viven depredadores salvajes.

—Lo sé, pero la mayoría de ellos salen por la noche. Francamente, entre tú y Dimitri, me vendría bien un poco de ánimo.

—Creo que el plan es sólido —dijo Josef—. Creo que tu presencia atraerá a un licántropo hacia ti. Haz ruido. Pero quiero que estés alerta, nada más.

Skyler percibió la renuencia, la preocupación en su voz. Él estaría bajo tierra, incapaz de ayudarla si tenía problemas. Al igual que Dimitri, sabía que lo más difícil de todo sería su indefensión.

—Estaré hiperalerta —prometió.

—¿Pudiste extraerle la plata del cuerpo? —preguntó Paul—. ¿Toda?

Skyler asintió con la cabeza y se sintió embargada por una sensación de alivio. Hasta entonces no se había dado cuenta de lo tensa que estaba.

—Sí. Y uno de los licántropos le dio sangre. Ha estado más de dos semanas pasando hambre, por lo que no fue suficiente para devolverle las fuerzas por completo, pero debería bastar para que pueda salir solo después de que le haya quitado los ganchos y las cadenas.

—Es imposible que tú, ni ninguno de nosotros dos, podamos llevar a cuestas a Dimitri. Es demasiado corpulento —dijo Paul.

—Disculpa. —Josef se sopló las uñas y se las limpió en la camisa—. Te olvidas de mis habilidades descabelladas. Podría sacarlo flotando de allí.

Skyler puso los ojos en blanco al oír su descarada fanfarronería.

—Y todos los licántropos del bosque notarán la fisura en el campo de energía y vendrán corriendo.

—Sólo quería que fuerais muy conscientes de mis talentos —repuso Josef—. Podría hacerlo si fuera necesario, nada más.

—¿Podrías sacarlo del bosque a lomos de tu dragón? —preguntó Skyler, que de pronto se puso muy seria.

La sonrisa de satisfacción desapareció del rostro de Josef.

—Si sólo fuera él, por supuesto que sí, pero no podría con vosotros dos también.

Skyler alargó la mano hacia él.

—No será necesario. Puedes darle sangre. Paul y yo también lo haremos. Estará bien. Aunque tenga que pasar una noche o dos bajo tierra, podemos escondernos. Y si no, tenemos nuestro plan alternativo.

Hablaba con más seguridad de la que sentía.

—Así pues, la plata ya está fuera de su cuerpo y un licántropo le dio sangre —dijo Paul en tono especulativo—. Tal vez no todos sean malos.

—Dimitri sabe que voy a ir a buscarlo esta noche y estará preparado. Sólo tengo que encontrar la manera de sacarle los ganchos del cuerpo y la cadena que lo envuelve. Ha penetrado en la carne quemada. Ha entrado quemándola, literalmente. En los brazos, el pecho, por todas las piernas. Lo envolvieron en plata como a una momia.

Su voz denotó una mezcla de repugnancia y angustia.

Paul le pasó el brazo por los hombros.

—Está vivo y esperándote. Lo sacaremos.

—Pues bien, hemos trazado un rastro para ti —dijo Josef—. Yo os adentraré a los dos en el bosque. No hay ninguna señal de Paul en ninguna parte que conduzca en esa dirección. Nuestras huellas irán en dos direcciones opuestas, claramente buscándote. Si nos tropezamos con un licántropo, o alguno sale buscando huellas, hemos hecho un buen trabajo para que parezca que llevas fuera varias horas.

—Necesitaré un tobillo torcido —señaló Skyler.

Josef puso mala cara.

—Ésa es la parte del plan que menos me entusiasma. Con el tobillo torcido no puedes correr.

Paul estalló en carcajadas.

—¡Holaaa, idiota! ¿Has olvidado quién es? Puede curar cualquier cosa, incluido un tobillo torcido.

—Lo que pasa es que me da aprensión provocarme una herida —admitió Skyler.

—Porque es una niñita remilgada —bromeó Paul.

Skyler le hizo una mueca.

—Yo no me río como una tonta.

—Sí te ríes como una tonta —replicó Josef, y le dio un capirotazo en la barbilla—. Te ayudaré con la torcedura del tobillo, y tú ve cojeando por ahí hasta que aparezca alguien. Quéjate mucho.

—Si es que viene alguien —enfatizó Paul—. Es un bosque muy grande. —De repente sonrió de oreja a oreja—. Ésta es tu oportunidad de mostrar tu lado femenino. Tienes que llorar y estar guapa al mismo tiempo, como hacen en televisión.

Josef contuvo la risa.

—Cuando llora se le pone la cara roja.

—Y la punta de la nariz también —contribuyó Paul.

—Vaya manera de hacer que una chica se sienta guapa. Ninguno de los dos vais a encontrar nunca una mujer que os aguante.

Paul meneó la cabeza.

—Zacarías tiene una mujer que lo adora. En serio, Skyler, si ese hombre, con lo malo que es y el miedo que da, puede tener una mujer, todo el mundo puede tenerla. Eso le da esperanza a uno.

Josef sonrió con suficiencia.

—Yo tendré una compañera eterna. No va a tener elección —añadió.

—Pobre mujer —comentó Skyler—. Me haré amiga suya y le enseñaré a darte un coscorrón cuando te pongas insoportable.

—¿Qué te hace pensar que me pondré insoportable? —inquirió Josef.

—Nunca dejarás de gastar bromas. Tendrá miedo de que al doblar una esquina te abatas sobre ella en forma de un murciélago gigante o algo peor.

Paul le dio un leve puñetazo a Josef en el brazo.

—Ahí te ha pillado, hermano.

La sonrisa de Skyler se desvaneció.

—Tengo que encontrar la manera de quitarle las cadenas a Dimitri. Sé que puedo sacar los ganchos. Pude hacer que la plata volviera a su punto de origen y podría fundir los garfios si tuviera que hacerlo, pero esa cadena…

La verdad es que la tiene en la piel. ¿Alguna idea que no incluya despertar la habilidad de los licántropos para notar un pico de energía?

Los dos hombres se miraron el uno al otro.

—¿Puedes cortarla? —sugirió Paul—. Josef puede proporcionarte las herramientas que necesitarías.

—Eso depende de lo incrustada que la tenga en la piel —respondió Skyler—. Supongo que tendré que verlo antes de tomar una decisión. Lo cierto es que no he echado un vistazo a su alrededor. He estado tan ocupada concentrándome en sacar esa plata de su cuerpo que no se me ocurrió mirar cómo era el entorno.

—No estés tan disgustada contigo misma —la regañó Paul—. La verdad es que si estuviera muerto el entorno no importaría para nada. Si no te hubieras esforzado tanto por salvarlo, nada de esto tendría sentido. Tenemos un plan. Ciñámonos a él y vayamos paso a paso. Si esto de hoy sale bien y colocas ese dispositivo de rastreo en nuestro licántropo, ya solucionaremos rápidamente todo lo demás.

—Estoy de acuerdo —declaró Josef.

Capítulo 6

Skyler echó un vistazo a su alrededor. Los árboles se alzaban imponentes por encima de ella y las ramas se balanceaban y bailaban al viento. Llevaba varias horas cojeando por allí y nadie había acudido a rescatarla. La posibilidad era remota, todos habían sido conscientes de ello, pero tenían que intentarlo. Podía seguir la estela psíquica a sabiendas de que al final la llevaría hasta Dimitri. Lo cierto es que era eso lo que había estado haciendo, un kilómetro tras otro, pero deambulando como si tratara de encontrar el camino. Se cuidó de girar en distintas direcciones en varias ocasiones, echó a andar y, tras haber recorrido cierta distancia, había dado la vuelta como si estuviera confusa.

El tobillo le daba punzadas. Josef se había asegurado de que no fuera sólo una leve torcedura. Se había asegurado de que no pareciera una amenaza para nadie. Dentro de pocas horas oscurecería y Josef iría a buscarla. Siguió el sonido del agua, caminando con esfuerzo por el terreno irregular y las raíces expuestas. Los animalitos correteaban entre la vegetación, apresurándose a refugiarse entre la maleza y las hojas en un esfuerzo por evitarla.

En dos ocasiones creyó ver un pequeño zorro. Supo de inmediato que no podía tratarse del mismo, pero se dijo que era su guardián, que permanecía alerta para vigilarla. Eso sería algo que Dimitri haría por ella. Siempre parecía ablandársele el corazón cuando pensaba en él. Había cuidado de ella durante años de forma totalmente desinteresada y el hecho de ir cojeando con el tobillo dolorido, aterrorizada por si se encontraba de verdad con un desconocido, parecía un precio muy bajo para corresponder a su lealtad y su amor constantes.

Se dirigió al pequeño y serpenteante arroyo y encontró una piedra lo bastante grande para sentarse. Estaba cerca del agua que corría y burbujeaba sobre los guijarros, siguiendo su curso por una suave pendiente.

En cuanto se dejó caer sobre la piedra y se inclinó para quitarse la bota, supo que no estaba sola. Un escalofrío le recorrió la espalda, alzó la cabeza y miró en derredor.

—*Paul, ¿puedes verme?*

Procuró que el canal telepático hacia Paul tuviera unas líneas limpias para que ningún licántropo pudiera detectarla ni percibir su energía psíquica. Fue paseando la mirada de un árbol a otro, como una mujer perdida y asustada en el bosque. Por desgracia, la emoción era muy real.

—*Estoy aquí, cielo, te tengo cubierta.*

—*¿Ves a alguien?*

—*No. ¿Y tú?*

—*Está aquí. Puedo sentirlo.*

Lo cual era extraño porque, según Josef, ningún carpatiano intuía a un licántropo. Y ella ni siquiera era carpatiana, era humana, y no obstante sabía con certeza que allí había alguien. La única explicación podía ser que la Madre Tierra le hubiera transmitido tanta información que había sintonizado el ritmo de la naturaleza.

Tal vez no se tratara de un licántropo observando. Quizá fuera una verdadera manada de lobos que querían cazarla. O algo peor. ¿Había algo peor? Se estaba dejando llevar por la imaginación. Paul tenía un arma y la protegería. Sólo tenía que aferrarse a eso.

Descorrió la cremallera de la bota y se la quitó haciendo el papel de alumna en prácticas perdida, con el pie hinchado, amoratado y dolorido. Un humano estaría nervioso, pero no sabría que había alguien por ahí que observaba todos sus movimientos. Skyler notaba esos ojos ardientes que la atravesaban. Se le aceleró el corazón y se le secó la boca.

Ella conocía el terror. El verdadero terror, y en aquel momento tuvo que combatirlo. Ya no era una niña de la que abusaban sexual, física e incluso emocionalmente. Era una mujer adulta con poderes propios. Con amigos. Con un cazador antiguo como compañero eterno, y él la necesitaba. Dimitri necesitaba que fuera fuerte. Así que respiró profundamente varias veces, luchando contra la necesidad de poner la cabeza entre las piernas para no sentirse tan mareada. Temblaba continuamente y no parecía poder hacer mucho por evitarlo.

De niña se había retirado a un lugar de su mente donde nadie podía hacerle daño. Ahora no tenía ese lujo, por muy asustada que estuviera. Si el miedo se volvía demasiado intenso, Dimitri lo sabría. No quería alterarlo más de lo que ya lo estaba, y se obligó a recuperar el control. Podía hacerlo. Había planeado cuidadosamente cada movimiento. Sólo había sido una niña indefensa cuando los hombres malvados habían dominado su vida, pero ya no lo era y, desde luego, no estaba indefensa. Irguió los hombros y su resolución se afianzó.

Se partió una ramita y, al volverse rápidamente, vio a un hombre alto, de espaldas anchas, que salía del bosque con paso resuelto. Tenía que ser licántropo para moverse con semejante elegancia natural y fluida y con aquella seguridad absoluta. Tenía los ojos del color del mercurio, centelleantes, con una mirada penetrante y muy enfocada, que parecía atravesarla. Se le resecó un poco la boca. El hombre tenía un aspecto desabrido... y duro. Estaba claro que había visto muchas batallas.

Llevaba un abrigo largo que le llegaba a los tobillos, pero que hacía vuelo y le dejaba mucho espacio para pelear. Skyler vio que vestía unos pantalones y una camisa lo bastante holgados para poder moverse, aunque lo bastante ceñidos para que no se le engancharan en ningún sitio. Debajo de la fina camisa lucía un pecho poblado de vello y ondeado por los músculos. Tenía unos brazos como los de un culturista, pero ella apostaría todo lo que tenía a que nunca se había ni acercado a un gimnasio. Cuando el hombre se movió, divisó el reflejo de la plata de las muchas armas que llevaba en el interior del abrigo y en el cinturón.

Skyler intentó levantarse y agarró la bota como si fuera un arma. Él alzó ambas manos como para mostrarle que no tenía intención de hacerle daño, que había venido en son de paz. Se detuvo a una corta distancia de ella.

—Me topé con tu rastro hace cosa de una hora. ¿Qué estás haciendo aquí sola? —le preguntó en ruso.

Apretó los labios como si se preguntara si podía confiar en él o no.

—Soy una estudiante en prácticas, trabajo para la All Things Wolf Fundation —respondió en un ruso vacilante, aunque hablaba el idioma con fluidez—. Estaba colocando una cámara y perdí el sentido de la orientación.

—¿Eres inglesa? —le preguntó en inglés al tiempo que se acercaba un poco más a ella.

Skyler levantó la bota en un acto reflejo. Parecía una estupidez dado que estaba segura de que era licántropo y podía moverse mucho más rápido que ella, pero aun así, no pudo evitarlo.

Asintió, y se pasó también al inglés.

—Me he torcido el tobillo. Pensé que, si lo metía en el río, el agua fría me aliviaría un poco.

—Estás lejos de tu campamento.

A Skyler se le iluminó el rostro.

—¿Sabes dónde está? ¿En qué dirección? Sé que podría encontrarlo si no estuviera tan desorientada. Al cabo de un rato todo empieza a parecerte igual.

—¿No te dijeron que no te alejaras sola? —preguntó el licántropo—. Me llamo Zev Hunter. ¿Y tú cómo te llamas?

Parecía bastante amistoso. No daba la impresión de estar particularmente hambriento, como si hubiera estado buscando comida.

—Skyler —contestó, y de repente recordó que no podía darle un apellido. Reconocería el de Daratrazanoff.

—Me gustaría echarle un vistazo a tu tobillo, pero preferiría que no me pegaras en la cabeza con esa bota de aspecto peligroso.

Skyler se obligó a bajar la mano con la bota.

—Lo siento. Me sobresaltaste. No se me ocurrió que pudiera haber alguien en estos bosques. Seguro que los demás me estarán buscando ahora mismo. De momento sólo somos tres, pero dentro de unos días vendrán más para traer suministros. Nosotros vinimos antes para levantar el campamento.

Hablaba con rapidez, nerviosa y charlaba por los codos.

Él se agachó y alargó la mano para cogerle el tobillo. Tenía una tira de tela en torno a la muñeca, ensangrentada, como si se hubiera herido de gravedad. Skyler sintió una oleada de alivio. Dimitri le dijo que uno de los licántropos había mostrado compasión y le había dado sangre. Tenía que ser el mismo. Definitivamente, Dimitri le había metido la idea en la cabeza de buscar a Fen y a un grupo de rescate.

No pudo evitarlo. Inhaló profundamente para percibir el olor selvático de Dimitri. Era débil, pero lo captó porque aún permanecía en la muñeca del licántropo. Sus pulmones tomaron aquel conocido aroma y lo retuvo allí, de pronto desesperada por verle.

—Tienes el tobillo muy hinchado. Debe de dolerte.

—Caminé más de lo que debería haberlo hecho teniéndolo así —admitió Skyler, que le puso una mano en el hombro para mantener el equilibrio.

Se tambaleó deliberadamente y le agarró el brazo un poco más abajo para no caerse.

El corazón empezó a palpitarle de nuevo. En el puño tenía el minúsculo dispositivo de rastreo que había hecho Josef. Sólo necesitaba una oportunidad para deslizar la mano por el abrigo hacia uno de los bolsillos laterales. Tuvo la sensación de que resultaría difícil engañar a aquel hombre en concreto.

—El agua fría te irá bien —le dijo Zev—. Le daremos unos minutos y luego te llevaré de vuelta a tu campamento. Este bosque no es seguro. Es el hogar de muchos depredadores y para algunos de ellos no eres más que un tentempié. La misma manada de lobos que intentáis estudiar estaría encantada de proporcionarte una experiencia de primera mano.

Skyler logró esbozar una sonrisa.

—Tengo una imaginación muy viva. He pensado en ello muchas veces, créeme.

Se sentó en la piedra dejando que la mano rozara con naturalidad el abrigo, como si aún estuviera insegura y temiera caerse. La solapa tapaba el bolsillo pero ella era experta en hacer que los objetos pequeños la obedecieran. Así que se levantó sola y la transferencia se completó sin ningún percance.

Josef le había dicho muchas veces que no notaba su energía cuando utilizaba su arte con objetos, pero aun así contuvo el aliento, con miedo de que aquel inteligente licántropo se diera cuenta.

—No puedes ser muy mayor; ¿cómo es que tus padres te dejan venir a una zona tan remota con lo peligroso que es?

Su preocupación era sincera.

Skyler sonrió de nuevo, esta vez con más naturalidad.

—Sólo parezco muy joven. En realidad tengo veinticinco. Me he licenciado y estoy trabajando para sacarme el máster. Hago de voluntaria en los varios centros de investigación de la flora y fauna como una forma de viajar. Me refiero a que me interesa de verdad el trabajo, pero he conseguido ir a muchos países y ver lugares asombrosos, así como conocer a gente genial.

Zev enarcó una ceja.

—No hubiera adivinado tu edad ni en un millón de años. Creía que tenías catorce o quince como mucho.

Skyler se encogió de hombros.

—Me lo dicen continuamente. Al menos he llegado a la categoría de catorce o quince en lugar de la de diez o doce.

Él se rió y se relajó de pronto. La tensión desapareció de su cuerpo y se sentó en la hierba junto a ella mientras hundía el tobillo hinchado en el agua gélida.

—Debe de resultar molesto que todo el mundo te diga que pareces tan joven.

—En ciertos aspectos. Sobre todo cuando viajo. Hay un montón de tipos raros por el mundo y hombres que se aprovechan de los niños...

Se le fue apagando la voz al darse cuenta de que su tono había dejado traslucir una furia genuina.

Zev era listo. Skyler vio entendimiento en sus ojos y supo que había revelado demasiada información. Se maldijo en silencio, recogió un guijarro distraídamente y lo tiró río abajo.

—A veces el bosque resulta opresivo, ¿verdad? —preguntó él—. Yo lo encuentro tan hermoso... todos esos colores, pero cuesta respirar cuando te encuentras en lo más profundo.

Sus ojos se clavaron en ella, toda aquella inteligencia penetrante. Skyler tuvo que esforzarse para permanecer relajada. La miraba como si pudiera verle el alma.

—Eres muy sensible.

—Eso es lo que siempre me dice mi madre —repuso Skyler. Era cierto. Francesca se lo decía continuamente. Señaló la mano del hombre. Que buscara alguna explicación convincente—. ¿Qué te ha pasado?

Zev ni se inmutó. Levantó la muñeca para enseñársela.

—Estaba trabajando y me descuidé un poco. Me corté la muñeca con un clavo. No es gran cosa, pero era bastante profundo y sangraba mucho. Me la envolví con esta tela y paró.

—En el campamento hay un botiquín de primeros auxilios. Cuando lleguemos allí puedo ponerte un poco de pomada antibiótica en la laceración para que no se infecte.

Él asintió con la cabeza.

—Eso si llegamos a tiempo. Deberíamos ponernos en marcha pronto o se hará de noche. Aquí en el bosque tiende a oscurecer con rapidez.

Skyler se alegró de ponerse en camino. Cuanto antes llegaran al campamento, antes podría curarse el tobillo y salir tras el licántropo para encontrar a Dimitri.

—¿Vives cerca de aquí?

—Estoy acampado con unos amigos a unos pocos kilómetros de aquí —explicó Zev—. Aunque llevo viniendo a estos bosques desde que era un niño, por lo que estoy muy familiarizado con ellos.

Ella lo miró con el ceño fruncido cuando sacó del agua el pie dolorido. Su mueca era muy genuina. Iba a tener que estrangular a Josef por haberle provocado una lesión tan real.

—No cazarás por aquí, ¿verdad? Los lobos están protegidos en esta reserva.

Logró poner su tono de marimandona, el que siempre hacía que Josef se irguiera y prestara atención, o se doblara en dos riéndose a carcajadas.

—A veces les disparo con la cámara, aunque cuando éramos niños cazábamos para comer. Lobos no, pero sí otras criaturas, principalmente aves silvestres, perdices, cosas que pudiéramos manejar cuando éramos muy pequeños. Lo que matábamos, teníamos que llevárnoslo.

Estaba contando la pura verdad, y por ese motivo se le daba tan bien la intriga. Mezclaba la verdad con insinuaciones… no con mentiras descaradas. Skyler intentó volver a ponerse la bota sobre el tobillo hinchado. Le dolía una barbaridad.

—Yo te llevaré.

—No lo harás —replicó ella—. Puedo caminar. Sólo dame un minuto para volver a ponerme la bota. —¿Quién sabe lo que un licántropo podría percibir estando tan cerca?—. ¿A qué distancia está el campamento? ¿He estado caminando en círculos? A veces estaba casi segura de haber pasado por el mismo lugar en más de una ocasión.

—Creía que los investigadores siempre llevabais un GPS encima.

Skyler recurrió a sus inexistentes dotes interpretativas para ruborizarse y bajar deliberadamente sus largas pestañas.

—Se supone que sí. Es mi primera vez con este grupo y mis compañeros son los dos...

Dejó la frase a medias e hizo todo lo que pudo para parecer avergonzada y culpable.

—Hombres —terminó por ella.

Zev le quitó la bota de las manos y se la puso suavemente hasta encajar el tobillo dentro.

—Sé que no tengo que demostrar nada, y esto no va a ser un buen comienzo, pero supongo que quería parecer buena. Me levanté temprano y monté las cámaras. Con las prisas para resultar útil me olvidé por completo del GPS. Probablemente aún esté enganchado en mi hamaca.

Él se levantó y la tomó en brazos, haciendo caso omiso de sus protestas.

—Lo siento, joven Skyler, pero se está haciendo tarde. Necesito ir a un sitio y antes tengo que llevarte de vuelta a tu campamento.

Skyler no tuvo más alternativa que ser cortés. En cualquier caso, no le había entusiasmado la idea de tener que caminar con el tobillo hinchado.

—Gracias, Zev, te lo agradezco, aunque me siento un poco tonta.

—Andar sola por estos bosques sí que es una tontería —replicó él.

Skyler estaba acostumbrada a frecuentar a hombres físicamente fuertes. Gabriel, su padre adoptivo, era extremadamente fuerte, al ser carpatiano. Dimitri sin duda lo era también. Incluso Josef, joven como era, poseía la fuerza carpatiana, pero Zev era asombroso. Se movía por el bosque pisando con una seguridad absoluta. Con elegancia incluso. No respiraba agitadamente y ni una sola vez actuó como si necesitara descansar. Había nacido y se había criado para el bosque y era absolutamente igual de fuerte que un carpatiano.

Entonces cerró los ojos y respiró con regularidad, abriendo la mente poco a poco para intentar captar, absorber la sensación de un licántropo a través de todos los sentidos que poseía. Reconoció la forma en que se movía por lo que la Madre Tierra le había revelado anteriormente. Apenas hacía ruido alguno, un suave susurro, no más, cuando su ropa rozaba las hojas de vez en cuando. Era tan silencioso que sobresaltaban a la fauna con la que se topaban.

Sentía su mecánica, el esqueleto flexible pero duro como el acero y los músculos que se movían bajo su civilizada vestimenta. Empezó a absorber incluso el campo que lo rodeaba y que evitaba que su energía se filtrara y lo delatara en una cacería... o en combate.

Era un buen hombre. Fue lo que percibió de él, pero era letal y no dudaría en matar si era necesario. Skyler no querría que fuera a por ella. La idea le resultaba aterradora y no pudo evitar un leve escalofrío que le recorrió la espalda. Él lo notó al instante, por supuesto.

—Ya casi hemos llegado. No hay nada que temer. No voy a dejar que te pase nada —le aseguró.

Su voz era afable, compasiva incluso.

—Lamento causarte tantas molestias —dijo Skyler.

Era la verdad. No le gustaba utilizar a una buena persona. Estaba claro que él no era el demonio que había evocado en su mente. Los licántropos habían hecho prisionero a Dimitri cuando éste estaba defendiendo no tan sólo a su príncipe, sino también a los licántropos. Lo torturaron y lo hubieran matado si ella no hubiese intervenido. Les había tomado antipatía. Aun así, prefería que la hubiera encontrado Zev antes que algún otro licántropo desagradable de verdad que hubiera podido matarla.

—No pesas mucho —observó Zev—. Un vendaval podría llevársete.

Brotó una burbuja de risa nerviosa.

—Eso dice mi padre.

—Tu padre tiene razón. —Frunció el ceño—. Debería estar vigilándote. Venir aquí no fue una buena idea.

La verdad era que no podía decirle que su padre no lo sabía y que lo más probable era que cuando lo averiguara, el mundo tal y como ella lo conocía se acabara.

—Mi tobillo está de acuerdo contigo.

Encontró el campamento base de manera infalible, como si ya supiera dónde estaba. No había andado mirando a su alrededor en busca de indicios que señalaran el emplazamiento, sino que parecía seguir una ruta directa, y la más corta, hacia allí.

Se detuvo con brusquedad.

—¿Dónde está todo el mundo?

—Habrán salido a buscarme, supongo —respondió Skyler en voz baja. El tobillo le dolía de verdad y agradeció que la sentara en una silla. Él había caminado por el bosque con mucha suavidad, pero aun así el movimiento le sacudía la lesión—. Sólo están Paul y Josef, los demás aún no han llegado.

Paul entró en el campamento con paso resuelto y una mezcla de preocupación y enojo en la cara. Llevaba un rifle en las manos. Skyler sabía que estaba cargado con tranquilizantes.

—¿Qué diablos ha pasado, Skyler? —preguntó—. Llevamos casi todo el día buscándote. Estaba a punto de llamar pidiendo ayuda.

El porte de Zev cambió por completo. Se comió la distancia que lo separaba de Paul con largas zancadas fluidas, casi como si se deslizara. Paul lo tuvo encima sin ni siquiera haber tenido la oportunidad de levantar el arma.

—Soy policía —anunció Zev, que dirigió una mirada de disculpa a Skyler por encima del hombro—. Me gustaría ver vuestros papeles ahora mismo. Nadie debería tener autorización para trabajar en esta zona. La cerramos hace unas semanas.

Era lo último que Skyler se esperaba, pero se dio cuenta de que la revelación y las exigencias de Zev eran perfectamente lógicas. Los licántropos debían de tener alguna forma de mantener alejado a todo el mundo mientras ellos se preparaban para la guerra, o torturaban y mataban a sus prisioneros. Era probable que él tuviera de verdad algún rango en el cuerpo de seguridad.

Paul, sin dejar de sujetar su arma, fue a la caja cerrada y sacó los papeles que les daban permiso para colocar cámaras en aquella zona del bosque. Zev examinó sus pasaportes y los documentos oficiales con detenimiento, tomándose su tiempo. No se trataba de un vistazo superficial.

A Skyler se le secó la boca. Empezó a palpitarle el corazón. Se recordó que Josef era el mejor. Sus documentos siempre eran impecables.

Zev alzó la vista de pronto y fijó en Paul su penetrante mirada.

—¿Quién está al mando?

—Ahora mismo no está aquí —respondió éste—. Salió a buscar a Skyler, pero regresa al campamento cada dos horas. —Echó un vistazo a su reloj—. No debería tardar en volver.

Zev le devolvió los documentos a Paul.

—Todo parece estar en orden, pero ha habido un error. Quiero que mañana por la mañana levantéis el campamento y salgáis de aquí. Esta joven no puede ir deambulando sola por el bosque, y tampoco deberíais hacerlo ni tú ni quienquiera que esté al mando. Es demasiado peligroso.

—Somos conscientes de que hay una manada de lobos activa —dijo Paul—. Por eso hemos venido. Sólo estudiamos su entorno. No intentamos interactuar. Con suerte habremos colocado las cámaras en los lugares adecuados y podremos verlos fugazmente.

Zev meneó la cabeza.

—Ha habido varios asesinatos. Mutilaciones. No han sido los lobos, sino un ser humano. De momento esta zona está cerrada. Tenéis que recoger los bártulos de inmediato y marcharos.

—¿Estás diciendo que anda suelto un asesino en serie? —preguntó Paul.

—No reconocemos esas cosas. Hemos perseguido a un criminal hasta estos bosques y conoce el terreno. Os estoy diciendo de manera oficial que os marchéis, a vosotros y a vuestro grupo. Volveré mañana para asegurarme de que habéis obedecido.

Paul puso mala cara e intentó protestar. Skyler agachó la cabeza y se retorció los dedos con aspecto culpable, como si supiera que él descargaría su furia con ella. Al fin y al cabo, todo aquello lo había provocado su imprudencia al perderse.

—Tiene un esguince en el tobillo y necesita cuidados —añadió Zev—, y por si acaso piensas regañarla, yo ya estaba al tanto de vuestro campamento y venía a deciros que os marcharais cuando me topé con ella.

Eso también tenía sentido. Era un licántropo. Pertenecía al bosque. Éste le hablaba de la misma forma en que la Madre Tierra le hablaba a ella. Skyler no tenía ninguna duda de que lo había sabido, de que habría oído pasos extraños u olfateado su olor en el viento.

Zev le puso una mano en el hombro a Skyler.

—Espero que te recuperes muy pronto. Lamento que nos hayamos conocido en estas circunstancias. Por favor, convence a quienquiera que esté al mando de que me tome en serio. Siempre podéis regresar una vez que hayamos encontrado al asesino.

Era una tapadera perfecta: una búsqueda policial. Skyler asintió con la cabeza.

—Gracias por tu amabilidad.

Zev los dejó, se alejó con paso resuelto y desapareció entre los árboles. Skyler se abrazó el cuerpo y empezó a mecerse hacia delante y hacia atrás. No había sido consciente de que había tenido miedo y ahora se sentía un poco mareada, pero definitivamente triunfante. Lo había hecho. Había deslizado aquel dispositivo diminuto en el bolsillo de Zev y éste no se había dado cuenta.

Paul se acercó a ella a toda prisa y le pasó el brazo por los hombros.

—¿Te encuentras bien?

Skyler asintió.

—Ese hombre da mucho miedo, pero fue muy amable conmigo. Me aterrorizaba que los documentos no pasaran su escrutinio.

—A mí me preocupaba más que sacara una de sus armas y nos aniquilara a los dos —dijo Paul—. Mi pistolita con tranquilizantes no parecía gran cosa cuando vi las armas que llevaba en el cinturón y las que colgaban de un millón de ganchos dentro de ese abrigo, e incluso dentro de sus botas. Pero tenía aspecto y daba la sensación de ser humano.

—Era licántropo —le aseguró Skyler—. Distinguí la diferencia. Olía a salvaje. A parte del bosque. También se le notaba en la forma de moverse. Es un lobo. —Abrió la cremallera de la bota lentamente, estiró la pierna y sostuvo el pie herido hacia Paul—. ¿Puedes sacarme esta cosa? Josef hizo un gran trabajo con mi tapadera, no voy a decir nada más sobre el tema.

—Quieres decir hasta que vuelva. Pones esa cara. —Paul hizo todo lo posible para quitarle la bota sin hacerle más daño. Soltó un silbido al verle el tobillo hinchado y amoratado—. Bueno, si una cosa puede decirse de Josef es que es concienzudo.

—Creo que me tumbaré a descansar hasta que se ponga el sol —dijo Skyler.

Necesitaba ponerse en contacto con la mente de Dimitri. Podría ser que estuviera sumido en la parálisis carpatiana, pero no había podido dormir el sueño necesario para el rejuvenecimiento y su mente aún permanecía activa. Entonces cayó en la cuenta de que cuanto más fundía su mente con la suya, más necesitaba hacerlo.

Se había enamorado de Dimitri, de sus maneras tiernas y dulces, y del firme y absoluto amor que sentía por ella. Ahora entendía la atracción entre compañeros eternos. Aquel vínculo que se había fortalecido entre ellos. Skyler sentía que la necesidad de su contacto, de saber que estaba vivo en alguna parte, se iba intensificando en su interior con cada hora que transcurría. Quizá fuera porque ahora era mayor, o porque había adquirido aquel compromiso definitivo con él.

Paul la ayudó a llegar cojeando hasta la hamaca y se tendió y estiró intentando relajarse. Sabía que lo peor sería aquella noche. Si el plan no salía bien todos tendrían problemas. Casi todo dependía de ella.

Abrió la mente y se estiró por aquella senda que ya le resultaba familiar.

—*Dimitri. Ya está hecho y estoy a salvo.*

Él necesitaría oír su voz tanto como ella necesitaba oír la suya.

Dimitri, atrapado en la parálisis carpatiana de mediodía, hubiera cerrado los ojos de haber podido moverse. El alivio fue tan puro que tenía un matiz de locura. No había sido capaz de moverse, pero podía pensar e imaginar cualquier mal escenario que pudiera ocurrir con Skyler sola en el bosque. Se vertió en su mente, intentando sentir su proximidad.

Skyler sintió el alivio de Dimitri que penetraba a raudales en su mente junto con su calidez, el calor que siempre había expulsado el frío de sus pesadillas.

—*Estaba preocupado.*

Eso era quedarse corto.

Skyler se sorprendió sonriendo. Dimitri le daba una sensación distinta. Al igual que ella, él sabía que aquélla era su noche. El plan tenía que salir bien, no había alternativa. Así que inspiró profundamente y soltó el aire. Se había comprometido con él. Sabía que lo amaba. No había nadie más. Ambos podían morir aquella noche.

—*Dimitri, te amo con todo mi corazón. Sé que lo sientes. Nunca he dudado de venir a ti como tu compañera eterna por falta de amor.*

—*Soy consciente de que me amas, Skyler* —repuso con un leve tono de perplejidad—. *¿Crees que dudaría de ti? Siento que tu amor me rodea cada vez que entramos en contacto.*

—*Siempre te he dicho la verdad, que tengo miedo de no ser capaz de satisfacerte a nivel físico.*

Habían hablado tanto del tema que ya no le daba vergüenza sacarlo, aunque seguía sintiéndose inepta cuando discutían sobre sexo.

—*Sívamet.* —Dimitri utilizó el término cariñoso carpatiano. Su corazón siempre parecía ensancharse y llenarse cuando ella estaba cerca—. *El sexo no es hacer el amor. Existe una diferencia. Yo te mostraré la diferencia y ya no volverás a tener miedo de que nos unamos físicamente. No hay necesidad de preocuparse. Cuando estés preparada...*

—*Estoy preparada. Ésa es la cuestión. Quiero que me reclames. Ahora mismo. Por favor, reclámame ahora mismo.*

El corazón le palpitaba en el pecho. Lo quería en aquel momento. No solamente en su cabeza. O en su corazón. Quería que sus almas se entrelazaran tal como estaban destinadas a hacer.

El cuerpo entero de Dimitri reaccionó. Por un momento desapareció todo el dolor y sólo existió Skyler, su compañera eterna, que se brindaba a él. Se ofrecía a él en su momento de mayor debilidad. ¿Cómo podía resistirse? Skyler lo era todo para él. Y sin embargo ahí estaba, colgado de la rama de un árbol, herido por la plata, envuelto en cadenas argentadas, sin ni siquiera poder ayudar a su compañera eterna si tenía problemas. ¿Qué tenía para ofrecerle? Aunque lograran liberarlo, los licántropos los buscarían continuamente.

No tenía ni idea de lo que su sangre mezclada le haría a Skyler durante una conversión. No sabía si era posible tener hijos ni en qué se convertirían de ser así. La amaba con todo lo que era o sería jamás, pero ¿qué derecho tenía a atarla tan estrechamente, con un vínculo inquebrantable...?

El silencio de Dimitri asustó a Skyler. Seguro que él sentía lo mismo. Ella sabía que el impulso de reclamar a tu compañero eterno era primario y fuerte, casi imposible de ignorar... y Dimitri había logrado ignorarlo durante años. ¿Acaso estaba tan preocupado como ella por su incapacidad de comprometerse en una relación física? Parecía lógico.

La estaba rechazando. El dolor la atravesó como un cuchillo. Skyler llevó las rodillas al pecho y se retrajo en posición fetal. Había esperado demasiado. Lo había hecho esperar eternamente, creyendo que siempre estaría disponible para ella.

Dimitri sintió su miedo instantáneo, el dolor del rechazo, y se maldijo por la torpeza con la que había manejado su enorme regalo. Y era un regalo, un tesoro mayor que cualquier otra cosa que pudiera llegar a ofrecerle. Se notaba la mente lenta y perezosa. A duras penas podía respirar, sus pulmones tenían que esforzarse y el ardor atroz de la plata no había permitido que su cerebro funcionara como él necesitaba que lo hiciera.

—*Tú eres mi corazón*, Sívamet. *Eres* hän ku vigyáz sívamet és sielamet: *la guardiana de mi corazón y alma. Deseo unir nuestras almas más que nada. Es mi mayor deseo. Pero no puedes tentarme de esta manera, Skyler. Estoy débil y tú eres vulnerable. Ambos hemos pasado mucho. No puedes tentarme* —reiteró con la esperanza de que ella entendiera lo que significaba para él, pero que era su deber protegerla.

Skyler percibió la necesidad acuciante en su voz con la misma fuerza con la que se manifestaba en ella, tal vez más. Su corazón se calmó. Se estremeció. Se colmó de alegría. Inspiró el aire fresco.

—*Sé que es el momento adecuado. Nuestro momento. Tenemos que ser fuertes juntos. Úneme a ti, amor mío. Es lo que quiero.*

¿Cómo podía explicarle el peligro en que la pondrían sus decisiones en la vida? Él quería que fuera suya permanentemente, que estuviera unida a él de manera que nadie pudiera llevársela nunca de su lado, pero no se encontraban en un lugar seguro donde pudiera rodearla de su amor y estrecharla contra su cuerpo para tranquilizarla si tenía miedo. Ni siquiera sabía si iba a sobrevivir a aquella noche. Ni siquiera podía garantizarle eso.

—*No puedo estrecharte entre mis brazos y hacerlo como es debido. En cuanto se hace, no puede deshacerse.*

Skyler se sorprendió sonriendo. Estaba segura de lo que quería, más que de cualquier otra cosa, y quería ser la compañera eterna de Dimitri en todos los sentidos de la palabra. Estaba fundida con él y él con ella. La conexión entre ambos era muy fuerte. Había estado creciendo desde su primer encuentro. ¿Cómo podía no enamorarse de él? ¿Cómo iba a querer a otra persona en su vida?

—*Cuando nos conocimos, amor mío, ambos supimos que nuestra conexión no podría deshacerse jamás. Deseo esto con todo mi corazón. Te quiero con todo mi corazón. Sé que estoy preparada. Te seguiría a cualquier parte, Dimitri. Caminaría sobre el fuego para llegar a ti.*

—*¿Cómo puedes estar tan segura?*

Skyler cruzó los brazos sobre el pecho y fijó la mirada en las ramas de lo alto. El bosque se estaba preparando para el anochecer y los pájaros regresaban a sus perchas. Estaba absolutamente preparada para dar el siguiente paso en su vida… el paso más grande.

—*Hoy me he encontrado con un desconocido en el bosque. Estuve sola con un hombre al que no conocía. Era grande y fuerte y con un aspecto muy duro. Lo cierto es que percibí su presencia antes de verlo y supe que me observaba. Por un momento volví a ser aquella niña aterrorizada, indefensa y desesperada que quería escabullirse en mi mente donde nadie pudiera hacerme daño.*

—*Lo siento mucho, Sívamet.*

Dimitri tenía ganas de sacudir los árboles que lo retenían prisionero para ir con ella. Con su Skyler. Merecía sentirse segura siempre.

—*No, fue algo bueno. Supe quién era. Soy Skyler, compañera eterna de Dimitri. En aquel momento supe que podía hacer frente a cualquier cosa, incluso a mi pasado, para llegar a ti. Soy tu compañera eterna y seré todo lo que necesites, tal como tú ya lo eres para mí.*

Sabía que se estaba comprometiendo en una relación física con él… eso formaba parte de ser una compañera eterna. Skyler lo decía en serio, podría enfrentarse a cualquier cosa por él, aprender cualquier cosa por él. Dimitri ya formaba parte de ella. En aquel viaje al despertar, había descubierto que empezaba a reconocer las señales de la atracción física.

Cuando Dimitri le hablaba, su voz era como melaza espesa que le recorría el cuerpo lentamente, rozando terminaciones nerviosas que no sabía que tenía. Dicha atracción se había ido formando con el tiempo. Cayó en la cuenta de que a veces sólo esperaba aquel tono de voz con el que todo su cuerpo reaccionaba.

Dimitri dio vueltas y más vueltas a su argumento. Todo lo que Skyler había dicho era cierto. Ya estaban conectados. No había ninguna otra pareja de carpatianos que pudiera abarcar las distancias que podían recorrer ellos. Ya necesitaban que sus mentes entraran en contacto continuamente. Trató de bloquear el dolor para poder pensar con claridad y poder hacer lo correcto en esta situación. Explicárselo todo. Dejar que viera la verdad de lo que podría ser su vida en común antes de que tomara la decisión final.

—*Tienes que estar segura, y antes de decidirte, hay otras cosas que necesitas saber, motivos por los que los licántropos me han condenado. Como mi compañera eterna, dichos motivos te afectarán. Ya no soy carpatiano. Me he convertido en algo más. Algo distinto.*

—*Seas lo que seas, yo también lo seré.*

—*Es tu lealtad hacia mí, así como tu juventud, lo que te hace hablar así. Tienes que conocer las consecuencias. Necesitas disponer de todos los hechos antes de tomar una decisión. Por favor. Escúchame y luego piénsatelo bien.*

Skyler se quedó mirando una hoja que caía revoloteando al suelo. Un viaje. La hoja había agotado su existencia en un sentido y ahora caía en picado confiando en que el próximo viaje sería el correcto.

—*Te escucho, amor mío, con la mente abierta. Mantén abierta la tuya también, por favor.*

—*Los licántropos llaman a lo que yo soy* Sange rau. *La traducción literal es «mala sangre». A alguien como yo resulta muy difícil detenerlo… o matar-*

lo. Lo que tiene esta transición, Skyler, es que continúa mutando. No sé qué ocurrirá si intento convertirte. Dudo que vaya a correr ese riesgo. Puede que tenga que ser otra persona la que te traiga por completo a mi mundo.

Skyler frunció el ceño e hizo tamborilear los dedos contra el muslo distraídamente mientras daba vueltas en la cabeza a la información que le había dado Dimitri. Entendía su renuencia. No tenía ni idea del futuro ni de qué le estaba ofreciendo. A los machos carpatianos no les gustaba que otros machos se acercaran demasiado a sus mujeres, pero su relación era distinta y lo había sido casi desde el principio. Dimitri aceptaba a sus amigos, Josef y Paul, y los trataba como a hermanos pequeños. Sabía lo que Skyler sentía por ellos; ella no le ocultaba nada cuando le abría la mente.

—*Conozco a muchos carpatianos, Dimitri. Me han hecho dos intercambios de sangre. Bastaría con uno más para una conversión. Como nuestra presencia atraía al vampiro, Gabriel y Francesca temían que fuera necesario salvarme en una emergencia. No tengo miedo de la conversión* —le aseguró con absoluta convicción.

—*Los compañeros eternos intercambian sangre. Forma parte de nuestra relación física y es algo que no podemos impedir. Al final, con el tiempo, te convertirás en lo que yo soy.*

—*¿De verdad crees que eso me asusta?*

—*No, porque aún no sabes lo que puede ocurrir. Todos los licántropos creen que los* Sange rau *deben ser destruidos. Ahora mismo podría ser que estuvieran planeando una guerra sobre el tema. Te perseguirían y te odiarían. Los carpatianos nos llaman* Hän ku pesäk kaikak. *La traducción es «Guardián de todos». Eso distingue al carpatiano/licántropo del vampiro/ lobo. Los licántropos se niegan a reconocer la diferencia. Creen que no habría que correr riesgos y que todo aquél con sangre mezclada debería ser destruido.*

—*¿Por qué?*

—*Hace siglos, un solo* Sange rau *estuvo a punto de aniquilar a toda la especie.*

Skyler observó la hoja que, a merced de las ráfagas de viento, tomaba primero una dirección para luego empezar a girar en otra distinta. La hoja parecía estar bailando. Entonces levantó la mano y empezó a dirigir la danza distraídamente con el sonido de la brisa que jugaba entre las hojas creando música.

—*Xavier, el más odiado y a la vez poderoso de todos los magos, casi hizo lo mismo con la especie de los carpatianos* —le recordó ella—. *Y, sin embargo, ¿sabes lo que he averiguado, Dimitri? Que temía esa parte de mí. A menudo intentaba negar que tuviera alguna relación conmigo. De hecho, tanto era así que había evitado cualquier relación real con mi padre bioló-gico, Razvan, porque no podía soportar saber que por mis venas corría san-gre de mago. Pero gracias a todo este acontecimiento descubrí que ser mago es bueno. Poseer esas habilidades para hacer el bien es un don. Lo que tú eres es un regalo para el mundo entero.*

—*Es mi sangre de licántropo lo que les permite torturarme.*

—*Es tu mezcla de sangre la que te ha mantenido vivo cuando nadie hubiera podido haber sobrevivido tanto tiempo. Ellos esperaban que mu-rieras hace mucho, Dimitri, sabes que es la verdad. Hubieran hecho mejor matándote en el acto. Tú eres un testimonio de lo que puede usarse para bien.*

—*El futuro es incierto.*

Skyler se rió en voz baja y compartió con él su regocijo. La hoja conti-nuaba su viaje y su breve danza no hacía más que retrasar lo inevitable… igual que Dimitri simplemente retrasaba lo inevitable.

—*El futuro siempre es incierto, amor mío. Sobre todo ahora. Quiero esto, Dimitri, ahora mismo, antes de lo que sea que ocurra esta noche, tanto si tenemos éxito como si no. Te seguiré adónde quiera que vayas. Lo nuestro no puede deshacerse. Por favor, hazme tuya.*

Lo decía completamente en serio. Estaba segura. Del todo segura de que aquél era el momento adecuado para ella, y para él. Y si los mataban en aquel intento de rescate, sus almas estarían unidas.

Dimitri había imaginado un escenario totalmente distinto. Él la hubie-ra tomado en brazos, delante de sus padres y sus mejores amigos. Él quería que tuviera una celebración, que fuera un momento de su vida que trascen-diera todos los acontecimientos traumáticos. Quería ropa elegante y sus flores favoritas, una fiesta con baile y risas, compartir su alegría con sus familias. Era más propio de la tradición humana, pero ella hablaba de esas cosas con sus amigas de la universidad.

Él no quería estar colgado de un árbol como un criminal, muerto de hambre y con el cuerpo destrozado. Sólo Dios sabía el aspecto que tenía… o el que tendría si Skyler lograba quitarle las cadenas. Ya nunca volvería a ser el hombre atractivo y elegante al que ella se había acostumbrado tanto. No quería estar lejos de Skyler estando rodeado de licántropos ni que ella corriera peligro al recorrer sigilosamente el bosque en un intento por rescatarlo, y menos cuando se hubieran unido.

Escudriñó su mente. No encontró dudas. Ni arrepentimiento. Estaba distinta, era una mujer adulta, y se acercaba a él como tal. Era su decisión. Y le había prometido hacía mucho tiempo que siempre sería decisión suya.

Skyler supo el momento exacto en que Dimitri capituló. Notó que el corazón se le aceleraba. Henchido de amor y orgullo. El calor del amor de Dimitri la envolvió, la abrumó, llenó incluso aquel espacio oscuro de su mente donde se escondía cuando no podía evitar lo que le hacían a su cuerpo. Él estaba allí, viéndolo todo, sanándola. Compartiendo sus peores momentos y abrazándola mientras lo hacía. Era Dimitri, su fenómeno particular.

—*Siempre has sido mía, Skyler Rose. Siempre*. Te avio päläfertiilam. —Le tradujo las antiguas palabras—: *Eres mi compañera eterna*. Éntölam kuulua, avio päläfertiilam. *Te reclamo como mi compañera eterna.*

A Skyler le dio un vuelco de alegría el corazón. Se llevó la mano al pecho y la colocó allí donde latía.

—*¿Lo notas, Dimitri? Hasta mi corazón es consciente de ti.*

Sabía que aquellas palabras antiguas eran aquéllas por las que había suplicado. Las sintió como unos hilos minúsculos que tejían su alma a la de Dimitri.

—Ted kuuluak, kacad, kojed. *Te pertenezco. Sí, te pertenezco, Skyler. Desde el momento en que te vi, no solamente fuiste la compañera eterna que había esperado encontrar durante siglos, sino que además te convertiste en mi mundo. Te amo y te respeto.*

Skyler sentía la verdad de lo que le decía cada vez que la mente de Dimitri se fundía con la suya. Incluso entonces, cuando tanto lo habían torturado, lo primero en lo que pensaba era siempre en ella y en su bienestar.

—Élidamet andam. *Te ofrezco mi vida.*

A Skyler le encantó aquella parte de la promesa porque ella ofrecería su vida por él. Supo que todas y cada una de las palabras eran la pura verdad.

—Pesämet andam. *Te doy mi protección.* —Skyler sentía el calor de su regocijo en la mente—. *En este preciso momento, csitri, creo que eres tú la que me está dando protección en lugar de al revés.*

—¿*No es así como funciona esto?* —le preguntó—. *Nos amamos y protegemos el uno al otro.*

Porque sabía que Dimitri sentía un deseo feroz de asegurar su salud y seguridad y ella sentía la misma necesidad de tigresa de cuidar de él.

—Uskolfertiilamet andam. *Te doy mi fidelidad. Siempre has tenido mi fidelidad, pero lo estamos haciendo oficial.*

Skyler sabía que había contado con su lealtad y fidelidad desde el momento en que sus miradas se cruzaron. No podía imaginarse la vida sin él.

—Sívamet andam. *Te doy mi corazón.*

El corazón de Skyler cambió el ritmo, que se adecuó al suyo. Un fuerte y continuo latido pese al hecho de que prácticamente se estaba muriendo de hambre.

—Sielamet andam. *Te doy mi alma.*

Ahí estaba, ese vínculo que ella había estado esperando. Él tenía su corazón. Le dio el suyo. Ahora se unían sus almas.

—Ainamet andam. *Te doy mi cuerpo.* Sívamet kuuluak kaik että a ted. *Velaré de lo tuyo como de lo mío.*

Skyler inspiró profundamente y soltó el aire. Ahí estaba, su cuerpo. Tan fuerte. Mucho más fuerte de lo que era ella. Nunca podría detenerlo si algo de lo que hacía la asustaba. Por un momento, un instante terrible, notó que el corazón perdía el ritmo y que el aliento le estallaba al salir de los pulmones. Dimitri aguardó conteniendo la respiración pero no dijo nada, dejó que ella absorbiera sus palabras, lo que ese compromiso implicaba en realidad. Era una promesa, como todas las demás.

Entonces soltó el aire. Notó que se le estabilizaba el corazón. Dimitri era un hombre de honor. La amaba, y ella siempre tenía que confiar en ese amor igual que aquella noche él estaría confiando en el suyo.

—*No tengo dudas, Dimitri. Eres mi otra mitad y juntos superaremos cualquier cosa.*

Se repitió la ráfaga de calor que bañó su mente con el amor de Dimitri. Un amor que la rodeó y la elevó como nada más podía hacerlo.

—Ainaak olenszal sívambin. *Tu vida apreciaré toda la eternidad. Skyler, sabes que siempre te he venerado, pero esto significa mucho más. Te élidet ainaak pide minan. Tu vida antepondré a la mía siempre. Nunca te haría daño, te asustaría ni te pediría que hicieras nada con lo que no estuvieras cómoda. ¿Lo entiendes?*

Por supuesto que lo entendía. En cierta medida, ella siempre había sabido que Dimitri era un hombre que estaba por encima de los demás. Le había permitido abrirse camino hacia él a su propio ritmo. Nunca, ni una sola vez, había tratado de que se sintiera culpable o la había empujado hacia él con más rapidez. Le había dado espacio y, no obstante, cuando lo necesitaba él siempre estaba allí. ¿Cuántas veces se había apoyado en él en mitad de la noche cuando las pesadillas eran demasiado cercanas? Él nunca le había pedido nada a cambio.

—*Lo entiendo.*

Su lealtad hacia ella, el absoluto respeto por su pasado y sus sentimientos hacían que quisiera ser, todavía más, lo que él necesitaba.

—Te avio päläfertiilam. *Eres mi compañera eterna.*

A Skyler le encantaba esa palabra. Aquel ritual vinculante era el equivalente a un matrimonio humano, pero más. Los votos no podían romperse.

—Ainaak sívamet jutta oleny. *Quedas unida a mí para toda la eternidad.*

Podrían seguirse el uno al otro de una vida a otra. Estaban unidos, en corazón y alma. Skyler se sentía aún más próxima a él. Supo que esos hilos que entretejían sus almas habían hecho su trabajo.

—Ainaak terád vigyázak. *Siempre estarás a mi cuidado.*

Ya estaba; se habían unido para toda la eternidad. Dimitri le envió una última ráfaga de amor antes de dejar que se desvaneciera la conexión.

—*Te quiero, Skyler, con todo mi corazón. Cuídate por mí.*

—*Sigue vivo sea como sea, Dimitri* —respondió ella—. *Voy a buscarte.*

Capítulo 7

Skyler había hecho todo lo que había podido para prepararse para la noche, salvo lo más importante: su plan alternativo. Josef era sin duda un estratega. Creía en los planes de contingencia. Sus planes de contingencia tenían planes alternativos. A ella y a Paul les gustaba tomarle el pelo al respecto, pero era el cuidado meticuloso que ponía en los detalles lo que siempre hacía que todo funcionara... como la hinchazón y el cardenal del tobillo. Un licántropo como Zev nunca se habría tragado su historia de no haber estado herida de verdad.

—Ya casi es la hora, Sky —señaló Josef—. O ahora o nunca. ¿Puedes hacerlo? Necesitamos un lugar seguro al que retirarnos, un lugar en el que los licántropos no puedan entrar. Éste es su territorio. Conocen cada cueva, cada roca. Yo puedo esconderme bajo tierra, y Dimitri también podría, pero tú y Paul no podéis, de modo que, en caso de emergencia, debemos tener una zona de seguridad.

—Lo sé.

Por supuesto que lo sabía. Lo habían discutido un millón de veces. Estaba segura al setenta y cinco por ciento de que podía hacerlo. Bueno, quizá fuera mejor decir al cincuenta por ciento, ahora que de verdad tenía que hacer algo.

—Si nos atrapan y nos dan ocasión de echar a correr, algunos de nosotros... o todos, podrían resultar heridos. No seremos capaces de dejar atrás a una manada, y menos en las condiciones en las que se encuentra Dimitri.

Skyler le lanzó una mirada fulminante.

—No estás facilitando nada las cosas. Dame un minuto.

Había pensado mucho en este momento. Tenía que abarcar por completo quién y qué era. Era Cazadora de dragones. Su padre biológico procedía de una poderosa estirpe carpatiana, con gran reputación. Ni un solo Cazador de dragones se había convertido en vampiro. A su padre lo habían torturado durante siglos y aun así se negó a rendirse a la oscuridad que lo hubiera liberado de la horrible prisión de Xavier. Ésa era la sangre que corría por sus venas.

Su padre biológico también era mago, nieto del mago más poderoso que el mundo había conocido. Ella era la bisnieta de Xavier. Esa sangre también corría por sus venas. Cuanto más había utilizado sus habilidades, más fuertes se habían vuelto. Aquel poder estaba allí, fluyendo por debajo de la superficie, llamándola. No tenía que ser malo. El mal era una opción, como renunciar a tu alma. Ella podía utilizar sus dones para bien, tal como se suponía que tenía que ser.

Su madre biológica había sido una médium muy poderosa. Su capacidad para recorrer distancias telepáticas tan largas no le había venido del Cazador de dragones ni del mago, sino de su madre humana. Y lo que es más, su madre había sido la que tenía una conexión con la Madre Tierra. Podía hacer crecer cualquier planta y, a veces, las plantas respondían al mero sonido de su voz.

Skyler sabía que la conexión más fuerte era con la Madre Tierra tanto por su sangre de Cazador de dragones como por su madre humana. Iba a necesitar todo aquello que era para poder crear una zona de seguridad que ningún licántropo pudiera atravesar… a menos que, al igual que Dimitri, tuviera también sangre carpatiana.

Había elegido bien el lugar. A pocos kilómetros de donde habían levantado el campamento había un claro. Podían ver cualquier cosa que se les acercara desde todas direcciones. La tierra era rica, por lo que Dimitri y Josef podrían enterrarse y no les pasaría nada. Paul y ella quedarían expuestos a la vista de los licántropos, pero los lobos no podrían alcanzarles. Si llegaban a esa zona de seguridad, y si funcionaba, podrían limitarse a esperar la llegada de su padre y de su tío.

Hizo una mueca al pensar en hacer frente a su padre. Estaría muy enfadado, cosa que ella podía aguantar, pero además se sentiría herido y eso era mucho peor.

—He captado la localización exacta por el dispositivo de rastreo que le metiste en el bolsillo al licántropo —dijo Josef—. Estamos preparados. Tú crea nuestra zona de seguridad, haz que funcione y yo puedo acercarte al campamento. Paul y yo estaremos esperando para cubrir tu retirada.

Por suerte, el claro que Skyler había elegido los acercó unos pocos kilómetros más a Dimitri. Paul y Josef fueron andando con ella hasta el lugar y ninguno de los dos intentó meterle prisa, pues ambos presentían que la tarea era difícil. Todas las partes de aquel escudo, por encima de ellos, por debajo y alrededor, tenían que estar selladas.

Skyler permaneció un momento de pie en medio del claro, sintiendo la tierra acogedora bajo sus pies. Estaba rodeada por todas partes por el frescor del bosque. Empezó a caminar lentamente en el sentido de las agujas del reloj. Mientras se movía, proyectaba un haz brillante de luz por delante de ella, para despejar y limpiar el claro.

Apelo a vosotros, poderes del aire, generad vuestro aliento para proteger este círculo.
Apelo a vosotros, poderes del fuego, sed testigos de este ritual, generad vuestra llama.
Apelo a vosotros, poderes del agua, contened y alinead vuestras aguas curativas.
Apelo a vosotros, poderes de la tierra, sostenedme en vuestro abrazo.

Aire, que es mi aliento,
Fuego, que es la sangre de mi corazón,
Agua, que es la sangre de mis venas,
Tierra, que es mi madre,

Yo os invoco,
Apelo a vosotros,
Ved mi apuro, oíd mi voz, responded a mi llamada,
Guiadme, protegedme y concededme vuestros poderes.

Skyler sacó una pequeña daga, una de sus pocas posesiones preciadas. Había ido pasando de madre a hija durante generaciones. La daga estaba intrincadamente grabada con el árbol de la vida en la empuñadura y unos símbolos rúnicos a lo largo de la hoja. Echó la mano a un lado y se hizo un corte rápido en la palma de modo que la sangre cayó goteando sobre la tierra que pisaba.

Apelo a mi herencia
Soy Cazadora de dragones,
Hija de dragones,
Dracaena, Draco... sangre de dragón.

Soy Maga,
Hija de aquellos que ejercen poder... hacedores de magia,
Los que doblegan el tiempo,
Los que abren portales.

Yo te invoco, tierra,
Abre los brazos, crea un espacio que sea seguro, protegido.
Pido a la luz que nos rodee,
Que tu brillante luz protectora nos cerque y proteja.
Yo te ordeno, fuego, que envuelvas este lugar como un capullo impene-
trable.
Madre, cédenos este espacio sólo a nosotros,
No permitas la entrada a nadie más,
Agua, provéenos de tu sustento que da vida.

Tanto por arriba, como por debajo,
Que así sea.

El suelo se onduló a sus pies en respuesta a su orden. El fuego relució en el aire, que luego se asentó formando un muro casi transparente que apenas se veía. Skyler exhaló lentamente y miró a Josef.

—Ya está.

Josef la contempló con asombro.

—La verdad es que no creía que pudieras hacerlo.

—¿Ah, no? ¿Y por qué accediste a todo esto si no creías que podíamos contar con un mecanismo de seguridad? —Le dio un puñetazo en el brazo—. Yo creía que podría hacerlo porque tú pensabas que podría.

Paul se echó a reír.

—A estas alturas ya deberías conocer a Josef. —Le pasó el brazo por los hombros—. Eres asombrosa. Creo que podrías hacer cualquier cosa.

—Espero que tengas razón —repuso ella—. Sé que puedo quitarle esos ganchos a Dimitri, pero la cadena ha quemado y penetrado tanto su cuerpo que no estoy segura...

—No empieces a dudar de ti misma en tan avanzada fase del juego —le advirtió—. Ahora es cuando necesitas confianza. Acabas de hacer lo que nadie creía posible. Paul tiene razón, puedes hacer cualquier cosa, incluido quitarle la cadena a Dimitri. En cuanto eso esté hecho, no importa lo mal que se encuentre, él te sacará de allí.

—¿Has considerado el aspecto que tendrá? —Paul le acarició la pequeña cicatriz en forma de media luna de la sien—. Tendrá cicatrices.

—A los carpatianos no les quedan cicatrices —terció Josef.

Paul negó con la cabeza.

—Eso no es cierto. He visto a muchos con cicatrices.

—¿De verdad crees que eso me importaría? —preguntó Skyler en voz baja—. Lo que piensen los demás del aspecto de Dimitri no podría importarme menos. Para mí es bello. Siempre lo será.

Paul le sonrió.

—Sabía que dirías eso. Y lo genial, Skyler, es que lo dices en serio.

—Primero me llevaré a Paul y lo dejaré situado para proteger tu retirada —dijo Josef—. ¿Estarás bien aquí sola hasta que vuelva a buscarte?

—Pues claro, pero los licántropos pueden percibir tu energía. No te acerques demasiado a ese campamento, ni a ninguno de los guardias.

—Tendré cuidado —prometió.

Paul abrazó con fuerza a Skyler.

—Buen viaje, hermanita.

—Buen viaje, hermano —murmuró ella, que lo estrechó un momento en sus brazos.

Cerró los ojos brevemente mientras le devolvía el abrazo. Había venido hasta allí por ella, y bien podría ser que lo mataran si los licántropos descubrían que su prisionero había desaparecido antes de que Skyler consiguiera ponerlos a todos a salvo.

Skyler bajó los brazos a regañadientes y lo soltó. Paul le levantó la barbilla y la miró a los ojos.

—Recuerda siempre que vine porque quise. Decidí ayudar a mis amigos. Dimitri es un buen hombre y lo considero como de la familia, lo mismo que tú eres para mí. Hubiera optado por rescatarlo con o sin ti, o al menos intentarlo.

Skyler notó el escozor de las lágrimas, pero se las arregló para sonreír y asintió con la cabeza. Desde el punto de vista intelectual, sabía que Paul decía la verdad, pero aun así, se sentía responsable. Si le pasara algo, ella siempre llevaría eso consigo. Los vio marchar, Josef se elevó por los aires con Paul, y ella se quedó allí en medio de la vegetación, haciendo caso omiso del zumbido de los insectos.

—*Estamos listos, Dimitri. Voy a ir a buscarte. ¿Puedes echar un vistazo a tu alrededor? ¿Puedes ver una ruta factible para entrar y salir sin que nos detecten?*

No quería que Dimitri se resistiera en el último momento. Aquello sería más duro para él que para nadie. Un macho carpatiano no quería sentirse indefenso jamás, sobre todo cuando su compañera eterna estaba en peligro. Skyler sabía que él querría luchar contra sus ataduras y ahora, más que nunca, tenía que quedarse inmóvil y conservar su energía.

—*Ahora mismo no hay nadie por aquí, pero normalmente permanecen a unos cuantos metros, escondidos entre los árboles, observándome. Creo que soy un entretenimiento para los que se aburren. No puedo ver mucho desde donde estoy. Sin estas cadenas, podría...*

Se le fue apagando la voz con frustración.

Skyler le envió calidez de inmediato, lo envolvió con su confianza y su amor.

—*Tenemos una gran aliada en la Madre Tierra. Ella vendrá a ayudarnos cuando lo necesitemos* —prometió—. *Dame un minuto.*

Hundió las manos en el suelo y al momento sintió la conexión con la mismísima tierra. Su corazón halló aquel retumbo grave y regular que venía de abajo. Los sonidos del agua, del viento, de la savia fluyendo y refluyendo en los árboles, todo ello le llegó como si formara parte de su propia fuerza vital.

Apelo a ti, Madre,
Escucha mi voz.
Siente mi apuro,

Mándame las criaturas que habitan en tu oscuridad,
Cubre nuestras energías para que no nos vean, oigan ni sientan.

El flujo de información era intenso, como si la conexión con la tierra se incrementara con cada toque. Hasta los insectos le hablaban. A Skyler ya no le molestaban, sino que entendía exactamente por qué eran necesarios y qué papel jugaban en el sistema ecológico.

Madre Tierra,
Te doy las gracias, a ti y a tus subordinados.
Que haya siempre paz y armonía entre nosotros,
Ahora os dejo marchar, id en paz.

Skyler estaba agradecida por la orientación recibida y dio las gracias con un susurro.

—*Dimitri, estoy segura del camino. Aguanta un poquito más. En cuanto te quite las cadenas te daré sangre. Luego todo dependerá de que corramos como alma que lleva el diablo.*

Dimitri era un hombre que rara vez estaba tenso. En las peores situaciones siempre permanecía calmado y frío, pero el hecho de saber que Skyler iba a ponerse en peligro por él lo preocupaba a un nivel totalmente nuevo. Probablemente no había conocido el verdadero significado de la palabra «tenso» hasta que la encontró a ella.

Ella había tenido que esforzarse para conocer el carácter de Dimitri. Veía sus necesidades en su mente, pero no había vivido durante siglos. No tenía sus experiencias. No era carpatiana y no comprendía del todo la necesidad imperiosa que tenía el macho de proteger a su compañera eterna.

—*No puedo ayudarte hasta que estas cadenas estén fuera* —reiteró Dimitri—. *Estoy débil, hambriento. No voy a poder moverme con rapidez.*

Dimitri intentó hacerle entender las condiciones en las que se encontraba. Había resultado mortalmente herido numerosas veces a lo largo de los siglos, pero nunca se había sentido tan indefenso. Las cadenas de plata impedían las habilidades carpatianas más básicas. No podía ponerse en contacto con su hermano, cosa que llevaba haciendo toda la vida. Su hermano no podía ponerse en contacto con él. Josef estaba cerca y había intentado contactar con él mediante el canal común de los carpatianos, pero estaba cerrado para él, por culpa de las horribles cadenas que lo envolvían desde la frente hasta los tobillos.

La quemazón de su piel le producía un dolor constante, pero en aquellos momentos, el miedo por la seguridad de Skyler anulaba incluso aquel sufrimiento horrendo. No podía hacer otra cosa que seguir colgado e impotente, aterrorizado por ella, esperando a que se llevara a cabo el trabajo de aquella noche.

—*Tenemos que hacer esto con todo el silencio y sigilo posibles* —le recordó Skyler—. *Los licántropos son sensibles a toda clase de energía. No queremos que nos perciban.*

Dimitri contuvo un gemido de frustración.

—*Soy* Sange rau. *No pueden percibirme, motivo por el cual me odian. Me tienen miedo.*

—*Eres un Guardián de todos, Dimitri, no el temido* Sange rau. *Tendrás que pensar siempre en ti mismo como un Guardián.*

Estaba claro que Skyler no entendía su deseo, su «necesidad» de ser *Sange rau*, aunque sólo fuera por un momento, para rajarles el cuello a sus torturadores, los que acudían allí cuando Zev no andaba cerca. Lo pateaban, le escupían y algunos se atrevían incluso a acercarse lo bastante como para utilizar los puños contra él. Sacudían y zarandeaban su cuerpo deliberadamente con la esperanza de que los ganchos le desgarraran la carne y la plata corriera hacia su corazón.

Su odio era palpable. Teniéndolos delante, estando entre ellos, supo que Mikhail Dubrinsky, el príncipe de su pueblo, nunca podría cambiar la forma de pensar de semejantes fanáticos. El odio que sentían era muy profundo, inculcado en ellos durante generaciones. Él no les había hecho nada. En realidad, había acudido para ayudar a los de su especie. Gunnolf y Convel, los dos a los que había salvado, eran los peores de sus torturadores y parecían tomarse el hecho de que no hubiera muerto rápidamente como algo personal.

Dimitri nunca había conocido el odio. Él daba caza al vampiro, pero lo hacía con una absoluta ausencia de emociones. Era una cuestión de honor, de deber, nunca personal. El vampiro era un ser malvado que asesinaba a hombres, mujeres y niños inocentes. Había que castigarlo. No se disfrutaba acabando con una vida, la que fuera. Esta experiencia le enseñó lo que era el odio. De no haber sido por la compasión de Zev, quizás hubiera decidido que la especie de los licántropos no era digna de que la salvaran y hubiese sido tan malo como ellos.

—*Josef ya ha vuelto. Me acercará al campamento y me dejará allí para que vaya por mi cuenta. Tengo que seguir un camino y presiento la presencia de los licántropos* —lo informó Skyler—. *Y, querido, a menos que pienses que de verdad te formarías estas opiniones cerradas, puedo asegurarte que es el dolor que sientes y el miedo por mí lo que habla por ti, la falta de sustento y tu debilidad. Veo en tu mente y no hay ningún sentimiento verdadero de este tipo. No puedes albergar el mal en tu corazón ni en tu mente, Dimitri, no es eso lo que tú eres.*

Dimitri soltó aire. Skyler siempre le brindaba consuelo. Era una mujer joven, pero su alma era vieja y combinaba perfectamente con la suya. Podía burlarse y gastar bromas, pero siempre existía esa distancia en ella, esa parte de ella que conocía los monstruos que vivían en el mundo. Monstruos humanos, vampiros y lobos. Ya había tenido experiencias que ninguna jovencita debería haber tenido jamás y ahora se enfrentaba a unos lobos brutales que se declaraban buenos.

Los licántropos que lo rodeaban no eran renegados. No cazaban ni mataban humanos para comer. Vivían entre ellos. Incluso los protegían. Sin embargo... Nada de aquello tenía sentido. Dimitri se dio cuenta de que Zev tampoco le encontraba la lógica.

—*Ten cuidado, sívamet. Sin ti...*

¿Seguiría siendo el hombre que ella creía que era? ¿Aquél que ella veía y en el que tenía tanta fe?

Si la mataban, ¿se convertiría en lo mismo que ambos detestaban para darse ocasión de matarlos a todos? ¿O la seguiría hasta la otra vida e iría hacia ella limpio y con honor? Lamentó no saber la respuesta. El agotamiento resultaba insoportable. En ocasiones la mente le jugaba malas pasadas. Sabía que se acercaba al final. Si Skyler no tenía éxito, sinceramente no sabía cuánto más podría aguantar sin volverse loco.

Skyler sentía la desesperación de Dimitri. Había sabido desde el principio que la cruel tortura había agotado sus fuerzas. Sin sustento durante más de dos semanas y sin sueño rejuvenecedor, lo único que le hacía seguir adelante era su férrea fuerza de voluntad.

Le resultó agradable sentir la brisa nocturna en el rostro. Los nervios la habían estado dominando, pero en cuanto Josef había regresado a buscarla y emprendió el camino, lo único en lo que pudo pensar era en llegar a Dimitri, liberarlo y estrecharlo contra sí. Los nervios habían desaparecido. Aquella noche vivirían o morirían, pero lo harían juntos. Si no lo conseguían, Dimitri sabría que ella lo amaba tanto como para arriesgarlo todo por él, y ella sabría que había hecho todo lo que había podido.

Josef la dejó en medio de una arboleda tupida, exactamente donde le dijo ella. Continuó rodeándola con sus brazos, estrechándola contra su cuerpo, diciendo sin palabras lo mucho que significaba para él, la familia que en realidad no tenía. Ella lo abrazó con la misma fuerza y le transmitió su cariño. Ninguno de los dos se arriesgó a comunicarse telepática o verbalmente. Skyler no sentía que hubiera ningún licántropo cerca, pero de todas formas prefirieron su intercambio silencioso. Josef le dio un beso en la cabeza y la soltó bruscamente.

Skyler soltó el aliento. Ahora estaba sola. La huida de Dimitri dependía únicamente de ella. Era su momento. Sabía que cuando una mujer se une a un hombre como Dimitri, él pasaría a ser el dominante, sin importar el cariño o la ternura con los que te tratara. Tal vez nunca sería capaz de entregarse de la manera en que podía hacerlo en aquel momento. Ella era su igual en esto. Podía luchar con él. Podía salvarle.

Dejó que sus sentidos se dilataran, lentamente, con callado sigilo, adentrándose en la noche en busca de las señales propias de los licántropos. Conocía sus orígenes. Conocía su lugar de nacimiento. Al igual que la Madre Tierra, podía distinguir los latidos de sus corazones y sus necesidades primarias. Sabía cómo pensaba y funcionaba la manada.

Entonces levantó la mano con la palma vuelta hacia abajo y la movió despacio por encima del suelo. Igual que una brújula, el impulso iba a su derecha. Apoyó el pie calzado con la bota sobre la hierba sin hollar. Notó de inmediato que las plantas la instaban a avanzar. Echó a correr y el suelo amortiguó sus pisadas evitando que el sonido se desplazara por la noche.

Ahora conocía muy bien a los licántropos. Tenían el sentido del oído y del olfato tan desarrollados que era importante mantener un silencio absoluto. Mientras corría, utilizó un pequeño hechizo para ocultar el sonido del aire que entraba y salía de sus pulmones.

Eso que es mi aliento,
Ahora no debe oírse.

Eso que es mi cuerpo,
Ahora debe guardar silencio.

Skyler confiaba en que la Madre Tierra haría que sus pasos fueran silenciosos. Lo cierto era que los licántropos podían sentir los pasos de aquéllos a los que daban caza por las vibraciones. Tenían muchas habilidades, pero también poseían unas cuantas debilidades, igual que cualquier otra especie, y ella tenía intención de aprovecharse de todas ellas.

La manada cazaba unida y pocos eran los que se sentían cómodos sin sus compañeros. Incluso entre los cazadores de élite, aquellos que intentaban localizar a manadas de lobos renegados, los miembros rara vez iban sin sus compañeros. Sólo unos pocos, como Zev, eran capaces de alzarse por encima de aquella fuerza que los impulsaba a estar seguros y cómodos dentro de su grupo.

Las manadas de licántropos tenían tendencia a situar a los guardias de la manera en que mejor defendieran el centro de su grupo, principalmente para proteger a sus hijos. Al igual que ocurría con los carpatianos, los hijos eran una rareza, y los protegían celosamente. Aunque en aquel campamento no había mujeres ni niños, la formación había funcionado durante siglos y se había vuelto instintiva. Skyler supo la situación aproximada de todos los guardias que rodeaban el campamento. En este caso, al no haber niños, habían colocado a Dimitri en el centro. Los licántropos se habían situado en torno a él y los guardias se encontraban en los límites exteriores.

Sabía cuántos metros recorrería cada uno de los guardias antes de considerar que había llegado demasiado lejos. Las huellas de los licántropos estaban grabadas en el suelo y la tierra compartía la información con ella. Corría, cuidándose de que la ropa no rozara ninguna rama, avanzando hacia Dimitri. Ya podía sentirlo, y su corazón cantó. La adrenalina inundó su cuerpo y le entraron ganas de llorar de alegría. Había sido un viaje largo y arduo. Había tenido mucho miedo por él. Ahora estaba a punto de liberarlo.

Al aproximarse al cuadrante del primer guardia aminoró el paso. Los oídos y la nariz de un licántropo eran mucho mejores que los suyos. Sabía si había un vampiro cerca, pues su sangre de cazadora de dragones lo garantizaba, pero con los lobos era distinto. Ahora dependía de la Madre Tierra, y los indicios eran sutiles.

Notaba la leve resistencia del suelo bajo sus pies, casi como si la superficie cambiara de una alfombra de hierba blanda a ser de arena. Se detuvo de inmediato y respiró larga y lentamente. Se había peinado con el cabello hacia atrás y había metido la trenza dentro de la ropa oscura y moteada que le había proporcionado Josef. Llevaba las armas que había pedido en los bolsillos de sus pantalones de camuflaje. Había venido preparada para luchar contra los licántropos y sabía todas las armas que iba a necesitar. También había traído las herramientas necesarias para proteger al licántropo que había en Dimitri.

Se le erizó el vello de la nuca, otra alarma sutil. Se agachó detrás de un arbusto y se quedó muy quieta. El guardia estaba patrullando pero era evidente que no pensaba que iba a encontrarse nada. Él dependía exclusivamente de su sentido del olfato y de su oído. Estaban esperando a que unos carpatianos intentaran rescatar a Dimitri y creían que percibirían la energía agresiva que les llegaría por delante de los carpatianos.

Skyler fue dando la vuelta en dirección opuesta a los movimientos del guardia para situarse frente a él. Por detrás de ella trotaba un zorrito curioso. En esta ocasión el animal seguía exactamente sus pasos e iba marcando el territorio muy a conciencia, enmascarando cualquier olor que la joven pudiera haber dejado. Skyler notó el momento en el que el suelo arenoso se transformó de nuevo en una agradable alfombra de hierba y recuperó el ritmo. El próximo círculo sería más cerrado, pero ella estaba dentro.

Se sintió invadida por una oleada de triunfo y tuvo que contener el deseo de compartir su éxito con Dimitri. De momento los licántropos no habían detectado su extraño estilo de telepatía ni habían sospechado nada, pero después de su encuentro con Zev, Skyler no quería correr ningún riesgo. Se apresuró siguiendo el débil rastro que serpenteaba entrando y saliendo de los árboles. Caminaba deprisa, resistiendo el impulso de correr. Los guardias del interior siempre se apostaban formando una uve con respecto a los del exterior para impedir mejor la entrada del enemigo.

El camino giró a su izquierda. Aminoró aún más el paso y avanzó con cautela por el cojín de hierba que la espesura de los árboles había oscurecido. Sus pies notaban el camino más que lo veían sus ojos, pero aun así confiaba en la ruta que le había proporcionado la Madre Tierra.

Una ramita se partió a su derecha y Skyler contuvo el aliento. El guardia había cambiado de dirección y avanzaba hacia ella, no en sentido contrario. El zorrito salió trotando hacia él. Skyler oyó que la criatura profería un aullido de advertencia y el licántropo soltó una carcajada explosiva. Casi de inmediato, el guardia dio media vuelta, convencido de que se había acercado a una madriguera de zorros y el macho le había anunciado que lo mejor sería marcharse.

Los licántropos eran en esencia lobos, hijos del bosque, y protegían la naturaleza con el mismo cuidado con el que siempre lo había hecho Dimitri. Le resultó irónico que él se hubiera preocupado de los lobos y les hubiera ofrecido refugio durante gran parte de su vida, y que sin embargo los licántropos se hubieran vuelto contra él.

Poco a poco cruzó el cuadrante del segundo guardia y se encontró ya en el círculo interior. Era allí donde se hallaría disperso el grueso de la manada, acampados, quizás utilizando las pocas cabañas que había, pero cualquiera podría haber salido a dar un paseo.

Ya sentía la atracción de su compañero eterno. Fuerte. Muy fuerte. El sufrimiento de Dimitri estalló en su interior como una hoguera descontrolada. Se agachó e intentó combatir las ganas de vomitar. No había contado con sentir su dolor sólo porque estuvieran cerca. Debería haber pensado en esa posibilidad. Era imposible que pudiera acercarse más sin algún tipo de protección. De nuevo, recurrió a su sangre de mago para que la ayudara.

Madre de mi sangre,
Apelo a ti,
Rodéame, envuélveme,
Suprime este dolor,
Para que pueda continuar.

Tras respirar varias veces, Skyler continuó siguiendo el camino. En dos ocasiones la ruta se desvió alejándose de la zona en la que la atracción de Dimitri era más intensa, pero confió en que la tierra la guiaría y se ciñó al camino. Las dos veces alcanzó a ver fugazmente una cabaña pequeña resguardada bajo los árboles.

Y entonces lo vio. Tampoco se había preparado para eso. Nada podía haberla preparado para ello. Dimitri aún se encontraba a cierta distancia de ella, colgado de la gruesa rama de un árbol por unos ganchos y nada más. Era un espectáculo espeluznante. Tenía el cuerpo ennegrecido, quemado por la cadena de plata que literalmente le corroía la carne. En el cuello tenía al menos tres vueltas de cadena, y una en la frente. Pero su cuerpo estaba encadenado de arriba abajo de manera que parecía llevar un traje plateado.

Tenía el rostro tan transido de dolor que a ella le entraron ganas de llorar. Unas oscuras ojeras bordeaban sus ojos. Tenía la piel de la cabeza tirante, las mejillas hundidas. Estaba claro que habían tenido miedo de aflojar la cadena para poder cortarle la ropa, de modo que se habían limitado a introducir un cuchillo por debajo de cada vuelta y a deslizarlo para cortar la tela con la intención de que la plata estuviera en contacto con su piel. No les había importado si la hoja del cuchillo de plata le había cortado la carne o no. Entonces vio que había sangrado por cientos de lugares manchando la cadena.

Sintió el impulso de dejarse caer de rodillas, taparse la cara y romper a llorar. ¿Cómo podía un ser vivo hacerle algo así a otro? ¿Cuánto tenías que odiar? Consternada, se llevó la mano a la boca y se obligó a examinarlo.

Vio los puntos en los que los ganchos penetraban en su cuerpo y lo mantenían prisionero. Había doce, seis a cada lado. Vio la ubicación porque la sangre manaba por debajo de las cadenas y las manchaba. Unas gotas diminutas de sangre le salpicaban la frente y le bajaban por el rostro. Se mantenía tan quieto como le era posible, pero el dolor debía de ser insoportable, aun sin la plata viajando por su cuerpo hacia su corazón.

—*Amor mío.*

Le tembló la voz. Se atragantó con el nudo que tenía en la garganta. Sabía que era grave, pero no se había imaginado… aquello.

Dimitri no se movió ni reveló que ella estaba muy cerca. Mantuvo los ojos cerrados. La cabeza gacha. Pero Skyler sintió su amor.

—*No debería haber esperado. Debería haber salido a buscarte en cuanto me enteré.*

—*Ahora ya estás aquí. ¿Notas cómo me observan?* —Lo dijo a modo de advertencia—. *Siempre hay alguien mirando.*

—*Los percibo. He venido preparada para eso. En todas nuestras conversaciones de estos últimos años, sí que aprendí algunas cosas de ti. Y Josef es un minigeneral. Se le da muy bien planear una batalla, incluso una como ésta, donde esperamos escapar desapercibidos.*

Dimitri no le preguntó cómo. Sabía que ella tenía un plan y confió. Había llegado hasta él cuando era prácticamente imposible.

Skyler permaneció a la sombra de la maleza, a unos cuantos metros de Dimitri. Aquella noche sería aquello que siempre había despreciado de sí misma. Aquella noche tenía que depender de la maga, la odiada maga que ahora se encontraba aceptando con todo su corazón. Sería la maga que había en ella lo que salvaría a Dimitri.

Escarbó con los pies para hundirlos más en la tierra, alzó las manos al frente y apeló a los cuatro elementos.

Apelo al Aire, crea una tempestad de poder.
Apelo a la Tierra, aporta tu poderío que hace estremecer.
Apelo al Fuego, lanza tus llamas para que quemen.
Apelo al Agua, llévate los restos que queden.

El viento arreció de inmediato, con ráfagas breves y minúsculas que agitaron los árboles más altos. Un crujido inquietante sonó con fuerza en el silencio de la noche. La copa de un árbol muy pesado se precipitó ruidosamente sobre una cabaña situada a cierta distancia de allí. Las ramas y troncos atravesaron el fino tejado y cayeron en el reducido espacio del refugio, donde una de las ramas fue a parar de lleno en la chimenea. Las llamas se alzaron rápidamente por la rama y llegaron al tronco justo cuando otra ráfaga de viento avivó el incendio.

Se oyeron gritos por todas partes. Las pisadas de los licántropos que se dirigían al lugar del incendio hicieron temblar la tierra bajo sus pies. La cabaña ardía con rapidez y tuvieron que apresurarse para evitar que el fuego se propagara a los árboles circundantes y a las demás cabañas. Muchas de aquellas pequeñas estructuras tenían tejados hechos con ramas secas, pinaza y barro.

Cuando estuvo segura de que todos los licántropos estaban ocupados salvando su campamento, se concentró en los ganchos. Lo primero que tenía que hacer era descolgar a Dimitri.

Aquello que engancha y mantiene colgado,
Anulo tus propiedades para que sueltes lo que tienes aferrado.
Apelo al Aire, bájalo flotando al suelo suavemente.
Manténnos a salvo, que no nos vea ni oiga la gente.

Apelo a la Tierra, en tus brazos estréchalo,
Rodéalo, resguárdalo del daño y protégelo.
Fuego, yo te llamo, cauteriza su herida.
Quema lo que sangra, para que nuestra suerte no decida.

Agua, yo te convoco, pido tu poder sanador.
Llévate lo que es sangre
Para que nadie nos pueda ver,
Que no quede ningún olor.

El cuerpo de Dimitri estuvo a punto de dar contra el suelo, pero Skyler pudo enviar un cojín de aire debajo de él que lo hizo flotar. No se dejó dominar por la alegría que la embargaba. Extraer los ganchos de su cuerpo había sido la parte fácil. Ahora estaba aquella horrible cadena que tenía clavada en la piel. Dimitri yacía en la tupida hierba, envuelto en las cadenas que lo ceñían con firmeza, hincándosele en la carne y, en algunos puntos, también en el hueso.

Apretó los labios con fuerza. Tenía que recurrir a su valentía y no pensar en lo que sucedería después de haber retirado las cadenas. No estaba segura de que Dimitri fuera capaz de andar siquiera, por no hablar de ayudarla si tenían problemas.

Inspiró profundamente, soltó aire y lo intentó.

Cadenas de plata, que dentro se han engastado,
Cadenas de plata, que en tejido y piel han penetrado,
Cadenas de plata, al hueso conectadas,
Cadenas de plata, ahora seréis desatadas.

Sintió que se le aceleraba el corazón, presa del pánico. Las cadenas estaban tan incrustadas en la carne que se habían convertido en parte de él. No ocurrió nada. ¿Y si no podía hacerlo?

—*Se han aflojado.*

El tono calmado de la voz de Dimitri la tranquilizó. Parecía ser el mismo de siempre. Su Dimitri. Frío bajo el fuego. Una roca. Skyler asintió con la cabeza, volvió a inspirar profundamente y lo intentó de nuevo.

Cadena de plata, enterrada profundamente,
Cadena de plata, que envuelve como piel de serpiente.
Cadena de plata, que corta hasta el hueso,
Busco tu creación para entender el proceso.

Recorro tu trazo y sigo tu sendero,
Extraigo tus raíces mientras sello y expulso el metal entero.
En cada hueco y quemadura inserto un bálsamo calmante,
Para que tu veneno cese y no cause más daño lacerante.

Skyler se obligó a ir despacio, a planear metódicamente cada uno de sus movimientos. No podía permitirse llamar la atención. El viento avivaba las llamas, pero no había querido arriesgarse a provocar un incendio forestal, por lo que los licántropos lo estaban sofocando con mucha rapidez. Entonces miró el fuego y, con un movimiento de las manos, hizo que se propagara a una segunda cabaña cuyo tejado estalló en llamas de un amarillo anaranjado al tiempo que las cadenas se desprendían del cuerpo de Dimitri revelando la espantosa magnitud de las quemaduras.

Se arrodilló junto a él y le puso la muñeca en la boca.

—*Vamos, toma mi sangre, aquí mismo. Sólo disponemos de unos minutos. Necesito que hagas esto.*

Dimitri estaba muy débil. Skyler sintió que el miedo lo estaba venciendo. Tenía un hambre espantosa que en aquel momento dominaba todos sus pensamientos, latía en sus venas y recorría su famélico corazón. La sangre de ella era potente para él, era la sangre de su compañera eterna. Lo tentaría como ninguna otra. Y tenía miedo de perder el control. Su mente ya divagaba, el dolor se mezclaba con el hambre hasta que en ocasiones no estaba seguro de dónde se encontraba ni de lo que sucedía a su alrededor.

—*Dimitri, aliméntate ahora mismo. Si nos encuentran, me matarán.*

Skyler utilizó lo único que sabía que le llegaría.

Dimitri le tomó la muñeca con suavidad. Le rozó el pulso con el pulgar con un movimiento muy leve, pero ella notó el suave tacto por todo su cuerpo. Sintió sus labios secos y agrietados como una pluma sobre su piel, allí donde la batían sus latidos. Skyler se había esperado que Dimitri le hundiera los dientes, desgarrándola, pero la tocaba con amor... incluso con seducción.

Dimitri estaba echado allí en el suelo, con el cuerpo quemado y casi paralizado tras pasar mucho tiempo colgado, a duras penas capaz de comprender que estaba libre de la odiada plata. Estaba muerto de hambre y, sin embargo, tuvo mucho cuidado de no asustarla... y de no hacerle daño. Skyler le puso la mano a un lado de la cara, con la palma contra las horribles marcas de quemaduras, para intentar aliviarle el dolor.

Él le hundió los dientes en la muñeca, y ella sintió un dolor ardiente y momentáneo, un escozor que luego desapareció y dio paso a otra cosa. Algo que no se había esperado. Josef había tomado su sangre y fue un acto meramente necesario. Ninguno de los dos había sentido nada cuando lo había hecho. Aquello fue muy distinto... e inesperado.

Skyler le alisó el pelo retirándoselo de su torturado rostro y a continuación se inclinó para besarle la piel quemada y ennegrecida allí donde la cadena se le había clavado en la frente. Nunca le había dado un beso voluntariamente. Ni una sola vez en todos los años que llevaban hablando. Él la había besado en la cabeza, y a veces en la comisura de los labios o en la barbilla, pero ella nunca había realizado ni un solo movimiento para hacer algo que consideraba íntimo.

Pensó que sus besos le resultarían sanadores. Pensó que le proporcionarían consuelo y que para ella también sería así. Era besarlo o llorar. Su apuesto Dimitri, en el que el odio había hecho estragos cuando él era capaz de mucho amor. Cuando el roce de sus labios recorrió la línea que había dejado la cadena, Skyler sintió que hacía algo más que consolar, algo más que sanar. Se sintió embargada de un amor que, por primera vez, pareció trascender lo físico.

No entendía la necesidad que se inició justo allí en su peor momento, pero no importaba. Eso formaba parte de quién eran los dos juntos. Skyler le hubiera dejado tomar hasta la última gota de sangre que tenía en el cuerpo si él quería... o lo necesitaba. Fue Dimitri quien encontró fuerzas para parar, pasó la lengua por los dos agujeros de su muñeca para detener la hemorragia y luego le dio un beso en la marca para aliviar el dolor que pudiera sentir.

Entonces abrió los ojos y la miró. Ella lo vio allí, en sus ojos azules como un glaciar. Aquella sonrisa que no llegó a sus labios, pero que estaba allí sólo para ella.

—*Tenemos que marcharnos, Dimitri. ¿Puedes tenerte en pie?*

Eso era lo que más temía. No podía teletransportarlo fuera de allí y dudaba que ni siquiera fuera capaz de poder levantarlo sola.

—*Puedo hacer lo que haga falta. No puedo creer que lo hicieras, sívamet, me has quitado las cadenas de verdad.*

Era un auténtico milagro. Habían acabado formando parte de él, le habían corroído la piel y habían ido a por el músculo hasta que la plata se había adherido a todas y cada una de las células que tocaba, volviéndolo loco.

Dimitri se incorporó despacio, con vacilación, extendió los brazos y el movimiento le resultó doloroso, pero maravilloso al mismo tiempo. No intentó ponerse en pie porque aún tenía las piernas y los pies entumecidos, pero rodó para ponerse a gatas y comprobar primero sus fuerzas. El hambre seguía siendo lo que más se hacía notar, le retumbaba en los oídos y latía exigente en sus venas, pero podía superarlo. La sangre de Skyler era una mezcla poderosa, casi narcótica. Aun así, estaba débil, incluso con lo que ya le había dado.

Agradeció que Skyler no se hubiera asustado ni intentara obligarlo a ponerse en pie. Tenía que saber que podía levantarse y echar a correr y hacerlo, todo en un solo movimiento. Los árboles por los que había aparecido Skyler parecían estar muy lejos. Notó la mano de la joven en la espalda, frotándosela, masajeándosela. Sanándolo.

—*Ve tú primero y yo te seguiré. No discutas conmigo. Hazlo y ya está* —le dijo a Skyler.

Él iría detrás y la protegería lo mejor que pudiera. Saldrían a buscarlo con plata, y sabía que si se acercaban lo suficiente para poder ponerles las manos encima, no tendrían compasión.

Skyler asintió con la cabeza y se volvió para dirigirse a los árboles en los que se había escondido. Dimitri le puso la mano en el hombro para detenerla. Ella se volvió a mirarlo. Estaba muy guapa allí en cuclillas, con una determinación que se hacía patente en la postura de los hombros y la barbilla. Había amor en sus ojos. Dimitri necesitaba ver eso. Necesitaba ver la realidad. Asintió, ella echó a andar agachada y él fue detrás.

Alcanzaron la protección de la tupida arboleda. La maleza había crecido por todas partes, cosa poco habitual en un bosque tan denso como aquel cuya frondosidad impedía que el sol alcanzara el suelo. Frente a ellos, en el centro mismo del matorral se extendía una gruesa alfombra verde. Era una franja estrecha de hierba y Dimitri se dio cuenta de que, con cada paso que daba, la hierba se hundía en el suelo de forma que tras él sólo quedaban broza y hojas secas que ocultaban su rastro.

Skyler señaló la necesidad de ser sigilosos.

—*Tenemos a un guardia justo delante.*

Dimitri ya lo sabía. Estaba recuperando los sentidos, con agudeza, los sentidos del *Sange rau*, o del *Hän ku pesäk kaikak*, lo que fuera en lo que se había convertido. Lo que su sangre mezclada y la plata hubieran hecho de él. Sabía dónde estaba el licántropo exactamente. Siempre serían un hedor en sus fosas nasales. Conocía a cada individuo. Aquél se había mantenido alejado de él. Dimitri lo había visto varias veces hablando con Zev.

—*Cuando vigilan la manada siguen un patrón. Este hombre se dirigirá a la derecha en tanto que los guardias del círculo exterior avanzarán hacia la izquierda para cubrir el lugar donde ha estado él.*

Ninguna información que poseyera Skyler debería sorprenderle ya, pero ¿el funcionamiento interno de una manada de licántropos?

En cuanto el guardia cambió de dirección, Skyler avanzó. ¿Cómo había sabido el instante preciso en el que el licántropo iba a cambiar de posición? Dimitri se encontró un tanto impresionado con su compañera eterna. Poco a poco dejaron atrás al primer guardia y retomaron el paso, avanzando con rapidez por la pequeña franja de hierba que serpenteaba entre los árboles, su rastro oculto por la densa maleza.

Capítulo 8

M ientras se apresuraban, Dimitri notó que se le recuperaban las piernas. Al principio las tenía entumecidas y caminaba como una marioneta, como si alguien tirara bruscamente de las cuerdas de sus extremidades. El movimiento hizo que la sangre fluyera de nuevo y vio que podía bloquear fácilmente el doloroso cosquilleo. Después de la quemazón de la plata, la sensación de hormigueo era más molesta e irritante y más fácil de sobrellevar. Skyler aceleró el paso pero, por deferencia al estado en el que se encontraba él, no avanzaba con mucha rapidez. Podía seguirle el ritmo sin problemas con sus zancadas más largas.

—*Habrá otro guardia unos metros más adelante. Tenemos que esperar a que vuelva a dar la vuelta al círculo* —le advirtió Skyler.

Dimitri no se había creído que pudieran salir andando del campamento de los licántropos. Colgado de un árbol y envuelto en plata de la cabeza a los pies, había tenido tiempo de sobras, para estudiar la manada y la forma en que operaban. Muchas de las operaciones cotidianas eran instintivas, probablemente grabadas en su ser antes del nacimiento.

El lobo que tenía dentro le había proporcionado información sobre la especie, le había dado los datos necesarios para ser licántropo, pero aquello era distinto. Su lobo le decía cómo luchar en formación de manada, pero Skyler había conseguido averiguar mucho más. Ella conocía movimientos, horarios, cómo vigilaba los campamentos la manada. Dimitri mantenía la mente fundida con la de Skyler, por lo que se enteró de la información y de que la Madre Tierra la había compartido con ella.

Se le hinchió el corazón de orgullo y respeto. Su compañera eterna no debería depararle más sorpresas y, sin embargo, lo asombraba a cada momento. Las habilidades de Skyler continuaban creciendo junto con su confianza. ¿Era por la combinación de sus linajes? Pero había otros con sus mismas líneas de sangre y ellos no manifestaban el enorme poder que ella mostraba. ¿Su madre? ¿Qué sabían en realidad de su madre y sus dones? Estaba claro que necesitaba saber más cosas sobre ella.

El camino se desvió a la izquierda y luego torció de nuevo bruscamente a la derecha. Dimitri olió al otro guardia. El licántropo se encontraba mucho más cerca de lo que Skyler se había esperado, lo cual implicaba que se había desviado de su rutina habitual. Así que puso una mano en el hombro de ella para detener su avance. Se acuclillaron juntos en el estrecho camino y Dimitri resguardó el cuerpo de Skyler lo mejor que pudo, asegurándose de que la tapaba por completo en caso de que las balas empezaran a caer sobre ellos. La manada prefería cazar sin armas, pero él había visto muchas en el campamento. Si se estaban preparando para una guerra, utilizarían armas modernas.

Le costaba mucho esfuerzo respirar y tuvo que evitar que se oyeran sus resuellos. Tenía los pulmones destrozados. Necesitaba sangre. La proximidad a Skyler lo hacía salivar y sus dientes permanecían alargados. Podía moverse y podía soportar el dolor, pero no podía evitar el hambre constante que avanzaba por su cuerpo exigiendo que alimentara las células hambrientas.

Aún tenía la mano en el hombro de Skyler y notó que ella temblaba. Se había puesto a gatas, un poco sentada en los talones, pero manteniendo las manos en contacto con la alfombra de hierba. A través de ella, sintió las pisadas silenciosas del guardia licántropo que se acercaba. La tierra emitía unas vibraciones mínimas. Ella era tan sensible que lo notaba.

Dimitri se mantuvo relajado, pero por dentro estaba a punto de saltar, preparado y más que dispuesto a atacar para proteger a su compañera eterna. Puede que estuviera débil, pero no había ninguna cadena de plata que se lo impidiera. Skyler contuvo el aliento cuando el guardia se acercó más aún. El hombre se dirigió primero a la derecha de donde estaban y luego a la izquierda. ¿Los estaba buscando? La maleza que los rodeaba era tan espesa que el licántropo evitó atravesarla y no se dio cuenta de la fina franja de verde bosque que los conducía a la seguridad.

Dimitri dio rienda suelta a sus agudizados sentidos. El hecho de tener sangre mezclada le daba todos los dones de un carpatiano así como los de un licántropo. Con el transcurso del tiempo, evolucionaría aún más. Ya estaba adquiriendo la velocidad de la sangre mezclada, y poseía la agudeza de visión y sentido del olfato además del oído.

El hedor del fuego, del árbol quemado y de las cabañas impregnaba el bosque. El guardia licántropo continuó yendo de un lado a otro en un esfuerzo por ver lo que estaba ocurriendo en el campamento. No podía abandonar su posición, pero era evidente que estaba preocupado.

Dimitri se sintió invadido por el alivio. Estaba lejos de haber recuperado las fuerzas por completo y dudaba que pudiera defenderse contra una manada de licántropos. Quería escapar sin que ninguno de ellos se diera cuenta de que se había ido hasta que fuera demasiado tarde para detenerlos.

Esperaron, contando los segundos que pasaban, ambos conscientes de que en cualquier momento alguien descubriría que había huido. Tras lo que pareció una eternidad, el guardia se dio por vencido y volvió a patrullar como lo hacía habitualmente. Dimitri le dio un apretón en el hombro a Skyler. Ella se volvió a mirarlo con unos ojos que cambiaban de color como un caleidoscopio, una señal de su sangre de cazadora de dragones. Él sabía que el cambio de color indicaba nerviosismo.

—*Eres asombrosa.* —Le susurró las palabras en su mente, acompañadas por su profundo respeto y amor por ella—. *Sinceramente, no creía que pudieras sacarme de ese árbol, y mucho menos extraer la cadena de plata de mi cuerpo, pero lo hiciste. Y ahora estamos atravesando el segundo círculo de sus guardias.*

—*Aún falta mucho para que seamos libres de verdad* —le recordó Skyler—. *A partir de ahora tendrías muchas más posibilidades sin mí. Yo no puedo meterme bajo tierra ni echar a volar.*

Dimitri se inclinó más hacia ella y le puso la boca en la oreja aunque le habló con la mente.

—*En estos momentos yo tampoco puedo hacer esas cosas,* csitri. *Estoy demasiado débil.*

—*Josef está esperando más adelante. No podíamos arriesgarnos a que se acercara demasiado, no fuera que los licántropos percibieran su energía. Pero él te dará más sangre, sangre carpatiana. Paul también está aquí. Se* encuentra a unos pocos kilómetros de donde está Josef. Y allí podrás alimentarte otra vez.

Debería haber sabido que Skyler había preparado las cosas incluso para alimentarlo, para intentar que se recuperara lo suficiente para poder efectuar una huida rápida.

Skyler le dijo que no con la cabeza, pues sin duda le había leído el pensamiento.

—Fue Josef quien recordó que necesitarías más sangre que la mía. Lo único en lo que yo podía pensar era en eliminar el dolor e intentar sanarte. —Sus pestañas descendieron y ocultaron la vergüenza y culpabilidad que había en sus ojos—. Aunque debería haber pensado en ello. Lo siento.

Dimitri le tomó el mentón entre el índice y el pulgar, y le alzó la cabeza hasta que sus pestañas se levantaron y cruzó la mirada con él.

—Tenemos a dos buenos amigos en Josef y Paul. Estoy seguro que, entre los tres, os habéis ocupado de todos los detalles de mi rescate y huida. Gracias por venir a buscarme. Eres muy valiente, Skyler. Yo intentaba protegerte de lo que me estaba pasando…

Ella negó con la cabeza.

—Hiciste mal. No quiero que me ocultes nada, ya sea bueno o malo. Somos un equipo, somos socios. Somos compañeros eternos, y quiero serlo en todos los sentidos de la palabra.

Dimitri hizo un gesto con la barbilla en dirección al sendero, indicando que podían volver a ponerse en marcha. El guardia se había alejado del todo.

—Creo que has demostrado con creces tus habilidades para ser mi compañera eterna, Skyler. Estamos conectados, unidos, alma con alma.

Antes de que pudiera ponerse en pie, Dimitri la rodeó con el brazo y la sostuvo allí un largo momento. Ella sintió calidez y suavidad, su cuerpo encajaba en el de él, quemado y maltrecho, proporcionándole un bálsamo calmante.

Skyler frotó suavemente la mejilla contra su pecho quemado, con cuidado de que su gesto fuera leve como el roce de una pluma, pero él lo sintió por todo el cuerpo, un tacto como de gasa que llegaba hasta lo más profundo de su ser y hacía que se le disparara el corazón.

—Te quiero, Dimitri. Conseguiremos salir de aquí y empezar nuestra vida juntos.

Él le rozó la sien con un beso. Daría cualquier cosa para que Skyler estuviera en cualquier otra parte menos donde estaba en aquel momento. En algún lugar seguro. Dimitri asintió con la cabeza, Skyler se levantó y echó a andar por el estrecho y atractivo sendero entre las dos filas de densa maleza.

Él se incorporó con esfuerzo, horrorizado al ver lo débil que estaba. Al ser carpatiano siempre había sido fuerte, y como su sangre se había mezclado con sangre de licántropo a lo largo de los siglos, se había fortalecido aún más. Su cuerpo necesitaba curarse por dentro y por fuera. También necesitaba desesperadamente el sueño rejuvenecedor de su especie, en las profundidades de la tierra bajo el más rico de los suelos.

Skyler aceleró el paso a una leve carrera, de modo que él tuvo que alargar la zancada para seguirle el ritmo. A Dimitri le costaba mucho mantener los pies en la alfombra de hierba. Se concentró en no apartarse de aquella pequeña franja.

—*No quería que corrieras peligro, pero me doy cuenta de que eres una mujer que estará a mi lado pase lo que pase. No soy tan viejo, sívamet, como para no poder aprender.*

Pese a la gravedad de la situación, su cuerpo destrozado y su debilidad, Dimitri aún pudo reírse para sus adentros.

Skyler siempre se había visto atraída por sus modales delicados y su sentido del humor. Sabía que era un depredador y que cualquier carpatiano que hubiera combatido contra la tentación de la oscuridad durante siglos era un hombre fuerte y peligroso. Aun así, con ella, siempre había ternura y humor.

Casi no podía ni mirar su cuerpo quemado. Sabía que, de haber podido, Dimitri hubiera cambiado su apariencia, pero estaba demasiado débil. El daño que le habían hecho no hacía más que recordarle que había esperado demasiado. Le había preocupado demasiado hacer daño a los demás, mentir a sus padres, meterse en problemas. Todo eso parecía ahora muy trivial comparado con lo que él había sufrido.

—*No supe lo mucho que te quería hasta que estuve a punto de perderte* —reconoció Skyler—. *Siempre he sabido que no había nadie más para mí, que era tu compañera eterna, pero es mucho más, lo es todo, Dimitri.*

Ella lo había querido, pero casi como un enamoramiento de adolescente, un encaprichamiento que a veces parecía obsesivo. Se había apoyado en él, había contado con su fuerza y había sido egoísta sin ni siquiera darse cuenta. Sabía que a Dimitri le resultaba difícil esperar para reclamarla, pero en realidad ella no había considerado las consecuencias para su alma. Para su honor. Había sido una niña jugando a ser adulta.

—*¿Por qué insistes en ser tan dura contigo misma, Skyler? No te hubiera reclamado cuando tenías dieciséis años. Incluso en términos de años humanos, merecías tener tiempo para averiguar quién eras y qué querías.*

La respuesta de Dimitri a sus pensamientos hizo que lo amara más aún.

Se disparó un arma, cuatro tiros en rápida sucesión, un sonido fuerte en la quietud de la noche.

—*Nos han descubierto,* csecsemõ, *echa a correr. La manada vendrá a por nosotros. Son rápidos, más rápidos de lo que puedas llegar a concebir.*

En cuanto se oyeron los disparos, Skyler supo que la manada dirigía una señal a los guardias. Habían descubierto que el prisionero no estaba y andaban pisándole los talones. Skyler corrió a toda velocidad por la alfombra de hierba.

—*Intenta no salir del camino, Dimitri. La Madre Tierra ocultará nuestro olor. Podemos recorrer unos cuantos kilómetros más antes de que nos descubran. Tanto Paul como Josef van armados.*

—*No pueden esperar combatirlos. Tenemos que encontrar un lugar para que los tres me deis sangre. Si logro recuperar mis fuerzas casi por completo, tal vez podría rechazarlos hasta que recibamos ayuda.*

Skyler percibió la duda en su voz. Estaba gravemente herido, hambriento, débil. No imaginaba que fuera capaz de defenderse de toda una manada de licántropos en su estado actual, ni él tampoco.

—*Si nos alcanzan, no quiero que intentes combatirlos. Si no podemos escapar, Josef y tú debéis dejarnos. Paul y yo somos humanos. Lo más probable es que no nos hagan daño. Su estúpida plata no nos hará el daño que te ha hecho a ti. Si tú y Josef escapáis y recuperas las fuerzas por completo, podéis volver a buscarnos.*

—*No.*

Skyler suspiró. Fue una negativa rotunda. Dimitri rara vez utilizaba aquel tono con ella, pero cuando lo hacía significaba que hablaba en serio. Nadie osaba desobedecerle cuando hablaba así, ni siquiera ella. Él nunca le haría daño, pero utilizaría cualquier medio a su alcance para procurar su obediencia... y tenía bastantes opciones.

Skyler corrió siguiendo el camino, decidida a no dejarse atrapar, a poner tanta distancia como le fuera posible entre la manada y ellos. Si conseguían alcanzar su zona de seguridad en el claro, los licántropos no podrían tocarlos.

—*No podemos iniciar una guerra* —dijo Dimitri—. *Asegúrate de que Josef y Paul no disparen a menos que no tengamos otra alternativa.*

No le importaría matar a unos cuantos licántropos. Algunos de ellos eran innecesariamente crueles. Él tenía sus sospechas en cuanto a ellos y sus motivos. Pero había otros que se sentían obviamente incómodos por el hecho de que el consejo lo sentenciara a la *Moarta de argint*. Éstos lo habían evitado, habían desviado la mirada. Unos cuantos le llevaron agua y negaron con la cabeza, pero no hablaron. Zev fue el único que habló con él y lo animó. Parecía estar intentando seriamente ponerse en contacto con los miembros del consejo que estaban en los montes Cárpatos con Mikhail, el príncipe del pueblo carpatiano. Los teléfonos móviles no funcionaban muy bien allí donde estaban y no había podido hablar con ninguna de las personas con poder para revocar la sentencia de muerte.

Dimitri había oído en dos ocasiones que Gunnolf hablaba con un grupo de licántropos y se refería a él como a la mascota de Zev. Estaba minando deliberadamente la posición de Zev con los licántropos. Algunos parecían estar de acuerdo con él, pero había muchos que no y que se marcharon indignados.

Él no quería ser el motivo de una guerra entre carpatianos y licántropos, pero si era necesario proteger a Skyler, habría guerra.

Ella lo miró por encima del hombro. Tenía el rostro muy pálido.

—*Vamos a encontrarnos con Josef y los licántropos nos siguen la pista. Noto sus pisadas mientras corren hacia nosotros.*

—*Dile que se ponga en marcha. Que no espere.*

—*Necesitas sangre.*

El miedo se deslizó en su voz, aunque ella intentó ocultarlo.

—*Que corra con nosotros. Si tenemos la oportunidad, entonces que me dé sangre.*

Dimitri se sentía igual de calmado que antes de cualquier batalla. Se trataba de su vida y, aun débil como estaba, era un hombre peligroso en combate. Corría, no por sí mismo, sino por su compañera eterna. De haber estado solo podría haberlos eludido, haberse ocultado bajo tierra y haber esperado a recuperar las fuerzas. De todos modos, no dudaba que incluso en aquel momento, si atacaran, podría abatir a unos cuantos.

—*Josef.*

Envió la llamada por delante de ellos.

Fundido como estaba con ella, Dimitri oyó todas y cada una de sus palabras.

—*Se os acercan con rapidez* —les advirtió Josef.

—*No les dispares. Dimitri quiere que corras con nosotros para que, si es posible, aún puedas darle sangre.*

Hubo un dejo inquisitivo en su voz y Dimitri se dio cuenta de que su plan había sido que, si algo salía mal, Josef agarrara a Paul y se marcharan.

—*Si tenemos problemas,* csitri, *él aún podrá huir* —le aseguró Dimitri.

Josef salió de un árbol de un salto, aterrizó suavemente detrás de Dimitri y se puso a su paso.

—*Estamos juntos en esto por voluntad propia, Sky, no voy a irme a ninguna parte. Sólo debemos llegar al claro y estaremos fuera de peligro.*

Skyler corrió tan rápido como se atrevió y Dimitri, pese a toda su debilidad, mantuvo su ritmo sin problemas. Ella trató de no dejarse dominar por el pánico, consciente de que eso empeoraría las cosas, pero aún se encontraban a cierta distancia de su zona de seguridad. El suelo vibraba bajo sus pies por las pisadas de los licántropos. Eran increíblemente veloces y se acercaban a ellos como el rayo por distintas direcciones.

Ya había oído decir que eran rápidos, pero no había concebido semejante velocidad. Se habían desplegado en formación de caza. Estaban intentando rodearlos para situarse frente a ellos. Si conseguían hacerlo, tendrían que atravesar esa línea a la fuerza para poder entrar al lugar sagrado que esperaba para protegerles.

Ella se estaba cansando. No poseía la resistencia física que tenían los otros dos. Aun estando en tan malas condiciones, Dimitri no flaqueaba. Pero sus pulmones ya estaban gritando.

—*Paul está ahí delante* —anunció Josef—. *En aquellos árboles.*

—*Dile que baje* —le ordenó Dimitri—. *Necesito saber dónde está el claro exactamente, qué hay allí y a qué distancia se encuentra.*

Skyler le mostró la información en su memoria, pero estaba intentando comprender cómo supieron los licántropos la dirección que habían tomado. Corrían en silencio, la Madre Tierra se cercioraba de que no hubiera ningún olor que rastrear. Sus pisadas quedaban amortiguadas. Tenía que haber algo que se le escapaba.

—*Esperad. Esperad* —susurró Skyler—. *Tenemos que parar, sólo un momento. Mientras lo hacemos, Josef, dale sangre a Dimitri. No demasiada, tú tienes que conservar todas tus fuerzas.*

Dimitri le puso la mano en el hombro y la instó a seguir adelante cuando ella empezó a aminorar la marcha.

—*Todavía no, Skyler. No podemos dejar que nos cojan en el camino.*

—*Ésa es la cuestión, ya saben dónde estamos exactamente. ¿Cómo?*

—*Son licántropos. Cazadores.*

—*No debería haber ningún rastro que pudieran seguir, y aun así saben dónde nos encontramos* —insistió Skyler.

Se detuvo bruscamente y se volvió hacia Dimitri.

—Son unos licántropos listos, muy listos —comentó Josef en voz alta al tiempo que le tendía la muñeca a Dimitri—. Te la ofrezco libremente —añadió la formalidad. Intentó no mirar el cuerpo quemado de Dimitri, pero resultaba difícil apartar la mirada. Inspiró profundamente, soltó aire y volvió a concentrarse en el tema que los ocupaba—. Deben de haberle puesto un localizador al prisionero y lo han activado.

Dimitri aceptó la oferta, consciente de que tenían muy poco tiempo. Hincó los dientes y dejó que la rica sangre carpatiana fluyera en su cuerpo hambriento.

—Tenemos que encontrarlo, Josef. Puedes llevártelo en otra dirección y hacernos ganar tiempo. En cuanto se acerquen a ti, lo sueltas y alzas el vuelo. No dejes que te vean —le advirtió Skyler.

Mientras Dimitri bebía, Skyler registró su ropa hecha jirones y encontró un dispositivo minúsculo que le habían metido en el bolsillo de los pantalones.

Josef lo cogió con la mano que tenía libre.

—Bajaré a Paul del árbol y me pondré en marcha, a ver si puedo alejar la manada de vosotros.

Le guiñó un ojo, con una amplia sonrisa.

—Ten cuidado, Josef —lo exhortó—. No te hagas el héroe. Esto no es un juego.

Dimitri le cerró la herida de la muñeca, pero no se la soltó. Miró a Josef a los ojos, fríamente.

—No vas a correr ningún riesgo, ¿entendido? No eres prescindible, da igual lo que pienses. Eres nuestra familia y nos mantenemos unidos.

Josef tragó saliva con fuerza y asintió con la cabeza.

—Tendré cuidado.

—Vuelve con nosotros en cuanto puedas —dijo Dimitri—. Te necesitaremos.

Soltó a Josef de mala gana. El muchacho sí que se creía prescindible. Skyler aún no se había dado cuenta de ello, pero Dimitri lo vio en sus ojos.

—Voy a por Paul. Empezad a correr.

Josef se elevó por los aires antes de que ninguno de ellos pudiera decir nada más.

Skyler volvió a marcar el paso, un ritmo constante y veloz, con Dimitri pegado a sus talones. Intentó no pensar en qué había metido a sus amigos. Si no hubieran encontrado a Dimitri cuando lo habían hecho, ahora estaría muerto. Lo sabía con certeza, pero no quería sacrificar a Josef ni a Paul por su propia felicidad.

Josef dejó a Paul justo detrás de Dimitri en el camino estrecho que amortiguaba sus pasos. Sin decir ni una palabra más, se alejó en otra dirección, moviéndose con rapidez y llevándose el dispositivo de rastreo.

En un primer momento, Skyler estuvo segura de que el engaño no iba a funcionar. La manada parecía mantener su rumbo. Se le aceleró el corazón y notó que se le secaba la boca. No iba a poder llevar a Dimitri y a Paul a su refugio. Había elegido el prado por la riqueza del suelo. Nada había sido alterado durante siglos. La tierra era rica en minerales y agentes sanadores, todo lo que Dimitri necesitaría cuando se metiera bajo tierra.

Por lo general, harían falta semanas para curar sus terribles quemaduras, tanto internas como externas, pero no disponían de semanas. La Madre Tierra se encargaría de que su hijo estuviera en las mejores condiciones posibles para luchar, o para huir, si ella podía llevarlo hasta allí.

De repente, notó el cambio en la manada, notó que se alejaban de ellos, rodeándolos, siguiendo el dispositivo de rastreo que le habían colocado a Dimitri. Josef los estaba conduciendo lejos de allí. Se había desviado y se había acercado a la manada de licántropos más de lo que a ella le hubiese gustado, obviamente para asegurarse de llamar su atención, pero ahora estaba en plena huida, con lo cual les estaba dando la oportunidad de ganar tiempo y llegar a su objetivo.

—¿Sabes cuántos son? —preguntó Paul.

Dimitri se volvió a mirar al chico por encima del hombro. No, no era un chico. Paul se había convertido en un hombre. Era pariente de los hermanos De La Cruz, unos de los cazadores carpatianos más letales. Ellos juraron fidelidad al príncipe y Dimitri no tenía ninguna duda de que los cinco hermanos lo defenderían con sus vidas, pero respondían ante el mayor, Zacarías. Su reputación era bien merecida. Era un depredador peligroso al que no había afectado la civilización, un cazador renombrado por su habilidad y su persecución incesante. Ésos eran los mentores de Paul.

—Demasiados —le respondió.

—Así pues, básicamente, un ejército entero.

Había un leve tono de humor en la voz de Paul.

—Podría decirse así —coincidió Dimitri—. No sabía que eras telépata.

—Josef intercambió sangre conmigo. Hizo que pudiera hablar con Skyler y con él. Por lo demás, en realidad no lo soy —admitió Paul.

—Pero al fin y al cabo posees dotes psíquicas. —Dimitri hizo una afirmación. Puede que Paul hubiera intercambiado sangre con Josef para iniciar el proceso, pero se le daba demasiado bien la telepatía como para no poseer cierto talento natural—. Sabía que tú y tu hermana pequeña teníais un poco de jaguar, lo cual puede transmitir habilidades psíquicas, pero me dijeron que tú no las tenías.

—Ginny se parece mucho a Colby —dijo Paul, eludiendo el tema—. Ella tiene un don con los animales, no solamente con los caballos, sino con todos. Puede hablar con ellos. Al principio pensé simplemente que era una susurradora de caballos, pero es mucho más que eso. Puede comunicarse con los animales y ellos la entienden tanto como ella los entiende a ellos.

—¿Cuándo empezaste a notar sus habilidades?

Dimitri hacía todo lo posible para acaparar la atención de Paul y desviarla del hecho de que estaban corriendo por sus vidas, y para evitar que Skyler pensara demasiado en la seguridad de Josef.

Aun así, Dimitri estaba intrigado de verdad. Los dones aumentaban o aparecían cuando los niños humanos se hacían mayores. ¿Era por eso que Skyler se estaba volviendo tan poderosa? ¿Era por su edad? ¿O por la aceptación de quién era y el conocimiento de las habilidades que de hecho manejaba?

—Siempre tuvo mucha mano con los caballos —dijo Paul—, pero desde que estuvimos en Sudamérica la verdad es que ha mejorado. Este último año todos empezamos a percatarnos de sus habilidades.

De pronto Dimitri fue consciente del latido de otro corazón. Alcanzó a Skyler cuando ella se detuvo. Paul chocó con él y estuvo a punto de sacarlos a todos del camino. Le hizo señas a Paul para que se agachara y no se moviera. Le pasó el brazo por los hombros a Skyler.

—Sólo oigo latir un corazón por delante de nosotros —anunció—. Es probable que se trate de un centinela que se ha quedado atrás para advertir a la manada si se topaba con vuestro rastro. Saben que alguien tuvo que ayudarme.

Skyler soltó aire, apoyó la mano en el sendero y la hundió en el suelo para recabar más información.

—Sólo es uno el que tenemos delante. Casi se interpone directamente en nuestro camino. Aunque seamos sumamente sigilosos, no veo cómo vamos a poder pasar junto a él sin que nos detecte.

Dimitri sí podía, pero aunque ella encubriera su respiración y amortiguara sus pasos, el licántropo estaba en máxima alerta y notaría su presencia. Intentó pensar en un hechizo, cualquier cosa que desorientara al dichoso lobo.

Dimitri le subió los dedos a la nuca y le hizo un masaje para aliviarle la tensión.

—Dame un minuto. Volveré.

Skyler lo agarró de la mano y negó con la cabeza.

—No, en cuanto caiga, la manada lo sabrá. Se comunican mediante una especie de red psíquica. No es telepatía, pero cuando cazan de esta manera tienen algún tipo de habilidad para saber dónde está cada miembro de la manada. La formación es crucial para ellos. Dame un minuto para encontrar la forma de resolver esto.

—No disponemos de un minuto. Josef no puede seguir corriendo contra ellos durante mucho tiempo. En cuanto la manada lo alcance, va a tener que salir de allí deprisa. Aunque alce el vuelo, ellos saltan distancias impresionantes.

Skyler se mordió el labio con fuerza.

—¿Puedes darle una idea de lo alto que saltan? Josef corre riesgos. Sé que le dijiste que no lo hiciera, pero él siempre se está demostrando algo a sí mismo.

—*Aún no tiene el sentido de la propia valía* —comentó Dimitri—. *Puedo mandarle la información y advertirle de nuevo que lo necesitamos.*

Skyler se concentró en la tarea que tenía entre manos. La forma más segura de actuar era crear una distracción para alejar al guardia.

Invoco el corazón de un cazador,
Invoco el olor de la sangre,
Invoco el zorro que es artero,
Utilizad vuestra astucia para llevarlos por mal camino.

Esperaron, agachados en el sendero. Ahora Skyler oía el corazón del guardia a través de su conexión con Dimitri. Se quedó asombrada de lo agudizados que tenía los sentidos. Con las manos en el suelo, notó el movimiento del zorro que salía trotando a poca distancia del lobo, fuera de su vista, pero rozando el pelaje contra un arbusto espinoso.

El licántropo reaccionó al instante al ruido furtivo que hizo el zorro. Se movió con mucho más sigilo y se fue abriendo paso por la maleza.

—*Ahora, tenemos que irnos ahora* —dijo Skyler.

Adaptó la acción a las palabras, se puso de pie y echó a correr por la alfombra verde al tiempo que rezaba en silencio para que el guardia no regresara al mismo punto exacto, sino que eligiera otro lugar alejado de su camino.

—*Josef, escúchame* —dijo Dimitri—. *No puedes dejar que la manada se acerque demasiado a ti. Ya nos has dado ventaja. Ellos dan unos saltos enormes.* —Hizo todo lo que pudo para ponerle un ejemplo con imágenes y le mostró a los cazadores de élite en batalla—. *Te necesitamos con nosotros tan pronto como puedas volver.*

Josef sabía que los licántropos le estaban ganando terreno. Era un corredor veloz y, a decir verdad, no apoyaba los pies en el suelo, sino que más bien lo rozaba, porque no quería que los licántropos captaran su olor. El de Dimitri no habían podido seguirlo; de hecho, habían sabido dónde estaba por el dispositivo que le habían puesto.

Aun así, pese a la velocidad que llevaba, los tenía encima. Había llegado el momento de abandonar su subterfugio y salir de allí. Los había alejado varios kilómetros de Skyler, Paul y Dimitri, y ése había sido su objetivo. Tiró el minúsculo dispositivo de rastreo en la densa capa de vegetación que cubría el suelo del bosque y se impulsó hacia el cielo. Justo cuando lo hizo, un licántropo apareció de repente de entre la maleza, mitad hombre mitad lobo, y saltó a por él.

Unas garras se le clavaron en las piernas, unas terribles uñas curvas que hendieron y desgarraron la carne. El licántropo no quería soltarlo e intentó subir la zarpa por el cuerpo de Josef hacia su vientre. No podía transformarse con aquellas garras clavadas en él. El mero peso del licántropo lo empujaba hacia el suelo donde esperaban ansiosos otros miembros de la manada. Saltaban y gruñían. Uno de ellos lo apuntó con un arma.

Desesperado, Josef cambió de táctica. No podía transformar su cuerpo, pero sí sus manos. Levantó el brazo y lanzó el puño cerrado, que en aquel momento era de hierro macizo, contra la cabeza del licántropo. El crujido fue repulsivo. A Josef se le revolvió el estómago, pero el lobo se soltó y cayó encima de dos miembros de la manada.

Entonces cambió de dirección al tiempo que se transformaba, e hizo que su cuerpo fuera demasiado pequeño para que pudieran agarrarlo, el pájaro que extendió las alas y alzó el vuelo hacia la seguridad de las copas de los árboles. Fue dejando unas gotitas de sangre tras él, como un cometa. Rodeó la manada para alejarse y regresar con Skyler y Dimitri.

—*Ve por delante de nosotros, al claro* —le mandó Dimitri—. *Nosotros llegamos enseguida.*

—*La manada lo sabe* —les advirtió Josef—. *Ya se están desplegando y se dirigen hacia vosotros, intentan rodearos para situarse delante y detrás. Los veo desde lo alto. Son rápidos, Dimitri, demasiado rápidos.*

La manada conocía el bosque y estaban acostumbrados a correr a toda velocidad durante kilómetros sin que les costara respirar. Ahora estaban locos por alcanzar a Dimitri.

—*Puede que haya matado a uno de ellos* —confesó Josef—. *Lo siento. Están muy agitados.*

Dimitri abandonó todo fingimiento.

—Corre. Tan rápido como puedas. No mires atrás, limítate a dirigirte al prado. No sigas más el sendero, Skyler, toma la ruta más corta posible.

¿Qué importaba ocultar su olor? La manada sabía en qué dirección iban e intentarían cortarles el paso por todos los medios. No podían saber nada del refugio que Skyler había creado justo en mitad del claro, pero sabían que se estaban dirigiendo a un lugar concreto y estaban decididos a hacer que no lo consiguieran.

Skyler aceleró el paso y corrió con todas sus fuerzas. No podía ni imaginarse lo que un ejercicio como aquél le haría a Dimitri. Ella ya tenía un serio flato en el costado y le ardían los pulmones. Los árboles empezaron a ralear, con lo cual les proporcionaban menos protección.

Los lobos salieron saltando del bosque tras ellos... los guardias se quedaron atrás y se congregaron para intentar detener al grupo que huía.

Uno de ellos alzó un arma. Dimitri se situó justo detrás de Skyler y la protegió con su cuerpo más voluminoso. Ella, impertérrita, elevó su ruego una vez más.

Recurro a ti, Madre, escucha mi llamada,
Haz que lo que es plata detenga su pisada.
Haz salir la plata, bloquea su poder,
Usa lo que estaba oculto para proteger y detener.

Unas gotas de plata surgieron burbujeando de la tierra y empezaron a licuarse y a extenderse por el suelo formando un semicírculo alrededor de ellos. Dimitri echó un vistazo atrás y vio que la plata se diseminaba con mucha rapidez. Se le estremeció el cuerpo involuntariamente.

—*Los licántropos llevan botas. Esto no los detendrá.*

Los licántropos llevaban unos guantes finos para poder manejar las armas de plata necesarias cuando iban tras manadas de renegados y casi siempre iban calzados con botas para protegerse las piernas en el bosque espeso. La plata del suelo no sería un elemento disuasorio.

—*No los detendrá, pero los retrasará. Sólo necesitamos tiempo* —le aseguró Skyler.

La plata empezó a alzarse en columnas, de forma muy parecida a unos remolinos o tornados en miniatura que giraban rápidamente al tiempo que se levantaban y caían, siempre rodeando al grupo que huía.

En cuanto uno de los licántropos se acercó demasiado, las gotas minúsculas salieron disparadas de los torbellinos y salpicaron a los lobos que los perseguían. Se oyeron maldiciones, gruñidos y refunfuños, alguien les disparó y la bala atravesó silbando las gotas giratorias.

Dimitri dio media vuelta rápidamente como si fuera a atacarlos, pero Skyler lo agarró y le tiró del brazo.

—*No, no, no podemos correr el riesgo de iniciar una guerra, y menos si queremos tener alguna posibilidad de llegar al claro. Derramé mi sangre allí. El hechizo es poderoso. No podrán penetrar el escudo.*

Dimitri corrió, pero no le gustó. En dos ocasiones intentó quedarse atrás y proteger también a Paul, pero éste aminoró la marcha a su vez.

—*Cuida de Skyler* —le aconsejó Paul—. *Yo estaré bien. Si siguen disparándonos voy a devolverles el fuego, haya guerra o no haya guerra. Esto es un asco.*

Dimitri no pudo más que estar de acuerdo con él. No estaba acostumbrado a correr ni a estar tan débil. Se preparó para la batalla, consciente de que ni siquiera el ingenioso muro de remolinos de plata de Skyler iba a poder mantener a distancia a los licántropos durante mucho tiempo. En el preciso momento en que dicho pensamiento entró en su cabeza, los lobos se lanzaron hacia los árboles, dieron grandes saltos para agarrarse a las ramas y empezaron a avanzar rodeando los muros de plata que giraban.

Divisó espacios vacíos, como si a lo lejos los árboles estuvieran mucho más desperdigados.

—*Estamos cerca* —anunció Skyler—, *pero noto que la manada principal nos está alcanzando. Lo siento, Dimitri. Sé que soy yo la que os está retrasando a ambos.*

Él siempre había sabido que la manada los alcanzaría. Lo que le preocupaba era que el refugio que Skyler había creado no estuviera allí y quedaran atrapados en un lugar abierto y casi imposible de defender.

—*Aún tengo el cuerpo tembloroso*, csitri —repuso él—. *No estoy del todo seguro de que hubiera podido correr más si estuviera solo.*

Pero se daría la vuelta y acabaría con ellos uno a uno. Al diablo con lo de no ir a la guerra, no cuando iban a matar a su compañera eterna y a Paul.

—*Estoy contigo, hermano* —le dijo Paul.

—¿*He pensado eso en voz alta?* —preguntó Dimitri.

El hecho de hacerlo era un indicio de su debilidad.

Skyler le respondió.

—*Alto y claro. Yo también lo he oído. Hasta ahora había creído que eras un guerrero frío y pacífico estilo Zen.*

Dimitri vio que, a pesar del peligro que corrían, tanto Skyler como Paul encontraban gracioso su pequeño desliz y agradeció haber cometido el error. En aquellos momentos corrían a toda velocidad, sin preocuparse por el ardor de los pulmones ni los calambres de los músculos. Sabían que estaban corriendo para salvar la vida.

Paul soltó un resoplido muy poco elegante.

—*Oh, sí, frío y estilo Zen, así es Dimitri. Yo digo que se lo soltemos a esos imbéciles.*

Dimitri vio el claro delante de ellos. Skyler fue la primera alcanzar aquel espacio abierto a todo correr y se dirigió al centro del mismo. Josef esperaba con las manos en el aire, preparado para hacer lo que hiciera falta para protegerlos, pero sin tener una verdadera idea de cómo hacerlo.

Dimitri fue detrás de Skyler, procurando en todo momento que su cuerpo quedara entre ella y los licántropos. A su espalda oyó que Paul soltaba un gruñido y que su paso se alteraba. Echó un vistazo por encima del hombro pero Paul seguía corriendo, no tan rápido, pero había entrado en el claro.

Sonaron unos disparos. Dimitri olió sangre. Se dio media vuelta mientras Skyler patinó al intentar detenerse de pronto. Paul estaba tras ellos en el suelo, retorciéndose al borde mismo del prado. Cuando Dimitri empezaba a retroceder, él se puso de pie tambaleándose y le hizo señas para que siguiera adelante.

Entonces retomó el paso, cojeando en ocasiones, pero fue hacia ellos valientemente. Dimitri vio el escudo traslúcido y reluciente, que sin duda se combaba en el aire nocturno. Allí había algo esperándoles. Era renuente a moverse y que su cuerpo dejara de bloquear la línea de fuego entre los licántropos y su compañera eterna.

—*Métete dentro, Skyler. Ponte a salvo. Voy a buscar a Paul.*

Paul cayó de nuevo, con fuerza. Cualquiera se daría cuenta de que el chico tenía problemas. Tenía sangre en el hombro, sin duda un disparo se lo había atravesado limpiamente, y también le sangraba la pierna.

—*Iré a por él* —dijo Josef, y pasó corriendo junto a Skyler y Dimitri.

Resonó otra descarga y Josef cayó rodando al suelo. Skyler soltó un grito asustado y hubiera echado a correr dejando atrás a Dimitri, pero éste le bloqueó el paso.

—Iré a buscarlos. Tú entra dentro.

Dimitri utilizó su voz más firme, una orden.

Echó a correr hacia los dos chicos. Ambos cojeaban, Paul se incorporó lo suficiente para avanzar arrastrando el cuerpo y Josef rodó en el suelo, se levantó y corrió hacia Paul agachado y en zigzag.

—Es una trampa —chilló Skyler, que vio que la manada de licántropos salía del bosque de repente, todos ellos apuntando a Dimitri con sus armas—. Están utilizando a Josef y a Paul de cebo.

Dimitri ya había tenido la seguridad de que era eso precisamente lo que estaban haciendo los licántropos. De haber querido matar a los dos chicos, su puntería habría sido mucho más certera. Pasó corriendo junto a Josef, llegó hasta Paul y se inclinó para levantarlo.

Sonó una descarga de disparos, una gran cantidad de armas dispararon balas de plata directamente contra él. Dimitri oyó el grito de Skyler de puro miedo por él y de repente, de algún modo, apareció allí, se lanzó delante de él con los brazos completamente extendidos para proporcionarle toda la protección posible con su cuerpo. Incluso saltó en el aire para protegerle la cabeza.

El cuerpo de Skyler salió despedido contra él y, cuando la agarró, el ardor de la plata le dio en los brazos y las piernas. Se volvió y corrió a toda prisa para alcanzar la seguridad del escudo. Tras él, Josef tomó a Paul en brazos y corrió detrás suyo.

Los licántropos dispararon una y otra vez, con un ruido de trueno, una descarga tras otra. Dimitri atravesó el muro reluciente de un salto y notó el tirón en su cuerpo, un retorcimiento terrible y desorientador que estuvo a punto de hacerlo pedazos, casi como si su refugio lo hubiese rechazado. En cuanto estuvo dentro, aquella extraña sensación desapareció y dejó paso a la noción de que no sólo Skyler había recibido numerosos disparos, sino que él también.

Josef gritó al atravesar el escudo con Paul echado al hombro. Ambos tenían el cuerpo salpicado de manchas rojas.

Dimitri dejó en el suelo a su compañera eterna y le buscó el pulso con los dedos. Estaba sangrando por media docena de heridas, cualquiera de las cuales podía matarla. Al no hallar ni siquiera un débil latido, echó la cabeza hacia atrás y profirió un rugido de dolor y furia.

Capítulo 9

Mikhail Dubrinsky, príncipe del pueblo carpatiano, se hallaba sentado frente a los cuatro miembros del consejo de los licántropos que habían acudido a negociar una alianza con él. Habían traído consigo todo un regimiento de guardias para que los protegieran. No podía culparles por ello, él también había hecho venir a sus guerreros. Resultaba una combinación interesante.

A Gregori Daratrazanoff no le gustaba nada todo aquello, pero le habían asignado la protección personal de Mikhail y básicamente se había pegado a él. El tema principal que había sobre la mesa, y la gran manzana de la discordia entre las dos especies, era el asunto de la sangre mezclada. Los licántropos habían evitado a los carpatianos durante siglos para asegurarse de que dicha mezcla entre las dos especies no tuviera lugar.

Los licántropos se referían a cualquier mezcla entre licántropo y carpatiano como *Sange rau*, mala sangre. Creían que había que dar caza y matar a cualquiera que tuviera una mezcla así. Dado que no era algo que ocurriera muy a menudo, ninguno de sus cazadores era muy versado en matar a alguien con esa mezcla.

Mikhail había visto a los *Sange rau* en acción y entendía perfectamente el peligro, no solamente para los licántropos, sino para todas las especies. Eran casi imparables, a menos que tuvieras a otros con mezcla de sangre para castigarlos. Ésa era la clave en aquella reunión. Tenía que convencer al consejo de licántropos que existía una diferencia entre un cruce entre lobo y vampiro y un cruce entre licántropo y carpatiano. El lobo/vampiro asesinaba cualquier cosa o a cualquiera sin discriminación, a veces sólo por el placer de matar, tal como haría un vampiro. Al licántropo/carpatiano se le llamaba *Hän ku pesäk kaikak*: Guardián de todos. Los carpatianos habían dado ese nombre a los de sangre mezclada porque era cierto: luchaban por todas las especies contra los *Sange rau*.

Los cuatro miembros del consejo le caían bien. Todos eran muy distintos entre sí. Lyall hablaba con voz suave, escuchaba con atención y parecía sumamente inteligente. Randall era como un oso, peludo y corpulento, con voz retumbante y unas manos que te agarraban como unas tenazas; no obstante, era el más razonable. Sopesaba cuidadosamente lo que decía. Arno era el que tenía más sentido del humor, era más abierto y amigable que los demás, pero también era el más franco en cuanto al tema de los *Sange rau*. Rolf rara vez hablaba, pero cuando lo hacía, los demás licántropos callaban de inmediato y escuchaban todas sus palabras. Si había un solo alfa entre los miembros del consejo —y Mikhail estaba seguro de que lo había—, el líder era Rolf.

Francesca Daratrazanoff se acercó con elegancia a las mesas. Los licántropos se alimentaban con comida, y ella dispuso las viandas que les habían traído de la posada del lugar. Resultaba muy valiosa con sus maneras dulces y tranquilizadoras y, más de una vez, cuando se acaloraba el debate entre licántropos y carpatianos, ella elegía el momento oportuno para introducir algún comentario con su voz suave que los volvía a poner a todos bajo control.

Aun así, el nivel de tensión en la sala era sumamente elevado dado que los hermanos De La Cruz estaban presentes. Todos habían acudido a Rumanía con sus parejas eternas, aunque ninguna de las mujeres estaba en la reunión, cosa que no sorprendió a Mikhail en absoluto. Manolito De La Cruz y su pareja eterna, MaryAnn, serían considerados *Sange rau* por los licántropos puesto que tenían mezcla de sangre. Afortunadamente, los licántropos sólo podían detectar algo así durante la luna llena, de modo que no tenían ni idea, pero evitar que los muy letales hermanos quisieran levantarse de un salto y matar a los licántropos cada vez que éstos insistían en que había que liquidar a los *Sange rau*, definitivamente se estaba convirtiendo en un problema.

Lucian y Gabriel Daratrazanoff no decían mucho. Ninguno de los dos se unió a las discusiones, sino que permanecieron en segundo plano observando el desarrollo de las reuniones con interés. La hija de Gabriel, Skyler, era la compañera eterna de Dimitri, y los licántropos lo tenían prisionero. Los miembros del consejo habían asegurado a Mikhail que Dimitri estaba sano y salvo y que seguiría estándolo hasta que la cumbre entre las dos especies tomara una decisión.

Mikhail se frotó la nuca. Su pueblo nunca aceptaría la visión que tenían los licántropos de la sangre mezclada… y él tampoco. En realidad, todos los debates y discusiones acaloradas eran una pérdida de tiempo. Él nunca cambiaría su posición sobre el tema, ni accedería a condenar a muerte a hombres inocentes sólo por la remota posibilidad de que pudieran convertirse en criminales.

Mikhail se puso de pie y, con un rictus de sonrisa en el rostro, puso fin al debate que, una vez más, se estaba volviendo sumamente exaltado.

—Estoy seguro de que todos tenéis hambre y Francesca me está indicando por señas que vuestra comida ha llegado. Me ha dejado muy claro que debéis coméroslla mientras aún esté caliente ¿Levantamos la sesión y dejamos el tema por un rato?

—*¿Dejarlo por un rato?*

Miró hacia el otro lado de la habitación, a Gregori. Sus miradas se cruzaron. Por un breve momento, los ojos de Gregori mostraron una expresión divertida aun cuando él no había alterado el gesto.

—*Zacarías no ha dicho ni una palabra, pero esta noche las mujeres no están aquí. Marguarita, Colby, Juliette, Lara y MaryAnn, están todas escondidas en lugar seguro* —señaló Mikhail—. *Esta reunión va a deteriorarse rápidamente si no pensamos en alguna forma de hacer entender a los licántropos la diferencia entre un vampiro y un carpatiano. Manolito y Rafael son unos completos exaltados.*

—*¿Y eso te sorprende? Tendría que ocurrir algo realmente catastrófico para provocar que Zacarías tomara medidas de algún tipo sin tu permiso* —le aseguró Gregori.

Los licántropos miembros del consejo se levantaron y fueron dirigiéndose a las mesas. Sus guardias fueron detrás y se adaptaron a su paso, los flanquearon formando un sólido muro de hombres robustos. Mikhail era muy consciente de la rapidez con la que los licántropos se movían en batalla. Todos iban armados, igual que sus hombres.

Desde algún lugar, en la distancia, le llegó el grito de una mujer. Colby

De La Cruz, la compañera eterna de Rafael. Fue un sonido agudo y penetrante, un lamento de miedo y dolor. Nicolás De La Cruz se puso de pie de un salto y sus hermanos hicieron lo mismo. Al instante reinó el silencio en la habitación y los licántropos giraron sobre sus talones para enfrentarse a lo que parecía ser una amenaza muy letal.

Mikhail se interpuso entre las dos facciones, levantó la mano y se encaró a los hermanos. Francesca gritó, se tapó la cara con ambas manos y se hubiera caído al suelo si Gabriel no la hubiera agarrado por la cintura y la hubiera sujetado, presionándole la cara contra su hombro con unos ojos duros y fríos que miraban también a los licántropos con intenciones mortíferas.

No había forma de detener la oleada de conocimiento, de traición. Mikhail se volvió rápidamente hacia los miembros del consejo. El dolor que reinaba en la habitación era abrumador y pesaba sobre todos ellos.

—Son niños —acusó Francesca—. Mataste a nuestra niña. —Se puso a sollozar—. Está muerta, Gabriel. ¡Oh, Dios mío! ¿Cómo ha podido suceder? ¿Cómo han podido matarla?

—¿Venís a mi casa, os sentáis a mi mesa, y habéis estado cometiendo semejante traición desde el principio? —dijo Mikhail con voz muy queda, como un látigo que azotó con fuerza a los cuatro miembros del consejo.

Ellos se estremecieron al oír su tono y se miraron unos a otros. Los guardias licántropos agarraron las armas. Gregori agarró a Mikhail y prácticamente lo empujó para hacerlo retroceder. Lucian se situó a su lado para así presentar un sólido muro entre los licántropos y su príncipe.

Fue Rolf quien se abrió paso a empellones por entre sus guardias y se plantó desarmado frente a sus acusadores.

—No tengo ni idea de lo que está ocurriendo. Está claro que os habéis enterado de algún suceso trágico. Nosotros vinimos de buena fe. No hemos cometido ningún crimen contra vuestro pueblo y, desde luego, no matamos niños.

Mikhail se adelantó también a sus guardias, aunque los dos se pegaron a él, preparados, no tenía duda alguna, para matar a cualquiera de los presentes en la habitación si hacía algún movimiento hacia él. Apenas podía soportar la expresión de dolor que Gabriel tenía profundamente grabada en el rostro. El llanto de Francesca le rompía el corazón, pero el tono de Rolf tenía un dejo de sinceridad.

—Skyler, la hija de Gabriel y Francesca, es la compañera eterna de Dimitri —explicó.

—La oí —dijo Francesca, que alzó la cabeza del hombro de Gabriel.

Se echó hacia atrás la larga cabellera negra y dio un paso hacia Rolf, un paso muy agresivo.

Al igual que todos los carpatianos, ya fueran hombres o mujeres, Gabriela tenía un gran poder. Mikhail tal vez fuera capaz de mantener controlados a los hombres el tiempo suficiente para llegar a la verdad, pero una mujer que lloraba la pérdida de un hijo era una cosa totalmente distinta.

—Lo vi. Dimitri colgado de unos ganchos en un árbol, la plata abriéndose camino hacia su corazón. Nos mentisteis. Nos dijisteis que estaba a salvo, pero mientras estabais aquí sentados hechizándonos a todos, lo estabais matando, torturando, con lo que llamáis la muerte por plata —lo acusó Francesca.

La mujer dio otro paso hacia el licántropo. Gabriel le puso la mano en el brazo con suavidad pero ella se la sacudió de encima.

—Ella lo liberó y vuestro ejército le dio caza.

—Paul estaba con ella —terció Nicolás—. A él también le han disparado.

—Con plata —añadió Francesca—. Le llenaron el cuerpo de plata.

Rolf frunció el ceño y negó con la cabeza.

—No lo harían. Os digo que no se dictó ninguna sentencia en cuanto a Dimitri. Tenían que retenerlo sano y salvo.

Los demás miembros del consejo se miraron unos a otros con expresiones de desconcierto o alarma.

Francesca dio otro paso hacia Rolf.

—Tenía diecinueve años. Diecinueve.

Las puertas se abrieron de golpe y una pareja apareció en el umbral. A Mikhail se le cayó el alma a los pies. ¿Cómo iba a poder evitar una guerra entre licántropos y carpatianos? Razvan del clan de los Dragonseeker, padre biológico de Skyler, y su compañera eterna, Ivory, estaban allí codo con codo. Paul era un De La Cruz. Skyler era una Daratrazanoff y también una Dragonseeker. Si alguno de los dos sufría algún daño, los depredadores letales se lanzarían a una persecución incansable de los autores del crimen. Nada detendría a las familias.

—Nosotros no hicimos esto —repitió Rolf, esta vez mirando directamente a Francesca—. Te lo juro, te doy mi palabra de honor, nosotros no lo hicimos.

—No está muerta —chilló Josef—. No puede estar muerta. Ve a por ella, Dimitri. Tienes que ir a por ella. —Se acercó a Dimitri gateando con dificultad—. Es una cazadora de dragones. Es fuerte. Ve a por ella.

Paul avanzó a rastras para situarse al otro lado de Skyler y Dimitri, con una pierna inútil. Asintió con la cabeza.

—Luchará por su vida con la misma determinación con la que luchó por ti.

Skyler yacía inerte en brazos de su compañero eterno. Dimitri inspiró profundamente. Él también sangraba por varias heridas, la plata se enroscaba por su cuerpo y lo quemaba con una intensidad terrible, pero nada podía competir con el dolor y la rabia que prorrumpieron como una tormenta fuera de control. La locura estaba cerca... demasiado cerca. Sentía la oscuridad en su interior como un remolino cuyos bordes se volvían de un rojo encendido. Inspiró de nuevo, combatiendo las emociones que amenazaban con deshonrarlo.

—Si logro alcanzar su espíritu y acercarla, tú tendrás que convertirla, Josef. Yo no puedo hacer las dos cosas —ordenó Dimitri.

Su voz sonó ronca y quebrada, el miedo por Skyler lo ahogaba.

Se desprendió de su cuerpo con rapidez y se convirtió en puro espíritu, en una luz blanca que penetró en el cuerpo de Skyler y se apresuró a descender por el árbol de la vida en busca de su espíritu que se desvanecía. La conocía muy bien. Todas sus expresiones. El sonido de su risa. La forma en que sus ojos cambiaban de tonalidad y las franjas de color que aparecían en su pelo aunque se lo tiñera. Conocía su corazón y su alma. Ese espinazo de acero que la hacía tan formidable. Y sobre todo, conocía su amor.

—*No puedo perderte. Tu alma está unida a la mía. Somos uno solo, csitri. Allá adónde vayas, yo te seguiré. Quédate donde estás, aguanta y deja que venga a por ti.*

Dimitri la sintió allí en la oscuridad. No había luz que lo guiara, pero reconocería la sensación de Skyler en cualquier parte. Esa naturaleza suave y dulce, la que lo rodeaba y lo sujetaba a ella cuando todo lo demás estaba perdido. Ella había ido a buscarlo en su peor momento. Su dama. Su Skyler.

Su espíritu descendió por el tronco del árbol de la vida, pasó por las ramas superiores. En cuanto estuvo bajo ellas, ya no la sintió. Tuvo un momento de pánico que estuvo a punto de arrojarlo de vuelta a su cuerpo, pero recurrió a sus siglos de disciplina para tranquilizarse. Para buscarla en el frío y la oscuridad requería calma, no pánico, y se negaba a perderla cuando sabía que ella aún estaba allí, en alguna parte.

Entonces se alzó lentamente y esta vez dejó que emergiera el sentido del Guardián. En cuanto lo hizo, tomó conciencia de todo lo que había allí en la oscuridad. Almas gritando. Los que no tenían alma, agachados en la penumbra esperando a un viajero desprevenido que los conociera. El frío cortante que provenía de abajo, de lo más profundo, y que al surgir infundía hielo en todo lo que encontraba a su paso.

No obstante, por encima de él, a su izquierda, había una bolsa de calor entre dos ramas, casi como si algo hubiese quedado atrapado, o se hubiera aferrado allí. Dimitri se movió con rapidez, rodeó aquel calor con su luz, lo tomó cautivo y reconoció la sensación y la fuerza del amor incondicional de Skyler por él.

—Päläfertiilam. *Compañera eterna.* Hän ku vigyáz sívamet és sielamet: *guardiana de mi corazón y alma. Abandónate a mi cuidado. Deja que te abrace mientras Josef te lleva completamente a mi mundo. Para hacerlo, debes tener absoluta confianza en mí. Será necesario que posea tu cuerpo.*

Skyler estaba demasiado lejos. Aun con su ayuda no podría tomar la sangre de Josef. Dimitri ni siquiera estaba seguro de que pudiera llevarse a cabo la conversión. La posesión estaba prohibida, era una herramienta del mundo mágico del vampiro, pero no veía otra forma.

Ella no podía responder. Dimitri no veía ni una débil luz parpadeante, pero la calidez de Skyler aumentó hasta convertirse en verdadero calor. Él se lo tomó como un sí. Dividió su espíritu, una maniobra peligrosa cuando su propio cuerpo estaba ardiendo de dentro afuera. No le importaba nada aparte de salvar a su compañera eterna.

Volvió a introducirse en su cuerpo desorientado y tembloroso. Una parte de él se había quedado en el inframundo.

—Paul, ella es hija de la tierra. Nosotros no podemos curar esas heridas a tiempo, pero la Madre Tierra sí podría hacerlo. Coge tierra de la más rica y métela en cada uno de los agujeros de las balas. Josef, toma su sangre, la suficiente para un intercambio.

—Pero…

Josef y Paul cruzaron una mirada de incredulidad.

—Hazlo. Y luego dale tu sangre.

Dimitri no esperó a que accedieran a su plan. Tomó posesión del cuerpo sin vida de Skyler. Encajó en él con una sensación extraña, de que no estaba bien. Los ojos de la joven se abrieron de repente y miraron a Josef.

Josef se apartó de Skyler. Reconoció esos ojos azules y fríos como el hielo, y no eran los de Skyler. Si hacía lo que le había pedido Dimitri, ¿se alzaría ella como una marioneta? ¿Como los no muertos? Meneó la cabeza para quitarse esa idea. En Skyler no había oscuridad, ni siquiera con su poderosa sangre de mago. Él la conocía.

Se inclinó, clavó los dientes en el cuello de la joven y tomó la poderosa combinación de su linaje. Ya había tomado su sangre otras muchas veces cuando la necesidad de alimentarse lo había pillado desprevenido, lejos de otros, pero ahora era distinta. Más potente. Incluso sabía diferente. Se estaba alimentando de Skyler, de Dimitri o de una combinación de ambos.

Cuando tuvo la seguridad de haber tomado sangre suficiente para un intercambio, se hizo un corte en la muñeca y apretó la herida contra la boca de Skyler. Ella se movió con brusquedad, con rigidez incluso, como si tuviera muy poco dominio sobre su propio cuerpo. Deslizó la lengua por la herida con vacilación y luego empezó a beber con un leve movimiento, casi imperceptible, que fue adquiriendo más fuerza.

Josef, espantado, le dio toda la sangre que se atrevió a darle sin entender qué estaba haciendo Dimitri. Sabía que los sanadores podían recuperar espíritus que no se habían adentrado demasiado en el otro mundo, pero nunca había visto hacer aquello. La conversión resultaba muy dura para el cuerpo. Una especie no permitía fácilmente que otra prevaleciera. Pero ¿una posesión? Estaba prohibida semejante abominación. No se tomaba el control del cuerpo de otro.

En esta etapa, Skyler todavía era humana. Presionar las heridas con tierra, por muy rica que ésta fuera, no iba a curarla, de ninguna manera. Aun así, Paul hizo lo que Dimitri había ordenado y Josef también. ¿Qué otra cosa podían hacer?

En torno a ellos, los licántropos se habían vuelto locos, desesperados por atravesar el escudo transparente que Skyler había erigido. Intentaban desgarrarlo con las zarpas. Lo mordían, le disparaban balas e incluso arremetían contra él con espadas. El escudo aguantó. Los licántropos treparon a los árboles que rodeaban el claro y los más fuertes dieron unos saltos enormes para intentar llegar a lo alto del escudo. La mayoría de ellos cayeron al suelo, pero hubo dos que lo hicieron encima, golpeándose el cuerpo con fuerza contra el techo transparente. Otros cavaban en el suelo en un esfuerzo frenético y febril por excavar un túnel por debajo del escudo y conseguir entrar en él.

Razvan dirigió una mirada silenciosa a Gabriel y a Lucian, giró sobre sus talones, abandonó el umbral con brusquedad y se alejó con paso resuelto, absolutamente embargado por una furia que sólo se hacía patente en la postura de sus hombros. Nadie tenía la menor duda de que su intención era ir en busca de los que habían asesinado a su hija.

Ivory cruzó la puerta y caminó directamente hacia uno de los licántropos, sin temor. Tenía la espalda cubierta con tatuajes de lobos. Mientras avanzaba entre ellos, los lobos miraban a los licántropos con unos ojos que parecían tener vida. Nadie dijo ni una palabra. Nadie se movió, ni siquiera cuando salió por entre la manada de licántropos, se acercó a Rolf y lo miró fijamente.

—No miente —anunció—. Parece ser que ninguno de los miembros del consejo supremo eran conscientes de esta traición, pero no sé si todos los que los protegen eran ajenos a esta perfidia. Aquí huele a conspiración. ¿Quiénes son los culpables? No puedo decirlo.

Ivory se apartó de Rolf.

—Tú no me conoces, pero yo también soy lobo, no en el sentido de la sangre, pero he tenido mi propia manada durante siglos. Alguien quiere una guerra entre carpatianos y licántropos, te lo aseguro. No sé quién se beneficiaría de semejante conflicto, pero hay algunos de los vuestros que conspiran contra vosotros.

Rolf la miró con el ceño fruncido.

—Percibo la verdad en tu voz, pero no ha habido indicios de semejante traición. Resultaría difícil ocultárnosla.

Ivory indicó la habitación con un gesto de la mano.

—Quienquiera que esté detrás de esto, ahora tiene el arma perfecta a su alcance. Estos guerreros irán a buscar a sus hijos. Ninguno de ellos renunciará a eso. Ninguno se detendrá. Darán caza a todos y cada uno de los licántropos que participaron en el asesinato de sus hijos. Nadie estará a salvo. Nadie. Mikhail y tú debéis encontrar la forma de parar esto.

Dio media vuelta bruscamente y se marchó para ir con su compañero eterno.

—Rolf. —Uno de los guardias, un hombre llamado Lowell, se abrió paso a empujones—. Deberíamos sacaros a todos de aquí antes de que esto vaya a peor.

Otro guardia, Varg, asintió con la cabeza.

—No tenemos ninguna confirmación de que todo esto sea cierto. Podría ser una conspiración por su parte para matarnos a todos y sumir en el caos al mundo de los licántropos.

Varios de los guardias desenvainaron las espadas de modo que la luz dio en la plata y la hizo relucir como con impaciencia. Más de uno empezó a cambiar de su forma humana a la de licántropo, medio lobo, medio hombre.

Dos cazadores de élite, a los que Mikhail reconoció, se situaron en posición de defender a Rolf. Daciana y Makoce, dos miembros de élite de la manada de Zev, cruzaron una mirada inquieta. Ellos eran más conscientes que los demás del peligro en el que se encontraban todos los licántropos. Si la tensión entre las dos especies seguía aumentando, allí habría un baño de sangre.

Los hermanos De La Cruz se desplegaron de inmediato, un claro indicio de agresividad. Dubrinsky, el hermano de Mikhail, y varios carpatianos más, se colocaron en los espacios en torno a éste último. Las dos especies quedaron una frente a la otra, moviéndose con cautela para tener espacio para luchar al tiempo que se cuidaban mucho de no provocar un ataque.

Rolf no apartaba la mirada del rostro transido de dolor de Francesca.

—No lo sabíamos. Cuando oímos que habían hecho prisionero a un *Sange rau*...

—Dimitri no es *Sange rau* —reiteró Mikhail, que no hizo caso de la mano que Gregori levantó a modo de advertencia y que salió de la fila de feroces protectores que se habían colocado entre él y el peligro—. Él es *Hän ku pesäk kaikak*, Guardián de todos. Él salvó la vida de vuestros licántropos y ellos le correspondieron con la traición. ¿Acaso un *Sange rau* habría arriesgado su vida para salvar a dos de los vuestros?

Rolf negó con la cabeza.

—Casi nadie ha experimentado nunca la absoluta destrucción que causa una combinación como ésa. Prohibimos el contacto con los carpatianos para evitar que proliferara ese tipo de mezcla de sangre.

—Si sabes que no es posible que Dimitri sea *Sange rau*, un renegado mezcla de lobo y vampiro, ¿por qué tuviste que hacerlo prisionero? —preguntó Mikhail.

Pese al tono de voz bajo y frío de los dos líderes, la tensión continuó aumentando. Mikhail contuvo a Zacarías con una mirada penetrante. Éste era el líder entre sus hermanos, un depredador salvaje y feroz que seguía siendo indómito e incivilizado a pesar de haber encontrado a su pareja eterna. Era el hombre más letal de los que había en la habitación, y el más impredecible, un salto a los viejos tiempos en que los carpatianos cazaban sin temor a ser descubiertos.

Sabía que Zacarías dictaba sus propias leyes. Había pasado demasiado tiempo en los bosques, era un antiguo cazador solitario que estaba lejos de casa, continuamente desgarrado por la oscuridad y que, sin embargo, no había dejado de ser un hombre honorable.

—*No vamos a ser nosotros los que empecemos la guerra, Zacarías. Mantén controlados a tus hermanos, sobre todo a Rafael, mientras soluciono esto.*

Rafael era el compañero eterno de Colby, la hermana de Paul. Quería al chico y sin duda estaba furioso por el hecho de que los licántropos hubieran osado atacarlo.

—Todavía no hemos interrogado a Dimitri —dijo Rolf—. Ninguno de nosotros lo ha visto. Dimos instrucciones para que se le tratara con respeto y cuidado mientras estábamos fuera. Con una llamada a Zev Hunter tendré una idea mucho más clara de lo que está pasando.

—Zev es un buen hombre —afirmó Mikhail—. Un hombre en el que hemos confiado. Él no participó en la captura de Dimitri y se marchó poco después para seguir el rastro de los que lo habían apresado.

Rolf negó con la cabeza.

—Zev es el líder del equipo de élite. Ellos no habrían actuado sin la autorización de Zev. Eso sería… —Frunció el ceño y fue pasando la mirada de Daciana a Makoce, dos de los cuatro miembros de la manada de cazadores de élite de Zev que estaban allí para protegerlos—. Traición.

Tanto Daciana como Makoce asintieron con la cabeza.

—Estábamos aquí con los carpatianos, luchando contra la manada de lobos renegados —explicó Daciana—. Zev estaba con nosotros. El *Sange rau* proyectó una imagen, una ilusión de sí mismo, y todos creímos que suponía una amenaza inminente contra el príncipe. Mientras estábamos aquí luchando, dos miembros de nuestro equipo, Gunnolf y Convel, se escabulleron y de algún modo ocurrió este incidente con Dimitri.

—¿Y cómo es que dos de vuestros cazadores de élite que luchan con nosotros nos traicionan, secuestran nada menos que al hombre que les salvó la vida, lo torturan y matan a nuestros hijos? —preguntó Francesca.

Rolf volvió la mirada hacia los guerreros de postura afectada y negó con la cabeza.

—No tengo respuesta para ti. Sólo puedo reiterar que no vinimos aquí para empezar una guerra. Vinimos en son de paz para establecer una alianza con vosotros. Una alianza entre nosotros no tan sólo beneficiaría a vuestra especie, sino también a la nuestra y a los humanos. Permitidme que salga para llamar a Zev. Llegaré al fondo de este asunto.

—¿Por qué necesitas para nada el permiso de los que albergan al *Sange rau*? —preguntó Lowell, el guardia que había insistido en que no había ninguna prueba del ataque contra los chicos. Alzó la voz, con un agresivo desdén que añadió leña al fuego—. Mírales, viviendo en las montañas, escondiéndose del mundo. Creen que tienen poder para darnos órdenes, pero no son nada en absoluto. No los necesitamos. Ningún licántropo mataría a un niño. —Fue mirando a sus compañeros guardias—. Se han inventado esta historia para tener un motivo para matarnos.

Un murmullo de asentimiento estuvo a punto de hacer entrar en acción a Rafael. Hizo un movimiento, alzó las manos, pero Zacarías le lanzó una mirada con expresión inmutable y eso lo calmó.

—Lowell —dijo Rolf, afirmando la voz—. Vas a guardar silencio.

—Mi deber es manteneros a salvo, a ti y a todos los miembros del consejo —insistió Lowell—. Tengo un trabajo que hacer y, aunque respeto tu autoridad, en este caso creo que es importante salvarte de ti mismo.

La mayor parte de los guardias parecían estar de acuerdo, pues asintieron con la cabeza o simplemente desenvainaron más armas.

—*Mikhail, debes marcharte ahora mismo* —insistió Gregori—. *Esto se nos está yendo de las manos. Lowell está volviendo contra nosotros a los demás licántropos deliberadamente. Quiere empezar una pelea. Tu seguridad es demasiado importante como para que te arriesgues.*

—Quizá sea así —coincidió Mikhail—, *pero en cuanto abandone la habitación se iniciará una pelea. Aún no quiero darme por vencido. Rolf es un hombre honorable. No solamente lo intuyo yo, sino que Ivory confirmó mi sensación, y ya sabes que ella es extraordinaria.*

Gabriel se situó junto a Francesca. Lucian, su gemelo, se metió entre las filas de los hermanos De La Cruz para sumarse a su hermano en la protección de Francesca.

—Vas a deponer esta actitud, Lowell —le ordenó Rolf—. Todos vosotros. No vamos a llevar esto más allá sin conocer todos los hechos. —Volvió a centrar su atención en Francesca—. Lamento mucho tu pérdida. No puedo ni imaginar cómo debes de sentirte, pero te prometo que obtendré respuestas.

Francesca lo miró a los ojos durante lo que pareció una eternidad hasta que al cabo asintió con la cabeza y se dio la vuelta para ocultar su rostro transido de dolor contra el hombro de Gabriel. Cuando éste se dio la vuelta para alejarse de los licántropos, con el brazo en torno a su compañera eterna, Lowell alzó la espada y arremetió con un golpe súbito y fluido contra los dos carpatianos.

Lucian fue más rápido. El legendario carpatiano respondió a la espada con otra y desvió el golpe de modo que Gabriel y Francesca salieron ilesos. El sonido del choque del metal prendió la habitación.

Josef se sentó sobre los talones intentando no sollozar. No tenía ni idea de cómo Dimitri pensaba salvar a Skyler, pero en el cuerpo de la joven no había vida de verdad. Yacía como si estuviera muerta, con los ojos abiertos y la mirada fija, aunque no eran sus ojos. No era su espíritu. Paul había metido tierra rica en cada uno de los agujeros de entrada de las balas para intentar parar la hemorragia. Las balas eran de plata, diseñadas para matar a un lobo renegado o a los *Sange rau*. Josef tenía unas ganas locas de extraer la plata del cuerpo de Skyler. Incluso eso le parecía una abominación.

Miró el rostro acongojado de Paul y a continuación bajó la mirada a su cuerpo.

—Te han disparado —anunció, como si fuera una novedad. Se dio cuenta de que estaba conmocionado. Por supuesto que sabía que habían disparado a Paul. A él también le habían disparado. Habían disparado a Dimitri y a Skyler. Los licántropos iban muy en serio. Miró a su alrededor, sintiéndose aturdido y un poco mareado—. Nos han rodeado.

—Sí, ya me he dado cuenta —repuso Paul—. Creo que tienen intención de traer una bomba atómica. —Tomó la mano inerte de Skyler y se estiró a su lado—. Métete bajo tierra, Josef. Puedes sanarte en el suelo. Skyler querría que lo hicieras.

—No voy a meterme bajo tierra hasta que me ocupe de tus heridas lo mejor que pueda y vea si regresa Skyler.

Josef se atragantó varias veces y carraspeó repetidamente, decidido a no venirse abajo y echarse a llorar. Quería que Paul creyera que todavía existía una posibilidad de salvar a Skyler. Él no pensó ni por un momento que ella pudiera regresar de entre los muertos y, a juzgar por las descabelladas decisiones de Dimitri, temía que el carpatiano se transformara de Guardián en *Sange rau* y entonces todo el mundo tendría problemas. La idea lo aterrorizaba. Él no podría derrotar a Dimitri en combate, ni siquiera a un Dimitri débil, hambriento y torturado, pero no podía dejar que Paul se enfrentara a él solo… ni que se enfrentara solo a la muerte de Skyler.

El cuerpo de la joven dio una sacudida tan inesperada que a los dos hombres les dio un vuelco el corazón. Josef le cogió la mano. Estaba fría como el hielo, tan helada que le provocó un escalofrío. Estuviera donde estuviera Skyler, no habitaba el cuerpo que estaba tendido entre ellos.

—*Ocúpate de las heridas de Paul.*

La voz de Dimitri en su cabeza lo sobresaltó casi tanto como la torpe sacudida de Skyler. Sonó lejana y tensa, como si lo que estuviera haciendo, fuera lo que fuera, le costara muchísimo.

—*¿Qué estás haciendo?* —preguntó Josef—. *Dimitri, poseer el cuerpo de Skyler no la traerá de vuelta.*

—*He encontrado su espíritu. Aún está caliente. Si su cuerpo humano se somete a la conversión, tengo una posibilidad de volver a introducir su espíritu en él. Ella ha consentido, me ha dado su absoluta confianza.*

A Josef se le atoró el aire en los pulmones. Dimitri iba a someterse a la conversión con el cuerpo de Skyler. Estaba herido. La plata le quemaba el cuerpo. Ya estaba débil y hambriento, las posibilidades de que muriera junto con ella eran enormes.

—*No puedes estar en dos lugares a la vez, manteniendo a Skyler unida a este mundo y sometiéndote a la conversión* —le advirtió Josef. Inspiró profundamente, aterrorizado, pero dispuesto—. *¿Hay alguna forma en que pueda ocupar tu lugar ya sea en el cuerpo de Skyler* —lo cual le daba repelús sólo con pensarlo— *o sujetando su espíritu a este mundo?*

El cuerpo de Skyler dio otra sacudida. Los ojos se le volvieron locos, eran de un azul glaciar, pero por debajo se arremolinaban otros colores, un hermoso gris paloma que Josef reconoció. Los ojos de Skyler, cuando estaba completamente calmada y relajada, a menudo se volvían de ese asombroso tono de gris. Cuando estaba contenta, su llamativo color azul brillaba a través. Ahora parecía haber una mezcla y, por primera vez, tuvo la esperanza de que Skyler no hubiera dejado del todo de su mundo.

—Resiste, Skyler —susurró—. No tengo a nadie salvo a ti y a Paul. Lucha por volver. Eres fuerte.

—*Gracias, Josef, por tu oferta* —respondió Dimitri. Ésta vez su voz tenía un dejo de dolor—. *Siempre has sido el hermano al que ella ha querido. Tú y Paul. Se alegra de que estés aquí con ella, de que estéis los dos. Le diste más coraje para llevar esto a cabo. No puedes ocupar mi lugar. Ella está demasiado lejos de nosotros y la retengo mediante nuestra conexión más que otra cosa. Tú no puedes someterte a la conversión con ella.*

A Dimitri se le tensó la voz. Se volvió ronca y áspera. Josef vio unas ondas bajo la piel de Skyler, como si su cuerpo hubiera cobrado vida, sólo que sus ojos no mostraban indicios de ella. Tenía el cuerpo frío como el hielo y un tono de piel casi grisáceo.

—*Cuento contigo para que te ocupes de Paul y para que luego nos abras el suelo. Busca una forma de que Paul esté tan cómodo y a salvo como sea posible. Fen y los demás se están acercando, pero ellos también necesitarán meterse bajo tierra. Le he hablado de esto...*

Dimitri se interrumpió de pronto.

Josef sintió una cegadora punzada de dolor. El cuerpo de Skyler se convulsionó.

Paul soltó un grito ahogado, rodó volviéndose hacia ella y le puso la mano en el pecho.

—¿Qué deberíamos hacer? Tenemos que hacer algo.

Josef negó con la cabeza.

—No podemos hacer nada. Se está sometiendo a la conversión, sus órganos se están remodelando. Para que la conversión surta efecto, su cuerpo humano tiene que morir en cierto sentido. Las toxinas saldrán de su cuerpo y volverá a formarse como carpatiana. Es un proceso difícil.

Rodeó a Skyler y se arrodilló al lado de Paul.

—La herida que tienes en la pierna parece ser la peor. Estás sangrando mucho.

—A mí no me pongas tierra en la herida —dijo Paul—. No soy carpatiano ni estoy a punto de serlo y acabaría con gangrena o algo igualmente horrible.

Su mirada seguía desviándose hacia el cuerpo de Skyler, aunque él trataba por todos los medios de no mirar lo que le estaba ocurriendo.

Josef quería distraerlo, consciente de que lo peor aún estaba por venir. No quería decirle a Paul que era Dimitri que poseía tanto a Skyler como a su cuerpo porque, incluso en su mundo, eso era raro… y no estaba bien.

—Un poco de tierra nunca hizo daño a nadie. Estate quieto un momento. No puedes moverte ni distraerme, aunque Skyler empiece a convulsionarse. Tienes que estar preparado para cualquier cosa, Paul. Cuento con que no te moverás mientras intento curarte desde el interior.

Josef se despojó de su cuerpo y entro en el de Paul. Le había encomendado a Paul la tarea de concentrarse en él a propósito, en lugar de que estuviera pendiente de lo que le ocurría a Skyler. Ella estaba completamente en manos de Dimitri. Josef nunca había oído que nadie intentara lo que él estaba tratando de hacer. Por mucho que quisiera que saliera bien, temía que no pudieran recuperar a Skyler y que Dimitri se viera empujado a cruzar el límite de la locura. Estaba muy contento de que Fen se estuviera acercando, y elevó una plegaria silenciosa para que el hermano mayor de Dimitri, que también era Guardián, llegara a tiempo para destruirlo si éste se convertía en *Sange rau*.

Dimitri era perfectamente consciente de lo que pensaba Josef. Él temía exactamente lo mismo. Estaba débil y, en aquellos momentos, sólo podía concentrarse en salvar a Skyler. En cuanto hubo tomado posesión de su cuerpo, tuvo la certeza de que una chispa de luz, muy débil, pero que aun así allí estaba, había aparecido en aquella masa cálida que tenía sujeta en aquel otro mundo.

La sentía, pues ahora su conexión trascendía el espacio y el tiempo. En aquel otro mundo te podías perder fácilmente. Durante los peores momentos de la conversión, podría ser que Skyler quisiera perderse. Dimitri tenía miedo de que intentara alejarse de él en cuanto la dominara el dolor. Hizo todo lo que pudo para advertírselo.

—*Siénteme, sívamet. Siénteme sosteniéndote cerca de mí. Esto va a causar un dolor que no puedes ni imaginar. El fuego te quemará el cuerpo, te lo limpiará y lo preparará para la conversión completa. Yo estaré contigo a cada paso del camino.*

Dimitri percibió la más leve de las respuestas. Calor en su mente. El corazón le dio un vuelco en el pecho. Tartamudeó de alegría. Skyler estaba allí, aferrándose a la vida, contando con él, confiando en él.

—*Los licántropos me hicieron pasar por los mismísimos fuegos del infierno, pero ahora estoy agradecido. Puedo ser nuestro guía durante el proceso. Sentiste el ardor de la plata retorciéndose por mi cuerpo. Fuiste capaz de soportar aquel tormento. Podemos hacer esto juntos.*

No tenía ni idea de hasta qué punto era mala una conversión, pero aun en su estado de debilidad, sabía con absoluta certeza que podía enfrentarse a cualquier cosa, aguantar lo peor y conservar el honor… por ella.

—*Quédate conmigo. Quédate, Skyler. Sé que estás agotada y que sufres dolor, pero te estoy pidiendo que te quedes por mí.* —Ella le había dicho unas palabras similares cuando él había estado herido de muerte, destripado por los lobos renegados a los que había combatido. Skyler había acudido a él, salvando una distancia imposible, y lo había ayudado a sanar—. *Quédate,* csitri, *no puedo soportar estar sin ti. Estamos tan cerca de tener nuestra vida juntos.*

De nuevo, hubo esa leve propagación de calor. Esta vez Dimitri tuvo la seguridad de ver aquella lucecita en medio de la calidez. Skyler tenía un espíritu indomable. No lo abandonaría. Había luchado por él, se había atrevido a adentrarse en territorio de licántropos para rescatarlo. No lo dejaría ahora. Tenía que creerlo.

El dolor surgió en forma de oleada brusca y terrible, les quemó las entrañas a ambos, les rastrilló y desgarró el estómago. Dimitri volvió la cabeza de Skyler justo a tiempo mientras su estómago humano se revelaba y vaciaba su contenido una y otra vez, una acción lamentable que no pudo evitar. Algo más poderoso que él los consumía. Los azotó una oleada tras otra, prolongándose durante largos minutos que podían haber sido horas. Perdió la noción del tiempo.

El dolor se desvaneció repentinamente y jadearon juntos, intentando llenar los pulmones de aire con desesperación. Dimitri se sentía mareado y débil. No podía dejar solo al espíritu de Skyler en el otro mundo. No conseguiría regresar a él. La posesión de su cuerpo requería una enorme cantidad de energía. Todavía estaba sangrando por múltiples heridas y la plata le quemaba el cuerpo, pero no se atrevía a tomarse tiempo para intentar expulsarla. Otra oleada de fuego fue adquiriendo intensidad en el cuerpo de Skyler, la levantó y volvió a dejarla en el suelo de golpe.

La fuerza e intensidad de la convulsión dejó el cuerpo de Dimitri sin aliento. Los ojos, que ahora eran de ambos, se abrieron desmesuradamente con expresión de espanto. Dimitri había sufrido días y noches interminables cuando la plata ardía y se retorcía de forma implacable por su interior, pero aquel dolor era distinto, era como una larga ola que rugía dentro de los dos y que crecía con tanta fuerza que era prácticamente imposible subir a ella o rebasarla.

Entonces forzó el cuerpo de Skyler a que se relajara, recurriendo a siglos de disciplina. No había forma de bloquear el dolor, ni manera de evitar las convulsiones, ni de impedir que su cuerpo se levantara, se pusiera rígido y volviera a estrellarse contra el suelo. Cuando pasó la oleada, Skyler vomitó una y otra vez, con unas terribles arcadas cuyo sonido parecía reverberar por todo el claro.

Pero tomó conciencia de dos cosas. El espíritu de Skyler, más que disminuir y retroceder frente al dolor, parecía hacerse un poco más brillante justo en el centro del calor que él había rodeado. La tierra se hundió en torno a ellos, arrastrándolos a la más profunda riqueza del suelo casi con cada oleada o convulsión. Ambas cosas le dieron la esperanza de que quizá pudiera hacerla volver del reino de los muertos.

Capítulo 10

Fenris Dalka maldijo en todos los idiomas que conocía mientras surcaba el cielo a toda velocidad, furioso por no haber sido capaz de seguir el rastro de su hermano. Él era *Hän ku pesäk kaikak*, Guardián de todos, y sin embargo no había podido mantener a salvo a su hermano. Dimitri le había salvado la vida en más de una ocasión, había luchado contra la manada de lobos renegados y los *Sange rau* con valentía, había salvado las vidas tanto de licántropos como de carpatianos, y no obstante lo habían traicionado, lo habían hecho prisionero y lo habían torturado.

—*Fen, estamos próximos a él y sigue vivo* —le susurró mentalmente Tatijana, su compañera eterna, para intentar calmarlo.

—*Han asesinado a Skyler. Dimitri la seguirá o elegirá el camino de la venganza. Si lo hiciera, lo perderíamos para siempre... y ella también lo perdería. Esto es culpa mía. Debería haber tenido más cuidado con él a lo largo de los siglos, con cuánta sangre le daba cuando estaba herido.*

Ya olía a los licántropos. El viento le trajo un penetrante olor a sangre, a guerra. Los licántropos estaban en formación de manada, rodeando a su presa, que muy probablemente era su hermano y los dos hombres que habían ayudado a Skyler a intentar rescatar a Dimitri.

No iba solo. A los cuatro guerreros carpatianos que habían salido con él para ir a buscar y rescatar a Dimitri los habían hecho volver repentinamente a los montes Cárpatos. Otros dos se habían unido a él, cosa que no lo había sorprendido. Byron Justicano y Vlad Belendrake, la única familia de Josef, habían acudido en cuanto se enteraron de que tenía problemas.

Ambos se encontraban mucho más cerca de la zona y en cuanto supieron el paradero exacto de éste, se habían puesto rápidamente en marcha para ir en su busca. La compañera eterna de Byron, Antonietta, era ciega y su hermana, Eleanor, compañera eterna de Vlad, no había estado en una batalla en toda su vida, de modo que ninguna de las dos había venido, aunque por lo visto ambas habían discutido porque querían hacerlo.

Fen no podía culparlas. Si Josef hubiera sido su sobrino, él también hubiera acudido corriendo a la lucha. Mientras cruzaban el cielo a gran velocidad, transmitió a los dos hombres todo lo que pudo sobre la forma en que luchaba una manada de licántropos, advirtiéndoles sobre su velocidad y habilidad para saltar, que preferían las armas y que se mantuvieran fuera de su alcance siempre que fuera posible.

—*Fen* —Tatijana trató de ser la voz de la razón—, *tenemos que ver qué está pasando en realidad antes de ir y empezar una guerra.*

—*Torturaron a mi hermano después de darnos su palabra de que estaría a salvo. Lo sentenciaron a muerte. Él me llamó cuando Skyler estaba tendida en sus brazos, sin aliento en el cuerpo, y me mostró todo lo que había tenido lugar.*

Fen había considerado a Zev Hunter un amigo. El cazador de élite licántropo le caía bien y lo respetaba. Habían luchado juntos y fueron heridos a la vez. Estaba enojado con los licántropos, pero por Zev sentía una furia peligrosa. Le importaba muy poco que hubiera sido el que encubriera a su hermano o incluso el que le había dado sangre cuando vio que Dimitri se moría lentamente de hambre. No lo había descolgado de esos horribles ganchos hechos de plata. Había permitido que lo torturaran.

Lo cierto era que, si Skyler, Josef y Paul no hubieran salido a rescatar a Dimitri por su cuenta, su hermano hubiese muerto. La plata hubiera encontrado el camino hasta su corazón. En su opinión, Skyler había estado magnífica, digna de ser la compañera eterna de Dimitri, por muy joven que fuera. Josef, pese a toda su reputación, se había ganado su respeto. Y el joven Paul, un humano, había sido valiente. Ninguno de ellos merecía el trato que les habían demostrado los licántropos.

El bosque se hizo menos denso y a través de esos árboles divisó el claro. No tenía ni idea de cuántos licántropos rodeaban el prado, pero parecían estar atacando un muro transparente por los cuatro costados, utilizando hachas. Las hojas meramente rebotaban de nuevo hacia ellos. Vio que los licántropos habían intentado abrirse paso cavando por debajo de aquella transparencia ondulante y que unos pocos la habían emprendido a hachazos contra la parte superior.

—*Skyler creó ese refugio en medio de territorio licántropo.* —La voz de Tatijana denotaba orgullo—. *Pese a todos sus esfuerzos, no han podido atravesarlo.*

Fen se tomó un tiempo para examinar el refugio transparente. Josef, con la ropa manchada de rojo en varios sitios, parecía estar intentado detener la hemorragia de las heridas de Paul. El cuerpo de Dimitri estaba tendido a su lado, aparentemente sin vida, pero sangraba por varias heridas. Y el de Skyler yacía junto a él, con una mano tendida hacia Paul.

Mientras estaba observando, el cuerpo de Skyler se convulsionó. El corazón le dio un vuelco.

—*¿Has visto eso, Tatijana?*

—*Se está sometiendo a la conversión.*

Su voz sonó emocionada.

—*¿Sientes su fuerza vital? Se había ido. No pude entrar en contacto con ella. Sentí la vibración a través de nuestra conexión con toda nuestra gente, con el propio príncipe. Estaba perdida para nosotros.* —Fen vio que el cuerpo de Skyler se levantaba y volvía a caer, y aun cuando estaba presenciándolo con sus propios ojos no podía creer lo que éstos veían—. *¿Cómo es posible?*

Tatijana era una Dragonseeker, del mismo linaje que Skyler. Buscó a través de su conexión, ansiosa por encontrar viva a la joven. Buscó y buscó, pero sólo encontró espacio frío, oscuridad vacía.

—*Está tan lejos que no puedo tocarla* —admitió de mala gana—. *Si estuviera muerta su cuerpo no estaría experimentando la conversión, Fen. No entiendo qué es lo que está pasando, pero Dimitri y Skyler tienen una conexión tan poderosa que quizás él fue capaz de encontrarla cuando nadie más podía.*

Fen sabía que no disponían de mucho tiempo antes de que los licántropos detectaran a los carpatianos. Sentirían la energía que se les acercaba, aunque no la de Fen. Él tenía mezcla de sangre, estaba condenado por ellos, pero no lo sabían. Lo único que sabían todos es que era licántropo, uno de ellos. No sabían que era el hermano de Dimitri, y eso le permitiría acercarse a Zev.

—*No. No, Fen. No puedes echar a perder tu vida, nuestras vidas, con la venganza. Aún no sabemos si Skyler está muerta...*

—*Tú no puedes sentirla y es de los tuyos. El príncipe no puede sentirla y él es el recipiente para todo nuestro pueblo. Si su fuerza vital hubiera desaparecido, él lo sabría.*

Al tiempo que discutía con ella, su mirada buscaba incansablemente a Zev en la manada de lobos frenéticos que intentaban echar abajo el refugio de Skyler para alcanzar a las cuatro personas del interior y terminar lo que habían empezado.

El cuerpo de Skyler había vuelto a calmarse. La tierra parecía hundirse en torno a Dimitri y Skyler de manera que estaban parcialmente enterrados. Vio que alguien había metido tierra de marga rica y negra en las heridas de la joven. Mientras miraba, Josef se apartó de Paul y fue arrastrándose hasta Dimitri.

Al ver la determinación del muchacho y su desinteresado acto de valentía, a Fen se le hinchió el corazón de orgullo. Puede que Josef fuera joven, pero era un guerrero carpatiano hasta la médula. Hubiera podido meterse bajo tierra para sanar sus heridas. Nadie le hubiera culpado. Era evidente que estaba gravemente herido, pero se había ocupado de su amigo y ahora iba a intentar ayudar a Dimitri.

Lo inundó el alivio. Dimitri no estaba muerto o si no Josef no se estaría molestando. Si Dimitri no se había metido bajo tierra en un esfuerzo por sanarse, es que debía de tener una buena razón, y la única buena razón sería intentar salvarle la vida a su compañera eterna.

Desde su posición, Fen no podía ver bien a su hermano, pero Josef trabajaba con diligencia. Vio el momento exacto en el que el muchacho abandonó su cuerpo y entró en el de Dimitri.

—*Es un experto en sanación* —comentó Tatijana—. *¿Tenías la menor idea de que podía hacer eso?* —preguntó Tatijana a Vlad, el padre adoptivo de Josef.

Vlad y Byron cruzaron una mirada. Vlad dijo que no con la cabeza.

—*Nos sorprende continuamente. El chico es... diferente. Sigue su propio camino. Lo que no me sorprende, sin embargo, es verlo con Skyler o con Paul. Están muy unidos.*

Fen hizo una seña a los demás para que se quedaran donde estaban mientras él dejaba que el viento lo acercara un poco más. Los licántropos no podían percibir su energía y no sabrían que estaba allí. Adoptó la forma de vapor y envió unas pequeñas lenguas que salieron flotando de los árboles hacia el claro. Se movió con ellas. Quería echar un buen vistazo a los ocupantes del refugio y hacer un recuento de los licántropos.

Enfrentarse a una manada de licántropos con tan sólo tres hombres era absurdo. Tendrían que acabar con ellos uno a uno. El dragón de Tatijana podía desatar un fuego infernal sobre ellos allí mismo en el claro, y Fen contempló si sería la mejor manera de actuar, sólo para hacerlos retroceder. Él y los demás podrían acceder al refugio y ayudar a los heridos.

Se encontraba justo sobre el campo de fuerza transparente. Por mucho que los licántropos arremetieran a hachazos contra el escudo, él no vio aparecer ni un solo rasguño. ¿Cómo podía ser tan fuerte para resistir semejante ataque, sobre todo cuando Skyler yacía moribunda… o muerta?

Descendió más y se obligó a tener paciencia, a dejar que el viento lo llevara de forma natural. Percibió el olor de Skyler. Sangre de cazador de dragones. Sangre de mago. La joven había utilizado su propia sangre para crear este refugio para los demás. Su esencia misma se hallaba entretejida con el hechizo. Olió incluso el aroma del rico y potente mantillo. Hija de la tierra.

Si él podía captar su olor, los licántropos también podrían. Sabrían que había sido Skyler la que tenía el poder suficiente para crear una fortaleza que no podían penetrar. Había sido ella la que había rescatado a Dimitri y había encontrado la forma de que huyeran todos, evitando a los licántropos hasta que casi habían llegado a un lugar seguro. No comprenderían la clase de poder que tenía y eso la haría sospechosa a sus ojos. La *Sange rau* era odiada y temida. Podría ser que Skyler se hubiera situado en la misma categoría que aquella abominación condenada.

Fen se permitió flotar hasta el techo para mirar a Dimitri y a Skyler. Estuvo a punto de parársele el corazón. A duras penas reconoció a su hermano. Dimitri siempre había sido sumamente atractivo, alto, de espalda ancha y musculosa. Tenía unos remolinos ennegrecidos de eslabones marcados a fuego en la carne de la frente y por todo el cuerpo. Estaba demacrado, con la piel grisácea entre las quemaduras circulares que cubrían su cuerpo. Su ropa, siempre elegante, estaba rasgada, hecha jirones. Unas manchas de un rojo intenso empapaban lo que le quedaba de camisa y pantalones, además del suelo por debajo de él.

Josef luchaba valientemente para contener la hemorragia, pero no había duda de que se estaba concentrando en expulsar el líquido de plata del cuerpo de su hermano a través de sus poros. Allí donde la plata había tocado la piel de Dimitri había marcas de quemaduras y ampollas.

Fen se sorprendió maldiciendo otra vez. Lo enfurecía que los licántropos hubieran torturado a Dimitri. La tortura era una barbaridad, y sin embargo se suponía que los lobos eran mucho más civilizados que los carpatianos. Se habían integrado en la sociedad humana y, pese a su longevidad e instintos depredadores, se habían vuelto unos expertos a la hora de ocultar sus identidades a otras especies.

—*Tú viviste entre los licántropos este último siglo e incluso en otras ocasiones con anterioridad* —dijo Tatijana—. *¿Esto te parece un comportamiento normal?*

Él llevaba demasiados años siendo cazador de vampiros, demasiados años existiendo en el vacío infinito y sin emociones como para no ser capaz de recurrir a la autodisciplina cuando lo necesitaba. El comentario de Tatijana le tocó la fibra sensible. Nunca había visto a los licántropos armados de aquella manera, ni a tantos. Parecían más una fuerza militar que una manada organizada.

Apartó la mirada del cuerpo quemado de su hermano y se puso a evaluar a los licántropos que rodeaban el refugio construido por Skyler. A primera vista daba la impresión de que todos y cada uno de los lobos intentaban echar abajo las paredes, pero tras estudiarlos un momento, se dio cuenta de que había tres facciones. La primera, y la que parecía más fuerte y numerosa, eran los resueltos y agresivos licántropos que utilizaban enérgicamente armas e instrumentos para llegar a los cuatro heridos del interior.

Reconoció a Gunnolf y a Convel al frente, instando a los otros a que se esforzaran más. Lanzó un gruñido silencioso hacia ellos. Dimitri prácticamente había arriesgado la vida para salvar la suya y ellos se lo habían pagado con la traición y la tortura. Si de él dependiera, no pasarían de aquella noche.

—*Tenemos que entrar para ayudarles* —le recordó Tatijana—. *Voy a transformarme en dragón. Vlad y Byron harán lo mismo. Podemos hacerlos retroceder de esta fortaleza que Skyler ha creado y entrar. Nuestra sangre podría muy bien ser lo que volviera las tornas.*

Fen no podía discutírselo. Definitivamente, Dimitri estaba en modo de inanición. No tenía ni idea de si Skyler estaba muerta o colgando de un hilo, pero su mezcla de sangre y la sangre antigua de Tatijana sin duda ayudarían.

—*Dame un minuto más. Tengo que averiguar qué está pasando.*

Algo no iba bien. La segunda facción parecía estar discutiendo con la primera, intentando detenerlos, separándose de las actividades frenéticas del primer grupo. Allí había un conflicto, una clara división entre los licántropos. Vio a Zev en el segundo grupo, visiblemente furioso, arrojando licántropos al suelo mientras se abría paso hacia Gunnolf y Convel.

El tercer grupo de licántropos parecía indeciso. Eran los menos numerosos y no querían unirse a ninguno de los dos bandos; estaban desconcertados en cuanto a lo que deberían hacer. ¿Dónde estaba el liderazgo decisivo siempre presente en una manada? Fen había frecuentado a los licántropos durante siglos y, en todo ese tiempo, el alfa siempre llevaba la batuta y solucionaba todas las diferencias, había una jerarquía clara. Sin embargo, esta enorme manada parecía fragmentada, dividida por un inmenso cisma.

Había empezado a regresar con los demás, preparado para llamar a los dragones y que achicharraran a los licántropos, cuando oyó un rugido que le provocó escalofríos por la espalda y que hizo que todos los licántropos se detuvieran en seco. Por debajo de él, Zev se precipitaba contra Gunnolf en su forma de licántropo, aceptando el desafío por el liderazgo.

Los licántropos luchaban por la supremacía sin armas. No se mataban unos a otros por norma. Ocurría en lo más reñido de la batalla, pero muy raras veces. Gunnolf se volvió rápidamente para hacer frente a Zev y se lanzó hacia adelante, pero no antes de que Fen viera la señal que le dirigió a Convel.

Los licántropos formaron un círculo en torno a los dos combatientes y abandonaron sus esfuerzos por penetrar en el refugio que protegía a los cuatro fugados.

Convel se fue moviendo poco a poco hasta situarse detrás de Zev, con la mano en la espada. Fen tomó una decisión. Se había enojado con Zev, seguro de que el licántropo los había traicionado a todos, pero estaba claro que Zev intentaba detener el ataque contra los heridos.

Fen tomó la decisión de confiar en él. Habían combatido juntos con anterioridad y no estaba dispuesto a dejar que lo mataran por la espalda. Por lo que ellos sabían, él era licántropo.

—*Si tenéis la oportunidad, si hay suficiente distracción, vosotros tres meteos dentro con sigilo y ayudad a los demás. Yo voy a quedarme fuera y haré lo que pueda para averiguar lo que está ocurriendo. Sigo creyendo que detrás de todo esto hay alguien tratando de iniciar una guerra entre los licántropos y los carpatianos.*

Quienquiera que fuera, si tal persona existía, estaba muy cerca de lograr su objetivo. Fen salió del bosque a grandes zancadas, avanzando con rapidez, un elegante movimiento de músculos y tendones, vestido con unos pantalones y un cinturón del que colgaban todo un despliegue de armas, unas botas con presillas interiores que sujetaban estacas de plata, así como dos cuchillos y su abrigo largo que ocultaba aún más armas. Llevaba una larga cabellera peinada hacia atrás con sobriedad, con la cara despejada y el pelo que le caía por detrás atado a la altura de la nuca con un cordón que lo envolvía en toda su longitud para evitar que se le enganchara en algún sitio mientras luchaba.

Llegó a situarse detrás de Convel en el preciso instante en el que el licántropo desenvainaba la espada y lanzaba un tajo contra la espalda desprotegida de Zev. Dio la impresión de que la espada de Fen surgía de la nada, paró el golpe y lo acompañó describiendo un semicírculo mientras llovían chispas en la noche. Al ver semejante traición, un grito ahogado colectivo recorrió las filas de licántropos. Incluso aquellos a los que Gunnolf dirigía parecían horrorizados.

Zev se quitó a Gunnolf de encima de un empujón, aprovechó su ventaja y saltó sobre el licántropo arrojándolo al suelo con una fuerza tan enorme que la tierra tembló. Entonces lanzó una mirada rápida a su espalda y vio a Fen y a Convel combatiendo con las espadas.

Tatijana, Vlad y Byron aprovecharon el momento en que todos los licántropos estaban ocupados observando a los cuatro combatientes. La energía centelleaba por todo el claro, casi tan brillante como las dos espadas que entrechocaban. El sonido de metal contra metal resonaba con fuerza en medio de la quietud.

Gunnolf rodó para liberarse y se puso de pie de un salto, respirando con dificultad. Se arrancó la camisa al tiempo que enseñaba la dentadura y avanzaba rodeando a Zev. En dos ocasiones se limpió la sangre del hocico y se la lamió de las manos que terminaban en zarpas.

—Desobedeciste al consejo —lo acusó Zev en voz lo bastante alta para que lo oyeran todos los licántropos—. Contraviniste directamente sus órdenes. Nos mentiste a todos y pusiste en peligro las vidas de los miembros del consejo además de las de todos los aquí presentes.

Gunnolf atacó abalanzándose hacia Zev. En el último momento sus zarpas volvieron a ser las manos de un hombre, cosa que le permitió sacarse una daga de plata del cinturón y propinar un tajo brutal que recorrió el brazo de Zev. La sangre salpicó al licántropo traidor. Zev soltó una ristra de maldiciones y retrocedió de un salto del hombre que lo había seguido durante muchos años, un hombre que había sido amigo suyo. Ningún licántropo desenvainaría un arma de plata contra otro, a menos que fuera renegado. Otro grito ahogado colectivo se alzó del círculo de licántropos.

Fen estaba muy ocupado evitando que Convel se abriera paso junto a él para arremeter contra Zev. Él era más rápido y más fuerte que el licántropo, pero no podía delatarse sin querer y que vieran que tenía mezcla de sangre. Tenía que tener cuidado de no hacer más de lo que se esperaba de él, luchar lo bastante bien como para que pareciera que estaban casi iguala dos.

—Se supone que tienes que matar a tu alfa, está claro —dijo Fen con voz afable pero fuerte. Quería que los demás licántropos fueran conscientes de la verdadera naturaleza de los dos contendientes—. Es evidente que Gunnolf y tú planeabais matar a Zev durante vuestro ataque a los heridos. ¿Cuál es el verdadero objetivo? ¿Deshaceros del hombre al que el consejo escucha de verdad?

Convel, que arremetió contra él con un fuerte golpe de espada, moviéndose con facilidad sobre el terreno desigual, era sin duda un experto espadachín. Tenía que serlo para considerarse un cazador de élite. Poseía confianza. Poseía experiencia y esperaba acabar con Fen rápidamente.

Gunnolf le dirigió una sonrisa burlona a Zev y volvió a lamerse las gotas de sangre atrapadas en el pelo del dorso de la mano y el brazo.

—Tu tiempo ha terminado.

—No tienes el cerebro necesario para organizar este complot tú solo —dijo Zev. Hizo caso omiso del ancho corte que tenía en el brazo, aunque la sangre manaba de la herida—. ¿Quién dio la orden para que Dimitri fuera sentenciado a la *Moarta de argint*?

—Dimitri —gruñó Gunnolf. Escupió en el suelo con repugnancia, moviéndose alrededor de Zev mientras buscaba la oportunidad de atacar—. ¿Te refieres al *Sange rau*? ¿Por qué lo defiendes? Me he fijado en que te has hecho muy amigo de los carpatianos. ¿Es posible que tengas mezcla de sangre y quieras salvar a los tuyos?

Se oyó otro grito ahogado colectivo y los licántropos que se encontraban más próximos a los dos combatientes retrocedieron, poniendo distancia entre ellos y un posible *Sange rau*.

Zev se encogió de hombros con la mirada fija en su oponente.

—Has traicionado a nuestro consejo, Gunnolf. Los has puesto en peligro. Has desobedecido casi todas las leyes que tenemos. Ni siquiera ahora juegas limpio, quieres arrebatarme el liderazgo y sin embargo no sigues las leyes de la manada. Llamarme por un nombre odiado y temido me parece una táctica desesperada. Si eso es lo único que te queda, depón las armas y deja que te lleve preso.

—Cuando se lucha contra un *Sange rau* no hay juego limpio que valga —replicó Gunnolf—. Los matamos, los exterminamos allí donde los encontramos.

Se abalanzó de nuevo sobre Zev, hizo una finta a la derecha y luego golpeó por la izquierda empuñando la daga. En esta ocasión Zev estaba preparado, esquivó la afilada hoja y agarró a Gunnolf por la muñeca con su apretón inquebrantable, se la dobló hacia atrás y lejos del cuerpo de Gunnolf de forma que el lobo cayó al suelo. Y aún agarrándole la muñeca, le quitó la daga y la tiró lejos.

Gunnolf rodó y lanzó un aullido cuando un audible chasquido indicó que tenía la muñeca rota. Apartó a Zev de una patada, lo suficiente para volver a ponerse en pie de un salto. Los dos cuerpos chocaron con estrépito.

Fen paró la espada de Convel, una y otra vez, pero no cedió ni un ápice de terreno, guardando la espalda de Zev del licántropo que estaba decidido a matar por detrás al líder de su manada. Las espadas se manejaban con rapidez y ferocidad. Convel intentó sacar a Fen de su posición, pero éste se defendió y fue aumentando mínimamente la fuerza de cada golpe, incrementando la velocidad tan hábilmente que al principio Convel no notó la diferencia.

Obviamente, Convel reconocía que Fen era tan hábil como él con la espada. Su expresión de pura confianza cambió a una de furia que luego pasó a ser de desesperación. Ahora estaba a la defensiva, haciendo frente a todos los golpes de la espada de Fen con frenesí. Sus movimientos eran sólo un poco demasiado lentos. Su juego de piernas empezó a resentirse a medida que, una y otra vez, el pesado metal le sacudía los brazos y creaba unas ondas expansivas que le recorrían todo el cuerpo.

Intentó retirarse, pero los golpes seguían cayendo sin descanso, con tanta fuerza, con tanta rapidez, que apenas podía seguirles el ritmo.

—Tira la espada —le aconsejó Fen—. Y enfréntate al consejo.

Convel no podía hacerlo aunque quisiera. Tenía el puño muy apretado, la adrenalina y el miedo le pegaban los dedos a la empuñadura. Fen hizo una finta hacia él y el licántropo sintió una oleada de triunfo, pues pensó que al fin había cometido un terrible error. Lanzó una fuerte estocada directa al cuerpo de su oponente, poniendo todo lo que tenía en el ataque, decidido a matarlo.

Pero Fen ya no estaba allí, se había deslizado hacia el otro lado y Convel no llegó a ver la espada que se le venía encima. La oyó, oyó el susurro revelador mientras ésta, que parecía viva, hendía el aire directamente hacia él. Percibió la energía, agresiva y mortífera, que se le venía encima. La hoja estaba tan afilada que en realidad no notó el corte que atravesó carne y hueso. Estaba muerto antes de caer al suelo y su espada resbaló entre los dedos sin vida.

—*Dimitri, uno de tus enemigos ya está muerto* —susurró Fen a su hermano mentalmente.

Aprovechó la oportunidad para echar un vistazo al refugio que Skyler había creado allí en el prado. Tatijana estaba dentro.

—*¿Están vivos?* —le preguntó a su compañera eterna.

Tatijana le apartó el pelo de la frente a Dimitri. Nunca había visto un cuerpo tan maltrecho y desgarrado, ni siquiera en las cuevas de hielo de la cámara de tortura de su padre. Las quemaduras eran profundas y atroces. Llevaría tiempo sanar las heridas, si es que eso era posible.

—*Está luchando por salvarla. Ocúpate de lo que ocurre ahí afuera y yo me encargaré de los heridos.*

No le comentó lo que sospechaba: que Dimitri había poseído el cuerpo de Skyler y se estaba sometiendo a la conversión con ella. La idea era desagradable y no estaba bien. Nadie debería poseer jamás el cuerpo de otro. Precisamente para ella, y para la propia Skyler, eso era un delito, una abominación.

El padre de Tatijana, Xavier, tenía la costumbre de poseer el cuerpo de su hijo, seducir a mujeres y dejarlas embarazadas. Quería sangre carpatiana para lograr la inmortalidad. Skyler había nacido de una de esas ultrajantes uniones. La posesión era tabú en cualquier especie. Se le revolvió el estómago, pero se obligó a superar su aversión y examinar el cuerpo de Skyler.

Había recibido varios disparos. Alguien había introducido rica tierra de marga en sus heridas, anticipándose a su conversión. Tatijana salió de su cuerpo para convertirse en puro espíritu sanador. Al entrar en el cuerpo de la joven se confirmaron sus peores miedos: no estaba sola; si acaso, había más Dimitri que Skyler.

La idea le resultó tan repugnante que volvió a encontrarse en su propio cuerpo, arrojada a él por una fuerza que provenía de fuera de sí misma.

—¿Qué pasa? —preguntó Byron—. ¿Está muerta?

Tatijana inspiró profundamente. Se sentía grasienta, incluso sucia. Se sentía mal.

—No lo sé. ¿Qué tal está Josef?

Josef levantó la mano y la saludó mientras seguía alimentándose de la muñeca de su tío.

Vlad pasó la mano suavemente por las puntas azules del pelo de su sobrino.

—En cuanto se meta bajo tierra se pondrá bien —aseguró.

Josef cerró los pinchazos de la muñeca de Byron y pasó la mirada de uno a otro. Abrió la boca en dos ocasiones y volvió a cerrarla, parpadeando rápidamente.

—Habéis venido.

Fue lo único que dijo, porque se atragantó un poco y volvió la cara.

—Pues claro que hemos venido —repuso Vlad—. Eres mi hijo, Josef. Nuestro mundo. Nuestra alegría y orgullo. ¿Cómo pudiste pensar siquiera que no íbamos a venir?

A Josef se le inundaron los ojos de lágrimas y desvió rápidamente la mirada.

—Soy distinto. Os doy muchos problemas.

Byron se echó a reír.

—Se supone que tienes que causarnos problemas. Evitas que nos hagamos viejos.

—Eleanor y yo siempre hemos estado orgullosos de tu habilidad para hacer cosas que la mayoría de nosotros no puede hacer —dijo Vlad—. Tuve que esposarla al poste de la cama para evitar que viniera —añadió.

Josef se rió, pero incluso aquel sonido tan conocido resultó un poco ahogado y lloroso.

—Eso no está bien, Vlad. Voy a contarle lo que has dicho.

Byron colgó el brazo sobre los hombros del muchacho.

—Los mantuviste a todos con vida, Josef.

Josef negó con la cabeza y bajó la mirada al cuerpo de Skyler. Otra oleada de dolor le crispó el rostro y señaló que se avecinaba otra convulsión.

—No sé si lo hice. Ella… se ha ido.

Vlad movió la cabeza en señal de negación.

—Dimitri está luchando por ella. Es un antiguo muy poderoso.

Tatijana apretó los labios con fuerza. Dirigió la mirada más allá de los dos cuerpos y sus ojos se cruzaron con los de Josef. Él lo sabía. Sabía exactamente lo que Dimitri estaba haciendo. Su hermano político no debió de haber tenido alternativa. Era una medida desesperada, una que muy pocos intentarían.

Inspiró profundamente de nuevo mientras el cuerpo de Skyler se convulsionaba para expulsar las últimas toxinas de su sistema. Dimitri yacía inerte a su lado, pero tenía los dedos firmemente entrelazados con los de Skyler. Los dos tenían un aspecto lastimoso y parecían estar muy lejos de este mundo. Brotaron las lágrimas. Se llevó una mano a la boca para contener un sollozo de desesperación. ¿Cómo iban a poder sobrevivir?

Se sentó en silencio junto a los dos cuerpos, indecisa sobre cuál sería la mejor manera de ayudarles. No podía intentar sanar a Skyler mientras su cuerpo siguiera experimentando la conversión. El espíritu de Dimitri no estaba en su cuerpo, que había recibido una paliza terrible y era el más maltratado de todos, pero sin duda estaba vivo.

Con cada una de las convulsiones que sacudían el cuerpo de Skyler, la tierra temblaba levemente bajo ella y los dos cuerpos se hundían un poco más en el suelo. Calculó que los movimientos eran de poco más de medio centímetro cada vez, pero la suma de todos empezaba a hacerse notar. La tierra iba saliendo poco a poco del agujero en el que se hundían y se apretaba contra los dos cuerpos, subiendo por sus piernas y caderas en un esfuerzo por cubrirlos.

Tatijana no estaba del todo sorprendida por el hecho de que la Madre Tierra fuera consciente de la grave situación de Skyler y había tendido su mano de la única manera en que podía hacerlo para intentar ayudar a su hija e hijo. No pudo evitarlo y le pasó la mano por el pelo a la joven con gesto tranquilizador, apartándole los mechones de la frente.

—Aguanta, hermanita —susurró—. Quédate con él. Confía en que te mantendrá a salvo.

Fue lo único que se le ocurrió decir. Dimitri se había esforzado muchísimo para asegurarse de que Skyler no muriera esa noche.

Los ojos de la chica se abrieron de repente y su cuerpo se calmó. Tatijana tuvo un escalofrío que le recorrió la espalda. Tanto Skyler como Dimitri la miraron y unos ojos azules como un glaciar con remolinos de color le provocaron una sensación sobrecogedora y espeluznante que le recorrió todo el cuerpo.

—Si puedes oírme, ahora estamos contigo —susurró—. Voy a sanar el cuerpo de Dimitri lo mejor que pueda. Cuando él lo haya conseguido y tu cuerpo haya terminado la conversión, haré todo lo que pueda para sanarte a ti también, aunque la Madre Tierra ya está esperando para hacerlo ella.

Tatijana envió su espíritu fuera de su cuerpo y lo hizo entrar en el de Dimitri. Vio que Josef había intentado expulsar la plata del organismo del Guardián. Había hecho muy buen trabajo para ser tan joven e inexperto. Tomó nota mentalmente de vigilar al muchacho. Para poder conseguir tanto sin haber recibido formación, es que tenía un don.

Algunos rastros de plata habían quemado el hueso grabando en él unas líneas largas y finas, como si el precioso metal se hubiera adherido allí donde pudiera causar más daño y más dolor. Se puso a trabajar meticulosamente, tomándose su tiempo cuando todo su ser quería moverse deprisa.

—*Tatijana, ¿y mi hermano? No se ha movido. Una conversión no dura tanto.*

La preocupación de Fen se introdujo en su mente pese a estar completamente concentrada en su tarea.

—*Ten paciencia, hombre lobo* —respondió—. *Estoy sanando el cuerpo de Dimitri y necesito concentrarme.*

Fen soltó el aliento. Tendría que haber sabido que no debía molestarla. No podía evitar arriesgarse a mirar por el muro transparente mientras los licántropos tenían toda la atención puesta en el combate a vida o muerte entre Gunnolf y Zev.

El cuerpo de Convel yacía a sus pies, cortado por la mitad por la precisa espada de plata. Su tarea no había terminado, rara vez era así, a menos que supieras cómo matar a un licántropo. Sus cuerpos podían regenerarse, así que le clavó con fuerza una estaca de plata con la que le atravesó el corazón y a continuación le cercenó la cabeza.

Fen se quedó mirando el cuerpo un momento, luego limpió la sangre de su espada con la camisa del traidor y la envainó de nuevo. Los licántropos se apartaron a su paso cuando avanzó resueltamente por el denso círculo hacia el interior donde pudiera echar un ojo a otros a los que se les ocurriera ayudar a Gunnolf.

Tenía que haber más… más de los que apoyaban la rebelión de Gunnolf. Éste no hubiera tomado medidas contra Zev a menos que creyera que tenía ventaja. Si Zev estaba en lo cierto y Gunnolf había actuado deliberadamente contra lo dictado por el consejo, lo habría hecho contando con suficientes seguidores allí en aquel campamento para desafiar su autoridad.

Hubo dos licántropos que llamaron la atención de Fen. Hubieran pasado desapercibidos entre la multitud de no ser porque sus movimientos parecían furtivos mientras que todo el mundo lanzaba gritos de ánimo a Zev o a Gunnolf, todos absolutamente concentrados en la pelea. Los que animaban a Gunnolf proferían gruñidos de advertencia a cualquier licántropo que se quejara de los métodos de éste.

La pelea se había vuelto brutal, tal como solía suceder con las luchas entre licántropos. Ambos estaban ensangrentados, sin camisa, y tenían los músculos veteados con tierra y laceraciones. Gunnolf tenía el ojo izquierdo prácticamente cerrado e iba con cuidado con su costado derecho, como si se protegiera una costilla fracturada. La muñeca la tenía rota, seguro, aunque utilizaba la mano, pues era tan fuerte que dejaba atrás el dolor.

A Fen le preocupaba el corte que le había abierto en el brazo a Zev. Sangraba demasiado, como si Gunnolf pudiera haber tratado la hoja de la daga con un anticoagulante. Olisqueó el aire y permitió que sus sentidos de sangre mezclada se expandieran por la noche. El olor a sangre era intenso. Así como el del miedo y la traición. Y sí… ahí estaba… ese débil tufo que confirmó su creencia de que Gunnolf había manipulado incluso sus armas contra su oponente. No había duda de que había acudido dispuesto a matar a Zev.

Empezó a moverse otra vez y fue avanzando por entre la multitud de licántropos para interceptar a los dos que estaban actuando de manera tan sospechosa. Uno de ellos, un lobo oscuro con el morro cuadrado, se abrió paso a empujones por entre los demás licántropos, rodeándolos una y otra vez para acercarse por detrás de Zev. El otro fue mucho más sigiloso y se movió alejándose de los licántropos. Alejándose de los combatientes.

Fen masculló una maldición. Tenía que elegir con cuál quedarse, no podía vigilarlos a ambos.

—*Acaba ya con esto, Zev* —le espetó con los dientes apretados.

Habían establecido una línea de comunicación a través de la hermana de Tatijana, Branislava. En aquel momento seguía ese canal, intentando hacer llegar su advertencia a la mente de Zev.

—*Estoy un poco ocupado aquí, Fen.*

La habilidad para comunicarse les daba un poco de ventaja que el otro bando no se esperaría. Gunnolf no podía violar el código de los licántropos sin enojar a los que aún no se habían unido a él y provocar su represalia. Si conseguía derrotar a Zev, sería el macho alfa principal de la manada y los demás no cuestionarían su autoridad, tal vez sí sus métodos, pero no su autoridad.

—*Parece que estés jugando con este cabrón. Acaba ya. Tienes más o menos a otro centenar esperando para matarte. Un patán grandote, pelaje oscuro, mandíbula cuadrada, está acercándosete por la espalda.*

—*Ocúpate de ello. Yo ya tengo suficiente con éste. No es el cabecilla y me gustaría encontrar la forma de extraerle información sin que se dé cuenta.*

—*Mátalo y déjale la cabeza intacta. Veré qué información puedo sacarle.*

Fen seguía atento al licántropo que se escabullía lejos de la multitud y se dirigía al borde del bosque.

—*Es una práctica peligrosa.*

Zev agarró a Gunnolf y lo arrojó a un lado cuando el licántropo atacó, gruñendo enfurecido, empezando a perder el control.

Se movía con una elegancia fluida, era un ballet de intenciones letales.

Daba la impresión de que no lo hacía con los pies y, no obstante, estaba en todas partes, fluía en torno a Gunnolf, asestando puñetazos, patadas y bofetones. La pelea era brutal, pero el alfa se las arreglaba para que pareciera más una danza o una exhibición de artes marciales que una lucha a muerte.

—*Hay una segunda amenaza que se dirige al bosque. Creo que lleva un rifle de francotirador. Sólo es una suposición, pero alguien te quiere muerto. No le cortes la cabeza a Gunnolf hasta que pueda regresar.*

—¿*Un rifle de francotirador?*

Fen oyó la alarma en la voz de Zev, incluso la notó en su mente. El cazador de élite se había dicho a sí mismo que Gunnolf y Convel querían tomar el poder de la manada. Quizás en el fondo creyera que los dos se habían vuelto renegados y estaban reclutando seguidores, pero un rifle de francotirador era una amenaza seria, una amenaza que olía a una conspiración mayor.

Fen se movió con rapidez, se perdió entre la multitud al tiempo que se dirigía a toda prisa al punto más cercano de la línea de los árboles. Al borde del claro había menos licántropos y el sigiloso que estaba subiendo al árbol podría verle. Desdibujó su imagen, lo suficiente para poder entrar en el bosque sin que lo detectaran.

Siempre andaba por la cuerda floja cuando estaba con los licántropos, pero llevaba siglos haciéndolo y tenía mucha práctica. Delante de ellos no podía utilizar la velocidad o los sentidos de su sangre mezclada, ni sus habilidades como carpatiano. Tenían que creer en todo momento que era del todo licántropo. En situaciones como aquélla se sentía discapacitado.

Alzó la mirada al cielo y atrajo las nubes tormentosas, hizo que crecieran con rapidez hasta que se alzaron en el aire como lóbregas torres. Los truenos retumbaron a lo lejos y los relámpagos vetearon las nubes más oscuras. Se adentró más entre los árboles y, valiéndose del cielo negro para cubrirse, se dirigió como un rayo al pie del árbol por el que había visto trepar al licántropo.

Consciente de que no se le veía y de que su sangre mezclada ocultaba su energía a los licántropos, cambió y se transformó en puro vapor que ascendió rápidamente por entre las ramas hasta situarse detrás del licántropo. Éste había recibido entrenamiento militar. Montó el rifle y la mira con un cuidado meticuloso. Había atado un pedacito de tela en una rama exterior al otro lado del claro para hacerse una idea del viento. Ya había puesto el ojo en la mira.

Fen tomó el mando del viento de repente y envió una ráfaga caprichosa que hizo volar la pequeña bandera en todas direcciones. El licántropo levantó la cabeza y esperó. Entonces se fijó en que tenía la paciencia de un tirador y se le hizo un nudo en el estómago.

Desde su posición elevada en el árbol, veía mejor lo que ocurría en el claro. Los licántropos ya no estaban prestando atención a los carpatianos atrapados dentro de la estructura protectora. Apenas miraron al licántropo muerto cuya cabeza permanecía separada de su cuerpo muy cerca del borde del círculo. De hecho, rodeaban a los dos combatientes y se habían vuelto locos. Él ya había visto ese comportamiento con anterioridad, una locura frenética que se propagaba por la manada durante un desafío por el liderazgo.

Gunnolf y Convel habían contado con esa característica de sus compañeros lobos. El animal salía cuando estaban en combate unos con otros, sobre todo durante un desafío. Pocos pensaban con claridad. Vitoreaban, chillaban y andaban de un lado a otro, su adrenalina y su naturaleza indómita dominaban sobre su mitad más civilizada.

Fen vio que los individuos que Gunnolf había reclutado para su ejército rodeaban a los demás con un movimiento tan sutil que en el interior del círculo nadie lo notó. Iban cambiando de un sitio a otro, cerrando filas para que los que apoyaban a Zev quedaran completamente rodeados. ¿Una masacre? ¿O acaso Gunnolf creía que si derrotaba a Zev por cualquier medio, la manada lo aceptaría?

—*Tenemos problemas, Zev. Tiene a un ejército rodeando a tus luchadores* —anunció Fen.

Capítulo 11

Creo que casi estamos fuera de peligro, Skyler —susurró Dimitri en voz baja en la mente de su compañera—. *Eres asombrosa. Gracias por darme tu confianza.*

Aquella luz que había justo en el centro del calor que Dimitri había rodeado y protegido con tanta diligencia allí en el inframundo brillaba con un poco más de intensidad. Skyler no se había retirado. Había luchado para quedarse con él. Sólo tenía que aguantar un poco más.

Dimitri percibió lo agotada que estaba. Ella había aceptado el dolor, había permitido que fluyera a través suyo y ni una sola vez intentó revolverse ni resistirse. Estaban unidos, firmemente entrelazados, ambos sintiendo cómo el dolor crecía como una ola que rompía contra ellos. Se concentró en respirar por los dos, introduciendo aire en los pulmones de Skyler y en los suyos.

Si aquello duraba mucho más, la perdería.

—*Ha llegado Fen. Está por aquí cerca, en alguna parte. Lo sé porque Tatijana, tu hermana, sana mi cuerpo mientras yo estoy contigo en el tuyo.*

El dolor era peor que nunca, lo dejó sin aliento y lo despojó de la capacidad de pensar durante un largo momento. No podía dividirlo y aislarlo por ella. Tampoco podía distanciar de él a ninguno de los dos. Lo cierto era que el sufrimiento era igual o peor que el de la plata serpenteando por su sistema, quemándolo desde el interior. Se estremeció al recordarlo.

Por extraño que pareciera, en lugar de ir apagándose, la luz del centro del calor de Skyler se extendió, se propagó por la oscuridad allí en el mundo gélido, intentando alcanzar su luz. ¿Acaso lo estaba consolando? Sólo a Skyler, al borde de la muerte y ya en el otro mundo, se le ocurriría intentar llegar a él. Había ido a buscarlo cuando él creía que no había esperanza. Se había quedado con él contra viento y marea, y dudaba que alguien hubiera hecho lo mismo en tales circunstancias.

La oleada de dolor disminuyó y Dimitri presintió que era el momento adecuado para intentar reunir cuerpo y espíritu. Rodeó el calor de Skyler y empezó a alejarse muy lentamente de la oscuridad glacial.

—*Ahora ven conmigo,* csitri. *Tu espíritu no puede permanecer demasiado tiempo fuera de tu cuerpo. Debo llevarte de vuelta.*

La luz de Dimitri se movió, pero aquella conciencia cálida que era Skyler no lo hizo. Siguió suspendida en las ramas del árbol de la vida. En cuanto el espíritu de Dimitri dejó de tocar el de Skyler, la luz del centro de su calor se fue apagando y luego parpadeó, como si no pudiera mantener viva la chispa sin él.

A Dimitri le dio un vuelco el corazón. Había estado a punto de perderla. Se obligó a calmarse. Necesitaba estar confiado y seguro. Skyler tenía que saber que podía contar con él pasara lo que pasara. Una vez más, la rodeó con su luz y se detuvo a examinar qué la retenía en el inframundo.

—*Sólo unos minutos más en la negrura y el frío, Skyler. Estoy contigo. No estás sola* —le aseguró.

Nunca volvería a estarlo. Si no lograba salir de la oscuridad con él y regresar a su cuerpo, Dimitri iría con ella para iluminar su camino hasta dondequiera que estuviera la próxima vida.

El espíritu de Skyler parecía haberse enganchado en las ramas y Dimitri tuvo que pararse a idear una manera de soltarla. Fue entonces cuando se dio cuenta de que se había sujetado de algún modo a ellas. Era una hija de la tierra y el árbol de la vida había reconocido su gran necesidad.

—*Entrégamela* —murmuró Dimitri con suavidad—. *Te agradezco que la retuvieras para mí, pero la necesitamos de vuelta en nuestro mundo.*

Él no poseía la habilidad de Skyler cuando se trataba de comunicarse con todas las cosas de la tierra, pero sí poseía sinceridad. Se expuso al ataque de las ávidas criaturas que aguardaban abajo en la oscuridad, agazapadas, esperando a que un alma confiada bajara flotando, ajena al peligro que acechaba en la negrura. Él sabía lo que había allí abajo, pero aun así quería que el árbol de la vida comprendiera su gran necesidad.

En cuanto abrió la mente allí en el inframundo, oyó y sintió la ráfaga de avaricia y odio que llegó hasta él por todos lados. Dimitri se quedó donde estaba, rodeando con su luz el calor de Skyler, entre las ramas más altas. Por debajo de él percibió los sonidos de los muertos vivientes que se abrían paso a toda costa por el árbol hacia él.

Era un *Hän ku pesäk kaikak*, y no iba a vacilar. Su espíritu era brillante y tenía esperanzas renovadas de que su compañera eterna no lo abandonaría. Tatijana, una Dragonseeker y pariente de Skyler, se hallaba oculta bajo tierra, protegiendo sus cuerpos. Dimitri sentía su fuerza y su brillo, aquella luz de la sanación, de un blanco incandescente.

—*Skyler*, sívamet, *mi corazón y mi alma, vuelve conmigo. Lo peor ya ha pasado. Deja que te ayude a regresar al mundo de los vivos.*

Mantuvo la voz calmada, tranquila, no quería apresurarla ni asustarla.

Había cometido un pecado imperdonable al poseer su cuerpo, pero no sentía ningún remordimiento. Se había sometido a la conversión asegurándose de que, si podía traer de vuelta a Skyler, su cuerpo carpatiano aguardaría y sanaría de forma natural bajo la tierra.

Estaban unidos, alma con alma. Después de lo que había hecho, estarían unidos mente con mente. Ella había confiado en él, le había dado permiso, pero no había sido consciente de las consecuencias. Dimitri no había podido renunciar a ella y había decidido por los dos. Acabaría siendo lo mismo que él, sangre mezclada, y sus mentes quedarían conectadas para siempre.

Aquél debería de haber sido el peor de los sacrificios, pero Skyler tendría que vivir con el conocimiento de todas y cada una de las veces que Dimitri había matado. El dolor y la culpabilidad de cazar a amigos pesarían en una persona tan empática como ella. Conocería todos sus secretos oscuros, todos esos años después de descubrir que tenía una compañera eterna. Había combatido contra la oscuridad agazapada cada vez que emergía de la tierra, pero aun así, ella sabría que había sido verdaderamente difícil. No iba a poder protegerla de aquellas noches terribles. La mayoría de compañeros eternos dejaban en paz esos recuerdos; ella no iba a tener la oportunidad.

El árbol vibró con un movimiento sutil y acto seguido se sacudió un poco más fuerte, como si quisiera desprender a Skyler. Dimitri sintió que el calor de la joven ejercía presión contra su luz y luego entraba en ella. En cuanto se fundieron, él inició el ascenso.

—*Ésta es mi chica. No hay nada que temer.*

Salvo quizá todo un ejército de licántropos rodeándolos, pero se negó a pensar en ello. La presencia de Tatijana implicaba que Fen estaba allí. Fen lucharía hasta su último aliento para salvarlos. Debía de haber traído a otros con él.

Seguía sintiendo el calor de Skyler y la lucecita que era su esencia misma parpadeaba valientemente, pero necesitaba sangre y necesitaba meterse bajo tierra… eso si lograba devolverla a un cuerpo que tal vez su espíritu no reconociera tras la conversión.

—*No sé si te he dicho alguna vez lo hermosa que me pareces. No solamente por tu físico, sino por lo que veo en tu interior, y eso fue antes de saber lo valiente que eras. Viniste a buscarme, Skyler, y aunque fui un estúpido e intenté rechazarte, tú te negaste a renunciar a nosotros.*

Él no iba a renunciar a Skyler. Estaba dispuesto a hacer cualquier cosa, a luchar en cualquier batalla. Daba igual si el acto estaba prohibido o no, si podía traerla de vuelta, se humillaría, correría cualquier peligro o se enzarzaría en cualquier combate para salvarla.

—*¿Puedes oírme, csitri? No puedes dejarme. Te necesito muchísimo.*

No le daba vergüenza suplicar. Skyler no daba señales externas de hacerse más fuerte. Su luz estaba exactamente igual, pero estaba allí. No podía haberse perdido en el otro mundo como habían hecho algunas almas porque había estado anclada en las ramas más altas del árbol.

Todavía no sabía si Skyler había hablado por sí misma y había pedido ayuda, o si el árbol la reconoció como hija de la tierra y había intervenido para salvarla. Quería creer que, incluso en su agonía, ella había pensado en sujetarse a esas ramas altas con la certeza de que iría a buscarla.

Flotaron juntos hasta la superficie. Aquél era su momento. ¿Podría devolver el espíritu cálido y la luz vacilante de Skyler a su cuerpo? Mantuvo los movimientos suaves y la voz tranquila. No quería que ella tuviera miedo ni que experimentara más trauma del que ya había tenido. Si podía permanecer calmado y transmitir su convencimiento de que ambos estarían bien, quizás ella podría tomarse esta transición como algo completamente natural y no intentara apartarse de él.

Skyler había sido muy consciente de que su cuerpo se moría, del dolor de la conversión, pero no se había soltado. Se había quedado con él, aferrándose a la vida cuando debería haber sido imposible. Estaba empezando a darse cuenta de que, con ella, todo era posible.

—*En el fondo siempre me ha hecho gracia que los demás te subestimaran continuamente, amor mío* —le confesó—, *pero resulta que estas últimas noches me has enseñado que hasta yo te subestimé, a ti y a tu fortaleza.*

Por primera vez, Dimitri notó la conocida agitación en su mente, ese querido contacto que indicaba que el amor de su vida se había fundido suavemente con él. No sabía cómo había encontrado fuerzas cuando le quedaba tan poca sangre en el cuerpo.

—*Dimitri.*

El cuerpo de Dimitri volvió a la vida. Su corazón. Su alma. Aquella suave sensación, el roce de la voz de Skyler por las cicatrices de su mente contenía tanto amor que le dolió por dentro. Con sus dulces modales, ella le provocaba ansias. Apetito. Encontraba en él un pozo de ternura que había estado enterrado y olvidado durante siglos.

—*Me asustaste* —admitió él—. *No puedes volver a hacer esto.*

Ella no respondió con palabras, pues en su debilidad, el esfuerzo de hablar, aunque fuera telepáticamente, le resultaba excesivo, pero acarició el dolor y el miedo que Dimitri había albergado en su interior.

—*Tienes que volver a entrar en tu cuerpo, Skyler. Te resultará incómodo y volverás a sentir dolor, pero no como el que has experimentado antes.*

Infundió una absoluta confianza en su voz e hizo que predominara en su mente, aunque en el fondo tenía miedo de que ella se resistiera.

Notó un aleteo contra las paredes de su mente, suave como las alas de gasa de una mariposa.

—*¿Y tú?*

—*Estaré a cada paso del camino. Yo te sostendré. Nunca estarás sola, ni en ese mundo frío y oscuro ni en el de arriba donde nos enfrentamos a la guerra y la persecución.*

Skyler sabría a qué se refería. Si optaba por regresar al otro mundo, él la seguiría. Por mucho que le hubiera gustado tomar represalias contra los licántropos por lo que le habían hecho a su compañera, no había nada más importante que ella.

La joven lo asombró una vez más, su luz brilló con un poco más de intensidad y se extendió hasta que acabó tocando la suya. Dimitri la notó de inmediato. Skyler allí, su espíritu indomable, tan resuelta como siempre.

Dimitri volvió a tomarse su tiempo, sin importarle que estuviera muriéndose de hambre ni que traerla de vuelta del reino de los muertos hubiera tenido un grave efecto en él. Había sufrido cada momento de la conversión con ella, pero ahora que estaba viva y dispuesta a regresar a su cuerpo, el terrible agotamiento que lo había dominado pareció desaparecer.

Su espíritu acompañó al de Skyler hasta su cuerpo maltrecho. Ella no vaciló como Dimitri se esperaba, sencillamente unió su espíritu a su cuerpo y se acomodó en su piel con un leve estremecimiento. Él se quedó con ella, temeroso de dejarla demasiado pronto. Había estado en tres lugares —en el cuerpo de Skyler, en el suyo y en el otro mundo— demasiado tiempo y empezaba a notar los efectos de semejante división.

—*No te dejaré, Dimitri* —lo tranquilizó Skyler.

Le pareció que susurraba las palabras en su mente, pero quizá sólo oyó lo que quería oír. Ella ya se estaba desvaneciendo, sumiéndose en la inconsciencia. Dimitri comprobó su estado con el corazón palpitante. No estaba muerta. Estaba lista para aceptar la tierra sanadora.

Entonces él se encontró de vuelta en su cuerpo. Tatijana y Josef le habían extraído la plata y la dolorosa quemazón que le recorría había desaparecido. Abrió los ojos y miró a su alrededor con necesidad de ver a Skyler, de saber que no estaba alucinando, que ella estaba allí de verdad y viva.

Tenía un aspecto muy pálido, las balas habían hecho estragos en su cuerpo, la sangre le había manchado la ropa e incluso se le había pegado en el pelo. Pero estaba viva y era hermosa. El suelo había cedido bajo ellos, hundiéndolos casi cincuenta centímetros. La tierra de marga negra, rica en minerales, se había amontonado en torno a ellos, entre las piernas y hasta había formado una fina capa por encima.

Dimitri oyó de nuevo la llamada de la Madre Tierra. Inspiró profundamente y volvió la cabeza, consciente de que Tatijana se encontraba allí cerca.

—Has vuelto con nosotros —lo saludó ella—. Has llevado a cabo lo que nadie ha hecho hasta ahora, que yo sepa. La trajiste de vuelta.

—Fue una lucha. Necesita ponerse bajo tierra.

—Los dos lo necesitáis. Pero primero vas a tener que alimentarte.

Dimitri asintió. Sabía que Tatijana tenía razón. En aquellos momentos sentía el azote del hambre, más fuerte que nunca.

—Antes de nada…

Miró a su alrededor y su mirada se posó en Josef y Paul.

Paul estaba tendido en el suelo, con el rostro crispado de dolor, pero no emitía ningún sonido. Josef se hallaba sentado junto a él y ambos miraban a Skyler con aprensión.

—Está viva —anunció Dimitri—. Ha vuelto con nosotros, y tengo que daros las gracias a los dos. Salvasteis mi vida y luego la suya. Nunca podré corresponder a esta gran deuda que tengo con vosotros.

—¿Está viva? —preguntó Paul—. ¿Viva de verdad? No se mueve. Ni siquiera parece que esté respirando.

—Ya has visto a otros carpatianos sumirse en el sueño rejuvenecedor —dijo Dimitri—. Le ordenaré que duerma, me aseguraré de que no se despierte hasta que esté lo bastante curada como para poder salir de aquí.

Paul se apartó el pelo de la cara y desvió la cabeza rápidamente, pero no antes de que Dimitri alcanzara a ver el brillo de las lágrimas.

—No pensé que fuera posible —admitió Josef.

Le tembló la voz, pero no quiso desviar la vista de la mirada penetrante de Dimitri.

—Fuiste tú el que me dijo que no estaba muerta —le recordó Dimitri con una sonrisa cansada—. Dijiste que fuera tras ella y lo hice.

—Sí, fui yo, ¿verdad? —dijo Josef mientras una lenta sonrisa de respuesta se abría camino a través del peso de su miedo y su dolor—. Pero pensé que era una chorrada y que no podrías traerla de vuelta.

—Todo lo hizo Skyler —dijo Dimitri—. Es fuerte. Encontró la forma de detenerse, incluso muerta, de no alejarse demasiado de mí.

—Porque tiene mucha fe en ti —repuso Josef. Se frotó la cara con ambas manos—. No quiero volver a pasar por esto nunca más. ¿Puedes ponerla en un sótano envuelta con plástico de burbujas para que Paul y yo no tengamos que preocuparnos más por ella?

—Una idea excelente —dijo Dimitri.

Tatijana le dio un leve codazo.

—Tienes que alimentarte y luego meterte bajo tierra. Nosotros estaremos a salvo aquí mientras tanto. Lo he comprobado bien y no he podido encontrar ningún punto débil.

Dimitri se obligó a moverse, a mirar en derredor. La estructura transparente le permitió ver a los licántropos, que parecían estar mirando a otra cosa y no a los carpatianos.

—¿Dónde está Fen?

Tatijana le puso una mano en el brazo para refrenarlo. Hasta entonces Dimitri no se había dado cuenta de que había empezado a intentar ponerse en pie.

—Fen está apoyando a Zev, intentando encontrar respuestas. Sólo veo atisbos de lo que ocurre. Combates con espadas, tiradores, dos licántropos luchando por la posición de alfa en la manada, ese tipo de cosas. Yo diría que está ocupado —respondió.

Dimitri se sosegó, aunque no le gustaba que su hermano estuviera ahí afuera solo con los licántropos. Había conocido a muchos y le caían bien, pero ya no confiaba en ellos.

—¿Alguien avisó a Gregori de que el príncipe puede estar en peligro?

—En cuanto Skyler murió... —Tatijana se interrumpió—. Todo el mundo sintió ese terrible momento. Logró llegar a Francesca. Gregori se asegurará de que el príncipe esté a salvo.

Dimitri soltó aire. Ya no podía pensar.

—Gracias por quitarme la plata del cuerpo. —Volvió la cabeza para incluir a Josef—. A los dos.

Byron le ofreció su muñeca.

—Tendrás que haber recuperado las fuerzas por completo cuando Skyler se despierte. Puede que tengamos que salir de aquí luchando.

Dimitri aceptó la oferta, el hambre que tenía superó la necesidad de procurar la seguridad de todos. No podía hacer mucho estando tan débil. Tuvo cuidado de no tomar demasiada sangre de Byron, por tentador que fuera. Quería que los otros machos conservaran todas sus fuerzas para asegurarse de que podrían luchar si los licántropos encontraban una forma de entrar.

Vlad fue el siguiente en ofrecerse. Al alimentarse por segunda vez, el cuerpo de Dimitri se asentó, calmó el hambre lo suficiente para poder tomar en brazos a Skyler y sostener contra sí lo que parecía ser su cuerpo sin vida. Tatijana hizo que el entorno se volviera borroso alrededor de ambos, haciendo imposible que las miradas fisgonas vieran lo que Dimitri hizo a continuación.

Abrió el suelo con un gesto de la mano y se llevó a Skyler hacia las profundidades, flotando hacia los mismísimos brazos de la Madre Tierra. Inmediatamente, antes incluso de que pudiera dar la orden para que ella se sumiera en el sueño rejuvenecedor de los carpatianos, la tierra se vertió sobre los dos por voluntad propia, acunándolos a ambos en unos brazos cálidos y amorosos.

—*Fen, Dimitri y Skyler están a salvo bajo tierra. No tardará en amanecer. Pronto todos tendremos que hacer lo mismo. ¿Puedes volver con nosotros?* —preguntó Tatijana.

Evitó que se le entrecortara la voz, lo cual sería admitir que sabía que probablemente Fen no estaría con ella durante el día, sino en alguna otra parte, solo y en peligro.

—*Zev tiene problemas, Tatijana. El círculo exterior de licántropos ha rodeado el interior. Los de dentro apoyan a Zev. El círculo exterior apoya a Gunnolf, y son más numerosos. Creo que aquí va a haber un baño de sangre. No puedo dejar que Zev luche solo.*

—*Que no te maten* —ordenó Tatijana.

Fen tranquilizó a Tatijana, pero no podía moverse de su posición y quería que Zev le respondiera, que se diera cuenta del gran apuro en el que se encontraba. Con un ejército de licántropos renegados rodeando a la manada leal a Zev, la situación se presentaba negra para el cazador de élite.

El tirador puso el ojo en la mira una vez más y Fen lo atacó por la espalda, le agarró la cabeza, se la retorció y le rompió el cuello. Le clavó una estaca de plata en el corazón, le cortó la cabeza y lo dejó allí en el árbol.

—*Puedo empezar a eliminarlos uno a uno, Zev, pero son muy numerosos y no aguantaremos eternamente.*

El feroz combate entre Gunnolf y Zev continuaba. Gunnolf desvió la mirada varias veces en dirección al árbol en el que se había apostado el tirador muerto, sin duda esperando que sonara un disparo. Un licántropo corpulento que había ido abriéndose paso para situarse detrás de Zev había alcanzado al fin su posición. Lo único que Gunnolf tenía que hacer era obligar a retroceder a Zev y el otro licántropo podría matarlo por la espalda.

Fen se encogió cuando los dos combatientes cayeron al suelo con tanta fuerza que éste tembló. Rodaron, gruñendo y dándose puñetazos, arañándose. Él ocultó su presencia y se sirvió de la velocidad redoblada, de carpatiano y licántropo, para cruzar el prado y volver a situarse entre la multitud.

—*Tatijana, esto enseguida va a ponerse muy feo para Zev. Los que le son leales se hallan rodeados por el ejército de Gunnolf.*

—*Lo que necesitas, hombre lobo, es un dragón en el cielo.*

—*Cierto, pero ellos tienen escopetas.*

—*Y nosotros escudos.*

La multitud se acercó más a los combatientes, rodeando a los dos machos que luchaban por la supremacía. La gran mole de un licántropo se precipitó hacia adelante con fingida impaciencia. De cerca, utilizando sus sentidos de sangre mezclada, Fen leyó «frío» y «calculador» en el campo de energía que se cerraba en torno al asesino. Era un hombre acostumbrado a perpetrar asesinatos. Matar a Zev no era algo personal para él, sino su trabajo, un deber que tenía que llevar a cabo, nada más. Se enorgullecía de su trabajo y no se detendría hasta que estuviera muerto.

Zev derribó a Gunnolf una y otra vez, y en todas ellas el otro macho intentó levantarse de un salto. Los puñetazos iban ganando fuerza cada vez que Gunnolf se negaba a rendirse. Al darse cuenta de que tenía problemas, se apartó rodando de Zev intentando esconder una pequeña hoja en el puño al tiempo que lograba ponerse en cuclillas.

Los más próximos a él lo vieron y reaccionaron con un rugido de furia. En un desafío, los dos machos luchaban desarmados. Estaba claro que Gunnolf no seguía las reglas. Zev hizo amago de dar una patada a la mano armada con el cuchillo, pero dirigió su ataque a la cabeza de su oponente. Enganchó el cuello del licántropo con el brazo y lo hizo girar, llevándole la cabeza por encima del hombro, hacia atrás. Gunnolf quedó allí colgado un momento, pero el crujido fue fuerte, su cuerpo se puso rígido y acto seguido quedó inerte.

La multitud se quedó en silencio mientras Zev dejaba caer al suelo el cuerpo sin vida. Colocó una estaca de plata, la hundió con fuerza y atravesó directamente el corazón del licántropo caído.

La muchedumbre soltó un rugido de aprobación. Zev se enderezó lentamente. Mientras lo hacía, el asesino actuó. Avanzó arrastrando los pies junto con otros, boquiabierto, al parecer intentando echar un vistazo al cadáver de Gunnolf. Pero en cuanto estuvo cerca de Zev, su apariencia cambió por completo. Ya no tenía nada de torpe. Fue rápido y ágil, mantuvo el cuchillo bajo y oculto por su puño para clavar la hoja envenenada en el riñón de Zev.

Fen lo agarró por detrás y le hizo dar la vuelta, lo aferró con manos de acero e hundió los pulgares donde presionaban la muñeca, con lo que expuso el cuchillo y las intenciones del asesino. Zev giró sobre sus talones para hacer frente al asesino. Agarró la daga cuando ésta cayó de entre unos dedos paralizados. Fen soltó al hombre, y Zev avanzó hacia él y le hundió la hoja de plata en el corazón.

Un ardiente aliento de fuego barrió el aire por encima de la multitud. Todo el mundo miró hacia arriba. Había tres dragones en el cielo, todos volando en círculo para lanzarse contra ellos. El dragón que iba en cabeza era azul, con el cuello alargado, estirado hacia aquel círculo exterior de licántropos. Hubo una lluvia de fuego, una corriente continua que quemó el pelaje de la cabeza y los hombros de los licántropos.

Tatijana había aprendido, de enfrentamientos anteriores, lo alto que podía saltar un licántropo. Su dragón azul iba en cabeza, y se mantenía a una altura suficiente para estar a salvo al tiempo que le permitía chamuscar el pelaje. Los dragones rodearon el círculo exterior de licántropos lanzando llamas en rachas largas y continuas. Los licántropos rompieron la formación y abandonaron los planes que pudieran tener para matar a las fuerzas de Zev.

Casi todos se desperdigaron, y unos cuantos se arrodillaron para apuntar a la impresionante imagen de los dragones en el cielo. Dispararon varias ráfagas, pero las balas parecían rebotar en las duras escamas de los dragones. Cuando las criaturas pasaron volando para lanzar otra ronda de fuego, el resto de licántropos huyeron al bosque para refugiarse bajo las copas de los árboles más altos.

—Veo que aún andas con esa mujer —observó Zev. No había movido ni un músculo cuando los dragones pasaron volando y rociaron con fuego las filas de licántropos—. Puedo entender por qué quieres andar con ella, pero, hablando en serio, ¿qué es lo que ve en ti?

Fen le dirigió una sonrisa burlona.

—Soy lo bastante inteligente como para hacerme el héroe, a diferencia de ti, que pareces meterte en problemas cada vez que abres los ojos.

—Te gusta jugar con fuego, ¿no es verdad? —le preguntó Zev con una sonrisa irónica.

Había advertido a Fen en más de una ocasión que una relación con una mujer carpatiana era buscarse problemas, pues estaba prohibido. El consejo había decretado hacía siglos que los licántropos debían evitar a los carpatianos para que no hubiera ocasión de crear la temida *Sange rau*.

—Ja, ja. Eres muy gracioso —replicó Fen.

Por lo que Zev sabía, Fen era licántropo. Puede que entendiera la atracción de Fen hacia Tatijana, pero no podía consentir una unión.

Zev empujó el cuerpo de Gunnolf con la puntera de la bota.

—Lo más triste es que me caía bien. Lo conocía desde hace años. —Levantó la mirada hacia Fen—. ¿Qué diablos está pasando?

Fen señaló a Gunnolf con un gesto de la cabeza.

—Se lo preguntaré a él.

Zev negó con la cabeza.

—Es demasiado peligroso. Te respeto como luchador, Fen. Ya te lo he dicho otras veces. No puedo entender por qué no estás dirigiendo una manada de élite, pero interrogar a un licántropo muerto no es una buena idea, ni siquiera para alguien tan fuerte como tú.

Fen se encogió de hombros.

—Uno de nosotros tiene que hacerlo, y yo soy más prescindible que tú.

Y él tenía una compañera eterna, esperando para tirar de él cuando estuviera al límite. No sería la primera vez que extraía información de un licántropo muerto. Zev tenía razón, era peligroso, pero Tatijana no fallaría a la hora de traerlo de vuelta. Tenía absoluta confianza en ella.

Zev meneó la cabeza e hizo un movimiento hacia su oponente muerto. Fen estaba allí frente a él y le agarraba la cabeza entre las manos. El licántropo tomó conciencia de él casi al instante y lo rechazó mentalmente, desesperado por proteger su secreto. Brotó un odio negro que entró en Fen. La ira tomó el control, una violenta caldera turbulenta de una furia tal que su cuerpo se sacudió con ella. Las emociones del lobo muerto, aún activas en su cerebro, encontraron un nuevo hogar en él.

Fen oyó maldecir a Zev como si estuviera muy lejos, supo que había desenvainado la espada y que estaba cerca, muy cerca. Su odio alcanzó al cazador de élite como una infección. ¿Por qué tenía que aguantar las órdenes del explorador? ¿Por qué, cada vez que Zev regresaba a la manada, él tenía que renunciar a la autoridad?

Zev era un traidor. Se mezclaba con los carpatianos. Hasta bailó con una de ellos, claramente enamorado. Había permitido que la mujer entrara en su mente, que tomara su sangre. Todos los miembros de la manada sabían que suspiraba por ella. Incluso había cometido el mayor pecado de todos: había sostenido que existía una diferencia entre Dimitri, a quien tenían prisionero, y cualquier otro *Sange rau*.

Y lo que era aún peor, Zev se había puesto del lado de Dimitri e incluso le había dado sangre. El *Sange rau* tendría que haber muerto en cuestión de tres días. Todos los que habían sido sentenciados a la *Moarta de argint* habían sucumbido al dolor y se habían retorcido y movido hasta que la plata había logrado penetrar en su corazón. Ni una sola vez había habido quien sobreviviera más allá del tercer día; sin embargo, Dimitri había durado más de dos semanas. Zev tuvo que haber estado ayudándole.

El *Sange rau* estaba débil, se moría. Habían tenido una oportunidad de destruir al monstruo. Era la mujer que estaba con él la que de alguna manera, mediante alguna práctica oscura, había logrado proteger a esa abominación. La repulsión se extendió como un cáncer. Una indignación y un odio sin igual. Tenían el olor de la sangre de la mujer, impregnaba el prado y el mismísimo aire. Ella debía morir. Su mera existencia era un ultraje a la humanidad. ¿Y si los *Sange rau* empezaban a criar? Tenían que impedírselo. Era una misión sagrada.

«Mata. Mata. Mátalo. Mátala. Tienen que morir los dos. Mata a Zev. Él debería morir con los monstruos, la abominación. Mátalos a todos.» La cantinela se oía con fuerza en su cabeza y resonaba por sus venas con una necesidad y un apetito que lo sacudían.

Fen dejó que aquella emoción salvaje lo recorriera, pero se negó a quedarse allí y regodearse en ella como quería Gunnolf. El licántropo lo atraparía allí o se vería obligado a marcharse para evitar que lo consumiera la intensidad del odio y la furia.

El sentimiento de superioridad ayudó. La emoción inundó su mente y Fen se aferró a la opinión y la alimentó. Él era más que Gunnolf. Más que Zev. Él era Guardián, y este licántropo que quería atraparlo para siempre en el negro lodo del prejuicio y el odio no lo haría. Era demasiado fuerte para que el licántropo se apoderara de él. Demasiado inteligente.

Fue implacable, se negó a echarse atrás y en cambio buscó entre los recuerdos para encontrar un hilo que lo condujera hasta el maestro de

Gunnolf. El licántropo apestaba a fanatismo. Sus emociones eran acaloradas, intensas, y creía en su causa con un firme propósito.

La guerra. Tenían que aniquilar a los carpatianos para evitar que se extendieran los seres de sangre mezclada. Todos los licántropos que se negaran a unirse a ellos, que desaprobaran el código sagrado, también serían eliminados de la faz de la Tierra. Eran enemigos del gran consejo, de los grandes que los habían mantenido vivos y prósperos durante siglos. Aquellas pautas morales del pasado se estaban olvidando y el nuevo consejo, que sólo quería su propia gloria, las dejaba de lado deliberadamente.

El celo de la devoción impregnaba todos los actos y recuerdos que Gunnolf tenía. Resultaba difícil encontrar un solo hilo que llevara al maestro que alimentaba su fervor extremo. Fen no podía quedarse mucho más tiempo. La intolerancia y el radicalismo lo estaban devorando y amenazaban por consumirlo pese a su fortaleza. Nunca se había encontrado con semejante vehemencia.

Gunnolf no tenía por qué ser mala persona. Él creía fervientemente que tenía razón. No había otra forma, ni espacio para las creencias de nadie más. No solamente moriría por su causa, sino que mataría por ella. Los que se oponían a él eran el enemigo y no eran dignos de pisar el mismo suelo.

La vehemencia y la pasión del fanático lo volvían todo rojo y negro. Las emociones se adueñaban de él, luchaban por envenenarlo, por extender esa infección a todas las células de su cuerpo.

—*Compañera eterna*.

La luz de su oscuridad. De toda la oscuridad. Nada tan desagradable podía afectar algo tan brillante. Una palabra. Un aliento. Fue lo único que hizo falta. Tenía absoluta confianza en que ella lo haría volver de los límites de la locura.

Ella apareció al instante y se vertió en su mente, iluminó todos los lugares oscuros, expulsó el hedor del fanatismo y el odio y reemplazó esas emociones intensas y dañinas por su amor incondicional.

Fen soltó la cabeza de Gunnolf y se apartó intentando combatir el terrible impulso de dar arcadas después de haber quedado consumido por la ferviente necesidad del licántropo de matar a toda criatura viviente que no compartiera sus creencias.

Zev arremetió con la espada de plata, cortó el cuello del licántropo y le cercenó la cabeza. Hubo un largo momento de silencio.

—¿Valió la pena? —peguntó Zev en voz baja cuando Fen se dejó caer en la hierba verde.

Fen notó de inmediato que la Madre Tierra acudía a él, que lo consolaba. Se sentía grasiento y sucio, sacudió la cabeza repetidamente para intentar desprenderse de las emociones de Gunnolf. Se pasó la mano por la cara y se le quedó ensangrentada. Unas minúsculas gotas de sangre le habían salido por los poros. Eso no era bueno. Los licántropos no sudaban sangre.

—Dímelo tú —consiguió responder Fen—. Todo esto es por la *Sange rau*. Gunnolf tenía la sensación de que estabas intimando demasiado con el pueblo carpatiano y tuvo que actuar para salvar a todos los licántropos del daño que eso haría. El objetivo último es iniciar una guerra entre las dos especies. Si hacen eso, todos los licántropos se alinearán con su facción, todos los que crean en las viejas costumbres, el código estricto de moralidad... él utilizó el término «código sagrado».

Zev suspiró, limpió la hoja de la espada y volvió a meterla en la vaina, tras lo cual se dejó caer con bastante brusquedad en la hierba más alta que rodeaba a Fen. El corte del brazo aún le sangraba, la herida llegaba al hueso.

—Voy a fingir que no me he dado cuenta de que el suelo reacciona a ti tal como lo hace con Dimitri.

—Dimitri es mi hermano —reveló Fen. Se había acabado lo de mentirle a Zev. Tenían un problema, un problema enorme. O bien iban a impedir una guerra, o empezarían una allí mismo—. Nací carpatiano. Soy *Hän ku pesäk kaikak*: Guardián de todos.

—Me gustaría decir que es una gran sorpresa, pero no es así. ¿Tatijana está vinculada contigo de algún modo?

—Es mi compañera eterna.

Los dedos de Zev juguetearon sobre la empuñadura de su espada.

—Entiendo. Te cortaría la cabeza por ti, pero estoy demasiado débil. Tendrás que esperar a otro día. ¿Cómo acabaste así, y cuando?

—A lo largo de los siglos, es fácil sufrir heridas graves y necesité sangre. A menudo, aquellos que cazaba me proporcionaban lo que necesitaba... y yo hice lo mismo con ellos.

—Por eso fuiste capaz de matar al *Sange rau*. Eres más parecido a ellos.

Fen asintió con la cabeza.

—Dimitri me ayudó. Él salvó tanto a Gunnolf como a Convel, pero al hacerlo, ellos se dieron cuenta de que era de sangre mezclada y lo apresaron. Quienquiera que esté detrás de este movimiento por volver a este código sagrado es el que está intentando iniciar una guerra entre las dos especies. No pude permanecer en su mente el tiempo necesario para obtener un nombre sin arriesgarme a una infección.

Zev rasgó una tira de tela de la camisa y empezó a envolverse el brazo con ella.

—He perdido mucha sangre —señaló—. Ya puestos, quizá podrías darme un poco. Si tengo que ser lo bastante fuerte como para darte caza en un futuro, tendré que sobrevivir a esto.

—Te arriesgas a convertirte en sangre mezclada —hizo notar Fen—. Así es como Dimitri se convirtió en Guardián. Hubo ocasiones en las que cazamos tanto manadas de lobos renegados como vampiros a lo largo de los tiempos. Cuando resultábamos heridos, nos ayudábamos mutuamente dándonos sangre.

—Me temo que es un poco tarde para advertirme —dijo Zev. Se pasó una mano por el pelo—. Hace un tiempo me di cuenta de que había algo distinto que se estaba haciendo fuerte en mí. Creo que sin darme cuenta me he convertido, o me estoy convirtiendo, en lo mismo que he estado cazando durante siglos.

Fen levantó las rodillas. La herida que Zev tenía en el brazo había sangrado demasiado.

—Creo que Gunnolf utilizó anticoagulante en la hoja de su daga.

Zev movió la cabeza en señal de asentimiento.

—Los licántropos rejuvenecen con rapidez. Como mínimo, la hemorragia debería haber cesado. Me estoy desangrando. —Se estremeció de forma involuntaria, su cuerpo ya se estaba enfriando—. ¿Vas a ayudarme o te quedarás cruzado de brazos?

—Estoy calculando las probabilidades de que utilices una de los cientos de armas que llevas encima y que no utilizaste con Gunnolf aun cuando deberías haberlo hecho —repuso Fen en tono pensativo.

—Estoy demasiado cansado para desarmarme, de modo que decídete, joder —dijo Zev, y se tumbó en la hierba.

—Tienes que saber que se avecina un infierno —le advirtió Fen—. Tus licántropos dispararon a una joven emparentada casi con todas las familias poderosas que existen. La familia de Paul es la pesadilla de todos los vampiros y al chico también le dispararon. La familia de Josef ya ha llegado, y cuando Dimitri vuelva a levantarse, estará en deuda con ese muchacho. Dará caza a todos y cada uno de los licántropos que dispararon un arma contra ellos, a sabiendas de que eran unos críos.

—Creo que me has transmitido de sobra el grave peligro que corremos todos —declaró Zev con sequedad, y cerró los ojos.

Fen suspiró.

—Sabes que tengo sangre mezclada. Podría hacer venir a un carpatiano para que te diera su sangre. Podría retrasar el proceso.

—Dame tu maldita sangre antes de que me desmaye.

—Menudo gallina —dijo Fen con el mismo tono jocoso que Zev.

Sin embargo, actuó con rapidez.

Zev era un hombre demasiado valioso como para permitir que muriera. Él sabía que si al cazador de élite no le preocupaba lo de la sangre mezclada era porque tenía problemas de verdad. Tenía sentido y, aunque Zev supiera que estaba cerca de la transformación, haría todo lo posible para retrasarla hasta que el consejo decidiera algo sobre el tema de la *Sange rau*, la mala sangre contra el *Hän ku pesäk kaikak*, el Guardián de todos.

Fen se cortó la muñeca y se la puso en la boca a Zev. El peligro en darle sangre a un licántropo era que podía llegar a gustarles demasiado. Los licántropos habían abandonado la necesidad de sangre y carne fresca para abrazar el mundo civilizado, pero era imposible domar a una criatura de naturaleza depredadora. El salvajismo estaba allí, bajo la superficie, siempre amenazando con vencer la concha de civilización que tanto esfuerzo había costado conseguir.

Pero Zev no parecía tener ningún problema en tomar sangre a la manera de los carpatianos. Tatiana también le había dado sangre cuando estuvo gravemente herido. Los carpatianos habían donado su sangre en más de una ocasión para mantener vivo a este licántropo, pero no habría sido suficiente para causar la transformación. Era un proceso lento que tenía lugar durante un largo tiempo de exposición, lo cual significaba que, en el transcurso de los siglos, Zev había ido de caza con un carpatiano en más de una ocasión.

—Sólo quieres sangre mezclada porque echaste un vistazo a cierta mujer y se te murió la materia cerebral —lo acusó Fen.

Zev no abrió los ojos ni dejó de alimentarse.

—*Sí, me causó buena impresión.*

Capítulo *12*

El estrépito de las espadas resonó por la habitación. Daciana y Makoce tenían a Rolf entre los dos, en tanto que Lykaon y Arnau defendían a los demás miembros del consejo, asombrosamente no de los carpatianos, sino de otros licántropos que de pronto se volvieron contra ellos.

—*Intentan asesinar al consejo* —advirtió Mikhail a sus guerreros—. *Elegid vuestros objetivos con cuidado.*

—¡Licántropos leales —exclamó Rolf—, los que sois fieles al consejo, defendednos, no de los carpatianos sino de los nuestros!

Lucian mató a Lowell, el lobo que había intentado asesinar a Francesca y a Gabriel con un tajo de su espada. Otro de los licántropos clavó una estaca de plata en el corazón del asesino y le cortó la cabeza con su espada.

Gabriel empujó a su compañera eterna hacia el fondo del cuarto, lejos de la escaramuza. Zacarías avanzó de un salto para cerrar filas y proteger a la mujer. Estaba en todas partes, con expresión imperturbable, reaccionando con rapidez, de manera que parecía que todo licántropo que mataba a uno de los suyos en un esfuerzo por llegar a un miembro del consejo tenía que vérselas con él o con alguno de sus hermanos. Estaba claro que él dirigía a su familia y parecían moverse juntos en una coreografiada danza de la muerte.

La facción de licántropos que quería ver muertos a los miembros del consejo quedó atrapada entre los suyos y los carpatianos. Su tentativa de iniciar una batalla entre las especies había fracasado cuando ambos bandos mantuvieron la cabeza fría y siguieron las instrucciones de sus líderes.

—Depon las armas —ordenó Rolf—. Se os perdonará la vida.

Ni uno solo de los licántropos que quedaban con Lowell y Varg obedeció; incluso sabiendo que los matarían, aumentaron su determinación por alcanzar a un miembro del consejo. Daciana se llevó un tajo brutal en el vientre que le hizo el cuchillo de plata de Varg cuando intentó rebasarla para llegar a Rolf. La hoja afilada le abrió un corte y la plata tuvo que quemar como el infierno, pero ella no se inmutó.

Cuando la hoja se le venía encima por segunda vez, Daciana le golpeó la muñeca con la mano al tiempo que lo esquivaba y confiaba en que Makoe, su compañero, protegería a Rolf mientras ella luchaba con Varg. Lo conocía muy bien, pero él siempre la había subestimado. Últimamente se había dado cuenta de que dos de los cazadores de élite de su manada la trataban de un modo un poco distinto. Tanto Gunnolf como Convel habían empezado a no hacer caso de las cosas que decía, haciendo ver que no la habían oído. Con frecuencia se alejaban cuando ella se les acercaba.

Varg tenía la misma actitud que Lowell. Debería haber llamado la atención de Zev sobre el asunto, pero se sentía boba quejándose. ¿Qué los había cambiado? Las diferencias habían empezado mucho tiempo atrás, pero ella no se había percatado hasta que se habían mostrado desdeñosos. No la habían querido en su manada de élite.

Valiéndose del impulso del propio licántropo, Daciana dio la vuelta, le pasó la muñeca por encima del hombro y tiró a Varg de espaldas. Éste cayó sobre la mesa de comida que Francesca había dispuesto para ellos con un rugido de furia, se levantó de un salto y se precipitó contra ella. Ya se lo había esperado, contaba con su nuevo desprecio por las mujeres luchadoras. Le permitió que la arrojara al suelo y, mientras se transformaba en mitad hombre y mitad lobo, su hocico se cerró violentamente sobre su hombro.

Ella llevaba una estaca de plata en el puño que lanzó hacia arriba. El peso del propio cuerpo de Varg, junto con la velocidad de su salto, empujó la estaca que giraba y ésta le atravesó directamente el corazón. Su puntería fue perfecta, como siempre había sido. Daciana se lo quedó mirando a los ojos, observando cómo se apagaba la fuerza vital.

—Así es, figura. Te ha derrotado una mujer. Vete al infierno pensando en ello.

Zacarías le sacó el cuerpo de encima y le tendió la mano. Ella se la tomó, se levantó de un salto y volvió al combate, dejando que el carpatiano le cortara la cabeza al lobo.

El combate terminó en muy poco tiempo. Una docena de licántropos yacían muertos en el suelo. Los guerreros carpatianos retrocedieron mirando a los licántropos restantes un tanto recelosos.

—Pido disculpas por el comportamiento de mi gente —dijo Rolf, y les brindó una reverencia formal—. Agradecemos que nos ayudarais a ocuparnos de los asesinos. Si nos perdonáis, regresaremos a la posada. Nuestros heridos necesitan atención y a los miembros del consejo les gustaría hacer unas cuantas llamadas telefónicas para ver si podemos llegar al fondo de esta traición.

Mikhail paseó la mirada por los licántropos restantes. Si había una facción de licántropos que intentaba iniciar una guerra entre las dos especies, dudaba que los doce muertos que había en el suelo fueran los únicos que quedaban.

—*Esto ha sido una conspiración bien elaborada, Gregori, para hacernos parecer responsables.*

—*Estoy de acuerdo.*

—*Si los miembros del consejo son asesinados en suelo carpatiano no habrá forma de explicárselo a los miembros del consejo restantes que eligieron quedarse.*

—*Tú y yo sabemos que el consejo todavía no está a salvo. Algunos de los que conspiran contra ellos siguen con vida. Sería absurdo creer que los hemos matado a todos* —señaló Gregori.

—No es mi intención faltarte al respeto, Rolf —continuó diciendo Mikhail en voz alta—, pero preferiría enviar a algunos de mis hombres con vosotros para garantizar vuestra seguridad.

Rolf asintió con un leve movimiento de la cabeza para indicar que no se oponía a la idea. Él, al igual que Mikhail y Gregori, tenía que saber que probablemente había más asesinos acechando entre sus guardias, esperando la oportunidad para matarlo a él y a los demás.

—*Mikhail.* —Zacarías lo llamó a través del canal carpatiano común que permitía que Gregori también lo oyera—. *Mi familia tiene que ponerse en marcha ahora si queremos llegar con Paul antes del amanecer. Resulta que ya falta poco. Andre, Mataias, Lojos y Tomas han regresado.*

Estaba claro que Zacarías le estaba recordando que había otros que ocuparían el lugar de su familia. Mikhail ya sabía que se marcharían. Aun así, resultaba problemático. Zacarías era imprevisible. No era un hombre que tomara prisioneros ni que hiciera demasiadas preguntas. Si los licántropos lo provocaban, él tomaría represalias. No había forma de pedirle que se quedara, no cuando Paul había resultado herido. Paul era su sobrino y ningún De La Cruz dejaría atrás a un miembro de su familia, y menos a un niño.

Mikhail tenía hombres suficientes para protegerlo a él, a las mujeres y a los niños. No tenía una verdadera excusa para retener en Rusia con él a las familias de aquellos que tenían problemas. Sabía que Lucian y Gabriel Daratrazanoff también se irían. La combinación de Zacarías, sus hermanos y los legendarios gemelos era más de lo que le desearía incluso a su peor enemigo.

—*No empecéis una guerra* —le advirtió—. *Los miembros del consejo parecen haber venido de buena fe. Dadnos tiempo para solucionar esto.*

—*Si se ha empezado una guerra* —le recordó Gabriel con seriedad—, *los licántropos fueron los primeros en disparar.*

Los ánimos estaban exaltados. Eso no podía evitarse. No sabía qué habría hecho él si los licántropos hubieran atacado a uno de sus hijos. Le puso la mano en el hombro a Gabriel.

—Llévalos a casa. A todos.

No le importó que Rolf y los demás miembros del consejo lo oyeran. Quería que lo oyeran. Sólo con mirarlos podían ver por sí mismo lo que su gente, unos guerreros antiguos y experimentados todos ellos, eran capaces de hacer. Que el consejo llamara a sus manadas y los advirtiera si quería. No había trampa en la que pudieran caer esos hombres.

Miró a los hombres y mujeres de su entorno. Ellos no eran volubles ni estaban impacientes. No podía decir ni siquiera eso de Zacarías. Estaban tranquilos y calmados, y eran mortíferos.

—*¿Entiendes lo que digo? Los niños nos pertenecen a todos. Llévalos a casa cueste lo que cueste.*

Los siete hombres lo miraron directamente a los ojos, todos y cada uno de ellos, y asintieron moviendo lentamente la cabeza. Mikhail alzó la mano.

—Buen viaje y buena suerte.

Rolf negó con la cabeza y dejó escapar un leve suspiro.

—Tenemos mucho de qué hablar.

Mikhail asintió.

—Hablaremos, pero hay que traer a nuestros hijos a casa.

—¿Puedes caminar? —le preguntó Fen a Zev. Echó un lento vistazo en derredor—. La mayoría de licántropos se han adentrado en el bosque o se han retirado hacia su campamento, pero quedan unos cuantos. Creo que esos pocos tienen la tarea de matarte. Parece que eres un hombre importante, Zev Hunter.

Zev no abrió los ojos, permaneció tendido en la hierba alta, descansando, esperando a que sus genes de licántropo y la infusión de sangre carpatiana le cerraran la herida del brazo. En ningún momento apartó la mano de la empuñadura de su espada.

—Ser importante tiene sus inconvenientes.

—Ser amigo de un hombre importante tiene sus inconvenientes —dijo Fen.

Notó que se le erizaba el vello de la nuca. Eran un objetivo y los licántropos iban armados con escopetas.

—*Tatijana, protégenos. Zev ha perdido demasiada sangre. Necesito llevarlo al refugio.*

—*No puedes. Es licántropo y ningún licántropo puede pasar.*

—*Es el único modo de salvarle la vida. Tiene sangre carpatiana. No sé cuánta, pero me dijo que nota que el cambio ya ha empezado.*

—*Es un riesgo terrible.*

Fen suspiró.

—Importante o no, eres como un grano en el culo, Zev. Ésta es la situación. De momento Tatijana nos está protegiendo de las balas, pero no durará mucho porque está rompiendo el alba y necesitamos meternos bajo tierra. Tú no estás a salvo con tus licántropos sin alguien que te guarde las espaldas, al menos hasta que hayas vuelto a recuperar las fuerzas, e incluso entonces estarás en peligro.

—¿Esto nos lleva a alguna parte? —preguntó Zev, que abrió los párpados lo justo para mirar a Fen—. De eso ya me he dado cuenta yo solito.

—Puedo intentar meterte donde nadie pueda alcanzarte, pero si no tienes suficiente sangre carpatiana no funcionará. Tendremos que correr para salvarnos y no estoy seguro de adónde puedo llevarte. Voy a tener que meterme bajo tierra. ¿Hay alguien en quien confíes llegados a este punto? ¿Alguien a quien puedas confiarle la vida?

—Están en los montes Cárpatos, protegiendo al consejo. Por eso están allí, porque confío en ellos —respondió Zev. Intentó incorporarse, pero una oleada de debilidad volvió a mandarlo al suelo—. Sal de aquí, Fen. Márchate mientras puedas.

Fen soltó un resoplido de burla.

—La hermana de Tatijana no está aquí para poder ver tus heroicidades, de modo que para. Voy a intentar meterte dentro. Allí podrás descansar y protegernos mientras dormimos.

Una débil sonrisa suavizó la tosquedad del rostro de Zev.

—Ahora ya veo adónde nos lleva esto. Yo soy el herido y te vas a ir a la cama esperando que proteja tu penoso culo.

—Eso estaría bien —repuso Fen con una sonrisa que se desvaneció con mucha rapidez—. Tenemos a un chico completamente humano que tendrá que pasarse el día solo. Está herido, es valiente y aguantará, pero la responsabilidad de vigilar a su padre, a su tío, a mi hermano y a Skyler además de a Tatijana y a mí es enorme para un crío.

Zev dio unos golpecitos a su espada.

—Pues no hay problema. Puedo enfrentarme a todo el mundo licántropo por ti, nada menos que con un chico, para que tú puedas tener tu sueño reparador.

—Mi compañera eterna es Tatijana y ya ves el aspecto que tiene. No puedo arriesgarme a parecerme a Drácula.

Zev se rió en voz baja.

—No sé lo que ve en ti esa mujer.

—Francamente, yo tampoco. —Fen soltó aire con un resoplido—. ¿Estás preparado para esto?

—Tanto como lo estaré nunca —respondió Zev.

Una vez más, se esforzó por incorporarse. Esta vez lo consiguió. Su rostro, curtido y bronceado por los años, había empalidecido. Daba la impresión de que podría ponerse a vomitar, pero se obligó a mantenerse incorporado, balanceándose un poco.

—Dame un segundo e intentaré ponerme de pie.

—En cuanto nos levantemos tendremos que dirigirnos al bosque —le advirtió Fen—. Tatijana sólo puede protegernos de algunas posiciones. Si ponen tiradores en los árboles…

Zev asintió con la cabeza.

—Los siento. Nos tienen rodeados. —Miró a Fen—. Así es como me di cuenta de que me estaba convirtiendo en algo distinto. A veces sentía a los demás cuando no debería. Los licántropos no desprenden energía.

—Sí lo hacen, pero la retienen —lo corrigió Fen—. Cuando tu cuerpo se convierte en Guardián, tus sentidos se agudizan aún más.

Si Zev estaba en la fase en la que su conciencia había aumentado hasta ese punto, tal vez fuera suficiente para permitirle la entrada en el refugio de Skyler. Hacía unas semanas habían estado juntos en varias batallas. Tatijana le había dado sangre. Otros carpatianos habían hecho lo mismo. Era posible que las últimas infusiones hubieran empujado a Zev a la verdadera transformación. En realidad, nadie sabía cuándo empezaba.

Resultaba más fácil saber cuándo se pasaba de carpatiano a licántropo porque el lobo era una segura indicación de ello. Uno se percataba lentamente de su presencia. Un licántropo aún tenía el lobo en su interior. Si Zev sospechaba que se había convertido en un ser de sangre mezclada, lo más probable es que así fuera.

Algo golpeó contra el escudo que les había proporcionado Tatijana, una bala astilló la armadura transparente de manera que ésta formó una especie de telaraña hacia afuera, dibujando una lluvia de estrellas.

—Creo que nos hemos quedado sin tiempo —dijo Fen.

Se levantó de un salto y le tendió la mano a Zev.

Zev estaba dispuesto, Fen tuvo que reconocérselo. Se esforzó por levantarse mientras tiraba de él para ayudarlo.

—Estoy bien —le aseguró Zev—. Se me está empezando a pasar el mareo.

Probablemente fuera mentira, pero Fen no estaba dispuesto a discutírselo. Una segunda bala se sumó a la primera y luego resonó una descarga. Rodeó a Zev con el brazo y salieron corriendo hacia el refugio. Fen oyó que las balas golpeaban el escudo desde todas partes. Al menos tenía que haber cinco tiradores y, a juzgar por la pauta de las balas, eran todos expertos. Todos los disparos hubieran sido en la cabeza. Quienquiera que estuviera dirigiendo el ejército de Gunnolf, había reclutado a algunos tiradores de primera.

En cuanto llegaron a la pared del refugio, esa transparencia ondeante que mantenía a raya tanto a los licántropos como a sus balas, Fen retrocedió para dejar que Zev entrara primero.

—¿Qué hago?

—Crúzalo sin más. Si lo consigues, estarás dentro, si no, no sé lo que te está ocurriendo.

—¿Tú no has estado dentro?

—No, pero Dimitri está ahí y él es como nosotros.

Zev inspiró profundamente, soltó el aire y dio un paso. Notó un dolor horrible en los huesos, como si tiraran de ellos y se los retorcieran, una sensación que lo desgarró, que lo dejó sin aire en los pulmones y que parecía destrozarle los músculos y tejidos. Se le aceleró el corazón, le palpitaba tan deprisa que le dolía el pecho.

Hubiera retrocedido, pero sabía que Fen se quedaría con él, continuaría arriesgando su vida. Fuera de la fortaleza no tendrían ninguna posibilidad, ninguno de los dos. No estando solos. Atravesó el muro mientras sus células gritaban y con la sensación de que su cuerpo se estaba haciendo pedazos.

De pronto se vio libre de dicha sensación y cayó al suelo, pudo volver a respirar y el corazón volvió a latirle a un ritmo normal. Rodó por el suelo, tosiendo, metiendo aire en los pulmones que le ardían. Mantuvo la mirada fija en Fen. Él llevaba siglos siendo de sangre mezclada. Era medio licántropo y medio carpatiano de verdad. No tenía ninguna duda de que él experimentó ese mismo tirón y desgarro de su cuerpo cuando éste cayó al suelo a su lado, con la respiración igual de fatigada.

—¿Y quién es esta chica que ha conseguido construir esta cosa? —preguntó Zev.

Fen se hubiera echado a reír si hubiera tenido suficiente aire para hacerlo. Aún tenía la sensación de que habían tirado de su cuerpo en un millar de direcciones distintas. ¿Cómo se podía describir a Skyler?

—Parece un ángel inocente. Así la describe mi hermano. Se llama Skyler.

Zev se llevó la mano a la frente.

—Me la encontré. En el bosque. Estaba perdida, dijo. Tenía un esguince en el tobillo y no podía encontrar el camino de vuelta a su campamento.

Fen sí que se rió entonces. No pudo evitarlo.

—Te engañó por completo.

—Es humana.

—Es Skyler, la compañera eterna de Dimitri. Los licántropos lo hicieron prisionero y ella lo recuperó.

Byron se acercó a ellos con cierta cautela. Sonrió, pero su mirada era fría y apagada.

—Tatijana me dijo que ibas a traerlo aquí dentro, que estaba gravemente herido. ¿Necesita sangre?

—Sí —contestó Fen—. Y quiero que Tatijana le eche un vistazo a su herida.

—Estoy aquí —recordó Zev—. Soy Zev. Zev Hunter. Parece que mi gente me quiere muerto y por eso Fen me invitó a entrar.

—Soy Byron Justicano —se presentó Byron—. Josef es mi sobrino. Él y Paul ayudaron a Skyler a rescatar a Dimitri.

—Unos chicos valientes —comentó Zev. Hizo un gesto con la cabeza en dirección a Paul, que le dirigió una débil sonrisa—. Y buenos actores, además. Me engañaron. —Soltó un resoplido—. Llevé a esa chica de vuelta a su campamento. No se delató ni por un segundo. Yo tenía mis sospechas, por supuesto, por la oportunidad del momento, no por ella, sólo por el hecho de que el campamento estuviera allí cuando nos habíamos asegurado de que no hubiera nadie en la zona.

Fen y Byron intercambiaron una sonrisita. Por lo visto los carpatianos no habían sido los únicos que habían subestimado a Skyler, Josef y Paul.

—Lamento que esté muerta —dijo Zev— Se arrojó delante de Dimitri justo en el momento en que disparaban una docena de licántropos. La mayoría obedecieron cuando les dije que se retiraran, pero la facción de Gunnolf estaba decidida a matar a Dimitri. Ella se puso en medio, simplemente.

—No está muerta —anunció Byron.

Zev frunció el ceño y miró a su alrededor. El refugio tenía las paredes y el techo transparentes, veía a los ocupantes fácilmente. Tatijana y otro hombre parecían estar atendiendo las heridas de otro más joven. Tenía el pelo de punta, negro y azul, y estaba muy pálido. Paul estaba tendido en el suelo junto a él, mirándolo. Pero, aparte de Byron y Fen, no había otros en el bosque.

—Dimitri la llevó bajo tierra para que sanara —le explicó Fen.

—Pensaba que era humana —dijo Zev, desconcertado—. Me estás confundiendo, y ya estoy un poco desorientado.

—Se despertará siendo completamente carpatiana —aclaró Fen—. Dimitri pudo salvarla.

—Después de ver sus heridas, no veo cómo fue posible —comentó Zev—. Incluso desde lejos, parecía muerta o moribunda.

—Su padre es Gabriel Daratrazanoff —dijo Fen—. Su padre adoptivo.

A Zev se le atoró el aliento en la garganta. Si era posible empalidecer aún más, lo consiguió.

—¿La leyenda? ¿Gabriel y Lucian? ¿Los gemelos? Todos los licántropos, tanto jóvenes como mayores, han oído hablar de ellos. Supongo que no hay ninguna esperanza de que no estén viniendo hacia aquí, porque donde está uno, está el otro.

—Absolutamente ninguna —confirmó Fen—. Gabriel y Lucian esperan llegar antes del amanecer.

Zev cerró los ojos.

—La cosa empeora por momentos.

—No te he contado lo peor —le advirtió Fen.

Zev soltó un leve quejido.

—Vamos, Fen, acaba con esto de una vez. ¿Qué más hay?

—¿Has oído hablar de un carpatiano llamado Zacarías?

Zev abrió los ojos de repente. Incluso se incorporó otra vez.

—¿Me tomas el pelo? Ningún licántropo se acerca a Sudamérica si puede evitarlo. Se ha hecho, pero rara vez. Nadie quiere tener nada que ver con él ni con sus hermanos. Por supuesto que he oído hablar de él. Es el hombre del saco con el que asustamos a nuestros hijos.

Fen señaló a Paul con el dedo.

—Ése es su sobrino.

—Fen. —Zev se pasó la mano por la cara—. ¿Cómo vamos a evitar una guerra? Sabes que no todos los licántropos que hay en este campamento son culpables. Eso lo sabes. A todos ellos, incluido a mí, nos engañaron haciéndonos creer que el consejo había sentenciado a Dimitri a la muerte por plata. En cierto sentido era lógico, podrían negar que lo habían matado porque se movería continuamente hasta que la plata le llegara al corazón. Técnicamente, podrían afirmar que se había matado él mismo.

—Eso son chorradas —le espetó Fen, y empezaron a brillarle los ojos.

Incluso notó que se le alargaban los dientes sólo un poco.

Zev lo miró con el ceño fruncido.

—No te pongas en plan vampiro conmigo. Sólo te estoy explicando lo que parecía desde el punto de vista de un licántropo. Intenté llamar a los miembros del consejo pero no funcionaba ningún teléfono. Pensándolo bien, Gunnolf y sus seguidores debieron de haber interferido los teléfonos móviles.

—Lo habrías dejado morir —lo acusó Fen—. A mi hermano.

Zev asintió con la cabeza.

—Pensé en matarlo yo mismo, para que dejara de sufrir —admitió—. Juré apoyar las decisiones del consejo tanto si estoy de acuerdo como si no. —Tamborileó con los dedos sobre su pierna—. Sinceramente, por primera vez en mi muy larga existencia, consideré en ir contra ellos. La decisión no solamente era injusta, sino que parecía suicida. Los miembros del consejo estaban negociando una alianza con Mikhail, y la querían. Estaban a favor de ella. La mayoría.

—¿La mayoría? —repitió Fen.

—La mayoría es la que rige el consejo, y todos los licántropos acatan las leyes. El alfa hace cumplir las leyes dentro de las manadas individuales, pero ninguna de ellas iría en contra de una decisión del consejo.

—Supongo que debería alegrarme de que no lo mataras —dijo Fen.

—Se lo hubiera preguntado primero. Duraba demasiado, de modo que supuse que tenía una razón poderosa para seguir vivo, una que trascendía ese tipo de dolor. Se esforzó por mantenerse inmóvil, lo cual significaba que no quería morir. Encontré rastros de plata en el suelo bajo él y me di cuenta de que tenía que estar expulsándola por sus poros. Estaba completamente envuelto en una cadena de plata desde la cabeza a los pies, por lo que eso no tenía ningún sentido.

—Skyler —dijo Fen—. Esa chica… esa mujer —se corrigió.

—¿Quién hubiera pensado que esa niña de aspecto inocente podría hacer tantos estragos y trastocar un golpe de estado de un grupo de fanáticos entre los licántropos? —se preguntó Zev.

—¿Te das cuenta? —señaló Fen—. Gunnolf y Convel tuvieron que estar trabajando con alguien más durante mucho tiempo para organizar un golpe de estado y cuando nos tropezamos con la misma manada de renegados que se dirigía a los montes Cárpatos, en realidad nos cruzamos con su movimiento de apertura.

Zev asintió con la cabeza. Le sonrió a Tatijana cuando ésta llegó a su lado.

—Me alegro de verte —la saludó—. Gracias por salvarnos ahí afuera.

Ella le devolvió la sonrisa y se dejó caer en la hierba, tras lo cual le tomó el brazo para examinar los daños.

—Se está convirtiendo en una costumbre. No podemos dejar que nadie te mate, Zev. A mi hermana no le haría demasiada gracia. Está esperando volver a bailar contigo alguna vez.

—Probablemente no se acuerde ni de mi nombre —repuso Zev—. Pero es un detalle por tu parte decirlo.

Tatijana se echó a reír.

—Bobo. Probablemente tu nombre sea lo único que recuerda. No es muy sociable.

Fen soltó un leve resoplido burlón.

—Hay que ver a qué extremos llegas, haciendo que te hieran sólo para obtener un poco de simpatía femenina. ¿Sabes, Tatijana? En realidad es mucho más rápido de lo que deja ver y podría haber evitado que el cuchillo lo rajara. Sólo esperaba que apareciera tu hermana y lo besara para que se curara.

Zev le lanzó una mirada de advertencia.

—Todavía voy armado hasta los dientes, cabrón.

Tatijana meneó la cabeza con expresión divertida.

—Sois muy malos los dos. —De pronto la sonrisa se desvaneció de sus ojos y la dejó con una expresión seria… y un poco preocupada—. Zev, este corte llega hasta el hueso. Hay algún tipo de veneno actuando aquí que apenas puedo detectar. Puedo comprobarlo si me permites hacerlo, pero tendrá que ser al estilo carpatiano.

Zev se encogió de hombros.

—Por lo visto, ya soy casi medio carpatiano. Más vale que aprenda cómo sanar de la forma en que lo hacéis vosotros. Y no es que no lo hayáis hecho antes.

Tatijana no esperó, abandonó su cuerpo, su espíritu se convirtió en una energía blanca y entró en Zev para intentar averiguar cuál era el compuesto venenoso que se propagaba por su sistema. Un rasguño a lo largo del hueso desde el codo a la muñeca mostraba dónde había sido el corte. La punta de la hoja había penetrado en el hueso y vio unas ampollas diminutas, minúsculas, como gotitas que recorrían todo el arañazo. Aquellos glóbulos se aferraban al hueso, pero se extendían a lo largo del rasguño y más allá. Las gotitas mortíferas le subían por el brazo siguiendo el hueso.

Así que tuvo que erradicar todos y cada uno de los pequeños rastros de aquel veneno. Además, por el tejido de los músculos del brazo, vio evidencias de un antiagregante y anticoagulante. Gunnolf había estado dispuesto a retar a Zev a una lucha por el liderazgo de la manada y había acudido preparado para asesinarlo. Mientras el antiagregante y anticoagulante le saturara brazo, nunca habría curación. Podrían darle sangre una y otra vez y no serviría de nada.

La mujer regresó a su cuerpo y cruzó la mirada con la de su compañero eterno con una expresión seria.

—Gunnolf planeaba asesinarte, Zev. Al menos hay tres compuestos que han quedado en tu sistema para matarte. Tu sangre de licántropo está intentando regenerar el tejido y el músculo y tu sangre carpatiana intenta expulsar a los intrusos, pero no podrás hacerlo solo.

Fen alargó el brazo, tomó de la mano a Tatijana y entrelazó los dedos con los suyos.

—Sabíamos que era grave —le dijo con delicadeza—. Nada ha detenido la hemorragia. ¿Puedes quitárselo? Yo también poseo algunas habilidades. Entre los dos deberíamos poder limpiarlo.

—Vlad puede darle sangre —terció Byron—. En cuanto detengáis la hemorragia.

—Yo también puedo —se ofreció Paul.

—Si él me da sangre, ¿se me consideraría parte de la familia de Zacarías? —preguntó Zev—. Podría ser más seguro.

—Creo que Gabriel va a ser quien va a venir aquí como el vengador —dijo Byron—. Me están llegando unos rumores. Razvan, el padre biológico de Skyler, está de camino con Ivory, su compañera eterna. Acaban de ponerse en contacto conmigo. Ninguno de ellos está muy contento con nada de esto. Razvan me ha dicho que hubo un intento de asesinato contra los miembros del consejo.

Zev soltó una maldición entre dientes.

—Esto es mucho peor de lo que pensaba. Así pues, no está sucediendo sólo aquí. Tenía miedo de eso. También hay miembros del consejo en un lugar seguro. Es una precaución que se toma cuando alguno de ellos corre peligro. De esa forma, si alguno de ellos muriera, habría estabilidad. Siempre hay una continuidad, miembros más viejos con todos los miembros nuevos que sean necesarios. ¿Alguno de ellos resultó muerto o herido? Envié a mi mejor gente con ellos.

—Por suerte prevalecieron las mentes frías —le informó Byron—. Razvan no estaba allí cuando tuvo lugar el asesinato. Por lo visto, intentaron matar a Gabriel y a Francesca cuando se dieron la vuelta para marcharse. Zacarías los detuvo y tanto Mikhail como un miembro antiguo del consejo convencieron a los demás para que depusieran las armas tras un combate al parecer breve pero feroz. Doce licántropos resultaron muertos, pero aparentemente estaban en el otro bando, sea cual sea.

Zev volvió a maldecir.

—Tengo que ir allí. Si matan a un solo miembro del consejo en los montes Cárpatos, quienquiera que esté detrás de esto habrá ganado. Se incorporó a medias como si fuera a marcharse en aquel mismo momento.

Fen levantó la mano para refrenarlo.

—¿Te has olvidado del veneno? ¿Del anticoagulante? ¿Acaso pensabas llevarte un cuerpo contigo para que te fuera proporcionando sangre?

Zev pareció dolido, puso los ojos en blanco y negó con la cabeza.

—¿Cuándo se volvió tan comediante, Tatijana?

Tatijana clavó la mirada en Fen, aunque el regocijo acechaba en sus ojos.

—No tengo ni idea, pero la verdad es que tienes un problema. Seriedad, hombres lobo, los dos, tenemos que ocuparnos de este brazo. —Se volvió a mirar por encima del hombro—. Vlad, voy a necesitarte. Sigue perdiendo demasiada sangre.

—¿Nos acaba de llamar «hombres lobo»? —preguntó Zev, que enarcó una ceja de golpe.

—Tuvimos suerte de que no nos llamara «lobeznos» —comentó Fen—. Lo suelta de vez en cuando.

—Zev, túmbate y relájate —le aconsejó Tatijana—. Fen y yo vamos a trabajar juntos en ti. —Cruzó la mirada con Fen—. Tú ve a por el veneno y yo me ocuparé del anticoagulante.

Fen asintió, consciente de que ella estaba especialmente preocupada por la herida. Era imposible ocultarle algo a Zev. Lo sabía, probablemente porque lo habían herido mil veces en batalla. Era un lobo con un cuerpo que se regeneraba rápidamente. Si su brazo se negaba a dejar de sangrar y él se sentía más débil incluso tras la infusión de sangre, lo sabría.

Fen abandonó su cuerpo, se convirtió en blanca energía sanadora y su espíritu viajó rápidamente al interior de Zev. Tanto la sangre de licántropo como la de carpatiano estaban presentes, aunque la de licántropo seguía siendo más fuerte. Lo más probable era que, si no le hubiesen dado tanta sangre a Zev durante las últimas batallas, hubiera pasado varios años más sin darse cuenta de que se estaba transformando lentamente.

Se movió por el cuerpo, inspeccionando los huesos en busca de algún indicio de veneno. Tatijana le había proporcionado una clara imagen mental, pero las ampollas diminutas se estaban extendiendo del brazo al hombro y a lo largo de la clavícula. Se puso a trabajar para extraer el veneno e irlo expulsando poco a poco del cuerpo. Algunos de aquellos puntos venenosos eran tan minúsculos que costaba verlos.

Sentía la presencia de Tatijana, pero sólo el calor de su energía mientras emprendía su propio trabajo para separar el anticoagulante del tejido y músculo que rodeaba la herida. Alguien había trabajado en la fórmula para bañar los cuchillos y dagas de Gunnolf, y probablemente también su espada. Debería haber pensado en recoger las armas para poder averiguar cómo lo habían hecho exactamente.

Si la facción de licántropos que quería la guerra estaba utilizando armas envenenadas, los carpatianos y cualesquiera de sus aliados tenían que encontrar enseguida la forma de neutralizar la fórmula utilizada. Extrajo más gotas del hueso de Zev y expulsó el veneno de su cuerpo. No encontró rastros de plata en el veneno, por lo que era seguro que un licántropo había ideado el compuesto. Un enemigo hubiera añadido también dicho componente, pero un licántropo, aunque fuera un traidor, no querría ni acercarse a la plata.

Estudió la línea que formaban las gotas. Había visto algo similar recientemente. ¿Habría ayudado un mago con la química requerida? La idea de una alianza entre un mago y un licántropo era, francamente, terrorífica. Cuando los crímenes de Xavier, el gran mago, se habían conocido en su mundo, la mayoría de los otros magos se habían desperdigado porque no querían que los relacionaran con él, pero eso no implicaba que no los hubiera. Xavier se había aprovechado de ellos y los había asesinado para sus propios experimentos, tal como había hecho con cualquier otra especie. No había respetado a nadie, ni siquiera a los de su propia sangre.

Fen perdió la noción del tiempo mientras extraía todas las gotas diminutas de veneno del cuerpo de Zev y luego se puso a trabajar para curarlo desde el interior. Tatijana ya había hecho su parte y estaba reparando también el enorme tajo. Terminaron a la vez y casi cayeron dentro de sus propios cuerpos.

—Necesita sangre —le dijo Tatijana a Vlad—. Le daré más antes de que nos metamos bajo tierra.

—Quiero asegurarme de que todos entendéis que cuando mañana os levantéis hambrientos, que lo haréis, sobre todo después de donar tanta sangre —dijo Fen—, lo más probable es que todo aquel que os encontréis sea licántropo. Ingerir su sangre acabará por cambiaros. Mikhail ya os habló a todos de ese problema.

—Conmigo no habló —dijo Zev, y levantó la cabeza para alimentarse de la muñeca extendida de Vlad.

—No tenemos bastantes respuestas para todas las preguntas que planteamos —declaró Fen sinceramente—. Como, por ejemplo, cómo se ve afectada una mujer, o un niño, si decidiéramos tener uno. Cómo un carpatiano puede convertir a otro. Y lo que es más, seguimos mutando cuanto más tiempo vivimos con esta mezcla.

—Vosotros tendrías que venir con una etiqueta de advertencia —le dijo Byron a Zev.

Zev le hizo un corte de mangas. Por detrás de ellos, Paul se rió disimuladamente y Josef estalló en carcajadas. Hacer un corte de mangas a los demás no era una práctica aceptada entre los carpatianos antiguos, ni siquiera entre los considerados viejos, como Byron.

Byron reprimió una sonrisa y se dio la vuelta con expresión grave, muy seria.

—Josef, creo que Tatijana te dijo que te metieras bajo tierra.

Tatijana se movió y Josef agitó la mano rápidamente para abrir el suelo antes de que la mujer pudiera reprenderlo. Descendió flotando y la rica tierra volvió a llenar el agujero sobre él, cubriéndolo por completo.

Byron meneó la cabeza.

—Ese chico es valiente, sin duda, pero tengo que decirte, Vlad, que es muy travieso.

—Nunca sabemos qué va a hacer o en qué va a meterse. —Vlad miró a Paul por encima del hombro con el ceño fruncido—. Nos alegramos de que saliera con Paul y Skyler porque pensamos, equivocadamente, que eran una buena influencia para él.

Paul le dirigió una engreída sonrisa de satisfacción.

—Pero lo conseguimos. Todos nosotros.

—Yo no estaría tan contento —le aconsejó Vlad—. Tus tíos están de camino. Llegarán antes del amanecer.

La sonrisa desapareció rápidamente del rostro de Paul.

—¿Tíos? ¿Quieres decir todos? ¿Rafael? ¿Y Zacarías también?

Vlad le dijo que sí con la cabeza.

—Todos —confirmó.

Paul soltó un quejido, se tapó la cara con las manos y se tumbó de espaldas.

—Ojalá pudiera meterme bajo tierra. Quizá durante veinte años o más. No creo que mi hermana vaya a sacarme de ésta.

Zev le dio las gracias a Vlad con educación e intentó no reírse al ver la consternación del muchacho. El chico lo había engañado y no era fácil hacerlo.

—Bueno, pues estamos tú y yo, muchacho —le dijo—. Los afrontaremos juntos. El licántropo, al que culpan de todo esto, y tú, porque nos engañaste a todos, incluso a ellos.

—Quizá no haga falta mencionar esa parte —comentó Paul—. No es que tengan muy buen sentido del humor. De hecho, no estoy seguro de haber visto reírse a Zacarías alguna vez. Quizá tendríamos que arriesgarnos en el bosque.

—Estáis rodeados de francotiradores —señaló Fen—. No sería la mejor de las ideas.

—Prefiero una bala rápida a que Zacarías me arranque la cabeza y la utilice para fabricar algún tipo de arma macabra, cosa de la que es muy capaz —dijo Paul.

—En los viejos tiempos cortaban las cabezas y las clavaban en lanzas para advertir a todo el mundo de lo que les ocurriría si enojaban a los grandes señores —explicó Fen, que dirigió una mirada pícara a Zev. Le dio un golpecito con el pie—. Tu cabeza quedaría muy bonita en lo alto de una lanza, mirando hacia el bosque como una advertencia a los licántropos que dispararon aquí al joven Paul.

—¡Fen! —Tatijana parecía indignada—. Te estás volviendo más sanguinario con cada minuto que pasa. Métete bajo tierra y compórtate.

—No sabe lo que es eso —terció Zev, con cierta santurronería—. Pero si el tío de Paul me corta la cabeza, Fen, dependerá de ti evitar que empiece una guerra. Tendrás que hacerlo entrar en razón.

Fen lo miró con el ceño fruncido.

—Dudo que nadie pueda hacer eso, ni si quiera yo, y cuando mi hermano se levante, tendréis que ser todos vosotros los que me hagáis entrar en razón a mí.

No pudo contener del todo la furia que lo embargaba cada dos por tres, cuando pensaba en su hermano torturado en el campamento de los licántropos. Nunca hubiera podido encontrar a Dimitri a tiempo para salvarlo. Si Skyler y Dimitri no tuvieran un vínculo tan increíble e intenso entre los dos, su hermano hubiera sucumbido a una muerte horrible de pura agonía.

La débil sonrisa de Zev se desvaneció.

—Lo siento, Fen.

Éste se encogió de hombros. Sabía que los años que Zev llevaba al servicio del consejo lo habían condicionado a acatar las órdenes y llevarlas a cabo. Él era la defensa del consejo. Sus ojos y oídos. Confiaban en él sin reservas y se había ganado dicha confianza a las malas. No podía culparlo. El cazador de élite incluso le había confesado haber considerado actuar en contra de las órdenes del consejo, y hasta terminar con el sufrimiento de Dimitri matándolo.

—Todavía no estamos en guerra —le recordó Fen en voz baja—. Me resulta difícil entender que se hubiera podido tratar así a Dimitri en tiempos de guerra, ya no te digo estando en paz como ahora.

—A mí también me costó entenderlo —admitió Zev—. Me sorprendí dándome cuenta de que no podía apoyar las decisiones del consejo si no creía que eran justas y razonables.

El hecho de darse cuenta de eso había sacudido los mismísimos cimientos de su existencia, todas sus creencias.

Fen inspiró profundamente y soltó el aire.

—Lo siento. Nada de esto es culpa tuya.

—Tal vez. O tal vez lo sea. Debería haber sabido que algo iba muy mal cuando no podía ponerme en contacto con el consejo para que me dieran respuestas. —Zev negó con la cabeza. Estaba cansado. De hecho, estaba exhausto. Quería cerrar los ojos y echarse a dormir—. No tienes que quedarte levantado para hacerme compañía. Paul y yo nos turnaremos para montar guardia. Necesitas dormir tanto como yo.

Fen miró a Paul.

El muchacho asintió con la cabeza, con un aspecto demasiado viejo para su edad.

—No hay problema, nosotros nos encargamos —coincidió.

Capítulo *13*

El sonido de un llanto amortiguado le llenó la mente. Dimitri abrió los ojos de golpe. Bajó la mirada hacia la mujer que tenía en sus brazos. Skyler estaba hecha un ovillo contra él, con un aspecto más pequeño que nunca. Unas enredaderas enmarañadas, de un color intenso, los habían envuelto en un manto, formando un capullo de flora viva. Ambos estaban desnudos bajo aquella cubierta, pues necesitaban que la tierra sanara todas las heridas. Vio atisbos del cuerpo de Skyler, porcelana blanca, ahora estropeada por varias balas que le habían desgarrado la carne.

La mano de ella se movió contra su cuello, fue un gesto levísimo, un mero roce de sus dedos, adelante y atrás, dejando traslucir nerviosismo.

Dimitri agitó la mano de inmediato y le ordenó al suelo que se abriera, que dejara entrar el aire y la noche. Una brisa fresca abanicó sus rostros al instante. En lo alto, las estrellas centelleaban y la luna emitía un suave resplandor amarillento tras unas nubes perezosas. Se protegió a sí mismo y a ella de posibles miradas con un cálido envoltorio de intimidad.

Le apartó el pelo de la cara y sacó todos los residuos que tenían mientras dejaba que el manto vivo permaneciera. Quería que Skyler se sintiera cómoda con él, que no pensara en que ambos estaban desnudos bajo aquella capa de enredaderas retorcidas.

—¿Qué ocurre, Skyler? ¿Tienes miedo?

Ella alzó sus largas pestañas y lo miró. En cuanto sus miradas se encontraron, a Dimitri le dio un vuelco el corazón. Siempre le había parecido increíblemente hermosa. Al hacerse mujer, su sangre de cazadora de dragones se hizo mucho más evidente. La herencia era fuerte en ella, le dio aquellos ojos que siempre cambiaban y que ahora eran oscuros, con las puntas de las pestañas húmedas.

—No puedo tener miedo con tus brazos rodeándome, Dimitri —respondió.

Volvió el rostro hacia su cuello y se frotó contra su piel como un gato. Dimitri percibió un dejo de preocupación en su voz.

—Entonces, ¿qué pasa? —Le alzó la barbilla con el dedo e inclinó la cabeza para enjugarle las lágrimas a besos—. ¿Por qué lloras?

Trazó un sendero de besos, leves como una pluma, hasta la comisura de sus labios.

Notó que temblaba, fue un mínimo estremecimiento, pero no se apartó de él, más bien volvió sutilmente la cabeza para que su próximo beso le rozara los labios.

—Ahora estamos a salvo, *csitri*.

La besó suavemente, sin exigirle nada. Sin pedirle nada. Lo único que importaba en aquel momento era simplemente decirle que la amaba y estrecharla contra sí.

Los labios de ella se curvaron en un atisbo de sonrisa bajo los suyos.

—Estamos a salvo siempre y cuando permanezcamos bajo tierra, mi amor. Creo que mi padre y mi tío están cerca, en alguna parte.

—No tienes nada que temer de tu familia, Skyler —le aseguró Dimitri—. Estaría muerto sin ti. Como mi compañera eterna, tenías todo el derecho a hacer lo que hiciste.

—Entiendo. Así pues, si nuestra hija alguna vez…

—Permanecería encerrada en su habitación para el resto de su vida —la interrumpió—. Nuestro hijo será tímido y no querrá separarse ni un momento de sus padres.

Skyler se echó a reír y volvió la cara contra el cuello de Dimitri. Sus labios suaves rozaron con besos las tres vueltas de quemaduras que tenía en torno al cuello y la garganta. Se las acarició con la lengua, siguiendo el camino que habían dejado las cadenas de plata. Dimitri sabía por qué se había despertado llorando. Por él. No por sí misma. Lloraba por él y por el sufrimiento que había tenido que soportar.

Entonces deslizó la mano por el pelo de Skyler y apretujó los gruesos mechones sedosos con el puño.

—Querida. Ya está hecho. Ambos estamos a salvo, y estamos juntos. Paul y Josef están vivos y sanarán bien. Serán proclamados héroes los dos... bueno, después de que sus familias y Gabriel les den unos cuantos sermones e intenten infundirles miedo a la muerte. Cosa que no funcionará porque ya se han enfrentado a la muerte de verdad.

Skyler se rió en voz baja.

—Eso es cierto. Josef dijo que tendría que meterse bajo tierra durante cien años. Pero vinieron conmigo. Los dos. Tengo unos amigos asombrosos.

Sus labios volvieron a darle unos besos como plumas entre las caricias sedosas de su lengua.

Una oleada de calor envió unas pequeñas llamas que parpadearon por todo su torrente sanguíneo. Todos los músculos se tensaron, tomaron conciencia de la mujer que tenía entre sus brazos. Su mujer. Con cada movimiento, la piel desnuda de la joven lo rozaba íntimamente. Alcanzó a ver sus pechos tentadores, sus puntas rosadas y las curvas redondeadas y muy femeninas.

Ahora estaban unidos, alma con alma, y ni siquiera un hombre tan obstinado como el legendario padre de Skyler podría volver a separarlos. Dimitri no intentó esconderle la reacción de su cuerpo. Respetaba demasiado a Skyler como para fingir nada.

Ella alzó la cabeza para mirarlo con sus ojos oscuros que brillaban con un color siempre cambiante.

—Quiero que me desees, Dimitri.

Él esbozó una sonrisa.

—Eso es bueno, Skyler —le aseguró—. Porque te deseo. Es natural querer hacerle el amor a la mujer de la que estás enamorado.

—Tendrás que tener paciencia conmigo. Quiero que me enseñes.

Él le rodeó la cara con ambas manos.

—No pasa nada si tienes miedo, y está bien que me digas si lo tienes.

Skyler asintió con la cabeza.

—Ya lo sé. Ahora te conozco. Sé que contigo estoy segura. —Se inclinó acercándose más a él—. Te echaba mucho de menos cada vez que te ibas. No tengo ni idea de cuándo empecé a saber de verdad que te quería, pero ya yace mucho tiempo y mi amor es más fuerte a cada momento.

—Gracias por venir a rescatarme —dijo Dimitri simplemente, y lo decía en serio. Skyler los había salvado a ambos, dándoles así la oportunidad de tener una vida en común—. Me salvaste la vida.

—Cuando no pude alcanzar tu mente con la mía, descubrí que no hay Skyler sin Dimitri. —El color de sus ojos se suavizó y adquirió ese tono gris paloma que a él le gustaba especialmente—. Supongo que localizarte fue una acción más interesada que heroica.

Dimitri se rió quedamente.

—Sólo tú pensarías eso.

El regocijo se desvaneció de su mirada.

—Tenemos que encontrar un lugar donde podamos estar solos, Dimitri. Sé que puedo sanarte mejor, tanto por dentro como por fuera, pero aquí no. No si estamos rodeados de licántropos y una pandilla de cazadores carpatianos vigila todos nuestros movimientos.

—Ahora no nos vigila nadie, *sívamet* —le aseguró—. Estamos en las profundidades de la tierra. Aunque los licántropos arañaran el techo del refugio que tenemos encima y miraran abajo, no nos verían aquí tumbados. He creado un escudo que ninguna mirada puede penetrar.

Skyler se hundió contra él, como si aquel pequeño chorro de energía hubiera desaparecido y volviera a estar exhausta.

—Intento no culpar a todos los licántropos, Dimitri. Desde el punto de vista intelectual, comprendo que fueron unos cuantos individuos, pero aun así tengo ganas de patearlos a todos.

A Dimitri le hizo gracia su confesión.

—¿Patearlos a todos? —repitió—. Eres divertidísima, *csitri*, de verdad. Yo tenía en mente algo mucho más letal.

—¡Dimitri! —Levantó la cabeza para mirarlo otra vez—. ¡Qué maravilla! Eres capaz de querer venganza. Yo me siento un poco culpable por no ser mejor persona.

—No creo que tengas que preocuparte nunca por la necesidad de estar a mi altura —le aseguró—. Tengo muchos defectos.

—¿Como por ejemplo? —preguntó.

Dimitri se inclinó para besarla. Ésta vez su boca fue más firme, un poco más insistente. Le acarició la comisura de la boca con la lengua y luego recorrió con ella sus labios suaves y carnosos.

—No te lo voy a decir. Esas cosas tendrás que averiguarlas tú sola.

Skyler apretó la boca contra la suya, un beso suave y provocativo, rozándole los labios de un lado a otro, como si estuviera probando la sensación. Se los acarició con la lengua, siguiendo su ejemplo, saboreándolo un poco tímidamente, pero envalentonándose más a medida que profundizaba en su beso.

Dimitri la había agarrado por el pelo y la sujetaba para que no se moviera. Ella se sobresaltó, como un ciervo alcanzado por la linterna de un cazador furtivo, pero no se apartó. Sus ojos se ensancharon, su mirada se suavizó. Ese hermoso tono de gris, que indicaba que estaba relajada y feliz.

Amar con tanta intensidad resultaba terrorífico... maravilloso, pero terrorífico. Él ya no volvería a ser el mismo. Nunca tendría ese control perfecto del guerrero sin emociones. Siempre necesitaría a esa mujer menuda que tenía su vida en la palma de su mano.

Entonces tomó posesión de esa boca perfecta, tan cálida, suave e incitante. Apretó el puño en torno a los poblados y sedosos mechones de pelo de Skyler, anclándola a él con lo que fue su primer movimiento agresivo y controlador, su primera exigencia. Esperó un segundo, dándole la oportunidad de apartarse, pero ella permaneció inmóvil, como un pajarillo con el corazón palpitante, quieto, esperando.

Después la engatusó con su boca para que abriera la suya para él; fue lo más parecido a una reclamación que le había hecho hasta entonces, más insistente. En esta ocasión contó los latidos de Skyler, temeroso de que se asustara y se apartara, pero su confianza en sí mismo venció todos los miedos que tenía y abrió la boca para él. Dimitri asumió el control y entró para reclamarla como mujer, como amante.

Fue una ráfaga de calor instantánea, una descarga eléctrica que chisporroteó por sus venas y chasqueó por todas sus terminaciones nerviosas. El amor que sentía por ella lo embargaba, se infiltraba en sus músculos y huesos de manera que su necesidad, que crecía como un maremoto, se mezclaba con el deseo. No habría forma de separar las dos emociones, ese apetito devastador y apremiante por ella y el amor incontenible.

Su cerebro amenazaba con fundirse. El corazón, acelerado, estaba a punto de estallarle en el pecho. Todos sus músculos se endurecieron mientras la sangre acudía como un cálido torrente a su entrepierna. La boca de Skyler era dulce, cálida e intensa, un refugio de placer que Dimitri quería visitar una y otra vez. Saboreó la pasión, no solamente la suya, sino también la de ella.

La necesidad de Skyler alcanzó la suya. Aumentó con la suya. Igualó la suya. Su boca era inexperta y eso la hacía aún más dulce para él. Skyler no se mostraba vacilante, quizás un poco tímida. No obstante, seguía su ejemplo de buen grado y cuando él tocó su mente no encontró miedo, sólo la necesidad de darle el mismo placer que ella le estaba dando.

La besó una y otra vez, y se permitió ahogarse en su pasión, robándole el aliento y dándole el suyo. Aquella mujer suave, aparentemente frágil, lo había salvado con la esencia de acero que corría por su interior y el increíble poder femenino que esgrimía. Le había dado vida una vez, un motivo para vivir, y luego, por segunda vez, cuando sólo había sufrimiento y ninguna razón para la esperanza, había ido a buscarlo.

Dimitri levantó la cabeza para mirarla y llenó de aire sus doloridos pulmones. Skyler se echó hacia atrás, lo miró con sus enormes ojos y bajó los párpados para ocultar su mirada, pero no antes de que él viera su expresión asombrada y aturdida.

—Besar es asombroso —admitió Skyler, que volvió a acomodarse en sus brazos—. Creo que me volvería adicta a ello con mucha facilidad.

—Yo ya soy adicto a besarte —repuso él en voz baja—. Así pues, vamos a dejarlo claro, sólo por si acaso nos topamos con una de esas cosas no tan buenas sobre mi carácter. Besarme a mí es asombroso, pero podría resultar mortal para cualquier otro.

Su tono de voz provocó un escalofrío que le recorrió la espalda a Skyler. Parecía tan calmado y familiar como siempre, su perfecto Dimitri, pero hubo algo en el timbre de su voz y en sus ojos que le dijo que hablaba muy en serio.

—Qué bobo, ¿a quién iba a besar si no a ti? —Antes de que Dimitri pudiera contestar, ella se rió suavemente—. Salvo a Paul, a Josef y a mi familia. Ellos no cuentan.

Paul y Josef eran su familia. Dimitri lo había aceptado hacía mucho tiempo, y no le había resultado fácil. En cuanto hubo mirado en la mente de Skyler y hubo aclarado sus emociones con respecto a los dos chicos… no, hombres ya, la relación entre ellos ya no había vuelto a preocuparle. De hecho, les había tomado mucho cariño a los dos y los consideraba igual que ella: hermanos más que amigos.

—Tenemos que alimentarnos —dijo Dimitri—. Los dos estamos débiles.

Skyler se estremeció.

—No creo que pueda acercarme a alguien y hundirle los dientes en el cuello, Dimitri. No es que no haya pensado mucho en ello, y Josef me dio su sangre varias veces, pero tomar la sangre de alguien a quien no conozco...

—Ahora mismo ése es mi trabajo, no el tuyo —declaró Dimitri—. Creo que tu padre y tu tío están esperando a que salgas para poder estar seguros de que estás viva y te encuentras bien. Ellos nos darán sangre. Son antiguos y su sangre es poderosa. Contribuirá a la sanación. Los dos tenemos que estar fuertes para salir de aquí. Los licántropos nos tienen rodeados de verdad. He escudriñado el bosque y están allí, esperando a que hagamos algún movimiento.

Skyler pasó los dedos por el manto de enredaderas.

—Somos muy afortunados de tener una ayuda como ésta cuando la necesitamos. Los dos acabamos muy malparados.

A Dimitri se le encogió el corazón. No quería revivir aquellos primeros momentos en los que ella se había arrojado delante de él con todo su cuerpo para evitar que las balas de plata lo alcanzaran. La apretó entre sus brazos, aplastándola casi, pero ella no se resistió, se limitó a aceptar su necesidad de estrecharla con fuerza.

—No vuelvas a hacer eso, Skyler. ¿Puedes imaginar lo que fue para mí creer que habías muerto?

Ella se volvió a mirarlo.

—Sí, Dimitri —contestó con voz muy firme—. Puedo imaginármelo perfectamente, teniendo en cuenta que también pensé que era posible que hubieras muerto.

—Lo siento mucho, *csitri*. —Le dio otro suave beso en lo alto de la cabeza—. No quería que conectaras conmigo porque sabía que sentirías mi dolor.

—Prefiero eso a creer que estás muerto —replicó ella muy seria. Agitó la mano y el manto que los cubría se retiró—. Sé que tengo que enfrentarme a mi padre y a su decepción por haberles mentido. Preferiría acabar con eso de una vez.

—Sabes que planeaba una boda para ti. Una boda humana. Como aquéllas de las que hablabas con tus amigas, con Gabriel llevándote por el pasillo. Quería unirme a ti delante de ellos y hacer que el ritual fuera especial para ti —reiteró Dimitri—. Para ti era importante incluir a tu familia y yo quería eso para ti.

Skyler se puso de rodillas e hizo una mueca cuando su cuerpo protestó y le dijo que no estaba ni mucho menos curada. De rodillas junto a Dimitri, se inclinó sobre él y le rodeó la cara con las manos mientras que su pelo caía en torno a ella como una capa de seda.

—Nuestro ritual fue especial para mí. Yo te lo pedí, Dimitri. Para mí era importante que nos uniéramos. No me apartaste de ti cuando era niña. Escuchaste lo que tenía que decir. Me contaste tus preocupaciones y confiaste en que yo te escuchara. Al final, pese a tu renuencia, hiciste lo que yo te pedí. Eso hizo que nuestra unión fuera especial para mí.

Dimitri la miró con el ceño fruncido.

—¿Ha resultado difícil tener a tanta gente diciéndote que eras demasiado joven para todo?

Skyler acercó la cabeza a la suya y rozó suavemente con los labios las marcas de la cadena que le habían quemado la frente.

—No tienes ni idea de lo molesto que puede llegar a ser. En realidad, fue Josef quien me lo hizo más fácil. A él le resulta divertido que nadie le haga caso porque es un niño. Desarrollé cierto sentido del humor al respecto… casi siempre.

Puso mala cara mientras estudiaba la imagen perfecta de una cadena profundamente incrustada en la piel. Le pasó el dedo por encima, recorriendo la señal y trazando un círculo por toda su cabeza. Notaba los puntos donde la cadena le había quemado el cráneo.

Recurro a ti, Madre, tu poder haz notar,
Mientras sello estos canales que tanto dolor podrían provocar.
Apelo al aloe, tan verde y refrescante,
Aporta de nuevo tu sangre vital y cicatrizante.
Cada línea que trazo, que día a día se desvanezca,
Que todo lo que causa dolor desaparezca.

Su voz suave se apagó y Skyler se inclinó hacia adelante para recorrer con más besos las marcas de la cadena y utilizar la saliva sanadora mientras pasaba la punta de la lengua por los eslabones.

A Dimitri no solamente le resultó calmante y sumamente íntima su ayuda, sino también sensual. Lo cierto era que Skyler se había puesto a horcajadas sobre su cuerpo, arrodillada, de modo que tenía las caderas entre sus muslos y sus pechos le presionaban cerca de la cara mientras le aplicaba la cura.

Entonces levantó las manos y rodeó delicadamente el suave peso de sus pechos. Notó que ella tomaba aire rápidamente. Se quedó quieta, pero no se movió. Su corazón palpitaba debajo de su mano. Se inclinó de nuevo y apretó más los pechos contra las palmas de él mientras le besaba los ojos y la nariz.

Se tomó su tiempo para buscar su boca, e hizo un rodeo provocativo que incluyó las orejas y la mandíbula antes de pasar a sus labios. Dimitri le rozó el pezón con el pulgar. Como una pluma. Notó su reacción de inmediato, el estremecimiento, el calor, el sofoco de su cuerpo, sus ojos sobresaltados que se alzaron de pronto para buscar su mirada.

—Bésame, *sívamet*. Quiero conocer tu cuerpo. No te estoy pidiendo nada, éste no es el momento ni el lugar —susurró—, pero eres mía. Este hermoso cuerpo está en mis manos. Necesito ver cada herida. Necesito conocer cada curva. Todo lo que te haga jadear de placer y encogerte de miedo.

Los ojos de Skyler escudriñaron los suyos durante lo que pareció una eternidad, aunque no se había puesto rígida ni tensa. Poco a poco, entrelazó los dedos por detrás de su cuello y se inclinó para tomar posesión de su boca.

Entonces la besó profundamente mientras las sensaciones lo inundaban y encendían un fuego repentino en todas sus terminaciones nerviosas. La besó una y otra vez, deseando que ella se perdiera en esas mismas sensaciones, y empezó a explorar su cuerpo con el tacto. Deslizó suavemente las manos por cada centímetro de ella, las yemas de los dedos pasaban por su piel como si estuviera leyendo en braille. La larga línea de su espalda. La menuda caja torácica. La cintura estrecha y esas caderas acampanadas. El trasero firme que parecía encajar perfectamente en sus manos. Los muslos, las pantorrillas. Incluso sus pies descalzos.

Se tomó su tiempo, exploró su cuerpo cuidándose mucho de no presentar ni una sola exigencia, simplemente familiarizándose con ella. Tenía unos pechos muy sensibles. Emitía un grito ahogado cada vez que él tiraba de sus pezones o se los retorcía. Se los lamió, acariciándolos con la lengua plana, y bajó la mano a su muslo, hacia el creciente calor que se acumulaba entre sus piernas.

Skyler emitió un leve sonido que estaba entre el miedo y la excitación. Dimitri alzó la cabeza para mirarla a los ojos manteniendo la mano presionada con fuerza contra su pubis.

—Bésame otra vez —le susurró—. Déjate llevar por las sensaciones. No voy a hacer nada más que aprenderme tu cuerpo.

Ella lo obedeció al instante, le buscó la boca de nuevo y lo besó con cierto frenesí. Él no movió la mano mientras la besaba una y otra vez, deseando que volviera a relajarse.

—*Ésta es mi chica* —le susurró mentalmente—. *Lo dije en serio lo de tomar tu cuerpo en mis manos. Conmigo siempre estarás a salvo. Déjate llevar por las sensaciones y no pienses. Estás conmigo, y yo te cuidaré y te protegeré para siempre.*

Entonces notó que ella se calmaba, notó su cuerpo cálido contra el suyo. La unión entre sus piernas se había calentado y humedecido. Movió un dedo trazando un círculo lento y perezoso, la besó en la boca y luego en la barbilla, bajó por la garganta y volvió a la suave turgencia de sus pechos. Todos los movimientos que hacía eran suaves y nada amenazadores, sino pensados para agudizar sus sentidos.

Su lengua jugueteó con el pezón izquierdo de Skyler, lo acarició y lo lamió. Lo rozó con los dientes y a continuación se lo llevó al calor de su boca. Ella jadeó, arqueó la espalda y se apretó más contra él. Al mismo tiempo, Dimitri le metió el dedo en la vagina prieta y abrasadora. Skyler tensó firmemente los músculos en torno a él, como si lo estuviera agarrando con el puño, y él estuvo a punto de gemir en voz alta al notar la reacción del cuerpo de la joven ante su pequeña invasión.

—*Estás bien. Tú sólo siente lo agradable que es cuando estás con alguien que te quiere de verdad. Eres mi mundo. Mi todo. Para mí, tú siempre serás la mujer más hermosa y deseable del mundo. Te amo y amo tu cuerpo. Quiero hacerte sentir así, pero más.*

—*No estoy segura de que pueda aguantar más.*

Parecía asustada.

—*¿Qué pasa?*

—*Siento que pierdo un poco el control*

—*Es exactamente lo que deberías sentir. Cuando hagamos el amor,* csitri, *ambos perderemos un poco el control, pero estaremos a salvo el uno con el otro.*

Poco a poco, a regañadientes, Dimitri retiró el dedo, le dio otro suave tirón del pecho y luego levantó la cabeza. Skyler tenía los ojos muy abiertos, estaba un poco aturdida, con la respiración un tanto agitada y el cuerpo completamente encendido. La besó de nuevo, esta vez lenta y largamente.

—Eres muy hermosa, Skyler. Así como estás. No creo que llegue el día en que sea capaz de resistirme a ti.

Ella le rodeó el cuello con los brazos y lo mantuvo cerca.

—Me sorprendes continuamente, Dimitri. Siempre pareces saber qué hacer exactamente. Haces que me sienta guapa y especial.

Se calló, un poco avergonzada.

—¿Qué ocurre, *sívamet*? —Dimitri la sonsacó con dulzura—. Siempre hemos sido capaces de contárnoslo todo.

—Cuesta un poco más, cara a cara y sin ropa —admitió ella. Se retiró lo justo para que sus ojos pudieran encontrarse y se ruborizó intensamente—. Te deseaba de verdad. Tenía miedo, pero no quería que pararas.

—Yo tampoco quería parar —confesó Dimitri—, pero aunque nadie pueda vernos ni oírnos, tampoco quiero tener cerca a la mitad de la población carpatiana.

—Hasta conseguiste que me olvidara de ellos —reconoció Skyler—. Se me fue la cabeza a otra parte.

Dimitri se rió en voz baja.

—Túmbate y déjame echar un vistazo a estos agujeros de bala. Todavía se ven en carne viva. ¿Te duele?

—Un poco —admitió.

Las manos de Dimitri estaban sobre su cuerpo de un modo un poco posesivo y la obligaron a tenderse mientras él examinaba el daño que le habían hecho.

—Estas heridas van a tardar un poco en curarse. Entre los disparos y la conversión, creo que tu cuerpo necesita pasar un tiempo bajo tierra.

—Pero aquí no —repuso Skyler—. No sé cuánto tiempo durará este refugio. Nunca lo ha había intentado antes. Puede que Tatijana pueda decírnoslo. —Le echó el pelo hacia atrás con dedos cariñosos—. No soy la única que necesita mucho más tiempo para sanar.

Dimitri llevó la mano de Skyler al calor de su boca y le besó los nudillos con ternura.

—Estoy bien. Un poco de sangre y me pondré en marcha.

Skyler puso los ojos en blanco.

—Entiendo. Esa cosa de hombres que me has mencionado en el pasado. Supongo que no he captado el concepto. Y lo que es peor, ahora Paul y Josef dicen lo mismo.

Dimitri sonrió.

—¿Lo ves? Hasta ellos lo saben.

Skyler negó con la cabeza.

—Odio hacer estallar tu burbuja masculina, pero lo dicen refiriéndose a ellos.

Dimitri hizo todo lo posible para parecer desanimado, sólo para arrancarle una sonrisa. La tensión empezaba a crisparla: la idea de enfrentarse a su padre y a su tío. También estaba preocupada por su madre y su hermana menor.

—Demos la cara y a ver si alguien tiene alguna idea sobre adónde podemos ir y cómo llegar allí —sugirió.

Skyler apretó los labios y asintió con un leve movimiento de la cabeza.

—Necesito ropa.

—No te preocupes, *sívamet*, me aseguraré de tenerlo todo controlado.

Dimitri la vistió con unos vaqueros cómodos y una suave camisa de manga larga. Ella no dejaba de temblar, aun cuando podía controlar la temperatura de su cuerpo. Entonces se entretuvo a trenzarle el pelo a mano, dándole así un poco más de tiempo para decidir lo que iba a decirle a su padre.

—Yo estaré a tu lado —le aseguró Dimitri—. Sabes que no permitiría que nadie se pusiera desagradable contigo.

—Gabriel no es así —dijo Skyler—. Estará decepcionado… no enfadado. Detesto mentir a mis padres. No se lo merecían, pero sabía que hubieran intentado detenerme. —Volvió la cabeza para mirarlo por encima del hombro y él le dio un tirón de pelo—. Nada ni nadie podría haberme detenido, Dimitri.

Él le acarició la trenza.

—Ya lo sé. Ni siquiera yo. Ése es uno del millón de motivos por los que te quiero. Tu coraje me aterroriza, Skyler, de verdad.

Ella le sonrió.

—Ya te dije que no era coraje, que era egoísmo. No estaba dispuesta a vivir sin ti.

Skyler le revolvía las entrañas sin ni siquiera intentarlo. El corazón de Dimitri se había convertido en un ridículo colapso. Lo dejaba sin aliento en los pulmones, hacía que la sangre le corriera con ímpetu por las venas y encontraba la forma de hacerle sentir el amor más intenso y abrumador, un amor que ni siquiera sabía que pudiera existir.

No había nada que pudiera decirle, no había palabras para expresar la manera en que, a lo largo de los últimos tres años, le había cambiado la vida por completo. Ella le había dado un propósito. Amor. Una razón para existir. Había hecho desaparecer todos los días aciagos que había sufrido durante los siglos. Hacía que valieran la pena todas las matanzas brutales y desagradables.

Skyler. No había otra mujer como ella. Se le hizo un nudo en la garganta que amenazó con atragantarlo. Se llenó los pulmones de aire a la fuerza.

—Vamos a hacer esto.

Él tenía las emociones a flor de piel y eran demasiado intensas. En momentos como éste no se fiaba de estar a solas con ella. Quería que se acercara a él paulatinamente, que viera que una relación física era sólo otro aspecto de compartir sus vidas. Cuerpo. Mente. Corazón. Alma.

No había considerado que su suave iniciación lo sumiera en una tormenta de deseo ni que cada momento con ella aumentara el amor que le profesaba y no hiciera más que añadir leña a ese fuego.

—Tú también vas a necesitar ropa, amor mío —señaló con dulzura mientras le acariciaba el pecho desnudo—. Y no creas que no voy a pasar largo rato con esas heridas que tienes en cuanto estemos a solas y en un lugar más seguro.

El dejo de intimidad en su voz, ese tono suave, casi ronco, despertó un deseo que le recorrió la espalda como unos dedos provocadores, poniendo a prueba su control hasta el límite. Sabía que Skyler utilizaría la boca en él, en cada uno de esos eslabones de cadena que le iban del cuello a los tobillos. Su cuerpo se estremeció de placer sólo con pensarlo.

Dimitri agitó la mano para vestirse y se aseguró de que ambos tuvieran un aspecto inmaculado, la rodeó con el brazo y flotó con ella hacia la abertura que tenían encima.

A él tampoco le entusiasmaba la idea de enfrentarse al padre de Skyler, pero quería ver a Fen. Su hermano había tratado de ser educado y no había establecido contacto mental, no había interrumpido sus momentos con su compañera, pero siempre habían cuidado el uno del otro y Fen necesitaba ver que él estaba vivo y se encontraba bien.

Claro que muy bien no se encontraba. Estaba dolorido por dentro, como en carne viva, y mucho más débil de lo que había imaginado que estaría, de lo contrario le hubiera dado sangre a Skyler. Ambos necesitaban el refugio del que ella había hablado, un lugar para sanar y estar solos.

Gabriel y Lucian estaban hombro con hombro a cierta distancia del lugar en el que Skyler y Dimtri habían descansado bajo tierra. Parecían estar estudiando detenidamente el lado oeste del bosque, pero en cuanto la pareja salió a la superficie, ellos se dieron la vuelta al intuir su presencia.

Gabriel avanzó hacia ellos de inmediato, Lucian fue un paso por detrás. Skyler echó a correr hacia su padre, pero estaba tan débil que le resultó imposible. Tuvo que detenerse y esperar. Los brazos de Dimitri la mantenían erguida para que su padre la alcanzara.

En cuanto lo hizo, Skyler se arrojó en ellos.

—Lo siento mucho, Gabriel —susurró—. No os hubiera hecho pasar a Francesca y a ti por esta terrible experiencia de haber creído que tenía alternativa.

A Dimitri le resultaron intrigantes sus palabras. Se sorprendió admirándola aún más por ello. Sabía que Skyler lamentaba sinceramente lo que habían pasado sus padres creyéndola muerta, pero al mismo tiempo se estaba plantando, indicándole a su padre que era adulta y tomaba sus propias decisiones.

El fuerte abrazo de Gabriel tuvo que dolerle, pero ella no hizo ni una mueca ni intentó zafarse. Él le dio un beso en lo alto de la cabeza.

—Pensábamos que estabas muerta, Skyler. Todos nosotros. Todo el mundo. Es un milagro encontrarte viva.

Lucian la arrancó de los brazos de su padre con suavidad.

—Nos diste un susto de muerte, muchacha —la regañó—. Lo cual significa que nadie podría enfadarse contigo ahora que estás viva.

Skyler abrazó a su tío.

—Es un alivio. Me preocupaba que me encerrarais en mi habitación todo un milenio.

—Gabriel no podría encerrarte en tu habitación ni una hora, para qué hablar de un milenio —señaló Lucian.

Mientras su tío bromeaba con ella, los guerreros legendarios tenían la mirada clavada en Dimitri. Él no se inmutó. Nunca había sido de los que se amilanan, pero de pronto lamentó no estar en mejores condiciones. Notó que Fen se acercaba a él por la derecha. El hermano mayor haciéndose el duro. Fen podía ser intimidante cuando quería, y en aquel momento tenía la mirada fija en los gemelos.

Skyler dejó los brazos de su tío y se apoyó en Dimitri, que tuvo la seguridad de que lo había hecho de forma deliberada. La joven mantuvo la sonrisa mientras le pasaba el brazo por la cintura a Dimitri. Él notó el leve temblor en el cuerpo de su compañera.

—Le pedí a Dimitri que me reclamara antes de rescatarlo. Tenía miedo de que muriera si no lo conseguía. Hubiera optado por seguirle y me hubiera aterrorizado que nuestras almas no estuvieran unidas.

Miró a su padre a los ojos mientras se lo contaba.

Gabriel empezó a negar con la cabeza mientras ella hablaba.

Lucian le puso una mano en el hombro.

—Ya está hecho, hermano. Ahora ya no se puede hacer nada al respecto. Skyler nos ha quitado el asunto de las manos a todos.

—Él podría haberla rechazado —dijo Gabriel como advertencia.

—¿Tú rechazarías a tu compañera eterna? —le preguntó Lucian en voz baja—. Skyler hizo lo correcto. Dimitri tenía problemas y ella fue a buscarlo. Es su verdadera compañera eterna, eso no se puede negar.

—No tenía posibilidades de llegar a él a tiempo —dijo Skyler. Alargó una mano hacia su padre—. No puedo vivir sin él. Ya sabes cómo es eso. Si le pasara algo a Francesca…

Gabriel volvió a negar con la cabeza.

—No lo digas. No lo pienses.

—Papá —dijo Skyler, que por primera vez pareció una niña perdida—. No tenía alternativa. Tienes que darte cuenta de ello y entenderlo.

Dimitri se movió, todo su instinto de protección afloraba con rapidez. Se le rompía el alma por ella. Skyler necesitaba que Gabriel la tranquilizara. Ella había hecho lo correcto. Todos ellos lo sabían, pero su padre no quería admitir que era lo bastante mayor para tomar sus propias decisiones. No quería dejar ir a su niña y reconocer que era una mujer.

Así que la estrechó entre sus brazos, protegiéndola con su cuerpo. Oponiéndose abiertamente a Gabriel corría el peligro de poner a Skyler en la situación de tener que defender a su padre. De todos modos... no estaba dispuesto a permitir que nadie, ni siquiera su padre, la hiciera sentir tan culpable y tan mal. Había decidido salvar a su compañero eterno. La habían herido de muerte durante el proceso y se había sometido a la conversión. Necesitaba desesperadamente que Gabriel lo entendiera.

—Nadie más podía encontrarle —dijo Fen antes de que Dimitri pudiera hablar—. Ni siquiera yo. Lo que sea que tienen juntos es algo muy especial.

A Dimitri le hizo falta mucha disciplina para quedarse allí en silencio y dejar que otros presentaran sus argumentos a Gabriel. Respetaba al guerrero legendario, pero no le tenía miedo y no sentía que le debiera ninguna explicación. Y lo que es más, le entraron ganas de insolentarse y decirle a ese hombre que viera a Skyler como lo que era, no como la niña asustada que él había acogido, querido y educado.

Las paredes que los rodeaban relucieron de repente y casi se plegaron sobre sí mismas. El suelo tembló bajo sus pies y por encima de ellos, el techo pareció desplomarse y luego retrocedió y volvió a su sitio.

—No tenemos mucho tiempo —dijo Tatijana—. Debemos marcharnos esta noche, pronto.

—*No dejes a tu hija sufriendo cuando sabes que hizo lo correcto* —aconsejó Lucian a su hermano—. *Deberías estar orgulloso de ella. Hizo lo que nadie más podía hacer.*

—*Es mi niña. Nuestra niña. De Francesca y mía. La primera. Ya sabes cómo era su vida.* —La voz de Gabriel denotaba un verdadero dolor—. *Primero le doy a Francesca la noticia de que está viva y prometo traerla de vuelta a casa y ahora debo decirle que se ha ido para siempre. Tuvimos tan poco tiempo con ella. Me siento defraudado.*

—*Tienes miedo por ella. No puedes controlar su mundo ni mantenerla a salvo. Ése es tu miedo, Gabriel. Todo padre debe enfrentarse a él. Mira a Dimitri. Obsérvalo de verdad. Ni siquiera le has echado un vistazo. Lo que ha pasado... por ella. Permanecer con vida por ella. ¿Qué otro hombre sufriría algo semejante?*

Por primera vez, Gabriel se permitió mirar a su yerno. Su familia. La frente y el cuello de Dimitri mostraban las marcas de los eslabones de la cadena que le habían quemado la piel casi hasta el hueso. Vio la capa que le había envuelto la frente y las tres vueltas en torno al cuello.

—*Tiene estas marcas por todo el cuerpo. Tatijana y Fen me dijeron que, por dentro, también tiene quemaduras en todos los órganos y en los huesos. Estuvo más de dos semanas sin comer... colgado de unos ganchos para carne sujetos a un árbol.* —Lucian insistió—. *Ahora mira no solamente su fortaleza y determinación, sino también el amor por tu hija grabado a fuego para siempre en su cuerpo para que todos lo veamos.*

Gabriel se pasó la mano por la cara. Negó con la cabeza. Sabía que estaba siendo poco razonable. Skyler estaba en buenas manos. Era evidente que Dimitri la quería, se le veía en la cara. Quizá no estuviera preparado para que su hija creciera, pero en algún momento lo había hecho, había madurado y se había convertido en una mujer independiente, había adquirido confianza y tomaba sus propias decisiones. No podía criticarla por ello. Como padre, sabía que era eso precisamente lo que quería para ella.

Se acercó a la pareja y agarró a Dimitri por los brazos, Skyler entre los dos.

—Bienvenido, hijo. Y gracias por salvarle la vida. Pocos podrían haber conseguido cosa semejante. Su espíritu estaba tan lejos de nosotros, que ni su madre ni yo podíamos encontrarla.

Gabriel miró a su hija.

—Has hecho que nos sintamos muy orgullosos, Skyler. Nadie hubiera podido imaginarse que tú, Paul y Josef pudierais conseguir lo que ninguno de nosotros pudo hacer. Mikhail envió partidas de búsqueda, pero nadie fue capaz de encontrar ni un indicio de algún rastro.

Skyler le rodeó la cintura con los brazos y apoyó la cabeza en el pecho de su padre mientras la tensión se desvanecía poco a poco.

—Agradezco que entiendas que tenía que ir a buscarlo.

Gabriel le dio un beso en la cabeza.

—Lo entiendo. —Miró por encima del hombro a la silenciosa pareja que estaba a su espalda—. Creo que hay otros que quieren saludarte y asegurarse de que estás viva y a salvo. Esta mañana han salido a cazar y pueden proporcionaros sangre a los dos.

Detrás de él se encontraba el padre biológico de Skyler, Razvan, alto y erguido. Había sido el hombre más odiado aparte de su abuelo Xavier, antes de que se descubriera que él también había sido encarcelado y que

Xavier había utilizado su cuerpo para cometer crímenes horribles. Él era su padre; sin embargo, no la conocía. La sangre de Razvan, de cazador de dragones así como de mago, corría por sus venas.

Skyler había heredado su poder concentrado de ese hombre. La mujer que estaba a su lado era Ivory, su compañera eterna, guardiana de lobos. Ella estaba junto a Razvan, cerca de él, sin dejar de ser capaz de moverse fácil y rápidamente si hubiera necesidad de luchar. Sus lobos viajaban como si fueran tatuajes en su cuerpo, guardándole las espaldas, y ahora la mitad de la manada protegía también a Razvan.

Ambos eran consideraros unos luchadores expertos y peligrosos. Rara vez frecuentaban otros carpatianos, sino que cazaban vampiros sin descanso.

Skyler apretó las manos en torno a Dimitri. Ella siempre había dejado de lado aquella parte de su vida, reacia a aceptarla, porque inconscientemente consideraba a Razvan partícipe del mal que había hecho Xavier. El gran mago la había vendido a un hombre, a ella y a su madre. Y ese hombre las había vendido a otros por dinero.

—No tienes que hacerlo —dijo Dimitri.

—No. —Alzó el mentón—. Sí tengo que hacerlo.

Capítulo 14

Será mejor que nos sentemos. —Dimitri se hizo cargo de la situación. Skyler se tambaleaba de cansancio. Él también necesitaba sentarse. Los dos necesitaban sangre—. Pero ella desea saludar a su padre biológico.

Gabriel y Lucian se retiraron para darles intimidad a Razvan e Ivory, tanta como se podía tener en la cercanía del refugio transparente.

Razvan se agachó frente a su hija allí donde Dimitri la había ayudado a sentarse en la hierba. Ivory le puso una mano en el hombro como muestra de apoyo con lo que pudiera suceder.

—Tenía miedo de que el mundo te hubiera perdido —la saludó Razvan.

—Has venido —dijo Skyler—. Aunque rara vez hemos hablado, aun así has venido.

—Eres mi hija. Puede que no haya tenido el placer de criarte, pero siempre serás de mi sangre. Nadie te hará daño y escapará a nuestro castigo. Los hubiéramos perseguido hasta los confines de la Tierra.

Dimitri saludó a Ivory con una sonrisa.

—Skyler tiene la naturaleza feroz de Razvan. Estaba dispuesta a atacar a todos los licántropos después de ver lo que me hicieron.

La tensión desapareció del cuerpo de Ivory, que le devolvió la sonrisa.

—Hemos venido con un regalo para ti, para ambos, si queréis aceptarlo.

—El hecho de que hayáis venido ya es suficiente regalo —repuso Skyler.

Se apartó unos mechones de pelo que se le habían escapado de la gruesa trenza. Le temblaba la mano.

—Necesitas alimentarte —dijo Razvan—. Los dos.

—No estoy segura de poder hacerlo sola todavía —admitió Skyler, que se volvió a mirar a Dimitri.

—No hace falta —respondió Ivory—. Razvan puede ayudarte, y yo le daré sangre a Dimitri. Más tarde los demás también pueden. De momento, los hermanos De La Cruz están cazando. Deberían regresar muy pronto.

Al ver la mirada alarmada de Dimitri, sonrió.

—Discretamente. Dijeron que serían discretos. —Extendió la muñeca hacia Dimitri—. Me ofrezco libremente.

Razvan no vaciló. Hizo un movimiento con la mano hacia Skyler para calmarla, para distanciarla de lo que iba a ocurrir. Eso le permitiría tomar su sangre sin tener verdadera conciencia de ello, de modo que podría obtener la que necesitara para sobrevivir. Tendría tiempo de sobra para acostumbrarse a comer por sí misma, pero, de momento, para acelerar su sanación, sería mejor limitarse a dejar que se alimentara sin angustiarse.

Skyler supo el momento en el que la mente de Razvan alcanzó la suya e intentó tomar el control. Siempre se había dado cuenta cuando Josef o sus padres lo habían hecho. Sabía que tenía que permitirle hacerlo, dar su consentimiento. Antes no hubiera confiado en alguien nacido mago, no después de lo que le había pasado, pero aquel hombre había resistido pese a tenerlo todo en contra y no se había convertido en vampiro ni había sucumbido a la terrible tentación de poder que su abuelo le había puesto delante. Había soportado una tortura interminable y había aceptado el odio de todos los que lo conocían con una determinación estoica.

Se parecía mucho a su amado Dimitri. No pedía comprensión ni se justificaba. Sencillamente aceptaba y se alejaba si se sentía rechazado, pero lucharía con ferocidad por sus seres queridos. Era leal y valiente y siempre se podía contar con él.

Miró al hombre que era su padre biológico por primera vez con mirada de aceptación. Se dejó ir y permitió que entrara en su mente. Su toque fue suave y se terminó en un instante. Parpadeó y se sintió más fuerte.

Dimitri ya había cerrado educadamente la pequeña herida de la muñeca de Ivory y le brindó una leve reverencia doblándose por la cintura pese a que estaban sentados en la hierba.

—Gracias a los dos —dijo Dimitri—. Vuestra sangre contribuirá a nuestra sanación.

Razvan sonrió a la pareja.

—Os hemos traído una especie de regalo, un presente para celebrar que os habéis convertido en compañeros eternos. Lo supimos en cuanto nos percatamos de que Skyler aún vivía —añadió a modo de explicación—. Aunque, por supuesto, es una responsabilidad y por consiguiente es decisión vuestra rechazar o aceptar sin ningún resentimiento por nuestra parte.

Dimitri y Skyler cruzaron una larga mirada. A ella se le aceleró el pulso por la emoción. A Ivory y Razvan se les consideraba unos excéntricos entre el pueblo carpatiano. Amaban a los lobos más que a nada e iban con su propia manada, cuyos miembros no eran completamente animales y desde luego no eran licántropos. Eran lobos a los que Ivory había convertido en carpatianos sin querer. Eso estaba prohibido, por supuesto, pero ella se había hecho responsable de ellos y los mantenía a raya.

Dimitri se había pasado siglos protegiendo a los lobos en estado salvaje, defendiéndolos y proporcionándoles territorio para cazar y vivir sin miedo a que los humanos los mataran. Al principio lo había hecho para proveer a su hermano de un santuario para cuando lo hirieran en la batalla, pero con el transcurso de los años había adquirido tierras en varios países para crear reservas seguras.

Ivory y Razvan sabían lo duro que había luchado Dimitri por los lobos en estado salvaje y también estaban al tanto de todos los estudios de Skyler, que la habían preparado para ayudarle en aquello por lo que él había decidido luchar. Skyler contuvo el aliento, segura de que le centelleaban los ojos de emoción. Sabía de qué se trataba.

—Os hemos traído lobeznos. Nacieron hace casi dos años y no son de nuestra manada. Fueron ellos quienes los encontraron, a los adultos los habían destrozado y dejaron a los cachorros para que murieran de hambre. Estaban débiles y nosotros...

A Ivory se le quebró la voz y miró a Razvan para que la ayudara.

—Los salvamos de la única manera en que podíamos hacerlo. Nuestra manada rara vez nos pide algo y no podíamos negarnos. El vampiro confundió esa manada con la nuestra. Llevamos algún tiempo tras él —continuó diciendo Ivory—. Yo me... nos sentíamos responsables. Sin darnos cuenta condujimos al vampiro directamente hacia ellos. Liquidó a la manada, pero no mató a los cachorros y los dejó como cebo para nosotros.

—Supongo que su plan no salió como él quería —comentó Dimitri, cuya voz fue adquiriendo un tono adusto.

—No, fue ajusticiado —le aseguró Razvan—. Y nosotros adquirimos cuatro cachorros más. Una hembra y tres machos. Dadas las circunstancias, pensamos que como estarían mejor sería viviendo con vosotros. Por mucho que ahora formen parte de nuestra familia, nos dimos cuenta de que no podemos permitir que nuestra manada crezca tanto.

Skyler le apretó la mano a Dimitri. Lo cierto es que estaba temblando de emoción y apenas podía contenerla.

—Pensamos que vosotros dos seríais perfectos para cuidar de ellos.

Ivory se frotaba el muslo con la mano sin parar.

Razvan alargó el brazo y puso la mano sobre la de Ivory para detener aquel leve movimiento y consolarla. Les estaba ofreciendo parte de su familia, cachorros que ella había criado y a los que quería.

Skyler vio el tenue mosaico de cicatrices que recorrían la piel de Ivory. Pese a todas esas cicatrices era una mujer hermosa, radiante, consciente de que tenía el amor incondicional de Razvan. Entonces miró a Dimitri, las quemaduras de los eslabones de la cadena en su piel. Ella les quitaría la negrura y, con el tiempo, quizás hasta la muesca en la carne, pero sus cicatrices permanecerían, como insignias de valentía, igual que las de Ivory.

Y ella lo amaría. Nada podía cambiar lo que sentía por Dimitri. La intensa emoción hacia él no haría más que aumentar con el tiempo… si es que eso era posible.

—Están entrenados para pegarse a nosotros y guardarnos las espaldas —explicó Ivory—. Harán lo mismo por vosotros. Si alguien los ve, su aspecto es el de grandes e intrincados tatuajes humanos.

—Tenéis que permitirles cazar para comer, pero controlar lo que eligen como comida. Y tenéis que mantenerlos bajo un absoluto control en todo momento —añadió Razvan—. No podéis dejar que os atropellen o acabaréis teniendo que destruirlos tal y como haríais con un vampiro.

Ivory asintió moviendo la cabeza con solemnidad.

—Vosotros dos sois los únicos que hemos considerado. ¿Estaríais interesados? Si lo estáis, podemos compartir información ahora y daros los cachorros cuando os sintáis más fuertes. Yo te enseñaré a manejarlos, Skyler.

Ella intentó no parecer decepcionada. Quería su propia manada en aquel mismo momento. Siempre le había encantado la idea de los famosos tatuajes de lobo de Ivory. «¿*Dimitri?*» Trató de no influir en él. Era una decisión que debían tomar juntos, no ella sola. Sabía que él escucharía sus razones con una mente abierta y quería ser capaz de hacer lo mismo.

La risa de Dimitri sonó con suavidad en su mente y la llenó de una extraña sensación de hormigueo, junto con una pequeña ráfaga de calor. «*Skyler.*»

Eso fue todo. Su nombre. Le dirigió una mirada por debajo de las pestañas, una que normalmente reservaba para Josef.

—¿*Te estás burlando de mí?*

—*Te estoy tomando el pelo. Un poco nada más. Vamos a quedarnos con los lobeznos. ¿Cómo podría decir que no a un regalo semejante? No dejarías de discutírmelo.*

—*De hablarlo. Estaba totalmente dispuesta a ser razonable y escucharte, y luego demostrarte todas las razones por las que estabas absolutamente equivocado si discrepabas.*

Dimitri se echó a reír.

—Skyler Rose tiene una voluntad de acero. Sí. Aceptamos y os lo agradecemos. No hay palabras para expresar cuánto apreciamos un regalo tan poco frecuente. Ambos los queremos.

Skyler se inclinó para acercarse a Ivory.

—Gracias por la asombrosa oferta de enseñarme. Desde luego que la acepto. Sería un honor adquirir semejante experiencia. Siempre te he envidado por tus lobos. ¡Son tan hermosos!

—Pero mortales —le recordó Ivory—. Cazan al vampiro con nosotros. Los cachorros ya han cazado también. Nuestros adultos comparten conocimientos con ellos y saben qué hacer. Nunca podrás tener una casa en una ciudad y tampoco en un pueblo, con tu manada no.

El refugio que los rodeaba tembló. La esquina oeste se dobló. Una vez más el suelo se movió bajo ellos.

—Nuestra fortaleza se está desestabilizando rápidamente —dijo Dimitri—. Y los hermanos De La Cruz han regresado.

Skyler inspiró profundamente.

—No sé si puedo arreglarlo. Puedo intentarlo, pero...

Se le fue apagando la voz. Miró a los otros carpatianos, que habían formado un círculo desigual y estaban discutiendo cómo marcharse sin iniciar una guerra. Skyler notó unos ojos que los observaban y se estremeció, consciente de que tendrían que abandonar su santuario temporal y, una vez más, enfrentarse a los licántropos.

—Deberíamos unirnos a los demás —sugirió Razvan. Alargó la mano hacia su hija—. Sé que has crecido con Gabriel y Francesca y que ellos son tus padres. No querría quitarles nada, pero te queremos en nuestras vidas, Skyler.

—Quiero a Gabriel y a Francesca con todo mi corazón —admitió—. Sin ellos no estaría aquí. Ellos me enseñaron lo que era el amor, lo que podía ser una relación... lo que debería ser. También me enseñaron que el amor es infinito, que tenemos la capacidad de querer a mucha gente y que eso nunca resta valor a los que ya están en nuestras vidas.

Alzó la mirada hacia Dimitri e hizo su confesión un poco apurada.

—Tengo que admitir que cuando Tamara nació tenía un poco de miedo de que me dejaran de lado. Yo no era carpatiana y tenía muchos problemas, pero eso no ocurrió. Tamara lo mejoró todo en nuestras vidas, tanto en la mía como en la de Gabriel y Francesca. Intimar con vosotros dos no va a estropear nada de lo que tengo con ellos.

—Eso me gustaría —dijo Razvan.

Skyler seguía sintiendo el pequeño espacio que había entre Ivory y todos los demás menos Razvan. Era muy protectora con su compañero eterno, estaba acostumbrada a que otros lo rehuyeran. Entonces se inclinó para tocarle la mano a Ivory, quería conectar con ella.

—Temía mi relación con Razvan —admitió—, no por que pensara que era un criminal o una mala persona, sino porque era mago. No quería ser una maga innata. La idea me horrorizaba.

Ivory frunció el ceño.

—¿Por qué? No todos los magos buscan el poder como Xavier. ¿Cómo podías saber que temías a los magos?

Era una buena pregunta. Skyler se sorprendió igualando el ceño fruncido de Ivory. En alguna parte, muy dentro de sí, había un recuerdo que se le escurría tan rápido que no podía atraparlo. Se le aceleró el corazón y notó el sabor del miedo en la boca. Había cerrado la puerta a aquel recuerdo. El hecho de abrirla aunque sólo fuera un par de centímetros le provocó un pánico tan terrible que a duras penas podía respirar.

Dimitri le rodeó los hombros con los brazos de inmediato y la atrajo de nuevo hacia sí.

—Ya has aceptado que eres maga. ¿Qué podría ser tan alarmante para que tu cuerpo reaccione con tanta ansiedad cuando tu mente se siente cómoda sabiendo lo que eres?

—No tienes que recordar —terció Razvan—. Por mí no.

—Pero Ivory tiene razón. Pasé mi niñez en el mundo humano. De acuerdo, frecuenté monstruos, pero eran monstruos humanos. ¿Cómo pude haber desarrollado el miedo a los magos? ¿Cómo podía haber oído hablar de ellos siquiera? Incluso después de que Gabriel y Francesca me adoptaran, estuve muy protegida durante años. Y desde luego, nunca me topé con un mago.

—Has apartado algo de tu mente —dijo Ivory—. Tu reacción ante tu padre biológico no fue normal. La mayoría de las chicas hubieran sentido curiosidad, sobre todo cuando él mostró interés.

Skyler miró a Dimitri.

—Quiero recordar. Quiero saber. ¿Puedes buscar el recuerdo por mí?

—Si tú quieres que lo encuentre, Skyler —le aseguró Dimitri—, lo haré.

—Me he enfrentado a todo tipo de monstruos en mi vida. No me imagino qué puede haber enterrado en mis recuerdos que me suscite semejante aversión hacia los magos, hacia mi propio padre biológico. He compartido todo lo que recuerdo contigo. No me importa que sepas esto también.

Dimitri meneó la cabeza. Skyler era tan valiente que le permitía entrar en su mente para explorar sus recuerdos cuando sabía lo que iba a encontrar. Él ya conocía su pasado. Había compartido oscuras pesadillas con ella, desde luego. Había visto las cosas desagradables que un individuo enfermo podía hacer a los niños… a ella…, pero introducirse en sus recuerdos y revivir aquellos momentos era una cosa totalmente distinta.

No esperó, prefirió no alargar la tensión nerviosa de Skyler. La estrechó entre sus brazos, la atrajo contra su pecho y la resguardó con actitud protectora mientras inhalaba y se la metía en los pulmones. Ella le abrió la mente sin problemas. Entonces se entretuvo para asombrarse de lo experta que era a la hora de fundirse con él. En ocasiones su conexión era tan fuerte que no distinguía dónde empezaba ella y dónde terminaba él.

Dimitri seleccionó sus recuerdos rápidamente y se dirigió a su niñez intentando no ver aquella época de pesadilla ni las cosas que le habían hecho hombres depravados. Sintió el impulso de buscarlos a todos, uno por uno, y matarlos.

—*Creo que mi tío Lucian y mi padre ya lo han hecho, aunque se supone que no tengo que saberlo.*

Había humor en su voz.

Dimitri siguió los recuerdos hasta los primeros años de su vida. Estaba su madre. Resultaba perturbador lo mucho que se parecía a Skyler. Era una joven hermosa, apenas una mujer. Su risa era muy parecida a la suya. Estaba sentada junto a su hija pequeña y con aire ausente empezó a hacer bailar la lluvia, simplemente dando capirotazos a las gotas.

Las dos, madre e hija, estaban sentadas muy juntas en un tabla estrecha con una única manta con la que la madre había envuelto a su hija para abrigarla. Había barrotes en la ventana y una cadena en torno al pie de la mujer. La madre de Skyler la entretenía creando música con la lluvia. Incluso le susurraba pequeños poemas a su hija y ayudaba a que sus deditos también hicieran bailar la lluvia.

Así pues, fue entonces cuando los dones de Skyler habían empezado a ser tan poderosos. Se había entrenado con los juegos a los que su madre jugaba con ella. De pronto unos insectos pequeños entraron a raudales en la habitación. Skyler se puso rígida, pero no lloró. Su madre la empujó detrás de ella y se llevó un dedo a los labios.

—No importa lo que ocurra. No digas nada. No hables con él. No digas que puedes hacer nada extraordinario. Prométemelo. Por mi vida, prométemelo.

La pequeñina asintió moviendo la cabeza con seriedad.

Un hombre irrumpió en la habitación. No era Xavier, sino alguien a quien Dimitri reconoció de hacía mucho tiempo, alguien que parecía merodear por las habitaciones en las que Xavier daba clases a los más dotados. Entró en la habitación con paso resuelto, levantó la mano y golpeó a la madre de Skyler con tanta fuerza que cayó tendida en la cama. Agarró a Skyler y la arrastró hacia él.

—Mocosa. Ésta es la última vez que vengo aquí. Si no puedes darle lo que quiere, os venderá a ti y a tu madre —le espetó y sacó un cuchillo.

Dimitri se quedó mirando a la madre de Skyler porque no podía soportar ver a la niña mientras el cuchillo le cortaba el bracito. Ella no emitió ni un sonido. Ni uno solo, como si fuera muda. La madre de Skyler se dio unos golpecitos en el muslo e hizo bailar sus dedos hacia las gotas. Ella fue la única que hizo un sonido para atraer la atención del mago. Cuando éste se volvió, las gotas de lluvia entraron a través de los barrotes de la ventana y se mezclaron con la sangre que manaba del corte de Skyler.

—*Mi madre me salvó de Xavier* —le explicó Skyler—. *No creía que la sangre de cazador de dragones que tenía en mí fuera lo bastante fuerte, de modo que nos vendió. Yo no decía nada, así que creyeron que no les resultaría útil.*

Incluso siendo una niña muy pequeña Skyler poseía un control impresionante. ¿Qué niño no hubiera llorado cuando un desconocido malvado le cortaba el brazo con un cuchillo? Dimitri se preguntó cómo podía ser, pero cuando fue a examinar a la niña, se dio cuenta de que la madre le había enseñado a retirarse a un lugar de su mente al que nadie podía seguirla. Así mantenía a salvo a su hija.

—¿Quién es ese hombre malo? —preguntó Skyler a su madre.

—Es un mago, cielo. Nunca te acerques a un mago.

—*Mi madre me advirtió que me mantuviera alejada de los magos. El recuerdo fue muy vívido cuando lo arrancaste, pero lo enterré muy hondo. Quiero recordar todo lo que pueda sobre mi madre.* —Volvió a apoyar la cabeza en Dimitri. Él hizo que se sintiera segura cuando miró en sus recuerdos—. *Gracias.*

—Razvan, perdona que te pregunte —se aventuró a decir Skyler—, pero ¿recuerdas algo de mi madre?

Él puso cara de arrepentimiento.

—Xavier poseía mi cuerpo. Yo podía ver y oír lo que estaba sucediendo, pero no podía interferir. Estaba muy ido por aquel entonces. Ver para qué utilizaba mi cuerpo era peor que la tortura física. No podía ayudar a las mujeres que él seducía. Por supuesto se aseguraba de que fueran fértiles. Yo sabía lo que les esperaba, a ellas y a sus hijos, pero no podía hacer absolutamente nada para evitarlo. En su mayor parte, las mujeres se me mezclan porque, para mantenerme cuerdo, intentaba separarme.

Skyler asintió. Era comprensible, cuando a su cuerpo le estaban haciendo cosas terribles, ella se había retirado a su mente para salvaguardar su cordura, pero aun así, había querido saber más sobre su madre. Conservaba atisbos de ella, pequeñas viñetas que a veces temía haber inventado.

Dimitri le acarició la cabeza con la nariz.

—*Era real. Te amó y te protegió lo mejor que pudo. Y luego Gabriel y Francesca entraron en tu vida y ahora lo hacen Razvan e Ivory. Eres una persona querida, csitri, muy querida.*

—Una cosa que sí recuerdo —dijo Razvan—, era lo emocionado que estaba por haber encontrado a tu madre. Era una poderosa médium humana. Sumamente poderosa. Él no podía creer que fuera humana. Dijo que era descendiente de los incas y que el linaje era extraordinario y muy puro. Estuvo furioso durante meses por el hecho de que la criatura resultante le resultara inútil y quería castigaros a las dos por la decepción

Skyler inspiró profundamente. Xavier había encontrado un castigo perfecto, venderlas a una red de proxenetas. Cerró los ojos brevemente y hundió más el rostro contra Dimitri. Le daba una sensación de solidez, era una pared de tendones y músculos, con el que siempre se podía contar.

—Desde luego, la vida cambia, ¿verdad? —le preguntó a su padre biológico—. Sientes que no hay esperanza, ni salida, y al cabo de un momento el mundo entero se abre para ti.

Razvan tomó la mano de Ivory.

—Ésa es la verdad, Skyler. Tú y tus amigos habéis conseguido lo imposible rescatando a Dimitri. Si logramos evitar la guerra con los licántropos, será un milagro… y será gracias a ti. Si hubiese muerto, Mikhail no hubiera tenido compasión.

—No sabía que hubiera enviado a un grupo de rescate —admitió Skyler.

—Aunque —dijo Dimitri— deberías haber sabido que Fen vendría a por mí.

Skyler asintió.

—Pero hubiese llegado demasiado tarde. No podías ponerte en contacto con él. —Le acarició la quemadura que le recorría la frente, los eslabones que le habían impedido utilizar la telepatía… salvo con ella. Ella había tenido suerte de que poseyeran una conexión tan fuerte o lo hubiera perdido—. Tengo buenos amigos. Paul y Josef vinieron conmigo sin pensar ni en un instante en su propia seguridad.

—«Tenemos» buenos amigos —la corrigió Dimitri—. Nunca olvidaré lo que hicieron por nosotros.

Miró a los dos jóvenes, sentados uno junto al otro en el círculo de guerreros que discutían la próxima huida del refugio que se desmoronaba.

Dimitri nunca había visto a Josef tan contento como parecía estar. El muchacho no se había esperado que ningún miembro de su familia fuera a buscarlo, y el hecho de que tanto su padre adoptivo y su tío hubieran acudido de inmediato había hecho mella en él. Había andado por ahí libremente, iba a la suya y con frecuencia causando problemas con los carpatianos mayores. No se le había ocurrido que, pese a sus diferencias, lo querían.

Por otra parte, Paul había sabido que la familia De La Cruz vendría si se metía en problemas. Trabajaban con él, le enseñaban a luchar contra los vampiros, cultivando las habilidades necesarias para dirigir sus impresionantes imperios, numerosos ranchos de ganado en Sudamérica. Contaban con él para que mantuviera a salvo a su hermana Ginny mientras ellos estaban bajo tierra. Formaba parte de sus vidas y estaba bajo su protección.

Dimitri suspiró al ver los rostros adustos de los carpatianos. Sabían que la pequeña fortaleza se estaba desintegrando, y los licántropos también lo sabían. Él, lo mismo que los demás, sentía los ojos que los observaban. Detectaba a los lobos que se mecían en las ramas de los árboles, así como en la maleza de los límites del bosque. No veía la forma de poder evitar una pelea.

—Deberíamos unirnos a los demás —dijo—. Están planeando nuestra huida. Los licántropos son difíciles porque vienen a por ti en manada y son rápidos como el rayo. Si se supone que tenemos que evitar matar a ninguno, como desea Mijhail, va a hacer falta un milagro para retirarnos sin luchar.

Skyler se inclinó de nuevo hacia Ivory.

—Estoy muy contenta y emocionada de que nos hayáis ofrecido un regalo tan asombroso como los lobeznos. Tengo muchísimas ganas de tenerlos.

Ivory asintió con la cabeza.

—Razvan y yo lo discutimos largamente. Sabía que lo mejor era no salvarlos. No podemos tener lobos carpatianos corriendo por ahí sin control, pero me llevó de vuelta al momento en el que regresé de la cacería y me encontré a mi manada aniquilada por el vampiro. Durante unos minutos no sé si estuve del todo cuerda. Intercambié sangre sin pensar en lo que estaba haciendo. Luego, sencillamente, no pude abandonarlos. Razvan fue comprensivo y me ayudó con la conversión, pero ambos sabíamos que no podíamos mantener a tantos lobos. Nuestra manada está consolidada. Estos cuatro necesitan la suya.

Dimitri se dio cuenta de que estaba sonriendo. Le dolía horrores todo el cuerpo y, pese a la transfusión de antigua sangre carpatiana, estaba exhausto, pero la idea de que los lobeznos formaran parte permanente de sus vidas resultaba emocionante.

—¿Crees que con mi mezcla de sangre, teniendo a mi lobo tan cerca en todo momento, siendo una parte tan importante de mí, los lobeznos se adaptarán a mí? —preguntó.

Skyler se puso seria.

—No había pensado en eso. Los dos tendremos mezcla de sangre en algún momento.

Ivory negó con la cabeza.

—Los lobeznos deberían poder relacionarse con vosotros aún más rápido. Intuirán el lobo y os aceptarán como alfa con mucha más facilidad de la que habíamos previsto al principio. Esta aceptación lo es todo. El hecho de que tú, Dimitri, supieras tanto sobre lobos influyó en nuestra decisión. Estamos seguros de que podrías dirigir una manada sin problemas.

Dimitri estrechó a Skyler entre sus brazos y sintió la alegría de la joven. Necesitaba de momentos alegres como aquél y él lo sabía. Había pasado por demasiadas cosas en un corto período de tiempo. Su determinación no había flaqueado en ningún momento pero, aun así, los últimos días habían resultado sumamente difíciles tanto para el cuerpo como para la mente. El magnífico regalo de los lobeznos había llegado en el instante más oportuno.

—Gracias otra vez a los dos —dijo Dimitri con sinceridad—. Encontrasteis el regalo perfecto para nosotros y os estamos agradecidos. En cuanto nos hayamos curado, iremos a veros.

—Avisadnos y ya está —repuso Ivory, que dirigió otra rápida mirada a Razvan, como si pudiera ofenderlo de algún modo.

La intimidad de Ivory era legendaria. Pocos sabían el camino de su casa, si es que lo sabía alguien, y estaba claro que quería que continuara siendo así, incluso con ellos.

Dimitri no podía culparla. La habían traicionado, la habían hecho pedazos y la habían desperdigado por un prado con la esperanza de que la devoraran los lobos. Pero ella había resurgido más fuerte aún, una luchadora feroz, igual de hábil que sus homólogos masculinos. Razvan había alcanzado su mismo nivel de pericia y ambos se habían convertido en el azote de los vampiros. Incluso los vampiros maestros los evitaban.

Mientras los cuatro se ponían de pie, Dimitri y Skyler un poco temblorosos, ésta le dirigió una mirada de agradecimiento a Gabriel.

—*No podría haber un padre mejor que tú, Gabriel. Gracias por traer a Razvan para hacer las paces. Eres un hombre generoso y he aprendido este rasgo de ti. Espero hacerte sentir orgulloso de llamarme hija siempre.*

—*No hace falta temer que vaya a sentirme decepcionado. Sé que la mentira que nos contaste a Francesca y a mí sobre tu paradero y tus planes para las vacaciones de la universidad pesa sobre ti, pero, a decir verdad, nosotros te fallamos.*

Skyler fue a protestar, pero Gabriel levantó la mano e hizo espacio en el círculo a su lado. Skyler y Dimitri ocuparon sus lugares junto a él.

—*Aunque fueras demasiado joven para ser reclamada, ya se había determinado que Dimitri era tu compañero eterno. Todos lo sabíamos, pero no tuvimos la consideración de explicarte lo que ocurría. Te tratamos como a una niña y te dejamos sin saber nada. Fue un error e hicimos mal. No hay motivo para que te sientas culpable o avergonzada. Doy gracias al universo de que tengas tan buenos amigos como Paul y Josef.*

Tanto Dimitri como Skyler dieron también gracias al universo por tenerlos. Ella les sonrió a los dos, que estaban sentados en el círculo de guerreros, que de repente los trataban como a hombres, aunque era a Zacarías De La Cruz a quienes todos escuchaban.

—La cuestión es, ¿cómo podemos sacar a todo el mundo sano y salvo de aquí? —dijo Zacarías—. Podríamos salir luchando, cosa que haremos como último recurso, pero por respeto a Mikhail y a lo que se está enfrentando, sería mejor que encontráramos otra forma.

—Skyler y Dimitri necesitan un lugar seguro para curarse —añadió Gabriel—. Todavía están en malas condiciones los dos.

Dirigió una mirada de disculpa hacia su hija.

Las paredes transparentes que los rodeaban volvieron a temblar de pronto. El suelo se movió ligeramente.

Skyler puso la mano en la de Dimitri para consolarse. Sabía que no era culpa suya que el refugio se estuviera viniendo abajo, no estaba pensado para que durara eternamente, pero se encontraba demasiado débil para poder arreglarlo.

Dimitri le apretó los dedos al instante y movió el cuerpo para ofrecerle más protección. Skyler apoyó la cabeza en su hombro. Los carpatianos y

Zev llevaban un rato discutiendo varias posibilidades. Creía que para entonces ya se les habría ocurrido algo.

—Somos suficientes para salir con sigilo y acabar con ellos uno a uno —sugirió Nicolás De La Cruz—. Puede que sientan nuestra energía, pero con una gran tormenta eléctrica podríamos retrasarlos fácilmente y distraerlos. Ya sabemos cómo luchan. Podríamos atacarlos.

—No puedes matar a todos los licántropos porque estás enojado con ellos —protestó Zev.

—¿Por qué no? —quiso saber Rafael—. Por lo que a mí respecta, el hecho de que hayan hecho la guerra contra unos niños los convierte en un blanco legítimo.

Paul y Josef cruzaron una larga mirada con Skyler. El regocijo de Josef estaba en sus ojos e hizo sonreír a los otros dos pese a las circunstancias. Aunque los hubieran invitado a tomar parte en la discusión, estaba claro que algunos todavía los relegaban a la categoría de «niños».

—*Porque están resolviendo el problema de manera muy pacífica y muy propia de adultos* —le envió Josef con un tono rebosante de risa.

Resultaba difícil permanecer serio con el sentido de humor de Josef derramándose sobre ellos.

—Supongo que yo soy su mayor problema —les confió Paul con un fuerte susurro—. No puedo transformarme.

—En estos momentos yo tampoco —dijo Skyler—. A duras penas puedo seguir sentada.

Las palabras que susurró actuaron como una especie de desencadenante entre los carpatianos que conferenciaban. Todos se volvieron a mirarla.

Skyler se hundió otra vez contra Dimitri. Él la rodeó con los brazos, enjaulándola, una leve advertencia para los demás de que se le estaba agotando la paciencia con la discusión.

—Tengo que sacarla de aquí de inmediato —decretó Dimitri—. No me importan las represalias, sólo asegurarme de que Skyler tiene los cuidados que necesita.

—Salgamos volando todos de aquí —dijo Fen—. No hay necesidad de ir a la guerra con esta gente. Tenemos la fuerza suficiente para proteger a Paul, a Zev y a nuestros heridos.

—Tenemos motivos —declaró Rafael.

Zev frunció el ceño y empezó a decir algo, pero Fen negó con la cabeza a modo de advertencia y lo interrumpió antes de que pudiera enzarzarse con Rafael, quien estaba claramente molesto por el hecho de que hubieran disparado varias veces a su sobrino.

—Es imposible saber quién está en la facción de Gunnolf y quién permanece con el consejo. No podemos meter a todos los licántropos en el mismo saco. Está claro que hay alguna guerra interna y que, quienquiera que esté detrás del intento de hacerse con el poder, ve a los carpatianos como una amenaza. Hasta que no tengamos ninguna duda de quién es nuestro verdadero enemigo, no podemos arriesgarnos a herir, o a matar, a un inocente.

—Fen tiene razón —coincidió Zacarías.

Su tono no admitía discusión, y nadie puso objeciones.

—Pues hagámoslo —dijo Dimitri—. Nos queda casi toda la noche.

—Podemos formar el escudo para permitir la huida —ofreció Zacarías a sus hermanos—, pero si nos disparan responderemos.

Zev negó con la cabeza.

—Podría intentar hablar con ellos.

—A estas alturas —repuso Fen— la mayoría de licántropos creen que eres un traidor o que te has convertido en un *Sange rau* y que te estamos protegiendo. Los miembros del consejo, o casi todos, están en los montes Cárpatos. Tu manada también. Será mejor que te quedes aquí. Si podemos llegar al fondo de lo que está ocurriendo, tendremos más posibilidades de ponerle fin.

Gabriel y Lucian se miraron el uno al otro y asintieron con un lento movimiento de la cabeza perfectamente sincronizado, como si pensaran lo mismo. Llevaban siglos batallando juntos. La estrategia era un estilo de vida. Aunque retirarse era algo aborrecible, sabían que en ocasiones era necesario.

—Lucian y yo encabezaremos la huida —dijo Gabriel—. Razvan e Ivory pueden ocupar la retaguardia. Si Zacarías y su hermano nos protegen, nos quedan Tatijana, Fen, Byron y Vlad para transportar a los heridos. Vamos a necesitar otro transporte más.

—Yo puedo salir volando de aquí —dijo Dimitri—. Puede que esté débil, pero no estoy muerto.

Gabriel le dijo que no con la cabeza.

—No estoy dispuesto a que te arriesgues. Tienes la vida de mi hija en tus manos. Te han torturado de una forma que escapa a la razón y además te han disparado. Tu cuerpo necesita tiempo para recuperarse.

—Yo puedo volar —se ofreció Josef—. Traje a Paul y a Skyler hasta aquí.

Zacarías se dio la vuelta bruscamente con una mirada fría e inflexible en sus ojos.

—Te llevará Riordan. Tampoco vas a arriesgarte tú.

Josef soltó aire y bajó la cabeza. No se había esperado que Zacarías se interesara por él, ni siquiera esperaba estar en su radar. Estaba acostumbrado a discutir con su padre adoptivo y su tío, pero Zacarías estaba a un nivel totalmente nuevo.

—*¿Cómo puedes vivir con eso, amigo?* —le preguntó Josef a Paul, pero en el fondo se sentía complacido por el hecho de que Zacarías se hubiera fijado en él, por no hablar de que hubiera ordenado que uno de los hermanos De La Cruz cuidara de él.

—*Es guay, ¿verdad?* —repuso Paul.

—*Tan guay como un tigre enjaulado* —contestó Josef—. *Es un poco terrorífico.*

—*Ya lo sé. Pero luego lo ves con Marguarita y con ella es empalagoso y sensiblero.*

—Pues está decidido —continuó diciendo Gabriel como si no lo hubieran interrumpido—. Tatijana, tú lleva a Skyler y me sigues. Fen puede llevar a Dimitri. Riordan tiene a Josef. Vlad tendrá a Paul. Byron, ¿llevarás tú a Zev?

—Por supuesto. —Le lanzó una mirada de advertencia a su sobrino—. *No hagas ninguna locura estando cerca de los hermanos De La Cruz.*

—*Ya me conocen a través de Paul* —le aseguró Josef, que reconoció que la brusca cautela de su tío, más que deberse a la vergüenza por algo que pudiera hacer, se debía al miedo que tenía por él—. *Pero quiero llegar a casa lo antes posible. Skyler necesita curarse y estar a salvo.*

Su tío sabía que quería a Skyler y eso lo tranquilizó más que otra cosa.

—Zev tendrá problemas para atravesar la pared —advirtió Fen—. A mí ya me resulta difícil. Me imagino que a Dimitri también. Cuanta más sangre de licántropo tenemos, más nos cuesta.

Skyler asintió.

—La creé de esa forma para que ningún licántropo pudiera seguirnos dentro. Conté con la sangre carpatiana de Dimitri para traerlo dentro, aunque admitiré que me preocupaba.

—¿Tienes idea de lo extraordinario que es esto? —preguntó Gabriel con un tono de genuina admiración—. Estoy muy orgulloso de ti.

—Estoy un poco impresionada con mi hermana de sangre —admitió Tatijana.

—Puedo salir —aseguró Zev—. Bien que entré.

—Pero duele horrores —señaló Fen—. Y no estás al cien por cien ni mucho menos.

—No tengo que estar al cien por cien para subir a lomos de un dragón —observó Zev con una sonrisa irónica.

—¿Y qué me dices de ti, Dimitri? —le preguntó Fen—. ¿Crees que puedes atravesarla?

—La pared se está viniendo abajo. Puede que haya perdido sus efectos. La atravesaré. Al igual que Zev, no creo que ir agarrado a un dragón vaya a ser más difícil que entrar por la fuerza como tuve que hacer antes.

Gabriel se volvió a mirar a Vlad.

—Eso te deja a ti con Paul. Tiene múltiples heridas y sabes que aún está débil, aunque se niegue a admitirlo. Tiene un brazo prácticamente inútil. Le he dado sangre, así como habéis hecho Josef y tú, pero no nos dimos cuenta de que tenía una hemorragia interna hasta esta mañana.

—Eso fue culpa mía —dijo Josef—. Le dije a Tatijana que había curado sus heridas desde el interior. Ella ha estado ocupada con Dimitri durante la mayor parte del tiempo.

—Era un estúpido corte —dijo Paul—. No era gran cosa y tú también estabas sangrando por cincuenta sitios, Josef.

Las paredes se estremecieron y esta vez parte del techo se plegó. La esquina cedió a lo largo de la pared oeste.

—Definitivamente nos estamos quedando sin tiempo —dijo Lucian—. Tenemos que irnos ahora antes de que los licántropos se den cuenta y nos disparen.

Zacarías señaló a tres de sus hermanos. Rafael asintió y eligió la pared oeste, la que más rápido se desmoronaba. Caminó hacia ella tranquilamente, como si no tuviera una sola preocupación en la vida, como si no supiera que los licántropos lo miraban desde la seguridad del bosque o que la estructura podría venirse abajo y atraparlo. Nicolás eligió la pared este y caminó hacia ella con seguridad. Manolito optó por la norte, lo cual dejó la entrada sur a Zacarías.

Los hermanos se movieron con una sincronización perfecta y se deslizaron rápidamente a través de la pared que se derrumbaba, con las manos en alto y trazando un dibujo en el aire.

Gabriel no vaciló. Siguió a Zacarías al exterior con todos sus sentidos alerta del peligro que corrían los que volaban transportando a los heridos de vuelta a los montes Cárpatos. Tatijana se transformó con rapidez y extendió el ala hacia Skyler. Dimitri ayudó a su compañera eterna a subir a lomos del dragón azul. Ella le dirigió una última mirada y asintió con la cabeza.

—*Ven justo detrás de mí. Tengo que poder verte* —le rogó, de pronto temerosa.

No quería separarse de él, no después de todo por lo que habían pasado.

—*Fen se quedará cerca de Tatijana para protegerla* —le aseguró Dimitri—. *No estaré lejos de ti en ningún momento. Si algo ocurriera, soy perfectamente capaz de saltar de su lomo, transformarme y venir a por ti. No tengas miedo. Viajaremos una larga distancia esta noche y descansaremos al amanecer.*

Tatijana se elevó rápidamente y se precipitó hacia la pared para atravesarla. Skyler se inclinó sobre el cuello con puntas azules y miró atrás, con el corazón en un puño, buscando a Dimitri. Fen ya estaba en el aire junto a su compañera eterna con su dragón. Dimitri iba sentado erguido, sin sujetarse, con un arma preparada en las manos.

Para su horror, Skyler vio una fila de licántropos que salían del bosque y corrían directamente hacia ellos mientras las alas del dragón se agitaban enérgicamente para ganar altura. Notó que el dragón azul se preparaba para dar otro salto impresionante hacia el cielo en el preciso momento en el que dos licántropos increíblemente rápidos se lanzaban contra él. Unas garras se clavaron en las escamas de ambos lados del dragón y dos más consiguieron aferrarse al más suave vientre del animal en un intento por arrastrarlo y hacerlo caer del cielo.

Capítulo 15

Cuando el siguiente dragón salió del refugio que se derrumbaba, sonaron unos disparos. Riordan De La Cruz atravesó el muro del refugio con Josef en el lomo. Las balas silbaban por el aire y su sonido reverberaba en la noche, pero Zacarias y sus hermanos habían construido un escudo en torno a los dragones que iban apareciendo. Las balas no podían penetrar aquella salvaguardia. Lamentablemente, dicho amortiguador sólo alcanzaba a mantener a los dragones y a sus pasajeros a salvo mientras abandonaban el refugio que se desmoronaba.

Vlad fue el siguiente en aparecer, un gran dragón dorado que se alejaba aleteando del refugio que se desintegraba con Paul subido a su espalda. Los licántropos acudieron al claro en tropel y se dieron cuenta de que sus armas de largo alcance no servían de nada. La mayoría de ellos había adoptado la forma de licántropo, medio lobo, medio humano, más alto y más fuerte y capaz de recorrer grandes distancias de un solo salto.

Los dragones no tuvieron más remedio que salir pegados al suelo debido a que la estructura se caía sobre sí misma. Para que semejantes criaturas ganaran altitud con el peso añadido de un pasajero en su lomo, tenían que realizar un esfuerzo inmenso, forzando las alas para conseguir suficiente propulsión para saltar.

Byron siguió a Vlad de cerca, con Zev en la espalda. Al ver al cazador de élite con los Carpatianos, los licántropos tuvieron un frenético arrebato de locura. La mayoría dejaron en paz al dragón de Vlad para correr hacia Byron, saltando contra sus costados, dando zarpazos y desgarrándolo, rasgando las alas en un esfuerzo por lisiar a la criatura y que no pudiera volar. Varios de ellos se situaron debajo y le arañaron el suave vientre, arrancándole pedazos para que se desangrara.

Razvan e Ivory salieron disparados del refugio, dos jinetes en el cielo, lanzando flechas simultáneamente y apuntando a brazos y piernas para herir a tantos como pudieran, con la misma rapidez que los licántropos.

El dragón de Byron vaciló y cayó, su hocico fue lo primero que golpeó el suelo y se deslizó por la tierra y la hierba dejando unos surcos largos y profundos a su paso.

—*Seguid, seguid. El resto seguid adelante* —ordenó Zacarías—. *Los liberaremos.*

—*No puedo dejarlos, Fen* —dijo Dimitri, que puso la mano en el cuello grueso y con pinchos del dragón de Fen con intención de saltar.

—*Yo tampoco. Somos* Hän ku pesäk kaikak. *Vamos a proteger a Byron y a Zev. Pero que no te alcancen ni una vez más. Lo cierto es que a estas alturas no importa que estos lobos sepan lo que somos. Utiliza tu velocidad* —coincidió Fen, más porque Dimitri iba a regresar que por otra cosa.

Era imposible detener a su hermano cuando algo interfería con su sentido de la justicia. Zev había luchado con él, le había dado sangre y, a pesar de los acontecimientos recientes, Dimitri lo consideraba un amigo. Byron era carpatiano. Ningún guerrero dejaría a otro abatido.

Fen hizo dar la vuelta a su dragón sintiendo rugir el fuego en su vientre, una furia que era muy profunda después de lo que aquellas criaturas le habían hecho a su hermano. Creía que ya lo había superado, pero al ver cómo arremetían contra Byron cuando el carpatiano ni siquiera había intentado defenderse, sintió que volvía a invadirle la furia, pero en forma de una ira fría, lo cual no presagiaba nada bueno.

Soltó una maldición cuando los licántropos rodearon al dragón abatido de Byron y le clavaron las garras impidiendo que se moviera. Eran tantos los que rasgaban y despedazaban el cuerpo del dragón que las flechas de los defensores no parecían servir de mucho. En cuanto uno de ellos caía, otro ocupaba su lugar.

Los licántropos habían abandonado todos los intentos de atacar a los demás dragones y el resto se habían marchado sin ningún percance. La manada concentraba sus esfuerzos en mutilar y matar al dragón del que se habían apoderado. Cuando Zev desenvainó una espada de plata en un esfuerzo por proteger a Byron, cuatro licántropos saltaron al lomo del dragón y lo arrojaron al suelo.

Fen maldijo de nuevo y redobló su velocidad.

—*Heridlos* —insistió Razvan por el canal de comunicación telepático común a los carpatianos. Estaba claro que advertía a los hermanos De La Cruz—. *No es necesario matarlos.*

—*Alejadlos de Byron y Zev* —ordenó Zacarías—. *Rafael, una flecha cerca del corazón puede matar.*

—*No a estos cabrones* —respondió Rafael—. *No utilicé plata. Aunque lo haré con el siguiente.*

Fen ladeó su dragón y se precipitó con fuerza vertiendo fuego por la boca con el que envolvió a los licántropos más próximos al dragón del suelo y los hizo retroceder de sus compañeros caídos. Dimitri se puso de pie a lomos del dragón, manteniendo el equilibrio mientras Fen descendía. Justo antes de que Fen se viera obligado a elevarse para evitar los árboles, Dimitri saltó de su espalda y cayó en medio de los licántropos que habían arrojado al suelo a Zev.

Hizo caso omiso de su cuerpo que protestaba y se abrió paso entre la multitud a una velocidad asombrosa y a golpes de su espada de plata, que se manchó de sangre de licántropo hasta gotear. Avanzó a la fuerza hacia Zev, lo levantó de un tirón con una mano y se puso espalda contra espalda con él. Zev iba cubierto de sangre y lleno de heridas, pero no vaciló en ponerse en pie y luchar con Dimitri.

Fen apareció junto a ellos, de modo que formaron un triángulo de luchadores letales que avanzaban hacia el dragón caído matando a todo aquel que se cruzaba en su camino.

Zacarías se dio cuenta en seguida de su plan.

—*Ayudad a despejar el camino, Razvan e Ivory. Haz que sea demasiado peligroso estar entre ellos y el dragón, Rafael; y, Nicolás, saca a los licántropos que mantienen a Byron en esa forma. Manolito y yo empezaremos a despejar otro camino para salir de aquí.*

—¿Estás bien? —le preguntó Dimitri a Zev cuando notó que el otro flaqueaba por un momento.

—Estoy vivo, y eso es lo único que cuenta.

Zev respiraba con jadeos irregulares. Lo habían herido, pero Dimitri no podía dedicar tiempo a ver lo graves que eran sus heridas.

—*Tenemos que ver si podemos encontrar la división entre las facciones* —sugirió Fen—. *En ocasiones detecto una débil diferencia en el olor.*

—*Los licántropos ocultan todos los olores cuando cazan* —recordó Zev.

Su espada destelló cuando dio la vuelta en torno a dos lobos agresivos que también esgrimían espadas. Desarmó a uno de ellos y le cortó el brazo al otro, tras lo cual volvió a su posición pegado de espaldas a Dimitri.

—*No obstante, noto la diferencia* —dijo Fen—. *También siento la energía que pierden sus escudos.*

Hizo retroceder a tres licántropos particularmente grandes y peludos del dragón caído. Uno de ellos tenía un pedazo de vientre de dragón entre los dientes.

—*Espera y verás, Zev* —dijo Dimitri al tiempo que dejaba que sus sentidos, muy agudizados, se expandieran e intentaran encontrar las diferencias que Fen había detectado—. *En cualquier momento empezará con cuánto más evolucionado que nosotros está.*

Dos licántropos cayeron a sus pies, ambos con flechas que sobresalían de sus cuerpos. Estuvo a punto de resbalar con la sangre que rodeaba al dragón de Byron. Los guerreros del cielo estaban facilitando el trabajo, hiriendo a todos los licántropos que se atrevían a arremeter contra el dragón.

Con la suma de tres mortíferas espadas de plata, los licántropos retrocedieron e intentaron arrastrar a sus heridos con ellos.

—*He creado un escudo para vosotros por si acaso intentan volver a utilizar las pistolas* —dijo Zacarías—. *Esta vez las balas rebotarán y regresarán al que las ha disparado* —dijo tan apacible como siempre.

Nada parecía perturbar a Zacarías.

—*Tenemos a unos cuantos justo debajo de nosotros, sacando los rifles.*

La voz de Rafael tenía un dejo de satisfacción.

Dimitri, Zev y Fen llegaron junto al dragón y avanzaron en círculo a su alrededor para asegurarse de que no quedaba ningún licántropo.

—*Tienes que transformarte, Byron* —insistió Dimitri—. *No te nos desmayes. No podemos cargar con esta forma hacia el cielo. Es un peso muerto. Transfórmate y te sacaremos de aquí.*

No tenían mucho tiempo. Los licántropos se reagruparían y efectuarían otro ataque. Resonó una descarga de disparos y las balas salpicaron el escudo, todas ellas dirigidas a la cabeza.

—*Entrenamiento militar, sin duda* —observó Fen.

Sonaron gritos y aullidos cuando las balas dieron en los tiradores. Zacarías no había tenido mucho cuidado en procurar que los que disparaban no sufrieran daños permanentes. No le importaba demasiado, no cuando Byron estaba prácticamente hecho pedazos y otros tres de sus hombres se hallaban en peligro.

Byron se movió dentro del gran cuerpo del dragón y gimió un poco cuando su maltrecho organismo se negó a responder a sus exigencias.

—*Dadme un minuto.*

Zacarías estaba decidido a darle el tiempo que necesitara.

—*Rafael, tú y Nicolás eliminad a los tiradores, hasta el último de ellos. Si es posible no los matéis* —añadió—. *Los licántropos pueden regenerar los miembros, de modo que no os preocupéis en ser amables. Y si por casualidad tenéis idea de los que dispararon a Skyler, Paul y Josef... pues bien, ocurra lo que les ocurra no vamos a derramar ni una lágrima.*

Con toda probabilidad, soltar a sus dos hermanos contra los tiradores no hubiera contado con la aprobación de Mikhail, pero Zacarías los conocía, conocía sus habilidades. Harían que fuera tan peligroso atreverse a levantar un arma contra los carpatianos que pocos licántropos lo intentarían.

Nicolás en particular era experto en leer el pensamiento de varias especies. Si lograba encontrar a los primeros tiradores, daría con los que sin duda formaban parte del grupo decidido a asesinar a los miembros del consejo e iniciar una guerra. No había incluido a los que dispararon a Dimitri, principalmente porque él era un guerrero carpatiano y se consideraba juego limpio, pero nadie iba a disparar a Paul y salir impune.

Zacarías era muy consciente de que había elegido a los dos más hábiles y peligrosos de sus hermanos para hacer retroceder a los que iban armados. Sabrían mantenerse en lo alto, lejos de los licántropos. Todos ellos compartían la información que Fen y Dimitri habían proporcionado a los carpatianos sobre las manadas de lobos y cómo luchaban. Dio una orden más a sus hermanos.

—*En cuanto sepáis con seguridad quiénes son los tiradores, quiero saberlo.*

—*Así se hará* —asintió Rafael.

Era el compañero eterno de Colby, la hermana de Paul, y ella lo había mirado con los ojos llenos de lágrimas y le había rogado que fuera a buscar a Paul y lo trajera a casa. Nadie hacía llorar a su compañera eterna, ni intentaba matar a su joven cuñado sin que hubiera represalias.

Habían venido para buscar y matar a los que habían disparado. Harían todo lo posible por seguir las órdenes de Mikhail y no iniciar una guerra. Evitarían matar a inocentes si podían, y herirían a los que no estuvieran seguros de a qué bando pertenecían, pero en cuanto sacaron las escopetas, los tiradores se habían señalado a sí mismos.

Cuando Byron logró volver a adoptar la forma humana, otra oleada de licántropos surgió del suelo que habían cavado y en el que se habían escondido para alcanzar a su presa. Dos de ellos atraparon su cuerpo ensangrentado y lo arrastraron de nuevo lejos de los defensores mientras otros ocho se precipitaban contra los de sangre mestiza.

Dimitri saltó por encima de la pared de licántropos y cayó justo sobre el cuerpo de Byron, a horcajadas, y atravesó con la espada a uno de los lobos que intentaban llevárselo. Al mismo tiempo, se agachó, le metió una daga de plata en el puño a Byron y lo levantó de un tirón sin contemplaciones.

—Mantente en pie. Pase lo que pase, mantente en pie —advirtió a Byron, y se enzarzó en un combate a espada con el segundo licántropo, que para entonces estaba frenético.

Byron sangraba por una docena de heridas o más, algunas tan profundas que le llegaban al hueso. Se tapaba el vientre con la mano, allí donde los lobos habían querido destriparlo, tal como tenían fama de hacer.

Dimitri cercenó el brazo con el que el licántropo manejaba la espada. El lobo gritó cuando su antebrazo, muñeca y mano cayeron al suelo. Entonces lo descartó y dio la vuelta para enfrentarse a la carnicería cuando cinco de sus compañeros se volvieron para ayudarlo. Se echaron sobre él en un intento por dominarlo y matarlo.

—*Quédate detrás de mí, Byron, y no le quites el ojo al licántropo con un solo brazo. Pégate a mí y avanza cuando yo lo haga.*

Byron no respondió. Había perdido muchísima sangre y se estaba debilitando con rapidez, pero se negaba a sumirse en la inconsciencia. Agarró la daga e intentó adaptarse al ritmo de lucha de Dimitri.

Era rápido. Mucho más rápido de lo que Byron se había imaginado, incluso cuando lo habían advertido sobre la sangre mezclada y sus habilidades. Era imposible seguir el ritmo. Lo que más quería era observar aquella danza mortífera entre combatientes. No percibía que emanara energía de ninguno de los contrincantes, y menos aún de Dimitri. Se sorprendió anticipando los movimientos del enemigo, y se guió por ellos más que por su defensor al tiempo que intentaba mantener la espalda pegada a Dimitri, cuyos rápidos movimientos eran totalmente impredecibles.

Otros dos licántropos aparecieron sin previo aviso prácticamente a sus pies. Byron le clavó la daga en el pecho al más cercano y esquivó el cuchillo que el licántropo tenía en la mano izquierda y que se le venía encima. El segundo lobo tenía una espada que sostenía baja porque aún estaba medio metido en el suelo. De algún modo, Dimitri notó la presencia de ambos cuando salieron del suelo, pero aun así Byron oyó que soltaba un gruñido y supo que lo habían alcanzado.

Dimitri soltó una maldición entre dientes cuando la punta de una espada lo alcanzó en la pantorrilla. El fuego le quemó la piel y el cuerpo cuando la plata penetró.

—*Crees que a estas alturas ya debería estar acostumbrado* —le dijo a su hermano.

—*Sal pitando de aquí. Zacarías ha creado una abertura para nosotros. Razvan e Ivory harán un vuelo rasante y os recogerán a Byron y a ti.*

—*A la mierda, Fen.*

Dimitri no estaba dispuesto a dejar a los otros dos en el suelo, y menos cuando había tantos licántropos dispuestos a matarlos a todos.

—*Unirte con tu compañera eterna no ha mejorado mucho tu carácter* —observó Fen—. *No era mi intención quedarme aquí esperando. Yo no estoy herido por veintisiete sitios, no he sufrido unas quemaduras horribles ni estoy haciéndome el héroe por mi mujer. Puedo agarrar a Zev y marcharnos de aquí en cuanto Byron y tú estéis a salvo.*

Dimitri paró dos espadas a la vez, las empujó describiendo un círculo hasta el suelo y luego hundió profundamente la suya en el pecho de los dos licántropos.

—*Por no mencionar que esos hermanos De La Cruz están causando tantos estragos como se atreven a causar. No creo que técnicamente hayan matado a nadie, pero son implacables y no hay duda de que tienen los nervios a flor de piel. Tienen intención de protegernos mientras alzamos el vuelo. Yo puedo transformarme en el aire. Y Zev ya es todo un experto volando.*

Eso tenía más sentido. Sólo por esta vez, Dimitri consideró que podría ser divertido ser uno de los hermanos De La Cruz. Ellos dictaban sus propias leyes... o mejor dicho, su hermano mayor. Todos los carpatianos vivos sabían que no se contrariaba a Zacarías y se salía ileso.

—*Ahora mismo estoy un poco atareado* —señaló Dimitri—. *Salid de aquí y nosotros iremos detrás en cuanto podamos salir a la fuerza.*

—*Nos dirigimos hacia vosotros.*

En cuanto Fen y Zev empezaron a avanzar a un ritmo constante hacia Byron y Dimitri, hubo un cambio en sus mentes, un claro mensaje telepático de triunfo.

—*Los hemos encontrado* —anunció Nicolás—. *Siete tiradores. Todos ellos se sienten muy pagados de sí mismos por haber disparado a Skyler, a Paul y a Josef. Incluso están susurrando que es a la chica a la que hay que matar, que si consiguen matarla, seguro que los carpatianos irán a la guerra.*

—*Creen que Skyler es* Sange rau *porque fue capaz de construir el refugio* —añadió Rafael—. *La han señalado como blanco y han enviado a sus principales asesinos a localizarla. Quieren matarla a ella, a Dimitri, a Fen y a Zev.*

A Dimitri se le hizo un nudo en el estómago.

—*Razvan, recoge a Byron y llévalo a alguna parte donde puedas cerrarle las heridas y darle sangre.*

—*¿Qué demonios vas a hacer?* —quiso saber Fen—. *Dimitri, ¿te has vuelto loco? Tú no puedes verte, pero tienes la piel grisácea y macilenta. Tienes que salir de aquí ahora, antes de que te desplomes. No estás del todo curado y no hemos podido reemplazar la sangre que perdiste.*

Dimitri no era de los que discutían. Razvan surgió del cielo rápidamente como una franja de vapor, se abatió y se materializó en el último momento, tomó en brazos a Byron y se elevó con él antes de que los licántropos se dieran cuenta siquiera de que estaba allí.

Al instante, Dimitri se transformó en diminutas moléculas a las que era imposible que un licántropo se enganchara. Salió a toda velocidad por entre los árboles, dirigiéndose de nuevo a lo profundo del bosque en busca de los hombres que Nicolás había encontrado. Ellos habían empezado la pelea entre las especies, tal como les habían ordenado hacer, pero no se estaban arriesgando a que los hábiles guerreros los hicieran pedazos.

Habían hecho su trabajo, habían revolucionado el campamento, envenenando el juicio de los demás en contra de Zev, o al menos suscitando dudas sobre él. Afirmaron que el consejo los respaldaba y que Zev había hecho algo para cortar la conexión de los teléfonos móviles y los había dejado aislados. Enviaron a sus peones a la batalla, acompañados por aquellos que aún no se habían comprometido e incluso por los que seguían siendo leales al consejo.

Sentados en lo alto de los árboles, observaban la batalla desde una distancia prudencial con gafas de visión nocturna, actuaban como comentaristas de un encuentro deportivo e incluso se reían cuando alguno de los leales seguidores del consejo sufría alguna amputación. Los miembros volverían a crecer, pero aun así, las heridas graves seguro que acababan convenciendo a los que no los habían creído del todo.

—Esto no podría ponerse mejor —afirmó uno de los licántropos. Tenía el pelo rubio y se consideraba muy atractivo. Él había creído en el código sagrado, creía todo lo que éste decía, incluso el lugar que ocupaban las mujeres en su sociedad. Las cosas llevaban demasiado tiempo bajo la influencia de la interacción humana. Las viejas costumbres, los códigos y tradiciones se habían olvidado hacía mucho—. No hay duda de que logramos agitar las cosas, incluso sin Gunnolf.

Otro asintió con la cabeza mientras miraba por entre las ramas para observar el caos que reinaba abajo.

—Ahora se unirán a nosotros. A la mitad les han disparado flechas o los han partido por la mitad, tal como predijo Gunnolf.

—No os deis palmaditas en la espalda todavía —terció un tercero—. Zev es carismático. Todo el mundo lo escucha, incluido el consejo. Tiene que morir antes de que se ponga a hablar otra vez.

—No me he enterado de si tuvimos éxito en la reunión, las conversaciones para una alianza —comentó otro—. Evitar que alguien pueda utilizar el teléfono implica que nosotros tampoco podemos. Sólo nos queda esperar que hicieran su parte y aniquilaran al consejo. En cuanto llegue la noticia, todo el mundo se alzará en armas contra los carpatianos.

—¿De verdad crees que Zev es *Sange rau*? ¿O que lo era el prisionero carpatiano? Si tan poderoso era ¿por qué no se liberó él mismo?

—¿Y eso qué más da? —gruñó el rubio—. La mujer es la que lo liberó y creó esa fortaleza que no pudimos penetrar. Si alguien es *Sange rau*, es ella. Utilizó una especie de hechizo de sangre, la olía por todas partes.

—Se llama Skyler —dijo Dimitri mientras se le acercaba por detrás.

Hundió la estaca de plata en la espalda del licántropo rubio con tanta fuerza que la punta le atravesó el pecho. Con un único movimiento, la espada afilada de Dimitri cortó la rama y el cuello, de modo que la cabeza cayó dando vueltas al suelo.

Giró como un bailarín, pero de hecho no apoyó los pies en las ramas en ningún momento, sino que más bien efectuó la danza brutal allí en el aire, manteniéndose cerca de modo que los licántropos se vieron obstaculizados por las ramas y las hojas. Cuando intentaron salir a toda prisa de los árboles, atacó a otro y utilizó la espada para separarle la cabeza del cuello.

—Podrías haber esperado —se quejó Rafael al tiempo que clavaba una estaca de plata en el corazón del licántropo decapitado que había quedado encajado en el árbol.

Giró en el aire y usó un cuchillo de plata para arrancarle el corazón a un tercero, dejándolo caer en la horquilla de un árbol frente a un horrorizado licántropo. Le atravesó el centro del corazón con el cuchillo para clavarlo al tronco y retrocedió para dejar que la espada de Dimitri enviara la cabeza dando vueltas hasta el suelo junto a los otros dos.

Uno de los licántropos consiguió salir de entre las ramas. Dio un salto hacia el suelo y se dio cuenta, demasiado tarde, de que un tercer carpatiano estaba allí esperando. El hombre estaba tan quieto que podría haber formado parte del paisaje. Cuando se movió, fluyó como el agua, y atacó con tanta rapidez que el licántropo estuvo muerto antes de caer al suelo, con una estaca de plata en el corazón y la cabeza cercenada.

Los tres conspiradores restantes fingieron rendirse, con los dedos en los gatillos de sus armas.

—Nosotros no os hemos hecho nada —suplicó uno de ellos, y echó la cabeza hacia la izquierda para asomarse a la rama e intentar echar un vistazo a Dimitri—. Nos rendimos. Podéis quedaros nuestras armas.

Tres espadas y dos cuchillos fueron arrojados al suelo.

Mientras el primer miembro del trío negociaba, los otros dos movieron las pistolas hacia adelante sin hacer ruido, intentando encontrar un objetivo. Por un momento uno de ellos creyó ver a un carpatiano, le dio un suave codazo a su compañero y señaló la maleza de abajo.

Por detrás de ellos, Dimitri se inclinó para susurrarles al oído:

—Huelo las mentiras. Y vosotros tres apestáis.

Uno de ellos se dio la vuelta rápidamente al tiempo que disparaba, de modo que el arma estalló junto al pecho de Dimitri, pero éste ya había hundido la daga, cuya hoja encontró un objetivo en el corazón del mentiroso. La mano que sostenía el arma se puso rígida y luego se aflojó, el cuerpo se deslizó hacia el suelo, pero quedó atrapado en las ramas bajas, tumbado de un modo macabro.

Nicolás agarró la cabeza y dejó que cayera al suelo con las demás. Con gran desprecio, empujó el cuerpo con la punta de la bota para que saliera del árbol, de manera que aterrizó también entre los despojos que hacía unos minutos habían sido licántropos vivos.

Los dos lobos restantes abrieron fuego y dispararon una descarga tras otra en todas direcciones, desesperados por matar a sus agresores. Por desgracia para ellos, los carpatianos habían desaparecido y, en el caos del terror, los dos licántropos que quedaban con vida no pudieron interpretar la energía que se les venía encima por todas direcciones.

Uno de ellos bajó trepando del árbol, desgarrando la corteza con sus zarpas, casi sollozando. Saltó en medio de un charco de sangre y cuando bajó la vista, los ojos de sus amigos lo miraban acusadoramente.

—No me dejes, Don —gritó el otro—. Tenemos que permanecer juntos. Espérame.

El licántropo llamado Don ni siquiera miró a su compañero, echó a correr para salvar la vida con el arma aún aferrada en la mano y el dedo en el gatillo, pero ni recordaba que lo tenía allí. Aún no había dado ni cinco pasos cuando chocó con algo afilado. Doloroso. Se detuvo de pronto y se quedó tambaleándose. La pistola cayó de sus dedos flojos.

Don se miró el pecho. Una estaca de plata sobresalía de él. Horrorizado, mantuvo la mirada gacha y puso las manos ahuecadas debajo como si pudiera recoger la sangre que manaba de la herida. Negó dos veces con la cabeza y luego consiguió levantar la mirada. Frente a él tenía a un hombre alto con quemaduras terribles en la cabeza y el cuello.

—La verdad es que no deberías haberle disparado —dijo Dimitri en tono desapasionado—. Estabas muerto en cuanto las balas salieron de tu pistola. Si no te hubiera encontrado ahora, te hubiera perseguido hasta que no me quedara aliento en el cuerpo.

Levantó la espada de plata y la hizo descender de nuevo con un movimiento elegante y mortal. La cabeza de Don rodó hacia las demás.

El licántropo que quedaba en el árbol arrojó su arma al suelo e intentó ponerse de pie con las piernas temblorosas y los dos brazos levantados.

—No podéis matarme. Soy un prisionero de guerra. No podéis matarme.

—No hay guerra entre nuestras especies —dijo Nicolás, cuya voz incorpórea surgió de la noche de forma inquietante.

—Por desgracia para ti —añadió Rafael, que proyectó su voz desde arriba y abajo al mismo tiempo—, mi hermano no cree en hacer prisioneros.

El licántropo saltó del árbol alejándose de las ramas, con los brazos extendidos como si tuviera alas. Una espada de plata apareció en medio del aire. No podía cambiar su trayectoria. Golpeó la punta de la espada con el pecho y el impulso que llevaba lo empaló en la hoja, justo a través del corazón.

—Tu hermano tampoco cree en la charla innecesaria —terció Zacarías, que se materializó junto a la espada. Lanzó una mirada a sus hermanos, con el ceño fruncido—. Os gustan mucho vuestros juegos.

Echó la espada hacia atrás, cortó la cabeza de un solo golpe y limpió la hoja en el cuerpo antes de que éste tocara el suelo.

Nicolás y Rafael intercambiaron una sonrisita de satisfacción a escondidas.

—*Habéis logrado llamar mucho la atención* —le dijo Fen a su hermano—. *Salid de aquí.*

Zacarías alzó la vista al cielo y las nubes obedecieron de inmediato, se arremolinaron, ennegrecieron y se situaron justo encima. Un rayo se bifurcó a través de una nube imponente. Entonces dirigió el relámpago chisporroteante al centro del montón de licántropos muertos.

Las llamas se elevaron y quemaron los cuerpos. Rafael dejó un mensaje para los demás licántropos. Traidores al consejo, asesinos de niños. Ajusticiados.

—*No voy a dejarte atrás y Zev está perdiendo la batalla por sus numerosas heridas. En marcha.*

—*Ya voy* —respondió Dimitri tranquilamente.

Tal vez Fen fuera su hermano mayor, pero Dimitri era un guerrero antiguo y había cazado vampiros durante siglos, casi siempre solo. Por mucho que quisiera a su hermano, él hacía las cosas a su manera y tomaba sus propias decisiones. Esos licántropos eran asesinos y habían osado atacar a su compañera eterna. No estaba dispuesto a dejarlos con vida. Tarde o temprano los hubiera localizado. Estaba agradecido de que Zacarías y sus hermanos hubieran dado con ellos. ¿Quién sabe cuánto más daño hubieran hecho si no los hubiesen destruido?

Sabía que Fen estaba preocupado por él, pero se negaba a reconocer que su hermano había tenido razón desde el principio y su cuerpo todavía no estaba en condiciones de castigar a nadie. Se elevó por los aires, dirigiéndose de vuelta hacia él. Razvan había huido sin problemas con Byron, pero Fen y Zev se habían negado a marcharse hasta que él estuviera a salvo lejos de allí. Estaba prácticamente seguro de que Zev era igual de testarudo que su hermano y ninguno de los dos iba a moverse hasta que supieran que estaba a salvo.

Rafael y Nicolás fueron detrás de él. Zacarías iba en cabeza. En cierto modo, Dimitri se dio cuenta de que lo estaban protegiendo, volando en una formación que mantenía su cuerpo maltrecho en el centro de un triángulo.

—Te estoy esperando, Fen —le dijo a su hermano—. Si tienes problemas y necesitas un poco de ayuda daré media vuelta y te salvaré como de costumbre. Tú dilo y ya está. Te estaba dejando un poco de tiempo para solucionarlo, pero, en serio, no puedo permitir que hagas esperar a los demás.

Dimitri tuvo que evitar que el regocijo se notara en su voz, y tuvo que quitárselo también de la cabeza. Reírse de Fen era una proposición peligrosa.

—Muy gracioso. Te estás volviendo todo un comediante. Que uno de los hermanos De La Cruz lleve tu lamentable culo.

Dimitri sabía que no iba a librarse de haberse reído de su hermano, pero aun así era muy agradable estar volviendo a casa, teniendo a Fen cerca. Era libre, el dolor iba amainando poco a poco y Skyler era suya para toda la eternidad.

Moverse por el cielo nocturno con el viento en la cara y las estrellas centelleando en lo alto siempre había resultado algo tranquilo y relajante. No miró el campo de batalla de abajo, lleno de licántropos heridos. Ya había tenido suficiente sangre, muerte y dolor… tanto como para durar otra vida. Estaba agotado. Exhausto. Había terminado de luchar por una temporada.

—¿Dónde estás?

Skyler fue a su encuentro de inmediato con su toque calmante como si fuera consciente de su agotamiento y su fatiga. Ya lo había hecho en el pasado. Dimitri se acordaba de una ocasión en la que se había pasado meses detrás de un vampiro maestro, siendo testigo de las secuelas de muerte y destrucción que el no muerto dejaba a su paso, y había quedado tan asqueado por la depravación que no podía encontrar paz ni consuelo, ni siquiera bajo tierra.

Ella había acudido a él entonces tal como hacía ahora. Skyler. Su milagro. Penetró en su mente con suavidad, con aquel toque lento y delicado que ya le resultaba muy familiar. Lo llenó, llenó esos espacios de muerte, las grietas que parecía imposible arreglar, gran cantidad de desgarros interiores, provocados por las numerosas veces que había matado y por las cosas que había visto. De algún modo, cuando ella estaba allí, cuando se fundían de esta manera, conseguía borrarlo todo. Todo lo que había visto y hecho desaparecía y era reemplazado por calidez y amor.

—*A salvo. Te sigo de cerca* —le aseguró.

—*Dimitri, algo va mal. Lo noto.*

—*Sólo es la distancia que nos separa. Estoy un poco débil.*

Le hizo la confesión que nunca le haría a su hermano. Ella estaba allí con él, en su mente, lo sabría de todos modos. Era prácticamente imposible esconder algo a una compañera eterna, y la suya era muy sensible.

—*No es la distancia. Es otra cosa. Algo que se te acerca sigilosamente. Está cerca. Es peligroso.*

Él había puesto el piloto automático y básicamente dejaba que Zacarías y sus hermanos dirigieran su vuelo, ocultándolos de cualquiera que pudiera verlos mientras reservaba las fuerzas para el largo camino de vuelta a casa. Echó un vistazo rápido a su alrededor. Fen, en forma de dragón con Zev en el lomo, volaba justo a su izquierda.

Los hermanos De La Cruz, al igual que él, habían elegido forma de pájaros que surcaban poderosamente el cielo nocturno. Todos estaban alerta, pero ninguno de ellos parecía excesivamente nervioso.

Dimitri la creyó. Durante el transcurso de los años había descubierto que valía la pena creer a Skyler. Él era un Guardián, sangre mezclada, y tenía dones especiales. Ya era hora de que empezara a utilizar las habilidades superiores que le proporcionaba el hecho de ser *Hän ku pesäk kaikak*. El peligro radicaba en la sensación de superioridad que lo invadía. Él era más fuerte. Más rápido. Su cerebro podía resolver problemas a una velocidad tremenda. Había que atemperar los dones con el inevitable precio que pagabas por ellos.

Su vista era especialmente aguda. Echó una larga y lenta mirada en derredor, al suelo bajo él, a la derecha, a la izquierda, por detrás y por delante. Su oído era muy fino. Escuchó por si percibía algún sonido que pudiera estar fuera de lugar, una única nota que pudiera advertirle del peligro. Su sentido del olfato era sumamente sensible, la combinación de lobo y carpatiano le daba unas tremendas ventajas si las utilizaba.

Allí había algo. Un levísimo estremecimiento lo inundó, una inquietud que se instaló y permaneció, aunque no podía identificar la amenaza.

—*Fen. Comunícate. Aquí hay algo. Algo que viene detrás de nosotros. O nosotros vamos hacia ello. Skyler también lo siente.*

Sabía que su hermano lo tomaría en serio. Llevaban siglos batallando juntos de vez en cuando. Por mucho que a Fen le gustara hacer valer su rango de hermano mayor, respetaba las habilidades de Dimitri y nunca haría caso omiso de una advertencia.

—*Lo percibo. Pero ¿qué? Es muy sutil. ¿Qué puede ser tan sutil para que ninguno de nosotros nos hayamos dado cuenta?* —preguntó Fen.

La respuesta era muy clara para Dimitri... para ambos.

—*Sange rau. Quienquiera que haya orquestado esta guerra está utilizando a los* Sange rau *para asesinar a los que quiere quitarse de en medio.*

—*Estaban Bardolf y Abel.* —Fen nombró a los dos *Sange rau* que habían derrotado hacía unas semanas. Los habían enviado a los dos para matar a Mikhail Dubrinsky—. *¿Cómo puede controlar a un ser de sangre mezclada, a un vampiro, además. Tiene que ser muy poderoso para hacer algo así.*

—*Si fue carpatiano antes de ser* Sange rau *y advertimos a los demás, lo oirá* —señaló Dimitri.

Fen y Dimitri nunca habían intercambiado sangre con Zacarías o sus hermanos. Tendrían que utilizar el canal común, que permitiría que un ser de sangre mezclada nacido carpatiano los oyera.

—*Skyler, ¿Paul puede ponerse en contacto con sus tíos? Si es así, que les transmita la noticia de que nos persigue un asesino. Estamos seguros de que el asesino es* Sange rau.

Hubo un breve silencio, era de suponer que fue mientras consultaba con Paul.

—*Él ha intercambiado sangre con Nicolás.*

—*Diles que sigan adelante como si no hubiera cambiado nada, pero uno de ellos tendrá que llevarse a Zev de Fen. Voy a empezar a descender, poco a poco, para dar la impresión de que estoy herido y de que el vuelo empieza a pasarme factura* —dijo Dimitri.

—*Estás herido. Dimitri, no puedes luchar contra este monstruo, no en las condiciones en que te encuentras* —objetó Skyler.

Él se rió bajito mentalmente, llegó hasta ella para envolverla con su amor.

—*Csitri, no tengo intención de luchar con él. Eso se lo dejaré a Fen. Necesita sentirse necesario y nunca le arrebataría algo así.*

Por un momento pensó que Skyler no caería en la cuenta. Pero lo hizo.

—*Está escuchando, ¿verdad? Estás provocando a tu hermano otra vez.*

—*Pues claro que sí.*

Fen soltó un leve resoplido burlón.

—*Lo que pasa es que no puede digerir que yo sea mejor en combate.*

—*Eso lo dices tú. Que yo recuerde, la última vez fui yo quien salvó tu penoso culo* —señaló Dimitri.

—*Tenéis que tomaros en serio esta amenaza* —insistió Skyler, en algún punto entre la risa y la exasperación.

—*No te preocupes,* sívamet. *Lo tenemos controlado* —afirmó Dimitri con seguridad.

Porque se sentía seguro. Había sobrevivido a la peor tortura de los licántropos y tenía a su compañera eterna. No importaba que su cuerpo estuviera roto y exhausto, su mente era más fuerte que nunca. Sus sentidos se estaban desarrollando rápidamente.

—*Tú y yo sabemos que resultará difícil matar al* Sange rau —le advirtió Fen por su canal privado de comunicación—. *Sé que intentas que Skyler no se preocupe, pero no te confíes demasiado.*

—*En todos los siglos que hemos estado viajando, incluso por distintos continentes, ¿cuántas veces nos hemos topado alguno de los dos con un* Sange rau? —le preguntó Dimitri a su hermano.

—*Yo he visto cuatro, contando a Abel y Bardolf.*

—*Yo sólo me he encontrado con Abel y Baldorf, y a ellos los enviaron específicamente a matar a Mikhail* —dijo Dimitri, que dejó que la implicación hiciera mella.

Dimitri supo el momento preciso en el que Paul transmitió la advertencia a Nicolás y éste a Zacarías. No hubo ningún cambio en ellos, pero pudo sentir la diferencia. Esperaba que su perseguidor no la notara. Flaqueó un poco, dio la impresión de que intentaba recuperarse pero se rezagó, alejándose de sus protectores. Nicolás y Rafael, en forma de pájaro, pasaron volando junto a él, vacilaron un momento y luego siguieron adelante como si él les hubiera dicho que continuaran.

Fen entendió enseguida lo que su hermano quería decir.

—*Alguien los está creando, utiliza sangre mestiza para mejorarlos y usarlos como asesinos. No son necesariamente vampiros.*

—*Y probablemente los hayan creado recientemente. Seguro que Abel y Baldorf eran los más expertos y los mayores. No enviarían a un aficionado a por el príncipe en nuestro territorio. Quienquiera que esté detrás de esto está creando su propio ejército de sangre mestiza.*

Dimitri dejó que el cuerpo de su pájaro descendiera un poco, buscando una menor altitud, batiendo las alas el doble de rápido que los otros, pero sin llegar a ninguna parte en realidad. El viento cambió un poco, sopló sobre él y lo hizo flaquear más. Intentó redoblar sus esfuerzos —los demás parecían estar alejándose de él con más rapidez— pero estaba demasiado cansado.

Dio la impresión de que el enorme pájaro de presa, un águila calva, aparecía de la nada y descendió deprisa con las garras extendidas, con un pico de un color extraño. Dimitri cambió del cuerpo de un búho al más grande de águila, y lo hizo tan deprisa que fue imposible detectar el cambio hasta que el otro estuvo prácticamente encima de él. Con eso tuvo el tiempo justo para darse cuenta de que las garras y el pico eran armas de plata, diseñadas para desgarrar, apuñalar y matar con rapidez. Recibió las garras del pájaro con las suyas y las atrapó de modo que cayeron dando vueltas por el cielo. Ninguno de los dos podía transformarse y el suelo parecía alzarse a toda velocidad hacia ellos.

El asesino arremetió contra el cuerpo de Dimitri y lo apuñaló repetidamente en el pecho, buscando el corazón. No oyó ni vio el ataque por detrás, a Fen surcando el cielo directo hacia su presa. El *Sange rau* ni siquiera notó la estaca que le atravesaba el cuerpo para penetrar en su corazón.

Cuando Fen cortó la cabeza y el animal cayó muerto al suelo, Dimitri llamó a los rayos para que lo quemaran.

Se dejó caer en la tierra suave, se sentó bruscamente y se pasó las dos manos por el pelo. Tenía sangre en el pecho, le salía de una docena de cortes y puñaladas.

—Sabes qué, Fen, creo que ahora aceptaré que me lleves —dijo mientras su hermano se acercaba a él con paso resuelto.

Capítulo 16

La última vez que volvió a casa, Dimitri se había instalado en la antigua vivienda familiar situada en lo profundo del bosque, donde los lobos le advertían si los visitantes se acercaban demasiado. Había realizado algunas reparaciones para modernizar un poco el edificio, pero no residía allí con frecuencia. La piedra exterior estaba cubierta de musgo y los árboles y la maleza habían crecido tan cerca de la casa que prácticamente la tapaban. Unas gruesas enredaderas se trenzaban en torno a las columnas de piedra que formaban el porche. Eran tan espesas que casi creaban un muro impenetrable, pero había un arco en las escaleras, como si se hubiera diseñado de esa manera.

Debajo del edificio de piedra, en las profundidades de la tierra, Dimitri y Skyler yacían entrelazados mientras sus cuerpos sanaban lentamente. Él se despertaba todos los días y cazaba, procuraba el sustento para los dos y luego volvía al suelo para dejar que la Madre Tierra los rejuveneciera a ambos.

Se despertó y se quedó allí tumbado escuchando el latido del corazón de la tierra. Con el tiempo aquel ritmo se había vuelto tranquilizador, un toque regular y constante con el que siempre podía contar. No importaba en qué lugar del mundo estuviera, si yacía bajo tierra, aquel sonido siempre estaba allí.

Abrió el suelo por encima de sus cabezas y se quedó mirando la parte inferior de la casa que sus padres habían construido muchos siglos atrás. Él había jugado en la habitación que tenían justo encima. Recordaba el sonido de la risa de su madre y el murmullo de la voz de su padre. Se dio cuenta de que quería quedarse, hacer de aquella casa su hogar. Se encontraba lo bastante adentrada en el bosque para mantener a su manada de lobos a salvo y al mismo tiempo lo bastante cerca de los demás carpatianos para que Skyler pudiera tener compañía siempre que quisiera.

Se inclinó sobre ella. Le encantaba verla dormir. Ahora Skyler siempre parecía estar tranquila, su aspecto era muy distinto al de las noches que había entrado en su habitación y la había encontrado dando vueltas y agitándose, atrapada en el paroxismo de una horrible pesadilla. Le retiró unos sedosos mechones de pelo que se le habían soltado de la trenza que le había hecho la última vez que estuvieron bajo tierra.

Tenía unas pestañas largas, ligeras como plumas, oscuras, pero con las puntas doradas. Recorrió sus pómulos altos con la yema del dedo, absorbiendo la suavidad satinada de su piel. A Skyler siempre le había molestado no poder broncearse. Josef y Paul se burlaban de ella sin piedad, se tapaban los ojos con las manos y la acusaban de cegarlos con la blancura de su estómago o de sus piernas, dependiendo de la ropa que llevara puesta. Si se exponía al sol se quemaba y ponía roja, y entonces la llamaban «langosta».

Dimitri se sorprendió sonriendo al recordar las payasadas de sus amigos.

—Haces que mi vida sea hermosa y plena —murmuró en voz alta—. *Despierta*, csitri. *Tenemos mucho que hacer. Es hora de empezar nuestra vida.*

Skyler se movió a su llamada, se dio la vuelta en sus brazos y levantó las pestañas. La impresión al cruzar la mirada con aquellos ojos fue como un impacto físico, un terrible puñetazo que lo dejó sin aire en los pulmones. Tenían aquel color relajado y alegre, el auténtico gris paloma que a él le gustaba más que ningún otro color.

—Buenas noches, *sívamet*. ¿Te sientes más fuerte?

Skyler asintió con la cabeza y le acarició el rostro.

—Mucho más. No me importaría explorar un poco nuestra casa. La verdad es que no he visto casi nada desde que hemos estado sanando.

—Quiero que vengas conmigo a cazar para comer.

Era la primera vez que se lo pedía. No insistió; era consciente de que aquél sería uno de los conceptos que más le costaría aceptar.

A Dimitri no le importaba proporcionarle sangre, pero en el supuesto de que alguna vez tuvieran problemas, ella tenía que saber cazar y saber que podía hacerlo sola. Era una parte connatural de ser carpatiano. Skyler ansiaba sangre, pero la idea de tomarla de una fuente desconocida la preocupaba a un nivel estrictamente humano.

Se hizo un breve silencio. Ella había dejado caer la mano sobre su pecho y le alisaba las quemaduras de la cadena con aire ausente, tal como hacía cada vez que se despertaban.

—Está bien.

A Dimitri le dio un vuelco el corazón. Dos palabras. Skyler aceptaba su forma de vida y confiaba en él para que le enseñara lo necesario para sobrevivir. Sabía que para ella era un enorme hito.

—Después tengo que ver a Francesca.

Dimitri la quería para él. Había pasado varios días bajo tierra sanando. Sí, la había abrazado e incluso había intercambiado sangre con ella, pero el resto del tiempo ambos habían permanecido enterrados, durmiendo el sueño rejuvenecedor de los carpatianos.

El tiempo que habían pasado bajo tierra había sido necesario, pues ambos habían llegado a los montes Cárpatos en muy mal estado. Skyler apenas había tenido tiempo de abrazar a su madre adoptiva antes de desplomarse. Desafortunadamente, aquel tiempo fundamental que pasaban en el suelo implicaba que no podían empezar de verdad su vida en común.

La había abrazado mientras dormían, entrelazados, piel contra piel. Dado sangre y sin duda había habido intimidad, pero casi tenía la sensación de que estaba perdiendo terreno con ella, de que Skyler había retrocedido un paso de él. No dijo mucho y daba la impresión de que prefería pasar el tiempo bajo tierra antes que afrontar su vida juntos.

—Ya vuelves a tener el ceño fruncido —dijo ella, y alargó la mano para frotarle los labios como si pudiera borrarle el mohín—. ¿Qué pasa? ¿No quieres que vaya contigo?

Dimitri rodeó su cintura estrecha con las manos y la ayudó a incorporarse.

—Pues claro que quiero que vengas conmigo. Ambos necesitábamos sanar, pero en algún momento tenemos que recuperar fuerzas. Quiero enseñarte tantas cosas...

—Y yo quiero aprender. Concretamente, a cambiar de forma —dijo Skyler—. Y a volar. Y a correr con los lobos.

Dimitri no pudo evitar echarse a reír.

—En otras palabras, todo.

La joven asintió con la cabeza y se puso de rodillas para examinar las quemaduras que Dimitri tenía en la frente y en el cuello. A él le dio un vuelco el corazón. Ella no se le había acercado físicamente ni le había tocado las cicatrices de manera íntima desde que habían llegado a los montes Cárpatos. Había trabajado en su curación, desde luego, pero había utilizado un toque más bien profesional. El roce de sus dedos era demasiado íntimo para que él lo considerara profesional y tanto su cuerpo como su corazón reaccionaron a las caricias.

Skyler murmuró las palabras que entonaba cada vez que recorría con cuidado todas las vueltas de cadena que rodeaban su cuerpo.

Recurro a ti, Madre, tu poder haz notar,
Mientras sello estos canales que tanto dolor podrían provocar.
Apelo al aloe, tan verde y lleno de frescor,
Alíate conmigo, conviértete en mi instrumento contra el dolor.

Aporta de nuevo tu sangre vital para sanar,
Alivia el sufrimiento, estas cicatrices te tienes que llevar.
Cada línea que trazo, que día a día se desvanezca,
Que todo lo que causa dolor desaparezca.

Dimitri se permitió inhalar su aroma, ponerle los brazos en la espalda y sujetarla así, con los dedos extendidos para abarcar todo lo que pudiera su piel desnuda.

—Has estado ocultándome cosas —afirmó Skyler, que se acercó tanto a él que las puntas de sus senos le rozaron el pecho mientras ella recorría con dedos calmantes las profundas muescas de su garganta—. Has estado preocupado por algo. He esperado a que me lo contaras, pero pensé que antes que fundir mi mente con la tuya y fisgonear era mejor preguntártelo.

Dimitri inspiró y soltó el aire. Le acarició la piel con los dedos y el tacto de la joven encendió unas llamas parpadeantes que le recorrían las venas. Había soñado con aquello, lo había deseado, pero saber que no podía actuar siguiendo el deseo que lo inundaba hizo que el momento fuera agridulce. Skyler necesitaba tiempo y él estaba decidido a dárselo.

—Te apartaste bruscamente de mí —admitió claramente—. No lo habías hecho hasta ahora. Sé que todo lo que ha ocurrido estas últimas semanas ha pasado con rapidez y tú necesitabas tiempo para asimilarlo, particularmente lo de convertirte por completo en carpatiana.

Era más que eso; Skyler acabaría convirtiéndose en lo que era él: *Hän ku pesäk kaikak*. No había forma de evitarlo, y menos cuando eran compañeros eternos y nunca podrían resistir el impulso de intercambiar sangre.

Ella se quedó callada un momento mientras daba vueltas mentalmente a las palabras de Dimitri. Tuvo que admitir que se había despertado todos los días nerviosa. Se sentía segura allí en el suelo, en su pequeño capullo, envuelta por sus brazos.

Antes, cuando él había acudido a ella, en ocasiones varias noches seguidas, sólo para hablar, habían fundido sus mentes para hacerlo y ella había creído conocerlo. Dimitri no le ocultaba nada, pero lo cierto es que nunca se había fundido tan profundamente con él para poder ver más allá de la oscuridad que había en su interior. La oscuridad había crecido como un cáncer y se había propagado por su alma buscando continuamente una forma de entrar.

Para salvarlo, Skyler había penetrado más allá de aquella oscuridad agazapada. Vio todos los recuerdos, todos los actos. Conocía los peligros a los que se había enfrentado sin inmutarse, los siglos de soledad que había soportado sin deshonor, y había visto lo paciente que había sido aun cuando la oscuridad le presionaba el alma. Después, él la había salvado a ella poseyendo su cuerpo, tomando el control de su mente, fundiéndose los dos tan profundamente que no solamente observó dichos recuerdos, sino que los revivió con él.

Cada muerte se llevaba algo de él y dejaba un rastro de lágrimas en el tejido de la mente y el alma, incluso después de haber perdido las emociones. El hecho de ajusticiar incluso al peor de los criminales tenía un precio, y él lo pagaba con frecuencia. Las fisuras y grietas se habían hecho más profundas y esa oscuridad había penetrado, sacando partido a cada paso.

Skyler vio miles de heridas físicas. Dimitri había ido solo, o acompañado por Fen y, en ocasiones, rara vez, con otro cazador al que ella no conocía. La mayoría de las veces había estado solo. Había vivido una eternidad, a través de la historia, y siempre había sido honorable, fueran cuales fueran las circunstancias. Había salvado vidas y nunca había pedido nada para sí mismo... salvo a ella. Su compañera eterna. Había resistido con la esperanza de encontrarla algún día.

—Cuando intentaba encontrarte, Dimitri, me sentía fortalecida. Me sentía como si fuera tu compañera, alguien que podía darte hasta la última cosa que necesitabas y merecías. Sabía que me necesitabas y sabía que podía darte exactamente lo que necesitabas. —Suspiró—. Pero luego vinimos aquí a los montes Cárpatos y empecé a tener dudas.

Las yemas de sus dedos se detuvieron sobre las quemaduras del cuello. A Dimitri le resultaba asombroso que en aquellas muescas en carne viva pudiera sentir concentrado el poder de su capacidad sanadora y que, sin embargo, estuviera expresando sus reservas sobre si podría ser la pareja adecuada para él o no.

A Dimitri se le vinieron a la cabeza mil argumentos, pero se quedó callado. Skyler necesitaba poder hablar con él sin recelar que tal vez no la estuviera escuchando de verdad. Por mucho que quisiera tranquilizarla, aquél era el momento de ella, no el suyo.

—No dejo de pensar, ¿qué ganas realmente con una compañera? Sólo he vivido diecinueve años. No podría esperar saber las cosas que tú sabes. ¿Cómo podría estar a tu altura intelectualmente? Soy inteligente, sé que lo soy. Sólo tengo diecinueve años, pero ya poseo varias licenciaturas. De todos modos, lo que yo sé sobre cualquier tema es una gota de agua en el mar comparado con tu sabiduría.

Dimitri notó que sus dedos volvían a moverse, acariciando las quemaduras en torno a la garganta. Skyler se sentó en los talones y siguió los eslabones de la cadena que le rodeaban los hombros.

—No dejo de preguntarme ¿qué tengo yo que ofrecerte exactamente? —Alzó de golpe la mirada hacia la suya y el rubor asomó a su piel antes de que volviera de nuevo los ojos a su trabajo—. Tengo miedo del contacto físico, de la intimidad, eso ya lo sabes. No es ninguna novedad para ti, pero no dejo de pensar que no te estoy aportando nada en absoluto. No solamente no sé ni lo más básico sobre cómo complacer a una pareja, sino que además la idea en sí me parece repugnante. —Hizo una pausa. Tomó aire—. O me lo parecía.

Dimitri agradeció esa pequeña confesión. Sabía, mejor que ella misma, que estaba empezando a reaccionar a él. Lo amaba, y su cuerpo había empezado a responder a su tacto. Él lo notaba con cada caricia, con cada mirada. Sabía que, a medida que pasaran tiempo juntos, si tenía paciencia y era delicado, si dejaba que ella tomara la iniciativa, Skyler llegaría a desear su cuerpo tanto como él deseaba el suyo. Era otra expresión de amor, sólo tenía que darse cuenta de ello por sí misma.

—No sé ni cómo empezar a complacerte, Dimitri, y eso me preocupa. No sé cómo voy a reaccionar cuando me hagas el amor. ¿Y si me entra pánico?

Él quería decirle que no tendría importancia. Que se detendrían hasta que estuviera preparada, pero guardó silencio otra vez y esperó a que ella se lo contara todo.

—Ni siquiera tengo mi virginidad… la perdí hace mucho, mucho tiempo —añadió con tristeza.

Eso fue demasiado para él. Tenía que responder, pero cuando abrió la boca ella le dijo que no con la mano y le puso el dedo sobre los labios.

—Esto me resulta difícil. Una de las cosas que valoré más en nuestra relación fue que podíamos hablar de cualquier cosa. De mi pasado, del tuyo, de sexo, de todo. Pero no estábamos cara a cara. No estábamos piel con piel. Quiero estar igual de cómoda que todas esas veces que hablábamos por telepatía —explicó—. De modo que necesito contarte esto.

Le rodeó el cuello con los brazos, volvió a inclinarse sobre él, y utilizó la saliva curativa de su lengua para bañar con ella las peores quemaduras del pecho. Dimitri cerró los ojos y se limitó a sentir la piel de la joven moviéndose sobre la suya y la intimidad de su boca en él. Sus pechos lo provocaban, meciéndose contra su cuerpo. Él ya se sentía rígido, como ocurría casi siempre que estaba con ella, pero la capacidad de sentir algo en absoluto le parecía un milagro, por no hablar de un deseo tan intenso.

Su amor por ella lo abarcaba todo; si eso implicaba darle tiempo, tenía todo el tiempo del mundo ahora que estaban unidos. Cualquier cosa que necesitara, él se la proporcionaría, y si lo que necesitaba era tiempo, para su mente era un precio muy bajo a cambio de que ella estuviera realmente cómoda con él.

Skyler le fue bajando la mano por el pecho con una levísima caricia, más bien un roce, pero que hizo que le ardiera la sangre. La palma de la mano rozó su grueso pene. De nuevo, fue el más ligero de los toques, pero provocó una onda expansiva que recorrió todo su cuerpo.

—Sé que me deseas. ¿Cómo podría no saberlo? Lo más alucinante,

Dimitri, es que necesito que me desees. De verdad. Necesito saber que me consideras hermosa, deseable e incluso sensual. Sueño con el día en que pueda tocarte y amarte sin reservas ni vacilación.

Volvió a hundirse sobre los talones y lo miró con los ojos inundados de lágrimas. Él le levantó el mentón con dos dedos, esperó a que alzara sus largas pestañas y entonces se inclinó para enjugarle las lágrimas a sorbos. Con mucha suavidad le tomó la mano y se la cerró en torno a su fuerte erección. No había duda de que su tamaño resultaba intimidante cuando estaba completamente excitado, pero ella ya lo había visto desnudo varias veces.

Dimitri notó la calidez de su palma cuando se curvó en torno a su circunferencia y los dedos se fueron doblando uno a uno hasta formar un puño que intentó cerrarse. Mantuvo la mano sobre la de Skyler, sin apretar, para que pudiera retirarla en cuanto necesitara hacerlo. El corazón de ella latía con tanta fuerza en su pecho que casi podía verlo bajo la pálida piel.

Se dio unos golpecitos en el pecho.

—Siente mi corazón. Óyelo. Sigue el ritmo del mío.

Ella se humedeció los labios con la punta de la lengua, lo cual hizo que otra oleada de calor le recorriera las venas y fuera directa a su entrepierna. Su pene reaccionó dando una sacudida, se puso más caliente, se hinchó aún más en la mano de la joven. Ella deslizó el pulgar sobre el sensible glande, esparciendo el líquido perlado. Dimitri sabía que no quería provocarlo, que sólo intentaba conocer su cuerpo, sentirse cómoda con él, pero su tacto lo estaba matando.

Skyler empezó a respirar agitadamente, con pequeñas bocanadas, como si no pudiera inspirar suficiente aire. Su cuerpo se ruborizó. Dimitri le puso la mano libre sobre el corazón, suavemente, y notó cómo palpitaba bajo su palma.

—Para mí siempre serás sensual y deseable. El conocimiento de la técnica o el arte experto nunca van a resultarme sensuales. El deseo de darme placer, de complacerme de la misma manera en que yo quiero complacerte es lo que te hace sensual para mí, *csitri*. Siento ese deseo en ti cada vez que me tocas. Incluso ahora, tus dedos acarician mi verga en lugar de apartarse.

Contuvo un gemido de necesidad. Los dedos de Skyler lo rozaban de arriba abajo, pero con su estilo lento y sin prisas, como si de alguna manera estuviera grabando la forma y el tacto de Dimitri en sus mismísimos huesos. Era una mujer sensual por naturaleza. En las circunstancias adecuadas, ganaría confianza y seguridad en sí misma y en él, dándole así libertad a su parte erótica.

Dimitri vio que Skyler tomaba aire y la acción alzó sus pechos de forma tentadora. Ella no se daba cuenta de lo íntimo y posesivo que era su tacto. Hacía mucho tiempo que había pasado a ser suya, en corazón, alma y mente. La amaba con todas las fibras de su ser. Él le pertenecía, en cuerpo y alma, y ella estaba muy cómoda con él, incluso piel con piel, tanto si lo sabía como si no.

Entonces le fue estirando los dedos uno a uno, apartándolos de la gruesa longitud de su verga y tiró suavemente de su mano para llevársela de nuevo al pecho, donde colocó las yemas de los dedos en las marcas de la cadena. Necesitaba un respiro tanto como ella. Tenía el cuerpo encendido. Sólo necesitaba unos momentos para respirar y salir de la zona peligrosa.

—No puedes decepcionarme. No puedes. Es una imposibilidad.

—¿Cómo lo sabes? —preguntó Skyler—. Me siento muy cobarde. Es más que la mera relación física, Dimitri. Conocer las costumbres de los carpatianos y vivirlas son dos cosas claramente distintas. La primera vez que me desperté bajo tierra tuve la sensación de que me habían enterrado viva. Desde el punto de vista intelectual, ya sé que no es así. Sé que para nosotros es algo natural, pero no puedo controlar mi reacción, ese horrible momento cuando siento que no puedo respirar y que me estoy asfixiando.

—Eso tiene fácil solución, Skyler. Puedo despertarme primero y abrir la tierra…

—No. No. No quiero que me lo hagas todo. Me niego a ser una carga para ti. Quiero ser tu compañera. Necesito asumir todo esto.

Dimitri le tiró de la trenza con suavidad.

—*Sívamet*, ha pasado menos de una semana desde tu conversión. Recibiste numerosos disparos y estuviste muerta, volviste a la vida. No espero que lo sepas todo y que te sientas cómoda con ello. ¿No sería demasiado incluso para una mujer tan poderosa como tú?

—No, y menos cuando sé por lo que has pasado, lo que has sacrificado.

Dimitri le rozó las sienes con los labios mientras su corazón casi se derretía de ese modo tan ridículo en que lo hacía cuando Skyler se preocupaba por él.

—No hice nada especial, Skyler, aunque te agradezco que pienses que sí. Deja de preocuparte tanto por ser joven o por si las cosas nuevas te resultan difíciles. Los carpatianos envejecen de forma distinta a los humanos. Con cincuenta años podría considerarse que tengo tu edad humana, o la edad humana de Paul. No maduramos por completo hasta que no hemos visto dos siglos. Después de eso no existe un verdadero envejecimiento. El tiempo pasa pero nosotros no lo señalamos con la edad. Cuando uno es tan longevo, la edad deja de tener significado. Los humanos señalan el tiempo porque tienen un ciclo de vida, quedan atrapados en él y lo miden todo con respecto a eso.

—No lo había pensado —admitió—. Francesca intentó explicármelo cuando le pregunté por qué trataban a Josef como si fuera un niño cuando es tan brillante. Nadie lo toma en serio, pero, en realidad, es muy valioso para la comunidad carpatiana si se molestaran en escucharlo y utilizar sus talentos.

—Creo que van a ver a Josef con otros ojos después de vuestro osado rescate. Sin vosotros tres, Skyler, sabes que estaría muerto. Tú también demostraste tu valía.

La joven suspiró.

—No sé por qué de pronto empecé a sentirme tan inepta, Dimitri. El mero hecho de saber las cosas a las que has tenido que enfrentarte en la vida… —dijo con la voz quebrada y negó con la cabeza.

Dimitri se encogió de hombros. Los dedos de Skyler ya estaban haciendo su magia de todas las noches, calmando la carne quemada, aliviando la tensión de las marcas que tenía en el pecho. El recuerdo del tormento de la plata que envolvía su cuerpo como una boa constrictor siempre estaría físicamente presente. Skyler y la Madre Tierra hacían todo lo que podían, y estaba seguro de que ningún sanador experto podría hacer más, pero las cicatrices eran demasiado profundas.

Algunas veces, al despertarse, sentía el mordisco de la plata quemándole la piel en un centenar de sitios, rodeando su cuerpo, lentamente, como una serpiente, penetrando en su piel para deslizarse en su interior, abriendo unos largos agujeros de gusano en todos sus órganos. Sabía que el recuerdo permanecería, siglo tras siglo, junto con las cicatrices.

—Yo te lo conté todo, amor mío —dijo Skyler—. ¿Qué es lo que me ocultas?

Ella recorrió las quemaduras de las costillas con los dedos. El dolor de su costado izquierdo había sido particularmente terrible, había penetrado tanto que tenía la seguridad que la cadena le había rodeado el hueso y había dejado allí su huella.

Los licántropos lo habían marcado para siempre. Era de sangre mestiza, parte del mundo licántropo, pero mitad lobo y mitad carpatiano. Al igual que Skyler con su sangre de mago, él tendría que asimilar lo que los licántropos le hicieron y lo que sentía hacia ellos.

—Mikhail quiere que me presente ante el consejo licántropo y les muestre lo que me hicieron.

Skyler frunció el ceño. Dimitri lo dijo como siempre, con toda naturalidad, muy tranquilo y calmado. Pero ella sintió como un murmullo bajo la superficie. Siempre estaba en sintonía con él. Se había convertido en su mundo y a veces sabía hasta el número de veces que respiraba.

Abrió los dedos sobre su vientre y notó su tensión, aunque no era sexual como la de hacía unos momentos. Sintió humillación y enojo. No, enojo no. Furia. Tomó aire e inspiró su olor, se envolvió en él por un momento mientras consideraba la mejor forma de ayudarlo. Comprendía la manera en que Ivory había tocado a Razvan o había permanecido a su lado en momentos de angustia. Quería aliviar cualquier carga, pero no sabía muy bien cómo hacerlo.

—¿No quieres que vean las cicatrices? —sugirió.

Sería muy fácil introducirse en su mente y ver por sí misma en qué batalla se había enzarzado, pero al igual que Dimitri había hecho antes con ella, quería que se lo contara él mismo, que confiara en su compañera.

Le encantaba tocarlo. Era así de simple. Cada caricia de sus dedos por aquellas terribles quemaduras hacía que se sintiera más cerca de él. Trató de que su tacto no fuera íntimo, pero no podía evitar la sensación posesiva que la embargaba cuando movía los dedos por su cuerpo. Dimitri era sólo suyo y su magnífico cuerpo también.

Cada vez que estaba con Dimitri piel con piel, con las piernas entrelazadas, a veces él con la mano ahuecada sobre su pecho mientras dormían, su cuerpo reaccionaba, cobraba vida cuando había creído que esa parte de ella estaría siempre muerta. No había sabido que podía desear a un hombre. Nunca había sentido aquella tensión que se formaba en su interior, la sacudida eléctrica que le iba desde el pecho a los muslos mientras unos dedos de deseo la recorrían, hasta que lo encontró a él. A veces sólo su olor provocaba la reacción de su cuerpo.

Estaba aterrorizada y, sin embargo, también estaba igualmente hipnotizada por él. Cuando había rodeado su gruesa verga con los dedos, su primera reacción había sido de pánico, pero Dimitri nunca la obligaba a hacer nada, y mucho menos algo íntimo. Se sentía a salvo con él, a salvo para hacer algunas de las cosas que quería hacer, como explorar su cuerpo entero. No quería ser una provocadora, sabía que para él era difícil, que tenía suerte de que Dimitri poseyera tanto control, pero tenía que saber cómo iba a reaccionar a él.

Dimitri era muy suave al tacto, como terciopelo sobre acero. Muy caliente. Su cuerpo ya se había convertido en líquido, correspondiendo al calor de él, una espiral de necesidad apremiante que ardía por su interior como un fuego descontrolado. Ella se había asustado con aquel apetito terrible que parecía surgir de la nada. Pero Dimitri la calmó. Siempre podía contar con él.

—No quiero tener nada en absoluto que ver con ellos —admitió Dimitri—. Quizá no sabían lo que estaba ocurriendo. Tal vez no fueron ellos los que me sentenciaron a una muerte tan horrible, pero, créeme cuando te digo, Skyler, que mientras colgaba de esos ganchos en el árbol planeé cuidadosamente la muerte de todos y cada uno de ellos.

Bajo la palma de la mano notó el temblor que recorrió el cuerpo de Dimitri. No era miedo… era furia, sin duda. Se puso otra vez de rodillas, le rodeó el cuello con los brazos y entrelazó los dedos contra su nuca. Sabía que él nunca se apartaría de ella, nunca retrocedería. Saberlo le proporcionaba mucha libertad. Quería lo mismo para él. Quería darle ese obsequio.

—Dimitri, los miembros del consejo de licántropos no son nada para nosotros. Nada. Sobreviviste a lo peor que tenían. No pudieron derrotarte. Comparecer es como darles una bofetada a ellos y a su horrible método medieval de tortura. Una cosa así debería estar abolida.

Se inclinó y le llenó la cara de besos suaves, de mariposa, hasta llegar a su boca.

Dimitri levantó las manos y se las deslizó por la espalda. La estrechó en sus brazos al tiempo que llevó la boca posesivamente sobre la de ella. Skyler sintió la agresión en su cuerpo y esperó el conocido pánico, pero el beso de Dimitri era demasiado tentador, la barría como una avalancha de puro sentimiento, de pura dicha. Le encantaba su boca y su forma de besar. Estaba aprendiendo a responder, a hacer que su estómago también diera volteretas y que el fuego corriera por sus venas.

Entonces él se apartó lo justo para apoyar la frente contra ella.

—No hay palabras adecuadas en ningún idioma para decirte lo mucho que te quiero, Skyler.

—Yo siento lo mismo. —Le acarició el pelo, masajeándole el cuero cabelludo con los dedos—. No tienes que ir, pero si lo haces, yo quiero estar allí también, a tu lado.

—Iré. Tienes razón en eso de que mi presencia será como una bofetada para ellos. Mikhail sabe lo que hace. Ahora mismo tiene el control. Quiere que prohíban cazar Guardianes, que reconozcan la diferencia entre *Sange rau* y *Hän ku pesäk kaikak*. Le aseguraron que me encontraba sano y salvo. Cuando Mikhail me haga entrar en esa habitación, sabrá quiénes están involucrados en este plan de enfrentar a licántropos y carpatianos, si es que hay alguno que lo está.

—¿Qué más? ¿Qué más te preocupa?

Dimitri suspiró, se enderezó y soltó los brazos.

—Estás tan en sintonía conmigo que a veces da miedo, *sívamet*. En lo que respecta a tu seguridad, prefiero actuar antes que hablar.

Skyler se echó a reír.

—Conozco bien esa sensación.

Dimitri le tomó la mano y la miró con el ceño fruncido y expresión sombría.

—Se ha terminado eso de arrojarte delante de mí para parar las balas con tu cuerpo o cualquier otra cosa.

Skyler logró poner cara de inocente.

—¿No es eso a lo que te refieres con lo de acción y no palabras? ¿Por qué te preocupa mi seguridad cuando estamos aquí, rodeados de carpatianos?

—Porque dejaste un rastro de sangre —contestó—. Cualquier lobo que se precie podría seguirlo fácilmente.

—Eso es verdad —admitió Skyler—. ¿Crees que alguno nos estará siguiendo hasta aquí? —Intentó no temblar, pero no fue porque le preocupara el hecho de que un licántropo fuera tras ella. Estar desnuda a su lado era mucho más difícil que yacer juntos o estar sentados. Se sentía vulnerable—. Enséñame a ponerme ropa.

—Sí, estoy seguro de que uno nos estará siguiendo. Me gustas desnuda. ¿Estás segura de que tienes que llevar ropa puesta?

Hubo un leve tono dolido en su voz.

Borboteó la risa y Skyler volvió a encontrarse relajada.

—Supongo que podría desfilar así frente a todos esos licántropos y carpatianos, pero habría ciertas protestas indignadas por parte de mis padres... de los cuatro. Y, además —añadió—, si voy a estar con el culo al aire, tú también tendrás que estarlo.

La risa de Dimitri se sumó a la suya y Skyler se alegró de ver lo despreocupado que parecía.

—Supongo que tienes razón. Por desgracia. Me gusta mirarte. Y si fuera por ahí de esta manera asustaría a los niños.

Skyler le puso una mano en el pecho de inmediato e hizo descender la palma hacia su vientre plano.

—No hagas eso, Dimitri. No hay nada malo en tu aspecto. Nunca he visto a un hombre más bello. Estas quemaduras —recorrió una larga curva con las yemas de los dedos— son insignias de tu coraje y el mío. Vencimos teniéndolo todo en contra.

Él le cogió los dedos y se los llevó al calor de su boca, le rozó las yemas con los dientes suavemente de un lado a otro.

—Tienes el don de hacerme sentir como un héroe, *csitri*, un caballero blanco de hace siglos.

—Eso es lo que siempre serás para mí, Dimitri —repuso Skyler—. Así es como te he visto siempre, y nada ha cambiado desde que estamos juntos.

Él negó con la cabeza y le besó los nudillos.

—Dado que la ropa es tan importante para ti, empezaremos tu primera lección por eso. Todo empieza en tu mente, crea la imagen de estar limpia y fresca, como si acabaras de salir de la ducha.

Skyler era experta en utilizar su mente. Ya era más que competente y, al parecer, se le daba muy bien. Se quedó frente a él chorreando. Unas gotitas de agua cayeron al suelo en torno a ellos.

Se quedó riendo bajo las cálidas gotas.

—Dimitri, está lloviendo bajo tu gran casa de piedra, bajo el suelo.

Lo cogió del brazo y tiró de él hasta que estuvo bajo la ducha.

—Ya tienes el concepto —dijo Dimitri, que notó el regocijo enroscándose en su interior como melaza caliente. Ella cambiaba su mundo simplemente estando en él. Dimitri no entendía cómo podía dudar de sí misma. Le proporcionaba alegría y felicidad. Hacía que se sintiera vivo. Le encantaba mirarlo todo a través de los ojos de la joven—. Prueba otra vez.

—Ah, ¿quieres más?

El tono provocativo del reto debería haberle advertido. La ducha se intensificó y lo bañó en un torrente de agua mientras ella permanecía caliente y seca en un pequeño capullo en el que se había envuelto.

Dimitri se sorprendió riendo de verdad, a profundas carcajadas, algo que no había hecho en su vida. Jugar era una nueva experiencia como adulto. La casa le traía recuerdos de su niñez, pero no había vivido ese tipo de payasadas hasta conocer a Skyler.

La tomó en brazos, la levantó del suelo y la atrajo hacia su pecho un momento, tras lo cual la alzó por encima de su cabeza como si fuera su paraguas personal. Entre la arremetida de Dimitri y las risas de Skyler, el elaborado capullo de la joven se hizo pedazos.

Entonces soltó un grito cuando el agua pasó de tibia a estar helada.

—Vale, vale, me rindo.

El agua cesó al instante y Dimitri dejó a Skyler en el suelo. Ella le lanzó una mirada altanera y se pasó la mano por el cuerpo, con lo que se secó con la misma habilidad con la que lo hubiera hecho cualquier carpatiano de un siglo o dos de experiencia.

—Creo que ya sabes cómo hacerlo —dijo.

—Una vez que me explicaste qué hay que hacer, me di cuenta de que era bastante fácil. Son los detalles lo que te confunde. Tienes que prestar mucha atención al más mínimo detalle.

—Así es. Al cabo de unas cuantas veces, se convertirá en algo instintivo. Eres cazadora de dragones y maga al mismo tiempo...

—Y me estoy volviendo un ser de sangre mezclada, como tú —afirmó.

Dimitri asintió con la cabeza, con expresión un tanto ceñuda.

—Al final, sí. Tu mente ya está del todo preparada para utilizar imágenes para vestirte, cambiar de forma o crear ilusiones tales como comer o beber cuando estás con otros que no sean carpatianos.

Skyler se inclinó hacia él y rozó sus labios fruncidos.

—La mezcla de sangre es sencillamente una mejora, Dimitri. He estado en tu mente, he sanado tu cuerpo. Sé lo que te está haciendo.

—Pero no sabemos qué les hará a nuestros hijos si los tuviéramos —observó Dimitri—. Quiero encontrar unas cuantas respuestas antes de que estés demasiado implicada.

Skyler cerró los ojos un momento para elegir un conjunto cómodo, y esta vez se aseguró de recordar todos los detalles, desde la cabeza a los pies.

—Ya estoy demasiado implicada, amor mío. Deja de preocuparte por cosas sobre las que no tienes ningún control. Un compañero eterno muy sabio me dijo esto mismo hace varios años.

Dio una vuelta entera y presumió de los vaqueros pitillo, las botas y una camisa de suave franela. Llevaba el cabello peinado con una elaborada trenza que le colgaba por la espalda.

—¿Qué te parece? ¿Estoy lista para cazar mi propia comida? ¿Para transformarme? ¿Para presentarme al consejo de licántropos? ¿Para ver a mi madre y a mi padre? ¿Para estar frente al príncipe?

Dimitri le tomó la mano mientras él también se vestía, con una ropa tan informal como la de ella. No era necesario que se presentaran ante el consejo de licántropos con un atuendo formal. Ni muerto iba a ponerse elegante para ellos. Estaba claro que su compañera eterna pensaba lo mismo.

—Estás preciosa, Skyler. Primero iremos a cazar. —Notó que la joven se estremecía y la atrajo hacia sí, bajo su ancho hombro. Sabía que le resultaría difícil tomar sangre de un desconocido—. Ya sabes que no tienes que hacerlo. Ni siquiera estoy del todo seguro de querer que lo hagas. Darte sangre y tomar la tuya me resulta… erótico.

El tono bajo y sensual de su voz hizo que ella se ruborizara.

—A mí también —admitió—. Es muy sexy y el placer no se parece a nada que haya experimentado —le espetó, con una pregunta en su tono.

—No será así con los demás —le dijo—. Y si lo fuera, te prohibiría que tomaras sangre de nadie más.

Ella se rió, pero él notó que sabía que lo decía en serio.

Subieron hacia el sótano de la casa, flotando juntos. Dimitri tenía el brazo en torno a su cintura pero ella se elevó con su propio poder, y se sintió inmensamente orgulloso de la concentración de la joven. Cuando llegaron al techo que era el suelo del sótano, se detuvieron.

—Piensa en una neblina. El aspecto que tiene, la sensación que da y su olor. Todos los componentes. —Le puso la imagen en su mente y la observó con atención mientras ella examinaba todos los aspectos—. La neblina es más complicada que muchas otras formas porque parece muy fácil pero, en realidad, tiene una configuración distinta. La neblina y la niebla son gotas de agua, nubes sobre el suelo, por así decirlo. La niebla es más densa. La neblina, por norma, se mueve cerca del suelo. Recuerda siempre que tienes que encajar con tu entorno. Si necesitas neblina o niebla, tendrás que crear el medio para ella si no está.

Skyler asintió con la cabeza. Notó el primer cambio extraño en su cuerpo, como si se estuviera deshaciendo, rompiéndose en moléculas minúsculas. Se zambulló de inmediato en la mente de Dimitri, su red de seguridad, pero siguió adelante, confiando en que él la detendría si hacía algo mal.

Con una sensación de triunfo, se sorprendió atravesando las grietas como si, al parecer, no fuera más que unas gotas minúsculas de agua, una neblina que surgía del suelo del sótano de la casa.

—*Acuérdate de visualizar hasta el menor detalle de tu forma humana, incluida la ropa que llevabas. No puedes dejarte nada, de manera que tómate tu tiempo. Yo estoy aquí contigo.*

Sabía que Dimitri estaba con ella. Él era el que creía en ella, el que se apartaba para dejar que lo hiciera sola. Lo amaba aún más por comprender que necesitaba aprender y que quería hacerlo todo por sí misma si era posible.

Le palpitaba el corazón. Lo notaba. Oía el rumor de la sangre en los oídos, como el sonido de un trueno o de una gran cascada; sin embargo, no tenía cuerpo. Era raro y estimulante. No podía permitir que la maravilla que suponía aquello la desconcentrara. Tenía que recomponerse sin perder ninguna parte de sí misma.

Estaba decidida a ser concienzuda y recurrió a los recuerdos de sus clases de anatomía hasta que percibió la risa de Dimitri.

—*Si ahora mismo llevara las botas, te daría una patada. ¿Qué estoy haciendo mal? Dijiste que fuera minuciosa.*

—*Tendría que haber sabido que te lo tomarías al pie de la letra. Tu cuerpo está ahí esperándote, entero e intacto. Pon esa imagen en tu mente. Te recompondrás, te lo prometo. Lo que quiero decir es que no te olvides del pelo o de las uñas.*

—*Yo estaba pensando en partes del cuerpo más importantes, como los ovarios.*

—*Ya lo sé.*

La risa de Dimitri se derramó en su mente. Todo su ser reaccionó a su regocijo. Se estaba divirtiendo, y él también. A Dimitri no le resultaba tediosa la tarea de enseñarle las cosas que él hacía siglos que sabía. Estaba disfrutando de aquellos momentos tanto como ella.

Skyler inspiró profundamente con unos pulmones que no estaban allí y que cambiaban. Se encontró de pie en el suelo del sótano con Dimitri, que la miraba como si fuera lo más grande del mundo entero. La levantó del suelo y la hizo girar hasta que la dejó sin respiración.

—Eres asombrosa, *sívamet*. Absolutamente asombrosa. Estoy seguro de que no vas a tener ningún problema para cazar.

Capítulo 17

«Cazar». Sólo la palabra ya evocaba sangre y muerte. Skyler había sido ecologista y defensora de la naturaleza durante casi toda su vida. No comía carne. No creía en la caza a menos que uno de verdad se comiera lo que mataba. Lo mismo pensaba de la pesca. Matar por diversión era algo aborrecible para ella. Cazar sonaba tan... depredador.

—*De hecho, tanto los carpatianos como los licántropos son depredadores* —le informó Dimitri.

No le había dejado tiempo para explorar la casa, cosa que ella tenía muchas ganas de hacer. En cambio, se la había llevado enseguida por el bosque hasta el extremo del pueblo. Esperaron en las sombras, muy quietos, sin moverse ni hablar, sólo absorbiendo el ritmo nocturno de la población.

Se había vuelto tan sensible que notaba la vibración a través de las suelas de sus botas. Oía el murmullo de las conversaciones de varias casas y bares. En realidad, si se centrara en alguno de ellos, podría oír lo que decían exactamente.

El hambre ya se había adueñado de ellos. Skyler sentía la intensa necesidad latiendo por sus venas. El olor de animales y humanos le llenaba los pulmones cada vez que respiraba. Sabía dónde estaban todos y cada uno de los que iban por la calle. Su cuerpo había adquirido una inmovilidad que no había poseído hasta entonces, y su corazón latía en previsión de lo que se avecinaba.

La caza transmitía una especie de excitación y euforia que ella no se había esperado. De hecho, podía oír el flujo y reflujo de la sangre en las venas de los que tenía más cerca. Sin pensar, se centró en un latido particularmente fuerte. Un macho. Skyler sabía quién era, ya estaba sintonizando con él sin pensarlo de manera consciente, como si su cuerpo supiera exactamente lo que tenía que hacer. El hombre caminaba a un paso regular. No había estado bebiendo. No quería sangre con alcohol.

—*¿Qué me está pasando?*

Contactó con Dimitri, asustada y emocionada por los cambios que estaba experimentando.

—*Eres carpatiana. Iluminas mi oscuridad, pero aun así eres depredadora. No puedes vivir sin sustento. Te acercas a él, sonríes, lo saludas y entablas una breve conversación mientras tu mente sintoniza con la suya. Cuando sientas su ritmo exacto lo calmas y le nublas la mente el tiempo justo para tomar lo que necesitas de él.*

Skyler puso mala cara.

—*Lo mismo que habéis hecho todos vosotros por mí. Pero yo consentí a ello. Lo sabía.*

—*Ellos no pueden saberlo. No es seguro. Nuestra especie no existe salvo en mitos y leyendas.*

Skyler sabía que tenía razón. Los carpatianos, e incluso los licántropos, que se habían integrado en la sociedad humana, mantenían el secreto. Había sociedades humanas que cazaban «vampiros», incapaces de distinguir entre carpatianos y vampiros, de manera que los mataban a todos indiscriminadamente, lo mismo que hacían los licántropos con los *Sange rau* y los *Hän ku pesäk kaikak*.

Inspiró profundamente. Había consentido a esto y una parte muy grande de ella quería hacerlo sola, pero al tomar sangre de una persona desprevenida le daba la sensación de estar convirtiendo a aquel hombre en su víctima, y eso no le sentaba bien.

—*Ya sabes que no tienes por qué hacerlo.*

Le dirigió una mirada a Dimitri para que se callara. Si ya era bastante difícil obligarse a convertirse en un depredador, no digamos combatir el impulso de aceptar la «salida» que le ofrecía él.

—*Cuando estés del todo segura de que lo tienes fuera de la vista de cualquier otra persona y en trance, bajo tu absoluto dominio, tu cuerpo sabrá qué hacer. Toma sólo lo que necesites para sobrevivir y desarrollarte.*

No hay necesidad de más, aunque el impulso estará ahí sólo porque tu cuerpo ansía sangre. Utiliza la disciplina. Si no puedes parar, llámame.

Él la estaría supervisando para asegurarse de que nada saliera mal, pero quería darle la oportunidad de manejar todos los aspectos por sí misma. Los niños aprendían estas lecciones a una edad temprana. Ella había sido humana y podía ser más difícil.

Entonces se humedeció los labios y se pasó la lengua por los dientes que ya se le estaban afilando. Asintió y se obligó a dar aquel primer paso y salir de las sombras. En cuanto pudo hacerlo, echó a andar tranquilamente hacia su presa.

Se quedó sorprendida por el silencio con el que caminaba, por lo conectada que estaba con cada latido, con cada susurro de su entorno. El calor se fragmentó y cambió su visión, de modo que distinguía todas las arterias y venas, el corazón mismo del hombre al que se estaba acercando.

Skyler le dirigió una sonrisa. Él levantó la cabeza de golpe y se detuvo en seco. Un débil gruñido surgió de la noche y la sobresaltó, lo sobresaltó. El hombre se le acercó más, de forma instintiva, con actitud protectora.

—Buenas noches —lo saludó ella y volvió rápidamente la cabeza hacia el sonido.

Dos ojos rojos le devolvieron la mirada. Su corazón vaciló.

—*Dimitri, dijiste que era necesario que aprendiera.*

—*No sabía cómo me sentiría.*

—*Quédate en mi mente para saber lo que siento yo, no él. Parece ser que las mujeres carpatianas fascinan fácilmente a los hombres. No estaba interesado en lo más mínimo hasta que le sonreí. En cualquier caso, se siente protector, no es nada sexual.*

—*No te engañes, y no dejes que te toque. Soy disciplinado, pero resulta que tal vez tenga que trabajar el control cuando otros hombres te deseen.*

La reacción inesperada de Dimitri la ayudó a superar su nerviosismo. Le encantó que Dimitri pudiera tener una pequeña debilidad. Eso era muy humano. De hecho, las mariposas alzaron el vuelo en su estómago y las alas le rozaron el abdomen. Notó un cosquilleo en los pechos y un creciente calor entre las piernas, lo cual señalaba la necesidad de su compañero eterno. Estaba empezando a deleitarse con su capacidad para desearlo. Cada vez que ocurría se sentía más esperanzada de poder satisfacer todas sus necesidades.

—¡*Para! Deja de pensar en sexo cuando vas a abordar a otro hombre y estás a punto de morderle el cuello y tomar su sangre.*

El tono apremiante de Dimitri hizo que se detuviera en seco. Rozó su mente y encontró... un caos, una furia roja, casi cegadora, que no tenía nada que ver con enemigos y todo con el pobre inocente al que había elegido como su primer objetivo.

Skyler se apartó de él de inmediato y levantó la mano.

—Que tenga una buena noche.

—Espere. Ahora mismo no es seguro que vaya andando sola —le advirtió el hombre.

—Mi marido me está esperando. —Señaló un poco más adelante—. De todos modos, gracias por su preocupación.

Continuó andando y se adentró rápidamente en las sombras, consciente de que Dimitri había actuado para interceptarla.

Se dirigió directamente hacia él y fundió la mente aún más con la suya.

—*Tranquilo, amor mío, esto no te va a doler nada.*

Le desabrochó los botones, uno a uno, de manera deliberadamente lenta y sensual. Cuando se le abrió la camisa, deslizó las palmas de las manos por su vientre hasta su pecho.

—*No hay nada que temer. Estás a salvo conmigo.*

Skyler inclinó la cabeza y siguió el camino de sus manos con la lengua, se detuvo un momento para rodear el ombligo de Dimitri y recorrió los eslabones de unas cuantas cadenas, como si se hubiera distraído con su cuerpo. Encontró el latido tranquilizador de su corazón y el ritmo de la sangre que fluía caliente por sus venas, llamándola.

Se le alargaron los dientes, y dejó que la necesidad aumentara, ese apetito dulce y terrible, hasta que la sensación la envolvió por completo. Había algo más aparte del simple deseo de alimentarse. El ritmo de su corazón igualó al de Dimitri y ella le llenó de besos la vena del pecho, encima de aquellos músculos fuertes que siempre la intrigaban. Hacía girar la lengua, la hacía bailar, acariciaba con ella, hasta que dio un profundo mordisco que encontró la vena con precisión.

Dimitri soltó un grito ahogado, echó la cabeza hacia atrás y con una mano presionó a Skyler contra él. Lo que hacía no era nada horrible, sólo una necesidad cada vez más intensa que no tenía nada que ver con alimentarse. Lo deseaba cada vez que respiraba, deseaba su cuerpo. Lo quería dentro de ella, poseyéndola, completándola.

Su esencia era adictiva, lo mismo que la sensación que se incrementó con la misma intensidad y que era igual de dulce y terrible. Alimentarse de Dimitri era absolutamente erótico. Quería envolverlo con su cuerpo, frotarse contra él como una gata callejera. Quería sentir sus manos en los pechos y sus dedos en el cuerpo.

—*Deberías parar, sívamet* —le advirtió.

Su voz le llegó desde muy lejos y Skyler a duras penas la oyó por encima del rumor de sus oídos. Logró obedecerle, pero sólo porque era Dimitri quien se lo ordenaba. Era difícil salir de aquel pozo erótico, pero se obligó a tomar el control al tiempo que deslizaba la lengua de manera instintiva por la pequeña herida de su pecho.

Levantó la cabeza para mirarlo, consciente de que el deseo que sentía estaba en sus ojos. Él tenía que haber notado lo duros que se le habían puesto los pezones, hincándose en él. Tenía que oler ese aroma acogedor que manaba caliente de entre sus piernas.

Dimitri le rodeó la cara con las manos y se inclinó para besarle la boca.

—¿*Estás segura*, csitri? ¿*Muy segura?*

—*Ésta parece una noche perfecta para que me enseñes. Tenemos esta noche para nosotros. Que esperen todos. No hemos pedido nada para nosotros, deberíamos poder tener una noche.* —Era tanto el deseo que sentía por él que apenas podía respirar—. *Enséñame lo que es hacer el amor. Quiero saberlo todo.*

—*Aguarda un momento* —dijo Dimitri—. *Me alimentaré rápidamente y regresaremos a nuestra casa.*

—*Y una cama. Quiero una cama.*

A Dimitri le brillaron los ojos en la oscuridad y se pegó a ella con actitud posesiva. En lugar de asustarse, Skyler se sintió excitada. Si era del todo sincera consigo misma, estaba un poco turbada, pero eso le añadía emoción.

—*Tendrás tu cama*, avio päläfertiil.

Dimitri se apartó de ella. Era tan hábil que Skyler no pudo distinguir claramente su imagen cuando se acercó al hombre que ella había elegido como su primera presa. Ella parpadeó. Lo vio echarse encima de él en cuestión de medio segundo, los envolvió a ambos de oscuridad, inclinó la cabeza hacia el cuello del comerciante al tiempo que los ocultaba de todas las miradas.

Regresó con ella casi de inmediato, en completo silencio. La tomó en brazos, alzó el vuelo para volver al bosque, y se dirigió rápidamente a su casa de piedra. Cuando la habían recorrido, la casa estaba limpia pero desprovista de mobiliario en su mayor parte. Dimitri había quitado la humedad y el olor a moho y lo había reemplazado por un aroma fresco y limpio, pero no había tenido tiempo de hacer mucho más.

En aquel momento se concentró en el dormitorio principal, situado justo encima del sótano. Había varias formas de salir de aquella habitación hacia un lugar seguro si llegara a ser necesario. Puso la cama en su sitio con un colchón grueso y sábanas suaves. En los estantes y candelabros de la pared aparecieron unas velas que proporcionaron una luz tenue.

Mientras la llevaba por la casa para llegar al dormitorio, Skyler miró a su alrededor con los ojos muy abiertos.

—La verdad es que tenemos que trabajar en la decoración antes de invitar a los vecinos —le comentó.

—No tenía pensado invitar a nadie durante un tiempo —le confesó él, y abrió la puerta de la habitación de un puntapié. La llevó hasta la cama—. ¿Estás segura, Skyler? —le preguntó de nuevo—. No tienes que hacerlo por mí.

—Lo hago por los dos —repuso ella—. A estas alturas ya deberías conocerme, Dimitri. Estoy preparada. Fúndete conmigo. Me verás tal como soy en este momento. Cuando tomé tu sangre supe que éste es nuestro momento y no quiero esperar. No quiero mirar atrás y darme cuenta de que nos perdimos nuestro momento perfecto.

Skyler le rodeó el cuello con el brazo y levantó la cabeza para besarlo. No solamente lo besó, sino que lo devoró, sin temor a mostrar sus exigencias. Le encantaba su boca. Le encantaba la forma en que vertía su pasión en ella, que entonces se incendiaba.

La dejó en la cama y ella le agarró la camisa abierta con ambas manos y tiró de él para arrastrarlo consigo.

—Antes de que hagamos nada más —le susurró—, hay una cosa que necesitaba hacer, pero no he tenido el coraje. Túmbate para mí y quítate la ropa.

Dimitri hizo lo que le pedía, con sus ojos de un azul tan intenso que podían haber sido piedras preciosas. No apartó la mirada de ella.

—También voy a quitarte la ropa a ti —le dijo. Su voz se había vuelto queda y ronca por la necesidad que empezaba a dominarlo—. Sea lo que sea lo que estés a punto de hacerme, puedes hacerlo desnuda. Tal vez necesite una distracción.

—A veces eres como un crío —bromeó Skyler.

Aguardó hasta que Dimitri se acomodó en la cama. Era un hombre corpulento y ocupaba mucho espacio, casi el colchón entero. Pasó un largo momento estudiando su cuerpo. Sus músculos eran sumamente definidos, nervudos y flexibles. Tenía el pecho profundo, la cintura estrecha y el vientre plano. Su erección ya era dura y henchida, larga y gruesa, llena de deseo por ella. Sus piernas largas eran muy musculosas.

Desde el cuello hasta los tobillos, las vueltas de la cadena de plata le habían quemado el cuerpo. Lo rodeaban por completo, de delante atrás. Ella había intentado aliviar principalmente el impacto de las cicatrices de la frente y el cuello, pero había querido probar algo del todo distinto.

Poco a poco, le pasó una pierna por encima de las caderas y se puso a horcajadas sobre él, acomodando el calor entre las piernas justo encima de su erección. Dimitri tomó aire pero no se movió y dejó que continuara.

—He pensado en esto las últimas cinco noches —le confesó en voz baja—. Soy carpatiana, una cazadora de dragones e hija de la Madre Tierra. Soy la hija de Razvan, llevo el mago en la sangre. Aprendí de Francesca, una de nuestras más grandes sanadoras. No dejaré que la plata me derrote. ¿Qué es? Un metal de la tierra. Las propiedades que te quemaron pueden deshacerse.

Dimitri abrió la boca, pensando en protestar, queriendo completar el ritual de los compañeros eternos, pero ella se inclinó sobre él y su calor suave y húmedo le rozó el pene de manera sensual y le arrebató el aliento, la capacidad de pensar y más aún la de hablar.

Skyler lamió las quemaduras de la cadena de la parte superior del pecho con su saliva sanadora. Dimitri oyó el canto de la joven en su mente, una letanía queda de palabras que llamaba a las diminutas partículas de plata incrustadas en las quemaduras para que salieran y se llevaran consigo el daño que habían causado.

Soy Skyler, hija del cazador de dragones,
Bisnieta del gran mago,
Soy Skyler, hija de la Madre Tierra.
Te pido, plata, que nos dejes sacarlo de esta jaula.

Su voz resonó de poder, hinchándose de fuerza, no de volumen. Entonces se volvió autoritaria, una verdadera hija de cazador de dragones y mago, así como una hija de la tierra. Dimitri se maravilló al ver su aplomo y confianza e intentó permanecer inmóvil mientras recibía su asistencia.

Eres argento, mi hermoso hermano,
Pero tu belleza otro ha mancillado.
Te han dirigido mal, te han llevado a engaño,
Te estoy pidiendo, rogando, que me ayudes a combatir al extraño.

El canto estaba en la mente de Skyler. Ella movía la boca sobre la piel de Dimitri lamiéndola con suavidad, a conciencia, mientras sus dedos iban por delante de su lengua. Eso iba más allá de la sensualidad, más allá de lo que él había llegado a imaginar. Entonces se concentró en sanarlo, pero su cuerpo se movía sobre él de un modo tan íntimo que todas sus caricias se mezclaban con pasión y amor por él.

—*Adoración* —murmuró, e hizo descender la lengua por su piel.

Su pene dio una sacudida cuando Skyler se deslizó de esa parte íntima de él para quedarse a horcajadas sobre sus muslos. Los pechos de la joven le presionaban la entrepierna. Notaba los suaves montículos y sus pezones erectos en el centro de su cuerpo, de manera que su fuerte erección quedó acurrucada en el cálido espacio entre ellos.

—*Te he adorado casi desde el momento en que nos conocimos. Entraste en mi vida y no ha habido ningún otro que llenara esos oscuros lugares vacíos. Sólo tú* —le susurró mentalmente.

La lengua de Skyler continuó ocupándose de las quemaduras, siguiendo el curso de las cadenas cada vez más abajo con esos lametones suaves como el terciopelo, hasta que a Dimitri casi dejó de latirle el corazón con la expectativa.

Le pido a mi hermano argento, márchate,
De esta bendita alma, libérate.

Llévate contigo el daño de hueso y piel,
Hermano mío, ayúdame, pues yo sola no puedo sanarlo a él.

El deseo y el amor se entrelazaron hasta que resultó imposible separarlos. Skyler utilizó su devoción por Dimitri así como el creciente apetito por su cuerpo para encadenar a ella la plata, para extraer las minúsculas partículas llamándolas a ella, pues las peores quemaduras tenían adherido el metal.

Su boca bajó aún más y a Dimitri se le escapó un gemido cuando su lengua lamió los eslabones de la cadena marcados en su verga. La lengua lo bañó con un calor calmante y, entre aquellas suaves caricias, el roce de los labios que lo besaban.

Ahora le ardían los pulmones por falta de aire, pero ella no se detuvo, sino que bajó aún más, hasta las marcas de cadena de las caderas y los muslos. Lo estaba matando con su cura, que era como un asalto a sus sentidos, lento y deliberado.

Sabía que ella quería sanar todas sus cicatrices, aliviar esa tirantez de su cuerpo que se negaba a desaparecer, pero Skyler podía explorar, podía saborearlo, conocer su cuerpo de manera íntima, reclamar como suyo cada centímetro cuadrado de él, perderse en las sensaciones que surgían entre los dos..., y no sentirse amenazada. Mientras lo curaba ella estaba en su elemento. Tenía el control.

Dimitri sabía que Skyler se abría paso hacia él del único modo en que sabía hacerlo y, para él, su determinación no tan sólo era hermosa, sino también indescriptiblemente sensual. Se movía sobre él con cuidado, tocándolo con cariño. Sentía que el amor de la joven se entrelazaba con su poder para levantar las tensas y rígidas cicatrices y extraer las partículas de plata que quedaban en la piel y el hueso.

Su boca se movía sobre él con una especie de veneración que lo dejaba loco de deseo, temblando con un amor tan terrible por ella que sentía el escozor de las lágrimas en sus ojos.

Ven a mí, argento, te ofrezco mi piel,
Retira todas las cicatrices de él,
Únete a mí, hermano, aleja su dolor,
Para que sólo quede mi guerrero, mi amor.

Para su absoluta sorpresa, las cadenas que lo rodeaban se aflojaron notablemente. Dimitri no se había dado cuenta de que había desterrado el dolor a un rincón de su mente y aceptado que estaría allí durante toda la eternidad. Debería haber sabido que ella lo encontraría cuando se fundiera con él. Era imposible ocultarle nada. El dolor se alivió y poco a poco desapareció, dejándolo tendido bajo ella, libre de toda la plata, y las cadenas fueron sólo un débil recuerdo en su cuerpo.

Skyler se incorporó lentamente y él vio de inmediato que las quemaduras cubrían su piel como una cota de malla. El corazón le dio un vuelco y levantó las manos para agarrarla de los brazos.

—¿Qué has hecho?

Skyler se encogió de hombros y la cota de malla vibró, cayó al suelo y se desintegró.

—Te he amado de la mejor forma que sé.

Le sonrió y le pasó la mano por su vientre plano.

Dimitri hizo que Skyler se diera la vuelta.

—Entonces me toca a mí, ¿no?

Ella estaba tendida bajo él, pero se cuidó mucho de no aprisionarla ni hacer que se sintiera atrapada. La encerró entre sus brazos, y se aseguró de que tuviera libertad de movimiento. Ella no se amedrentó, sino que lo miró y el amor que vio en sus ojos hizo estragos en su corazón.

Una lenta sonrisa se fue dibujando en su boca. Una mirada divertida asomó con sigilo a sus ojos azules como el hielo.

—Haré todo lo posible por no decepcionarte.

Inclinó la cabeza y pegó la boca a la suya. La probó. La saboreó. La amó. Era un milagro de calor, de fuego, que entraba en él como un torrente y lo limpiaba hasta hacerlo sentir como nuevo. Saboreó su pasión y supo que sería un adicto toda su vida.

Su beso se fue abriendo paso desde la boca de Skyler hacia su barbilla y luego bajó por su cuello. Le acarició el pecho con un dedo y notó su reacción inmediata, un estremecimiento de placer. Ella movió las caderas sutilmente, como si fuera un impulso, una necesidad.

Dimitri tomó sus pechos con las manos ahuecadas y deslizó el pulgar sobre el pezón con un roce suave al principio, para luego tirar de él y retorcerlo sin dejar de observar en ningún momento la reacción de la joven. Ella se estremeció otra vez pero no se retiró, sino que se pegó más a su mano.

Tenía unos pechos sensibles, sin duda. Cada caricia provocaba una pequeña ráfaga de fuego líquido que le humedecía la entrepierna.

—Eres consciente de que tienes una fijación, ¿no? —le dijo ella en broma, con voz ronca y un poco entrecortada.

—Una obsesión —la corrigió él, y bajó la boca.

Mientras chupaba, puso la lengua plana, y acarició, provocó e incluso utilizó el filo de los dientes. Tiró y retorció el pezón de su otro pecho con los dedos. Tuvo mucho cuidado de no dejar que su deseo se le fuera de las manos. Desde el momento en que la vio por primera vez, que la tocó, que la inhaló, estuvo perdido y lo sabía.

Quería que estuviera con él a cada paso del camino, que su pasión aumentara hasta igualar la suya, hasta que alcanzara aquella euforia de puro sentimiento y se abandonara por completo. Skyler tenía que sentirse cómoda y confiar en él. Por muy excitada que estuviera, habría momentos en que tendría pánico y tenía que saber que él era capaz de oír, de percibir incluso dichos momentos antes que ella y detenerse de inmediato si era necesario.

Dimitri alzó la cabeza de la dulce tentación de sus curvas y la besó de nuevo, lenta y largamente. Su mundo tenía que ver con el amor y quería envolverla en él. Tenía suficiente amor por ella como para retenerla toda la eternidad y quería que ella lo sintiera siempre.

Bajó de nuevo la cabeza hacia la dulce curva de sus pechos y lamió el pulso tentador a lo largo de la turgencia que conducía al valle, utilizando el filo de los dientes, dejando que ella experimentara la sensación. A Skyler se le aceleró el corazón. Sus caderas se movieron otra vez, su urgencia aumentaba. Dimitri mordió profundamente. Ella soltó un grito ahogado. Se arqueó. El dolor del mordisco la recorrió. Fundido como estaba con ella, él sintió que el mordisco erótico se extendía como una tormenta de fuego por su cuerpo.

Skyler le rodeó la cabeza con los brazos y le agarró el pelo. Gritó cuando Dimitri empezó a extraer la sangre vital de su cuerpo, con lo cual se fundieron aún más, y una vez más llevó las manos a sus pechos. Ella era suya, aquel hermoso cuerpo, suave, cálido y tan sensible. En cuanto se decidía, se entregaba con total libertad, poniéndose en sus manos, confiando en él. Su confianza era una lección de humildad.

Dimitri levantó la cabeza y observó las gotas gemelas color rubí que empezaban a fluir por la curva del pecho de Skyler. Él las persiguió, las sorbió y luego cerró las pequeñas heridas. Había dejado su marca en ella, y resulta que le gustó.

Se fue abriendo camino a besos por su estómago plano, tomándose su tiempo, recorriendo todas las costillas con la lengua al tiempo que sus manos exploraban y moldeaban. Skyler respiraba con pequeños jadeos entrecortados y emitía un suave sonido que se parecía a su nombre, un canto que a duras penas se oía pero que era música de todos modos. Hundió la lengua en su ombligo y deslizó las manos para rodearle el trasero.

Ella tenía las manos apretadas en su pelo. Ahora retorcía el cuerpo bajo él. Tenía la piel encendida, reluciente.

—¿Dimitri?

Le temblaba la voz y él percibió el miedo en su mente. Pero esta vez no tenía miedo de su propia reacción, ni de que él pudiera hacerle daño; el placer la engullía, amenazaba con dominarla y eso no se lo había esperado.

—Te tengo. Tú abandónate a las sensaciones. Estás a salvo conmigo.

Skyler buscó sus ojos con su mirada escrutadora. Dimitri la miró fijamente, dejándole ver que siempre estaría allí para recogerla. Ella soltó aire, asintió con la cabeza y se tumbó de nuevo, pero mantuvo los puños en su cabello, como si se anclara allí.

Dimitri le besó el ombligo y continuó con su exploración sin prisas, pasando la lengua por los huesos de las caderas y luego por encima del dragón, la marca del cazador de dragones, muy parecido a un tatuaje, muy sutil sobre su ovario. Se entretuvo allí, lamiéndolo, recorriéndolo, acariciándola una y otra vez. Le puso la mano en el muslo y le separó las piernas para que sintiera el aire fresco en su entrada húmeda y caliente.

Despedía mucho calor. Dimitri se sintió atraído hacia ese punto y fue bajando más la boca hasta que alcanzó unas gotas de aquel néctar. El sabor era adictivo y vio que no podía parar. Le levantó las caderas hacia su boca y la hundió allí, metió la lengua en aquella pequeña y tensa flor, extrayendo todo el líquido que pudo. Skyler jadeaba y gritaba, empezó a agitarse de nuevo.

Entonces levantó la cabeza para mirarla. Sabía que sus ojos relucían con el calor de un depredador. No había forma de ocultarle lo que era, pero Skyler sabía que estaba a salvo con él.

—Déjame —le pidió en voz baja—. Entrégate a mí. Con todo tu ser. Me perteneces, *csitri*, sabes que es así. Deja que te tenga.

Ella asintió, pero parecía asustada.

—Es demasiado. La sensación. Como si fuera a estallar, salir volando y no volver a ser yo nunca más.

Sin dejar de mirarla a los ojos, y de una forma deliberada, Dimitri deslizó la lengua por sus suaves pliegues, la movió en círculos en torno a su botón más sensitivo y luego volvió a hundirla. Los temblores sacudieron el cuerpo de Skyler, pero su mirada no flaqueó. Él vio miedo, pero también confianza. El corazón le dio un vuelco y el pene se le sacudió. Ya estaba atrapado entre la intensidad del amor y la apremiante necesidad de su cuerpo. Estaban los dos tan firmemente entrelazados que no podía separarlos.

Empezó a devorarla, la conducía hasta lo alto de aquel elevado precipicio y se detenía antes de que cayera por él. Una y otra vez. Necesitaba oír sus suaves gritos. Quería sentir sus dedos apresándole el pelo, o sus uñas clavándosele en los hombros. Sus gritos eran música para él, una sinfonía de deseo, con unas notas tan dulces que casi era tan adicto a ello como lo era a su sabor.

Skyler se metió un puño en la boca cuando una necesidad ardiente le lamió la piel. Ella se había esperado dolor y degradación, no que fuera a venerar su cuerpo como ella había venerado el suyo. Respiraba con roncos jadeos y, por mucho que lo intentara, no podía dejar de retorcerse. Tenía la sensación de que la pasión y el amor de Dimitri la estaban destruyendo, destrozaban el miedo y la vergüenza y forjaban a una mujer fuerte y sensual.

Se oyó a sí misma entonando el nombre de Dimitri y no podía parar. Él era su talismán, su ancla, su fortaleza misma. Él daba lengüetazos al cálido néctar que salía de su cuerpo, su lengua lamía y se clavaba profundamente, moviéndose en pequeños círculos atormentadores, volviéndola loca mientras la tensión se acrecentaba más y más, estirándola en un potro de placer.

Sacudía la cabeza de un lado a otro. Unos temblores le recorrían los muslos. Los pechos le ardían y le dolían por él. En lo más profundo de su interior, ella se enroscaba cada vez con más tirantez, desesperada por liberarse. Gimoteaba. Sollozaba. Le suplicaba. Lo necesitaba dentro de ella, para saciar ese apetito que lo abarcaba todo. Tenía la sensación de estarse elevando fuera de control. Skyler se deslizaba al borde del pánico y su confianza en él era lo único que evitaba que se resistiera. Tenía miedo de arder desde dentro, de fragmentarse en trozos minúsculos o de volverse loca de puro placer.

Dimitri levantó la cabeza cuando ella gritó y arqueó las caderas mientras le suplicaba. Se levantó poco a poco y se quedó de rodillas entre sus muslos. Tenía un aspecto… intimidante. Era un hombre corpulento y la idea de que se encajara en su interior resultaba amedrentadora, pero estaba tan ida que no le importaba. Lo necesitaba. Desesperadamente. Lo deseaba. Quería ser completamente suya, más que cualquier otra cosa.

—*Eres mía.*

Skyler cruzó la mirada con él. Los ojos de Dimitri se habían vuelto lobunos prácticamente por completo, con esa mirada reluciente y fija de depredador que debería haberla aterrorizado pero que la mantuvo tranquila y cuerda. Ella sí que se aterrorizaba a sí misma. Daba igual el rostro que tuviera, era suyo. Se humedeció los labios con el corazón palpitante.

Tenía unas manos grandes que le recorrieron los mulsos para volver a dirigirse lentamente a su centro caliente. La punta de su pene se alojó en su entrada, presionó y penetró en ella con ardor. El corazón le latía con tanta fuerza que tenía miedo que se le saliera del pecho.

—Asumo la custodia de tu cuerpo.

Su voz sonó áspera de deseo.

La expresión de Dimitri era tan sensual en sí misma que el cuerpo de Skyler se inundó con más calor gratificante. Él fue penetrándola poco a poco, expandiéndola de un modo imposible. La joven dirigió bruscamente la mirada a la intersección en la que sus cuerpos se unían. Su cuerpo se resistió a la invasión, renuente a ceder para él, estrangulando su verga gruesa a medida que ésta se iba introduciendo cada vez más en su interior.

Él estaba en todas partes, rodeándola. En su mente. En su corazón. En su alma. Y ahora, al fin estaba en su cuerpo, convirtiendo a los dos verdaderamente en uno solo. Se le escapó otro sollozo. Las lágrimas corrían por sus mejillas. También estaba en su mente, de modo que sabría que lo quería precisamente de ese modo. Era todo demasiado perfecto, demasiado abrumador y demasiado bueno.

—Respira —le ordenó Dimitri con brusquedad—. Relájate para mí.

Skyler estaba acostumbrada a hacer lo que le pedía e hizo ambas cosas. Él la embistió y se hundió en ella hasta la base, la penetró tanto que creyó que se había alojado en su estómago. Oyó su propio grito cuando sus tensos músculos internos lo aferraron casi hasta el punto de la estrangulación. El mordisco de dolor que sintió mientras él la ensanchaba no hizo más que aumentar el placer erótico y pulsátil que recorría todo su cuerpo y que entonces lo hacía en forma de oleadas, desde los muslos hasta el pecho.

Dimitri cubrió el cuerpo de Skyler con el suyo y afirmó los brazos en sus hombros. Sus caderas emprendieron un ritmo rápido y enérgico que le hacía salir el aire a ráfagas de los pulmones, que le ardían. Se movió en su interior con unos golpes profundos y bruscos que la elevaban cada vez más, siempre hacia arriba, hacia aquel precipicio imposible. El ritmo era furioso, su cuerpo era un pistón que se movía cada vez con más fuerza y más adentro, una y otra vez, provocando unas descargas de placer que la recorrían por completo.

Sus caderas, implacables y embravecidas, se hundían en ella una y otra vez con un apetito casi insaciable. Tenía la sensación de que unas llamas le lamían todo el cuerpo. Tenía el pene como si estuviera fuertemente sujeto en un puño de seda viva y ardiente. Se estaba ahogando en ella. No quería que se acabara nunca. Había sabido que estaban hechos el uno para el otro, pero el cuerpo de la joven era exquisito, estaba hecho para él, encajaba a la perfección.

La notaba pequeña y suave, parecía que su piel se fundiera bajo la suya. Su respiración agitada y sus cánticos entrecortados salpicados de sollozos y súplicas sólo incrementaron el puro placer que corría por sus venas. Ella lo había cambiado para siempre. Lo conmovía, lo llevaba a lugares donde nunca habría creído poder ir.

El apetito era un monstruo que desgarraba y bramaba. Había estado con él desde que había posado la mirada en su compañera eterna, desde que la había oído hablar y supo que era ella. Lo había desgarrado cada día al salir del suelo y sin embargo, incluso en su momento más salvaje, el amor suavizaba su contacto. Mantuvo su mente en la de ella, deseando su placer por encima de todo lo demás, por encima del suyo propio.

Skyler se había entregado a él en cuerpo y alma, había depositado su absoluta confianza en él, un regalo inestimable que atesoraría por encima de todo lo demás. La joven tenía el cuerpo encendido, los ojos vidriosos y arqueaba las caderas bajo su asalto, pero con cada embate de Dimitri, y con cada grito ahogado que soltaba ella, el placer la recorría… y lo recorría a él.

Dimitri emprendió un ritmo frenético y ella lo siguió. Sabía que lo haría. Había intuido la creciente pasión en ella y no importaba lo frágil que fuera, su interior era de sólido acero. Estaba decidida a estar a su altura. Entonces él perdió aún más el control.

—*Dime que quieres esto, sívamet. Dime que puedo perderme en ti.*

El amor que sentía por ella era feroz, los consumía a ambos, y su disciplina se estaba disolviendo con rapidez ante su necesidad apremiante.

—*Siempre, amor mío. Cualquier cosa.*

Así que cerró los ojos un momento y escuchó su voz. No había vacilación, pero sí un leve tono de temor. No tenía miedo de él, sólo del creciente placer que ya la arrollaba en oleadas y del apretado nudo de tensión en su cuerpo que rogaba liberarse. Ella lo había dicho en serio, se entregaba generosamente y quería... no, necesitaba ser lo que él precisaba.

Dimitri la penetró profundamente y permitió que el fuego que lo inundaba lo llevara a otro lugar. Respiró entre dientes mientras se echaba hacia atrás y embestía de nuevo. Con cada furioso embate el cuerpo de Skyler rodeaba el suyo, prieto y caliente, acariciándolo y exprimiéndolo. Los gemidos ahogados de la joven y su canto jadeante aumentaban su placer y lo llenaban del más protector de los instintos.

Skyler movía la cabeza de un lado a otro, con el cuerpo ruborizado y los pechos balanceándose de forma tentadora al tiempo que las caderas se alzaban para ir al encuentro de las suyas. Era hermosa, con los ojos levemente vidriosos y expresión conmocionada. Los pequeños sonidos que hacía resonaban a través de su pene y acrecentaban el fuego que parecía cada vez más y más caliente.

Dimitri estaba cerca, la energía de su cuerpo se enroscaba cada vez con más tensión, lista para soltarse, pero él se negaba a dejar que acabara el placer. La agarró con firmeza por las caderas, la sujetó para que no se moviera y los llevó a ambos a otro reino donde el placer exquisito rayaba el dolor.

Skyler notaba el grosor y la longitud de Dimitri penetrando en ella, ensanchándola, obligando a su tenso cuerpo a permitir su invasión. Estaba muy caliente y húmeda, lo rodeaba de fuego. La tensión erótica hecha un prieto ovillo en su interior se negaba a soltarse, se negaba a darle tiempo a recobrar el aliento.

Skyler sintió que su cuerpo se fundía en torno al de Dimitri y gritó su nombre, lo agarró por los hombros cuando la tensión latente en los límites de la mente empezó a emborronarse, a oscurecerse. Era demasiado para ella, era excesiva y perfectamente bello, y excesiva y terriblemente aterrador. Se estaba perdiendo en él, en el placer, en la unión de sus cuerpos en un frenesí de calor y fuego.

—Quédate conmigo, *sívamet* —le susurró con voz ronca moviendo la boca por su cuello, mordisqueándola y raspándola con los dientes—. Elévate conmigo.

Como siempre, el mero sonido de la voz de Dimitri la calmó y se dejó ir, consciente de que él la recogería, de que la mantendría a salvo. Su cuerpo apretó el suyo con tanta fuerza que lo oyó rugir al soltarse y notó los chorros calientes de su semilla que la llenaban. Las oleadas mecieron su cuerpo, una tras otra, pero él la tenía entre sus brazos y la estrechaba con fuerza. Notó las ondas en el estómago, en los muslos, en los pechos. Un trueno retumbó en sus oídos. Tenía el cuerpo afianzado con fuerza en torno al de Dimitri, como un tornillo, mientras que las consecutivas oleadas de placer se lo barrían.

Entonces hundió el rostro en el hombro de su compañero, jadeando, sacudida por las réplicas, casi tan fuertes como el orgasmo que se había apoderado de ella. Dimitri dio la vuelta y ambos quedaron tendidos de lado, todavía unidos. Skyler sentía la respiración de él, que intentaba recuperar el aliento. Una fina capa de sudor humedecía su cuerpo. Incluso su larga cabellera estaba mojada.

Ella le acarició el hombro con la nariz y le recorrió la clavícula a besos. Eran una maraña de piernas y muslos, y no quería desenredarse. Dimitri latía y palpitaba en su interior. Cuando pudo moverse, fue para dirigirse a su pecho y ella cambió ligeramente de posición para proporcionarle un mejor acceso. El movimiento provocó otra oleada solitaria que recorrió todo su cuerpo.

Entonces le lamió el pezón y lo atrapó suavemente entre los dientes, tiró de él y lo chupó con fuerza, metiéndolo por completo en el calor de su boca. La rodeaba con el brazo y deslizó la mano por su espalda hasta su trasero. Skyler no se había dado cuenta de lo sensibles que eran los nervios en aquel punto. Todas las caricias de Dimitri originaban un nuevo espasmo de placer que la recorría.

Yacieron juntos en silencio mientras sus corazones se calmaban y sus cuerpos se enfriaban... un poco. Skyler tuvo que reconocer que le encantaba sentir sus manos y su boca sobre ella.

Cuando al fin él levantó la cabeza para mirarla y su cuerpo se apartó lentamente y con renuencia, sintió el impulso de detenerlo. Sus ojos eran tan azules y brillantes, y la miraba con tanto amor, que le entraron ganas de llorar. Dimitri era el verdadero milagro, daba igual lo que él pensara, y estaba decidida a que estuviera contento de que fuera su compañera eterna.

—*Csitri*, dudo que algún día pueda mostrarte tu verdadero valor —le dijo en voz baja—. No comprendes lo que significas para mí.

No había palabras para explicarle el milagro que era él. Le había dado el regalo de hacer el amor, algo de lo que había estado absolutamente segura que no tendría en la vida. Además, podía estar tendida a su lado, completamente desnuda y vulnerable y sentirse la mujer más a salvo del mundo. Quería estar desnuda a su lado. Quería que la tocara siempre que lo necesitara... o siempre que sencillamente lo deseara. Le encantaba deslizar los dedos por su pene sólo para notar cómo temblaba al tocarlo. ¿Quién hubiera pensado que haría que un hombre como Dimitri la amara?

—Algún día entenderé lo mucho que significo para ti, es probable que dentro de mucho tiempo —dijo—, pero la verdad es que ahora mismo no importa. Lo único que me importa es que me has dado este increíble regalo. Te amo aún más si cabe por ello.

Capítulo *18*

Los miembros del consejo están dentro. —Fen los saludó—. Esperando.
Sometió a su hermano a una mirada escudriñadora.

—Llevan esperando las últimas seis noches —añadió Zev—. Teníamos la seguridad de que vendrías anoche.

Skyler se ruborizó y miró el rostro impasible de Dimitri. Estaba claro que no podía importarle menos haber hecho esperar al consejo. La noche anterior no habían salido de la cama. Le había enseñado toda clase de cosas intrigantes que preferiría estar haciendo en lugar de presentarse ante el consejo de licántropos con el príncipe mirando.

Se había asegurado de que Dimitri tuviera exactamente el mismo aspecto que tenía antes de que lo sanara la noche anterior. Quería que los licántropos vieran la prueba de sus torturas medievales. Deslizó la mano en la de él para buscar consuelo. No tenía ningún interés especial en ver a ninguna de aquellas personas.

Skyler tuvo toda su atención de inmediato.

—*¿Qué pasa, csitri?*

Una palabra suya y darían media vuelta y se marcharían. A Dimitri no le importaría lo que los demás pensaran de él. Nunca le había importado. Era un hombre que iba a la suya. Resultaba tentador utilizar ese poder que sabía que tenía, pero no estaba bien. Aquella reunión era importante. Inspiró profundamente y soltó el aire.

—*Sólo estoy cobrando ánimo para volver a ver al príncipe. Bueno* —añadió, porque no iba a mentirle—, *eso y que voy a ver a esos licántropos.*

—*Zev es licántropo y es un buen hombre.*

Skyler soltó un pequeño y poco delicado resoplido de desdén.

—*Tal vez lo sea, pero no te salvó cuando debería haberlo hecho.*

El regocijo de Dimitri le llenó la mente.

—*¡Vaya, Skyler Rose! Albergas rencor.*

—*Es verdad.*

Se quedó mirando el árbol que el cazador de élite tenía más cerca.

Por encima de la cabeza del licántropo, una colmena se meció y las abejas salieron en tropel.

—*Creo en la venganza* —añadió con expresión de suficiencia.

Fen agitó los brazos en el aire y rápidamente construyó un escudo que los protegiera a todos de las picaduras de las enojadas abejas. Tardó un par de minutos en darse cuenta de que ni una sola abeja se acercaba a ninguno de ellos excepto a Zev. Le lanzó una mirada fulminante a su hermano.

—Yo no he sido —declaró Dimitri.

Skyler adoptó su expresión más inocente.

—La naturaleza es muy impredecible.

—Sí, ¿verdad? —repuso Fen con ironía—. ¿Es seguro dejaros entrar?

Skyler se encogió de hombros sin arrepentirse.

—Sólo si los que están dentro no dictaron una sentencia de muerte por plata contra mi compañero eterno.

Zev rompió a reír.

—¡Dios santo, Dimitri, vas sobrado!

Dimitri apretó los dedos en torno a la mano de Skyler y se la llevó al pecho, justo encima del corazón.

—Soy muy consciente de ello. Es una Dragonseeker, no esperaría nada menos.

—¿Está emparentada con Tatijana y Branislava? —preguntó Zev, cuyo tono dejó traslucir cierto interés.

Fen soltó un gruñido.

—Déjalo, Zev. En serio, eres como un lobo con un hueso.

—Sólo he preguntado si estaba emparentada —señaló Zev—. Y si sigues así, vamos a tener que cruzar las espadas.

Fen se rió.

—No voy a desenvainar mi espada cerca de ti. Podríamos utilizar rayos.

Zev enarcó las cejas de golpe.

—Todavía no lo domino del todo, pero podría pedirle a Skyler que me diera lecciones para cuidar abejas.

—Sigo enfadada contigo —dijo Skyler—. Por lo que podría salirte el tiro por la culata con cualquier hechizo que te enseñara.

—Bueno, al menos me has advertido —repuso Zev—. Comprendo por qué estás enfadada conmigo. Ahora mismo yo también estoy enojado conmigo mismo. Todavía no acabo de entender qué está ocurriendo con mi gente. Ninguno de nosotros lo entiende. Los miembros del consejo juran que ellos no dictaron la orden de la *Moarta de argint*. De hecho, ellos afirman todo lo contrario: que había que mantener a Dimitri sano y salvo en todo momento.

—¿Por qué no estabas tú con él? —preguntó Skyler—. Si eres la persona de confianza del consejo, ¿por qué no iban a tenerte vigilando a un prisionero tan importante?

—Me capturaron a sus espaldas —explicó Dimitri en tono dulce—. Fen y yo estábamos combatiendo a los *Sange rau*. Zev y sus cazadores estaban con el príncipe, luchando con la manada de renegados. Los dos hombres que se me llevaron eran de la manada de Zev, pero deberían haber estado con los que protegían a Mikhail.

—Dimitri y yo nos habíamos marchado por nuestra cuenta sin hacerle saber a Zev lo que estábamos haciendo —aclaró Fen—. En aquellos momentos él no sabía que los dos éramos de sangre mestiza y queríamos que siguiera siendo así por motivos obvios.

—Además, Fen creía que nosotros teníamos más posibilidades de derrotar a los *Sange rau* —añadió Dimitri—. Con nuestra mezcla de sangre éramos más rápidos y estábamos mejor equipados para enfrentarnos a uno de ellos. Fen tenía más experiencia que nadie.

—¿Y cómo es que esos dos cazadores estaban en el mismo sitio? —preguntó Skyler—. Si nadie sabía adónde ibais, ¿cómo lo sabían ellos? ¿Fue una coincidencia?

—Yo no creo en las coincidencias —dijo Zev.

Por primera vez, su voz hizo que Skyler se estremeciera. La joven dirigió rápidamente la mirada al rostro del cazador. Era un hombre que había conocido la batalla a menudo. Ella vio el peligro grabado en sus rasgos, el depredador cerca de la superficie, pero también había experimentado su bondad.

—Yo tampoco —asintió Dimitri—. De haber habido tiempo, hubiese sabido que algo iba mal, pero todo ocurrió muy deprisa. Fen tenía problemas y los dos cazadores también. No me paré a pensar, simplemente reaccioné. Si me hubiera hecho esa pregunta, cómo nos encontraron, no me habrían golpeado en la cabeza ni me hubieran llevado prisionero.

Fen enarcó una ceja.

—Y luego tu señora no hubiera acudido corriendo a salvarte el culo.

Dimitri presionó la mano de Skyler con más fuerza contra su corazón.

—*Por ti merece la pena hasta el último eslabón de esas cadenas de plata quemándome la carne noche y día* —le susurró mentalmente, y lo decía en serio.

Skyler se acercó más a él y se situó rápidamente bajo su hombro.

—*Podría ser que estuvieras un poco loco por pensar así; tengo que pedirle a la sanadora que te eche un vistazo.*

Skyler no pudo evitar sentir un pequeño arrebato de emoción al oír su cumplido. Tenía el don de hacerla sentir siempre especial.

—¿Gabriel y Francesca están dentro? —preguntó entonces en voz alta.

—Todavía no —contestó Fen—. Gabriel y tu tío Lucian han salido a patrullar con unos cuantos más, para asegurarse de que no vamos a tener ningún invitado no bienvenido.

Dimitri cruzó la mirada con su hermano por encima de la cabeza de Skyler.

—*Sabes que si los asesinos vienen a por nosotros, lo más probable es que no los detecte ninguna patrulla.*

Fen inclinó la cabeza.

—*Es cierto, pero seguimos buscando. A Gabriel y a Lucian se les da muy bien percibir al enemigo, y tienen más posibilidades que la mayoría. Zev y yo nos turnamos para explorar. Él es muy bueno encontrando rastros, mucho mejor que yo incluso. Estoy aprendiendo mucho de él.*

—*Han pasado seis días, casi una semana, tiempo de sobra para que un asesino siga un rastro de sangre* —hizo notar Dimitri.

Skyler se aclaró la garganta.

—De hecho, no es necesario que intentéis protegerme de vuestro miedo por mí, ninguno de los dos. Todos corréis tanto peligro como yo.

—Puede ser —admitió Dimitri, y se llevó los dedos de la joven a la boca—. Pero te consideran una especie de hechicera, quizás una hembra

Sange rau capaz de poblar la Tierra con tus hijos. Creo que tú y Zev sois los que más peligro corréis.

Zev miró a Skyler con una amplia sonrisa.

—No eres la única que me desprecia.

Ella suspiró y le devolvió una mirada herida.

—Bueno, pues eso cambia las cosas —respondió con fingido disgusto—. Ahora tendré que estar de tu lado.

—Sería mejor que entráramos antes de que Gregori salga aquí afuera —dijo Fen—. Y si te estás preguntando de donde viene la amenaza, me mandó una promesa solemne de que saldría en dos segundos si no nos movíamos.

Zev y Dimitri cruzaron una larga mirada y se encogieron de hombros, como si la amenaza de Gregori les importara muy poco, cosa que probablemente era así. De todos modos, Dimitri apoyó ligeramente la mano en la espalda de Skyler y la guió, manteniendo el contacto con ella en todo momento. Siguieron a Fen al interior y Zev fue el último en entrar. Skyler cayó en la cuenta de que, con Fen delante y Zev detrás, tenían una escolta que los estaba protegiendo de verdad de cualquier problema inesperado.

La sala de reuniones era espaciosa, con abundantes asientos y mesas dispuestas contra la pared con comida y bebida para los licántropos. Cada miembro del consejo tenía su propia manada y, por lo tanto, su propia guardia de élite. Por encima de todos los guardias de élite estaban Zev y su manada. Él respondía ante el consejo entero y cuando había problemas con una manada de élite, era a él a quien enviaban para solucionar las cosas. Si Zev aparecía, la situación se consideraba desesperada, y se arreglaría de un modo u otro.

Skyler no sabía que Zev fuera tan respetado, pero incluso los miembros del consejo lo trataban con deferencia, con una actitud muy parecida al respeto que le profesaban a Gregori. Los miembros del consejo desviaron la mirada de Dimitri cuando éste la condujo directamente hacia el príncipe. Él no miró a nadie más de los presentes en la sala, pero ella sí, porque quería ver sus reacciones.

La mayoría de los licántropos presentes parecieron horrorizarse al ver al superviviente de la *Moarta de argint*. Se fijó en que había dos hombres que parecían fascinados por las cicatrices y más que un poco satisfechos.

Varios más asintieron con la cabeza, como si estuvieran de acuerdo con la tortura. Pero...

—*Mirad al miembro del consejo que está justo a la izquierda del hombre del centro.*

Mandó el mensaje a Dimitri, pero incluyó a Fen en su comentario.

El hombre ni siquiera había levantado la mirada. Parecía estar mirando los mensajes de texto de su teléfono en lugar de estar interesado en el prisionero carpatiano cuyo trato a manos de los licántropos casi había iniciado una guerra.

—*¿Veis lo que está haciendo?* —preguntó.

—*Jugando con el teléfono* —dijo Fen—. *Hay gente que no soporta ver cicatrices y quemaduras. Les resulta incómodo.*

Dimitri saludó al príncipe con el apretón de antebrazos de los guerreros y Mikhail hizo lo mismo con él.

—*Salvo que no parece estar incómodo, Fen. Parece muy pagado de sí mismo.* Me alegro de verte, Mikhail —dijo en voz alta—. Confío en que Raven y tu hijo estén bien.

—Muy bien, gracias —contestó Mikhail, que se volvió a mirar a Skyler con sus ojos negros y penetrantes—. Tenemos una deuda de gratitud contigo, con Paul y con Josef. Fen me ha dicho que, si tú no hubieras encontrado a Dimitri, no habría sobrevivido. Nuestros rescatadores hubieran llegado demasiado tarde.

De cerca, el poder y la presencia de Mikhail resultaban intimidantes, aunque Skyler vio bondad en su rostro.

—Soy afortunada porque poseemos un fuerte vínculo y pude encontrarle.

—Me metió un dispositivo localizador en el bolsillo —terció Zev—. Es una mujer inteligente.

Su voz tenía un dejo de admiración, cosa que sorprendió a Skyler. No se lo había esperado de Zev. Estaba claro que él no albergaba ningún resentimiento.

Mikhail enarcó las cejas de golpe.

—¿Ah, sí?

Zev asintió con la cabeza.

—No sospeché nada en ningún momento. Fue muy hábil, lo hizo con tanta suavidad que estoy seguro de que, si quisiera, podría llevar la vida de un carterista de éxito sin ningún problema, Tiene esa cara inocente y nadie sospecharía de ella.

Skyler le sonrió.

—Ése era el plan.

—Muy sencillo —comentó pensativo Mikhail—. Es una buena lección para todos nosotros. En ocasiones el plan más simple es mucho mejor que toda la intriga del mundo. —Cruzó la mirada con Dimitri—. Me gustaría presentarte a los miembros del consejo de los licántropos. Si no te importa contestar a sus preguntas, quizás eso nos ayude a encajar todas las piezas del rompecabezas. Estuviste en el campamento licántropo dos semanas.

—Más de dos semanas —aclaró Skyler.

No pudo evitar que su tono fuera un tanto mordaz. No le importaba que estuviera hablando con el príncipe. Dimitri había sufrido a manos de los licántropos, y si hubiera tenido que esperar a que lo rescataran los carpatianos ya estaría muerto.

Dimitri la tomó de la mano y entrelazó suavemente los dedos con los suyos.

—*Esto no es culpa suya, sívamet. Y quizá tampoco sea culpa de estos hombres del consejo. Enviaron a Fen y a otros a seguir mi rastro, pero no pudieron encontrar huellas.* —Le rozó los nudillos con los labios—. *Sólo tú conseguiste llegar a mí a pesar de que la plata me aislaba de todos.*

Apaciguada, Skyler asintió con la cabeza para hacerle saber que lo entendía. Hizo ademán de retroceder y dio un tirón para retirar la mano, pero él se negó a soltarla.

Entonces se deslizó con el príncipe por la sala hacia la mesa del consejo de los licántropos, llevando consigo a Skyler. Avanzó en absoluto silencio, moviéndose con fluidez, con los hombros rectos y la cabeza alta. Las cicatrices ennegrecidas que rodeaban su frente y garganta se distinguían claramente. Llevaba puesta una camisa blanca, abierta hasta la cintura, que permitía que todo el mundo viera las franjas de marcas negruzcas en torno a su cuerpo.

El silencio reinó en la habitación mientras él se aproximaba a la mesa de los miembros del consejo. Tres de los cuatro hombres se pusieron de pie cuando Dimitri se les acercó, y el último lo hizo un poco de mala gana y sólo porque uno de los otros le lanzó una mirada fulminante.

Mikhail los presentó.

—Rolf, Lyall, Randall, Arno, éste es Dimitri. Quizá pueda contarnos mucho más sobre lo que ocurrió en el campamento licántropo.

Skyler nunca se había sentido más orgullosa de Dimitri. Él dirigió una inclinación cortés a los miembros del consejo. Tenía un aspecto muy clásico y elegante, un hombre de gran cortesía y coraje. Despedía un aura sutil y, a juzgar por la forma en que la escolta del consejo se puso en guardia, ella no fue la única que la sentía. No sabía si era la forma en que se movía, esa manera fluida y silenciosa de deslizarse que le decía a todo aquel que observara que era peligroso, o si era más bien el olor impreciso a depredador que lo impregnaba, lo que puso a todo el mundo alerta.

Ella observó a Rolf, el mayor del grupo, que le tendió la mano a Dimitri y se disculpó en nombre del pueblo licántropo por lo que el guerrero carpatiano había soportado en sus manos. Le prometió que encontrarían a los responsables y los castigarían. Su voz tenía un matiz de sinceridad y resultó que Skyler se creyó sus palabras.

Randall era un hombre aterrador, corpulento e hirsuto. De habérselo encontrado en el bosque en lugar de a Zev, hubiera salido corriendo para salvarse. Tenía una voz retumbante que resonaba por la habitación cuando hablaba, y sumó sus disculpas a las de Rolf. Ella se quedó un poco por detrás de Dimitri, cuyo cuerpo la ocultaba parcialmente a los licántropos, pero, para consternación de sus guardias, Randall salió de detrás de la mesa y fue a situarse frente a Dimitri.

—¿Ésta es la joven que te salvó la vida?

No esperó a que Dimitri respondiera, sino que se inclinó para tomar la mano de Skyler.

La mano de Dimitri llegó primero, desvió la del licántropo para alejarla de Skyler y bruscamente situó su cuerpo entre los dos con firmeza. Los guardaespaldas de Randall avanzaron de un salto en cuanto él lo tocó. Los licántropos llevaron las manos a sus armas y Fen y varios carpatianos más se situaron en posición de proteger a la pareja. Gregori se deslizó sutilmente y fue a situarse un poco por delante del príncipe.

La tensión en la sala se disparó. Zev se interpuso entre las dos especies con la mano levantada. Skyler ni siquiera lo había visto moverse, pero su presencia pareció calmar a todo el mundo.

—En la cultura carpatiana, los demás hombres rara vez tocan a tu compañera eterna —explicó en voz baja y dirigiéndose a Randall como si los demás no estuvieran haciendo sonar sus armas. Daba la impresión de que simplemente transmitía información, no que estaba evitando una batalla—. Skyler es la compañera eterna de Dimitri. Como sabes, estuvo a punto de morir, y puedes comprender que sea bastante protector con ella.

Skyler admiró su voz, baja, suave y calmada. Era un don, un don poco común pero poderoso. Podría calmar a una multitud con esa voz y lo hizo con mucha facilidad.

—Te pido disculpas —le dijo Randall a Dimitri—. No tenía ni idea. ¿Hablar con ella también está prohibido?

Su voz atronadora resonó por la habitación y provocó que Skyler hiciera una mueca. Se sentía como si hubiera quedado reducida a una colegiala, una niña pequeña que necesitaba el permiso paterno antes de hablar con un adulto importante.

—¿*Qué estás haciendo?* —masculló dirigiéndose a Dimitri, un poco sorprendida por su comportamiento—. *Creía que habíamos venido para evitar una guerra, no para empezar una.*

—*Ha sido una reacción automática. No me gusta que hombres a los que no conozco o en los que no confío se acerquen tanto a ti.*

—*Pues no debería haber venido. Tendrías que habérmelo dicho.*

El regocijo de Dimitri, burlón consigo mismo, penetró en la mente de ella.

—*No tenía ni idea de que reaccionaría de esta manera. Por lo visto, hay cosas que aún tengo que aprender sobre mí mismo.*

A Skyler le resultaba imposible enfadarse con Dimitri. Poseía un fuerte instinto protector y un sentido del humor retorcido que siempre iban a evitarle problemas con ella.

Skyler se situó junto a él.

—Pues claro que no está prohibido hablar conmigo, ni con cualquier otra mujer, de hecho. Creo que todo el mundo está un poco nervioso después de lo ocurrido.

Sonrió al licántropo grandote y greñudo y le tendió la mano.

Randall miró a Dimitri, que permaneció impasible. Parecía relajado, pero Skyler, tan en sintonía con su compañero, notó que su cuerpo se tensaba, listo para atacar.

El licántropo le estrechó la mano con la suya, tan enorme que envolvió por completo la de la joven.

—Hemos oído hablar mucho de ti —dijo Randall—. Ya eres toda una leyenda. Confío en que te estés recuperando de tus heridas.

Skyler asintió con la cabeza.

—Dimitri se ha esforzado mucho por procurar mi recuperación. Lamentamos haberos hecho esperar, pero las heridas eran... graves.

Para ella, Randall transmitía sinceridad en todos los aspectos: lo que veías era lo que había. Skyler miró a su compañero eterno.

—*No es un hombre engañoso y dudo que mintiera sobre lo de ordenar la muerte por plata. De haberlo hecho, lo habría admitido. Si cree en algo, no es de los que oculta sus opiniones.*

—*¿Y todo eso lo has sabido sólo con darle la mano?*

Skyler apretó los labios con fuerza para no reírse.

—*Estás de un humor de perros.*

—*Un lobo te ha besuqueado la mano. Estos hombres lobo son encantadores y no me fío de ninguno de ellos ni de lejos, ni de más allá de donde pudiera lanzarlos, particularmente del que te dio la mano.*

Skyler enarcó una ceja de repente. Dimitri estaba bromeando, pero en su tono también había esa pizca de verdad.

—*Eso sería muy lejos. Te he visto en acción.*

Un segundo miembro del consejo salió de detrás de la mesa y se reunió con ellos. Ése era Lyall, el hombre que no había parecido interesado en lo más mínimo en ver lo que los licántropos habían hecho a su prisionero. Le sorprendió que se acercara a ellos, que se presentara a Dimitri y reiterara lo mucho que todos ellos lamentaban lo que había sucedido.

Skyler retrocedió de nuevo, sólo un poco, consciente de que Dimitri se sentiría más cómodo así. En cuanto lo hizo, tanto Zev como Fen se movieron con sutileza y se aproximaron por ambos lados de modo que ella quedó cercada sin que en realidad diera esa impresión.

Evitó fruncir el ceño y observó a Dimitri hablando con Lyall y con el último de los miembros del consejo, un hombre llamado Arno. Era simpático, pero desconfiaba abiertamente de Dimitri. Al final, después de que les contara su historia, fue Arno quien le hizo más preguntas y la mayoría de ellas parecían versar sobre el hecho de ser de sangre mezclada en lugar de sobre quién habían sido sus peores torturadores.

—*Quiere la alianza con los carpatianos, pero no cree en la distinción entre los* Sange rau *y los* Hän ku pesäk kaikak —señaló Skyler a Dimitri.

Rolf parecía impacientarse cada vez más con las preguntas de Arno.

—Esto empieza a ser tedioso, Arno —lo interrumpió—. Es importante averiguar quién está detrás de esta traición. Por si lo has olvidado, no fue sólo a Dimitri a quien señalaron como blanco para matarlo; a nosotros también. —Paseó la mirada por la sala—. Mikhail, si no te importa que lo diga, creo que deberíamos despejar esta habitación. Parece que, cuantos más somos, más se caldean los ánimos.

—Estoy de acuerdo —dijo Mikhail.

Más que oír el alivio en su voz, Skyler lo sintió. Estaba encantada de salir de la habitación e ir a buscar a su madre adoptiva, pero cuando se dio la vuelta para marcharse con Dimitri, tanto Mikhail como Rolf los detuvieron.

—Si no os importa —dijo Mikhail—, preferiríamos que vosotros dos, así como Fen y Zev, os quedarais un poco más para ayudarnos.

Dimitri inspiró profundamente. Sus miradas se cruzaron. Él inclinó la cabeza.

—*Tú no tienes que quedarte,* csitri. *Puedo hacer esto solo y así podrás ir a visitar a Francesca.*

Le había hablado por el canal común de los carpatianos, no por el suyo privado, con lo que le indicaba a Mikhail que si ella quería marcharse, él insistiría en ello.

Skyler le dirigió una sonrisa tranquilizadora.

—*No me importaría oír lo que tienen que decir. A veces sé cuando alguien miente. Tal vez capte esa vibración y sabremos si en realidad alguno de los presentes está detrás de esta conspiración.*

—*No estoy seguro de que sea una conspiración, no de la forma a la que te refieres* —intervino Zev en tono pensativo, cosa que sobresaltó a Skyler.

Ella no había caído en la cuenta de que era capaz de hablar telepáticamente con todos los carpatianos, pero debía de poder hacerlo. Había estado dentro del refugio que había creado y sólo aquéllos con sangre carpatiana podían traspasar el escudo. Para poder cruzar esa barrera, Zev tenía que estar bastante avanzado como ser de sangre mezclada.

—Nos quedaremos —declaró Dimitri en voz alta.

Esperaron hasta que la mayoría de los guardias licántropos y carpatianos hubieron abandonado la habitación. Dimitri recorrió la sala detenidamente con la mirada. Parecía estar prácticamente vacía. Quedaban los cuatro miembros del consejo, cada uno con dos guardias. Dimitri reconoció a Daciana y Makoce de la manada de élite de Zev. Ambos se habían quedado con Rolf. Cada uno de los demás miembros del consejo también conservó dos guardias.

Mikhail tenía consigo a Gregori y a su hermano Jacques. Dimitri no era tonto. Gregori nunca permitiría que el príncipe estuviera en una habitación donde el otro bando tuviera más hombres. Aun así, él se encontraba incómodo, pero no podía precisar exactamente por qué.

Parecía que Rolf y los demás miembros del consejo querían sinceramente hablar sobre el tema de los *Sange rau* y de si había que cazar y matar a los seres de sangre mezclada tanto si habían hecho daño como si no.

—*Fen.*

Esta vez utilizó la conexión privada que tenía con su hermano.

—*Yo también llevo un rato sintiéndome incómodo.*

—*Pero nadie más lo está* —observó Dimitri—. *Ni siquiera Mikhail.*

—*Si hay algún peligro próximo, sin duda se trata de unos cuantos de los licántropos que acaban de marcharse o es que tenemos cerca a un* Sange rau.

—*Utilizan rifles de francotirador, Fen. Los que vienen a por nosotros son asesinos entrenados.*

Gregori agitó la mano y una gran mesa redonda apareció en el centro de la sala.

—Sugiero que os sentéis todos, caballeros.

—*No podrán disparar a través de las ventanas* —dijo Fen—. *Gregori ya ha pensado en casi todo tipo de ataques que podría tener lugar. Esta habitación está sellada. Ni siquiera los licántropos que se marcharon pueden volver a entrar sin que Gregori lo permita.*

Dimitri dio la vuelta a una silla con la punta del pie y se sentó en ella a horcajadas, sin importarle lo que los licántropos pensaran de sus actos. Tiró de la silla de Skyler para acercarla más a él. El hecho de saber que podría protegerla de cualquier problema hacía que se sintiera un poco mejor, aunque aún estaba muy inquieto. Fen también dio la vuelta con el pie a la silla al otro lado de Skyler y se sentó a horcajadas. Ambos estaban en una posición en la que podían moverse con rapidez de ser necesario.

Los miembros del consejo y Mikhail ocuparon sus lugares. Sólo Zev se sentó a la mesa, mientras los licántropos que protegían al consejo se alinearon de espaldas a la pared.

De nuevo, Dimitri recorrió la sala con una larga y lenta mirada. Gregori estaba a una distancia notable de Mikhail, pero había otros. Sin darse cuenta, se encontró concentrándose en la pared frente a la que se habían alineado todos los licántropos. Por supuesto que dicha pared se había dejado tentadoramente vacía, perfecta para que los guardias del consejo esperaran a sus miembros.

En alguna parte de esa pared había al menos cuatro carpatianos, fundidos en ella, en los nudos de la madera, quizá como diminutos insectos, y cada uno de ellos habría elegido ya a sus objetivos.

—*Lojos, Tomas y Matias* —supuso—. *Y el fantasma. Andre también está aquí, ¿verdad?*

Fen le dirigió una débil sonrisa e inclinó la cabeza muy sutilmente.

—*No se perderían la fiesta.*

—A riesgo de ofender a Dimitri —empezó a decir Arno—. Creo muy firmemente que las cosas que nos han enseñado desde prácticamente el principio mismo de nuestra existencia, que la sangre mezclada es demasiado peligrosa para ser tolerada, son sagradas. No podemos abandonar el mismísimo código por el que vivimos porque unos cuantos *Sange rau* aún no se hayan vuelto renegados.

Mikhail se inclinó hacia delante y cruzó la mirada con la de Arno.

—Nos hemos reunido para discutir este tema y queremos oír todas las opiniones. Este código sagrado es algo que ha estado en nuestra cultura durante siglos y no debería descartarse con tanta facilidad. Tenemos que examinar lo que sabemos ahora y contrastarlo con lo que aquellos que crearon el código sabían en su época. El conocimiento es poder, y espero que, a lo largo de los siglos, hayamos conseguido obtener más conocimiento, comprensión, entendimiento e información.

—Está claro que nuestra experiencia con este tema ha sido distinta de la tuya —dijo Rolf—. Nuestras manadas fueron destruidas. No se salvó nadie. Casi nos extinguimos por culpa de los *Sange rau*.

Mikhail asintió con la cabeza.

—Es fácil comprender por qué vuestros ancestros dictaron unas normas tan extremas, pero estáis sentados a esta mesa con uno de nuestros cazadores antiguos más hábiles. Dimitri ha defendido a licántropos, carpatianos y humanos por igual durante siglos. Ha cazado y matado tanto a vampiros como a lobos renegados y lo ha hecho con honor durante siglos.

Es evidente que no supone ninguna amenaza para los licántropos y, de hecho, es una ventaja.

Arno movió la cabeza en señal de negación.

—No hay ninguna garantía de que continuará siéndolo. De nuevo, Dimitri, debo disculparme por hablar como si no estuvieras aquí sentado, pero estas cosas hay que decirlas.

Skyler le puso la mano en el muslo por debajo de la mesa. Dimitri notó que la joven temblaba. Manteniendo su expresión imperturbable, puso la mano sobre la suya, suavemente.

—*Las cosas que dice no me afectan en ningún sentido* —le aseguró—. *Fen y Zev también son lo mismo que yo, seres de sangre mestiza. Este miembro del consejo no es idiota. Sabe que, como somos compañeros eternos, intercambiamos sangre y que a la larga te volverás como yo.*

—*Puede que no lo sepa.*

—*Lo sabe. Igual que Randall sabía que no tenía que tocarte antes. Es posible que Zev les proporcionara todos los detalles sobre nuestra cultura antes de que vinieran. Habrán investigado a conciencia y consultado con quienes han conocido a carpatianos. Estos miembros del consejo llevan existiendo mucho tiempo, Skyler. Créeme, actúan como embajadores y no cometen errores de protocolo. Zev asumió la culpa fingiendo que no había transmitido la información sobre los compañeros eternos, pero Randall lo sabía.*

—No tengo ningún problema en que diga lo que piensa, señor —dijo Dimitri con educación—. Siempre es preferible oír la verdad antes que mentiras.

—*¿Estás diciendo que ese viejo licántropo grande y greñudo me hizo sentir como una colegiala frente a todos los demás a propósito?*

Dimitri no se atrevió a contestar a eso, no cuando Skyler tenía un temperamento un poco fuerte. Echó otro vistazo por la sala sólo para asegurarse de que no había ninguna colmena colgando de las vigas.

Randall tomó su vaso de agua y se lo llevó a la boca. Inesperadamente, el vaso se le escurrió de las manos y se echó el agua encima. La cantidad de líquido que cayó en su regazo parecía exceder el tamaño del vaso.

Los guardaespaldas de Randall corrieron a ayudarle de inmediato y le pasaron servilletas y toallitas de la mesa de comida. Los miembros del consejo no fueron tan educados, se rieron de buen grado y se mofaron de sus manazas y de que ni siquiera pudiera sostener un vaso de agua. Pero él se lo tomó con calma, sonrió ampliamente a sus amigos y se encogió de hombros.

—*Los licántropos pueden detectar la energía cuando los carpatianos utilizan hechizos* —advirtió Zev, que miró a Skyler con el ceño fruncido—. *Estos hombres están acostumbrados a que se les muestre deferencia.*

Skyler enarcó una ceja y puso cara de no haber roto nunca un plato. Dimitri mantuvo una expresión impasible mientras controlaba su regodeo.

—*¿Me estás acusando de provocar un accidente? ¿Acaso sentiste alguna energía saliendo de mí?*

Skyler se las arregló para que su tono fuera igual de inocente que su gesto.

Dimitri aguardó a que se apagaran las risas.

—Tengo una compañera eterna. Es imposible que me convierta en vampiro. Para convertirme en el *Sange rau* que teméis tendría que decidir renunciar a mi alma. Es imposible que eso ocurra.

Mikhail movió la cabeza en señal de asentimiento.

—Los machos carpatianos que han vivido demasiado tiempo y no han encontrado una compañera eterna corren peligro de convertirse en vampiros, pero ningún hombre con una compañera podría hacer eso —reiteró—. Hay una diferencia entre un *Hän ku pesäk kaikak* y los *Sange rau*. No todos los licántropos se convierten en renegados. No todos los carpatianos se convierten en vampiros. No todos los seres de sangre mezclada se convierten en *Sange rau*.

Arno los miró con el ceño fruncido.

—Los cazadores carpatianos pueden matar vampiros. Los cazadores de élite pueden matar a las manadas de renegados. Ninguno de ellos puede matar a los *Sange rau*. Es mejor exterminarlos que correr el riesgo de que nos aniquilen a todos.

Skyler le clavó las uñas en el muslo, pero él no dijo nada ni reaccionó de ningún modo. Era el primer comentario verdaderamente insultante que había hecho Arno. Hasta aquel momento había sido educado e incluso simpático. Dimitri sospechaba que sus creencias estaban igual de arraigadas que sus prejuicios.

—Preferiría que no me exterminaran —dijo Dimitri—. Soy un hombre, no un insecto.

—Un hombre muy peligroso —señaló Arno—. Tu compañera eterna estuvo a punto de morir. Lo sé porque estábamos en esta sala cuando tu príncipe y su madre la creyeron muerta. Eso casi inició una guerra aquí mismo. Supón que hubiera muerto —le dijo en tono desafiante—. Sin compañera eterna podrías cambiar, ¿no es correcto?

Dimitri se encogió de hombros.

—Los compañeros eternos se siguen unos a otros a la otra vida.

—¿En cualquier caso? ¿Siempre? —continuó insistiendo.

—No siempre —reconoció Dimitri—, pero es muy raro que no lo hagan.

—Hemos estudiado vuestra cultura. —Lyall continuó con la discusión—. Sabemos que cuando una compañera muere, la locura se apodera del macho. ¿Cómo afectaría eso a un ser de sangre mezclada? ¿No sería más probable que eligiera el camino del vampiro antes que perder la vida?

—No se trata de perder la vida —respondió Dimitri—. Como carpatianos, como compañeros eternos, nuestra primera obligación es procurar la salud y felicidad de nuestra pareja. No moriría a causa de una enfermedad. Eso sería imposible. No moriría en un accidente. Tendría que convertirse en un objetivo... tendría que ser asesinada. —Cruzó la mirada con Lyall—. Así pues, elegir la vida antes que la muerte sería una cuestión de venganza.

La palabra «venganza» quedó flotando en el aire entre ellos.

Mikhail suspiró.

—*Podrías haber elegido tus palabras con más cuidado, Dimitri.*

—*No soy político, Mikhail. Si han estudiado nuestra cultura, saben que al sentenciarme a muerte también estarían sentenciando a mi compañera eterna. Están sentados delante de Skyler y discuten con calma si exterminarnos. A los dos. ¿Crees que permitiré que alguno de estos hombres haga daño a mi compañera?*

Por primera vez notó el impacto de la furia de Mikhail. Lo alcanzó como un fuerte golpe en el cuerpo, un golpe terrible y cruel.

—*¿Crees que yo lo haría? ¿Qué algún carpatiano lo haría? No hay ninguna posibilidad de que accedamos a lo que proponen. Sin embargo, sí que existe una pequeña posibilidad de que vean las cosas como nosotros.*

Dimitri inspiró profundamente. Mikhail tenía razón. No es que no pudiera ser objetivo, lo que ocurría era que pensaba que estar allí sentados era una pérdida de tiempo. Le parecía imposible intentar cambiar siglos de prejuicios. Arno poseía un fervor casi religioso cuando se olvidó de ser un educado miembro del consejo y empezó a acalorarse por un tema que sin duda lo enardecía.

—Perdóname, Mikhail. Veo que has tenido que andarte con pies de plomo a pesar de lo que te hubiera gustado decir a esta gente.

Fue Rolf quien rompió el silencio.

—Entiendo que uno pueda querer venganza, Dimitri. Si asesinaran a mi esposa, perseguiría al que lo hubiera hecho y, que Dios me perdone, estoy seguro de que lo mataría. Soy licántropo, no humano, y es muy probable que mis instintos como depredador superaran toda civilización.

Dimitri asintió con la cabeza.

— Ver muerta a Skyler, o al menos creer que lo estaba, fue un momento muy aciago para mí, pero no dejaría que pasara a otra vida sin estar a su lado. Dejaría la persecución para su padre y su tío. —Miró a Arno—. Soy *Hän ku pesäk kaikak* y nunca he fallado a mi gente ni deshonrado a mi familia o a mí mismo. Me han inculcado el deber y el honor desde que era niño, hace siglos. Lo único que puedo deciros es que sirvo como un Guardián, no como un depredador de la gente que protejo.

—Es muy fácil emitir juicios sobre los míticos *Sange rau* cuando son pocos los que, en el transcurso de nuestras vidas, han visto su destrucción —dijo Randall—. Tener a Dimitri y a su compañera eterna sentados a la mesa frente a nosotros es algo totalmente distinto. Está claro que no suponen ninguna amenaza para nosotros.

—Ahora —terció Arno—. No suponen ninguna amenaza ahora. No sabemos lo que harán en el futuro, ¿y si procrean?

Pronunció la palabra «procrean» con tanta repugnancia y odio que Dimitri agarró la mano de Skyler con firmeza para que no hablara. Aquél era el territorio de Mikhail, no el suyo. Fen y Zev guardaron silencio, pero cruzaron una larga mirada.

Dimitri agradeció que los miembros del consejo no supieran que tanto Fen como Zev eran de sangre mezclada. Unos asesinos los habían señalado como objetivo no por su sangre, sino porque quienquiera que quisiera la guerra entre las dos especies los veía como una amenaza para sus planes.

—Eso ha sido una grosería, Arno —dijo Rolf en voz baja—. Ha sido sumamente grosero. Por favor, Skyler, acepta mis disculpas en nombre de todos los licántropos. —Clavó la mirada en el miembro del consejo con el ceño fruncido—. Hemos jurado dejar de lado todos los prejuicios y juzgar con imparcialidad. Juraste que, aunque fueras un miembro del Círculo Sagrado, podías aceptar los cambios que trajera la sociedad moderna. —Rolf señaló a Daciana—. Ella es una de nuestros mejores cazadores de élite y, sin embargo, sus habilidades nos serían negadas si los miembros del Círculo Sagrado se hubieran salido con la suya. Tú contribuiste a aprobar la ley que le permitía prestar sus servicios. Vinimos aquí con la mente abierta, dispuestos a cambiar nuestra ley si estaba justificado.

—Lo sé. Lo sé. —Arno se pasó las dos manos por la gruesa mata de pelo de la cabeza—. Las mujeres ya cazaban antes de que el código sagrado se pusiera en práctica. Ya se había sentado un precedente —argumentó—. El código sagrado se escribió después de que los *Sange rau* diezmaran nuestra gente. Necesitábamos a las mujeres en casa. Ahora ya no es tan crucial.

—Es comprensible. —Mikhail quería mitigar la creciente tensión—. Nosotros también perdimos a nuestras mujeres, y la mayoría de ellas no caza. Preferimos que permanezcan a salvo. Hay algunos que sí salen con sus compañeras eternas, pero aún nos estamos reconstruyendo y debatimos el asunto a menudo.

Arno le dirigió una mirada agradecida.

—Perdonandme, Skyler y Dimitri. Lucho con mis creencias. En ocasiones no tienen sentido y aún las defiendo con más dureza.

Parecía disgustado de verdad, un hombre que definitivamente quería hacer lo correcto, pero que estaba atrapado en una guerra entre el pasado y el presente.

—*Sus creencias son firmes, ancladas en siglos de refuerzo. Cree firmemente que todos los seres de sangre mezclada suponen una amenaza para su especie y no deberían... no, no pueden tolerarse* —observó Dimitri, utilizando el canal común de los carpatianos.

—*Y no es el único que tiene esas creencias* —dijo Zev-. *Todos los miembros del Círculo Sagrado creen lo mismo que él, y no tan sólo son numerosos, sino que además las proclaman a los cuatro vientos. Arno es uno de sus miembros de más alto rango y habla regularmente sobre la santidad de su código. Probablemente sea uno de sus mejores reclutadores. Es un buen orador y siente pasión por el tema que trata.*

—¿Podría ser el hombre que señaló como objetivo a los miembros del consejo para que los mataran en nuestro territorio? —pregunto Mikhail.

Zev suspiró.

—Nunca hubiera creído una cosa así de él. Siempre ha sido un buen hombre, pero ahora... —Se le fue apagando la voz—. Tanto Gunnolf como Convel eran miembros del Círculo Sagrado, pero nunca pensé que nos traicionarían, o que traicionarían a nuestra manada.

Rolf negó con la cabeza.

—Todos estamos cansados. Quizá deberíamos aplazarlo hasta mañana por la noche. Dimitri nos ha dado mucho en qué pensar.

Lyall echó un vistazo a su reloj.

—Es tarde —coincidió.

Arno comprobó su teléfono móvil.

—Más de lo que pensaba. Yo también creo que sería mejor aplazar la reunión. Necesito poner las cosas en perspectiva.

Los miembros del consejo se pusieron de pie, lo mismo que los carpatianos.

—Antes de que os vayáis —dijo Zev—, tenemos que estar absolutamente seguros de que ninguno de vosotros corre peligro.

Capítulo 19

Zev, Fen y Dimitri salieron fuera para escudriñar los alrededores. Los dos últimos seguían teniendo una sensación de intranquilidad que señalaba peligro y que era mucho más intensa al aire libre; sin embargo, ninguno de los dos captaba una dirección o un olor.

Fen soltó un juramento en voz baja.

—Parece que pasamos de una mala situación a otra —dijo—. Tengo una sensación muy mala.

Zev miró en derredor lenta y detenidamente.

—¿Qué queréis hacer? ¿Que se queden todos dentro mientras exploramos?

El primer impulso de Dimitri fue decir que sí, pero hubo algo que le hizo dudar. Se le revolvió el estómago y se le hizo un nudo.

—Si tienen rifles de francotirador, somos presas fáciles aquí afuera —observó Zev.

—¿Dimitri? —dijo Fen.

Su hermano lo conocía y esperó la valoración de Dimitri.

—Eso es exactamente lo que esperarían que hiciéramos —respondió Dimitri—. Tengo todo el vello del cuerpo erizado. Creo que ahora mismo los francotiradores nos están observando por las miras, pero están esperando a apretar el gatillo. ¿Por qué?

—¿Por qué no has levantado un escudo? —preguntó Zev—. No me gusta la idea de que me disparen en la cabeza.

—En cuanto hagamos algo así, sabrán que los hemos calado —explicó Fen.

En cuanto Fen pronunció esas palabras, una voz irrumpió en sus mentes. Era Mikhail.

—*Están atacando a Gabriel y a Lucian. Una avalancha de licántropos ha entrado en el pueblo. Hacen falta todos los guerreros. Cualquier mujer que pueda luchar debe hacerlo. Defended a los humanos del pueblo y mantened a salvo a nuestros hijos.*

Dimitri tuvo un escalofrío que le recorrió la espalda. Se trataba de un ataque serio y coordinado contra los carpatianos y los miembros del consejo a la vez.

—Fen, levanta el escudo. Si nos disparan, seguro que Mikhail y Gregori mantendrán al consejo dentro de la sala para protegerlos, pero creo que la trampa está allí.

Cuando aún no había terminado de hablar, una bala surcó el aire con un silbido. Chocó contra una pared transparente, en la que primero apareció una grieta que se extendió como una telaraña y reveló así la presencia del escudo que Fen había creado en un instante. Se realizaron otros dos disparos en rápida sucesión y las balas dieron exactamente en el mismo punto que la primera. Una cuarta bala se disparó casi de forma simultánea y alcanzó el escudo a medio centímetro del agujero.

—Es bueno —comentó Zev—. Uno de ellos es Hemming, sin duda. Se ha pasado la vida en el ejército como francotirador. El consejo se sirve de él cuando es necesario. Nadie puede disparar como él. También es miembro del Círculo Sagrado.

Dimitri soltó una maldición cuando un cuarto proyectil alcanzó el pequeño agujero en el lugar exacto en que lo habían hecho las otras dos balas. En esta ocasión, la bala casi penetró en el escudo.

—Dentro tiene que haber un traidor, uno de los guardias de élite.

Se dio la vuelta y salió corriendo para volver a entrar.

Fen también maldijo.

—Tiene razón, de lo contrario nos hubieran disparado en cuanto salimos. Los francotiradores le dejaron tiempo para que se acercara a los miembros del consejo cuando todo el mundo se levantó para despedirse. —Siguió a su hermano—. También esperaban a que los licántropos atacaran.

Zev salió tras ellos al tiempo que otra bala le pasaba silbando junto a la oreja. Agachó la cabeza mientras corría a refugiarse en el edificio.

Dimitri irrumpió en la sala y su mirada se dirigió a Skyler como atraída por un imán. La joven estaba hablando con Rolf y Daciana, riéndose de algo que había dicho la cazadora de élite. Alzó la mirada hacia él de repente y su sonrisa se desvaneció de inmediato cuando se dio cuenta de que algo iba mal. Daciana también se percató, agarró rápidamente a Rolf por el brazo y lo empujó contra la pared. Su compañero, Makoce, estaba allí y usó su cuerpo como escudo.

Dimitri escudriñó la sala a toda prisa buscando un indicio de traición que pudiera darle una pista de por dónde vendría el peligro.

—*Gregori, saca al príncipe de aquí. No me importa lo mucho que proteste, vaporizaros y salid a toda prisa. Aquí corre peligro.*

Su príncipe tenía que sobrevivir, por encima de todo.

Gregori no vaciló ni discutió con Mikhail. Se transformó con la mano en el brazo de Mikhail, e introdujo la imagen de la neblina en su mente para que su cuerpo empezara a transformarse casi antes de que pudiera darse cuenta.

—*Nos vamos* —informó Gregori a su protegido.

Mikhail completó el cambio, aunque, por la cara que puso, Dimitri supo que Gregori estaría en apuros en cuanto se quedaran solos. Gregori podría arreglárselas; había sido el guardián principal del príncipe prácticamente desde el momento en que ambos nacieron.

En el mismo instante en que Dimitri alzó el vuelo para ir con Skyler, uno de los guardias de élite de Arno avanzó hacia la joven, que retrocedió tambaleándose y soltó un débil grito al tiempo que levantaba las manos para protegerse de la daga que el hombre tenía en la mano. Antes de que el guardia pudiera hundir la hoja, algo lo agarró por la muñeca.

El fantasma. Andre estaba allí, delante de Dimitri, y se agachó para esconderse, se transformó en el último momento y apareció entre Skyler y el guardia con el puño en torno a la muñeca de éste. Hizo girar la daga de plata hacia el guardia y la clavó justo por debajo del corazón del licántropo.

Dimitri agarró a Skyler y tiró de ella para alejarla de los licántropos. No había ningún lugar en el que la creyera a salvo, ni dentro de aquella habitación ni fuera de ella.

—Tienen francotiradores apostados fuera —informó Zev a sus cazadores—. Al menos dos, y uno de ellos es Hemming.

Fen inspiró bruscamente. Dimitri hizo lo mismo. Si era posible que un ser de sangre mezclada empalideciera, ellos lo hicieron. Les llegó el inconfundible olor a C-4.

Fen agitó la mano y abrió el suelo rompiendo con facilidad la madera para dejar expuesta la tierra bajo ellos.

—Meteos todos aquí. *Zev, hay una bomba.*

Utilizó el canal común de los carpatianos y advirtió a todos los guerreros que salieran rápidamente de allí o utilizaran el suelo para resguardarse.

—Daciana, date prisa —gritó Zev. Corrió hacia Lyall, lo agarró del brazo y lo apartó de sus guardias de un tirón—. Métete bajo tierra ahora mismo.

Daciana y Makoce agarraron a Rolf entre los dos y se dirigieron a la abertura del suelo. Zev logró meter también a Lyall de un empujón. Randall tomó el asunto en sus propias manos mientras sus guardias debatían si se trataba de una trampa de los carpatianos o no. También se metió en el agujero de un salto. Zev fue a buscar a Arno.

Dimitri prácticamente arrojó dentro a Skyler y se lanzó sobre la joven al tiempo que el mundo estallaba por encima de ellos. Le cubrió la cabeza y le murmuró unas palabras tranquilizadoras mientras el suelo se sacudía. Ella se sentía pequeña y vulnerable debajo de él, por lo que todo su instinto protector se disparó. Ya se había hartado de jugar a la política. Había tenido más que suficiente. Era un antiguo cazador carpatiano y había llegado el momento de cazar.

Levantó la cabeza. Varios de los cazadores de élite habían seguido a los miembros del consejo y se habían metido en el suelo. Fen había levantado un escudo protector por encima de sus cabezas, el cual había quedado cubierto de tierra, piedras y escombros de la habitación. El polvo se arremolinaba en la sala de reuniones y era tan denso que resultaba imposible ver bien lo que tenían encima.

Entonces percibió un movimiento y giró sobre sus talones al tiempo que se ponía de pie como un furioso tornado, listo para entrar en combate. El segundo licántropo que había protegido a Arno estaba en el refugio, aunque su compañero no. Se había puesto de pie y había deslizado la mano al interior de la chaqueta. Sacó un arma que volvió con un movimiento fluido para apuntar con ella a Lyall en la cabeza.

El miembro del consejo abrió unos ojos como platos, horrorizado. El guardia avanzó otro paso y levantó el arma por encima de la cabeza de Lyall para concentrarse en Rolf. Daciana se arrojó delante del miembro del consejo al tiempo que el guardia apretaba el gatillo. Dimitri ya estaba en guardia cuando el licántropo disparó, saltó por encima de todo el mundo para abatirlo y lo arrojó al suelo con fuerza.

El licántropo aulló cuando se le partieron los huesos, luego se le fragmentaron y se pulverizaron. Dimitri fue despiadado, decidido a no matarlo, sino a mantenerlo con vida para interrogarlo. Si a él lo habían sentenciado a la muerte por plata, no podía imaginar qué suerte podría correr un traidor que intentara asesinar a los miembros del consejo.

Tanto Makoce como Rolf se inclinaron sobre Daciana para tratar de contener el flujo de sangre.

—No os aconsejo que os mováis —advirtió Fen a los demás guardias licántropos—. Estoy seguro que la mayoría de vosotros estáis aquí verdaderamente para proteger a vuestros miembros del consejo, pero llegados a este punto, cualquiera de vosotros que haga un movimiento brusco va a ser tratado con mano dura. Sentaos lentamente y apartad las manos de vuestras armas.

Casi todos obedecieron, pero los guardias de élite de Lyall parecían querer desafiarlo.

—En caso de que penséis que sois más rápidos que yo, ya os lo advierto ahora, no lo sois y no estoy de humor para jueguecitos. Acabaré con vosotros con rapidez y dureza.

Lyall dirigió una mirada fulminante a sus guardias.

—No seáis ridículos. ¿Queréis que os maten? Sentaos y haced lo que os dice.

Un poco a regañadientes, los guardias que quedaban se sentaron en el suelo. Fen confió su custodia a Andre. Tenía fama de ser tan rápido e implacable como podía llegar a serlo cualquier carpatiano.

—Tenemos que ayudar a los que han sido alcanzados por la explosión —dijo Rolf, que volvió la cabeza para mirar a Fen—. Y Daciana necesita ayuda. Esta herida es… grave.

Skyler pasó junto a Andre y se zafó de su mano cuando éste intentó impedírselo, aunque él avanzó a su lado y se mantuvo entre ella y el resto de los guardias allí sentados. Se agachó junto a Rolf.

—Déjame ver. —Levantó la mano de Rolf con mucho cuidado. Enseguida salió un chorro de sangre—. Mantén la mano ahí, presiona con fuerza. Veré lo que puedo hacer.

—Yo velaré por ti, hermanita —le aseguró Andre.

Skyler abandonó su cuerpo y se convirtió en candente energía curativa. Tenía que detener la hemorragia o no habría forma de regenerar a Daciana.

—No quiero moverme demasiado aprisa hasta que no sepamos qué pasa exactamente por encima de nosotros —dijo Fen a los miembros del consejo—. Tenemos dos francotiradores, ambos expertos y con adiestramiento militar. Zev, Dimitri y yo creemos que son *Sange rau*. Tú y yo sabemos que ningún cazador, ni de élite ni antiguo, que se alzara contra ellos ganaría la batalla.

El guardia licántropo que luchaba con Dimitri intentó adoptar la forma medio humana y medio lobuna, pero él fue mucho más rápido y utilizó la velocidad del *Hän ku pesäk kaikak*. Golpeó al licántropo en la cara con el codo, repetidas veces. El lobo echó la cabeza hacia atrás con los ojos en blanco.

—Toma —dijo Makoce y le tiró un par de esposas.

Dimitri se acordó en el último momento de cubrirse las manos al darse cuenta de que las esposas eran de plata. Sin importarle que el traidor tuviera el brazo y la muñeca rotos, lo mantuvo en el suelo apretándole la espalda con la rodilla.

El licántropo gruñó enfurecido, aulló de dolor y luchó para liberarse. Pero él le puso los dos brazos a la espalda y colocó las esposas bien apretadas en las muñecas del lobo. El asesino profirió un grito agudo.

Fen intentó ponerse en contacto con Zev, temeroso de haberlo perdido en la explosión.

—*¿Estás vivo? Vamos, hombre, dame algo.*

Hubo un momento de silencio. Fen contó los latidos de su corazón, esperando a que Zev le respondiera. Notó una débil agitación en su mente y sintió que el alivio lo embargaba.

—*Tengo un pequeño problema, Fen* —admitió Zev—. *Se me ha clavado un trozo de mesa y no voy a mentirte, duele horrores. Si me lo saco me desangraré antes de que puedas llegar hasta mí.*

—*Bueno, en tal caso supongo que no serás tan idiota de sacártelo, porque me cabrearía enormemente si murieras. ¿Qué estabas haciendo?*

—Con cautela, Fen movió una parte del escudo que tenían sobre la cabeza. Cayeron escombros en el agujero—. *¿Otra vez haciéndote el héroe? ¿Te echaste encima del miembro del consejo mientras sus guardaespaldas estaban aquí abajo intentando matarnos?*

—*Algo parecido. No sé si Arno está vivo o no. No se mueve. Ni siquiera noto si respira. Pero tampoco es que se me pueda quitar de encima. Es probable que lo esté asfixiando.*

Pese al dolor, la voz de Zev tenía un leve indicio de humor.

—Skyler, voy a necesitar tus habilidades como sanadora —anunció Fen—. Puede que la cosa esté fea aquí arriba, pero no tengo alternativa. Zev tiene problemas.

Skyler volvió a su cuerpo respondiendo a la urgencia que oyó en la voz de Fen y se tambaleó de debilidad. Había conseguido reparar casi todo el daño del cuerpo de Daciana.

—Necesita sangre —anunció.

Andre la ayudó a levantarse.

—*Tú también necesitas sangre, hermanita* —le dijo—. *Déjame que te oculte mientras tomas lo que necesitas.*

Skyler sabía que no podría ayudar a Zev si no estaba lo bastante fuerte. Sanar consumía una cantidad enorme de energía, pero nunca se había alimentado por su cuenta, a menos que fuera de Dimitri, y él había reaccionado con dureza ante el hecho de que tomara sangre de otro macho.

—*Tiene razón, sívamet, me ha pedido permiso y yo se lo he dado. Voy a necesitar toda mi energía para combatir a los Sange rau* —la animó Dimitri—. *Si te parece que no puedes, te ayudaré.*

Skyler ya había dejado atrás su renuencia a alimentarse, sobre todo dadas las circunstancias. Percibió el apremio en la petición de Fen. Él nunca la pondría en peligro a menos que la situación fuera desesperada. Y lo que era peor, en realidad Zev le caía bien. Quizás aún estuviera un poco enfadada con él, pero era imposible no respetarlo.

—*Te la ofrezco libremente.*

Andre la ocultó a la vista mientras le ofrecía la muñeca.

—*Gracias, Andre. Acepto tu oferta.*

Le tomó la mano e hundió los dientes en la vena.

Fen miró a su hermano por encima de aquel pequeño refugio.

—Tienes que quitárnoslos de encima. Me reuniré contigo lo antes que pueda. Vendrán para inspeccionar los daños.

—Cuando dices que vendrán —dijo Randall—, te refieres a los franco-tiradores, los *Sange rau*.

Fue una afirmación.

—Iré con vosotros —se ofreció Makoce—. No podéis enfrentaros solos a dos de ellos.

Dimitri le dijo que no con la cabeza.

—Eres uno de los pocos en quien confiamos. Te necesitamos aquí, protegiendo al resto de los miembros del consejo.

—¿Estás lista, Skyler? —preguntó Fen.

Ella cerró la pequeña herida de la muñeca de Andre.

—Sí.

—Andre, necesitaré que te quedes aquí para asegurarte de que nadie más decida matar a los miembros del consejo mientras nosotros estamos fuera —dijo Fen—. Puedo enviar a otros dos para que te ayuden.

Andre enarcó una ceja, pero no respondió.

Dimitri pasó por encima del asesino esposado y siguió a Fen y a Skyler hasta el piso que tenían por encima. La sala de reuniones había quedado prácticamente reducida a escombros. Dos cuerpos destrozados yacían a unos cuantos pasos de la entrada del refugio, como si hubieran estado corriendo para ponerse a salvo. Skyler tosió y se tapó la boca y la nariz. Partículas de madera, tierra y piedra flotaban en el aire que quedaba en la habitación y lo convertían en cenizas grises y densas.

Fen rodeó los cuerpos a toda prisa para dirigirse a la pared más alejada donde había visto la pierna de Zev que sobresalía de lo que parecían unos pedazos sueltos de madera. La mesa estaba hecha trizas y unas enormes astillas irregulares, gruesas como un brazo, señalaban al techo como lanzas.

A Skyler se le aceleró el corazón, que golpeaba con fuerza contra su pecho cuando vio que Fen se detenía y ponía las manos en torno a una de las lanzas. Echó a correr, pasó como un rayo junto a los cadáveres sin mirarlos y se encontró arrodillada al lado de Zev; se llevó el puño a la boca para contener un sollozo.

Ella era una sanadora y era lo único con lo que contaban, pero no podía obrar milagros. El cuerpo de Zev estaba tumbado encima de Arno. El cazador de élite había rodeado con los brazos al miembro del consejo para protegerlo de las astillas. Debió de haber intentado usar las mesas como escudo, volcándolas a ambos lados mientras ellos se agachaban detrás.

Arno volvió la cabeza hacia ellos con cuidado cuando Skyler se arrodilló junto a él.

—¿Está vivo? No lo sé, pero tenía miedo de moverme, miedo de empeorar las cosas.

Arno tenía la espalda cubierta por la sangre de la herida de Zev pero, por lo demás, parecía estar ileso. Skyler miró a Fen, que tenía una expresión sombría.

—A duras penas —contestó ella.

—Voy a sacarte de debajo de él —le dijo Fen a Arno—. Deslízate de lado e intenta no darle sacudidas.

—*No puedo hacer esto sola. Voy a necesitar ayuda* —dijo Skyler—. *Estoy llamando a Tatijana y Branislava. Les he advertido del peligro de los dos francotiradores. Saben que tienen que venir sin forma.*

Skyler recorrió la sala con la mirada. Fen tendría que ayudar a Dimitri. Era imposible que luchara solo contra dos *Sange rau*. Había que proteger al príncipe y alguien tenía que llevar a Daciana y a los miembros del consejo restantes a un lugar seguro. De todos modos...

—Sé que necesitas a los guerreros, Fen, pero yo voy a necesitar que un par de ellos den sangre. ¿Puedes retirar a Lucian y a Gabriel de lo que están haciendo?

—Lo dudo, pero lo intentaré.

—Yo puedo darle sangre —se ofreció Arno—. ¿Qué diablos está pasando?

—Los licántropos nos han atacado prácticamente por todos lados —le explicó Fen—. Con ellos están los francotiradores que creemos que son *Sange rau*. Tus dos guardias de élite intentaron matar a los miembros del consejo.

—Fen, date prisa —dijo Skyler entre dientes.

Si querían salvar a Zev no podían preocuparse de lo que estaba sucediendo dentro ni fuera de las destrozadas paredes del edificio.

Éste asintió con un movimiento brusco de la cabeza y envió un colchón de aire entre Zev y Arno que levantó el cuerpo del primero y lo separó del miembro del consejo sin sacudidas. Arno movió su peso con cuidado y fue saliendo de debajo del cazador de élite herido que flotaba. En cuanto hubo salido, se puso a gatas rápidamente con el rostro transido de preocupación.

Y al ver la gran estaca que atravesaba el cuerpo de Zev, se puso blanco y abrió unos ojos como platos de la impresión.

—No puede estar vivo, es imposible —dijo.

Zev parpadeó pero no levantó los párpados.

—Estoy vivo —susurró con voz áspera de dolor—. Lo que ocurre es que no sé si quiero estarlo.

Tatijana y Branislava se materializaron una a cada lado de Skyler. Tatijana la tocó suavemente como muestra de apoyo mientras evaluaban la situación.

—Una de nosotras tendrá que atraerlo a la vida —dijo Tatijana.

—Puedo intentarlo —accedió Skyler a regañadientes—. Tengo una conexión con él.

—Lo haré yo —anunció Branislava. Se inclinó sobre Zev y le tomó la mano con suavidad—. *Te acuerdas de mí, ¿verdad, Zev? Bailamos juntos. Fue un momento hermoso en mi vida y lo atesoraré siempre. Compartimos sangre para vincularnos y poder hablar telepáticamente. Permíteme que una tu espíritu al mío. Te mantendré a salvo mientras mi hermana y Skyler te sanan.*

—*Me acuerdo de ti.* —El espíritu de Zev ya se estaba desvaneciendo, alejándose de ellos, y su sangre vital se vaciaba en el suelo. Había sido un golpe tremendo para su cuerpo—. *Mi hermosa dama soñada.*

Branislava fue al encuentro de su espíritu, aquella luz que se apagaba, y la rodeó con la suya. El espíritu de la mujer era fuerte y brillante y acorraló el que le quedaba a Zev, parpadeante e insustancial, de modo que los dos espíritus se fundieron. Entretejió su luz con la de él para unirlo a ella.

—*Podemos crear nuestro propio sueño aquí mismo, juntos, mientras ellas trabajan en tu cuerpo. No tendrás que sentir ni que pensar en lo que están haciendo, sólo quedarte aquí conmigo. Quédate conmigo.*

Skyler miró a Fen con el corazón palpitándole de forma casi descontrolada y con la boca seca. Tenía a su lado a Tatijana, que le proporcionaba valor, pero sabía que todos la consideraban una gran sanadora. No poseía la experiencia ni la formación. Estaban solos. Un ataque coordinado contra los carpatianos requería que todos los guerreros y las mujeres defendieran su tierra natal.

Tomó aire y asintió con la cabeza.

—Hazlo —dijo.

Fen sacó la estaca del cuerpo de Zev de un tirón. Manó un torrente de sangre. Tatijana estaba preparada y presionó fuertemente la herida con las manos, irradiando luz por las palmas. Skyler abandonó su cuerpo, entró en el de Zev y trabajó aprisa para reparar los daños.

La estaca había atravesado capas de músculo y órgano. Había astillas en toda la herida y la punta le había perforado el abdomen aparte de romperle dos costillas. Skyler no tenía ni idea de cómo había logrado mantenerse vivo. Por un momento vaciló, sin saber por dónde empezar. Tenía el cuerpo hecho un desastre.

—*Dimitri.*

Había estado ahí desde el principio, intensamente fundido en ella, una gran parte de su ser. El hecho de que creyera en ella siempre le había dado confianza y ahora la necesitaba.

—*Sálvale la vida* —repuso Dimitri—. *Naciste para eso. Sálvalo,* csitri. *El mundo lo necesita.*

El mero sonido de su voz la tranquilizó, enmendó su mundo, y eligió los bordes del enorme agujero para empezar a cerrar aquel terrible hueco.

Dimitri abandonó la fusión que había mantenido con su compañera eterna. Ella tenía que hacer su trabajo y él el suyo. No podía pensar en otra cosa que no fuera encontrar y destruir a los dos francotiradores con su larga lista de objetivos que asesinar. No sería inteligente dividirse cuando estaba cazando algo tan mortífero como los *Sange rau.*

Mantuvo la forma de partículas de polvo y empezó su búsqueda en el agujero de bala del escudo hecho pedazos que Fen había levantado para protegerlos. Se tomó su tiempo y, valiéndose de la paciencia de un cazador carpatiano, localizó la trayectoria de la bala a través de un espacio abierto de unos quince metros en dirección al pueblo.

Le preocupó la dirección. La idea de los *Sange rau* sueltos por el pueblo con humanos confiados resultaba espantosa. Los licántropos atacaban a los carpatianos en cuanto los encontraban, pero, por lo que él sabía, parecían estar evitando matar a los humanos.

A Dimitri le resultaba evidente que los carpatianos habían aprendido de su anterior encuentro con una manada de lobos renegados que luchar uno contra uno no servía de nada con los licántropos. Los guerreros habían formado sus propios grupos, dirigidos por Lucian y Gabriel, y se enfrentaban a los lobos en igualdad de condiciones.

Las nubes se agitaban en el cielo. Se oía el estrepitoso retumbo de los truenos. Relampagueaba y los rayos iban del suelo al cielo y volvían a bajar. El sonido de las armas de fuego y los gritos de dolor inundaron la noche. La atmósfera estaba cargada del olor a sangre. Guerra.

Dimitri se sintió embargado de una tristeza abrumadora. Había visto demasiada muerte. Demasiadas vidas destrozadas. ¿Y por qué? ¿Por la sangre que corría por sus venas? Este tipo de violencia, la traición que implicaba conspirar para asesinar a los miembros del consejo que habían acudido allí para intentar formar una alianza con otra especie le resultaba aborrecible.

Continuó avanzando a través de las casas y las tiendas hasta que llegó al tejado de la iglesia. Había cierta ironía en el hecho de que el francotirador hubiera elegido un lugar de paz, de culto, para intentar cometer un asesinato.

Ya no quedaba revestimiento en el tejado, pero Dimitri era *Hän ku pesäk kaikak*, y aunque el francotirador era *Sange rau*, lo habían creado recientemente. La parte lobuna en su asaltante era muy fuerte y Dimitri captó el olor que había impregnado el tejado. En cuanto tuviera los indicadores del olor del francotirador, podría seguir el rastro con mucha más facilidad.

Aquél se había deslizado por un lado del edificio y se había mezclado con la gente que corría para atrincherarse en sus casas o tiendas. Evitó a los licántropos así como a los carpatianos valiéndose de los edificios para ponerse a cubierto. Solamente con eso, supo que el *Sange rau* estaba recién creado. No tenía ni idea de lo que un carpatiano podía o no podía hacer. Estaba utilizando sus sentidos de licántropo y su adiestramiento militar para atravesar el pueblo sin que lo vieran.

Tenía otro objetivo. Era la única respuesta a por qué el tirador estaba dando la vuelta en círculo hacia los escombros de un edificio. No intentó sumarse al combate ni ayudar a los demás licántropos de ningún modo. Era probable que éstos ni siquiera supieran que estaba allí.

—*Fen, está dando la vuelta hacia ti. Creo que éste es el que Zev llamó Hemming. Es muy bueno, pero no tiene ni idea de lo que es un carpatiano ni de lo que puede hacer. Todo su adiestramiento es militar o licántropo. Si de verdad es un ser de sangre mezclada, ¿cómo puede ser eso?*

—*Buena pregunta. ¿Sabes dónde está el segundo francotirador?*

—*Seguí la trayectoria de una bala hasta el tejado de la iglesia, pero allí sólo ha estado uno. Tendrás que utilizar el mismo método que yo. Éste debe de tener un objetivo u objetivos que aún se encuentran en el interior del edificio. Es absolutamente implacable y decidido. Nada va a retrasarlo ni a disuadirlo* —respondió Dimitri.

Fen soltó un juramento.

—*Zev se encuentra en muy mal estado. No hemos trasladado a los miembros del consejo porque no tenemos ni idea de si alguno de los otros guardias está planeando actuar contra ellos. Skyler, Tatijana y Branislava no pueden marcharse hasta que pierdan la batalla por la vida de Zev o hasta que lo sanen lo suficiente para poder ponerlo bajo tierra. Eso deja al segundo francotirador sin vigilancia alguna, capaz de hacer daño a cualquiera.*

Dimitri expresó su irritación soltando aire entre dientes.

—*Tendremos que confiar en que Gregori pueda hacer su trabajo si el príncipe es un objetivo principal. Tenemos que ir a por éste. Está demasiado cerca de nuestras mujeres y del consejo.*

—*Advertiré a los de aquí. Sigue acercándote a él.*

—*Ya lo hago. Fen, ¿es posible siquiera que Zev se ponga bajo tierra?*

Hubo un largo silencio. Fen suspiró.

—*No lo sé, Dimitri. En estos momentos no creo que ninguno de nosotros sepa lo que es realmente posible o lo que no.*

Dimitri aumentó la velocidad y siguió el olor del *Sange rau*. Dudaba que la estela de vapor que recorría el aire con rapidez llamara la atención cuando los que estaban en el suelo intentaban salvarse. Los enfrentamientos ya eran más esporádicos. Había cuerpos tendidos en el suelo, la mayoría de ellos con la cabeza cercenada y estacas clavadas en el corazón. Si había algún guerrero carpatiano muerto o moribundo, Dimitri no los vio.

Lucian y Gabriel eran expertos en el arte de la guerra. En el transcurso de los siglos habían tomado parte en miles de batallas y había pocos estrategas mejores que ellos. En cuanto se enteraron de que los licántropos habían capturado a Dimitri y después, cuando se creía que Skyler estaba muerta, habían recabado toda la información posible sobre la manera de hacer la guerra de los licántropos, desde los primeros siglos hasta la época moderna. Estaban más que preparados para enfrentarse a ellos en combate.

La telepatía también ayudaba. Los carpatianos podían hablar unos con otros con la mente. Mantenían una comunicación constante y transmitían información de una parte del pueblo a la otra. De momento, Dimitri no había oído que hubieran atacado la casa del príncipe.

Entonces dobló sigilosamente la esquina del edificio más cercano a la sala de reuniones que había quedado destruida. El francotirador estaba justo delante de él, arrastrándose a hurtadillas por los escombros para llegar a la pared que estaba parcialmente derrumbada. La pared había quedado agujereada. El techo se había venido abajo y buena parte de ella se había desmoronado con la explosión.

Hemming no se dirigió a uno de los agujeros para mirar por él como Dimitri había pensado que haría. En cambio, el francotirador se encaramó de un salto a uno de los trozos más grandes de pared. Se agachó, llevando en la mano el estuche que contenía su equipo. La facilidad con la que saltó a una estructura tan precaria como aquélla le advirtió que no debía subestimar al lobo.

Le llegó el murmullo quedo de las voces que entonaban el ritual de sanación carpatiano. Podía oír hasta los guerreros en medio de la batalla, salmodiando con las mujeres y los niños. Se habían unido para intentar salvar a Zev, un guerrero al que todos respetaban. Lo consideraban uno de ellos, y perder a un solo carpatiano, tanto si era de sangre mestiza como si no, resultaba inaceptable.

Los que estaban dentro se hallaban ocupados intentando salvar una vida, mientras que, fuera, el francotirador se disponía a asesinarlos. Hemming se agachó, saltó una vez más y cayó ágilmente en el tejado. Por un momento dio la impresión de que el techo se vendría abajo con su peso, pero los escombros aguantaron a pesar de los daños.

Dimitri se acercó con sigilo por detrás del francotirador cuando éste se inclinó para abrir el estuche, y en cuanto se materializó directamente detrás del *Sange rau*, afirmó un pie en el suelo, agarró la cabeza del lobo entre las manos y se la retorció por encima del hombro en una posición imposible.

El tejado se movió bajó él y le hizo perder el equilibrio en el preciso momento en que sonó un disparo. A Dimitri le dio un vuelco el corazón. Aquel hombre no era Hemming. Tendría que haberse dado cuenta de que el *Sange rau* recién creado era un cebo para atraerlo y alejarlo. Había resultado demasiado fácil dar con él.

Así que se elevó por los aires de un salto sin dejar de agarrar al lobo con una fuerza de la que era imposible soltarse y, al caer, golpeó el techo de manera deliberada, atravesó la endeble estructura y le rompió el cuello al francotirador. Aterrizó en el suelo en medio de los escombros y el tirador amortiguó su caída. Agarró una estaca de plata, se la clavó en el pecho al asesino y se alejó de un salto del cuerpo.

Al hacerlo, una segunda bala le pasó silbando junto a la oreja y se incrustó en la pared de enfrente.

—No os levantéis —advirtió.

Las tres mujeres y Arno no le prestaron atención, estaban totalmente concentradas en el hombre tendido frente a ellos.

—*Fen, lo tengo encima y las mujeres están aquí con Zev. Voy a salir y a dejarme ver un momento para asegurarme de ser yo su objetivo y no ellos. Éste tiene que ser el verdadero Hemming, el que Zev dijo que era un tirador formidable. El otro era un señuelo.*

—*Y ahora el señuelo vas a ser tú.*

—*Es un buen plan. ¿Lo estás siguiendo?*

—*No, hasta que vuelva a disparar.*

Dimitri soltó una maldición entre dientes apretados. Se arriesgó a salir corriendo otra vez, pasó junto al francotirador caído a toda velocidad y mientras corría le propinó un tajo con la espada de plata para cortarle la cabeza. Se dirigió al agujero de la pared y, en lugar de atravesarlo como esperaría el asesino, volvió a saltar por el agujero del tejado y corrió hacia el otro lado.

Lo siguió una sucesión de balas, una de las cuales alcanzó el tronco del árbol que había al otro lado de la sala de reuniones, a la altura de la cabeza. Avanzó en zigzag y luego se echó al suelo al tiempo que se transformaba. Si después de eso Fen no podía encontrar a ese cabrón, iba a tener que hacerlo él mismo.

En las calles, los enfrentamientos se habían hecho menos violentos. Vio unos cuantos cuerpos cuando se alejó a toda velocidad de la sala de reuniones para intentar encontrar el origen de la bala que se había disparado. No utilizó vapor porque el *Sange rau* ya se lo esperaría.

—*No es un vampiro* —informó Dimitri a Fen—. *¿Cómo puede ser un Sange rau que básicamente asesina si no es renegado o vampiro?*

—*Quienquiera que esté detrás de esto ha formado un ejército y son unos fanáticos. Una de dos, o Hemming es un mercenario o cree que está haciendo lo correcto. Voy a acercarme a él a favor del viento. Está recogiendo el rifle para huir a toda prisa. Todavía no estoy lo bastante cerca para detenerlo.*

Dimitri cambió de forma deliberadamente y avanzó con sigilo por los edificios dejando que el tirador lo divisara un par de veces, lo suficiente para hacer que dudara en marcharse. Si tenía que cumplir con una misión y había recibido adiestramiento militar, no se detendría hasta que consiguiera matar a su objetivo.

—*Se lo está tragando, Dimitri, ten cuidado. Es inteligente. Si vas demasiado lejos sabrá que vamos a por él.*

—*Voy a darle una sombra en la que fijarse y luego daré la vuelta y me acercaré por el otro lado.*

Dimitri proyectó su sombra en la tienda más cercana al lugar en el que había dejado que el tirador lo viera. La sombra se acuclilló y permaneció en otras sombras más oscuras todo lo posible al tiempo que iba entrando y saliendo de edificios en dirección a la iglesia. En cuanto supo que su clon de sombra parecía realista, pero permanecía allí donde el tirador sólo lo atisbaba, empezó a dar la vuelta para acercarse a Hemming por el lado contrario a Fen.

—*Se ha apostado otra vez en el tejado y te está buscando* —informó Fen—. *Estoy en posición y me mantengo inmóvil. No quiero asustarlo.*

La caza en manada era algo nuevo para los carpatianos, pero, en los últimos siglos, Dimitri y Fen ya habían utilizado las tácticas de los licántropos. Trabajaban bien juntos. Había poca diferencia entre cazar vampiros y cazar *Sange rau*, al menos ahora que estaban muy igualados en cuanto a velocidad, inteligencia y habilidad.

Dimitri se acercó por el otro lado e hizo una señal para indicar que estaba preparado. Tenían que ser rápidos, despojar a Hemming de su rifle y de cualquier otra arma a toda prisa. No había duda de que resultaba letal con ellas.

Fen atacó por la izquierda, se acercó como un rayo manteniendo su energía contenida, chocó con Hemming, le hizo dar la vuelta alejándolo del árbol y lo empujó hacia abajo de manera que cuando dieran contra el suelo pudiera clavar la estaca en el corazón del asesino.

Hemming recibió un golpe tan fuerte que soltó el rifle, pero cuando caían y las piernas de Fen se cerraron firmemente en torno a las suyas, sacó su propia daga y apuñaló a éste en el muslo. Fue rápido y atravesó la carne y el músculo tres veces antes de llegar al suelo. Fen no se inmutó, hizo caso omiso de las heridas y aguardó su momento. Le clavó la estaca en el pecho a Hemming cuando cayeron sobre la tierra y aprovechó el impulso de la caída y el suelo implacable para asegurarse de que la hundía lo suficiente. Hemming se había estado agitando tanto que la estaca le atravesó el borde del corazón pero no penetró en el centro.

Se quedaron sin aire en los pulmones, pero el francotirador siguió en posesión de la daga. Rodó por el suelo y arremetió a cuchilladas contra el pecho y la garganta de Fen con desesperación al tiempo que intentaba sacarse la estaca del cuerpo. Antes de que pudiera levantarse llegó Dimitri, cuya espada de plata centelleó. Le cercenó la cabeza y Zen sacó la estaca de un tirón y volvió a clavarla, esta vez atravesando el corazón por completo.

Se quedaron los dos sentados en la tierra junto al cuerpo, intentando controlar la respiración.

—Cada vez se nos da mejor —comentó Fen.

Dimitri examinó los daños que había sufrido su hermano.

—Ya lo veo. —Se pasó la mano por el pelo y luego se arrodilló para contener la sangre que manaba de las heridas del muslo de Fen—. Había recibido adiestramiento militar, Fen, pero no era como nosotros. No había tardado siglos en convertirse en un ser de sangre mezclada. ¿De dónde vienen?

Fen suspiró.

—Tenemos a uno de ellos vivo. Los miembros del consejo y Mikhail lo interrogarán. Me fijé en que llevaba un pequeño tatuaje en la muñeca, una especie de dibujo tribal intrincado, dentro de un círculo. Arno tiene ese mismo tatuaje.

Dimitri arremangó al francotirador.

—Éste también lo tiene. Y la mayoría de licántropos muertos que me encontré en la calle.

—Pero si alguien quiere matar a todos los de sangre mezclada, ¿por qué los utilizan a ellos para contribuir a su causa? —preguntó Fen—. Cuanto más profundizamos en este rompecabezas, menos sentido tiene todo.

—No encuentro explicación —admitió Dimitri—. Pero ese símbolo que todos llevan significa algo.

—Tendremos que preguntarle a Zev lo que signfica. —Fen inspiró profundamente—. Si vive. Todavía están luchando por él.

—Vamos a ayudar —dijo Dimitri—. Me puse en contacto con Gabriel y Lucian y lo tienen todo bajo control, por lo que ahora mismo no nos necesitan. Ellos harán limpieza y quemarán los cadáveres que haya.

Fen asintió con la cabeza y aceptó la ayuda de su hermano para levantarse.

—Andre, Tomas, Lojos y Mataias llevaron al resto de miembros del consejo a la posada. Mikhail y Gregori están solucionando todo eso. Sólo tenemos que asegurarnos de que Zev sobreviva.

Dimitri y Fen regresaron a los escombros a los que había quedado reducida la sala de reuniones. Skyler y Tatijana se habían turnado para trabajar dentro del cuerpo de Zev. Arno había dado sangre más de una vez y resultaba evidente que estaba mareado, tendido junto al cuerpo de Zev.

Skyler estaba tan pálida que Dimitri fue corriendo a su lado, la rodeó con el brazo y le ofreció su sangre de inmediato. La energía necesaria para curar una herida tan grave requería un suministro enorme de sangre para dar vida.

—*Zev necesita mucho más la sangre que yo. Arno no pudo aguantar y Tatijana y yo tuvimos que trabajar para limpiar y cerrar este horrible agujero en su cuerpo. La estaca atravesó numerosos órganos* —informó Skyler a ambos.

Fen se agachó de inmediato junto a su compañera eterna.

—Yo puedo darle sangre.

Tatijana lo miró y reparó en sus heridas. Suspiró pero no dijo nada mientras él se abría un corte en la muñeca y la sostuvo sobre los labios de Zev para que la sangre antigua goteara en su boca. Zev no reaccionó y las gotas de sangre le bajaron por la mandíbula.

—*Zev, debes tomar esta ofrenda de sangre* —le dijo Branislava—. *Deja que Fen, tu hermano, te dé lo que necesitas.*

Zev oyó la voz angelical, pero no respondió. Oyó las llamadas y respuestas del canto, el creciente volumen de las voces de numerosos guerreros, mujeres e incluso niños que intentaban traerlo de vuelta.

—*Sí, vuelve.*

Aquella voz era una melodía, una sinfonía suave y dulce que sonaba en su mente igual de esquiva que el viento. Zev sabía que debía reconocerla, pero estaba cansado y le resultaba demasiado difícil intentar resolver rompecabezas.

—*Estoy cansado de esta vida. He vivido demasiado tiempo. La guerra y las matanzas se han convertido en todo lo que me queda.*

Sería mucho más fácil dejarse ir que enfrentarse al dolor de sus horrendas heridas y a la soledad sin fin que vendría después. Había cumplido con su deber un millón de veces. ¿Qué quedaba en realidad para un hombre como él?

—*Quédate. Tú y yo estamos unidos. Nuestros espíritus están entrelazados. No había otra forma de salvarte la vida. Si tú te vas, me llevas contigo.*

Eso no tenía sentido para él. No estaba unido a nadie, estaba solo constantemente. La sangre que le goteaba en la boca le resultaba molesta. Lamió las gotas para quitárselas. El sabor recorrió su cuerpo, como un torrente de adrenalina.

—*Fen.*

Fen estaba allí. Cómo no.

La adrenalina le permitió identificar aquella suave voz melódica. Branislava, la mujer a la que no podía quitarse de la cabeza. Nunca se había comprometido con una mujer. Su estilo de vida se lo prohibía. Nadie lo había intrigado ni lo había atraído como lo hacía ella. Estaba prohibida y, sin embargo, no podía quitársela de la cabeza.

—*Estoy soñando.*

Ésta fue su única respuesta, y los hombres como él no soñaban con mujeres hermosas que entrelazaban su espíritu con el suyo para poder luchar por su vida. Nadie haría eso. Nadie. Era un riesgo demasiado grande.

—*Quédate conmigo. Toma la sangre que te ofrece Fen. Es sangre de antiguo carpatiano. Es la sangre del licántropo. Iremos juntos bajo tierra y dejaremos que la tierra te sane. No estarás solo. He unido mi destino al tuyo.*

Hizo esta revelación con absoluta normalidad, como si lo que hubiera hecho no fuera nada. Zev sabía que no era así. Apartó de sí el agotamiento y obligó a su cuerpo a responder a la ofrenda de Fen. No podía hacer menos por una mujer que ofrecía la vida por la suya. No era un cobarde y el dolor no le daba miedo. No permitiría que muriera una inocente sólo porque el camino de vuelta a la vida fuera difícil.

Toda su vida había sido una lucha. No iba a perder ésta.

Capítulo 20

Skyler corrió a los brazos de su madre y la abrazó con fuerza.

—Te he echado mucho de menos, Francesca. Siento haberos causado tanta preocupación.

—Nos diste un susto de muerte —admitió ella, y se le llenaron los ojos de lágrimas—. De no ser por Gabriel, hubiera... —Se interrumpió y negó con la cabeza—. No quiero volver a pasar por eso. Gracias a Dios, tu conexión con Dimitri era tan fuerte que pudo traerte de vuelta. ¿Te das cuenta de lo lejos que estabas? Ni Gabriel ni yo podríamos haberte alcanzado.

Skyler la estrechó de nuevo en sus brazos.

—Cuando me di cuenta de que me estaba yendo tan rápido, intenté aguantar porque sabía que él vendría a por mí. Me anclé lo mejor que pude, pero hacía tanto frío y estaba tan perdida, tan aterrorizada, que no hubiera podido aguantar mucho tiempo.

Había sido su fe absoluta en que Dimitri la encontraría lo que le había permitido soportar la oscuridad y el frío gélido aun cuando su espíritu se alejaba de su cuerpo moribundo. Aquel otro lugar le había resultado terrorífico, el parpadeo de la vida que quedaba en ella atraía la atención de los que se agazapaban en la oscuridad a la espera de una nueva alma que robar.

Francesca se apartó para mirarla con detenimiento.

—Te examiné cuando te trajeron volando hasta aquí, aunque es probable que no recuerdes mucho. Estabas exhausta, necesitabas sangre, descansar y curarte. ¿Cómo te encuentras?

—Me encuentro muy bien —le aseguró Skyler—. Completamente curada. Me moría de ganas de verte, pero Mikhail y Dimitri querían hablar primero con los miembros del consejo.

—Ya lo oí. —Francesca le dirigió una débil sonrisa—. ¿Pudiste dominar tu genio mientras hablaban como si Dimitri fuera un bicho al que había que aplastar?

—Querrás decir «exterminar» —corrigió Skyler, que le sonrió apenas—. Yo no hice estallar la casa, fue otra persona.

Salieron juntas al prado y cruzaron un campo de flores silvestres.

—Él te hace bien —comentó Francesca—. Estás segura y contenta.

—Estoy muy enamorada de él —confesó Skyler—. Más de lo que hubiera creído posible.

—Tendríamos que habernos dado cuenta de que te habías hecho mayor —admitió Francesca—. Ninguno de nosotros podía soportar la idea de que te fueras tan pronto. Era egoísta, pero eres nuestra primera hija y siempre hemos sido excesivamente protectores.

—Lo comprendo. No soportaba mentirte. Fue la peor sensación del mundo, de verdad, pero nadie me dio información sobre dónde estaba ni de lo que estaban haciendo para salvarle.

—Eso también estuvo mal. Todos sabíamos que eras su compañera eterna —dijo Francesca. Llegaron al centro del prado donde las flores crecían con abundancia. Entonces se sentó en medio de las fragantes flores silvestres—. Y como compañera suya, deberías haber estado informada en todo momento.

—De todos modos —repuso Skyler mientras se sentaba junto a su madre adoptiva—, podría no haberme ido a rescatarle por mi cuenta, y él no hubiera sobrevivido. El destino parece tener una manera muy curiosa de hacer bien las cosas.

Francesca le sonrió.

—Llegaste a nosotros y llenaste nuestras vidas, Skyler. No creas que no te quiero con la misma intensidad con la que quiero a Tamara. Nosotros te elegimos. Creo que siempre habías estado destinada a ser nuestra.

—Yo también lo creo —dijo ella. Se quedó callada un momento y luego le tomó la mano a Francesca—. Tu sabes lo que es Dimitri, un ser de sangre mezclada, y eso precisamente fue lo que provocó todos estos enfrentamientos.

—El *Hän ku pesäk kaikak* —dijo Francesca con firmeza—. Puede que haya sido el catalizador, pero no fue la causa. Este tipo de guerra tuvo que haberse planeado con mucha anticipación. Nuestros enemigos no tenían forma de saber que Dimitri era *Hän ku pesäk kaikak*, y mucho menos que caería en sus manos. Lo utilizaron como excusa para empezar su guerra.

Skyler asintió con la cabeza.

—La cuestión es que no sabemos qué podría suponer para un niño el hecho de tener sangre mestiza. MaryAnn no se ha quedado embarazada de Manolito. Tatijana es como yo, aún no ha llegado a eso, pero ambas lo seremos algún día. Podría ser que no pudiéramos tener hijos.

Francesca se mostró pensativa como de costumbre. No se apresuró a tranquilizar a Skyler, sino que lo consideró detenidamente.

—Tatijana y tú podéis enfocarlo de dos maneras. Podríais intentar quedaros embarazadas ahora, antes de tener la suficiente sangre de licántropo como para transformaros, o podéis esperar a ver qué pasa. No tiene sentido preocuparse por algo sobre lo que no tenemos ningún control.

—Sólo pensaba...

A Skyler se le apagó la voz y alargó la mano para coger el tallo de una flor y acercársela para oler el perfumado centro.

—¿Qué?

—Las flores de la montaña, la flor estrella de la noche, ¿crees que la ceremonia ayuda más allá de la fertilidad? ¿Crees que de verdad evita los abortos?

—Creo que aumenta la adicción, a falta de una palabra mejor, al sabor y olor de tu compañero eterno. El ritual de la flor parece crear un fuerte vínculo sexual entre compañeros, pero, sinceramente, nadie sabe todavía si contribuye o no a mantener con vida a un niño.

—Pero Gregori y Savannah y Mikhail y Raven no se sometieron a la ceremonia, y sus bebés han sobrevivido.

—Y también lo ha hecho el pequeño de Shea y Jacques. Tamara sobrevivió. La pequeña Jennifer, la hija de Corrine y Dayan, se encuentra muy bien, y eso que tuvo unos inicios que hicieron temer por su vida —dijo Francesca—. Ninguno de ellos conocía siquiera la ceremonia de fertilidad.

—¿Tú la conocías? —preguntó Skyler.

—Había oído hablar de la ceremonia, pero por supuesto nunca la he presenciado —admitió Francesca—. ¿Por qué te preocupa tanto tener un hijo, Skyler? Tú y Dimitri acabáis de empezar vuestra vida. Al final lo sabrás porque, a decir verdad, tienes todo el tiempo del mundo. Para ti no hay ningún reloj biológico que vaya corriendo. Eres carpatiana.

Ella tiró del dobladillo de su chaqueta.

—Quizá sea cierto, pero ¿y si el reloj corre? ¿Y si no puedo tener hijos porque seré de sangre mezclada? Josef tuvo que convertirme —confesó apresuradamente.

—Porque Dimitri tuvo que mantenerte unida a la tierra.

Skyler le dijo que no con la cabeza.

—No fue solamente eso. Le daba miedo convertirme. Ninguna mujer ha experimentado la conversión como ser de sangre mestiza.

—MaryAnn...

—Ya era licántropa —terminó de decir Skyler—. Su cuerpo rechazó la conversión total. Conservó su lobo. Las dos líneas de sangre coexisten en ella, igual que en Fen y Dimitri. —Se mordió el labio y miró a su madre—. Yo lo sabía todo, todas las preocupaciones de Dimitri cuando le pedí que me convirtiera. Y si no podemos tener hijos lo acepto, de verdad. Él lo es todo para mí, pero siempre nos imaginé teniendo niños.

Francesca le acarició el pelo.

—No renuncies a ello. Y háblale de tus temores.

—No quiero hacer que se sienta mal, porque no puede hacer nada al respecto. Eso de la sangre mestiza no es culpa de nadie. Empezó hace siglos cuando luchaba contra los vampiros, necesitaba sangre y ahí lo tienes. Es lo que es, y yo seré lo mismo. —Negó con la cabeza—. Supongo que tenía todas esas fantasías en la cabeza sobre mi casita, mis hijos, y tú y Gabriel viniendo a visitarnos. Es una bobada.

—No es una bobada. Tienes una casa que Dimitri y tú arreglaréis y convertiréis en un hermoso hogar —señaló Francesca—. Tanto si tenéis hijos como si no, vendremos a visitaros. Skyler, no pasa nada por preocuparse o disgustarse, aun cuando tienes una pareja eterna. Es una parte natural de la vida. Dimitri está ahí para que hables con él. Si para ti los hijos son importantes, él encontrará la manera de hacer que ocurra.

Skyler asintió con la cabeza.

—Sé que lo hará. Sólo necesitaba a mi madre un minuto para que me dijera que todo va a salir bien.

—Saldrá bien —le aseguró Francesca. Echó un vistazo por el prado—.

Mira qué hermosa es la noche, cariño. ¿Quién hubiera pensado que hace tan sólo dos días los hombres se mataban unos a otros?

—¿Sabe alguien ya el porqué?

Francesca meneó la cabeza en señal de negación.

—Estoy segura de que todos pensaban que tenían una buena razón. El consejo de licántropos va a quedarse para intentar que la alianza con Mikhail llegue a buen término. Han envido a buscar a sus manadas, las que creen que son dignas de confianza. —Abrazó otra vez a Skyler—. Le salvaste la vida a Zev, Skyler. Era una herida imposible de curar, pero tú le salvaste la vida.

Ella lo negó con la cabeza.

—Tuve mucha ayuda. Tatijana y yo nos turnamos. Cuando una estaba demasiado agotada, entraba la otra. El pueblo carpatiano acudió a nosotras para ayudarnos a pesar de la batalla que se estaba librando y Branislava… —Meneó la cabeza, negando—. Ni siquiera sé lo que hizo.

—Ahora está con él, bajo tierra —dijo Francesca.

Skyler asintió.

—Creo que todos temen que si Zev se despierta creerá que lo han enterrado vivo. Es más licántropo que carpatiano, al menos en su mente. Conozco la sensación de estar bajo tierra y no poder salir.

Se estremeció y se abrazó a sí misma.

—Quizá tu padre y yo te perjudicamos permitiendo que siguieras siendo humana.

Skyler sonrió a su madre.

—No, creo que me criasteis perfectamente bien. Dimitri me está enseñando todo lo que necesito saber e Ivory también ha estado ayudándome. Ella y Razvan nos han ofrecido unos cachorros de lobo. Los dos estamos muy emocionados por poder tenerlos y convertirnos en manada con ellos.

Francesca abrió mucho los ojos.

—Es asombroso. Ivory y Razvan son muy… esquivos. Me alegro de que se ponga en contacto contigo y comparta tu vida un poco más.

—Fui más bien yo quien mantuvo las distancias, no él —admitió Skyler—. La idea de tener sangre de mago me repugnaba, hasta que la necesité. De pronto estuve más que agradecida de poseerla. Me di cuenta de que la sangre y el linaje no tenían nada que ver con si utilizaba mis dones para el bien o para el mal. Eso es decisión mía y mi responsabilidad.

Francesca le sonrió.

—Estoy muy orgullosa de ti. Las cosas que ya has logrado superan con mucho lo normal para tu edad. Dimitri tiene suerte de tenerte.

—Yo tengo suerte de tenerlo a él. Es muy bueno y paciente conmigo. Ni una sola vez me ha forzado a nada. Solamente fue una constante en mi vida. Una roca. Siempre estaba ahí, sin esperar nada de mí. ¿Cómo no iba a enamorarme de él?

Francesca le tomó la mano.

—Creo que la ceremonia de la flor sería buena para ti, Skyler. ¿Eres capaz de estar con él íntimamente sin asustarte?

Skyler le dijo que sí con la cabeza. Se había acostumbrado a la franqueza con la que se comunicaban los carpatianos e incluso con su madre, o tal vez porque siempre había discutido las cosas con Francesca, no le daba vergüenza hablar de hacer el amor con Dimitri.

—De momento ha ido bien. Es muy cariñoso y paciente conmigo. Y lo quiero aún más por ello.

Francesca asintió.

—Estoy agradecida de que sea tu compañero eterno. Es un buen hombre y un guerrero feroz. Siempre te protegerá. Es bueno saber que es tan capaz. Gabriel me estaba diciendo eso mismo cuando nos levantamos. —Levantó la cabeza de pronto—. Vaya. Creo que tus amigos te han localizado, Skyler. Los quiero muchísimo, pero esta noche su exuberancia será demasiado para mí.

Skyler lo entendió todo de repente y le agarró la mano. Francesca estaba muy pálida y no había venido a ayudar a salvar a Zev, aunque era una sanadora excepcional.

—Estás embarazada, ¿verdad? No querías decírmelo por todas mis preocupaciones tontas.

Francesca se inclinó y le dio un beso en la mejilla.

—Sí, estoy embarazada. Con todo esto que está pasando, la lucha, el susto que nos llevamos contigo, he estado un poco agotada. Gabriel quiere que nos vayamos a casa para que pueda descansar, pero a él lo necesitan aquí y no quiero irme hasta que sepa que estás a salvo.

—Mamá, deberías habérmelo dicho enseguida en vez de dejar que te calentara la cabeza con lo de si podré tener hijos o no. Tienes que saber que estoy muy contenta y emocionada por ti y por Gabriel... por todos nosotros. Me encantan los niños. Tamara es la hermana más preciosa del mundo, es la mejor. ¿Se lo has dicho ya?

Francesca le dijo que no con la cabeza.

—Pensamos que era mejor ver si lo aguanto. Ya sabes que siempre hay mucho miedo durante el embarazo.

Skyler frunció el ceño.

—¿Has tenido problemas?

—Sólo un poco, mientras viajaba. He pasado casi todo el tiempo con Sara. Ella tiene que estar en cama haciendo reposo, de modo que, con todo lo que está pasando, hemos mantenido toda la discreción posible. Ella está a punto de salir de cuentas mientras que yo acabo de empezar.

Skyler soltó aire. Oía a Josef y a Paul corriendo por el prado hacia ellas, Paul gritando alegremente y Josef jugando a la pídola con él.

—Francesca, deja que Grabriel te lleve a casa. Que haga venir a Darius y a Julian. —Darius era el hermano menor de Gabriel—. Vendrán. Sabes que vendrán. Ellos pueden ocupar su lugar. Yo estaré bien. Tengo muchísima protección. No puedo ni darme la vuelta sin tropezarme con carpatianos que vigilan que ningún asesino aparezca de la nada para matarme.

Francesca suspiró y sus dedos acariciaron una vez más el pelo de Skyler con cariño.

—Si nos vamos, sabes que Lucian y Jaxon vendrán con nosotros. Lucian sigue vigilando a Gabriel como un halcón. A Gabriel le resulta gracioso.

—Vete, mamá —la animó Skyler—. Mikhail les diría a todos que te llevaran a casa.

Se inclinó para besar a su madre.

—Estás en una especie de lista de objetivos.

—Vete. De verdad. Estaría en esa lista tanto si estuvieras aquí como si no. Preferiría saber que tú y el bebé estáis fuera de peligro y de que tienes bastantes posibilidades de llevar a buen término esta pequeña vida. Si resulta que no puedo tener un bebé, tendré a mis hermanas y hermanos. —Abrazó a Francesca con fuerza—. Vete a casa por mí, mamá.

El retumbo de unos pasos anunció la llegada de Paul y Josef.

Francesca le sonrió a Skyler.

—Ésta es la indicación para que me vaya. Hablaré con Gabriel. Sé que Ivory y Razvan se quedarán cerca para velar por ti.

—¡Oh, señora D.! —Josef patinó hasta detenerse e hizo una profunda reverencia al tiempo que se quitaba un alegre sombrero de fieltro negro de la cabeza—. No se preocupe por la joven Skyler Rose. He venido a salvarle el pellejo.

—Gracias, Josef. Ahora que sé que está a salvo, iré a buscar a mi compañero. Hola, Paul. Me alegro mucho de volver a verte. Vosotros dos cuidáis muy bien de mi niña.

Paul le rodeó el cuello a Skyler con el brazo y fingió que la estrangulaba.

—Está a salvo con nosotros —gruñó en tono amenazador, y le guiñó un ojo a Francesca.

Skyler agachó el hombro, se balanceó con un movimiento fluido y tiró a Paul al suelo. El joven dio una voltereta y cayó de pie.

—Bueno, chicos, ya veo que lo tenéis todo controlado —dijo Francesca. Le lanzó un beso a su hija, se transformó en vapor y se alejó flotando.

—Buen movimiento, figura —le dijo Paul con admiración—. Dejé que te lucieras por tu madre.

Skyler se rió.

—Fuiste tú el que me enseñó ese movimiento, de manera que no hagas pucheros. —Le echó los brazos al cuello y le dio un beso en la mejilla—. ¿Cómo te encuentras? Eres el único de nosotros que no pudo ponerse bajo tierra para curarse como es debido.

Josef soltó un resoplido.

—No vayas compadeciéndole. Ha estado disfrutando de eso desde que llegamos. Tiene esa hermana suya y cuatro tías que lo consienten, además de sus tíos, que no se atreven a echarle el sermón que se merece porque se enfrentarían a la ira de sus compañeras. Él se aprovecha todo lo que puede.

La amplia sonrisa de Paul se volvió un tanto avergonzada.

—Podría haber algo de cierto en lo que dices. Mejor que me consientan a que Zacarías y Rafael me den un coscorrón o algo igual de desagradable.

—Bueno, ahí tiene razón —dijo Skyler—. Yo compadecería a esos dos, o a cualquiera de los hermanos De La Cruz que me sermoneara.

—Y a ti tampoco te fue tan mal, hombre. —Paul le dio un codazo en las costillas a Josef—. No creas que no me fijé en que también disfrutabas un poco.

Josef esbozó una sonrisa de satisfacción.

—Mi madre y mi tía sí que hicieron un poco de aspaviento, lo admito. Y Byron y Vlad no son ni mucho menos tan intensos como Zacarías y Rafael. Fue agradable que me mimaran después de pensar que iban a despellejarme vivo por lo de nuestra pequeña aventura.

—Hicimos lo correcto —afirmó Skyker, que se puso seria—. Gracias a los dos. Sin vosotros, Dimitri hubiese muerto. No hay duda al respecto. Yo no podría haber ido a buscarlo sola y los dos acudisteis en mi ayuda cuando más os necesitaba. Nunca lo olvidaré.

—Hace mucho tiempo hicimos un pacto conforme nos mantendríamos unidos —dijo Josef—. Para mí eso es para siempre.

Paul asintió con la cabeza.

—Yo me apunto. Puede que no tenga toda la eternidad como vosotros dos, pero...

—Yo mismo te convertiría —dijo Josef—. Por supuesto que tienes que convertirte. ¿Por qué no ibas a hacerlo? Tienes suficiente sangre carpatiana para ser carpatiano.

Paul se encogió de hombros.

—No estoy seguro de que mis dotes psíquicas sean lo bastante fuertes para permitirme sobrevivir a la conversión. Las de Ginny tal vez, pero no lo sabemos. Nunca correría ningún riesgo con ella, y tampoco Colby, por lo que estamos esperando a ver qué pasa en el futuro.

—Tienes dotes suficientes —declaró Josef.

—¿Cómo es, Skyler? ¿Someterse a la conversión? Parecía horrible. Estaba aterrorizado por ti.

—Estaba muerta —dijo Josef—. Probablemente ni se acuerde.

A Skyler se le formaron unos nudos en el estómago. Recordaba todas y cada una de las convulsiones, aquella oleada interminable de dolor que le recorría el cuerpo destrozándolo, destruyendo todo lo que era humano y remodelándolo para crear a un ser carpatiano.

—Sí que me acuerdo —admitió.

Se estremeció, y el cuerpo se le enfrió al reaccionar al recuerdo. No se imaginaba cómo podría sobrevivir nadie sin ayuda. Dimitri se había llevado la peor parte de la conversión asumiendo el control de su cuerpo y aguantándolo, protegiéndola todo lo posible del dolor que azotaba su cuerpo físico.

—*¿Me necesitas?*

Dimitri. En el momento en que inundó su mente, llenándola de calidez y amor, Skyler se sintió distinta. No tenía miedo.

—*Paul me preguntaba por la conversión. Recuerdo el dolor. Y a ti. Protegiéndome. Lo que hiciste fue extraordinario.*

—*Lo que hice fue poseer tu cuerpo. Está prohibido.*

—*Yo te di permiso y eso lo hace distinto. No creo que te diera las gracias. Lo que hiciste fue salvarme la vida y alejar el dolor. Te quiero más que a nada, Dimitri.*

En aquel momento quería alargar la mano y tocarlo, acariciar su querido rostro con los dedos y recorrer todas las arrugas y cicatrices.

—*Abandonaré esta reunión con el príncipe y los demás si quieres que venga contigo.*

Skyler se sorprendió sonriendo. Y es que lo haría. Saldría sin más de una importante reunión con el príncipe para ocuparse de todas sus necesidades o deseos. Se abrazó con fuerza y se rió con ganas. A veces no podía creer que fuera tan afortunada.

—*Puedo quedarme charlando con Paul y Josef mientras trabajas. Sé que esa reunión es importante.*

—*Tenemos que idear un plan para proteger a los miembros del consejo durante el día mientras estamos bajo tierra. En este momento nadie está seguro de qué licántropos son de fiar. Dos miembros del consejo y al menos un tercio de los licántropos que quedan tienen el mismo tatuaje que tenía el asesino.*

—*¿El guardaespaldas de Arno ha dicho algo ya?* —preguntó esperanzada.

Dimitri se había asegurado de que permaneciera vivo para poder interrogarlo.

Se hizo un pequeño silencio. A Skyler le dio un vuelco el corazón.

—*Cuéntamelo.*

—*Lo han asesinado. Al principio creímos que se había suicidado, pero descubrimos un pequeño pinchazo de aguja en su cuello. Alguien lo envenenó.*

Skyler cerró brevemente los ojos.

—*Así pues, sabes con seguridad que al menos uno más de los guardias de élite es peligroso para nosotros.*

—*O un miembro del consejo. No podemos descartarlos. Arno habló con mucha franqueza contra todos los seres de sangre mezclada. De hecho, se mostró apasionado en sus creencias.*

—*Se esforzó mucho para salvarle la vida a Zev.*

—*Él no sabe que Zev tiene sangre mestiza.* —Dimitri la inundó de calor otra vez—. *Diviértete con Paul y Josef. Te veré en casa dentro de poco.*

Su tono de voz quedo y sensual le recorrió el cuerpo como si fuera melaza espesa. Aquel hombre podía hacer que lo deseara sólo con mirarla, no digamos cuando le hablaba con esa voz zalamera y sexy.

Josef soltó un fuerte quejido.

—Deja de hablar con ese hombre tuyo y de no hacernos caso. Tienes esa cara de boba.

Skyler se rió y le dio con la punta de la bota.

—Yo no tengo cara de boba.

—Te quedas distraída y sueñas despierta —la acusó Josef—. Me pone enfermo.

—Es una enfermedad, desde luego —bromeó Josef.

Se agarró el pecho con las manos, encima del corazón, y se dejó caer de espaldas sobre la hierba.

—¡Oh, Dimitri, haces que me desvanezca!

—Voy a contarle que dijiste eso, Paul. —Skyler le propinó un fuerte puñetazo en el muslo, con la esperanza de dejarle la pierna dormida—. Le encantará saber que te desvaneces por él.

—Es tan masculino y todo eso —añadió Josef.

—¡Ay! —Paul se frotó el muslo y la fulminó con la mirada—. Me han disparado, mujer. Ten un poco de respeto por mis heridas que aún se están curando.

Josef puso los ojos en blanco.

—Ya está otra vez, buscando la compasión femenina, recordándole muy sutilmente a todo el mundo que es un héroe.

Skyler dio un resoplido burlón.

—Si espera que yo lo compadezca está tomando el rábano por las hojas. Yo estaba allí, ¿recuerdas, Paul? ¿No te dispararon en el culo?

Josef y Skyler estallaron en sonoras carcajadas.

Paul les lanzó una mirada de odio.

—No me dispararon en el culo, como bien sabéis. Menuda ayuda tengo con vosotros dos. Necesito exprimir la situación tanto como pueda. Teneros a vosotros dos aullando como hienas no va a ayudar ni un ápice a mi causa.

—Tiene razón —dijo Josef—. Somos sus mejores amigos. La verdad es que deberíamos ayudarle. Zacarias y Rafael le están siempre encima.

—Y lo cierto es que Colby está supervisando una dieta «saludable» para mí. —Paul soltó un leve gemido—. Soy un hombre adulto y se diría que, sólo porque me dispararon, me he convertido en un niño pequeño a sus ojos. De hecho, tuve que salir a hurtadillas para ir a buscarte, Skyler. Así de cerca me vigilan.

—Pobre Paul, tener que aguantar a toda esa gente queriéndote y cuidándote —se mofó Skyler—. Me entristece tanto por ti.

Paul le puso mala cara.

—Está bien, me doy por vencido. —Alzó las manos en actitud de rendición—. No obtengo compasión de esta gente.

—Compararemos cicatrices —sugirió Josef—. Quizás eso te haga sentir mejor. Yo sólo tengo un par.

Parecía decepcionado.

—No. Skyler ganaría esa ronda —dijo Paul—. La acribillaron a balazos. A mí sólo me dieron seis veces.

Skyler se estremeció.

—No digas «acribillaron». Vosotros dos estáis un poco chalados. ¿Quién quiere que le disparen y comparar las cicatrices?

Josef enarcó las cejas de golpe.

—¿No lo pillas? Motivo número uno: las chicas. A las chicas les encantan los chicos con heridas heroicas.

Paul asintió con la cabeza.

—Totalmente.

Skyler meneó la cabeza en señal de negación.

—Vosotros dos dais pena, mucha, mucha pena. No debería haceros falta ningún truco para conseguir chicas.

—¿Estás de broma, Skyler? —dijo Paul—. Utilizamos todo lo que podemos. Mira a Dimitri. Sufrió la muerte por plata, aguantó vivo valientemente, ¿y le funcionó? Al final se llevó a la chica.

Borbotearon las risas.

—Él ya tenía la chica. No le hacía falta que lo colgaran de unos ganchos con el cuerpo envuelto de plata sólo para impresionarme. Ya estaba impresionada. Y eso debería enseñaros algo a los dos.

Josef y Paul se miraron.

—¿Que eres facilona? —preguntó Josef.

Skyler le dio un tortazo detrás de la cabeza.

—Esas balas no son nada comparado con lo que voy a hacerte.

—Cálmate, hermanita —dijo Josef—. Y suelta tu secreto, porque tienes uno y queremos saberlo todo al respecto.

Skyler intentó adoptar su expresión más inocente, abriendo mucho los ojos y poniéndose muy seria.

—¿De qué estás hablando?

—De «qué», ésa es la palabra —terció Paul—. Lo sabía. Estás ocultando algo. Las últimas dos noches has estado fuera con Ivory y Razvan durante horas.

—Es mi padre biológico. Estoy conociéndole —se defendió Skyler.

—¿Con esa ropa de caza tan elegante? —preguntó Josef.

—Me habéis estado espiando —lo acusó ella.

—Intentando espiarte —corrigió Paul sin el menor indicio de remordimiento—. En serio, esos dos nos descubrieron en cuestión de un segundo, y hasta Dimitri parecía intimidante cuando nos mandaron a casa.

Skyler puso mala cara.

—Está claro que tengo mucho que aprender si los tres sabían que nos estabais siguiendo, os pillaron, os mandaron de vuelta y no soltaron prenda. Ni siquiera lo sospeché. —Les lanzó una mirada fulminante—. Pero debería haberme dado cuenta. Sois horribles los dos.

—Horriblemente buenos —bromeó Paul—. Y, ¿cuál es el secreto?

—Vamos a tener nuestra propia manada —dijo Skyler—. Es decir, si puedo dominar las técnicas y si logro hacer la parte de la caza. Dimitri no tiene ningún problema, pero yo siempre meto la pata.

Josef silbó.

—Es una pasada. Una manada de lobos. Siempre pensé que Ivory era de lo más genial, pero ahora tú eres lo más.

Viniendo de Josef era un gran cumplido. Skyler se rió.

—En medio de estas cosas horribles que nos suceden a nosotros y en nuestro entorno, todavía me siento la chica más afortunada del mundo. Tengo a Dimitri, los dos mejores amigos que se pueden tener y ahora Ivory y Razvan nos dan unos lobos para que los cuidemos.

—Es un compromiso para toda la vida, ¿verdad? —preguntó Paul—. ¿Los lobos no tienen que formar parte de tu familia?

Skyler le dijo que sí con la cabeza.

—Tenemos que estar tan comprometidos y dedicados a ellos como ellos a nosotros.

—Tengo que darle la razón a Josef —dijo Paul—. Eres lo más.

Dimitri apareció de la nada, y los sobresaltó a los tres.

—¿Os estáis portando bien con mi dama, caballeros?

—¿Quieres decir estrangulándome, haciéndome llaves y burlándose de mí sin piedad? Si es así, entonces sí, están siendo superbuenos conmigo —dijo Skyler, que se lanzó a sus brazos. El mero hecho de encajar el cuerpo contra el suyo la hacía sentir protegida y a salvo—. Te he echado de menos.

Josef soltó un gruñido.

—Ya estamos. Ya se le ha puesto otra vez esa cara de boba. Es la señal para que nos vayamos.

—Corre como un conejo ahora que Dimitri ha venido. —Empezó a tararear una vieja canción que Francesca siempre cantaba cuando ella era más pequeña—. Mi novio ha vuelto...

—Me retiro con dignidad —dijo Josef—. Es lo más caballeroso que se puede hacer cuando tienes esa expresión tan tonta.

—Tengo que coincidir con mi amigo —dijo Paul—. Sí que pareces locamente enamorada.

Los dos saludaron con la mano y emprendieron el regreso al pueblo a paso ligero. Skyler casi dejó que llegaran a un lugar seguro y entonces se vengó enviándoles una ráfaga de viento que levantó un mini tornado de hojas y escombros en torno a ellos. Ambos quedaron cubiertos de ramitas y musgo, que sobresalían de las puntas del pelo de Josef.

—Tenías que lucirte, ¿verdad? —le gritó Josef.

Escupió el musgo que tenía en la boca.

—Eres un poco partidaria de la venganza —la acusó Dimitri, y le dio la vuelta en sus brazos para poder mirarla a la cara—. Muy guapa, pero empiezo a pensar que habría que cambiarte el título de «ángel».

—Dado que, de hecho, nunca me habías llamado ángel —repuso Skyler—, no me siento ofendida.

—Esperemos que no te ofenda nunca —dijo Dimitri—. No les va muy bien a los que lo hacen.

Skyler le alisó las arrugas de la cara con el dedo.

—¿Sabes cómo están Zev y Branislava?

—Fen, Tatijana y yo nos hemos turnado para darles sangre. De momento, Zev sólo reacciona cuando Bronnie lo presiona para que acepte la sangre. En realidad no ha recuperado la conciencia. Tatijana está preocupada por su hermana. Entrelazó su espíritu con el de Zev para retenerlo con nosotros. Corra la suerte que corra, ella correrá la misma.

—¿Por qué haría eso? —preguntó Skyler—. Él es prácticamente un desconocido.

Dimitri se encogió de hombros.

—Los sanadores curan como pueden. Todos nosotros hemos ido demasiado lejos alguna vez para salvar a alguien… incluso a desconocidos. Mira a Ivory. Sabía que no debía salvar a esos lobeznos, pero no pudo evitarlo.

Tomó a Skyler en brazos y alzó el vuelo. A ella le encantaba volar, ya fuera sola o con él, daba igual. La maravilla de moverse por el cielo nocturno, tanto si se acumulaban las nubes o si las estrellas salían en masa, no importaba. La sensación era de lo más asombroso. El viento en la cara, las mariposas en el estómago y las vistas, tan distintas de las que se tenían desde abajo.

Mientras avanzaban entre los árboles adentrándose en el bosque cada vez más denso, Skyler empezó a desabrochar los botones de la camisa de Dimitri uno a uno hasta que su pecho quedó al descubierto. Le rodeaba el cuello con los brazos y se apoyó en él para recorrer sus fuertes músculos con la lengua. Las cicatrices seguían allí, pero ya no estaban tan rígidas, tan abiertas ni descoloridas. Los eslabones de la cadena eran apenas unas líneas blancas que ya se desdibujaban. Skyler sabía que nunca podría hacerlas desaparecer del todo, pero siempre recorría las marcas del cuerpo de Dimitri y se deleitaba en la gloriosa vida que había recuperado con su ayuda.

—Llévame al campo de la flor de la fertilidad, Dimitri —susurró—. Hazme el amor allí. No es tanto por el hecho de que pueda quedarme embarazada o no, pero he oído que las flores mejoran la necesidad sexual del uno hacia el otro. No quiero decepcionarte nunca. Jamás.

Dimitri cambió de dirección.

—Nada de lo que hagas me decepcionaría. Cuando hacemos el amor, siempre es maravilloso. Si alguna vez hay algún problema, nos pararemos y lo hablaremos.

Skyler apoyó la cabeza contra su pecho y escuchó el ritmo constante de su corazón.

—Quiero algo más para nosotros. A veces quiero sexo loco y salvaje. No solamente por ti, Dimitri, sino por mí. Otras, cuando hacemos el amor, veo esas imágenes en tu mente, o tal vez sea en la mía y quiero eso para nosotros además de lo que tenemos ahora aunque, sinceramente, al mismo tiempo estoy asustada.

—Tenemos todo el tiempo del mundo para el sexo loco y salvaje, Skyler —le dijo con dulzura. Volvían a estar en el aire, dirigiéndose a la montaña—. Date tiempo. En nuestro caso, el sexo es una cuestión de confianza. Cuanto más confíes en mí, más sabrás sin ninguna duda que conmigo estás a salvo, que estarás mejor y que podremos hacer más cosas juntos.

—Yo confío en ti sin reservas —afirmó ella—. No puedo imaginar una sola situación en la que no lo hiciera.

—¿Y si te vendara los ojos? ¿Podrías con eso?

El campo de flores que tenían debajo era precioso, como si un millón de estrellas centelleantes los miraran, en lugar de estar mirándolas ellos desde arriba. A Skyler se le atoró la respiración. El corazón le dio un vuelco, se le asentó de nuevo y siguió el ritmo constante del de Dimitri. Un millón de mariposas alzaron el vuelo en su estómago, pero los pechos le cosquilleaban, los pezones se le endurecían y notó el conocido torrente de calor húmedo que se acumulaba entre sus piernas.

—No me importaría probarlo —respondió, y el miedo le recorrió la espalda como si todas las terminaciones nerviosas de su cuerpo cobraran vida.

Dimitri la dejó en el centro mismo del campo y le quitó la ropa con un simple gesto de la mano. El aire nocturno coqueteó con la piel de Skyler y jugueteó sobre ella como un millón de dedos, rozándola y acariciándola hasta que tembló de deseo.

—Me encanta mirarte —le dijo Dimitri—. Eres tan hermosa... —Describió un pequeño círculo con el dedo y ella se dio la vuelta lentamente para él—. Suéltate el pelo, *sívamet*.

Skyler levantó los brazos obedientemente, y sus pechos se alzaron con el movimiento. El frescor del aire nocturno y aquella simple acción de estirarse envió una pequeña oleada de calor líquido que palpitó entre sus piernas. De hecho, él no tenía ni que tocarla para hacer que su cuerpo lo deseara. Bastaba ver cómo el azul glaciar de sus ojos se convertía en cobalto por el deseo.

Skyler dejó que la sedosa mata de pelo le cayera por la espalda. Ya tenía bandas de color, revelando así el fuerte apetito y deseo que sentía por él. Dimitri estaba completamente vestido, con una mezcla de amor y lujuria en la mirada y una expresión pecaminosa de pura sensualidad en su rostro.

En torno a Skyler, la fragancia de las flores empezó a adoptar el aroma de él. Era un olor embriagador e intenso. Se le hizo la boca agua. Se pasó la punta de la lengua por los labios. Ya notaba su sabor, ese gusto adictivo, masculino, forestal... a «guerrero» que ella ansiaba. Estaba grabado en su piel, estaba en sus besos, en su sangre y en la esencia masculina de su cuerpo.

Dimitri se agachó, eligió una flor y se la ofreció a Skyler con las palmas abiertas. Mientras lo hacía se despojó de su ropa y se quedó cuan alto era allí en medio del campo de hermosas flores. A ella le pareció magnífico, muy masculino, ya duro, grueso y ansioso de sus atenciones.

—En ocasiones mi sueño se ve interrumpido por imágenes que me excitan, se apoderan de mi cuerpo, liberan mi imaginación y mi apetito, todas las cosas que quiero hacer contigo, Skyler, todas las cosas que quiero enseñarte y que nos proporcionarán mucho placer.

El sonido de la voz de Dimitri, tan ronca y sensual, era un instrumento de terciopelo que jugueteaba por su cuerpo como el tacto de unos dedos, como el frescor de la noche, y causaba estragos en sus terminaciones nerviosas. Skyler necesitó un momento para poder arrancar la mirada de su impresionante erección e inspeccionar la flor. La flor estrella de la noche también parecía tener una impresionante erección.

Se sorprendió al notar que se ruborizaba. El ovario era de un escarlata intenso con dos filamentos rayados, pero el estigma había infundido color en todo el cuerpo de la joven porque era evidente que tenía exactamente la misma forma que la firme erección de Dimitri. Había incluso unas finas franjas blancas, como si el estigma tuviera cicatrices como él.

—Usa la lengua, *csitri*, de la misma manera en que lo harías conmigo.

Su voz sonó queda. Sensual. Hipnotizadora.

Skyler alzó la vista para mirarlo. Bajó la cabeza a los pétalos abiertos sin apartar los ojos de Dimitri y empezó a acariciar con la lengua aquella cabeza larga y bulbosa con su grueso astil. Lamió por debajo de la cabeza y por los lados, enroscando la lengua, fingiendo que era él. Deseando que fuera él. Compartiendo con Dimitri que quería que fuera él y no una flor.

El sabor era el de Dimitri, el de su boca, el de su sangre, incluso el de su piel. Era adictivo, un sabor intenso y picante que recorría su cuerpo y hacía que la sangre corriera por sus venas.

Los ojos de él se oscurecieron aún más, dejando traslucir su creciente apetito. Su verga se hizo más gruesa, su contorno se agrandó de manera imposible y de su glande escaparon unas pequeñas gotas de néctar. Skyler se relamió, anhelando más.

Dimitri le tendió la mano con la palma hacia arriba para que le entregara la flor. Ella se la dio un poco a regañadientes. Sin dejar de mirarla, lamió el líquido meloso de los filamentos y de los ovarios.

Capítulo 21

Skyler sintió que el calor le inundaba todo el cuerpo y que la tensión se iba acumulando. Estuvo a punto de gemir de deseo por él. En Dimitri todo resultaba sensual, pero verlo devorar el néctar como si lo que consumía fuera su crema femenina hizo que se sintiera un poco débil.

—Arrodíllate y siéntate en los talones, *sívamet*, con las piernas abiertas para mí —le ordenó.

Su tono se volvió un poco brusco.

A Skyler le dio un vuelco el corazón y entre sus piernas manó más líquido. Sin dejar de mirarlo en ningún momento, se agachó lentamente frente a él. El suelo estaba cubierto de suaves pétalos que le hicieron de colchón. Él le colocó la flor justo en la intersección de las piernas, de manera que el pétalo abierto recogiera el líquido que se derramara de su cuerpo.

Entonces le rozó los muslos con los dedos y a ella le palpitó el corazón. Cuando se enderezó y se puso de pie cerca de ella, su erección quedó al mismo nivel que el rostro de Skyler. Lo único que tenía que hacer ella era incorporarse sobre las rodillas. Se le hizo la boca agua, anhelaba volver a notar su sabor.

—*Tied vagyok*. Tuyo soy, *csitri* —dijo en voz baja y con una mirada aún más ardiente. Skyler no podía apartar los ojos de él—. *Sívamet andam*. Te doy mi corazón. *Te avio päläfertiilam*. Eres mi compañera eterna. —Le puso la mano sobre la cabeza—. ¿Lo entiendes, Skyler? Siempre seré tuyo. Este cuerpo, este corazón, mi alma, te pertenecen.

Ella asintió con la cabeza. Lo sabía. Dimitri siempre la había hecho sentirse como si fuera la mujer más importante del mundo para él, y todo lo que era le pertenecía a ella.

—Acerca la flor a mi pene y sostenla ahí mientras me repites las mismas palabras que te he dicho.

Bajó la voz otra octava y Skyler se estremeció de expectación.

Tomó la flor en las palmas ahuecadas e inhaló profundamente su aroma mientras se arrodillaba. Le sostuvo la mirada a Dimitri y la colocó lbajo su cargado escroto de manera que los testículos descansaran dentro de los pétalos abiertos. Se inclinó hacia adelante y dio un largo y lento lametazo por el estigma y por encima de la punta, para volver a sentir su adictivo sabor.

Dimitri le puso las manos detrás de la cabeza y le agarró el pelo.

—Repite mis palabras, *sívamet*.

El aroma de Dimitri era embriagador y la envolvía porque los cientos de flores del campo habían adoptado su aroma fresco y masculino.

—*Tied vagyok*. Tuya soy —susurró Skyler, y abrió la boca para volver a meterse aquella cabeza enorme y reluciente en la boca. Chupó con fuerza y extrajo más néctar. Dimitri se estremeció y sus muslos fuertes se tensaron. Ella se echó hacia atrás lentamente, lamiendo el estigma—. *Sívamet andam*. Te doy mi corazón.

Su lengua se movió por debajo de la sensible cabeza y luego lo lamió hasta la base, hasta que pudo sorber el néctar de la flor y acariciar con la lengua la carne aterciopelada que allí descansaba.

—Skyler.

Dijo su nombre entre dientes, con la voz crispada por el control.

Ella sonrió.

—*Te avio päläfertiilam*. Eres mi compañero eterno. —Mantuvo la mirada fija en él, para que viera que lo estaba diciendo en serio—. Te pertenezco, Dimitri, toda yo, corazón y alma. Este cuerpo también es tuyo. Sé que contigo estoy a salvo.

Dimitri se había ido ganando su confianza durante varios años. Ella sabía con absoluta certeza que quería que su relación progresara. Si en algún momento tenía miedo, sabía que él pararía al instante. El hecho de saberlo le proporcionaba más libertad de la que podría llegar a darle cualquier otra cosa.

—Si no fuéramos ya compañeros eternos, te trenzaría el pelo con las flores y los tallos más pequeños, pero como ya lo somos, tú me das de comer los pétalos, yo te los doy de comer a ti y habremos completado el ritual.

Cuando Skyler hizo ademán de levantarse, él no le apartó la mano de la cabeza para que se quedara como estaba.

Ella lo miró y le sonrió, se acercó la flor y lamió otra vez el estigma antes de arrancar un pétalo. Dimitri se inclinó para llegar a su mano y tomó el pétalo con los dientes. Mientras lo hacía le dio uno. A la joven no le sorprendió que fuera suave y aterciopelado y estallara de sabor a él.

Cuando hubieron consumido los pétalos, Dimitri le tapó los ojos con una venda hecha de suaves pétalos entretejidos con una fragancia apasionada que resultaba embriagadora. El mundo se oscureció por completo. Skyler se sobresaltó, pero volvió a notar esa tirantez creciente en su interior más profundo. El viento le acariciaba el cuerpo y jugueteaba con sus cabellos. Se hizo un leve silencio y luego él le acarició el pelo, y le bajó la mano por el hombro hasta tomar su pecho. Al no ver nada, todas sus terminaciones nerviosas se habían acentuado. La necesidad hacía que todo su cuerpo se estremeciera.

—¿Quieres probar esto? No tienes por qué hacerlo.

El cuerpo de Skyler latía por el suyo. El apetito que sentía por él la recorría y apenas la dejaba respirar. Haría cualquier cosa por él, lo probaría todo, pero además, quería hacerlo por sí misma. Quería demostrarse que podía confiar en él sin reservas y experimentar sólo placer en todo lo que hicieran.

Asintió con la cabeza. Para calmarse, alargó la mano y se encontró con su muslo. En cuanto lo tocó, se apaciguó su temblor.

—Siente el viento en ti. Siente la forma en que el pelo te cae suave y sensual por la espalda y se desliza por tu piel.

Su voz era autoritaria. Hipnotizadora. Skyler empezó a temblar otra vez. ¿Miedo? ¿Excitación? ¿Expectativa? Ardía por dentro, con un calor líquido y fundente que exigía satisfacción. Se le hacía la boca agua por él. Había estado muy cerca de su objetivo, porque quería darle el mismo placer que él le daba. Dimitri conocía su cuerpo, hasta el último centímetro cuadrado de ella, y a Skyler le había dado demasiada vergüenza exigirle lo mismo a él.

Ella había visto algunas de las imagenes eróticas en la mente de Dimitri y quería todas esas cosas para él. En aquel momento, arrodillada en los suaves petalos sin poder ver nada, con el aire fresco de la noche jugueteando sobre su cuerpo de manera que era sumamente consciente de su respiración y de todos y cada uno de sus movimientos, se sorprendió sintiéndose aún más caliente y mojada.

El silencio se alargó. Skyler oía crujir las ramas de los árboles en torno al prado mientras el viento jugaba con las hojas. Susurraba por encima de las flores y los insectos zumbaban. Varias ranas cantaban a lo lejos e incluso captó el sonido de una corriente de agua. No se movió, se quedó esperándolo. Su respiración era irregular, pero permaneció en silencio con el corazón palpitante.

Se llevó un susto tremendo cuando él le acaricio el pecho derecho con una de sus grandes manos. Los dedos se concentraron en torno al pezón, con un tirón más insistente de lo que había usado hasta entonces. Una descarga eléctrica la recorrió desde el pezón hasta su interior. Soltó un grito ahogado, separó los labios y dejó escapar una bocanada de aire. Olió el picante aroma de Dimitri y entonces él le frotó los labios con néctar.

—Abre la boca para mí, *sívamet*.

Por fin. Tendría de verdad la sensación de ser suya. La sensación de que él le pertenecía. Sintió el latigazo de calor contra su boca y levantó las manos para rodearle el escroto.

—Ponme las manos en los muslos —le ordenó.

Su voz sonó un poco áspera, ronca.

Su vagina se apretó, se derritió, goteó miel silvestre, llamándole a él. Su voz era tan sensual. Ella se sentía sensual. Con las palmas de las manos sintió el leve estremecimiento de placer que recorrió el cuerpo de Dimitri cuando ella lamió las gotas de líquido perlado con ese sabor tan raro y adictivo. Abrió la boca y le permitió entrar hasta el fondo. El sabor que ansiaba tan desesperadamente volvió a estallarle en la lengua y le inundó la boca. Se puso a chupar sin pensarlo, con la lengua plana, deseando sentir cómo surgía el placer en la mente de Dimitri. Lo rodeó de calor, lo envolvió con su amor.

Ella gozaba con sus gemidos, con la forma en que los músculos de los muslos se tensaban y bailaban bajo sus dedos. Se encontró con que estaba feliz, disfrutando del momento, sintiéndose fuerte y sensual, con la boca caliente apretada en torno a él, adorándole, mostrándole su amor, reclamando su cuerpo para ella.

Dimitri empezó a moverse con leves embestidas más profundas. El coraje recién descubierto de Skyler flaqueó y una pequeña brecha de miedo le rozó la espalda. Estaba indefensa, ciega y sin poder detenerlo si la ahogaba. Un millón de pesadillas surgieron de la nada e inundaron su mente, desplazando todo lo que la rodeaba hasta que sintió unas manos bruscas, voces fuertes, bofetadas y patadas. Con la misma rapidez, su mundo pasó de la dicha al pánico.

Pero antes de que pudiera reaccionar, notó la suavidad de las manos de Dimitri en la cabeza, masajeándola con los dedos para aliviarle la tensión.

—Estás a salvo, aquí conmigo, y nada, nadie, puede volver a hacerte daño. En realidad no estás ciega, *csitri*. Estás en mi mente y puedes ver y sentir lo que hago. Mira lo hermosa que me pareces. Siente lo que me haces, el placer que me proporcionas.

Su suave susurro la calmó como ninguna otra cosa podía hacer. Cerró los ojos detrás de la máscara de pétalos e inhaló su aroma. Aquella fragancia masculina, que ella conocía tan bien, le resultaba igual de tranquilizadora que su voz. El corazón siguió palpitándole, pero no levantó las manos para quitarse la venda de pétalos.

—Sigue ahí, Dimitri —susurró con ganas de llorar—. No va a desaparecer nunca.

—Por supuesto que no, *sívamet* —respondió con voz muy dulce y los ojos ardientes. Le retiró la máscara de pétalos y la levantó con suavidad—. Tu pasado, como el mío, formó la persona que eres ahora. Ese acero que corre por tu médula, esa voluntad y determinación increíbles que te permiten hacer cosas que nadie se espera, esos atributos vinieron de tu pasado. Forma parte de ti.

—Una pesadilla. —Apoyó la cabeza en su pecho en busca de consuelo, porque tenía la sensación de que había fallado a ambos—. Mi niñez fue una pesadilla.

Dimitri la rodeó con los brazos al instante y la estrechó con fuerza, envolviéndola con su fuerza y su amor.

—Nada de nuestro futuro cambia nuestro pasado. Eso ya lo sabes, Skyler. Siempre lo has sabido. Ya hablamos de que llegaría este momento.

No hay bien ni mal. Ni fracaso. Los dos nos esperábamos que ocurriera. Es así. Nada más.

Al fin ella se permitió esbozar una sonrisa.

—Hablar de ello y hacer que ocurra son dos cosas distintas, Dimitri. Quería complacerte.

—Me complaciste.

—Quería demostrar confianza. ¿Cómo podía estar sintiéndome feliz, disfrutando dándote placer y que mi pasado invadiera nuestro momento privado? —Levantó la vista para mirarlo, incapaz de evitar que las lágrimas le inundaran los ojos—. Confío en ti.

Eso era lo peor. Los había decepcionado a los dos. ¿Cómo podía pensar que Dimitri le haría daño?

—No pensaste que te haría daño, Skyler —dijo Dimitri, y la tomó en brazos. La levantó y acunó su cuerpo tembloroso contra su pecho—. En ese momento yo no estaba allí.

A Skyler le dio un vuelco el corazón. Soltó un gritito quebrado y ocultó el rostro contra su cuello. No había estado con ella. Lo había perdido y se había asustado. Sólo aquel único acto de agresión por parte de Dimitri y en lugar de sentir su conocida forma, en un campo de flores que contenían su aroma, su pasado aún tenía sobre ella un dominio tan poderoso que había perdido al hombre al que amaba más que a nada. Eso parecía mucho peor.

—Quiero irme a casa —susurró Skyler, que se sentía derrotada.

Era como si aquellos hombres, aquellos monstruos terribles de su niñez, la hubieran derrotado. Habían vencido. Les había dejado interponerse entre ella y su compañero.

Para su asombro, Dimitri volvió a dejarla en el suelo.

—Tú eres nuestra casa. Dondequiera que estés, allí está mi hogar. No hay más consuelo en esa casa del que hay aquí conmigo. Nadie te ha derrotado, ni nos ha derrotado. Es imposible a menos que lo permitamos.

Había fuerza en su voz, y las mariposas alzaron el vuelo en su estómago de nuevo. Entrelazó los dedos con los de Dimitri para cobrar ánimo.

—Lo siento, no pretendía herirte.

Dimitri suspiró.

—*Csitri*, te estás haciendo daño a ti misma, no a mí. ¿Por qué estás tan disgustada por algo que ya sabíamos que ocurriría?

—La verdad es que creía que no pasaría —confesó ella, más para sí misma que para él—. No me comprometí contigo ni una sola vez. Todas las veces que hemos hecho el amor ha sido perfecto. Sinceramente, pensaba que podría hacer cualquier cosa porque confío en ti, de verdad, Dimitri.

—Puedes hacer cualquier cosa —repuso él—. Lo que ha ocurrido no es nada en absoluto. Ocurrirá otra vez, y otra, en momentos inesperados, y es perfectamente normal. No es una derrota. No es un fracaso. Es lo que es.

Skyler tragó saliva con fuerza. Permitir que su sabiduría acabara con el dolor del pasado era difícil, pero costaba pasar por alto su calmada lógica. No estaba molesto con ella.

Entonces se trasladó a su mente y lo único que encontró fue su amor por ella y los recuerdos que habían creado en el campo. Vio su propia imagen ante él con los pétalos en torno a la cabeza, tapándole los ojos, arrodillada en el lecho de flores. Tenía un aspecto hermoso y sensual. Su cuerpo volvió a despertar.

—No sé por qué te perdí.

Ése era el verdadero problema. ¿Cómo podía haberlo dejado escapar de su mente aunque sólo fuera un momento? No había sido más que eso, un momento en que había permitido entrar a los monstruos.

—Cuando hacemos el amor, la química entre nosotros es muy intensa y poderosa —dijo Dimitri. Le acarició un pecho con el dedo y vio que ella se estremecía—. El más ligero roce y nuestros cuerpos reaccionan. Así es como se supone que tiene que ser, Skyler. A veces, cuando disfrutamos de verdad con lo que estamos haciendo, nos perdemos en el acto mismo de hacerlo. Es agradable, ¿cómo podríamos no hacerlo?

—Así pues, estaba pensando en mí misma y no en ti, ¿no?

Intentó comprenderlo.

Durante meses, mucho antes de haberse comprometido con él, había pensado si sería o no capaz de practicar sexo oral cuando la mera idea la aterrorizaba. Si le gustaría. Cómo hacerlo… si podría complacerlo de verdad.

Le había encantado darle tanto placer. Al mismo tiempo, a ella también se lo había proporcionado. El campo de flores con el aroma de Dimitri, la máscara de suaves pétalos, incluso estar de rodillas frente a él con las manos en sus muslos, sintiendo esa potente erección contra la cara, en su boca. Todo ello era erótico y maravilloso. Se había perdido en el momento, cuando su cuerpo ardía.

Dimitri negó con la cabeza,

—No hay duda de que estabas pensando en mí, *sívamet*. Si otro hombre se hubiera colado en tu mente, lo hubiera expulsado de inmediato. Siempre te he tocado con dulzura. Con reverencia. Incluso cuando me volvía un poco más agresivo, tú podías sentir mi amor en la manera de tocarte.

Ella frunció el ceño. No había considerado eso, pero era cierto. Le encantaba cuando era agresivo, pero él estaba allí en su mente, sujetándola a él. Siempre se había sentido rodeada, e incluso protegida por su amor.

—Cambia, Skyler. Alcemos el vuelo. Podemos dar la vuelta juntos por encima de los árboles y dirigirnos a casa. Quiero que sientas quién eres. Lo que eres. Carpatiana. Un ser formidable sin mí. Nunca me has necesitado para ser fuerte. Posees más poder que la mayoría por derecho propio. No eres débil o insignificante. Eres Skyler. Cazadora de Dragones. Maga. Y por encima de todo, esa esquiva madre tuya de la que tan poco sabemos, te dio un espíritu indomable. Ése es tu verdadero yo. Todos tenemos monstruos en nuestro pasado. No les hacemos caso, como si no tuvieran importancia, porque nunca permitiremos que nos devoren.

Las lágrimas acudieron otra vez a sus ojos. Se apartó de él y extendió los brazos llamando mentalmente al pájaro para que viniera. Un búho, que la llevaría volando por el cielo. Las plumas aparecieron a través de su piel y por un momento el mundo que la rodeaba relució con colores extraños y al cabo estaba en el cielo.

Era afortunada por tener a Dimitri. Él vio su valía cuando ella no podía verla. Él le tendió la forma en que la veía, el intenso amor que sentía, y se lo entregó como si fuera un regalo con el que envolverse cuando no pudiera encontrar sola el camino.

Estando en la forma del búho era imposible llorar, ni de alegría ni por su momento perdido. En cambio, volaron juntos sobre el prado de flores. Por encima de ellos se extendía un manto de estrellas blancas y por debajo tenían la misma vista, cientos de estrellas que los miraban. Era un hermoso panorama, uno que sabía que pocos podrían ver nunca.

—*Te quiero, Dimitri. Y me encantó el ritual que hemos practicado esta noche. Me encantó verme a través de tus ojos. Y me encantó darte placer como lo hice.*

—*Fui yo quien lo recibía, csitri, de modo que voy a reconocer que para mí también fue una velada maravillosa.*

Skyler inspiró y dejó ir su fracaso. Si Dimitri no lo veía de esa forma, ella tampoco tenía por qué verlo así. Había sido presa del pánico. Era simplemente un hecho, y probablemente volvería a suceder. Sabía que tardaría mucho tiempo en aceptar aquellos momentos con la naturalidad con la que lo hacía Dimitri, pero algún día, tal vez dentro de un siglo o dos, lo haría.

Descendió al manto de hojas del bosque y voló bajo entre las ramas, jugando un poco, como si tuviera que maniobrar a través de las aberturas entre las ramas.

—*No te entusiasmes* —le advirtió, el búho macho siguiendo de cerca su vuelo.

Skyler cambió de dirección bruscamente, descendió por debajo del macho y se lanzó en picado por una estrecha abertura para planear sobre la hierba que crecía en el suelo del bosque.

Era carpatiana. Abrazaba el hecho de que podía volar de ese modo, de que podía ver el mundo a través de los ojos de un búho.

—*Si tuvieras los ojos vendados, csitri, podrías seguir viendo a través de los ojos de aquél con el que te fundas. Entra perfectamente en el ámbito de tu poder.*

Ésa había sido la lección desde el principio, por supuesto. Dimitri se lo había dicho, pero ella estaba tan disgustada consigo misma que no le había escuchado. Él había encontrado otro modo y se limitó a esperar a que ella cayera en la cuenta de lo que debería haber sabido desde el principio.

Se había fundido con Dimitri. Cuando hacían el amor, él siempre se fundía con ella. Sabía que no lo hacía solamente para aumentar su conciencia de las necesidades y placeres del otro, sino para protegerla. Lo único que tenía que hacer ahora era entrar en contacto con él y podría tener el control absoluto.

—*Lo recordaré* —le prometió, más para sí misma que para él.

Dimitri era... bueno... era Dimitri. Nunca parecía alterado, molesto o enfadado con ella por nada, y menos aún por hacer el amor. No se había esperado que acudiera a él y se ofreciera, y lo cierto era que se tomaba todo lo que hacían juntos como un milagro.

—*Deja que te enseñe lo que me diste, este gran regalo de amor que siempre atesoraré.*

Skyler voló debajo de él, rumbo a su casa. Vio la estructura a lo lejos, abrigada por el bosque. Habían recorrido las habitaciones de la vieja casa de piedra, una a una, y las habían reformado a su gusto. Ya había un fuego ardiendo vivamente en la chimenea. Por supuesto que lo había. Dimitri estaba atento a los detalles.

Siempre estaba allí para ella, era su continuo y firme apoyo. No importaba lo que ocurriera, siempre podía contar con él. Sintió un arrebato de pura dicha. Las pesadillas no tenían nada que hacer contra un hombre de su valía. Podía decir todo lo que quisiera sobre que era fuerte sin él, y tal vez fuera cierto, pero era mejor con él. Siempre. Para siempre.

—*Enséñamelo, amor mío.*

Las imágenes se deslizaron en su mente sin filtrar. Con ellas vinieron sus sentimientos. El absoluto éxtasis de su boca prieta y caliente rodeándolo como un puño de terciopelo, provocando un fuego que bailaba en su entrepierna, le bajaba por los muslos y le subía hasta el vientre. Ella había hecho eso.

Verla tan confiada, ver la venda de pétalos, las manos en sus muslos, el completo obsequio que hacía de ella, todo se había combinado para hacer que perdiera el control y se perdiera en la sensación de dicha que ella creaba, ese paraíso en el que se había sumido.

—*Tu confianza es tu auténtico regalo para mí, Skyler. No la forma en que me haces sentir. Te pusiste una venda en medio de un campo y te entregaste a mí. Mira qué recuerdos tengo. Los atesoraré toda la vida.*

—*Muéstrame el momento en que me asusté. Quiero sentir lo que sentiste tú.*

Era importantísimo. Necesitaba saber si había estropeado aquel hermoso recuerdo para él.

Dimitri no vaciló. La intensidad de su apetito por ella la abrumó, esa necesidad que corría por sus venas y se concentraba en su entrepierna, una rugiente tormenta de fuego, caliente y veloz. Skyler se encontró atrapada por el calor, su propio cuerpo acumuló tensión sexual y el apetito por él la recorrió incluso en lo más profundo del cuerpo del búho.

Entonces sintió aquel primer atisbo de incertidumbre que penetró en la mente de Dimitri. Skyler. Su mundo. Al instante el foco de atención se centró en lo que sentía por ella. Su mente completa y totalmente centrada en ella. Allí no había ningún pensamiento hacia sí mismo ni su creciente deseo, ningún reproche, ni enojo, nada salvo la necesidad de asegurarse de que ella estaba bien.

—Eres mi vida. Tu felicidad está por encima de la mía siempre. Del mismo modo en que tú confías en que haga estas cosas por ti, sé que tú las harás por mí.

El pequeño búho se posó en la piedra ancha que cercaba el porche, extendió las alas y las agitó antes de cambiar a su forma humana. Se quedó en la ancha baranda de piedra con los brazos extendidos a la noche. No se molestó con la ropa, su casa estaba muy alejada de cualquier otra y Skyler había escudriñado la zona circundante tal como Dimitri le había enseñado a hacer.

El búho macho aterrizó en el suelo de piedra del porche y cambió de forma con rapidez, tan rápido que ella apenas distinguió el cambio al volverse hacia él.

—¿Cómo lo haces? —le preguntó mientras se daba la vuelta—. Cambiar es genial, pero tengo que pensar bien en lo que estoy haciendo.

Las manos de Dimitri le ciñeron la cintura y la levantó de la baranda para dejarla en la piedra que cubría el suelo del porche.

—He tenido siglos para practicar.

—Lo dices como si nada —comentó Skyler—. Siglos. Yo aún pienso en años. Mi próximo cumpleaños.

Dimitri le dio un beso que le rozó la cabeza, luego entrelazó los dedos con ella, y tiró para acercarla a él hasta que Skyler sintió el calor que irradiaba su cuerpo.

—Al final el paso del tiempo no significa nada.

—Supongo. Me imagino que si pensara en años, tú serías viejo y decrépito —dijo en broma.

—Afortunadamente para mí, no envejecemos más allá de cierto punto —repuso con una leve sonrisa burlona.

Alargó la mano junto a ella y abrió la puerta como si fuera humano.

Una vez más, Skyler se dio cuenta de que Dimitri hacía pequeñas cosas para hacerla sentir más cómoda de lo que ella ni siquiera había considerado. La casa en sí era para alguien humano. Dimitri la había modernizado e incluía hasta una cocina, de modo que cualquiera que viniera de visita creería que eran como todos los demás. Ella sabía que ésa sería su explicación, pero el hecho era que había ido a la nevera varias veces, la había abierto y había examinado la comida que él cambiaba todas las noches. Era un hábito humano que le costaría tiempo vencer.

—¿Qué es lo que más echas de menos? —preguntó Dimitri.

—¿Te refieres a la comida? El chocolate. —Se rió bajito—. A casi todas las mujeres les encanta el chocolate, y tengo que admitir que yo soy una de ellas.

—¿Cómo sabe? —preguntó.

Ella frunció el ceño. Lo cierto era que nunca había pensado en ello.

—Es difícil de explicar.

—No lo expliques, *csitri*, eres carpatiana. Evoca el recuerdo en tu mente y luego transfiéremelo.

Skyler asintió con la cabeza y le dio un apretón en la mano. Siempre eran las pequeñas cosas las que tenía que recordar hacer. Sabía que se acostumbraría a hacerlas, pero aun así, había muchos detalles. Trajo a la memoria su mejor recuerdo del chocolate. Había estado en la biblioteca de la universidad estudiando durante horas y se había olvidado de que tenía hambre, y su tía Jaxon, la compañera eterna de Lucian, había ido a visitarla.

Fue una visita inesperada, pero grata. Ver una cara conocida la alegró. Jaxon, al igual que Skyler, había sido humana y sabía lo largas que eran las horas. Había traído chocolate negro, una tableta entera. Skyler había pasado mucho tiempo sentada allí charlando con ella, disfrutando de cada momento mientras el chocolate se fundía en su boca.

Había saboreado esa tableta, comiéndose una pequeña onza cada vez a lo largo de la semana siguiente. Siempre que se comía un trocito, evocaba la visita de Jaxon y volvía a ponerse contenta. Le encantaba la universidad, pero echaba de menos a su familia y, de algún modo, aquel pequeño regalo la había hecho sentir muy querida.

El sabor del chocolate le inundó la mente y la boca. Se volvió hacia Dimitri, le rodeó el cuello con los brazos y apretó el cuerpo contra él. Entonces alzó el rostro hacia él a modo de invitación.

Dimitri inclinó la cabeza hacia ella, sus ojos azules se oscurecieron y provocaron que las mariposas alzaran el vuelo e hicieran que Skyler apretara su vagina ardiente. Le rozó los labios con los suyos, muy levemente.

—Dejas que se te funda en la boca —le aconsejó en voz baja.

Le agarró el pelo de la nuca con los dedos al tiempo que notaba cómo su lengua le recorría las comisuras de los labios. Ella abrió la boca para él y dejó que le metiera la lengua. Junto con el sabor del chocolate negro conservó la sensación que tuvo y la alegría que esa tableta le reportó, y lo hizo predominar en su mente para compartirlo también.

Dimitri la rodeó con sus brazos y la atrajo hacia sí, la estrechó como si quisiera grabar el suave cuerpo de la joven en el suyo. Ella notó el movimiento de su miembro, ya duro y henchido, en el estómago. Su boca estaba caliente y su piel irradiaba calor. Él la besó a conciencia, una y otra vez, al principio la dejó sin aliento y luego sin capacidad para pensar.

—*El chocolate es muy sabroso* —coincidió Dimitri.

—*Mmm, sí* —dijo ella—. *Pero tú también.*

—*Voy a llevarte al dormitorio.*

—*Debes de leerme el pensamiento.*

Skyler mantuvo los ojos cerrados porque en realidad Dimitri no terminó el beso. Notó que flotaba, pero, de todos modos, por regla general, sus besos solían hacerla sentir de esa manera. Le mordisqueó el labio con los dientes.

La dejó con suavidad en medio de la cama y a cuatro patas. Skyler abrió los ojos poco a poco. La habitación estaba iluminada solamente por la luz tenue de unas velas parpadeantes. El aroma era a canela picante. Se hallaban rodeados de espejos, como si las paredes estuvieran hechas de ellos, y el techo también.

—Eres tan hermosa —murmuró Dimitri—. Quiero ver tu cara mientras te hago el amor en esta posición.

Había algo muy decadente en estar en esa postura en una cama, completamente desnuda, con el pelo suelto y los pechos balanceándose suavemente, con las caderas moviéndose de manera seductora a modo de invitación… y sin poder hacerlas parar. Tenía la sensación de que unas llamas le ardían entre las piernas y ni siquiera el aire fresco de la noche podía extinguir el fuego.

Dimitri se arrodilló a su lado y fue subiendo los dedos por la parte interior de sus muslos, hacia ese calor que aguardaba, y los deslizó dentro para comprobar si estaba lista. Ahora las imágenes no eran sólo decadentes, eran eróticas. Cruzó la mirada con él en el espejo.

Skyler ya estaba jadeando y la anticipación la hacía temblar. Él hundió más los dedos.

—Me encanta lo mojada que te pones para mí, *sívamet*. No importa cuántas veces te busque, siempre estás lista para mí.

—Porque me vuelves loca —admitió ella en voz baja—. Me encanta tu cuerpo. Sólo mirarte me llena de deseo por ti. Y luego está el sonido de tu voz. También me pasa cuando la escucho. Si me tocas, me besas o tomas mi sangre, estoy completamente perdida.

Era la verdad y no le avergonzaba lo más mínimo admitirlo.

Skyler notó que la cabeza caliente de su erección presionaba con fuerza en su vagina. Al principio siempre tenía la sensación de que Dimitri era demasiado grande para ella. Su cuerpo parecía resistirse a su invasión, aunque anhelaba tenerlo dentro. Él le puso las manos en las caderas y afianzó allí los dedos. Skyler tenía el corazón palpitante mientras él esperaba. El calor aumentó. Notó que su humedad lo bañaba y que sus músculos se constreñían, desesperados por atraerlo dentro de sí.

Entonces la embistió y la llenó, atravesó sus músculos prietos y se fue hundiendo más y más hasta que pareció alojarse en la mismísima matriz. Ella gritó cuando un relámpago, candente y abrasador, recorrió su cuerpo creando unas llamas que iban de los muslos al vientre y seguían hasta los pechos.

Dimitri se hundió profundamente en ella mientras observaba su rostro y veía cómo se le vidriaban los ojos mientras él la penetraba una y otra vez, marcando un ritmo malvado. Era agresivo y brusco, porque quería que Skyler se diera cuenta de que no tenía miedo de esa faceta de sus relaciones sexuales. Cualquier cosa podía hacer que se asustara. Daría igual. Lo aceptarían y seguirían adelante.

Ella cruzó la mirada con él en el espejo. Era tan hermosa que le entraron ganas de llorar de alegría. Con cada embate sus pechos se balanceaban y la cabeza se le sacudía. Se le abría la boca al jadear. Empujaba contra él, acogiéndolo tan dentro de sí como era posible, ajustándose a su ritmo sin dejar de cabalgarlo por fuerte o brusca que fuera cada embestida.

Dimitri empezó a perderse en la belleza y el fuego de su pasión. El control empezaba a escaparse. Siempre había ese momento de peligro, cuando ella se diera cuenta de que había abandonado toda restricción y se había permitido entregarse por completo al placer.

Skyler lo rodeó con un calor abrasador. Sus músculos eran como una fuerte mordaza cuya fricción era exquisita. Ella lo llevaba a lugares que él no sabía que existían, con el puño de terciopelo de su vagina que lo exprimía y masajeaba hasta que supo que no aguantaría mucho más.

Pareció que todos los músculos del cuerpo se le contraían. Estaban cargados de tensión. De anticipación. Dimitri observó el color de su cuerpo, el encendido rubor, las débiles súplicas reveladoras que se le escapaban mientras empujaba hacia atrás con frenesí, acercándose también cada vez más al clímax.

—Tan hermosa... —susurró él.

Skyler jadeó y su cuerpo se aferró con fuerza al de Dimitri. Él sintió la primera oleada como un tsunami que la recorría, llevándoselo con ella; gritó su nombre mientras las oleadas se sucedían, una tras otra, y sus prietos músculos lo exprimían hasta dejarlo seco.

Entonces se dejó caer de bruces en la cama, con la respiración entrecortada. Dimitri cubrió su cuerpo y se tumbó con ella, enjaulándola con sus brazos. Seguían unidos, con los corazones palpitantes y los pulmones ardiendo. Cuando él logró recuperar un poco el aliento, dejó que su cuerpo se separara del de ella y rodó de lado para no aplastarla con su peso.

Tardó unos minutos en poder hacer desaparecer los espejos con un gesto de la mano, apagar el fuego rugiente y deshacerse de casi todas las velas.

—¿Crees que podríamos dormir aquí mismo? —le preguntó Skyler—. No quiero moverme.

Dimitri se rió en voz baja.

—Nunca dormimos donde puedan encontrarnos. Ya lo sabes.

—¿Para qué están las defensas?

Dimitri le tomó el pecho con la palma ahuecada y le pasó una pierna por el muslo.

—No es seguro dormir donde puedan encontrarnos —repitió—. Ni siquiera con defensas.

Skyler volvió la cabeza contra el hombro para mirar a Dimitri.

—¿Los *Sange rau* pueden estar fuera durante las horas de sol?

Dimitri frunció el ceño y le acarició el cuello con la nariz.

—De momento, no. Los *Sange rau* son lobos renegados y vampiros. Un lobo renegado puede salir a la luz del día, por supuesto, pero un vampiro no. Fen dice que puede estar al sol más tiempo de lo que lo había hecho hasta ahora, pero aun así se quema si se queda demasiado. Yo estuve al sol cuando estaba colgado de los árboles. Por suerte eran tan frondosos que la luz no penetraba del todo y no me daba en el cuerpo, pero aun así me salieron ampollas. De haber sido completamente carpatiano eso podría haberme matado. No lo sé. Nuestra sangre carpatiana siempre será sangre carpatiana y la sangre de licántropo siempre será de licántropo. Es nuestra capacidad para utilizar las dotes de ambas especies lo que parece aumentar. Puede que eso conlleve la capacidad de salir al sol de la tarde, pero es demasiado pronto para predecirlo.

—¿Estabas escuchando a Arno cuando habló de los seres de sangre mestiza? —preguntó Skyler, y se dio la vuelta hacia él.

Dimitri recorrió con el dedo los pliegues de su ceño fruncido.

—Sí.

—Y no solamente sus palabras, ¿y la pasión y el odio de su voz? Es un buen hombre, Dimitri. Él se considera un buen hombre. Intenta hacerlo lo mejor posible, intenta hacer lo correcto y, sin embargo, se mostró muy inflexible en cuanto a que había que exterminar a cualquiera que tuviera sangre mezclada. Él lo cree, en lo más profundo de su corazón y su alma. Incluso reconoce la diferencia entre *Sange rau* y *Hän ku pesäk kaikak*, pero los quiere ver muertos a todos.

La angustia de la joven lo carcomió. Le acarició la alborotada mata de pelo. Le gustaba con el pelo alborotado. Tenía aspecto de que acabaran de hacerle el amor a conciencia.

—Ya lo sé, *csitri*. No dejes que eso te afecte. No tenemos control sobre los demás. Si tenemos suerte, quizá con el tiempo, sólo con tratarnos, se sentirá de otra forma. Los miembros del consejo han votado para seguir intentando llegar a algún acuerdo. Creo que un par de los demás también han decidido venir, aunque no lo sé con seguridad.

—Se esforzó muchísimo para salvarle la vida a Zev. Sabía que los carpatianos le estaban dando sangre, pero no puso objeciones ni intentó detenernos. —Skyler se mordió el labio inferior—. En ese momento estaba destrozado. Zev le salvó la vida. De no haberlo protegido con su cuerpo ahora podría estar muerto. Y Zev tendría que estarlo. Por suerte tenía bastante mezcla de sangre carpatiana con su sangre de licántropo para poder aguantar hasta que le llegara ayuda.

Dimitri se inclinó y le dio un beso en la punta de la nariz.

—En forma de mi asombrosa y talentosa compañera eterna. Por lo que me dijeron Fen y Tatijana, estuviste increíble.

—Hicimos falta todos nosotros, pero lo cierto es que me ha despertado la curiosidad por saber más sobre mi madre biológica. A veces la siento, me guía cuando me pierdo sanando a alguien. Es una fuerza en mi interior, inesperada y excepcional, pero en ocasiones viene a mí. No la recuerdo sanando a gente, pero en ocasiones sueño con ello. Creo que es posible que estuviera allí con ella cuando ayudaba a otros. Yo tenía que ser muy pequeña, quizás aún llevara pañales, y me enseñaba lo que hacía.

—Podría buscar esos recuerdos por ti —se ofreció Dimitri.

Skyler se retorció, incómoda. Él lo sabía todo sobre su pasado, el hecho de que la hubieran vendido a los hombres siendo niña, pero tendría que ir más allá de esos recuerdos para llegar a los de su madre. Por mucho que deseara saber todo lo posible sobre su madre biológica, no estaba preparada para que él repitiera esos recuerdos monstruosos.

—Algún día. Cuando las cosas no me estén pasando tan deprisa —le dijo—. Ha habido muchos cambios y a veces me siento abrumada. Sé que en cualquier momento todo podría estallar entre licántropos y carpatianos y la idea me aterroriza. Aún me estoy acostumbrando a ser del todo carpatiana y aprendiendo todo lo que eso conlleva. —Le sonrió—. Y estás tú. El amor de mi vida. La intensidad del «nosotros» resulta un poco desconcertante a veces.

Dimitri la tomó en sus brazos y le acarició la cabeza con la nariz.

—Está amaneciendo y necesitas dormir. Tenemos por delante otro gran día. Ivory y Razvan quieren que nos entrenemos todo el día con intensidad, a diario hasta que los cachorros nos acepten.

—La primera vez que oí que los llamaban cachorros, pensé que serían unas cositas pequeñas, pero son enormes —comentó Skyler.

—¿Te intimidan?

Ella le dijo que no con la cabeza.

—Ya no. La primera vez que los vi, sí lo hicieron. Creo que me aceptaron porque debo de tener algo de Razvan en mí. Lo que está claro es que reconocieron en ti al lobo alfa de inmediato.

Dimitri le rugió al oído al tiempo que abría el suelo y descendía flotando al sótano.

—Por supuesto que sí.

—Muy gracioso. Tú tampoco me intimidas.

Soltó un resoplido de desdén para dar énfasis a sus palabras.

Dimitri se rió.

—Después de ver que Ivory te ha enseñado a utilizar la ballesta y a lanzar cuchillos, creo que empiezo a sentirme un poco intimidado por ti.

Skyler le sonrió abiertamente.

—Estoy mejorando. La verdad es que me encanta. Sobre todo los lobos. Ni en mis sueños más descabellados pensé que tendría mi propia manada como Ivory y Razvan.

Se disolvieron los dos y se deslizaron por entre las grietas del suelo de piedra hacia el suelo de debajo. Dimitri también lo abrió para los dos. Skyler estaba tan emocionada por la perspectiva de reanudar su entrenamiento con los lobos la tarde siguiente que no experimentó su acostumbrado y breve momento de miedo cuando se metieron flotando en la tierra rica y acogedora.

Dimitri la rodeó con sus brazos, tal como hacía cada amanecer, se pegó a ella y le ordenó que durmiera antes de poner otra vez la tierra sobre ellos y asegurar las defensas para el día que empezaba.

Capítulo 22

Se formó niebla, unos dedos blancos y alargados que se extendían por el bosque y se enroscaban en los gruesos troncos de los árboles. El denso vapor amortiguaba el sonido y daba un carácter inquietante al bosque. Una mujer salió de aquella densa niebla. Se quedó inmóvil, prácticamente fundida con el entorno. Muy lentamente, se agachó y puso la mano en el suelo del bosque para sentir el latido de la tierra, buscando información, sonidos o vibraciones de un enemigo.

Era menuda, tenía una larga cabellera rubia que llevaba entrelazada en una gruesa e intrincada trenza que le llegaba a la cintura. Vestía pantalones negros de cintura baja con las perneras bien metidas en unas botas negras. El chaleco que llevaba le dejaba el estómago al descubierto. La prenda tenía tres juegos de hebillas de acero con unas cruces diminutas grabadas en el metal que le daban un aspecto ornamental a los cuadrados.

Llevaba una ballesta en la mano, una espada de plata colgando de la cadera izquierda y un cuchillo de la derecha. Un carcaj con flechas le colgaba del hombro y algunos de los proyectiles tenían punta de plata. Por las dos perneras de los pantalones había presillas que contenían numerosas armas de hoja afilada. Una funda colgando baja de la cadera contenía una pistola así como unas hileras de pequeñas puntas de flecha planas pero extremadamente afiladas.

Era paciente, se tomaba su tiempo, mantuvo la palma plana contra el suelo y absorbió las noticias de la noche. Hacía frío, pero ella no sentía el helor del aire, ni la niebla que se formaba a su alrededor. Cerró los ojos brevemente y dejó que sus sentidos vieran por ella. Se levantó muy despacio y se volvió hacia la derecha. Allí, donde la niebla era más densa, donde los árboles eran más tupidos, su presa aguardaba emboscada para caer sobre ella.

Dio la impresión de que se deslizaba por el suelo del bosque. Incluso la maleza se separaba para dejarle paso y que no hubiera ni un susurro de movimiento mientras ella se abría camino con cautela hacia aquella densa arboleda. Al acercarse notó la primera agitación a su espalda, un leve roce de pelo, que la advirtió.

La invadió una sensación de euforia. Continuó avanzando unos cuantos pasos más y entonces se dio media vuelta con rapidez mientras sus dedos ya estaban liberando las puntas de flecha y las lanzaron con una fuerza terrible mientras corría hacia el vampiro grotesco que salía del tronco de un abeto muerto y retorcido. Aunque estaba muerto, el árbol se estremeció y se sacudió al expeler a la asquerosa criatura de sus profundidades.

Seis puntas de flecha le alcanzaron en la pierna, se clavaron profundamente y la fórmula que las cubría evitó que el vampiro cambiara de forma. Avanzó corriendo con la espada en la mano. El torso y la cabeza del vampiro desaparecieron, así como sus pies, perdidos en la niebla espesa. Sólo seguía viéndose una de las piernas del no muerto, una visión extraña y casi risible.

Maldiciendo de un modo impropio de una dama, Skyler detuvo su ataque.

—No puedo creer que cometiera un error tan estúpido.

La pierna desapareció como si nunca hubiera estado allí. Ivory y Razvan se materializaron delante de ella. Dimitri la rodeó con un brazo consolador.

—Escuchaste a tus lobos —dijo Ivory—. Pero las flechas tienen que ir del vientre al hombro si quieres ser capaz de tomar el corazón.

Skyler no pudo evitar sonreír.

—*Frost* me advirtió. Me enorgulleció mucho. La verdad es que supe que era él y no *Moonglow*. Ahora ya los distingo.

Frost tenía un precioso pelo plateado, espeso y poco habitual, con las puntas blancas, de manera que parecía estar cubierto de hielo. La hembra solitaria era un bello espécimen, con un pelaje tan plateado que relucía como la luna. Ivory la había llamado *Moonglow*, brillo de luna, pero casi siempre la llamaba *Moon*. Ambos iban en su espalda en forma de tatuajes, de modo que tenía ojos y oídos en ambos lados y detrás, que la ayudaban en la caza.

Estaba agradecida de que los cuatro cachorros los hubieran aceptado a Dimitri y a ella como líderes de su manada, como los alfas a los que seguir. Sabía que lo que había captado la atención de los lobeznos había sido el carácter calmado y resuelto de Dimitri y su firme liderazgo, aunque a ella se le daba mejor cada día.

Shadow era más oscuro, un espeso pelaje casi negro, con las puntas grises, de modo que podía deslizarse por la oscuridad sin ser visto, y era definitivamente un alfa. Se adhería a la espalda de Dimitri junto con *Sonnet*, el lobo con la voz más sorprendente. Era un cazador grande y sigiloso que trabajaba estrechamente con *Shadow* para abatir a la presa.

—¿*Moon* te dio alguna indicación de que algo te amenazaba? —le preguntó Ivory.

Skyler suspiró.

—Si lo hizo, no lo sentí. Creo que sigue un poco molesta porque antes intenté llevarlos como un abrigo de pieles. Cuando me lo quité e intenté tenderlo suavemente para permitir que se liberaran, en vez de extenderse en el aire, el pelaje quedó apretujado y ella se enredó. Me hizo saber que no le había gustado.

Ivory negó con la cabeza y se tapó la sonrisa con una mano.

—Yo tuve muchos problemas con el abrigo —admitió—. No es fácil aprenderlo todo de las distintas armas, y a la vez aprender a cazar con los lobos. El movimiento sobre tu piel tiene que ser sutil. No puedes permitir que nadie sepa que tus lobos son auténticos.

Skyler asintió con la cabeza. Ivory tenía mucho que enseñarle.

—*Enseñarnos* —la corrigió Dimitri—. *Yo también estoy aprendiendo.*

—*Tú eres muy bueno en todo. Me siento como si fuera la tonta de la clase. Estoy acostumbrada a ser la mejor alumna.*

Dimitri rompió a reír. Tanto Ivory como Razvan enarcaron las cejas.

—Estoy enfurruñada porque no soy la mejor de la clase —confesó Skyler con una sonrisa irónica—. A Dimitri le hace mucha gracia. Tengo muchas ganas de poder hacer esto.

Ivory le sonrió y le tocó el brazo brevemente.

—La tarea más difícil ya se ha completado. Los lobos tenían que aceptaros. Tendréis que encontrar otra hembra para *Shadow*. La pequeña *Moon* es su hermana, y no tiene ni un ápice de alfa en su cuerpo.

—De hecho, *Shadow* la encontrará a su tiempo —dijo Razvan—. Cuando lo haga, lo sabréis, y tendréis que adiestrarla a ella también.

—Hay que trabajar con ellos todos los días —advirtió Ivory—. Una manada está unida y tiene éxito siempre y cuando posea buenos líderes. Tenéis que cazar con ellos cuando van tras una presa. Dirigidlos y ayudadlos. Eso forma parte de ser un alfa.

Skyler agachó la cabeza. No le importaba cazar y matar vampiros, pero le resultaba difícil matar animales vivos aun cuando sabía que los lobos necesitaban comer. Se estaba esforzando mucho para vencer esa sensación de repugnancia en la boca del estómago cada vez que llevaban los lobos a cazar.

Cada vez más, Skyler quería pasar tiempo aprendiendo a utilizar las armas y los lobos para cazar vampiros, no animales. Estaba decidida a ser una ayuda para Dimitri. Aunque le llevara siglos de práctica, iba a asegurarse de ser la mejor para que él no tuviera que preocuparse.

—Siempre me preocupo cuando estás en peligro —le dijo Dimitri en voz alta.

—No si llego a ser muy buena en esto.

—Incluso entonces —le aseguró él—. Pero estoy muy orgulloso de ti, Skyler. Has avanzado mucho esta última semana.

—Ivory es una de las mejores cazadoras que tenemos —terció Razvan—, pero como compañero suyo, me preocupo. No es algo que vaya a desaparecer. Cada vez que salimos mejoras.

Skyler le dirigió una sonrisa de agradecimiento.

—Aún no se me da muy bien la ballesta —admitió—. Y tengo que ser buena si quiero servir de algo en una cacería.

Dimitri hizo una ligera mueca al oírlo. Skyler tenía pensado ir con él a cazar vampiros, tal como Ivory y Razvan hacían juntos. A él no le gustaba mucho la idea, aunque ella aprendía con rapidez y los lobos les proporcionarían ventaja. Tenía que reconocer que había supuesto un gran beneficio cuando lo había rescatado. Sin ella, estaría muerto. No se asustó y fue metódica.

Skyler le dirigió una larga mirada por debajo de las pestañas. Dimitri conocía esa mirada. Se sorprendió dirigiéndole una sonrisa avergonzada.

—Me tienes comiendo de la palma de tu mano, *sívamet*. No puedo negarte nada. Pero esperarás a que todos nosotros creamos que estás preparada para cazar. Nosotros tres, no tú.

Ella se resistió a poner los ojos en blanco. Razvan se pondría del lado de Dimitri y diría que faltaba un poco más de tiempo antes de que pudiera cazar con él, pero Ivory... Le sonrió a la mujer que se estaba convirtiendo con mucha rapidez en una amiga íntima y aliada. Ivory abogaría por ella, pero sólo si trabajaba duro y aprendía las lecciones necesarias para convertirse en una ayuda para Dimitri.

—Sé que no es posible aprender a utilizar todas las armas en unas pocas semanas, pero con el tiempo lo conseguiré.

—No basta con saber utilizarlas —dijo Ivory—. Tienes que conseguir que sea algo instintivo. Los vampiros se sirven de toda clase de trucos, ilusiones y venenos mortíferos cuando los cazas, por no hablar de sus propias armas. No puedes vacilar cuando te lanzas a matar. Seguiremos trabajando en tu entrenamiento hasta que sepamos con seguridad que eres capaz de destruir a los no muertos.

—Sé que no te gusta cazar animales —añadió Razvan—, pero eso, más que cualquier otra cosa, te ayudará a adaptarte a cazar con los lobos. Tu velocidad, sigilo y habilidad de interpretar a los animales aumentarán con rapidez.

—Tenéis que crear un hogar para los lobos de manera que estén contigo continuamente —intervino Ivory—. Vuestra casa os servirá, pero necesitarán saber que pueden estar tumbados junto al fuego mientras vosotros os movéis por las demás habitaciones. Cuando os metáis bajo tierra, querrán ir con vosotros. No olvidéis que son carpatianos y necesitan el suelo rejuvenecedor tanto como vosotros.

Skyler alargó la mano hacia Dimitri. Él cerró los dedos de inmediato en torno a los suyos y ella sintió el calor de su amor que la envolvía como una manta. Y lo que es más, los lobos también lo sintieron. Ya estaba sintonizando y compartiendo su mente con ellos, tal como Dimitri hacía de manera natural. Los animales parecieron acurrucarse cerca de ella, rozándole la espalda con afecto antes de acomodarse.

Sabía que les esperaban tiempos difíciles. Se estaba fraguando una guerra con un enemigo desconocido y su gente tenía que estar protegida. Quería poder luchar si era necesario, proteger a sus seres queridos. Los lobos le daban una confianza añadida.

—Los tatuajes os quedan muy bien a ambos —afirmó Razvan—. Nunca hubiera pensado que las cicatrices disminuirían como lo han hecho, Dimitri. Apenas veo rastro de ellas, sólo unos débiles círculos blancos. En tu espalda, el pelaje de tus lobos se funde sin que se note.

Dimitri tiró de Skyler para ponerla bajo la protección de su hombro.

—Skyler posee unas habilidades que superan todo lo que he visto.

Un destello de orgullo iluminó los ojos de Razvan.

—Todos nos quedamos asombrados de que fuera capaz de salvar a Zev. ¿Alguien sabe cómo se encuentra?

Dimitri dijo que no con la cabeza.

—Sigue aguantando, por suerte. Branislava ha entrelazado su espíritu con el suyo y lo mantiene unido a este mundo. Fen dice que todavía no han salido del bosque, pero que él ha tomado sangre cada vez que han ido a alimentarlos a ambos.

Razvan soltó aliento entre dientes e Ivory se acercó más a él para simplemente tocarle el brazo con un gesto de consuelo silencioso, cosa que recordó a Dimitri que Tatijana y Branislava eran sus tías. Los tres habían estado prisioneros al mismo tiempo en la fortaleza de hielo donde Xavier había gobernado y realizado sus malvados experimentos.

—Bronnie apenas había vuelto a salir a la superficie antes de hacer esto —comentó Razvan—. Yo ni siquiera la había visto.

Había una queda aceptación en su voz, aprendida sin duda durante siglos de tortura y de tener que aceptar las cosas que escapaban a su control, por angustiosas que fueran.

—Bronnie sabía lo que estaba haciendo —explicó Skyler—. No había otra forma de salvarle. Su herida era muy grave, mortal, como quieras decirlo. Hizo falta que las tres trabajáramos durante lo que parecieron horas para enmendarlo desde dentro. Si Bronnie no hubiera entrelazado su espíritu con el de él y no lo hubiera retenido a ella, Zev se hubiera marchado.

—No lo entiendo —dijo Razvan—. Un espíritu puede ser rodeado y retenido, ¿por qué iba a tener que unir su destino al de él?

Ivory le tomó la mano.

—Él hubiera decidido abandonarnos —dijo en voz baja—. Pero sus instintos de proteger a los demás son muy fuertes en él. Ella lo sabía, ¿verdad, Skyler?

Ella asintió con la cabeza.

—Todos lo vimos en él. La primera vez que te metes en su cabeza resulta mortífero y terrorífico, pero luego descubres que su primer instinto es defender y proteger a los demás. Al entrelazar su espíritu con el de Zev, Bronnie le quitó la opción de abandonar. Si lo hacía se la llevaría consigo, y eso es algo que casi supera la capacidad de Zev.

—A menos que la herida lo mate —dijo Razvan.

Skyler movió la cabeza en señal de afirmación.

—Siempre existe esa posibilidad. Pero yo voy cada noche a trabajar en él y la Madre Tierra lo ha aceptado como a su hijo. Ella trabaja más duro que yo en su intento por salvarlo. Creo que está mejorando. Una herida como la suya es un trauma enorme para el cuerpo. Lleva tiempo.

—Es licántropo —añadió Dimitri—. Los licántropos se regeneran con más rapidez que la mayoría, y como ahora es de sangre mestiza, eso debería proporcionarle una fortaleza y una velocidad de recuperación añadidas.

Razvan asintió y dirigió la mirada al rostro de su hija.

—Gracias. Sé que lo que hiciste es extremadamente difícil, por muchas veces que digas que te ayudaron. El efecto que tuvo en ti fue evidente durante muchos días después. Si Bronnie vive, es gracias a tu continuada sanación de las heridas de Zev.

A Skyler se le subió el color a la cara y se acercó más a Dimitri. Se alegraba mucho de tener por fin una relación con su padre biológico y de poder hacer algo que le hiciera sentirse orgulloso de ella.

—¿Estás lista para volver a intentar esto? —le preguntó Ivory—. Esta vez deberíais cazar juntos y cuando encontréis a vuestra presa, soltad a los lobos y coordinad el ataque contra el vampiro con vuestra manada para proporcionarles experiencia en la caza de los no muertos.

A Skyler le dio un vuelco el corazón de pura dicha.

—Estoy lista —anunció y miró a Dimitri.

Él se inclinó, sin importarle que tuviera público, y buscó la boca de la joven con la suya. La besó tomándose su tiempo, permitiéndose perderse en ella durante sólo un momento. Levantó la cabeza con ojos oscuros de deseo. Le sonrió muy despacio.

—Bueno, pues hagámoslo.

Skyler se puso de puntillas y le devolvió el beso.

—Estoy contigo.

Lo estaría siempre. Allí mismo, a su lado.

Apéndice **1**

Cánticos carpatianos de sanación

Para comprender correctamente los cánticos carpatianos de sanación, se requiere conocer varias áreas.

- Las ideas carpatianas sobre sanación
- El «Cántico curativo menor» de los carpatianos
- El «Gran cántico de sanación» de los carpatianos
- Estética musical carpatiana
- Canción de cuna
- Canción para sanar la Tierra
- Técnica carpatiana de canto
- Técnicas de los cantos carpatianos

Las ideas carpatianas sobre sanación

Los carpatianos son un pueblo nómada cuyos orígenes geográficos se encuentran al menos en lugares tan distantes como los Urales meridionales (cerca de las estepas de la moderna Kazajstán), en la frontera entre Europa y Asia. (Por este motivo, los lingüistas de hoy en día llaman a su lengua «protourálica», sin saber que ésta es la lengua de los carpatianos.) A diferencia de la mayoría de pueblos nómadas, las andanzas de los carpatianos no respondían a la necesidad de encontrar nuevas tierras de pastoreo para adaptarse a los cambios de las estaciones y del clima o para mejorar el comercio. En vez de ello, tras los movimientos de los carpatianos había un gran objetivo: encontrar un lugar con tierra adecuada, un terreno cuya riqueza sirviera para potenciar los poderes rejuvenecedores de la especie.

A lo largo de los siglos, emigraron hacia el oeste (hace unos seis mil años) hasta que por fin encontraron la patria perfecta —su «susu»— en los Cárpatos, cuyo largo arco protegía las exuberantes praderas del reino de Hungría. (El reino de Hungría prosperó durante un milenio —convirtiendo el húngaro en lengua dominante en la cuenca cárpata—, hasta que las tierras del reino se escindieron en varios países tras la Primera Guerra Mundial: Austria, Checoslovaquia, Rumania, Yugoslavia y la moderna Hungría.)

Otros pueblos de los Urales meridionales (que compartían la lengua carpatiana, pero no eran carpatianos) emigraron en distintas direcciones. Algunos acabaron en Finlandia, hecho que explica que las lenguas húngara y finesa modernas sean descendientes contemporáneas del antiguo idioma carpatiano. Pese a que los carpatianos están vinculados a la patria carpatiana elegida, sus desplazamientos continúan, ya que recorren el mundo en busca de respuestas que les permitan alumbrar y criar a sus vástagos sin dificultades.

Dados sus orígenes geográficos, las ideas sobre sanación del pueblo carpatiano tienen mucho que ver con la tradición chamánica eruoasiática más amplia. Probablemente la representación moderna más próxima a esa tradición tenga su base en Tuva: lo que se conoce como «chamanismo tuvano».

La tradición chamánica euroasiática —de los Cárpatos a los chamanes siberianos— consideraba que el origen de la enfermedad se encuentra en el alma humana, y sólo más tarde comienza a manifestar diversas patologías físicas. Por consiguiente, la sanación chamánica, sin descuidar el cuerpo, se centraba en el alma y en su curación. Se entendía que las enfermedades más profundas estaban ocasionadas por «la marcha del alma», cuando alguna o todas las partes del alma de la persona enferma se ha alejado del cuerpo (a los infiernos) o ha sido capturada o poseída por un espíritu maligno, o ambas cosas.

Los carpatianos pertenecían a esta tradición chamánica euroasiática más amplia y compartían sus puntos de vista. Como los propios carpatianos no sucumbían a la enfermedad, los sanadores carpatianos comprendían que las lesiones más profundas iban acompañadas, además, de una «partida del alma» similar.

Una vez diagnosticada la «partida del alma», el sanador chamánico ha de realizar un viaje espiritual que se adentra en los infiernos, para recuperar el alma. Es posible que el chamán tenga que superar retos tremendos a lo largo del camino, como enfrentarse al demonio o al vampiro que ha poseído el alma de su amigo.

La «partida del alma» no significaba que una persona estuviera necesariamente inconsciente (aunque sin duda también podía darse el caso). Se entendía que, aunque una persona pareciera consciente, incluso hablara e interactuara con los demás, una parte de su alma podía encontrarse ausente. De cualquier modo, el sanador o chamán experimentado veía el problema al instante, con símbolos sutiles que a los demás podrían pasárseles por alto: pérdidas de atención esporádicas de la persona, un descenso de entusiasmo por la vida, depresión crónica, una disminución de luminosidad del «aura», y ese tipo de cosas.

El cántico curativo menor de los carpatianos

El *Kepä Sarna Pus* (El «Cántico curativo menor») se emplea para las heridas de naturaleza meramente física. El sanador carpatiano sale de su cuerpo y entra en el cuerpo del carpatiano herido para curar grandes heridas mortales desde el interior hacia fuera, empleando energía pura. El curandero proclama: «Ofrezco voluntariamente mi vida a cambio de tu vida», mientras dona sangre al carpatiano herido. Dado que los carpatianos provienen de la tierra y están vinculados a ella, la tierra de su patria es la más curativa. También emplean a menudo su saliva por sus virtudes rejuvenecedoras.

Asimismo, es común que los cánticos carpatianos (tanto el menor como el gran cántico) vayan acompañados del empleo de hierbas curativas, aromas de velas carpatianas, y cristales. Los cristales (en combinación con la conexión empática y vidente de los carpatianos con el universo) se utilizan para captar energía positiva del entorno, que luego se aprovecha para acelerar la sanación. A veces se los usa como escenario para la curación.

El cántico curativo menor fue empleado por Vikirnoff von Shrieder y Colby Jansen para curar a Rafael De La Cruz, a quien un vampiro había arrancado el corazón en el libro titulado *Secreto Oscuro*.

Kepä Sarna Pus (El cántico curativo menor)
El mismo cántico se emplea para todas las heridas físicas. Habría que cambiar «sívadaba» [«dentro de tu corazón»] para referirse a la parte del cuerpo herida, fuera la que fuese.

Kuńasz, nélkül sívdobbanás, nélkül fesztelen löyly.
Yaces como si durmieras, sin latidos de tu corazón, sin aliento etéreo.
[Yacer-como-si-dormido-tú, sin corazón-latido, sin aliento etéreo.]

Ot élidamet andam szabadon élidadért.
Ofrezo voluntariamente mi vida a cambio de tu vida.
[Vida-mía dar-yo libremente vida-tuya-a cambio.]

O jelä sielam jŏrem ot ainamet és soŋe ot élidadet.
Mi espíritu de luz olvida mi cuerpo y entra en tu cuerpo.
[El sol-alma-mía olvidar el cuerpo-mío y entrar el cuerpo-tuyo.]

O jelä sielam pukta kinn minden szelemeket belső.
Mi espíritu de luz hace huir todos los espíritus oscuros de dentro hacia fuera.
[El sol-alma-mía hacer-huir afuera todos los fantasma-s dentro.]

Pajńak o susu hanyet és o nyelv nyálamet sívadaba.
Comprimo la tierra de nuestra patria y la saliva de mi lengua en tu
   corazón.
[Comprimir-yo la patria tierra y la lengua saliva-mía corazón-tuyo-dentro.]

Vii, o verim soŋe o verid andam.
Finalmente, te dono mi sangre como sangre tuya.
[Finalmente, la sangre-mía reemplazar la sangre-tuya dar-yo.]

Para oír este cántico, visitar el sitio:
http://www.christinefeehan.com/members/.

El gran cántico de sanación de los carpatianos

El más conocido —y más dramático— de los cánticos carpatianos de sanación
era el **En Sarna Pus** (El «Gran cántico de sanación»). Esta salmodia se reservaba para la recuperación del alma del carpatiano herido o inconsciente.

   La costumbre era que un grupo de hombres formara un círculo alrededor del carpatiano enfermo (para «rodearle de nuestras atenciones y compasión») e iniciara el cántico. El chamán, curandero o líder es el principal
protagonista de esta ceremonia de sanación. Es él quien realiza el viaje es-

piritual al interior del averno, con la ayuda de su clan. El propósito es bailar, cantar, tocar percusión y salmodiar extasiados, visualizando en todo momento (mediante las palabras del cántico) el viaje en sí —cada paso, una y otra vez—, hasta el punto en que el chamán, en trance, deja su cuerpo y realiza el viaje. (De hecho, la palabra «éxtasis» procede del latín *ex statis*, que significa literalmente «fuera del cuerpo».)

Una ventaja del sanador carpatiano sobre otros chamanes es su vínculo telepático con el hermano perdido. La mayoría de los chamanes deben vagar en la oscuridad de los infiernos, a la búsqueda del hermano perdido, pero el curandero carpatiano «oye» directamente en su mente la voz de su hermano perdido llamándole, y de este modo puede concentrarse de pleno en su alma como si fuera la señal de un faro. Por este motivo, la sanación carpatiana tiende a dar un porcentaje de resultados más positivo que la mayoría de tradiciones de este tipo.

Resulta útil analizar un poco la geografía del «averno» para poder comprender mejor las palabras del Gran cántico. Hay una referencia al «Gran Árbol» (en carpatiano: *En Puwe*). Muchas tradiciones antiguas, incluida la tradición carpatiana, entienden que los mundos —los mundos del Cielo, nuestro mundo y los avernos— cuelgan de un gran mástil o eje, un árbol. Aquí en la Tierra, nos situamos a media altura de este árbol, sobre una de sus ramas, de ahí que muchos textos antiguos se refieran a menudo al mundo material como la «tierra media»: a medio camino entre el cielo y el infierno. Trepar por el árbol llevaría a los cielos. Descender por el árbol, a sus raíces, llevaría a los infiernos. Era necesario que el chamán fuera un maestro en el movimiento ascendente y descendente por el Gran Árbol; debía moverse a veces sin ayuda, y en ocasiones asistido por la guía del espíritu de un animal (incluso montado a lomos de él). En varias tradiciones, este Gran Árbol se conocía como el *axis mundi* (el «eje de los mundos»), Ygddrasil (en la mitología escandinava), monte Meru (la montaña sagrada de la tradición tibetana), etc. También merece la pena compararlo con el cosmos cristiano: su cielo, purgatorio/tierra e infierno. Incluso se le da una topografía similar en la *La divina comedia* de Dante: a Dante le llevan de viaje primero al infierno, situado en el centro de la Tierra; luego, más arriba, al monte del Purgatorio, que se halla en la superficie de la Tierra justo al otro lado de Jerusalén; luego continúa subiendo, primero al Edén, el paraíso terrenal, en la cima del monte del Purgatorio, y luego, por fin, al cielo.

La tradición chamanística entendía que lo pequeño refleja siempre lo grande; lo personal siempre refleja lo cósmico. Un movimiento en las dimensiones superiores del cosmos coincide con un movimiento interno. Por ejemplo, el *axis mundi* del cosmos se corresponde con la columna vertebral del individuo. Los viajes arriba y abajo del *axis mundi* coinciden a menudo con el movimiento de energías naturales y espirituales (a menudo denominadas *kundalini* o *shakti*) en la columna vertebral del chamán o místico.

En Sarna Pus (El gran cántico de sanación)
En este cántico, ekä («hermano») se reemplazará por «hermana», «padre», «madre», dependiendo de la persona que se vaya a curar.

Ot ekäm ainajanak hany, jama.
El cuerpo de mi hermano es un pedazo de tierra próximo a la muerte.
[El hermano-mío cuerpo-suyo-de pedazo-de-tierra, estar-cerca-muerte.]

Me, ot ekäm kuntajanak, pirädak ekäm, gond és irgalom türe.
Nosotros, el clan de mi hermano, le rodeamos de nuestras atenciones y
  compasión.
[Nosotros, el hermano-mío clan-suyo-de, rodear hermano-mío, atención
  y compasión llenos.]

O pus wäkenkek, ot oma śarnank, és ot pus fünk, álnak ekäm ainajanak,
  pitänak ekäm ainajanak elävä.
Nuestras energías sanadoras, palabras mágicas ancestrales y hierbas
  curativas bendicen el cuerpo de mi hermano, lo mantienen con vida.
[Los curativos poder-nuestro-s, las ancestrales palabras-de-magia-nues-
  tra, y las curativas hierbas-nuestras, bendecir hermano-mío cuerpo-
  suyo-de, mantener hermano-mío cuerpo-suyo-de vivo.]

Ot ekäm sielanak pälä. Ot omboċe päläja juta alatt o jüti, kinta, és
  szelemek lamtijaknak.
Pero el cuerpo de mi hermano es sólo una mitad. Su otra mitad vaga por
  el averno.
[El hermano-mío alma-suya-de (es) media. La otra mitad-suya vagar por
  la noche, bruma, y fantasmas infiernos-suyos-de.]

Ot en mekem ŋamaŋ: kulkedak otti ot ekäm omboče päläjanak.
Éste es mi gran acto. Viajo para encontrar la otra mitad de mi hermano.
[El gran acto-mío (es) esto: viajar-yo para-encontrar el hermano-mío otra
mitad-suya-de.]

*Rekatüre, saradak, tappadak, odam, kaŋa o numa waram, és avaa owe o
lewl mahoz.*
Danzamos, entonamos cánticos, soñamos extasiados, para llamar a mi
pájaro del espíritu y para abrir la puerta al otro mundo.
[Éxtasis-lleno, bailar-nosotros, soñar-nosotros, para llamar al dios pájaro-
mío, y abrir la puerta espíritu tierra-a.]

Ntak o numa waram, és mozdulak, jomadak.
Me subo a mi pájaro del espíritu, empezamos a movernos, estamos en
camino.
[Subir-yo el dios pájaro mío, y empezar-a-mover nosotros, estar-en
camino-nosotros.]

*Piwtädak ot En Puwe tyvinak, ečidak alatt o jüti, kinta, és szelemek
lamtijaknak.*
Siguiendo el tronco del Gran Árbol, caemos en el averno.
[Seguir-nosotros el Gran Árbol tronco-de, caer-nosotros a través la
noche, bruma y fantasmas infiernos-suyos-de.]

Fázak, fázak nó o śaro.
Hace frío, mucho frío.
[Sentir-frío-yo, sentir-frío-yo como la nieva helada.]

Juttadak ot ekäm o akarataban, o sívaban, és o sielaban.
Mi hermana y yo estamos unidos en mente, corazón y alma.
[Ser-unido-a-Yo el hermano-mío la mente-en, el corazón-en, y el alma-en.]

Ot ekäm sielanak kaŋa engem.
El alma de mi hermano me llama.
[El hermano-mío alma-suya-de llamar-a mí.]

Kuledak és piwtädak ot ekäm.
Oigo y sigo su estela.
[Oír-yo y seguir-el-rastro-de-yo el hermano-mío.]

Sayedak és tuledak ot ekäm kulyanak.
Encuentro el demonio que está devorando el alma de mi hermano.
[Llegar-yo y encontrar-yo el hermano-mío demonio-quien-devora-alma-
suya-de.]

Nenäm ćoro; o kuly torodak.
Con ira, lucho con el demonio.
[Ira-mí fluir; el demonio-quien-devorar-almas combatir-yo.]

O kuly pél engem.
Le inspiro temor.
[El demonio-quien-devorar-almas temor-de mí.]

Lejkkadak o kaŋka salamaval.
Golpeo su garganta con un rayo.
[Golpear-yo la garganta-suya rayo-de-luz-con.]

Molodak ot ainaja komakamal.
Destrozo su cuerpo con mis manos desnudas.
[Destrozar-yo el cuerpo-suyo vacías-mano-s-mía-con.]

Toja és molanâ.
Se retuerce y se viene abajo.
[(Él) torcer y (él) desmoronar.]

Hän ćaδa.
Sale corriendo.
[Él huir.]

Manedak ot ekäm sielanak.
Rescato el alma de mi hermano.
[Rescatar-yo el hermano-mío alma-suya-de.]

Alədak ot ekäm sielanak o komamban.
Levanto el alma de mi hermana en el hueco de mis manos.
[Levantar-yo el hermano-mío alma-suya-de el hueco-de-mano-mía-en.]

Alədam ot ekäm numa waramra.
Le pongo sobre mi pájaro del espíritu.
[Levantar-yo el Hermano-mío dios pájaro-mío-encima.]

Piwtädak ot En Puwe tyvijanak és sayedak jälleen ot elävä ainak majaknak.
Subiendo por el Gran Árbol, regresamos a la tierra de los vivos.
[Seguir-nosotros el Gran Árbol tronco-suyo-de, y llegar-nosotros otra
    vez el vivo cuerpo-s tierra-suya-de.]

Ot ekäm elä jälleen.
Mi hermano vuelve a vivir.
[El hermano-mío vive otra vez.]

Ot ekäm weńca jälleen.
Vuelve a estar completo otra vez.
[El hermano-mío (es) completo otra vez.]

Para escuchar este cántico visitar el sitio
http://www.christinefeehan.com/members/.

Estética musical carpatiana

En los cantos carpatianos (como en «Canción de cuna» y «Canción para
sanar la Tierra»), encontraremos elementos compartidos por numerosas tradiciones musicales de la región de los Urales, algunas todavía existentes, desde el este de Europa (Bulgaria, Rumania, Hungría, Croacia, etc.) hasta los
gitanos rumanos. Algunos de estos elementos son:

- La rápida alternancia entre las modalidades mayor y menor, lo cual
  incluye un repentino cambio (denominado «tercera de Picardía») de
  menor a mayor para acabar una pieza o sección (como al final de
  «Canción de cuna»)
- El uso de armonías cerradas

- El uso del *ritardo* (ralentización de una pieza) y *crescendo* (aumento del volumen) durante breves períodos
- El uso de *glissando* (deslizamiento) en la tradición de la canción
- El uso del gorjeo en la tradición de la canción (como en la invocación final de la «Canción para sanar la Tierra»), similar a la celta, una tradición de canto más conocida para muchos de nosotros).
- El uso de quintas paralelas (como en la invocación final de la «Canción para sanar la Tierra»)
- El uso controlado de la disonancia
- Canto de «Llamada y respuesta» (típico de numerosas tradiciones de la canción en todo el mundo)
- Prolongación de la duración de un verso (agregando un par de compases) para realzar el efecto dramático
- Y muchos otros.

«Canción de cuna» y «Canción para sanar la Tierra» ilustran dos formas bastante diferentes de la música carpatiana (una pieza tranquila e íntima y una animada pieza para un conjunto de voces). Sin embargo, cualquiera que sea la forma, la música carpatiana está cargada de sentimientos.

Canción de cuna

Es una canción entonada por las mujeres cuando el bebé todavía está en la matriz o cuando se advierte el peligro de un aborto natural. El bebé escucha la canción en el interior de la madre y ésta se puede comunicar telepáticamente con él. La canción de cuna pretende darle seguridad al bebé y ánimos para permanecer donde está, y darle a entender que será protegido con amor hasta el momento del nacimiento. Este último verso significa literalmente que el amor de la madre protegerá a su bebé hasta que nazca (o «surja»).

En términos musicales, la «Canción de cuna» carpatiana es un compás de 3/4 («compás del vals»), al igual que una proporción importante de las canciones de cuna tradicionales en todo el mundo (de las cuales quizá la «Canción de cuna», de Brahms, es la más conocida). Los arreglos para una sola voz recuerdan el contexto original, a saber, la madre que canta a su bebé cuando está a solas con él. Los arreglos para coro y conjunto de violín ilustran la musicalidad de hasta las piezas carpatianas más sencillas, y la facilidad con que se prestan a arreglos instrumentales u orquestales. (Numerosos compositores contemporáneos, entre ellos, Dvorak y Smetana, han explotado un hallazgo similar y han trabajado con otras músicas tradicionales del este de Europa en sus poemas sinfónicos.)

Odam-Sarna Kondak (Canción de cuna)

Tumtesz o wäke ku pitasz belső.
Siente tu fuerza interior.

Hiszasz sívadet. Én olenam gæidnod
Confía en tu corazón. Yo seré tu guía.

Sas csecsemõm, kuñasz
Calla, mi niño, cierra los ojos.

Rauho joŋe ted.
La paz será contigo.

Tumtesz o sívdobbanás ku olen lamt3ad belső
Siente el ritmo en lo profundo de tu ser.

Gond-kumpadek ku kim tc.
Olas de amor te bañan.

Pesänak te, asti o jüti, kidüsz
Protegido, hasta la noche de tu alumbramiento.

Para escuchar esta canción, ir a:
http://www.christinefeehan.com/members/.

Canción para sanar la tierra

Se trata de la canción curativa de la tierra cantada por las mujeres carpatianas para sanar la tierra contaminada por diversas toxinas. Las mujeres se sitúan en los cuatro puntos cardinales e invocan el universo para utilizar su energía con amor y respeto. La tierra es su lugar de descanso, donde rejuvenecen, y deben hacer de ella un lugar seguro no sólo para sí mismas, sino también para sus hijos aún no nacidos, para sus compañeros y para sus hijos vivos. Es un bello ritual que llevan a cabo las mujeres, que juntas elevan sus voces en un canto armónico. Piden a las sustancias minerales y a las propiedades curativas de la Tierra que se manifiesten para ayudarlas a salvar a sus hijos, y bailan y cantan para sanar la tierra en una ceremonia tan antigua como su propia especie. La danza y las notas de la canción varían dependiendo de las toxinas que captan las mujeres a través de los pies descalzos. Se colocan los pies siguiendo un determinado patrón y a lo largo del baile las manos urden un hechizo con elegantes movimientos. Deben tener especial cuidado cuando preparan la tierra para un bebé. Es una ceremonia de amor y sanación.

Musicalmente, se divide en diversas secciones:

- **Primer verso:** Una sección de «llamada y respuesta», donde la cantante principal canta el solo de la «llamada», y algunas o todas las mujeres cantan la «respuesta» con el estilo de armonía cerrada típico de la tradición musical carpatiana. La respuesta, que se repite —*Ai Emä Maye*— es una invocación de la fuente de energía para el ritual de sanación: «Oh, Madre Naturaleza».
- **Primer coro:** Es una sección donde intervienen las palmas, el baile y antiguos cuernos y otros instrumentos para invocar y potenciar las energías que invoca el ritual.
- **Segundo verso**
- **Segundo coro**
- **Invocación final:** En esta última parte, dos cantantes principales, en estrecha armonía, recogen toda la energía reunida durante las anteriores partes de la canción/ritual y la concentran exclusivamente en el objetivo de la sanación.

Lo que escucharéis son breves momentos de lo que normalmente sería un ritual bastante más largo, en el que los versos y los coros intervienen una y otra vez, y luego acaban con el ritual de la invocación final.

Sarna Pusm O Mayet (Canción de sanación de la tierra)

Primer verso
Ai Emä Maye,
Oh, Madre Naturaleza,

Me sívadbin lañaak.
Somos tus hijas bienamadas.

Me tappadak, me pusmak o mayet.
Bailamos para sanar la tierra.

Me sarnadak, me pusmak o hanyet.
Cantamos para sanar la tierra.

Sielankei jullu ledet it,
Ahora nos unimos a ti,

Sívank és akaratank és sielank juttanak.
Nuestros corazones, mentes y espíritus son uno.

Segundo verso
Ai Emä Maye,
«Oh, Madre Naturaleza»,

Me sívadbin lañaak.
somos tus hijas bienamadas.

Me andak arwadet emänked és me kaŋank o
Rendimos homenaje a nuestra Madre, invocamos

Põhi és Lõuna, Ida és Lääs.
el norte y el sur, al este y el oeste.

Pide és aldyn és myös belső.
Y también arriba, abajo y desde dentro.

Gondank o mayenak pusm hän ku olen jama.
Nuestro amor de la Tierra curará lo malsano.

Juttanak teval it,
Ahora nos unimos a ti,

Maye mayeval
de la tierra a la tierra

O pirä elidak weńća
El ciclo de la vida se ha cerrado.

Para escuchar esta canción, ir a http://www.christinefeehan.com/members/.

Técnica carpatiana de canto

Al igual que sucede con las técnicas de sanación, la «técnica de canto» de los carpatianos comparte muchos aspectos con las otras tradiciones chamánicas de las estepas de Asia Central. El modo primario de canto era un cántico gutural con empleo de armónicos. Aún pueden encontrarse ejemplos modernos de esta forma de cantar en las tradiciones mongola, tuvana y tibetana. Encontraréis un ejemplo grabado de los monjes budistas tibetanos de Gyuto realizando sus cánticos guturales en el sitio: http://www.christinefeehan.com/carpathian_chanting/.

En cuanto a Tuva, hay que observar sobre el mapa la proximidad geográfica del Tíbet con Kazajstán y el sur de los Urales.

La parte inicial del cántico tibetano pone el énfasis en la sincronía de todas las voces alrededor a un tono único, dirigido a un «chakra» concreto del cuerpo. Esto es típico de la tradición de cánticos guturales de Gyuto, pero no es una parte significativa de la tradición carpatiana. No obstante, el contraste es interesante.

La parte del ejemplo de cántico Gyuto más similar al estilo carpatiano es la sección media donde los hombres están cantando juntos pronunciando con gran fuerza las palabras del ritual. El propósito en este caso no es generar un «tono curativo» que afecte a un «chakra» en concreto, sino generar el máximo poder posible para iniciar el viaje «fuera del cuerpo» y para combatir las fuerzas demoníacas que el sanador/viajero debe superar y combatir.

Técnicas de los cantos carpatianos

Las canciones de las mujeres carpatianas (ilustradas por su «Canción de cuna» y su «Canción de sanación de la tierra») pertenecen a la misma tradición musical y de sanación que los Cánticos Mayor y Menor de los guerreros. Oiremos los mismos instrumentos en los cantos de sanación de los guerreros y en la «Canción de sanación de la tierra» de las mujeres. Por otro lado, ambos cantos comparten el objetivo común de generar y dirigir la energía. Sin embargo, las canciones de las mujeres tienen un carácter claramente femenino. Una de las diferencias que se advierte enseguida es que mientras los hombres pronuncian las palabras a la manera de un cántico, las mujeres entonan sus canciones con melodías y armonías, y el resultado es una composición más delicada. En la «Canción de cuna» destaca especialmente su carácter femenino y de amor maternal.

Apéndice *2*

La lengua carpatiana

Como todas las lenguas humanas, la de los carpatianos posee la riqueza y los matices que sólo pueden ser dados por una larga historia de uso. En este apéndice podemos abordar a lo sumo algunos de los principales aspectos de este idioma:

- Historia de la lengua carpatiana
- Gramática carpatiana y otras características de esa lengua
- Ejemplos de la lengua carpatiana
- Un diccionario carpatiano muy abreviado

Historia de la lengua carpatiana

La lengua carpatiana actual es en esencia idéntica a la de hace miles de años. Una lengua «muerta» como el latín, con dos mil años de antigüedad, ha evolucionado hacia una lengua moderna significantemente diferente (italiano) a causa de incontables generaciones de hablantes y grandes fluctuaciones históricas. Por el contrario, algunos hablantes del carpatiano de hace miles de años todavía siguen vivos. Su presencia —unida al deliberado aislamiento de los carpatianos con respecto a las otras fuerzas del cambio en el mundo— ha actuado, y lo continúa haciendo, como una fuerza estabilizadora que ha preservado la integridad de la lengua durante siglos. La cultura carpatiana también ha actuado como fuerza estabilizadora. Por ejemplo, las Palabras Rituales, los variados cánticos curativos (véase Apéndice 1) y otros artefactos culturales han sido transmitidos durantes siglos con gran fidelidad.

Cabe señalar una pequeña excepción: la división de los carpatianos en zonas geográficas separadas ha conllevado una discreta dialectalización. No obstante, los vínculos telepáticos entre todos ellos (así como el regreso frecuente de cada carpatiano a su tierra natal) ha propiciado que las diferencias dialectales sean relativamente superficiales (una discreta cantidad de palabras nuevas, leves diferencias en la pronunciación, etc.), ya que el lenguaje más profundo e interno, de transmisión mental, se ha mantenido igual a causa del uso continuado a través del espacio y el tiempo.

La lengua carpatiana fue (y todavía lo es) el protolenguaje de la familia de lenguas urálicas (o fino-ugrianas). Hoy en día las lenguas urálicas se hablan en la Europa meridional, central y oriental, así como en Siberia. Más de veintitrés millones de seres en el mundo hablan lenguas cuyos orígenes se remontan al idioma carpatiano. Magiar o húngaro (con unos catorce millones de hablantes), finés (con unos cinco millones) y estonio (un millón aproximado de hablantes) son las tres lenguas contemporáneas descendientes de ese protolenguaje. El único factor que unifica las más de veinte lenguas de la familia urálica es que se sabe que provienen de un protolenguaje común, el carpatiano, el cual se escindió (hace unos seis mil años) en varias lenguas de la familia urálica. Del mismo modo, lenguas europeas como el inglés o el francés pertenecen a la familia indoeuropea, más conocida, y también provienen de un protolenguaje que es su antecesor común (diferente del carpatiano).

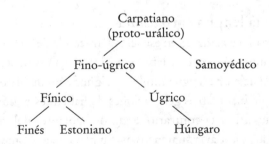

La siguiente tabla ayuda a entender ciertas de las similitudes en la familia de lenguas.

Nota: La «k» fínico-carpatiana aparece a menudo como la «h» húngara. Del mismo modo, la «p» fínico-carpatiana corresponde a la «f» húngara.

Carpatiano (proto-urálico)	Finés (suomi)	Húngaro (magiar)
elä —vivir	*elä* —vivir	*él* —vivir
elid —vida	*elinikä* —vida	*élet* —vida
pesä —nido	*pesä* —nido	*fészek* —nido
kola —morir	*kuole* —morir	*hal* —morir
pälä —mitad, lado	*pieltä* —inclinar, ladear	*fél, fele* —ser humano semejante, amigo (mitad; uno de dos lados) *feleség* —esposa
and —dar	*anta, antaa* —dar	*ad* —dar
koje —marido, hombre	*koira* —perro, macho (*de un animal*)	*here* —zángano, testículo
wäke —poder	*väki* —pueblo, personas, hombres; fuerza *väkevä* — poderoso, fuerte	*vall-vel* —con (sufijo instrumental) *vele* —con él/ella
wete — agua	*vesi* —agua	*víz* —agua

Gramática carpatiana y otras características de la lengua

Modismos. Siendo a la vez una lengua antigua y el idioma de un pueblo terrestre, el carpatiano se inclina a utilizar modismos construidos con términos concretos y directos, más que abstracciones. Por ejemplo, nuestra abstracción moderna «apreciar, mimar» se expresa de forma más concreta en carpatiano como «conservar en el corazón de uno»; el averno es, en carpatiano, «la tierra de la noche, la bruma y los fantasmas», etc.

Orden de las palabras. El orden de las palabras en una frase no viene dado por aspectos sintácticos (como sujeto, verbo y predicado), sino más bien por factores pragmáticos, motivados por el discurso. Ejemplos: *«Tied vagyok.»* («Tuyo soy.»); *«Sívamet andam.»* («Mi corazón te doy.»)

Aglutinación. La lengua carpatiana es aglutinadora, es decir, las palabras largas se construyen con pequeños componentes. Un lenguaje aglutinador usa sufijos o prefijos, el sentido de los cuales es por lo general único, y se concatenan unos tras otros sin solaparse. En carpatiano las palabras consisten por lo general en una raíz seguida por uno o más sufijos. Por ejemplo, «*sívambam*» procede de la raíz «*sív*» («corazón»), seguida de «*am*» («mi»), seguido de «*bam*» («en»), resultando «en mi corazón». Como es de imaginar, a veces tal aglutinación en el carpatiano puede producir palabras extensas o de pronunciación dificultosa. Las vocales en algunos casos se insertan entre sufijos, para evitar que aparezcan demasiadas consonantes seguidas (que pueden hacer una palabra impronunciable).

Declinaciones. Como todas las lenguas, el carpatiano tiene muchos casos: el mismo sustantivo se formará de modo diverso dependiendo de su papel en la frase. Algunos de los casos incluyen: nominativo (cuando el sustantivo es el sujeto de la frase), acusativo (cuando es complemento directo del verbo), dativo (complemento indirecto), genitivo (o posesivo), instrumental, final, supresivo, inesivo, elativo, terminativo y delativo.

Tomemos el caso posesivo (o genitivo) como ejemplo para ilustrar cómo, en carpatiano, todos los casos implican la adición de sufijos habituales a la raíz del sustantivo. Así, para expresar posesión en carpatiano —«mi pareja eterna», «tu pareja eterna», «su pareja eterna», etc.— se necesita añadir un sufijo particular («=*am*») a la raíz del sustantivo («*päläfertíil*»), produciendo el posesivo («*päläfertíilam*»: mi pareja eterna). El sufijo que emplear depende de la persona («mi», «tú», «su», etc.) y también de si el sustantivo termina en consonante o en vocal. La siguiente tabla enumera los sufijos para el caso singular (no para el plural), mostrando también las similitudes con los sufijos empleados por el húngaro contemporáneo. (El húngaro es en realidad un poco más complejo, ya que requiere también «rima vocálica»: el sufijo que usar depende de la última vocal en el sustantivo, de ahí las múltiples opciones en el cuadro siguiente, mientras el carpatiano dispone de una única opción.)

	Carpatiano (proto-urálico)		Húngaro Contemporáneo	
Persona	Nombre acabado en vocal	Nombre acabado en consonante	Nombre acabado en vocal	Nombre acabado en consonante
1ª singular (mi)	-m	-am	-m	-om, -em, -öm
2ª singular (tú)	-d	-ad	-d	-od, -ed, -öd
3ª singular (suya, de ella/ de él/de ello)	-ja	-a	-ja/-je	-a, -e
1ª plural (nuestro)	-nk	-ank	-nk	-unk, -ünk
2ª plural (vuestro)	-tak	-atak	-tok, -tek, -tök	-otok, -etek, -ötök
3ª plural (su)	-jak	-ak	-juk, -jük	-uk, -ük

Nota: Como hemos mencionado, las vocales a menudo se insertan entre la palabra y su sufijo para así evitar que demasiadas consonantes aparezcan seguidas (lo cual crearía palabras impronunciables). Por ejemplo, en la tabla anterior, todos los sustantivos que acaban en una consonante van seguidos de sufijos empezados por «a».

Conjugación verbal. Tal como sus descendientes modernos (finés y húngaro), el carpatiano tiene muchos tiempos verbales, demasiados para describirlos aquí. Nos fijaremos en la conjugación del tiempo presente. De nuevo habrá que comparar el húngaro contemporáneo con el carpatiano, dadas las marcadas similitudes entre ambos.

Igual que sucede con el caso posesivo, la conjugación de verbos se construye añadiendo un sufijo a la raíz del verbo:

Persona	Carpatiano (proto-urálico)	Húngaro contemporáneo
1ª sing. (Yo doy)	-am (andam), -ak	-ok, -ek, -ök
2ª sing. (Tú das)	-sz (andsz)	-sz
3ª sing. (Él/ella dan)	-(and)	—
1ª plural (Nosotros damos)	-ak (andak)	-unk, -ünk
2ª plural (Vosotros dais)	-tak (andtak)	-tok, -tek, -tök
3ª plural (Ellos dan)	-nak (andnak)	-nak, -nek

Como en todas las lenguas, encontramos en el carpatiano muchos «verbos irregulares» que no se ajustan exactamente a esta pauta. Pero aun así la tabla anterior es una guía útil para muchos verbos.

Ejemplos de la lengua carpatiana
Aquí tenemos algunos ejemplos breves del carpatiano coloquial, empleado en la serie de libros Oscuros. Incluimos la traducción literal entre corchetes. Curiosamente, las diferencias con la traducción correcta son sustanciales.

Susu.
Estoy en casa.
[«hogar/lugar de nacimiento». «Estoy» se sobreentiende, como sucede a menudo en carpatiano.]

Möért?
¿Para qué?

Csitri.
Pequeño/a.
[«cosita»; «chiquita»]

Ainaak enyém.
Por siempre mío/mía

Ainaak sívamet jutta.
Por siempre mío/mía (otra forma).
[«por siempre a mi corazón conectado/pegado»]

Sívamet.
Amor mío.
[«de-mi-corazón», «para-mi-corazón»]

Tet vigyázam.
Te quiero.
[Tú amar-yo]

Sarna Rituaali (Las palabras rituales) es un ejemplo más largo, y un ejemplo de carpatiano coloquial. Hay que destacar el uso recurrente de «andam» («yo doy») para otorgar al canto musicalidad y fuerza a través de la repetición.

Sarna Rituaali (Las palabras rituales)

Te avio päläfertiilam.
Eres mi pareja eterna.
[Tú desposada-mía. «Eres» se sobreentiende, como sucede generalmente en carpatiano cuando una cosa se corresponde a otra. «Tú, mi pareja eterna»]

Éntölam kuulua, avio päläfertiilam.
Te declaro pareja eterna.
[A-mí perteneces-tú, desposada mía]

Ted kuuluak, kacad, kojed.
Te pertenezco.
[A-ti pertenezco-yo, amante-tuyo, hombre/marido/esclavo-tuyo]

Élidamet andam.
Te ofrezco mi vida.
[Vida-mía doy-yo. «Te» se sobreentiende.]

Pesämet andam.
Te doy mi protección.
[Nido-mío doy-yo.]

Uskolfertiilamet andam.
Te doy mi fidelidad.
[Fidelidad-mía doy-yo.]

Sívamet andam.
Te doy mi corazón.
[Corazón-mía doy-yo.]

Sielamet andam.
Te doy mi alma.
[Alma-mía doy-yo.]

Ainamet andam.
Te doy mi cuerpo.
[Cuerpo-mío doy-yo.]

Sívamet kuuluak kaik että a ted.
Velaré de lo tuyo como de lo mío.
[En-mi-corazón guardo-yo todo lo-tuyo.]

Ainaak olenszal sívambin.
Tu vida apreciaré toda mi vida.
[Por siempre estarás-tú en-mi-corazón.]

Te élidet ainaak pide minan.
Tu vida antepondré a la mía siempre.
[Tu vida por siempre sobre la mía.]

Te avio päläfertiilam.
Eres mi pareja eterna.
[Tú desposada-mía.]

Ainaak sívamet jutta oleny.
Quedas unida a mí para toda la eternidad.
[Por siempre a-mi-corazón conectada estás-tú.]

Ainaak terád vigyázak.
Siempre estarás a mi cuidado.
[Por siempre tú yo-cuidaré.]

Véase Apéndice 1 para los cánticos carpatianos de sanación, incluidos *Kepä Sarna Pus* («El canto curativo menor») y el *En Sarna Pus* («El gran canto de sanación»).

Para oír estas palabras pronunciadas (y para más información sobre la pronunciación carpatiana, visitad, por favor: http://www.christinefeeham.com/members/.

Sarna Kontakawk (**Cántico de los guerreros**) es otro ejemplo más largo de la lengua carpatiana. El consejo de guerreros se celebra en las profundidades de la tierra en una cámara de cristal, por encima del magma, de manera que el vapor es natural y la sabiduría de sus ancestros es nítida y está bien concentrada. Se lleva a cabo en un lugar sagrado donde los guerreros pronuncian un juramento de sangre a su príncipe y a su pueblo y reafirman su código de honor como guerreros y hermanos. También es el momento en que se diseñan las estrategias de la batalla y se discuten las posiciones disidentes. También se abordan las inquietudes de los guerreros y que éstos plantean ante el Consejo para que sean discutidas entre todos.

Sarna Kontakawk (**Cántico de los guerreros**)

Veri isäakank — veri ekäakank.
Sangre de nuestros padres, sangre de nuestros hermanos.

Veri olen elid.
La sangre es vida.

Andak veri-elidet Karpatiiakank, és wäke-sarna ku meke arwa-arvo, irgalom, hän ku agba, és wäke kutni, ku manaak verival.

Ofrecemos la vida a nuestro pueblo con un juramento de sangre en aras
del honor, la clemencia, la integridad y la fortaleza.

Verink sokta; verink kaŋa terád.
Nuestra sangre es una sola y te invoca.

Akasz énak ku kaŋa és juttasz kuntatak it.
Escucha nuestras plegarias y únete a nosotros.

Ver Apéndice 1 para escuchar la pronunciación de estas palabras (y para
más información sobre la pronunciación del carpatiano en general), ir a
http://www.christinefeehan.com/members/.

Ver Apéndice 1 para los cánticos de sanación carpatianos, entre los
cuales el *Kepä Sarna Pus* (Cántico curativo menor), el *En Sarna Pus* (Cántico curativo mayor), el *Odam-Sarna Kondak* (Canción de cuna) y el *Sarna Pusm O Mayet* (Canción de sanación de la tierra).

Un diccionario carpatiano muy abreviado

Este diccionario carpatiano en versión abreviada incluye la mayor parte de
las palabras carpatianas empleadas en la serie de libros Oscuros. Por descontado, un diccionario carpatiano completo sería tan extenso como cualquier diccionario habitual de toda una lengua.

Nota: los siguientes sustantivos y verbos son palabras raíz. Por lo general
no aparecen aislados, en forma de raíz, como a continuación. En lugar de
eso, habitualmente van acompañados de sufijos (por ejemplo, «*andam*» -
«Yo doy», en vez de sólo la raíz «*and*»).

a: negación para verbos (prefijo); no (adverbio)
agba: conveniente, correcto
ai: oh
aina: cuerpo
ainaak: para siempre
O ainaak jelä peje emnimet ŋamaŋ: que el sol abrase a esta mujer para
siempre (juramento carpatiano)
ainaakfél: viejo amigo

ak: sufijo pluralizador añadido a un sustantivo terminado en consonante

aka: escuchar

akarat: mente, voluntad

ál: bendición, vincular

alatt: a través

aldyn: debajo de

alə: elevar, levantar

alte: bendecir, maldecir

and: dar

and sielet, arwa-arvomet, és jelämet, kuulua huvémet ku feaj és ködet ainaak: vender el alma, el honor y la salvación, por un placer momentáneo y una perdición infinita

andasz éntölem irgalomet!: ¡Tened piedad!

arvo: valor (sustantivo)

arwa: alabanza (sustantivo)

arwa-arvo: honor (sustantivo)

arwa-arvo mäne me ködak: que el honor contenga a la oscuridad (saludo)

arwa-arvo olen gæidnod, ekäm: que el honor te guíe, mi hermano (saludo)

arwa-arvo olen isäntä, ekäm: que el honor te ampare, mi hermano (saludo)

arwa-arvo pile sívadet: que el honor ilumine tu corazón (saludo)

aśśa: no (antes de sustantivo); no (con verbo que no esté en imperativo); no (con adjetivo)

aśśatotello: desobediente

asti: hasta

avaa: abrir

avio: desposada

avio päläfertiil: pareja eterna

avoi: descubrir, mostrar, revelar

belső: dentro, en el interior

bur: bueno, bien

bur tule ckämet kuntamak: bien hallado hermano-familiar (saludo)

ćaδa: huir, correr, escapar

ćoro: fluir, correr como la lluvia

csecsemõ: bebé (sustantivo)

csitri: pequeña (femenino)

diutal: triunfo, victoria

ećí: caer

ek: sufijo pluralizador añadido a un sustantivo terminado en consonante

ekä: hermano

ekäm: hermano mío

elä: vivir

eläsz arwa-arvoval: que puedas vivir con honor (saludo)

eläsz jeläbam ainaak: que vivas largo tiempo en la luz (saludo)

elävä: vivo

elävä ainak majaknak: tierra de los vivos

elid: vida

emä: madre (sustantivo)

Emä Maye: Madre Naturaleza

emäen: abuela

embɛ: si, cuando

embɛ karmasz: por favor

emni: esposa, mujer

emnim: mi esposa; mi mujer

emnim hän ku köd alte: maldita mujer

emni kuŋenak ku ašštotello: chiflada desobediente

én: yo

en: grande, muchos, gran cantidad

én jutta félet és ekämet: saludo a un amigo y hermano

én mayenak: soy de la tierra

én oma mayeka: soy más viejo que el tiempo (literalmente: tan viejo como la tierra)

En Puwe: El Gran Árbol. Relacionado con las leyendas de Ygddrasil, el eje del mundo, Monte Meru, el cielo y el infierno, etc.

engem: mí

és: y

ete: antes; delante

että: que

fáz: sentir frío o fresco

fél: amigo

fél ku kuuluaak sívam belső: amado

fél ku vigyázak: querido

feldolgaz: preparar

fertiil: fértil

fesztelen: etéreo

fü: hierbas, césped

gæidno: camino

gond: custodia, preocupación; amor (sustantivo)

hän: él, ella, ello

hän agba: así es

hän ku: prefijo: uno que, eso que

hän ku agba: verdad

hän ku kaśwa o numamet: dueño del cielo

hän ku kuulua sívamet: guardián de mi corazón

hän ku lejkka wäke-sarnat: traidor

hän ku meke pirämet: defensor

hän ku pesä: protector

hän ku piwtä: depredador; cazador; rastreador

hän ku saa kuć3aket: el que llega a las estrellas

hän ku tappa: asesino, persona violenta (sustantivo). Mortal; violento (adjetivo)

hän ku tuulmahl elidet: vampiro (literalmente: robavidas)

hän ku vic clidet: vampiro (literalmente: ladrón de vidas)

hän ku vigyáz sielamet: guardián de mi alma

hän ku vigyáz sívamet és sielamet: guardián de mi corazón y alma

Hän sívamak: querido

hany: trozo de tierra

hisz: creer, confiar

ho: cómo

ida: este

igazág: justicia

irgalom: compasión, piedad, misericordia

isä: padre (sustantivo)

isänta: señor de la casa

it: ahora

jälleen: otra vez

jama: estar enfermo, herido o moribundo, estar próximo a la muerte (verbo)

jelä: luz del sol, día, sol, luz

jelä keje terád: que la luz te chamusque (maldición carpatiana)

o jelä peje terád: que el sol te chamusque (maldición carpatiana)

o jelä peje emnimet: que el sol abrase a la mujer (juramento carpatiano)

o jelä peje kaik hänkanak: que el sol los abrase a todos (juramento carpatiano)

o jelä peje terád, emni: que el sol te abrase, mujer (juramento carpatiano)

o jelä sielamak: luz de mi alma

joma: ponerse en camino, marcharse

joŋe: volver; regresar

joŋesz arwa-arvoval: regresa con honor (saludo)

jörem: olvidar, perderse, cometer un error

juo: beber

juosz és eläsz: beber y vivir (saludo)

juosz és olen ainaak sielamet jutta: beber y volverse uno conmigo (saludo)

juta: irse, vagar

jüti: noche, atardecer

jutta: conectado, sujeto (adjetivo). Conectar, sujetar, atar (verbo)

k: sufijo añadido tras un nombre acabado en vocal para hacer su plural

kaca: amante masculino

kadi: juez

kaik: todo (sustantivo)

kaŋa: llamar, invitar, solicitar, suplicar

kaŋk: tráquea, nuez de Adán, garganta

kać3: regalo

kaδa: abandonar, dejar

kaδa wäkeva óv o köd: oponerse a la oscuridad (saludo)

kalma: cadáver, tumba

karma: deseo

Karpatii: carpatiano

Karpatii ku köd: mentiroso

käsi: mano

kaśwa: poseer

keje: cocinar

kepä: menor, pequeño, sencillo, poco

kessa: gato

kessa ku toro: gato montés

kessake: gatito

kidü: despertar (verbo intransitivo)

kim: cubrir un objeto

kinn: fuera, al aire libre, exterior, sin

kinta: niebla, bruma, humo

kislány: niña

kislány kuŋenak: pequeña locuela

kislány kuŋenak minan: mi pequeña locuela

köd: niebla, neblina, oscuridad, mal (sustantivo); brumoso, oscuro, malo (adjetivo)

köd elävä és köd nime kutni nimet: el mal vive y tiene nombre

köd alte hän: que la oscuridad lo maldiga (maldición carpatiana)

o köd belső: que la oscuridad se lo trague (maldición carpatiana)

köd jutasz belső: que la sombra te lleve (maldición carpatiana)

koje: hombre, esposo, esclavo

kola: morir

kolasz arwa-arvoval: que mueras con honor (saludo)

koma: mano vacía, mano desnuda, palma de la mano, hueco de la mano

kond: hijos de una familia o de un clan

kont: guerrero

kont o sívanak: corazón fuerte (literalmente: corazón de guerrero)

ku: quién, cuál

kuć3: estrella

kuć3ak!: ¡Estrellas! (exclamación)

kuja: día, sol

kuŋe: luna; mes

kule: oír

kulke: ir o viajar (por tierra o agua)

kulkesz arwa-arvoval, ekäm: camina con honor, mi hermano (saludo)

kulkesz arwaval, joŋesz arwa arvoval: ve con gloria, regresa con honor (saludo)

kuly: lombriz intestinal, tenia, demonio que posee y devora almas

kumpa: ola (sustantivo)

kuńa: tumbarse como si durmiera, cerrar o cubrirse los ojos en el juego del escondite, morir

kunta: banda, clan, tribu, familia

kuras: espada, cuchillo largo

kure: lazo, atadura

kutenken: sin embargo

kutni: capacidad de aguante

kutnisz ainaak: que te dure tu capacidad de aguante (saludo)

kuulua: pertenecer, asir

lääs: oeste

lamti (o lamt3): tierra baja, prado; profundo, profundidad

lamti ból jüti, kinta, ja szelem: el mundo inferior (literalmente: «el prado de la noche, las brumas y los fantasmas»)

laña: hija

lejkka: grieta, fisura, rotura (sustantivo). Cortar, pegar, golpear enérgicamente (verbo)

lewl: espíritu

lewl ma: el otro mundo (literalmente: «tierra del espíritu»). *Lewl ma* incluye *lamti ból jüti, kinta, ja szelem:* el mundo inferior, pero también incluye los mundos superiores En Puwe, el Gran Árbol

liha: carne

lõuna: sur

löyly: aliento, vapor (relacionado con *lewl*: «espíritu»)

ma: tierra, bosque

magköszun: gracias

mana: abusar, maldecir, arruinar

mäne: rescatar, salvar

maye: país, tierra, territorio, lugar, naturaleza

me: nosotros

meke: hecho, trabajo (sustantivo). Hacer, elaborar, trabajar

mića: preciosa

mića emni kuŋenak minan: mi preciosa locuela

minan: mío

minden: todos (adjetivo)

möért?: ¿para qué? (exclamación)

molanâ: desmoronarse, caerse

molo: machacar, romper en pedazos

mozdul: empezar a moverse, entrar en movimiento

muonì: encargo, orden

muonìak te avoisz te: te conmino a mostrarte

musta: memoria

myös: también

nä: para

nâbbŏ: tan, entonces

nautish: gozar

ŋamaŋ: esto, esto de aquí

nélkül: sin

nenä: ira

ńiŋ3: gusano; lombriz

nó: igual que, del mismo modo que, como

numa: dios, cielo, cumbre, parte superior, lo más alto (relacionado con el término «sobrenatural»)

numatorkuld: trueno (literalmente: lucha en el cielo)

nyál: saliva, esputo (relacionado con nyelv: «lengua»)

nyelv: lengua

o: el (empleado antes de un sustantivo que empiece en consonante)

odam: soñar, dormir (verbo)

odam-sarna kondak: canción de cuna (literalmente: canción infantil para dormir)

olen: ser

oma: antiguo, viejo; último, anterior

omas: posición

omboće: otro, segundo (adjetivo)

ot: el (empleado antes de un sustantivo que empiece por vocal)

otti: mirar, ver, descubrir

óv: proteger contra

owe: puerta

päämoro: blanco

pajna: presionar

pälä: mitad, lado

päläfertiil: pareja o esposa

palj3: más

peje: arder

peje terád: quemarse (maldición carpatiana)

pél: tener miedo, estar asustado de

pesä (n.): nido (literal), protección (figurado)

pesä (v.): anidar (literal); proteger (figurado)

pesäd te engemal: estás a salvo conmigo

pesäsz jeläbam ainaak: que pases largo tiempo en la luz (saludo)

pide: encima

pile: encender

pirä: círculo, anillo (sustantivo); rodear, cercar

piros: rojo

pitä: mantener, asir

pitäam mustaakad sielpesäambam: guardo tu recuerdo en un lugar seguro de mi alma

pitäsz baszú, piwtäsz igazáget: no venganza, sólo justicia

piwtä: seguir, seguir la pista de la caza

poår: pieza

põhi: norte

pukta: ahuyentar, perseguir, hacer huir

pus: sano, curación

pusm: devolver la salud

puwe: árbol, madera

rambsolg: esclavo

rauho: paz

reka: éxtasis, trance

rituaali: ritual

sa: tendón

sa4: nombrar

saa: llegar, obtener, recibir

saasz hän ku andam szabadon: toma lo que libremente te ofrezco

salama: relámpago, rayo

sarna: palabras, habla, conjuro mágico (sustantivo). Cantar, salmodiar, celebrar

sarna kontakawk: canto guerrero

śaro: nieve helada

sas: silencio (a un niño o bebé)

saye: llegar, venir, alcanzar

siel: alma

sieljelä isäntä: la pureza del alma triunfa

sisar: hermana

sív: corazón

sív pide köd: el amor trasciende el mal

sívad olen wäkeva, hän ku piwtä: que tu corazón permanezca fuerte, cazador (saludo)

sivam és sielam: mi corazón y alma

sívamet: mi corazón

sívdobbanás: latido (literal); ritmo (figurado)

sokta: merzclar

soŋe: entrar, penetrar, compensar, reemplazar

susu: hogar, lugar de nacimiento; en casa (adverbio)

szabadon: libremente

szelem: fantasma

taka: detrás; más allá

tappa: bailar, dar una patada en el suelo, matar

te: tú

te kalma, te jama ńiŋ3kval, te apitäsz arwa-arvo: no eres más que un cadáver andante lleno de gusanos, sin honor

te magköszunam nä ŋamaŋ kaćз taka arvo: gracias por este regalo sin precio

ted: tuyo

terád keje: que te achicharres (insulto carpatiano)

tõd: saber

Tõdak pitäsz wäke bekimet mekesz kaiket: sé que tienes el coraje de afrontar cualquier asunto

tõdhän: conocimiento

tõdhän lõ kuraset agbapäämoroam: el conocimiento impulsa la espada de la verdad hacia su objetivo

toja: doblar, inclinar, quebrar

toro: luchar, reñir

torosz wäkeval: combate con fiereza (saludo)

totello: obedecer

tsak: solamente

tuhanos: millar

tuhanos löylyak türelamak saүe diutalet: mil respiraciones pacientes traen la victoria

tule: reunirse, venir

tumte: sentir, tocar, mencionar

türe: lleno, saciado, consumado

türelam: paciencia

türelam agba kontsalamaval: la paciencia es la auténtica arma del guerrero

tyvi: tallo, base, tronco

uskol: fiel

uskolfertiil: lealtad, fidelidad

varolind: peligroso

veri: sangre

veri ekäakank: sangre de nuestros hermanos

veri-elidet: sangre vital

veri isäakank: sangre de nuestros padres

veri olen piros, ekäm: que la sangre sea roja, mi hermano (literal); figurado: que encuentres a tu compañera eterna (saludo)

veriak ot en Karpatiiak: por la sangre del príncipe (literalmente: por la sangre del gran carpatiano; maldición carpatiana)

veridet peje: que tu sangre arda (maldición carpatiana)

vigyáz: querer, cuidar de, ocuparse de

vii: último, al fin, finalmente

wäke: poder, fuerza

wäke beki: valor; coraje

wäke kaδa: constancia

wäke kutni: resistencia

wäke-sarna: juramento; maldición; bendición (literalmente: palabras de poder)

wäkeva: poderoso

wara: ave, cuervo

weńća: completo, entero

wete: agua

ECOSISTEMA DIGITAL